Conformément aux statuts de la Société des Textes Français Modernes, ce volume a été soumis à l'approbation du Comité de lecture, qui a chargé Mme Mireille Huchon d'en surveiller la correction en collaboration avec Mme Anna Bettoni.

ISSN 0768-0821
ISBN 2-86503-255-8

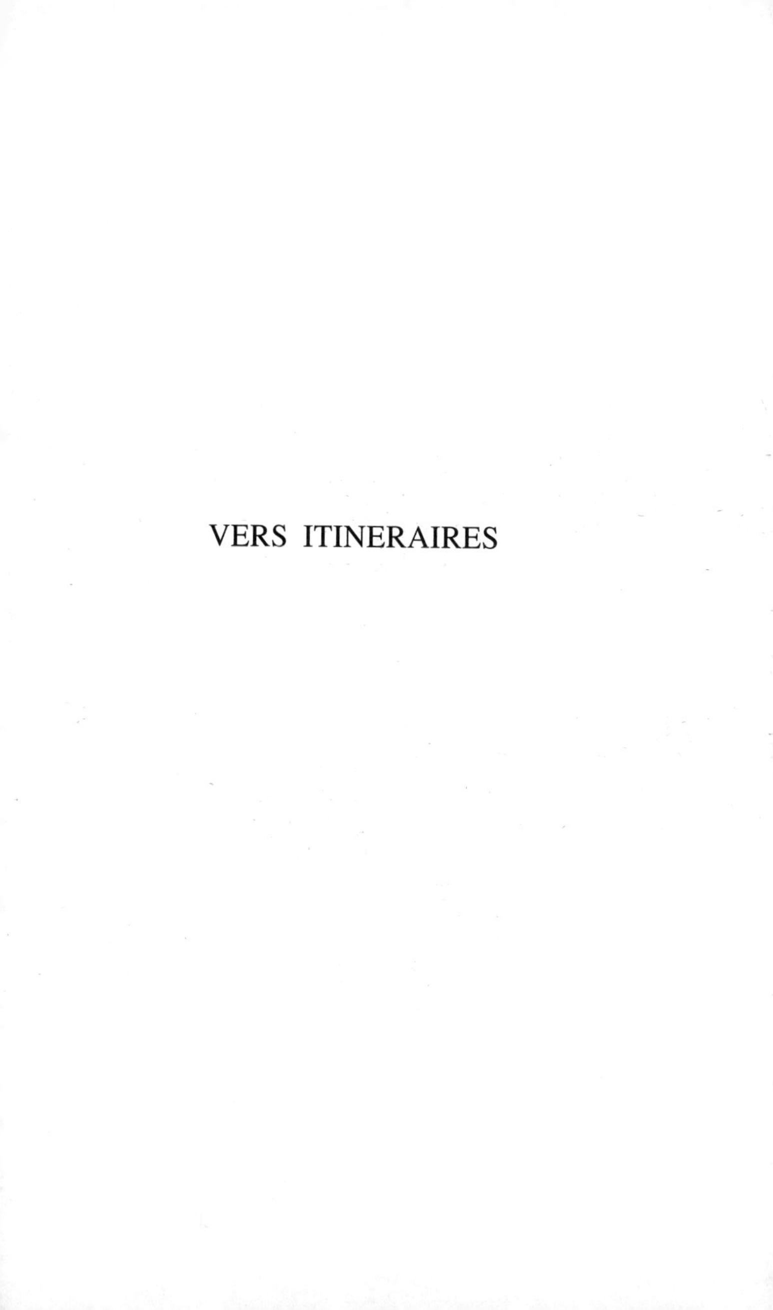

VERS ITINERAIRES

Fig. 1

Claude-Énoch Virey

Vers itineraires

Allant de France en Italie. 1592
Allant de Venise à Rome. 1593

texte établi, présenté
et annoté par Anna Bettoni
Paris, Société des Textes Français Modernes 1999

Abréviations

A B.N.F., Arsenal, ms 1051

C Chalon-sur-Saône, Bibliothèque Municipale, ms 36

I *Vers Itineraires Allant de France en Italie. 1592*
(A, pp. 185*bis*-237 ; C, ff. 131r°-156v°)

II *Vers Itineraires Allant de Venise à Rome. 1593*
(A, pp. 238-327 ; C, ff. 159r°-203v°)

Marg. Marginalium, note dans la marge du texte en A

Note

Même si nous présentons les *Vers Itineraires* de Virey, *de France en Italie* et *de Venise à Rome*, comme les deux épisodes d'une seule histoire, nous respectons leur forme de poèmes indépendants, et nous donnons deux numérotations séparées des vers en recommençant par 1 au début des *Vers Itineraires Allant de Venise à Rome*. A titre d'exemple une référence telle : I, 432 signifiera donc *Vers Itineraires Allant de France en Italie*, v. 432 ; tandis que II, 432 renverra au v. 432 des *Vers Itineraires Allant de Venise à Rome*.

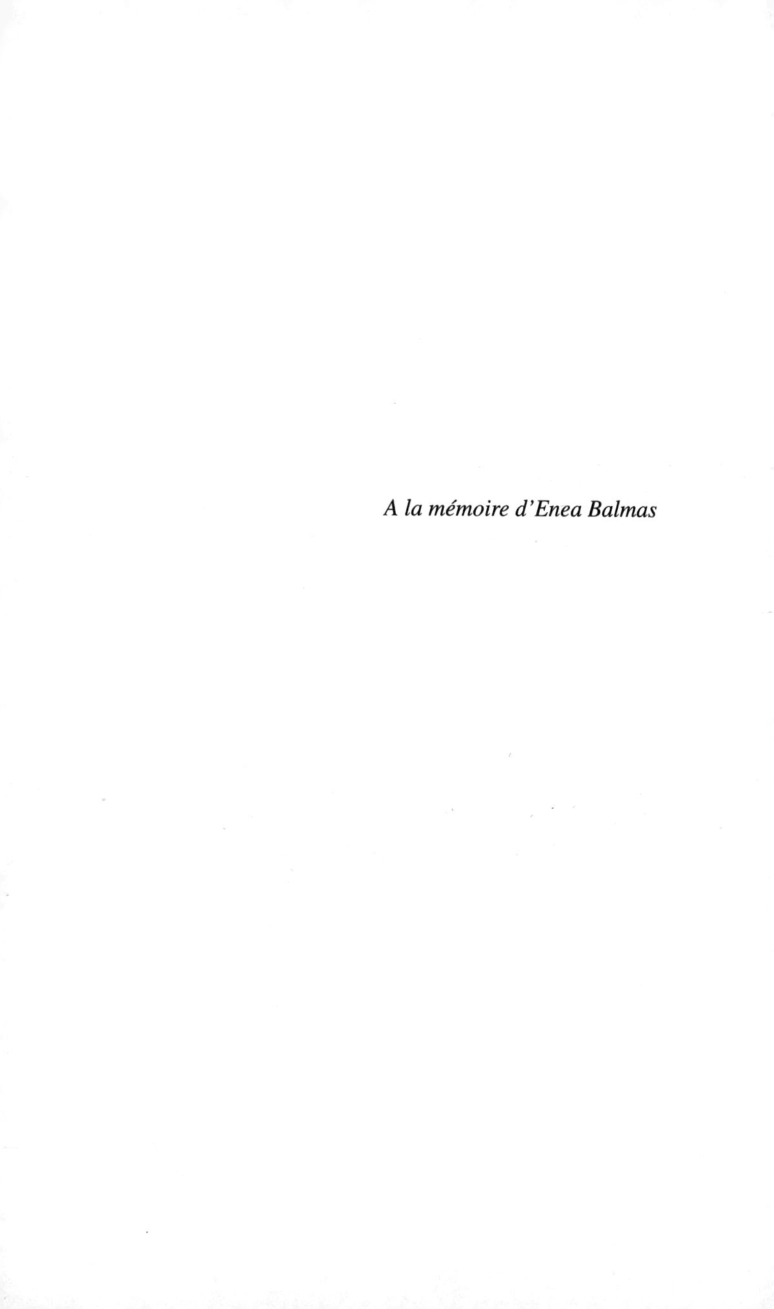

A la mémoire d'Enea Balmas

INTRODUCTION

Claude-Enoch Virey.

1. Sa bibliothèque.

Parmi les sources qui nous permettent de restaurer le portrait de l'avocat et poète chalonnais Claude-Enoch Virey (1566-1636) et de rendre au personnage sa place à l'intérieur du monde des lettrés de son temps, les oeuvres du père jésuite Claude Perry jouent un rôle de quelque importance. Dans la préface de son *Histoire civile et ecclesiastique, ancienne et moderne de la Ville et Cité de Chalon sur Saone*[1] il a soin d'exprimer sa reconnaissance à un « Monsieur Virey » pour lui avoir donné libre accès aux trésors de sa riche bibliothèque,

1. Cf. le P. Claude Perry, *Histoire civile et ecclesiastique, ancienne et moderne de la Ville et Cité de Chalon sur Saone. Enrichie des choses qui appartiennent à son Dioceze*, Chalon-sur-Saône, Ph. Tan, 1659. Sur le Père Perry voir le P. L. Jacob de Saint-Charles, *De claris Scriptoribus Cabilonensibus libri III*, Paris, S. et G. Cramoisy, 1652, f. [5]r°-v° (un long liminaire de Perry à Jacob) ; I, p. 83 et I, pp. 115-117 (bio-bibliographie qui renvoie aussi à Colletet) : avocat chalonnais, Claude Perry avait fait son entrée dans la Société de Jésus en 1628 ; Louis Jacob le définit comme « Theologus et Vates politissimus », « Vir pietate et eruditione clarus, Poëta Latinus egregius » et il en fait l'Horace de son époque. Voir Ph. Papillon, *Bibliothèque des auteurs de Bourgogne*, Dijon, Marteret, 1742, t. II, pp. 143-145 ; H. Batault, *Notice historique sur les hôpitaux de Chalon-sur-Saône*, Chalon, Marceau, 1884, p. 120 et J. Roy-Chevrier, *Dans l'ombre du passé de Chalon-sur-Saône*, Chalon, Bertrand, 1929, t. II, pp. 240-241.

où il pouvait travailler à son aise et puiser des renseignements précieux :

> Monsieur Virey m'a tousjours tenu sa Bibliotheque ouverte, et ses livres ne m'ont jamais manqué, et l'a fait d'une maniere si complaisante que je luy en suis parfaitement obligé[2].

Cette affirmation n'est d'ailleurs que la forme abrégée d'un remerciement plus étendu et officiellement promu au rang de texte littéraire : l'ode de 495 vers que le Père Perry composa en l'honneur de la bibliothèque de Virey et qui parut en 1641 dans son recueil de poèmes pindariques sous le titre de « Bibliothecae commendatio Clarissimi viri Ioannis Christophori Virey »[3]. Il y célébrait la « venusta sede »[4] où, disposées dans leurs « nitidas [...] cellas »[5], logeaient les cohortes des Muses, des héros, des saints : véritable microcosme d'un honnête savoir, cette bibliothèque contenait tous les bons livres, qui pouvaient représenter le théâtre de la vie[6] et dont la lecture permettait d'atteindre la sagesse et la tranquillité. Le Père Perry s'adressait à son propriétaire avec l'enthousiasme d'un nouveau Sénèque qui vantait cet heureux parcours existentiel (« viam ») que l'on faisait parmi ses livres :

> Hanc qui capessivit viam
> Illo nemo beatior,
> Nemo, VIREY, mihi crede, nemo
> Foeliciore forte contentus dies,
> Noctesque damnosumque tempus
> Leni transiget otio[7].

---

2. Le P. Perry, *Histoire civile*, cit., f. [5]r°.

3. Des trois éditions que nous avons vues de la *Poesis Pindarica* du Père Perry (Chalon, Ph. Tan, 1641 ; Lyon, P. Cusset, 1653 ; et Chalon, Tan, 1659) nous retiendrons la troisième, revue et augmentée par l'auteur et parue en même temps et chez le même imprimeur que son *Histoire civile*.

4. Le P. Perry, *Poesis Pindarica*, cit., p. 233 (l'ode occupe les pp. 226-243).

5. *Ibid.*, p. 228.

6. Cf. *Ibid.*, p. 234.

7. *Ibid.*, p. 230.

Il ne fallait pas y chercher les

> Democriti sales,
> Non mordax Cynici iocus
> Nec palpebrosi fletus Heracliti[8],

car, bien au contraire, on y trouvait tout le reste, « sacri praecipuè libri / Ingensque Patrum turba » et « omnis authorum phalanx / Sacri, profani » : les poètes, les juristes, les astronomes, les cosmographes et, surtout, les historiens dont le rôle est de nous apprendre que « pace et bello quaecumque geruntur »[9]. Bienheureux parmi les hommes, le propriétaire de ces trésors était Jean-Christophe Virey, autrefois secrétaire du roi, conseiller, maître des comptes et général des aides et finances à la Chambre des Comptes de Dijon de 1626 à 1655, veuf depuis 1644 de Bonne Gallois, la fille d'un Edme Gallois, seigneur du Perrou, qui avait été maire de Chalon en 1599-1600[10]. Après la mort de sa femme, il était entré dans les ordres et il conduisait sa vie en « piissimum Sacerdotem »[11], en faisant frapper les livres de sa bibliothèque aux armes de sa famille, mais avec la devise qui devait représenter sa tristesse, « Hinc omnes extincti ignes », surmontant une urne funéraire où il était inscrit : « B. Galoys cineres »[12].

---

8. *Ibid.*, pp. 227-228.

9. *Ibid.*, pp. 230-232.

10. Cf. l'inscription du monument funéraire de la famille Virey, publiée par le P. Jacob, *De claris Scriptoribus*, cit., I, p. 85 ; le P. Perry, *Histoire civile*, cit., pp. 407, 467 et les « Preuves de l'histoire », *ibid.*, p. 119 ; J. d'Arbaumont, *Armorial de la Chambre des Comptes de Dijon*, Dijon, Lamarche, 1881, p. 217.

11. Le P. Jacob, *op. cit.*, pp. 78-79. Jean-Christophe Virey deviendra ensuite grand archidiacre et doyen de la Collégiale de Saint-Georges de Chalon, voir J. Roy-Chevrier, *op. cit.*, p. 283.

12. Cf. les armoiries qui figurent sur le plat inférieur de la reliure du ms 36 de la Bibliothèque Municipale de Chalon-sur-Saône (notre C), *infra*, p. CXXII. Le Père Perry y fait allusion dans son ode où, après avoir ébauché une sorte d'oraison funèbre de Bonne Gallois, il s'adresse à son dédicataire en rappelant que « Superstes vivis, et tenacis / Corde mariti / Extinctae cineres viva conduntur in urna. / Car instat urnae mortuum / Conservat cinerem, et truces / Ignum flammam fugit, et nefandas / Subire pectus prohibet aeternum faces » (*Poesis Pindarica*, cit., p. 239).

Le Père Claude Perry s'adresse à lui dans son ode pour l'inviter à trouver dans l'étude et la lecture un réconfort à son deuil (« I, lege libros »[13]) et à suivre surtout l'exemple de son père, le bibliophile fondateur de la savante collection :

> I, perge, VIREI, precor
> Patris exemplus sequere, et loquelas
> Veracis patulis auribus excipe.
> Hàc ille famam quaesiit invenit.
> Exornare avidus domum,
> Nullis parcere sumptibus,
> Large coemptis undequoque libris.
> Pulchra supellex
> Haeredem censu dignum locuplete beabit[14].

Dans l'allusion à la naissance de la bibliothèque, legs paternel doué d'immortalité, la dédicace et la destination de l'ode se déplacent donc de Jean-Christophe Virey à son « docte » père,

> Credesne, VIREI, libri
> Docti sunt soboles patris.
> Liberos blandum genuisse tales
> Obstetricante grandis ingenij face,
> Puraque et obtutu fugaces
> E caligine nimbos
> Amandasse procul, vive perennibus
> Proles inclyta saeculis,
> Mortalitatis vinculo expedita[15].

L'auteur ne s'abstient pas de célébrer celui qui avait acquis sans parcimonie tous ces livres, qui les avait recueillis, mis à l'abri du temps par de luxueuses reliures, ornés de pierres précieuses et qui avait recopié, parfois de sa main, certains ouvrages[16]. « Il n'avoit point de plus grand entretien qu'avec

---

13. *Ibid.*, p. 232.

14. *Ibid.*, p. 233.

15. *Ibid.*, p. 235.

16. Cf. *Ibid.*, pp. 237 et 241 (où le Père Perry cite les *Collectanea chronologica* des évêques de Chalon de Pierre Naturel, que Claude-Enoch Virey aurait recopiés « propria manu » : voir *infra*, pp. XLIII-XLIV).

ses Livres », précise-t-il dans son *Histoire civile et ecclesiastique [...] de Chalon*, où il nous donne un renseignement supplémentaire sur ce bibliophile savant qui collectionnait, lisait et léguait des livres, mais qui en écrivait aussi « quelques-uns de sa façon tant en poësie qu'en prose, et nommement touchant l'Histoire »[17].

Claude Perry consacre une page entière de son *Histoire* de Chalon à Claude-Enoch Virey, avocat, homme de lettres, secrétaire d'Henri II de Condé, maire de sa ville natale à plusieurs reprises entre 1627 et 1634 et père de ce Jean-Christophe Virey qui lui avait ouvert les portes de sa bibliothèque : il compose de Claude-Enoch Virey une sorte d'éloge funèbre, après avoir mentionné sa mort parmi les événements importants de 1636. Le profil qu'il nous laisse de lui constitue pour nous - même du point de vue critique, avec les précautions que nous prenons face à la rhétorique épidictique - un bon point de départ, au moment où nous nous disposons à lire un de ces livres de Virey écrits « de sa façon » :

> Le sieur Virey [...] dont j'ay parlé si souvent avec l'estime que je devois, mourut cette année [...] *[Manchette : Le 25 juillet 1636]*. Il a toujours vêcu en homme d'honneur et de probité [...]. Il a esté vingt-cinq ans Secretaire de Henry de Bourbon II. du nom, Prince de Condé, et l'a servy en ceste qualité avec beaucoup de zele et de fidelité. Après qu'il eust quitté son service, il se retira à Chalon, où il a passé le reste de ses jours avec une grande douceur et dans une estime tres particuliere de tous les gens d'honneur. Il n'avoit point de plus grand entretien qu'avec ses Livres, qui ont fait la plus belle portion de sa succession. Il en a laissé quelques-uns de sa façon tant en poësie qu'en prose, et nommement touchant l'Histoire. Il estoit bien fait de corps, de belle taille et de bonne mine, liberal, genereux, et d'une bonne humeur tres obligeante et fort modeste. Il ne faut point d'autre preuve de son bel esprit, que les emplois qu'il a eus sous un Prince, qui en avoit un fort excellent, et qui en connoissoit tres-parfaitement la trempe [...]. Il ne manquoit pas d'assister tous les jours à la grand'Messe de l'Eglise de S. George, et les jours de feste à Vespres. Sa pieté estoit fort solide et fort exemplaire. Le sieur Virey Conseiller du Roy et Maistre des Comptes à

17. Le P. Perry, *Histoire civile*, cit., p. 467.

> Dijon a esté son seul fils. Il s'est fait Prestre depuis la mort de la Demoiselle Bonne Gallois sa femme. Il est encore plein de vie, et la Dame de Chasans sa soeur, femme du feu sieur de Saumaise Chasans Conseiller au Parlement de Dijon. Leur modestie ne me permet pas d'en dire davantage[18]...

2. *Sa vie.*

Nous devrions donc en dire davantage. Né en 1566 à Sassenay, un village au nord-est de Chalon-sur-Saône dont le patron était saint Senoch[19], Claude-Enoch Virey devait appartenir à une famille aisée, que l'on ne peut pourtant pas identifier avec exactitude. Les registres paroissiaux ne commencent qu'à partir de 1690 et nos sources sont assez vagues à ce propos : issu « è nobili Neustriae familiâ » selon le Père Jacob, Virey n'a droit à une généalogie ni dans l'*Histoire civile* du Père Perry, ni dans la *Bibliothèque des auteurs de Bourgogne* de Philibert Papillon[20]. Au XIXe siècle le duc d'Aumale le mentionne comme « le fils d'un capitaine d'infanterie » et Jules d'Arbaumont l'apparente à un « Jean Virey, de Sens, qui signa comme notaire un acte passé en 1564 au château de Montconis »[21]. Le *Grand Dictionnaire* de Moréri s'inspire de Papillon ; Emile Picot du duc d'Aumale ; et l'érudit chalonnais J. Roy-Chevrier introduit prudemment un Denis Virey, notaire, qui vivait à Sassenay « au temps de la jeunesse de Claude-Enoch »[22]. On

---

18. *Ibidem.*

19. Cf. le P. L. Jacob, *De claris Scriptoribus*, cit., I, p. 78 et M. Courtepée, *Description générale et particulière du Duché de Bourgogne*, Dijon, V. Lagier, 1846-48, t. III, pp. 408-409.

20. Cf. Jacob, *op. cit., ibid.* ; Perry, *op. cit.*, pp. 434, 446, 448, 467 ; Papillon, *op. cit.*, t. II, pp. 356-357 ; Roy-Chevrier, *Dans l'ombre du passé de Chalon*, cit., t. II, p. 192n.

21. Henri d'Orléans, duc d'Aumale, *Histoire des Princes de Condé*, Paris, M., puis Calmann Lévy, 1863-96, t. II, p. 267 et J. d'Arbaumont, *Armorial de la Chambre des Comptes*, cit., p. 217.

22. Cf. Moréri, *Le Grand Dictionnaire Historique*, Paris, Libraires Associés, t. X (1759), p. 657 ; Picot, *Les Français italianisants au XVIe siècle*, Paris, Champion, 1906-07, t. II, p. 325 et Roy-Chevrier, *op. cit.*, t. II, p. 193.

sait toutefois qu'il fait ses études à Chalon, à Beaune, puis à Dijon, au collège des Jésuites fondé en 1581 grâce au legs du magistrat Odinet Godran : il se consacre aux « primis Gramaticae rudimentis et humanioribus literis »[23]. « Aetate firmior et maturior », il gagne Paris, où il entre au collège de Navarre pour y faire sa philosophie : les dates nous échappent, mais il est certain qu'il y arrive au moment le plus critique des guerres de religion. La période de son séjour parisien peut être vraisemblablement fixée entre 1587 et 1590. La formation foncièrement « politique », catholique par éducation et royaliste, qui va marquer toute sa vie, c'est là qu'il l'acquiert : dans une capitale en proie aux menées de la Ligue, qui verra, dans l'espace de quelques mois, des barricades se dresser, un roi partir et les Guises d'un côté, les Seize responsables des quartiers de l'autre, y établir leur autorité (janvier-février 1589), Claude-Enoch Virey se lie « ob studiorum conjunctionem »[24] à Christophe de Harlay, le fils du premier président du Parlement. Peut-être en tant que bourguignon, il reçoit l'« intimus favor » de la famille de celui-ci, installée à Paris depuis le XVe siècle, mais bourguignonne d'origine[25]. A-t-il été introduit chez les Harlay ? Dès son arrivée, il obtient par leur entremise d'être inscrit au collège de Navarre parmi les nobles

---

23. Jacob, *op. cit.*, I, p. 78 comme la citation qui suit. Voir également notre note aux vv. II, 23-26.

24. Jacob, *ibidem*, comme la citation qui suit.

25. Harlay « est le nom propre d'une ville en la franche Comté de Bourgogne, et est la premiere Baronnie qui soit en toute laditte Province » (J. de La Vallée, *Discours sur la vie, actions et mort de tres-illustre Seigneur, Messire Achilles de Harlay*, Paris, J. Corrozet, 1616, pp. 22-23). Après la confiscation de sa baronnie par Jean sans Peur autour de 1410, Philibert de Harlay, fidèle au roi, était venu s'installer à Paris, où il fit « souche » (*ibid.*, p. 25). Cf. la « Généalogie de la Maison de Harlay » in J.-B. de L'Hermite-Souliers, F. Blanchard, *Les eloges de tous les premiers Presidens du Parlement de Paris*, Paris, Cardin Besogné, 1645, p. 80 ; in F. Blanchard, *Les Presidens au mortier du Parlement de Paris*, Paris, Cardin Besogné, 1647, pp. 231-238 ; in B. N. F., ms fr. 18669, *Généalogies de familles de Paris. XVIIe siècle*, ff. 69r°-76v°; ainsi que B. N. F., ms fr. 4616, *Familles de Paris*, f. 32r°.

« ausquels on veut faire gouster les bonnes lettres »[26], ou bien avait-il été accueilli auparavant parmi les « Boursiers » ou les « pauvres Escoliers »[27] ? Ce rapport privilégié qui l'attache à la puissante famille des Harlay est en tout cas une étape fondamentale de sa vie, qui mérite que l'on s'y arrête.

Le père de Christophe, Achille de Harlay (1536-1616), était, comme le chancelier Hurault de Cheverny, le gendre de l'ancien premier président du Parlement de Paris, Christophe de Thou. Marié à Catherine de Thou, la soeur du célèbre historien, il était entré en janvier 1583 « en la possession et exercice » de la haute charge qu'avait occupée son beau-père[28]. Voué depuis toujours à la cause du roi et, en tant que premier président, représentant en chef de tous ces « gens de bien » que sont, selon L'Estoile, les « Politiques »[29], il devient le

26. E. Pasquier, *Les Recherches de la France*, IX, XVI, éd. sous la dir. de M.-M. Fragonard et F. Roudaut, Paris, Champion, 1996, t. III, p. 1777 (cf. tout le passage qui concerne le collège de Navarre depuis sa fondation, pp. 1774-1780).

27. *Ibid.*, p. 1778. Les deux possibilités que nous esquissons n'ont peut-être pas été vues par S. F. Baridon qui ne considérait que le « carattere nobiliare » du collège de Navarre, en se demandant donc « in base a quali titoli Virey vi fosse stato ammesso » (S. F. Baridon, « L'avventura di Enrico II di Condé nella relazione di Claude-Enoch Virey », *Studi Urbinati*, XXVIII, 1954, p. 99n).

28. P. de L'Estoile, *Journal pour le règne de Henri III*, éd. L.-R. Lefèvre, Paris, Gallimard, 1943, p. 320. Christophe de Thou (1508-1582), le père de Jacques-Auguste, avait marié ses deux filles à « messire Philippe Hurault » et à « messire Achille de Harlay, seigneur de Beaumont, tiers président de la Grand'Chambre » (*ibid.*, p. 310) : cf. la lettre de Pasquier « A Monsieur de la Bite » (Pasquier, *Lettres*, VII, X) qui constitue une sorte de biographie de Christophe de Thou, et L'Hermite-Souliers, Blanchard, *Les eloges de tous les premiers Presidens*, cit., p. 75. Philippe Hurault de Cheverny, dont les *Les Memoires d'Estat* (Paris, P. Billaine, 1636) joueront un rôle d'une certaine importance dans notre travail, avait eu sous Henri III les charges de garde des sceaux et de chancelier, avant de tomber en disgrâce en décembre 1588. Sa fidélité à la cause du roi lui vaudra le rappel aux affaires sous Henri IV.

29. L'Estoile, *Journal pour le règne de Henri IV. I : 1589-1600*, éd. Lefèvre, Paris, Gallimard, 1948, p. 210.

bouc émissaire de l'intransigeance des ligueurs : il est notamment atteint par l'attaque des Seize contre le Parlement le 16 janvier 1589, lorsque le procureur Jean Leclerc, sieur de Bussy, gouverneur de la Bastille, épure « la première Cour de l'Europe »[30] de ses membres royalistes. Achille de Harlay est embastillé jusqu'au mois de novembre, pendant que Mayenne est nommé Lieutenant général de France (13 mars 1589), qu'Henri III et Henri de Navarre signent leur alliance (3 avril), que le monitoire pontifical contre le roi meurtrier des deux Guises paraît à Paris (24 mai), que les troupes royalistes s'emparent de Senlis (17 mai) et s'approchent de la capitale (juin-juillet) : donc pendant qu'à Saint-Cloud le dernier des Valois tombe (2 août), que le nouveau roi remporte la victoire d'Arques (21 septembre) et qu'il touche pour un instant aux faubourgs de la Rive Gauche (1er novembre) avant de se retirer au Nord-Ouest pour organiser le dernier acte des guerres civiles. Le premier président est remis dans sa dignité par Henri IV, qui compte beaucoup sur son appui : à Tours, où les « bons » magistrats parisiens sont installés depuis le 24 mars 1589, il reprend la direction des travaux du Parlement, qui « se releva si bien par la venue de son chef, qu'en peu de temps on recogneut combien sa presence y estoit necessaire »[31]. La vic-

30. Id., *Journal pour le règne de Henri III*, cit., p. 607. Cf. *ibid.*, p. 557 ; Pasquier, *Lettres*, XII, IX et XIII, III, in Id., *Lettres Historiques pour les années 1556-1594*, éd. Thickett, Genève, Droz, 1966, pp. 316-324, 337-346 et 396 ; L'Hermite-Souliers, Blanchard, *op. cit.*, p. 78 et F. Blanchard, *Les Presidens au mortier*, cit., p. 237 ; J. de La Vallée, *Discours sur la vie*, cit., pp. 52-53. On sait que l'irruption de Bussy-Leclerc au Parlement et l'emprisonnement des magistrats royalistes marquent l'étape culminante de la prise de pouvoir sur Paris des catholiques « zélés » qui vont devenir les maîtres de la capitale pendant les années 1589-91 (voir Descimon, « La Ligue à Paris (1585-1594) : une révision », *Annales E. S. C.*, 37e année, 1 (janv.-févr. 1982), pp. 76, 79 et *passim*) : Virey consacre à l'événement une partie de ses *Vers Itineraires* (cf. I, 75-110).

31. Après avoir obtenu la liberté, Achille de Harlay « s'achemina en la ville de Tours, où le pie et devot Henry troisiesme avoit establi et fondé quelque certaine forme de Parlement, composée de ce qui estoit eschappé du naufrage de Paris » (J. de La Vallée, *Discours sur la vie*, cit., p. 57).

toire d'Ivry en mars 1590, la décision de couper les voies de ravitaillement de la capitale pour essayer de la réduire par la famine, le siège de Rouen, mis par le roi en novembre 1591 constituent la toile de fond de son activité tourangelle. Accueilli « cum honore »[32] par Henri IV lors de leur entrevue et engagé avec lui dans la conquête du royaume, Achille de Harlay contribue pour ce qui est de son ressort à remettre « l'authorité Royalle en sa premiere splendeur, que les troubles avoient presque effacée »[33]. Etre sous son aile signifie donc recevoir une certaine formation, sinon avoir un rôle à jouer parmi des « gens de bien » sur un décor anti-ligueur : et c'est là que nous situons Virey pendant les années qu'il passe à Paris et vraisemblablement à Tours, de 1587-88 à 1592.

Christophe de Harlay sera « cornette de la Compagnie des Chevaux legers » d'Henri IV[34], mais rien ne paraît pouvoir témoigner du militantisme de Virey pour la cause du roi, même si la fiction autobiographique des *Vers Itineraires* met en scène un auteur-soldat, qui aurait été présent chez les Harlay lors de la « visite » du duc de Guise le 12 mai 1588 (II, 71-82) ou sur les champs d'Arques (I, 320) et de Senlis (II, 101). C'est-à-dire qu'il prétend avoir

> couru [sa] part des perils, que la vie
> Des meilleurs François court en ceste tragedie,
> Par villes, et par champs, pour le Roy, tout ardant
> A pied et à cheval courageux [s]'hazardant
> Aux coups de pistolets, et des plombez tonnerres,
> Qu'onques Grecs ny Romains n'ont cogneu en leurs guerres
> (I, 33-38).

---

32. J.-A. de Thou, *Commentariorum de vita sua Libri VI*, in Id., *Historiarum sui temporis ab anno Domini 1543 usque ad annum 1607 libri CXXXVIII[...] Accedunt Commentariorm de vita sua libri sex hactenus inediti*, Francfort, E. Emmel, P. Kopff et B. Ostern, 1625-28, t. II, p. 1223.

33. « Il se rendit aupres du Roy en la ville de Tours, où plusieurs officiers du Parlement se trouverent à son exemple, et là tous ensemble remirent l'authorité Royalle en sa premiere splendeur, que les troubles avoient presque effacée » (L'Hermite-Souliers, Blanchard, *Les Eloges*, cit., p. 78).

34. Blanchard, *Les Presidens au mortier*, cit., p. 237.

Sous cette aile royaliste, à un moment si tourmenté de l'histoire de France, Virey va apprendre à distinguer le Bien du Mal. C'est comme si « la balance droitte »[35] que le premier président tenait pour « la conservation des bons et [...] la punition des meschants » lui avait fourni un point de repère. Dans ses *Vers Itineraires* les nombreuses allusions à des personnages de son temps, dûment rangés à chaque fois parmi les bons ou les méchants, représentent en quelque sorte le legs de cet apprentissage : Anne d'Anglure, seigneur de Givry, le gendre du chancelier Cheverny, par exemple (II, 101), le baron d'Inteville (I, 118), le sieur de Gallaty (I, 300), le maire de Langres (I, 191), Nicolas Brûlart de Sillery (I, 287) ou Nicolas de Harlay, seigneur de Sancy (I, 292) appartiennent aux premiers. Tandis que, parmi les seconds, on retrouve le duc de Guise (II, 49), Mayenne (I, 30, 125), Alexandre Farnèse (I, 116), le trésorier Molan (I, 135), Jacques Clément (II, 87) les frères de Joyeuse (II, 107) ou le procureur Bussy-Leclerc (I, 93). Et, dans un certain sens, c'est pendant ces années, dans ce milieu, qu'il fait siennes ces habitudes lexicales qui ressortent de ses écrits et qui correspondent aux slogans politiques de l'époque. Comme dans les pages de Pasquier, de Pierre de L'Estoile, de De Thou, de Cheverny, de Du Vair, ou des nombreux pamphlets des catholiques royalistes qui paraissent à l'occasion des événements les plus retentissants des guerres civiles en même temps que les pamphlets des adversaires, dans les vers de Virey la Ligue est « folle » (I, 29) et ses démarches sont « iniques » (I, 302), le duc de Guise « insolent » (II, 49), ses partisans des « perturbateurs » (II, 10) et la France réduite en un état « piteux » (I, 29).

Au moment où Christophe de Harlay quitte la France pour aller achever son droit en Italie, le premier président choisit Virey « inter domesticos et Italici itineris comites »[36] qui

35. J. de La Vallée, *Discours sur la vie*, cit., p. 82 comme la citation qui suit. Cf. I, 68 où Virey écrit qu'Achille de Harlay « Va du souverain droict la balance tenant ».

36. Jacob, *De claris Scriptoribus*, cit., I, p. 78 comme les deux citations qui suivent. Cf. Picot, *Les Français italianisants*, cit., t. II, p. 326 ; avec précaution Papillon, *Bibliothèque des auteurs de Bourgogne*, cit., t. II, p. 356 dont Moréri reprend le texte dans son *Grand Dictionnaire*, cit., t. X, p. 657.

accompagneront son fils. Et Virey, « peractis igitur studiis philosophicis », entreprend cette « Italicam peregrinationem » qui le mène tout d'abord à Padoue : son nom paraît dans le registre matricule de la Faculté des juristes de l'université de Padoue à la date du 11 juin 1592[37]. Il y sera reçu docteur « in utroque iure » deux ans plus tard, après une interruption de ses études que la fiction des *Vers Itineraires* nous décrit et que les documents de l'époque semblent nous confirmer. Car, en 1593, après avoir suivi lcs cours prévus, mais, avant la cérémonie finale du doctorat, il entreprend une sorte de *peregrinatio* dans la *peregrinatio*, correspondant au voyage à Rome par Sienne qu'impliquaient les habitudes estudiantines padouanes. Gian Paolo Brizzi a pu en démontrer la pratique d'après ses études des *Libri amicorum* des étudiants étrangers qui avaient fait de Padoue le centre et la base de leur tour *academicus*. Ils partaient pour connaître l'Italie et ses universités - surtout celle de Sienne - avant de couronner leurs études à Padoue et de rentrer dans leur patrie[38]. Les indications que Virey nous donne de son passage par Sienne et de ses rapports avec un noble siennois, *doctorandus* en droit, correspondent aux renseignements que nous avons pu tirer des Archives archiépiscopales locales[39]. Les *Vers Itineraires* décrivent la cérémonie du doctorat d'« Un noble Tantucci » (II, 1544) où Virey serait intervenu en septembre 1593 : et, dans les *Protocolli degli atti*

37. « XI junii 1592. [...] D. Claudius Virey Chabilonensis in medio frontis vulnere signatus » (*Acta Iuristarum*, Un. de Padoue, Archives anciennes, ms 30, f. 63v°). Cf. Picot, *op. cit.*, t. II, p. 326 et B. Brugi, « Gli antichi scolari di Francia allo Studio di Padova », in *Mélanges offerts à M. E. Picot par ses amis et ses élèves*, Paris, Damascène Morgand, 1913, t. I, p. 549.

38. Voir l'excellent travail de Gian Paolo Brizzi, « Una fonte per la storia degli studenti : i *Libri amicorum* », in *Studenti, università, città nella storia padovana*, Actes du Colloque de Padoue (6-8 février 1998), sous presse.

39. Voir nos notes aux vv. II, 1544-1592 que nous avons pu rédiger à partir du manuscrit des *Protocolli degli atti di laurea : imbreviature*, Sienne, Archives Archiépiscopales, 6442, que M. Franco Nardi nous a signalé. Sans identifier le personnage, Picot citait erronément « Un noble Fantucci » (cf. *Les Français italianisants*, cit., t. II, p. 328).

di laurea de l'université de Sienne, on trouve l'acte du doctorat « in utroque iure » de Dionigi Tantucci, d'une des plus célèbres familles de la noblesse siennoise, à la date du 4 et du 5 septembre 1593. Sur le retour de Virey à Padoue après cette longue « promenade » italienne nous avons le témoignage important des *Acta Iuristarum* padouans, qui mentionnent le doctorat d'un Claude-Enoch le 31 août 1594. La cérémonie eut lieu chez le comte Capodilista, qui jouissait du privilège de conférer le grade universitaire en raison de son titre de comte palatin :

> Claudius Enoch gallus in edibus perillustrissimi domini Sigismundi Capittibusliste doctoratus in utroque iure, die mercurij, hore 12. 31 Augusti 1594[40].

Jusqu'alors, avant la concession du privilège impérial aux comtes palatins, l'archevêque de Padoue était le seul qui eût l'autorité de conférer le doctorat : la grande cérémonie qu'il présidait était encore normale en 1594 et choisie à l'époque par la plupart des étudiants. Suivant les prescriptions de la bulle *In sacrosanta* (1564) de Pie IV, elle prévoyait la profession de foi catholique, que le *doctorandus* était tenu de faire avant la soutenance ; on a ainsi pu supposer que le choix de Virey avait pour raison d'éviter cette *professio fidei Tridentinae* ou, plus généralement, la solennité religieuse du doctorat[41]. Les étudiants réformés de la *Natio Germanica*, la corporation des Allemands, et les orthodoxes de la *Natio Ultramarina*, la corporation des Grecs devaient bien sûr se contenter du doctorat comtal[42]. Mais il est plus probable que

---

40. *Acta Iuristarum*, Un. de Padoue, Archives anciennes, ms 54, f. 328v°; cf. Picot, *op. cit.*, t. II, p. 330 ; Brugi, « Gli antichi scolari », cit., p. 541n ; E. Balmas, *Uno scolaro padovano del '500. Claude-Enoch Virey,* Padoue, Circolo Italo-Francese, 1959, p. 9 ; G. Toso Rodinis, *Il petrarchismo di Pierre Bricard, scolaro francese a Padova nel XVI secolo*, Venise, Istituto Veneto di Scienze, Lettere ed Arti, 1972, p. 39n.

41. Cf. Balmas, *Uno scolaro*, cit., p. 9 et Brugi, « Gli antichi scolari », cit., p. 541n.

42. Voir l'introduction de L. Sitran Rea et E. Veronese Ceseracciu au volume édité par G. Baldissin-Molli, L. Sitran Rea, E. Veronese Ceseracciu, *Diplomi di laurea (1504-1806) all'Università di Padova*, Cittadella, Biblos, 1998, p. 58.

dans le cas de Virey il ne s'agissait que d'une question d'argent, la cérémonie privée étant moins chère que la cérémonie religieuse.

L'école padouane du droit et, dans son ensemble, l'université de Padoue avaient à cette époque commencé leur lent déclin, même si elles pouvaient encore compter sur de véritables maîtres tels Ottonello Descalzo, Marcantonio Ottelio ou Guido Pancirolo, qui venait de conduire au doctorat François de Sales et dont le *Thesaurus variarum lectionum in libros III Digestus* devait marquer une date dans les études du *corpus* de Justinien[43]. Galilée pour les mathématiques, Francesco Piccolomini pour la philosophie, Girolamo Mercuriale pour la médecine étaient les autres vedettes du moment. Les Français étaient nombreux à suivre leurs cours. Parmi ses compagnons de l'*Universitas Iuristarum* Claude-Enoch Virey se lia à un jeune bourguignon de son âge qui, une fois rentré en France en 1597, allait être avocat au Parlement de Bourgogne, Pierre Bricard. En 1592 à Padoue il représentait les étudiants juristes de la nation de Bourgogne[44], mais il se consacrait aussi aux belles lettres. Il composait des sonnets pétrarquisants et son recueil de vers italiens, *La Floridea del fedele Ardo*, parut à Paris en 1601 : dans ce *canzoniere* l'auteur se dissimulait derrière le jeu de mots entre Bricard et « Ardo » pour chanter son amour pour une belle Padouane[45]. Il s'adressait à Virey dans deux sonnets où il faisait allusion au voyage à Rome de 1593

43. Le *Thesaurus* de Pancirolo paraîtra à Venise chez Guerigli en 1610 : sur son enseignement padouan voir G. F. Tomasini, *Illustrium virorum elogia*, Padoue, Pasqua, 1630, pp. 187-193 ; N. Comneno Papadopoli, *Historia Gymnasii Patavini*, Venise, Coletti, 1726, t. I, III, pp. 259-60 ; t. II, I, p. 118 et notre note au v. I, 792. A propos de ses illustres collègues, voir A. Favaro, *Galileo Galilei e lo Studio di Padova*, Padoue, Antenore, [1883] 1966, t. II, pp. 18-32.

44. Cf. Picot, *op. cit.*, t. II, p. 315n et G. Toso Rodinis, *op. cit.*, pp. 7-8.

45. *La Floridea del fedele Ardo. Parte prima*, Paris, J. Gesselin, 1601 : le nom de Bricard se trouve au recto du dernier feuillet (f. 88), dans les adresses des pièces liminaires (ff. [3]r°-[7]v°) et dans l'acrostiche du sonnet LXIV (f. 27v°).

et surtout à un séjour siennois qui s'était prolongé plus que prévu et qui avait retardé le retour de son compagnon d'études à Padoue. Il célébrait la cause de ce retard : la belle « Calisa »,

> l'honor di quante Ninfe
> Annodano in nastro le chiome, ò l'hanno
> Sparse al vento nel bel fiorito prato,
> U di Branda corron le chiare linfe,

qui retint à Sienne Virey, « Amante amato » caché sous le pseudonyme de « Cloridon »[46]. Cette dénomination, qui se retrouve aussi dans les *Vers Itineraires* (I, 1035 et II, 1731), semble avoir été choisie par Virey pour les moments de sa production poétique la moins engagée. C'est un pseudonyme réservé à ses rares vers d'amour : il désigne le poète, par exemple, dans l'épître en vers que sa fiction présente au lecteur comme rédigée par sa femme, Jeanne Biot : celle-ci sera donnée en garde au grand prévôt en 1609 pendant que Virey sera à Bruxelles pour servir le prince de Condé dans sa « résistance » au roi, et le poète profitera de l'événement pour composer une *Lettre à la façon d'Ovide, au nom de damoiselle Jeanne Biot, soubz le nom d'Aminte, au sieur Virey, son mary, soubz le nom de Cloridon, detenue en la garde du chevalier du guet à Paris*[47]. Virey signe de Cloridon un sonnet par lequel dans *La Floridea* de Bricard il est censé répondre de Sienne au « fedele Ardo », qui demeure à Padoue : ses vers sont mis en évidence dans le texte où ils sont imprimés en caractères

46. [Bricard], *La Floridea del fedele Ardo*, cit., f. 64v° (c'est le sonnet CXXVIII, « A l'istesso ». Le sonnet précédent désigne Virey avec le titre et la charge qu'il recevra en 1599 car il est adressé au « Signore Virey, Consigliero, et Secretario del Serenissimo Principe di Condé » : f. 63v°).

47. A, pp. 139-148 ; C, ff. 87r°-95v°, presque sans variantes mais avec le titre d'*Epistre D'Aminte à Cloridon Sur la retraitte de Monseigneur Le Prince avec Madame La Princesse sa femme en Flandres. M.DC.IX ;* et avec ce même titre in B.N.F., Fonds Dupuy, ms 73, ff. 85r°-90r°, où une note dans la marge du f. 85r° précise : « Epistre de dam.lle Jeanne Biot femme du S.r Viery soubs le nom d'Aminte à Cloridon ». Voir également *infra*, p. XLVIII nos hypothèses sur un poème perdu des amours de Cloridon à Sienne, mentionné par la note de C, f. 7v°.

romains, au beau milieu de pages que, selon la tradition des recueils amoureux, caractérise l'italique. Et sur ces vers se clôt la première partie de *La Floridea*, en nous révélant le rôle que Virey semble avoir eu dans la genèse ou dans la rédaction de l'oeuvre de son ami :

CLORIDONE, AL FEDELE ARDO IN RISPOSTA DELLI VERSI MANDATILI DA PADOÜA À SIENA.

Delli gravi lumi col molto pianto
La turbida Brenta sgorga allagata :
Et con gli sospiri l'aria infiammata
L'ardor tuo fà sentir in ogni canto.
Pure quella che con si dolce canto
E nel tempio d'honor da te portata,
A te si dimostra fiera spietata
Pestando il nome tuo ch'à l'altre è santo !
Amico deh lascia le sponde ingrate
Soura le qual d'Amor in secca arena
Spargi il seme, ne mieti altro che duolo.
Vien quà à premer meco il cortese suolo,
Ove spande il cristal di fresca vena
La Branda, le cui Ninfe amano amate[48].

La Floridea paraît plus tard, certes, lorsque les deux amis seront à nouveau installés en France et que le temps leur aura permis de revoir (ou de rédiger) leurs poèmes. Mais cela ne change rien à la valeur des renseignements que nous pouvons en tirer, d'autant plus que Pierre Bricard dédie son recueil à Christophe de Harlay. Comme lui, comme Virey et comme beaucoup d'autres jeunes gentilshommes français, Bricard avait choisi la voie de la *peregrinatio* italienne au moment des guerres civiles, « tunc quum Mars tela pararet », écrit-il dans un poème latin *in limine* à son recueil :

AUTORIS DISCESSUS E GALLIA IN ITALIAM.

Discessi à patria tunc quum Mars tela pararet
Hesperidum in Gallos, gallica in Hesperidas.
Nec cum tuta satis Musis mea tecta paterent,
Itala regna diu pace superba peto[49].

---

48. [Bricard], *op. cit.*, f. 73r°. Pour un commentaire au sonnet, voir G. Toso Rodinis, *op. cit.*, pp. 44-45.

49. [Bricard], *op. cit.*, f. [8]v°.

Bricard s'adresse surtout à celui qui a vécu une expérience identique : dans une épître de trois pages[50], il avoue que, lors de leur commun séjour à Padoue, il s'était rendu compte des qualités dont Christophe de Harlay était pourvu, mais qu'à cette époque « le faix des fers de [sa] captivité amoureuse [...] tenoit [ses] pensées basses, et [ses] yeux pesants, et comme colés à terre »[51], donc qu'il est probable que quelques-unes de ces qualités lui aient échappé. Ce à quoi il veut porter remède par cet éloge liminaire et par la dédicace de ses humbles vers italiens, qui demandent d'entrer (de paraître) en France.

Le voyage en Italie, le séjour padouan, le voyage à Rome et un séjour à Sienne, le doctorat à Padoue en 1594 ramènent d'autre part Virey encore une fois chez Christophe de Harlay, qui entre temps avait été probablement rappelé à Paris par son père lors de l'abjuration de Henri IV. Notre auteur est « bénignement »[52] accueilli sous le même toit en 1595 avec la charge de secrétaire : Virey est un avocat, inscrit parmi les membres du Parlement de Dijon où, chemin faisant d'Italie en France, il a fait halte. Il est évidemment aussi passé par sa ville natale et, avant de rentrer à Paris chez ses protecteurs, il s'y est marié avec Jeanne Biot, la fille du procureur et notaire Jean Biot qui sera maire de Chalon en 1605-1606[53]. Une importante carrière s'ébauche alors pour lui : grâce à l'appui des Harlay, il obtient en 1599 un emploi de secrétaire au service du jeune Henri II de Bourbon, prince de Condé, le fils de Charlotte de La Tré-

---

50. La dédicace « A Monseigneur Christofle de Harlay Seigneur de Beaumont, etc. Cornette des Chevaux legers du Roy, et Baillif du Palais » occupe les ff. [2]r°-[3]r°.

51. *Ibid.*, f. [2]v°.

52. Cf. le P. L. Jacob, *op. cit.*, I, p. 79.

53. Le Père Perry le mentionne comme un haut « Bourgeois » chalonnais (Perry, *Histoire civile*, cit., « Preuves de l'histoire de la ville et cité de Chalon sur Saone », p. 119). Jeanne Biot était de dix ans plus jeune que Virey et mourra en 1639 : cf. les inscriptions du tombeau des Virey publiées par le Père Jacob, *op. cit.*, I, p. 85. Voir également J. d'Arbaumont, *Armorial de la Chambre des Comptes de Dijon*, cit., p. 217, où pourtant la date du mariage de Virey glisse à tort « vers 1600 ».

moille et du cousin de Henri de Navarre, premier prince du sang et héritier présomptif de la couronne jusqu'à la naissance, en 1601, du futur Louis XIII[54]. Le passage des Harlay aux Condé, confirmé par un brevet de secrétaire du roi, trouve son explication, sous la plume du Père Jacob, dans une consécutive où le biographe nous dit que « tanta fuit Claudii Enochii Vireyi probitas et integritas » dans l'accomplissement de ses devoirs, que Christophe de Harlay

> serenissimo Henrico Borbonio Condaeo principi stirpis regiae primario obtulerit, ad idem munus exercendum[55].

Mais il faudrait rappeler le rôle que jouaient le premier président et son beau-frère, Jacques-Auguste de Thou, dans les affaires de la maison de Condé. On sait que Henri II ne s'était pas immédiatement vu reconnaître ses droits lors de sa naissance, le 1er septembre 1588, six mois après la mort de son père, et que l'accusation pesait sur sa mère d'avoir empoisonné Henri de Condé et d'avoir donné le jour à un bâtard[56]. Dans le procès de légitimation - et de réhabilitation de Charlotte de La Trémoille - Jacques-Auguste de Thou avait été à l'origine de la décision de confier son éducation aux mains des catholiques, ce qui avait eu le pouvoir de procurer en même temps au jeune prince la reconnaissance solennelle de ses

54. Il est peut-être utile de rappeler ici ce moment de la vie d'Henri II de Condé (1588-1646) où le roi se fit son protecteur et qu'il le « retira près de lui » en tant que « premier prince du sang » (L'Estoile, *Journal pour le règne de Henri IV*, cit., p. 468). Henri IV avait même donné l'ordre « au parlement de Paris d'aller saluer son neveu, « désirant qu'il soit recogneu et révéré [...] comme premier prince du sang et héritier présomptif de cette couronne, jusques à que Dieu nous ayt donné des enfants » [lettre du 7 novembre 1595] » (Henri d'Orléans, duc d'Aumale, *Histoire des Princes de Condé*, cit., t. II, p. 236 ; voir également toute la partie du t. II, pp. 188-348 et le premier livre du t. III et L.-Henri-J. de Bourbon, prince de Condé, *Mémoires pour servir à l'histoire de la maison de Condé*, Paris, 1820, t. I, pp. 6-12).

55. Jacob, *op. cit.*, I, p. 79. Cf. Perry, *Histoire civile*, cit., p. 467.

56. Duc d'Aumale, *Histoire des Princes de Condé*, cit., t. II, pp. 188, 222-224.

titres, à sa mère, détenue jusque là, la liberté et au roi la dissolution pontificale de son mariage avec Marguerite de Valois, dans la mesure où Clément VIII ne pouvait que se réjouir de l'entrée d'un Condé parmi ses fidèles et était disposé à souscrire aux désirs du roi de France. A De Thou revenait par conséquent le choix des précepteurs du prince de Condé, sinon des gens de son entourage : le choix de Jean de Vivonne, marquis de Pisani, nommé son gouverneur en 1595, quelques mois avant la cérémonie officielle pendant laquelle Achille de Harlay, au nom du Parlement, « harangua le jeune prince »[57] en signe de révérence et de soumission ; ou bien, en 1596, celui de Nicolas Lefèvre, qui n'accepta la charge de précepteur que « par déférence pour les conseils de De Thou et du premier président de Harlay »[58]. Les portraits que le duc d'Aumale nous a laissés de Pisani et de Lefèvre dans son *Histoire des Princes de Condé* en disent long sur les projets qui s'esquissaient autour de la personne du jeune Henri II. Mais ils nous renseignent surtout sur les qualités qui étaient requises pour entrer à son service : « catholique exact et sincère, mais royaliste et patriote [...], négociateur loyal et habile, brave soldat »[59], le marquis de Pisani avait toujours été fidèle au roi. Nicolas Lefèvre, après avoir « appris le droit dans les célèbres universités d'Italie, d'où il avait apporté un goût très vif pour l'antiquité »[60], s'était consacré à « l'étude la plus variée, car il menait de front la théologie, la jurisprudence, la philosophie, les sciences, les lettres et les langues »[61]. Appartenant au cercle des magistrats lettrés que connaissait De Thou, « tout le temps qu'avait duré la domination des Seize et des Lor-

57. *Ibid.*, p. 236.

58. *Ibid.*, p. 240. Voir également P. de L'Estoile, *Journal pour le règne de Henri IV*, cit., p. 468. Il faut peut-être souligner qu'en alternative à Nicolas Lefèvre on avait pensé à Joseph-Juste Scaliger (voir le duc d'Aumale, *op. cit.*, t. II, p. 239).

59. Duc d'Aumale, *op. cit.*, t. II, p. 231.

60. *Ibid.*, p. 239.

61. *Ibid.*, pp. 239-40.

rains »[62] à Paris il avait vécu dans la meilleure des retraites possibles, réfugié chez son ami Pierre Pithou. « Catholique exact et même fervent », Nicolas Lefèvre avait « toujours détesté la Ligue » et toujours été « sincèrement royaliste »[63].

Tandis que l'on peut attribuer une importance secondaire au rôle qu'aurait joué Christophe de Harlay, qui venait de recevoir le titre de « Guidon de la compagnie des Gensdarmes de monsieur le Prince de Condé »[64], Virey n'est pas, par sa culture, par sa position, par son âge, à la hauteur d'un Pisani ou d'un Lefèvre. Sa charge chez Condé, du reste, bien différente de la leur, ne lui demande pas de l'être. Simple secrétaire, il est introduit chez le jeune prince au moment où De Thou semble essuyer un échec car, à la mort de Pisani, en octobre 1599, le haut magistrat ne peut pas empêcher que le choix du nouveau gouverneur tombe sur un ancien ligueur qui s'était prodigué en éloges de Henri IV dès son abjuration : Jean-François de Faudoas, comte de Belin[65]. Qu'il soit placé en tant que pion dans un milieu dont il ne faut pas perdre le contrôle[66], ou bien qu'il soit tout bonnement favorisé par ses protecteurs, Virey sait accroître sa position : le secrétaire qu'il est en 1599 va devenir en dix-sept ans conseiller privé du prince et intendant de ses finances. Au cours des années et en raison même de la réussite de sa carrière, les désaccords à l'in-

---

62. *Ibid.*, p. 240.

63. *Ibidem.*

64. F. Blanchard, *Les Presidens au mortier*, cit., p. 237. Sur la charge de guidon voir R. Doucet, *Les Institutions de la France au XVIe siècle*, Paris, Picard, 1948, pp. 620-28.

65. Le comte de Belin avait été choisi directement par Henri IV : voir le duc d'Aumale, *op. cit.*, t. II, p. 250-252.

66. Une destinée semblable à celle de Virey toucha Jacques de La Vallée, ancien domestique des de Harlay et l'auteur d'une biographie du premier président (*Discours sur la vie, actions et mort de tres-illustre Seigneur, Messire Achilles de Harlay*, cit.), que, d'après le témoignage de Tallemant des Réaux, nous retrouvons ensuite au service d'Henri II de Condé (cf. Tallemant des Réaux, *Les Historiettes*, éd. Mongrédien, Paris, Garnier, 1932, t. II, p. 268).

térieur de la maison ne manquent pas : Michel Simonin nous a signalé, par exemple, six feuillets des *Minutes d'instructions criminelles* qu'il a pu lire aux Archives Nationales, qui concernent une dispute qui opposa en 1614 Virey à d'autres membres du service de Condé[67]. Mais les marques de reconnaissance ne manquent pas non plus : une liste de commissions et d'affaires à régler donnée par le prince « au Sieur Virey Conseiller, premier Secretaire et Intendant des finances » le 8 mai 1616 présente des notes manuscrites de Virey qui confirment la générosité de Condé à son égard. Virey est notamment chargé d'aller chercher des actes qui devaient être envoyés aux députés du traité de Loudun et de retirer entre autres « trois mil livres accause de l'ordre du St. Esprit »[68]. Il note dans la marge de cette commission : « monseigneur m'en a fait don ».

Les pages élogieuses du Père Jacob nous disent que Virey avait su dès le début se conduire « prudentissime [...], iudicio eximio atque experientia singulari »[69]. Et il est vrai qu'il sait rechercher les appuis adéquats aux moments les plus difficiles, sans jamais oublier le berceau d'où il est sorti : les démarches qui, pour servir Henri II de Condé, l'engagent davantage, « sentent toujours le président ». L'exemple le plus éclatant est donné par les événements de 1609, lorsque Virey est entraîné dans la célèbre affaire qui oppose son maître au roi : amoureux de Charlotte de Montmorency, Henri IV fait de celle-ci la femme de son cousin dans l'espoir de trouver en lui un allié et

---

67. Cf. Paris, A. N., X / 2B / 1182, *Minutes d'instructions criminelles* du 21 juin 1614 (Antoine Petit / Claude-Enoch Virey) : document découvert par Michel Simonin. Parmi les témoignages portés contre Virey on y lit celui d'Estienne Cymetier, huissier du prince de Condé (cf. *ibid.*, ff. 1r°-2r°).

68. *Instruction au Sr Virey Con.^er^ premier Secret.^re^ et Intendant des finances de Monseigneur le prince des expeditions qu'il retirera*, Paris, Bibliothèque de l'Institut, Fonds Godefroy, ms 95, ff. 260r°-261r° (ici f. 260r°, comme la citation qui suit). Le document est signé par Henri II de Condé et contresigné par La Grange.

69. Jacob, *op. cit.*, I, p. 79.

un mari complaisant[70]. Point d'honneur ou brigue de l'entourage de Condé, la complaisance ne vient pas : mariés à Chantilly le 17 mai 1609, Henri II de Condé et la fille du connétable quittent la cour le 17 juin pour leur résidence de Saint-Valéry. Ils y reviennent le 7 juillet à l'occasion du mariage du duc de Vendôme. Ils regagnent, le 12, un de leurs châteaux, en Picardie, tout près de la frontière des Pays-Bas. Au début de novembre, requis par le roi, Condé se présente au Louvre et sa femme ne l'accompagne pas. Décidé à obliger son cousin au divorce afin d'avoir à nouveau Charlotte de

70. Marguerite-Charlotte de Montmorency (1593-1650) était la fille de Henri, duc de Montmorency (1534-1614), premier baron de France, pair, maréchal de France en 1567, connétable en 1593, et de sa seconde femme, Louise de Budos. Fiancée d'abord à François de Betstein, maréchal de Bassompierre (1579-1646), elle devint à seize ans la femme de Condé par ordre de Henri IV qui voulait faire d'elle sa favorite sans se brouiller avec Bassompierre. Les témoignages sur ce dernier amour du Vert Galant sont, comme on le sait, nombreux : les *Mémoires* de Bassompierre, les *Mémoires-Journaux pour le règne de Henri IV* de Pierre de L'Estoile, les *Oeconomies royales* de Sully, les *Historiettes* de Tallemant, jusqu'aux *Stances* de Malherbe (« Stances d'Alcandre sur la captivité de sa maîtresse », « Stances pour le retour d'Oranthe », etc., livre V, XLIII-XLVII). Et nombreux sont les romans que l'on a faits par la suite (voir P. Henrard, *Henri IV et la Princesse de Condé*, Bruxelles-Paris, Chamerot-Félix Alcan, 1885 ; A. Meyrac, *Le dernier amour de Henri IV : Charlotte de Montmorency, mère du Grand Condé*, Paris, A. Michel, 1928 ; E. A. Rheinhardt, *L'amoureux automne de Henri IV*, Paris, Fayard, 1938 ; etc.). Nous nous servons surtout du duc d'Aumale, *Histoire des Princes de Condé*, cit., t. II, pp. 255-348, des documents publiés *ibid.*, pp. 442-445 où l'on retrouve la signature de Virey parmi les témoins du contrat de mariage Condé-Montmorency (doc. XVIII), et de l'étude de Silvio F. Baridon, « L'avventura di Enrico II di Condé nella relazione di Claude-Enoch Virey », *Studi Urbinati*, XXVIII, 1954, pp. 89-178, que ne semble pas connaître Y. Bellenger dans son article « Une chronique versifiée : *L'Enlevement Innocent* de Claude-Enoch Virey », in *N.R.S.S.*, 1997, 15/1, pp. 137-151. Nous utilisons également, à côté des mss de Virey, les documents qui ont paru dans la *Revue Rétrospective, ou Bibliothèque Historique, contenant des Mémoires et documents authentiques, inédits et originaux*, Paris, H. Fournier Aîné, 1833-1838, 1ère Série, 1er Vol., pp. 292 et 332-335 : « Amour de Henri IV pour la princesse de Condé ».

Montmorency à Paris, Henri IV fait appeler « Virey, secrétaire du prince »[71] pour le renseigner sur le projet du démariage. Avec le roi Virey a, le lendemain, une seconde entrevue : à l'appui du consentement de son maître il apporte une réponse écrite, où Henri de Condé précise qu'en tout cas, selon les règles de la cause, la princesse ne quittera pas son foyer conjugal (en Picardie) jusqu'au moment où l'affaire sera expédiée et le divorce officiellement obtenu. Nous aimerions considérer comme véridique la réplique que Tallemant attribue à Henri IV, « voilà une réponse de droit canon, et qui sent le président »[72], que le duc d'Aumale explique :

> [le roi] avait reconnu la plume exercée de De Thou [...] qui, dans toutes ces affaires, était le conseil du prince, comme Virey son énergique instrument.

Le divorce est déjoué, mais non les menaces du roi ; le prince et la princesse de Condé quittent la France en novembre 1609 et se réfugient avec leur suite à Bruxelles, chez les archiducs de Flandres auprès de qui ils sont introduits grâce à l'entremise d'Eléonore de Bourbon, soeur de Condé, la femme de Philippe-Guillaume d'Orange-Nassau[73]. Leur fuite est évidemment préparée par un bon nombre de négociations, où le secrétaire Virey joue un rôle d'un certain relief, qu'il s'agisse de trouver les moyens financiers ou d'obtenir l'autorisation des archiducs[74].

---

71. Duc d'Aumale, *op. cit.*, t. II, p. 266.

72. Citée par le duc d'Aumale, *ibidem*, comme la citation qui suit.

73. « Contigit enim anno M.DC.IX ut princeps Condaeus cum Carola Margarita Mommoranciana sua coniuge omnibus gratiis decorata, coactus fuerit Belgium proficisci ; Vireyus unicus domesticus eos comitatus est tanquam fidissimus et charissimus » (le Père Jacob, *op. cit.*, I, p. 79) : notre source exagère évidemment le rôle de Virey en le qualifiant de seul représentant de la suite des princes de Condé. Voir le duc d'Aumale, *op. cit.*, p. 270 où l'on lit que leur suite compte au moins sept personnes : Virey, Louis d'Aloigny, marquis de Rochefort, l'un des gentilshommes de la petite cour d'Henri II de Condé parmi les plus fidèles, deux demoiselles de compagnie de Charlotte de Montmorency et trois domestiques.

74. Voir le duc d'Aumale, *op. cit.*, pp. 271-280 et S. F. Baridon, « L'avventura di Enrico II di Condé », cit., pp. 128-136.

Parmi les témoignages qui nous restent d'un moment de l'histoire de France où le séjour de Condé aux Pays-Bas se superpose aux visées de Henri IV dans la succession de Clèves et Juliers et au grand dessein qu'il projette contre les Habsbourg, on entend aussi la voix de Virey. Dans un *Memoire* de dix pages, rédigé beaucoup plus tard, en 1625, que Virey adresse à M. Rigault, avocat au Parlement de Paris, mais qui avait été promis « à feu monsieur de Thou »[75], il donne un compte rendu de ces événements qui l'ont atteint au plus vif : d'après la lettre qui accompagne le *Memoire*, on apprend qu'à l'époque il avait été « interdit [...] de la Court »[76] à cause de sa collaboration avec Henri de Condé ; que sa femme, restée à Paris chez Charlotte de La Trémoille, avait été arrêtée par le roi en représailles et mise « en la garde estroitte d'un [des] Archers »[77] du Chevalier du guet où elle avait demeuré « recluse six semaines » ; et que son fils, âgé de neuf ans, avait failli aussi être mis « en la garde d'un autre Archer »[78]. A

75. « Monsieur, je m'aquitte fort tard de ma promesse [...]. Je vous envoie neantmoings un memoire au vray et un sommaire recit de la retraitte de Monseigneur le Prince faite avec Madame sa femme ez Païs Bas tel que je l'avois minutté pour le donner à feu monsieur de Thou » (lettre autographe de Virey à « Monsieur Rigault Advocat au Parlement de Paris et Garde de la Bibliotheque du Roy », de Chalon-sur-Saône, le 9 février 1625, in B.N.F., Fonds Dupuy, ms 72, f. 42r°. La lettre à Rigault occupe les ff. 42r°-43r° : au v° du f. 43 on lit l'adresse. Elle suit le *Memoire de la Retraitte de Monseigneur Le Prince de Condé avec Madame sa Femme hors du Royaume de France ez années 1609 et 1610*, *ibid.*, ff. 36r°-40v°; le f. 41 est blanc). Du *Memoire*, aussi bien que de la lettre à Rigault, il y a une copie in B.N.F., Anciens Petits Fonds Français, ms 23331, ff. 3r°-15r° (*Memoire*) et ff. 15r°-18r° (« Coppie d'une Lettre escrite à Monsieur Rigault advocat au Parlement de Paris et Garde de la Bibliotheque du Roy, Luy envoyant le precedent Memoire »). La lettre à Rigault a également paru dans la *Revue Rétrospective*, cit., 1ère Série, 1er Vol., pp. 332-334.

76. B.N.F., Fonds Dupuy, ms 72, f. 42r°.

77. *Ibid.*, f. 42v° comme la cit. qui suit.

78. *Ibid.*, f. 43r°.

Bruxelles, en février 1610, un « Ambassadeur extraordinaire »[79] du roi, le marquis de Coeuvres, vient déclarer Henri de Condé « rebelle et criminel de leze majesté »[80], posant de graves problèmes diplomatiques aux archiducs et aux Habsbourg d'Espagne. « Et le Prince se sentant trop proche de la puissance du Roy »[81] accepte l'idée d'une seconde fuite, de Flandres « en quelque autre Estat et Païs d'Espaigne », tandis que les archiducs, qui gardent avec eux Charlotte de Montmorency, essaient de parer le coup, en laissant peut-être entrevoir à Henri IV que, Condé parti, rien ne s'opposait plus au retour de la princesse à Paris, sinon même au projet du divorce. Virey accompagne son maître dans sa fuite, chargé d'entretenir les relations du prince avec la France et Bruxelles pendant le séjour que l'on a prévu pour lui à Milan, territoire habsbourgeois gouverné au nom de Philippe III par le comte de Fuentès. Il y demeure avec lui deux mois, jusqu'au 9 juin 1610, date à laquelle, après avoir appris « la nouvelle du tresinhumain et detestable assassinat commis en la personne sacrée du Roy treschrestien »[82], il reprend le chemin du retour dans sa patrie.

On passe tout d'abord par Bruxelles, où Condé fait halte pendant que Virey avec d'autres envoyés du prince vont certi-

---

79. Virey, *Memoire de la Retraitte*, cit., B.N.F., Fonds Dupuy, ms 72, f. 38v°.

80. *Ibid.*, f. 39r°. Cf. également le *Procès-verbal de la visite faite à Bruxelles au Prince de Condé par Annibal d'Estrées, marquis de Coeuvres et les autres envoyés du Roi*, que l'on lit *ibidem*, ff. 73r°-74v°: l'entrevue déterminante eut lieu le 16 février 1610.

81. Virey, *Memoire de la Retraitte*, cit., *ibidem* comme la citation qui suit.

82. *Ibid.*, f. 40r°. Parmi les documents qui témoignent de l'activité milanaise du secrétaire Virey pendant les deux mois du séjour de Condé, nous voudrions signaler au moins une lettre qu'il écrivit à l'abbé d'Aumale le 7 avril 1610 pour l'inviter à rejoindre le prince à Milan et pour lui demander surtout des nouvelles sur ce que l'on disait, à ce moment, à la cour au sujet d'Henri II de Condé (cf. la *Copie d'une lettre escrite de Viray* <sic> *à l'abbé d'Aumalle depuis l'arrivée à Milan de Monsieur le prince de Condé*, Paris, Bibl. de l'Institut, Fonds Godefroy, ms 265, f. 129r°-v°).

fier à la reine mère toute son obéissance[83]. Et le 16 juillet Condé entre solennellement à Paris : le duc de Bouillon, Charlotte de La Trémoille, le président de Thou et plusieurs autres gentilshommes sont sortis de la capitale pour aller à sa rencontre. De Thou a la fonction, selon L'Estoile, de rassurer le prince sur l'absence de risques pour sa personne : si les « bruits » courent d'un complot contre lui, ils sont « vains et faux et semés à desseings »[84]. Virey devrait faire partie du cortège : à la droite de Condé il y a en tout cas Philippe-Guillaume d'Orange-Nassau ; à sa gauche, Christophe de Harlay, que L'Estoile mentionne comme « le comte de Beaumont, fils de M. Le Premier Président »[85], car, en reconnaissance des services que les Harlay lui avaient rendus, le roi avait converti en comté la seigneurie de Beaumont qu'ils possédaient en Gâtinais. Quant à Charlotte de Montmorency, retenue par précaution quelque temps encore chez Isabelle-Claire-Eugénie à Bruxelles, elle gagne Chantilly à la fin du mois de juillet et, le 7 août, Saint-Valéry où Condé la conduit, apparemment malgré elle, suivant un accord « moyenné par la Roine »[86]. Or « deux meschants hommes » auraient contribué selon L'Estoile à la décision d'éloigner, pour le moment, la princesse de la cour : « Rochefort et Viré, tous deux Ligueurs »[87]. Louis d'Aloigny, marquis de Rochefort, était bien, comme Virey,

83. Condé arrive « à Bruxelles le 18. Jour dudit mois de Juin, d'où un jour apres il depesche en poste ledit Virey en France au Roy et à la Reyne regente pour asseurer leurs Majestez de son service et obeïssance » (Virey, *Memoire de la Retraitte*, cit., f. 40v°).

84. P. de L'Estoile, *Mémoires-Journaux*, éd. M. Brunet *et al.*, Paris, Librairie des Bibliophiles, 1875-1881, t. X (1881), p. 330.

85. *Ibidem*.

86. *Ibid.*, p. 367. Sur la crise qui menaçait à cette époque le mariage de Condé et Charlotte de Montmorency et sur leur réconciliation, voir le duc d'Aumale, *op. cit.*, t. III, « Livre troisième ».

87. « Le samedi 7e, M. le Prince va requérir sa femme, à Chantilly (cest accord aiant esté moyenné par la Roine, conseillée des deux meschants hommes Rochefort et Viré, tous deux Ligueurs et favorisant les Jésuites), la mène à Valéry, où il la laisse, et s'en revient à Paris » (L'Estoile, *Mémoires-Journaux*, cit., t. X, p. 367).

l'un des hommes de confiance d'Henri de Condé. Mais, à moins de ne supposer de la part de Pierre de L'Estoile une méprise, nous ne pouvons pas établir le rôle que Virey joue à cette occasion. Ni lui ni le marquis de Rochefort n'étaient « Ligueurs », on le sait[88].

Après le retour de Charlotte de Montmorency à Paris en novembre 1610, la position de Virey à l'intérieur de la maison de Condé change un peu : il a toujours des charges prestigieuses, mais le secrétaire, le conseiller et l'intendant des finances du prince ne suit pas toutes les démarches qui vont conduire son maître à la tête d'une faction des Grands. Les Etats Généraux de 1614, la révolte nobiliaire de 1615, la nomination de Concini au Conseil du roi, auront comme conséquence l'emprisonnement d'Henri II de Condé à la Bastille, le 1er septembre 1616. Virey se tient à l'écart, même s'il continue à servir son prince[89], mais en jouissant alors surtout des bénéfices de son aventure aux Pays-Bas. Il a établi une importante relation avec Erycius Puteanus (van den Putten, ou en français Henri du Puy), le titulaire de la chaire qui avait été celle de Juste Lipse à Louvain : Virey avait eu l'occasion de le rencontrer à Bruxelles en 1609 et leur correspondance témoigne des services - toujours bien rétribués - qu'il put rendre au célèbre érudit. Dans une lettre de 1615, Puteanus le remercie pour un diplôme que Virey aurait obtenu de la part du Chancelier du roi grâce à l'entremise de Condé[90]. Et probablement en dédommagement des ennuis que l'affaire Condé-

88. Cela n'a pas empêché J. Roy-Chevrier de faire référence à ce passage des *Mémoires-Journaux* pour affirmer que la « réconciliation des époux [Condé et Charlotte] fut bien l'oeuvre de Virey » (J. Roy-Chevrier, *Dans l'ombre du passé*, cit., t. II, p. 225).

89. « Persistit Vireyus in eo nobili Secretarij Principis officio ad multos annos » (Jacob, *op. cit.*, I, p. 79) et selon toute probabilité jusqu'à 1620.

90. Cf. la lettre de Puteanus à Virey datée de « Louanij, XII Kal. Aprileis M. DC.XV », que publie le père Jacob dans ses *De claris Scriptoribus cabilonensibus libri*, cit., I, pp. 80-81, où l'auteur précise qu'il la reproduit « ex autographo ».

Montmorency avait causés à sa famille, Virey reçoit en 1614 une grosse somme qui correspond à dix fois le montant de ses gages ordinaires de 300 livres par an[91] ; dans une quittance qui porte la date du 1er novembre « Claude Enoch Virey Conseiller et secretaire du Roy confesse en effet avoir receu comptant » de la part du

> Conseiller au Conseil d'Estat de sa majesté et tresorier de son espargne, la somme de sept cens cinquante livres à moy ordonnée par le Roy pour la pension qu'il plaist à sa majesté me donner durant le quartier de Juillet aoust et septembre de la presente année Mil six cens quatorze, qui est à raison de trois mil Livres par an, de laquelle dicte somme de sept cens cinquante Livres je me tiens pour content et bien païé[92].

Ses desseins commencent à se déplacer de Paris à Chalon. Virey dispose désormais du capital nécessaire pour se faire bâtir une résidence superbe sur le terrain de sa propriété. Et il dispose également de la possibilité de solliciter du roi le don d'une partie de la vieille enceinte de la ville, afin de pouvoir y appuyer le revers du bâtiment. Après les inévitables querelles avec le maire, les échevins et les trésoriers locaux que la demande de Virey et l'avis favorable du Conseil du roi privent de leurs droits, il obtient ce qu'il réclame, ainsi que la bienveillance de la municipalité : de la possession que les lettres patentes royales lui accordent de l'entière enceinte, il n'accepte que celle d'un arc de cercle. Et de Paris, le 8 juillet 1615, il va préciser au maire de Chalon les limites de son domaine :

> ce qui m'est propre à cause de ma maison, qui consiste, sçavoir un jardin que j'ay eu de monsieur de Mucye [...][93] ; le jardin qui jointe au mien sur la ruelle qu'on dit apartenir au

91. Voir les *Pièces originales du « Cabinet des Titres » provenant des anciennes archives de la Chambre des Comptes*, B.N.F., ms français, dossier 3029 (de *Viot* à *Virien*), pièces *Virey*, n° 3. Voir également Picot, *op. cit.*, t. II, p. 332n.

92. *Pièces originales du « Cabinet des Titres »*, cit., pièces *Virey*, n° 2r°.

93. Sur Jacques de Mucie, voir II, 128-132 et la note.

> sieur Courrant ; celuy que tient M.r le chanoine Languet de feu Renard pour donner en eschange à messieurs de la Relligion, si tant est qu'ils le veuillent pour celluy qu'ils possedent derriere la maison de Monsieur le President Jeannin et la mienne ; le jardin de Madame Perrault et celluy de mon pere, monsieur Biot[94].

Cela fera quand même un beau parc.

En 1615 Virey est encore à Paris, mais il ne va pas y demeurer longtemps. Nous avons vu qu'il était en pleine activité en mai 1616, date à laquelle le prince lui fait don en plus de ses gages ordinaires des 3.000 livres dont nous renseigne l'*Instruction au Sieur Virey* du Fonds Godefroy de la Bibliothèque de l'Institut. Mais il subit les conséquences du revers de fortune de son maître quelques mois plus tard. Pendant la période que Condé passe à la Bastille, et à Vincennes avec sa femme qui avait voulu le suivre, les renseignements sur la vie de Virey font défaut. Peut-être compose-t-il à cette époque son poème sur la réconciliation de ses maîtres, *La prison volontaire, ou l'entrée de madame la Princesse en la Bastille*[95]. Mais il prépare surtout sa retraite et son retour à Chalon : le 20 octobre 1619, le prince est remis en liberté ; le 16 décembre, Virey signe la quittance de sa rétribution pour cette année[96] et, en 1620, il gagne Chalon-sur-Saône.

« Donec iam senex aulicae vitae pertaesus pristino se reddidit, inter suos clarissimos et charissimos Concives otio »[97]. Il

---

94. Le procureur et notaire Jean Biot était, nous l'avons vu, son beau-père. Enea Balmas nous avait signalé cette lettre autographe de Virey, datée « De Paris, ce huict[me] Juillet 1615 », Chalon-sur-Saône, Archives Municipales, DD. 4, 2 ff. Au verso du deuxième feuillet on lit l'adresse, à « Messieurs Sieur Maire et Eschevins de la Ville et Citté de Chalon » (en 1615-1616 le maire de Chalon était Claude Tapin).

95. C'est un poème de plus de 600 vers, in A, pp. 149-180 ; C, pp. 97-128 ; B.N.F., Fonds Dupuy, ms 73, ff. 93r°-110r°. A propos de l'« emprisonnement » de la princesse de Condé cf. Tallemant des Réaux, *Les Historiettes*, cit., t. I, p. 110.

96. Voir les *Pièces originales du « Cabinet des Titres »*, cit., pièces *Virey*, n° 3.

97. Le Père L. Jacob, *op. cit.*, I, p. 79.

faut, certes, s'entendre sur les mots : car son *otium* chalonnais est tout de même « interrompu » par une visite de Condé en 1623 ; par cinq élections à la mairie de la ville et une à l'intendance de l'Hôpital des Soeurs de Saint-Laurent ; par une querelle en 1628 avec le Parlement à propos d'une sortie de blés[98] ; par la peste, en 1629 ; et par quatre entrées célèbres, de Louis XIII, de Richelieu, et des deux gouverneurs successifs de Bourgogne, Henri II de Condé, en 1631, et Louis Chalon Du Blé, marquis d'Huxelles, en 1634. La visite du prince de Condé de 1623 est une visite informelle : le Père Perry nous dit que, lors d'un voyage, le prince fit halte à Chalon pour descendre « au logis du sieur de Virey qui avoit esté autrefois son Secretaire, et l'avoit servi fidelement »[99]. L'événement est quand même classé parmi les plus importants de 1623 et il nous donne entre autres la possibilité de savoir que le « logis » de Virey était un « elegantissim[um] aedifici[um] »[100], un hôtel qui existe encore aujourd'hui : l'actuelle sous-préfecture de Chalon, place Thiard. En 1631 en revanche, l'entrée de Condé est un moment officiel : le prince, qui avait donc été nommé gourverneur de Bourgogne, arriva à Dijon le 15 décembre et il se rendit à Chalon le 22. Virey prit part au cérémonial ; il alla à sa rencontre, « luy fit un beau compliment »[101], puis il le reçut chez lui et il lui présenta les doléances de la ville[102]. Mais parmi ces *negotia* nos sources

98. Le Parlement de Bourgogne avait interdit l'exportation des céréales hors de la province. Virey, maire de Chalon à cette époque, fut personnellemnt impliqué dans l'affaire : dans l'*Histoire civile* du Père Perry on lit que l'on avait fait « pointer du Canon contre la ville, et nommement contre l'Evesché et la Maison du sieur Virey maire » (*op. cit.*, p. 443).

99. Perry, *Histoire civile*, cit., p. 434.

100. Jacob, *op. cit.*, I, p. 81.

101. Perry, *op. cit.*, p. 454.

102. Notamment à propos du rétablissement des Jésuites au collège de Chalon. Voir Perry, *op. cit.*, *ibidem* et *L'Illustre Orbandale, ou l'Histoire ancienne et moderne de la Ville et Cité de Chalon sur Saône*, Tome premier, Lyon - Chalon-sur-Saône, P. Cusset, 1662, p. 757-761. Sur l'entrée du marquis d'Huxelles, gouverneur de Bour-

mettent surtout en relief l'entrée du roi, qui passe par Chalon au début de 1629, allant à Casale où il se rend au secours du duc de Nevers. Car c'est à Virey, maire de Chalon pour la deuxième fois[103], de s'occuper directement de la cérémonie, de faire dresser les accès triomphaux à la ville, de recevoir Louis XIII, de lui présenter les clefs et de prononcer les harangues que la forme requiert[104]. C'est à lui notamment d'entretenir le roi pendant les pauses de la fête : l'écho des années qu'il a vécues à Paris résonne alors, et il devient pour nous un témoignage important lorsque sa Majesté,

> l'ayant recogneu d'abord pour l'avoir veu long temps prez de Monseigneur le Prince, et ouy parler quelquefois de la part d'iceluy tant à sa Majesté mesme qu'à la Royne sa mere, luy fit quelques questions sur sa retraite de la Cour : Ausquels ledit Virey fit reponses convenables. Et sa Majesté luy disant qu'elle avoit veu une maison bien bastie, qu'on luy avoit dit estre de

---

gogne depuis 1634, cf. *Ibidem*, pp. 763-774 et le R. Père Guérin, *Eloge historique et funebre de tres-haut et tres-puissant Seigneur Louys Chalon du Blé, Marquis d'Huxelles*, Lyon - Chalon-sur-Saône, P. Cusset, 1661.

103. Les années des mandats de Virey sont : 1627-1628, 1628-1629, 1629-1630, 1632-1633 et 1633-1634. L'élection du maire avait lieu à la Saint-Jean, le 24 juin (cf. Perry, *op. cit.*, « Preuves de l'histoire de la ville et cité de Chalon », pp. 119-120).

104. Un compte rendu détaillé de la cérémonie se trouve in Perry, *op. cit.*, pp. 446-448 ou chez *L'Illustre Orbandale*, cit., 727-735. Mais la source de Perry et de *L'Illustre Orbandale* est le *Quinziesme Tome du Mercure François, ou, Suitte de l'Histoire de nostre temps, sous le Regne du Tres-Chrestien Roy de France et de Navarre, Louis XIII*, Paris, E. Richer, 1631, 2e partie, pp. 89-101 (aux pp. 102-105 le compte rendu chalonnais continue avec les entrées de Richelieu et du maréchal de Schomberg). Il contient aussi les harangues que Virey prononça aux différentes occasions (c'est une des rares reconnaissances de l'imprimerie à notre auteur de son vivant) : « Paroles tenues au Roy par M. Claude Enoch Virey, Maire de la Ville », *ibid.*, pp. 91-92 ; « Propos du Maire tenus au Roy, luy presentant le don de la ville », *ibid.*, pp. 98-100 ; « Paroles du Sieur Virey au Roy à son départ de Chalon », *ibid.*, p. 103 ; « Ce que dit le Sieur Virey Maire à M. le Cardinal Richelieu », *ibid.*, p. 102 ; « Et au Marechal de Schomberg passant par Chalon », *ibid.*, p. 104 ; « Au comte de Harcour », *ibid.*, p. 104 ; « A Monsieur le Garde des Sceaux », *ibid.*, p. 105.

> luy, il repartit que sa Majesté et ledit Sieur Prince en avoient payé les massons, par leurs bienfaits, ayant l'honneur d'estre du nombre des Secretaires de sa Majesté et dudit Sieur Prince[105].

Après cela, le 11 décembre de cette même année, le Parlement de Dijon reçoit et enregistre les lettres d'anoblissement par lesquelles le roi récompense Virey des services qu'il lui a rendus « à sa joyeuse entrée en la ville de Chalon »[106], en lui donnant la permission de porter les fleurs de lys dans ses armoiries. Les armes qui distingueront donc sa famille seront

> deux traits d'or en sautoir, la pointe en haut, en champ de gueules ; écartelé d'or, semé de fleurs de lys, d'oeillets et de roses rouges ou de gueules[107].

Mais lorsque le Père Jacob nous parle d'*otium* son allusion n'est pas moins pertinente, car une petite « Pléiade littéraire » prend naissance à cette époque à Chalon autour de Claude-Enoch Virey[108]. De ses années d'étude dans l'un des meilleurs

---

105. *Ibid.*, p. 98. Cf. Perry, *op. cit.*, p. 448.

106. J. d'Arbaumont, *Les anoblis de Bourgogne*, Paris, J.-B. Dumoulin, 1867, p. 57. La date d'enregistrement des lettres (1626) que donne Jules Du Bard de Curley, *La maison de Saumaise. Histoire Généalogique*, Chalon-sur-Saône, L. Marceau, 1894, p. 103, est erronée.

107. J. d'Arbaumont, *Les anoblis de Bourgogne*, cit., p. 57 ; voir Id., *Armorial de la Chambre des Comptes de Dijon*, cit., p. 217 ; Du Bard de Curley, *op. cit.*, p. 103 ; Perry, *Histoire civile*, cit., « Preuves de l'histoire de la ville et cité de Chalon », p. 119. C'est le même blason que l'on retrouve frappé sur les reliures de A et des autres textes ou manuscrits de Virey, où les armes sont surmontées d'une lampe antique allumée, avec la devise « Hac iter est » ou, parfois, « Pandit iter ». Nous avons vu que son fils Jean Christophe héritera ces armoiries, mais qu'il remplacera la lampe du blason par une urne funéraire, la devise de son père par « Hinc omnes extincti ignes » et qu'il posera les initiales de sa femme en guise d'ornement (voir J. Guigard, *Nouvel armorial du bibliophile*, Paris, Rondeau, 1890, t. II, p. 472).

108. Nous empruntons l'expression au titre de l'étude de H. Batault, *Une Pléiade littéraire à Chalon-sur-Saône au XVIe siècle*, Chalon-sur-Saône, J. Dejeussieu - L. Marceau, 1881. La présence à Chalon de Pontus de Tyard, évêque de la ville de 1578 à 1591 est, certes, une référence obligée : elle couvre cependant une période qui ne nous concerne pas ; la « Pléiade » de Virey peut dater à peu près de 1621 à sa mort en 1636.

collèges de France et dans l'une des plus prestigieuses universités d'Italie, d'une vie vécue au contact avec ces hommes de loi, magistrats, avocats ou simples secrétaires qui étaient bien souvent des érudits ou des lettrés, il n'a pas rapporté seulement la richesse, des armoiries et une grande culture, mais aussi une remarquable collection de livres. Sa résidence devient le cadre d'une bibliothèque qu'il ne cesse d'enrichir :

> selecta librorum suppellectili, magnis impensis, non modo locupletavit, sed etiam ornavit ita bellè ut celeberrimas Burgundias quasque post se relinquat[109].

Il y aurait possédé 4.000 exemplaires[110], imprimés et manuscrits, perdus aujourd'hui, ou dissimulés sous d'autres reliures et disséminés dans quelques bibliothèques publiques et peut-être privées. Leur inventaire ne peut plus se faire car l'« Ode » du Père Perry est loin de constituer le « catalogue » d'une bibliothèque[111] et un faible secours nous vient du seul feuillet qui nous reste du *Catalogus mss. codicum bibliothecae Joannis Christophori Viraei* qui est conservé à la B. N. F. dans les manuscrits de la collection Moreau[112]. La Bibliothèque Muni-

---

109. Jacob, *op. cit.*, I, p. 83.

110. Voir H. Batault, *Une Pléiade littéraire*, cit., p. 4.

111. La « Bibliothecae Commendatio » du Père Perry a pu être qualifiée de « catalogue » par J. Roy-Chevrier, *op. cit.*, t. II, p. 241. Nous avons vu qu'il ne s'agit pas non plus d'une « epistola » (S. F. Baridon, « L'avventura », cit., p. 117n), mais d'une ode de 495 vers où la rhétorique de l'éloge joue évidemment un grand rôle. Il est vrai cependant qu'elle nous donne une idée de la sélection que Virey avait opérée dans son acquisition de livres.

112. B.N.F., Collection Moreau, ms 849, f. 324r°-v°. C'est un inventaire de 23 manuscrits que Jean-Christophe possédait dans la bibliothèque qu'il avait héritée de son père. Il recense surtout des oeuvres historiques et des documents : cf. par exemple la *Harangue d'Achille de Harlay premier president de Paris à Henri de Bourbon prince de Condé premier prince du sang*, la *Relatione di Francesco Maria Violardo sopra il stato di Parma et Piacenza*, ou l'*Oratione per l'union e foelicita di Francia* qui paraissent au r° du f. ; ou les *Remarques sur la France*, le *Recueil de plusieurs pieces concernants* <sic> *l'histoire de France, de Bourgogne et autres* qui paraissent au v°.

cipale de Chalon possède le manuscrit des oeuvres de Virey et trois volumes pourvus de son ex-libris ou reliés à ses armes : les *Opere d'Oratio Poeta lirico, Commentate da Giovanni Fabrini* parues à Venise en 1599[113], un *Caerimoniale Episcoporum. Iussu Clementis VIII*[114], un volume où sont reliés ensemble *L'Estat et comportement des armes* de Jean Scohier (1630), l'édition de 1559 de la traduction d'Amyot de *L'Histoire Aethiopique de Heliodorus*, le *Catalogue des noms, surnoms, faits et vies des Connestables* de Jean Le Feron (1598) et un *Catalogue des tresillustres Chanceliers de France*[115]. La Bibliothèque Municipale de Beaune possède le *Precationum piarum Inchridion* de Simon Verrepaeus (1575) relié aux armes de Virey[116]. L'*Essai d'un catalogue des livres offerts en prix par le collège de Chalon-sur-Saône au XVIIe siècle* cite un exemplaire provenant de la bibliothèque de Virey des *Variae Historiae Libri XIIII* d'Elien, publiés à Lyon en 1628[117]. Et l'épître dédicatoire de la traduction française d'une

113. *L'Opere d'Oratio Poeta lirico, Commentate da Giovanni Fabrini*, Venise, Héritiers de M. Sessa, 1599, exemplaire de la B. M. de Chalon-sur-Saône, 4098, in-4° [781].

114. *Caerimoniale Episcoporum. Iussu Clementis VIII. Pont. Max. novissimè reformatum*, Rome, Lepido Fazio, 1606, exemplaire de la B. M. de Chalon, Fl [847]Rés.

115. Exemplaire de la B. M. de Chalon, 4556, in-folio [876] Rés pl. 17 : 1) J. Scohier, *L'Estat et comportement des armes. Contenant l'institution des armoiries, et methode de dresser des genealogies*, Paris, Rolet Boutonné, 1630 ; 2) [J. Amyot], *L'Histoire Aethiopique de Heliodorus [...]. Traduite de Grec en François*, Paris, Groulleau, 1559 (le frontispice manque) ; 3) J. Le Feron, *Catalogue des noms, surnoms, faits et vies des Connestables*, Paris, Morel, 1598 ; 4) *Catalogue des tresillustres Chanceliers de France*, s.n.t.

116. S. Verrepaeus, *Precationum piarum Inchridion*, Anvers, J. Bellerum, 1575, exemplaire de la B. M. de Beaune, in-16°, Rés. A403.

117. Elien, *Variae Historiae Libri XIIII. Rerumpublicarum descriptiones ex Heraclide cum Latina interpretatione*, Lyon, Cl. Larjot, 1628 : voir J. Meurgey, L. Armand-Calliat, *Essai d'un Catalogue des livres offerts en prix par le collège de Chalon-sur-Saône au XVIIe siècle*, Chalon, E. Bertrand, 1931, p. 72.

pastorale dramatique italienne, *Le dedain amoureux. Pastorale. Faite françoise sur l'Italien du Sieur F. Bracciolini*, révèle que Virey avait eu parmi ses livres l'original de Francesco Bracciolini. Le traducteur, un mystérieux I. P. S., s'adresse « A son Amy, Claud. Enoch, Virey Secretaire de Monseigneur le Prince »[118] pour lui préciser l'occasion de son travail : il évoque un prêt que Virey lui aurait fait de *L'amoroso sdegno*, mais, au moment de rendre le livre à son ami, il se serait aperçu que le volume était tellement abîmé qu'il fallait le réimprimer. Il y en aurait donc ajouté une traduction en regard que Virey devait accepter « pour n'avoir rien du tout ne le recevant point »[119].

La bibliothèque de Virey devait en tout cas représenter un remarquable trésor : c'est le produit et en même temps la source de sa passion pour les lettres, « sacris prophanisque literis, praesertim historiis », selon le Père Jacob[120]. Et il faut situer à cette époque le travail de transcription de textes que Virey fait de textes rares, ou tout simplement utiles à sa bibliothèque, tels les *Collectanea Chronologica* des évêques de

---

118. *Le dedain amoureux. Pastorale. Faite françoise sur l'Italien du Sieur François Bracciolini*, Paris, M. Guillemot, 1603, f. 3r° (la dédicace, signée « I.P.S. », occupe les ff. 3r°-4r°). L'original italien de F. Bracciolini, *L'amoroso sdegno, favola pastorale, con l'aggiunta di alcune rime*, avait paru à Venise chez Ciotti et à Milan chez A. Tradate en 1597. Voir D. Mauri, « *L'amoroso sdegno* de Francesco Bracciolini et sa premiere traduction française », in Id., *Voyage en Arcadie. Sur les origines italiennes du théâtre pastoral français à l'âge baroque*, Paris-Fiesole, Champion-Cadmo, 1996, pp. 147-165.

119. Virey doit l'accepter « tel qu'il est » : « puisque ce ne peust estre le vostre, et qu'il est hors d'espoir, je vous prie gardez cestuy-cy, soit pour n'avoir rien du tout ne le recevant point, soit pour servir d'obligation contre moy, de laquelle je ne me puis desobliger par ce payemment, n'estant de si haut aloy, ne de si fort tiltre que celuy que j'ay eu de vous, ains beaucoup plus foible et empiré » (*Le Dedain amoureux. Pastorale*, cit., f. 4r°).

120. Jacob, *op cit.*, I, p. 82 : « Qui vitae tranquillitate fruens ad iucundum otium literarum conversus multas horas sacris prophanisque literis, praesertim historiis impendebat ».

Chalon[121], ou bien de textes « de sa façon »[122], d'oeuvres qu'il a peut-être composées jadis et qu'il revoit, ou qu'il compose et qu'il recopie d'une belle humanistique cursive, qu'il annote dans les marges et qu'il fait relier à ses armes. Son fils héritera de cette passion, et il sera porté à imiter l'écriture de son père, selon une habitude caractéristique des *Scriptoria*.

Des réunions, des *colloquia* ou *sodalitates* avec des érudits chalonnais accompagnent régulièrement son activité de bibliophile, d'historien et de poète ; des discussions ont lieu dans le cloître des pères Capucins et « per prata spatiosa »[123] autour de la ville. Et chez lui également, parmi ses livres, Virey reçoit les membres de ce cercle d'élus. Nous y retrouvons par exemple le nom de Claude Robert, l'auteur de la *Gallia Christiana* qui paraît à Paris en 1626 et qui compte parmi les nombreuses pièces liminaires un sizain de Virey :

AD PIISS. AC DOCTISS. D. CLAUDIUM ROBERTUM IN EIUS GALLIAM CHRISTIANAM.

Gallica cui cordi est pietas, qui gesta piorum
Pontificum scribis Gallia quosque tulit,
Non satis est laudem, perdocte Roberte, mereri,
Posteritas refert quam bene grata tibi :
Ast qui Pontifices calami virtute tot nugis,
Infula cur fronti non nitet ulla tuae ?[124]

---

121. *Collectanea Chronologica in seriem Episcoporum Cabilonensium*, Lyon, B. M., ms 196, ff. 128r°-232r°, où au f. 128r° on lit : « Hoc opusculum in ordinem digestum est et titulo inscriptum cum nomine Collectoris, ne laboris honore defraudetur, a Claudio-Enoch Virey qui illud [...] propria manu transcripsi ». Cf. également H. Batault, *Notice historique sur les hôpitaux de Chalon-sur-Saône*, Chalon, L. Marceau, 1884, pp. 118-156.

122. Voir *supra*, la note 17.

123. Jacob, *op. cit.*, I, p. 82.

124. Claude Robert, *Gallia Christiana*, Paris, S. Cramoisy, 1626, f. **iij* r°. Sur Claude Robert (1564-1637), grand vicaire du diocèse de Chalon, cf. Jacob, *op. cit.*, I, p. 86 ; *L'Illustre Orbandale, ou l'Histoire ecclesiastique de la ville et cité de Chalon sur Saône*, Tome Second, Lyon-Chalon, P. Cusset, 1662, « Eloges » à pagination non chiffrée, pp. [21]-[24] ; et Papillon, *Bibliothèque des auteurs de Bourgogne*, cit., pp. 209-211.

Dans ce petit monde cultivé, « Noble Claude-Enoch Virey »[125] termine sa vie à un âge avancé, en 1636. Le rideau pourrait se baisser sur lui. Mais c'est encore une fois le Père Jacob qui nous oblige à le garder levé : dans l'éloge de ses *De claris Scriptoribus cabilonensibus libri* un Virey, le poète d'un moment, chante dans un dizain l'anagramme qui fait de « L. IACOB » « CABILO » :

Saepius è victa sumpsere agnomina gente
Romani bello qui valuere duces.
Scipio sic suso fecit sibi nomina Poeno
Coriolane tuum nomen et inde petis.
Sed fato maiore tibi immortale parasti
LUDOVICE decus magniloquasque vices :
Dum tumulo trahis heroas doctamque cohortem,
Inque sua notos nec benè gente viros.
Tu melior Cabilone parens de nomine IACOB
Iam CABILO, Patria his dignus et esse Pater.[126]

Son auteur est le petit fils de Virey, le fils de Jean-Christophe. Il s'appelle Jacques-Auguste[127], peut-être en souvenir de De

125. D'après l'inscription du tombeau des Virey publiée par le Père Jacob, *op. cit.*, p. 85 : « CY GIST NOBLE CLAUDE ENOCH VIREY CONSEILLER ET SECRETAIRE DU ROY MAISON ET COURONNE DE FRANCE ET DE SES FINANCES ET CONSEILLER ET PREMIER SECRETAIRE DE MONSEIGNEUR LE PRINCE DE CONDÉ PREMIER PRINCE DU SANG. QUI TREPASSA LE XXIV D'AVRIL EN L'ANNÉE M. DC.XXXVI ».

126. Jacob, *op. cit.*, f. [7]r°.

127. Jacques-Auguste Virey sera maire de Chalon de 1666 à 1668 : voir Perry, *op. cit.*, « Preuves », cit., p. 120. Son père, Jean-Christophe, avait sûrement une, et probablement même deux soeurs, bien que Papillon, Moréri et Picot nous disent qu'il était fils unique et qu'il se remaria après la mort de Bonne Gallois avec une Marie Saumaise (voir Papillon, *op. cit.*, p. 356 ; Moréri, *Grand Dictionnaire*, cit., t. X, p. 657 ; Picot, *op. cit.*, t. II, p. 333). Nous avons vu que Jean-Christophe entra dans les ordres : il ne se remaria pas. Marie Saumaise était sa soeur, mariée en 1612 à Pierre Saumaise, seigneur de Chasans, avocat au Parlement de Bourgogne, le fils de Jérôme Saumaise et de Catherine de La Tour (cf. J. Du Bard de Curley, *La maison de Saumaise*, cit., p. 100 ; le *Factum pour la dame Charlotte de Saumaise [...] contre dame Marie Virey, veufve de M. Me Pierre de Saumaise*, B.N.F., ms français, Nouvelles Acquisitions 2437, f. 281 ; Jacob, *op.*

Thou, comme si les plus proches descendants de Virey devaient rappeler par leurs prénoms son existence.

3. *Ses oeuvres.*

La littérature se superpose à l'histoire : beaucoup d'événements qu'il a vécus ou dont il a été le témoin deviennent pour Virey l'occasion d'oeuvres poétiques. Il puise dans son expérience personnelle la matière de ses vers, français ou latins, dont nous donnons ici la liste suivant l'ordre chronologique :

Vers Itineraires Allant de France en Italie. 1592, in A, in C, et édition partielle (vv. I, 783-1118) in E. Balmas, *Uno scolaro padovano*, cit., pp. 12-20.

Vers Itineraires Allant de Venise à Rome. 1593, in A, in C, et édition partielle (vv. II, 139-513) in B. Ravà, *Venise dans la littérature française*, Paris, Champion, 1916, pp. 584-593.

Raptus Innocuus Sive Henr. Borbonii Condaei [...] *Clandestina cum Uxore Carola Margareta Mommoranciana in Belgium fuga. Et ex Belgio in Insubriam per Germaniam occulta profectio. Mediolani commoratio eiusque in Galliam foelix reditus :*

- *Carmen Itinerarium primum,*

- *Commoratio Domini Principis Mediolani. Itinerarium Carmen II,*

- *Domini Principis in Galliam reditus. Carmen Itinerarium III,*

in A ; in C ; et in Paris, B. N., Fonds Dupuy, ms 73, ff. 4r°-31v°.

L'Enlevement Innocent ou La fuite clandestine de Monseigneur le Prince avec Madame la Princesse sa Femme hors de France. Et son passage par l'Allemagne pour aller à Milan. MDCIX et X. Vers Itineraires et faicts en chemin, in A ; in C ;

---

cit., I, p. 79 ; Perry, *op. cit.*, p. 467). A propos d'une autre fille de Claude-Enoch Virey, Jeanne, « qui épousa Bernard de Xaintonge, secrétaire du Prince de Condé », voir J. d'Arbaumont, *Armorial de la Chambre des Comptes*, cit., p. 217.

in Paris, B.N.F., Fonds Dupuy, ms 73, ff. 35r°-57v°; et édition sur la base de ce dernier ms par E. Halphen : Virey, *L'Enlèvement Innocent ou la retraite clandestine*, Paris, A. Aubry, 1859. La partie du poème annoncée par le titre comme *Et son passage...* y est contenue sous la forme d'un second poème indépendant de *L'Enlevement Innocent* et ayant le titre de : *Voiage de Monseigneur Le Prince de Bruxelles à Millan par la basse et haulte Alemagne et les Montagnes des Alpes. Vers Itineraires ou faicts en chemin*, in A ; in C ; in Paris, B.N.F., Fonds Dupuy, ms 73, ff. 59r°-84r°; et édition sur la base de ce dernier ms par E. Halphen : Virey, *Voyage de Monseigneur le Prince de Condé de Bruxelles à Millan*, Paris, D. Jouaust, 1881.

Lettre à la façon d'Ovide. Au nom de Damoiselle Jeanne Biot, soubz le nom d'Aminte, au sieur Virey, son mary, soubz le nom de Cloridon, detenue en la garde du chevalier du guet à Paris, in A ; in C ; in Paris, B.N.F., Fonds Dupuy, ms 73, ff. 85r°-90r°.

La Prison voluntaire ou L'Entrée de Madame la Princesse en la Bastille. Poeme imité en quelque endroict des vers latins du sieur Bonnefons filz et augmenté des deux tiers suivant l'histoire du temps, in A ; in C ; in Paris, B.N.F., Fonds Dupuy, ms 73, ff. 93r°-110r°.

Sub effigie Principis in tabella (un quatrain), *In Consil. et Ministros captivitatis principis MDCXVI Ipse et loquitur* (un sizain), *In Principis liberationem nunciatam Phaleucum*, *In Magistrum Nicol. Vign. Syllano Vultu rubentem et vafrum amicum Iusta indignatio*, in A.

Le poème sacré *Les Hommes Sauvez Ou la Mort, La Resurrection et L'ascension de Jesus Christ*, in C.

Le poème inachevé sur l'histoire de Rome d'après Annaeus Florus, depuis les origines jusqu'aux exploits de Camille, *La Romeade ou Rome conquerante*, in C, où un sous-titre (C, f. 248r°) le définit comme « Essay ».

Le sonnet en italien dans la *Floridea*, le sizain liminaire pour la *Gallia Christiana* et les harangues prononcées par Virey lors des entrées à Chalon de Louis XIII et d'autres grands de France sont les seules « oeuvres » parues de son vivant. Tandis qu'il nous faut constater au moins quatre absences. Le Père Jacob, Papillon et Moréri mentionnent dans leurs biographies un poème dont le titre serait *Flamette ou Amours :* il correspondrait au « poëme [...] intitulé Flamette ou des deux soeurs amoureuses en vers françois en sept livres » qu'évoque une note dans la marge du *Raptus Innocuus* en C[128] et les vv. II, 1740-1743 des *Vers Itineraires*. Le Père Jacob le place à la fin de sa bibliographic de Virey, comme « *Opus Poëticum grande volumen*, cui titulus est *Flametta* seu *Amores*. MS. Ibid. [c'est-à-dire chez Jean-Christophe Virey] in-folio Gallice »[129]. L'Abbé Papillon le cite parmi les « Carmina varia ad diversos » comme « *Flamette ou Amours*. Long Poeme. Ms. »[130]. L'hypothèse d'une imitation d'une des *Flametta* de la littérature italienne des XIVe et XVe siècles reste la plus vraisemblable. Le fait que ses *Vers Itineraires* doivent beaucoup à l'éloge de Florence par Ugolino Verino (les *De illustratione urbis Florentiae Libri tres*) et que ce même Verino soit l'auteur d'un recueil de poèmes latins qui porte le titre de *Flametta* et qu'il composa en 1463 sur le modèle de la *Xandra* de Landino ne peut pas nous apporter de grande aide[131]. A côté de cette oeuvre perdue[132], figurent les introuvables « *De Virginitate Poëma Gallicum* », « *Commentarium fidele de Burgundiae Imperio* » et « *Cabilonensis Territorij descriptionem* », que mentionnent le Père Jacob, Papillon, Moréri et la *Bibliothèque historique* du Père Jacques Lelong[133]

128. C, f. 7v°.

129. Jacob, *op. cit.*, I, p. 84.

130. Papillon, *op. cit.*, t. II, p. 357. Cf. Moréri, *op. cit.*, t. X, p. 657.

131. Voir l'édition par L. Mencaraglia de Verino, *Flametta*, Florence, Olschki, 1940.

132. Cf. Baridon, « L'avventura », cit., pp. 103-104n et Balmas, *Uno scolaro*, cit., p. 9n.

133. Cf. Jacob, *ibid. ;* Papillon, *ibid. ;* Moréri, *ibid. ;* Jacques Lelong, *Bibliothèque historique de la France, contenant le catalogue des ouvrages, imprimés et manuscrits, qui traitent de l'Histoire de ce Royaume ou qui y ont rapport*, Nouvelle éd., Paris, J. -Th. Hérissant, 1768-1778, t. III, pp. 439 et 450.

Fig. 2

Vers Itineraires.

1. ***Le genre littéraire****.*

Les *Vers Itineraires* sont l'exercice savant d'un homme qui n'a pas consacré sa vie aux belles lettres : Virey joue avec ses lectures et son expérience à l'intérieur d'une forme poétique qu'il dit façonner « par fois par passetemps » (I, 943). Pour son jeu il a choisi les règles d'un genre humaniste et il s'y soumet dès le titre de son ouvrage : les 3080 vers qu'il présente comme composés chemin faisant *de France en Italie* et *de Venise à Rome* s'inscrivent dans la série des *carmina itineraria* dont les modèles principaux étaient à l'époque la cinquième satire du premier livre d'Horace où le poète décrivait « suum iter ab Urbe, ad oppidum Brundisium »[134], la *Mosella* d'Ausone et, surtout, le *De reditu suo* de Rutilius Namatianus. Parmi les rares volumes pourvus de l'ex-libris de Virey que nous avons réussi à repérer, une réédition de 1599 des oeuvres d'Horace commentées en italien par Giovanni Fabrini, *L'Opere d'Oratio Poeta lirico*, revêt à ce propos un certain intérêt : Virey pouvait y lire, dans l'« Expositione » de la cinquième satire, les références de la fiction horacienne à la réalité géographique de l'Italie du XVIe siècle. Giovanni Fabrini voyait dans la satire d'Horace le journal[135] d'un voyage dont il

134. Denys Lambin, commentaire de la « Satyra 5. » in Horace, *Opera, Dionisii Lambini Monstroliensis emendatus*, Lyon, J. de Tournes, 1561, t. II, p. 77.

135. « Oratio scrive tutto quello che gl'intervenne in questo viaggio » (*L'Opere d'Oratio Poeta lirico, Commentate da Giovanni Fabrini*, Venise, Héritiers de M. Sessa, 1599, p. 401, exemplaire déjà cité de la B. M. de Chalon-sur-Saône, portant les ex-libris de « De Claud. Enoch *Virey* <rayé>», de « *Filzian* <rayé>» et de « J. Fleutelot »). La première édition connue, que l'on considère comme la *princeps* de ce texte célèbre à l'époque, date de 1573 (Venise, G. B. Sessa et frères ; réimprimée en 1581). L'éloge de Giovanni Fabrini (1516-1580) qui parut dans la *Serie di ritratti d'uomini illustri toscani con gli elogi istorici dei medesimi* (Florence, Allegrini, 1766-1773, t. II, non paginé, portrait et éloge n. XXXVI) cite à partir de sources secondaires une *princeps* des *Opere d'Oratio* datant de 1566 et deux rééditions de 1584 et 1587.

fallait éclairer le parcours au lecteur moderne, il donnait les coordonnées de chaque étape selon les connaissances de l'époque et - bien évidemment, mais nous voudrions le souligner - dans ce même vulgaire et selon cette même toponymie que l'on retrouve dans un guide d'Italie célèbre et utilisé par Virey, la *Descrittione di tutta Italia* de Leandro Alberti[136]. Quant à Ausone et Rutilius, la tradition imprimée de leurs textes connaissait pendant le dernier quart du XVIe siècle un moment particulièrement prospère. Après l'édition d'Elie Vinet qui avait paru en 1551 chez Kerver et l'importante *editio Tornaesiana* de 1558[137], les oeuvres d'Ausone avaient été commentées et éditées par Joseph Scaliger en 1575, puis « in meliorem ordinem digesta », « infinitis locis emendata » et pourvues des célèbres « Lectiones Ausonianae » par lui-même en 1588[138] après la parution à Bordeaux des *Opera [...] commentariis[...] illustrata, per Eliam Vinetum Santonem, Iosephum Scaligerum, et alios*, que Millanges avait publiées pour la première fois en 1580 et qu'il rééditerait en 1590, en 1598 et en 1604. La place que la « Mosella » occupait dans le *corpus* d'Ausone variait d'une édition à l'autre, mais le poème était constamment considéré comme faisant partie des

136. « Aricia » du premier vers de la satire d'Horace, par exemple, était expliquée comme « La Riccia [...] una città notissima, vicina ad Abbalunga dieci miglia discosto da Roma », « Campano ponti » (v. 45) comme le « Ponte di campagna [...] vicino a Capua sedici miglia ; tal che i muli vanno in un giorno a piacere », où Fabrini précisait que « l'antica Campagna » était « quella, che oggi si chiama Terra di lavoro » (*L'Opere d'Oratio*, cit., 1599, pp. 401-402, 404-406). Cf. Fra' Leandro Alberti, *Descrittione di tutta Italia*, Bologne, Giaccarelli, 1550, ff. 128r°, 145v°-149r°.

137. Cf. Ausone, *Opera*, Paris, Kerver, 1551 et Id., *Opera*, Lyon, J. de Tournes, 1558 (édition d'Etienne Charpin et Robert Constantin, publiée avec un riche apparat liminaire et l'« Ausonii Galli vita » de Pietro Crinito, ff. A5r°-[6]r°).

138. Cf. Ausone, *Opera [...]. Recognita sunt a Iosepho Scaligero Iulij Caesari Filio*, Lyon, A. Gryphe, 1574-1575 et Id. *Opera in meliorem ordinem digesta. Recognita sunt a Iosepho Scaligero Iulij Caesari Filio et infinitis locis emendata*, [Heidelberg], P. Sanctandreanus, 1588, 2 tomes (le texte et les *Lectionum libri duo*) en un vol.

idylles[139]. La première édition importante du *carmen* de Rutilius avait paru dans un célèbre recueil d'Onofrio Panvinio, les *Reipublicae Romanae Commentariorum libri* (1558), qui sera reproduit plusieurs fois au XVIe siècle[140] ; Panvinio donnait au *De reditu suo* le titre d'« Itinerarium » qui lui sera toujours attribué, avec de légères variantes, dans les éditions anciennes[141] et, dans une note sur Rutilius, il essayait de fixer des points de repère pour une histoire du genre. Il y considérait encore le poème comme composé de deux parties, de deux « itineraria [...], alterum de itu ex Urbe in Galliam, alterum vero de reditu ex Gallia Romam » et, dans l'exemplaire ayant appartenu à Pierre Daniel Huet d'une réédition du recueil de Panvinio publiée à Paris en 1588, cette liste de « multorum veterum, ut Julij Caesaris qui Hispaniense, Traiani imp[eratoris] qui Dacicum, Alexandri Severi Augusti qui Persicum, Horatij poetae qui Brundusinum, Ovidij qui Milesium, Firmiani qui Africanum itinera scripserunt »[142] est soulignée avec

---

139. « Mosella. Edyllium IX » (Ausone, *Opera*, éd. Charpin, Constantin, Lyon, 1558, pp. 79-95) ; « Mosella. Edyllium X » (Id., *Opera*, éd. Scaliger, Lyon, 1574-75, t. I, pp. 141-157) ; « In Ausonii Mosellam. Edyllium III » (Id., *Opera*, éd. Vinet, Scaliger et al., Bordeaux, 1580, ff. Cc_4 r° et ss.).

140. Cf. O. Panvinius, éd., *Reipublicae Romanae Commentariorum libri tres*, Venise, V. Valgrisi, 1558, Liber I, pp. 255-287 ; et, sur les rééditions, le long chapitre que J. Vessereau consacrait à la tradition du texte in Rutilius, *De reditu libri duo*, éd. et trad. J. Vessereau, suivie d'une étude historique et littéraire, Paris, A. Fontemoing, 1904, pp. 115-125.

141. « Itineraria duo », plus précisement, chez Panvinio : puis « Itinerarium » dans les éditions de Simler de 1575 et de Sitzmann de 1616 (voir *infra*), « Iter Pisanum » (première partie) et « Iter Romanum » (seconde partie) dans l'éd. des frères Reusner de 1580. Cf. le renvoi d'une longue citation de Rutilius in Alberti, *Descrittione*, cit., f. 28v°: « cosi dice Rutilio nel primo libro dell'Itinerario ».

142. O. Panvinius, éd., *Reipublicae Romanae Commentariorum libri tres*, Paris, E. et N. Gilles, 1588, Liber I, p. 272, comme la citation qui précède (exemplaire de P. D. Huet « anno 1692 », B.N.F., J. 15064).

raison par la main qui annote et qui corrige ; mais les corrections de Huet sont trop tardives pour nous intéresser ; cette annotation constituait la première indication aussi bien de la fortune dont les *carmina itineraria* allaient jouir au XVIe siècle, que de la valeur de modèle concernant la Gaule qu'acquerrait le texte de Rutilius. Josias Simler, l'auteur des *Vallesiae descriptio, libri duo. De Alpibus commentarius* (1574) et des *De Republica Helveticorum libri duo* (1576) qui jouent un rôle capital dans les *Vers Itineraires*[143], en donnait en 1575 une première édition collationnée sur des exemplaires provenant de la bibliothèque de Pierre Pithou, l'un des meilleurs représentants de ce monde de juristes lettrés et royalistes que Virey admirait. Son « Rutilij Claudij Numatiani Galli [...] Liber, cui titulus Itinerarium », avec sa « variarum lectionum annotatio, qua complura loca mendosa restituuntur », paraissait à l'intérieur du recueil *Aethici Cosmographia : Antonii Augusti Itinerarium Provinciarum* (Bâle, Thomas Guarin) où, après la *Cosmographie* d'Aethicus, l'*Itinéraire des Provinces* d'Antonin et le texte de Rutilius, Simler publiait le *Liber de fluminibus, fontibus, lacubus [...] quorum apud Poetas mentio fit* de Vibius Sequester et un *Libellus Provinciarum Galliae*[144]. De même, toujours à Bâle et toujours dans un recueil, le *De reditu suo* paraissait en 1580 grâce aux soins des frères Nicolaus et Jeremias Reusner ; leur *corpus* de poèmes géographiques, les *Hodoeporicorum sive itinerum totius ferè Orbis, libri VII* (Bâle, Pietro Perna), était bien connu de Virey qui puisera d'ailleurs aussi - mais alors à pleines mains - dans le recueil du seul Nicolaus, les *De Italia [...] libri duo*[145]. Or les

143. Voir *infra*, pp. CVI, CIX et CXII.

144. Cf. J. Simler, éd., *Aethici Cosmographia : Antonii Augusti Itinerarium Provinciarum : Ex Bibliotheca P. Pithoei*, Bâle, [Th. Guarin], 1575, pp. 1-79 : « Aethici Cosmographia » ; pp. 81-296 : « Antonii Augusti Itinerarium Provinciarum » ; pp. 297-326 : « Itinerarii Rutilii » ; pp. 327-347 : « Vibius Sequester [...] Flumina, Fontes » ; pp. 348-353 : « Galliae Provinciae atque civitates ».

145. Cf. N. Reusner, éd., *De Italia regione Europae nobilissima libri duo. Quorum primus regionum, alter urbium Italiae descrip-*

Hodoeporicorum libri contenaient une partie consacrée aux itinéraires italiens, où les Reusner réunissaient avec le titre constant d'« Iter » la satire d'Horace («Iter Brundusinum »), le texte de Rutilius («Iter Pisanum », « Iter Romanum »), l'« Iter Bononiense » du cardinal Adrien et toute une série de poèmes d'auteurs néolatins, Fabricius de Chemnitz, Francesco Franchino ou le génois Spinola[146] ; présentés sous le seul point de vue géographique, les textes de leur *corpus* étaient des *carmina itineraria* dont on laissait dans l'ombre la valeur de *carmina*, la valeur poétique. Les Reusner utilisaient le mot *hodoeporicon* dans le sens latin de journal de voyage que lui avait donné saint Jérôme dans une de ses lettres[147] et, comme Fabrini éditant la satire d'Horace et Simler éditant Rutilius, ils voyaient de ces poèmes à l'usage des voyageurs, un côté pratique et un but instructif que bien souvent ces textes ne possédaient pas ou qui ne constituaient pas leurs aspects les plus remarquables[148]. Les préfaces sont révélatrices à ce propos : Simler consacrait vingt et une pages de sa longue épître dédicatoire[149] aux raisons de l'importance de la géographie, donc aux vertus de l'« itinerum notitia », de l'« itinerum cognitio », de l'« itinerum ratio »[150]. Il concevait une analogie, normale

tiones continet [...]. Item Elogia in urbes Italiae poetica et oratoria, Strasbourg, B. Jobin, 1585.

146. Cf. N. et J. Reusner, édd., *Hodoeporicorum sive itinerum totius ferè Orbis, libri VII*, Bâle, P. Perna, 1580, pp. 166-242 : « Liber Tertius. *Iterum Italicorum* ». Une nouvelle édition du recueil paraîtra chez Waldkirch, toujours à Bâle, en 1592.

147. « Omitto Syriae Coeles et Phoenicis iter (neque enim odoeporicon eius disposui scribere) ; ea tantum loca nominabo, quae sacris voluminibus continentur » (saint Jérôme, *Epistulae*, CVIII, « Epitaphium sanctae Paulae », 8 ; éd. et trad. J. Labourt, Paris, « Les Belles Lettres », 1949-1961, t. V (1955), p. 165).

148. Voir l'étude de Vessereau in Rutilius, *De reditu*, 1904, p. 121.

149. Du f. [2]r° au f. [12]r° de l'épître « Ad generosum et magnificum Dominum D. Ioannem Balassam de Gyarmath », qui occupe en tout les ff. [2]r°-[15]r° de Simler, éd., *Aethici Cosmographia*, cit.

150. *Ibid.*, ff. [9]v°, [10]r°.

de son point de vue, entre les textes poétiques qu'il éditait dans son recueil et les recherches militaires de l'antiquité visant à disposer d'« omnia itinera nota et diligenter descripta »[151]. Ces mêmes raisons, ces vertus et cette même analogie se retrouvent dans l'épître plus courte de Jeremias Reusner à son imprimeur, publiée *in limine* aux *Hodoeporicorum [...] libri*[152]. Et c'est bien sous ce point de vue que Virey lit et utlise les poèmes géographiques qu'Onofrio Panvinio, Simler, les frères Reusner - et, après eux, Pierre Pithou ou Theodor Sitzmann[153] - proposaient au lecteur de ce dernier quart du XVIe siècle. C'est sous ce point de vue qu'il conçoit son propre jeu poétique, fictionnellement géographique et documentaire ; c'est dans une intention pratique, mais qui n'est bien sûr pratique que dans la fiction, qu'il soumet ses vers aux règles du genre.

Son choix du genre humaniste qui faisait référence à Horace, à Ausone et à Rutilius avait son équivalent dans la littérature néolatine de l'époque, où une production originale de *carmina itineraria* se développait parallèlement aux éditions des textes latins. Nous avons vu ci-dessus que le seul troisième livre des *Hodoeporicorum* des frères Reusner contenait à côté des poèmes des anciens un « Iter Venetum » du génois Spinola[154], un « Iter Parmense » de Francesco Franchino[155] et quatre *itineraria* italiens, *carmina* d'un voyage qui avait touché Padoue, Venise, Ancône, Lorette, Rome et Naples du phi-

151. *Ibid.*, f. [10]r°.

152. Cf. N. et J. Reusner, édd., *Hodoeporicorum*, cit., ff. [2]r°-[5]r°: « Jeremias Reusnerus Leorinus, Petro Pernae, Typographo clarissimo, in inclyta Germaniae urbe Basilea ».

153. Cf. les deux éditions de Rutilius de 1590 et 1616 in P. Pithou, *Epigrammata et poematia vetera*, Paris, D. Du Val, 1590, pp. 340-363, et Rutilius Numatianus Gallus, *Itinerarium, cum animadversionibus Theodori Sitzmani Thuringi*, Lyon, N. Jullieron, 1616.

154. N. et J. Reusner, édd., *Hodoeporicorum*, cit., pp. 237-242.

155. *Ibid.*, pp. 235-237.

lologue allemand Georges Fabricius[156], dont l'*Itinerum liber* avait été déjà publié deux fois au XVIe siècle[157]. Et nous verrons ci-dessous que leurs poèmes pouvaient être présentés aux lecteurs et confondus avec une production analogue, également néolatine, qui jouissait d'un succès particulier : l'éloge des villes, qu'avait pratiqué ou que pratiquait à l'époque un groupe très représentatif d'auteurs dont les oeuvres paraissaient entre 1574 et 1585. Or la rencontre érudite entre les règles descriptives et narratives du poème géographique et les règles démonstratives de l'éloge des villes joue un rôle fondamental chez Virey. Le premier des emprunts des *Vers Itineraires* au texte de Rutilius entraîne une sorte de déclaration générique : Virey puise dans le *De reditu* la rhétorique de son exorde, donc les images du départ ; suivant un rituel confirmé par son modèle, le voyage ne commence pas en solitaire et le départ se fait au ralenti. « Comitantur amici », écrivait Rutilius[158], jusqu'à une première étape assez proche, qui devient pourtant chez Virey un premier moment d'arrêt poétique, le moment où le sujet de son poème peut être annoncé :

> Nous partons à my-Mars, de la Cavallerie
> Du sieur de Tinteville ayants la compagnie,
> Et marchons à Vernon ; Or mon vers n'entreprend

---

156. *Ibid.*, pp. 200-235. G. Fabricius de Chemnitz (1516-1571) date ses *itineraria* de 1542 (de Padoue à Rome, par Venise, Ancône et Lorette) et 1543 (Naples, Rome, Padoue).

157. A Bâle, en 1550 et en 1557 : cf. G. Fabricius de Chemnitz, *Itinerum liber unus, quo haec continentur : Iter Romanum primum, Iter Neapolitanum, Iter Romanum secundum, Iter Patavinum, Iter Chemnicense, Iter Argentoratense. Item, locorum veteres et recentes appellationes. Index rerum memorabilium, quae in appellationibus locorum poni non potuerunt*, Bâle, J. Oporinus, s. d. [1550]. Le dernier *iter*, de Strasbourg, date d'octobre 1544 (cf. *ibid.*, p. 70).

158. « Iter arripimus. Comitantur amici. / Dicere non possunt lumina sicca vale » (« Itinerarii Rutilii Claudii Numatiani », in J. Simler éd., *Aethici Cosmographia : Antonii Augusti Itinerarium Provinciarum*, cit., p. 303).

> Que des Villes parler en ce voyage grand,
> Car trop il ennuy'roit, d'escrire des villages,
> Et des Bourgs rencontrez les Logis et passages !
> (I, 117-122)

La fiction de son *carmen itinerarium* se présente comme « démissionnaire » face au discours sur « les Logis et passages » « des villages / Et des Bourgs rencontrez » au profit d'un discours plus essentiel sur les villes[159]. Autrement dit Virey donne son adhésion à cette rencontre de description et de démonstration qu'il pouvait lire dans ses sources néolatines : il déclare son intention de se soumettre aux principes traditionnels des « Urbium laudes », selon la définition qu'avaient établie à l'époque les éditeurs de Quintilien[160]. La dernière partie du chapitre « De Demonstrativo, quod constat laude et vituperatione » de l'*Institutio Oratoria* concernant l'éloge des villes dans son analogie structurale avec l'éloge des hommes, fixait un plan qu'avaient suivi Jules-César Scaliger dans la composition de ses « Urbes », Germain Audebert

159. Cf. I, 21-22 : « Itineraire / Est nommé le discours qu'icy je te veux faire ». L'idée d'une « démission du descripteur », sur laquelle nous reviendrons, est de M. Simonin, « Le statut de la description à la fin de la Renaissance », in J. Lafond, A. Stegmann, édd., *L'Automne de la Renaissance. 1580-1630*, Paris, Vrin, 1981, p. 130.

160. « Urbium laudes » est la manchette que l'on lit dans la marge de la dernière partie du chapitre sur le genre démonstratif des *Institutionum Oratoriarum Libri XII* de Quintilien dans la célèbre édition in-folio qui parut chez Vascosan en 1538 et dont nous avons examiné un exemplaire à la B. M. de Chalon-sur-Saône. Le chapitre « De Demonstrativo, quod constat laude et vituperatione » (cf. Quintilien, *Institutionum Oratoriarum Libri XII. Additae sunt Petri Mosellani viri eruditi Annotationes [...] et Ioachimi Camerarij [...]. Quibus et accessit doctissimus Commentarius Antonii Pini Portodemaei*, Paris, M. Vascosan, 1538, ff. 44r°-45v°, exemplaire de la B. M. de Chalon, 3931, in-folio [438]) y est présenté comme le neuvième du livre III (tandis que nous le lisons au chap. III, VII des éditions critiques modernes, cf. Quintilien, *Institutio Oratoria*, éd. et trad. H. Bornecque, Paris, Garnier, 1968, t. I, pp. 376-383) : la manchette est à la hauteur du passage qui commence par « Laudantur autem urbes similiter atque homines » (Id., *Institutionum*, 1538, f. 45r°; III, VII, 26 des éditions modernes : cf. l'éd. et trad. Bornecque, t. I, p. 380).

aussi bien dans la composition de ses vers à la louange des villes italiennes et de son long poème sur Venise notamment, que dans l'édition des trois livres d'Ugolino Verino *De illustratione urbis Florentiae*, et le franconien Paul Schede, dit Melissus, dans ses *Epigrammata in urbes Italiae*. Or ces poèmes néolatins, bien que différents dans leurs buts et leurs dimensions, sont à réunir dans un même groupe non seulement pour l'emploi que Virey en fait, mais aussi en raison du moment ou des conditions de leur publication. Le texte des *Poemata* de Scaliger, dont la première partie comptait plus de trente pages d'éloges de villes, avait paru en 1574 à Genève chez Thomas Courteau et il y sera réédité chez Pierre de Saint-André en 1591[161]. Les trois chants des *Venetiae* d'Audebert voyaient le jour en 1583 en Italie chez Alde Manuce le jeune, qui avait été chargé par le gouvernement de Venise de rendre hommage au célèbre humaniste français italianisant. Et c'est grâce à Germain Audebert et à ses soins que la même année les *De illustratione urbis Florentiae Libri tres* du poète florentin Ugolino Verino (1438-1516), jusqu'alors manuscrits, pouvaient mériter l'honneur d'une impression, en France, chez Mamert Patisson[162]. Deux ans plus tard, en 1585, la « plaquette »[163] de Paul Melissus paraissait à Bâle à la suite du recueil déjà cité de Nicolaus Reusner, les *De Italia [...] libri duo*. Avec son titre d'*Epigrammata in urbes Italiae*, elle était pourvue d'un frontispice indépendant et d'une dédicace de

161. Cf. J.-C. Scaliger, *Poemata in duas partes divisa*, s.n.t. [mais Genève, marque de Th. Courteau], 1574, I, pp. 582-613 (« Iulii Caesaris Scaligeri Urbes »).

162. Cf. U. Verino, *De illustratione urbis Florentiae Libri tres. Nunc primum in lucem editi ex bibliotheca Germani Audeberti Aurelij*, Paris, Mamert Patisson chez R. Estienne, 1583 ; E. Picot, *Les Français italianisants au XVIe siècle*, cit., t. II, pp. 157-158 ; et J. Balsamo, *« L'Italie francoise ». Italianisme et anti-italianisme en France à la fin du XVIe siècle*, Thèse pour le Doctorat d'Etat, Université de Paris-Sorbonne, 1988, pp. 78-79 et 79n.

163. E. Balmas, *Paul Melissus viaggiatore italiano*, Vérone, Bettinelli, 1969, p. 31n.

Melissus à Reusner datée de mars 1584[164]. La série d'éloges qu'elle contenait - une vingtaine, depuis Mantoue, Modène, Ferrare ou Bologne à Lucques, Pise, Florence, Sienne, Urbin et Rome, jusqu'à des villes plus petites telles Arquà ou, dans le sud, Rudie[165] - fournit à Virey le sujet d'un certain nombre de ses *Vers Itineraires*, notamment toute la partie consacrée à l'aqueduc de Sienne (II, 1603-1627). Elle s'ajoutait aux poèmes de Scaliger, d'Audebert et de Verino dans ce fonds de modèles contemporains bien que latins d'« Urbium laudes » que les *Vers Itineraires* suivent, exploitent, reflètent sinon reproduisent dans leur adhésion fidèle aux stéréotypes du genre. Mais, par son caractère même de recueil d'un côté, de livre expressément portatif de l'autre, c'est le recueil de Nicolaus Reusner qui joue à ce propos le rôle de plus grand intérêt. Et cela pour des raisons extrinsèques aux textes que Reusner recueille : car les éloges qu'il édite appartiennent souvent aux mêmes auteurs latins et néolatins que nous venons de citer, dont Virey pouvait utiliser les oeuvres individuelles ; s'ils appartiennent à d'autres auteurs, la fréquence des stéréotypes dans le lexique poétique, dans la rhétorique et dans les thèmes des éloges d'une même région ou d'une même ville est telle, qu'une individuation des auteurs respectifs perd partiellement son sens. Les *De Italia regione Europae nobilissima libri duo* de Reusner ont une valeur particulière parce qu'ils donnent une double réponse au goût propre de l'homme de la Renaissance pour le florilège de leçons et aux exigences du voyageur dont les itinéraires sont bien sûr établis à partir de guides, textes pratiques qui pourtant ne remplissent pleinement leur fonction que s'ils se présentent en petit format. En tant que florilège, la matière des deux livres *De Italia* obéit à une distribution qui est importante parce qu'elle est cohérente. Elle prévoit pour chaque sujet général concernant l'Italie et pour

164. Cf. P. Melissus, *Epigrammata in urbes Italiae*, s.n.t., 1585, 16ff. non chiffrés (*8,**8) in N. Reusner, éd., *De Italia regione Europae nobilissima libri duo*, Strasbourg, B. Jobin, 1585.

165. Voir Balmas, *Paul Melissus*, cit., p. 31.

chaque région (« Liber primus »), puis pour chaque ville («Liber secundus ») une partie narrative (historique) ou descriptive en prose, que Reusner qualifie d'« ecphrasis » et qu'il rédige à partir de sources toujours citées, et une partie poétique où il réunit sous le titre d'« epigrammata » des formes différentes de l'éloge de l'Italie, de ses régions et de ses villes : des *laudes*, des *salve*, des adresses, des sonnets, de courtes épigrammes, qu'il présente constamment pourvus du nom de leur auteur[166]. Mais dans cette partie épigrammatique le lecteur pouvait très souvent lire des extraits de *carmina itineraria* d'Horace, Ausone, Rutilius, Fabricius, Franchino ou Spinola, que Reusner avait découpés au profit des différents sujets, des différents lieux géographiques qu'il devait illustrer, dans la meilleure tradition des anthologies thématiques de lieux communs. Et, dans l'optique de son temps, il proposait ces vers, introduits par les parties en prose, comme des textes géographiques à l'usage des voyageurs et comme des apologies du voyage, de cette *peregrinatio* qui n'est pas seulement « instrumentum civilis prudentiae : sed et quasi ludum quendam, atque officinam virtutis omnis exercendae »[167]. En tant que guide portatif, les deux livres *De Italia* se présentent comme le résultat des enseignements de Leandro Alberti, l'auteur de la *Descrittione di tutta Italia* que Kyriander avait traduite en latin pour le public des lecteurs-voyageurs européens[168] et qui se voit reconnaître ici, dans la préface de Reusner, une valeur archétypale de « ducem », de guide des guides vis-à-vis duquel il n'y a rien d'« absolutius, vel exactius, vel eruditius »[169]. A cet élève d'Alberti qu'est son recueil,

166. Le « Liber primus » *De Italia regione Europae nobilissima* compte 172 pages, le « Liber secundus, elogia et ecphrases urbium civitatumque Italiae continens » 448.

167. « Nicolai Reusneri Praefatio », in N. Reusner, éd., *De Italia*, ff. [2]v°-[3]r°.

168. Cf. *ibidem*, f. [3]v°. La traduction de Kyriander avait paru onze ans après la *princeps* italienne de la *Descrittione*, chez Nikolaus Schreiber (le Graphaeus) : cf. Alberti, *Descriptio totius Italiae [...]*, trad. W. Kyriander, Cologne, Schreiber, 1561.

169. N. Reusner, *cit.*, [4]r°.

Reusner feint avoir expressément voulu donner un contenu moins exhaustif et un format plus petit que ceux de l'oeuvre de son maître. Et il justifie cette réduction du livre par ces deux bonnes raisons :

> volumen istud Leandri multò prolixus est, quam ut subito legi : multoque maius, quam ut circumferri commodè a peregrinatore, et in sinu gestari queat[170].

Qu'il l'ait eu « in sinu » lors d'une rédaction de ses vers chemin faisant, ou bien qu'il ait consulté le florilège et guide de Reusner a posteriori, lors du patient travail poétique d'une rédaction après coup, le « peregrinator » Virey trouvait dans les deux livres *De Italia* la meilleure carte des différents lieux communs dont il avait besoin pour voir pendant son voyage et dire dans ses *Vers Itineraires* les lieux géographiques de l'Italie de l'époque. La critique récente a montré jusqu'à quel point les deux genres de *loci*, concrets et abstraits, physiques et poétiques, correspondaient aux yeux et sous la plume des hommes de cet automne de la Renaissance[171] : la relation ou le journal de voyage en prose étaient d'ailleurs également « régi[s] par une rhétorique de l'éloge »[172], qui obéissait à un système de valeurs préalable et lisible dans les sources, à un système de valeurs lisible dans le cas du florilège et guide de Reusner, dans une seule source commode et plurivalente.

Le *salve* que dicte à Virey, par exemple, la vue de Rome, son but, « de fort loing » (II, 1910) est topique des *carmina itineraria* ; il reproduit la structure rhétorique traditionnelle de cette forme poétique qui relève en même temps de l'éloge et de la prière, il imite dans son exorde la célèbre épître que Pétrarque du Mont-Genèvre adressa à l'Italie, son but, à son retour d'Avignon en 1353, et que Reusner publiait au tout

---

170. *Ibidem.*

171. Voir J. Balsamo, « Les écrivains français du XVIe siècle et la peinture italienne : réévaluation d'un épisode de l'histoire du goût », *Studi di letteratura francese*, XXI, 1996, p. 33 ; mais surtout Id., *« L'Italie francoise ». Italianisme et anti-italianisme en France à la fin du XVIe siècle*, cit., pp. 56-57 et *passim.*

172. Id., « Les écrivains français du XVIe siècle », cit., p. 36.

début du premier livre de son recueil parmi les « Italiae lau[de]s »[173]. Le sizain de Giovanni Cotta en l'honneur de Vérone que Virey traduit et insère aux vv. I, 757-762, le pourvoyant de la fiction d'un interlocuteur qui, sur place, le lui aurait « recité » (I, 756), fait partie des nombreux éloges que Reusner recueille au sujet de « Verona » dans son deuxième livre[174]. Pour ses vers sur « Le Magistrat » (II, 1448) de Sienne, sur l'institution d'origine républicaine qui plaçait au gouvernement de la ville « Novemviros in magistratu »[175], Virey se sert des détails que Reusner puise dans les oeuvres de Giovanni Pontano et d'Enea Silvio Piccolomini et qu'il réunit sous le titre de « De Reipublicae verò forma » dans un long paragraphe de son « ecphrasis » de Sienne[176]. La mention des divinités tutélaires de la fertilité de la terre, de leur présence constante et rassurante dans la région qui entoure les villes dont les vers de Virey parlent au cours de « ce voyage grand »[177] est topique de l'éloge. Cérès, la « deesse des bleds et des grains »[178] que de La Porte associait lui-aussi, et normalement, à Bacchus, car elle « signifie le pain, comme Bacchus le vin »[179], s'allie à Bacchus et à Palès, « la deesse des bergers »[180], dans les premiers vers que Virey consacre à

173. « F. PETRARCHAE. Salve cara Deo, tellus sanctissima salve [...] » (N. Reusner, éd., *De Italia [...] libri duo*, I, pp. 7-8) : il s'agit de l'épître « Ad Italiam ex Gallis remeans » (Pétrarque, *Epystole*, III, XXIV, in Id., *Opera*, Bâle, Heinrich Petri, 1581, pp. 555-556 que nous citons d'après l'exemplaire de la Bibliothèque Municipale de Chalon, 5116 in-folio [512], ayant appartenu à Jean Fleutelot. Voir la note au texte II, 1914-1915).

174. « IOAN. COTTAE VERONENSIS. Verona, qui te viderit [...] » (N. Reusner, éd., *op. cit.*, II, p. 191 ; voir la note au texte I, 757-762).

175. N. Reusner, éd., *op. cit.*, II, p. 139.

176. Cf. *ibid.*, II, pp. 138-139 ; voir les notes au texte II, 1448, 1454.

177. Voir *supra*, p. LVII, la citation des vv. I, 117-122.

178. M. de La Porte, *Les Epithetes*, Paris, Buon, 1571, f. 50v°.

179. *Ibid.*, f. 50v°.

180. *Ibid.*, f. 189v°.

Besançon, à Zurich, à Sienne sans que sa présence soit évidemment pertinente aux seuls vers sur Besançon, Zurich et Sienne, donc à leurs « plaine » (I, 330), « colines et Monts » (II, 1424)[181]. L'image mythologique, les noms de ces dieux nourriciers[182] appartiennent aux stéréotypes des vers d'exorde des éloges des villes, la rhétorique qui les met en poésie en fait des passe-partout dépourvus d'un sens propre et Virey pouvait s'inspirer de l'éloge de Sienne par Reusner - « Si campos, campos hîc beat alma Ceres / [...] Si valles, valles donat amica Pales »[183] - pour l'exorde de sa description de Sienne,

> Où Bacchus et Cerès bien d'accord se rencontrent
> Comme par leurs bien faits abondamment ils monstrent
> De Vignes à bon vin et de froment qui fait
> De la farine à pain pour la vie à souhait
> (II, 1425-1428).

Mais le fond de son emprunt n'aurait pas changé s'il avait puisé ses vers à l'épigramme de Scaliger que Reusner publie parmi les éloges de Vicence :

> Bacche pater, Ceres alma, bonae bona numina pacis :
> Quae patulos agros, qui iuga curva tenes :
> [...] Pulchra racemiferos dominat Vicentia colles :
> Laetaque spicilegi iugera findit agri[184].

La considération de la fertilité de la terre dans la région qui entoure les villes était d'ailleurs l'un des thèmes que Quintilien invitait à traiter dans l'éloge : son chapitre « De Demon-

181. Cf. notamment les vv. I, 213-214 ; I, 329-332 ; II, 1424-1428.

182. Cf. La Porte, *op. cit.*, f. 30r° *ad v.* « Bacchus » où parmi les nombreuses épithètes on lit « alme, dieu nourricier ».

183. N. Reusner, éd., *De Italia*, II, p. 141 : ces vers sont de Reusner lui-même et ils paraissent parmi les « Epigrammata in Urbem Senam » à côté des éloges de Marulle, Scaliger, Melissus, Georges Fabricius et Nathan Chytraeus (cf. *ibid.*, II, pp. 141-145).

184. *Ibid.*, II, pp. 200-201. Cf. également, mais au sujet de Florence, U. Verino, *De illustratione urbis Florentiae Libri tres*, cit., f. 18v°.

trativo », que nous venons de citer, avait indiqué dans la beauté et l'utilité les deux points de vue de la composition d'un éloge de ville ou de lieu. Sans l'ornement rhétorique de la mythologie qui s'empare au XVIe siècle de la poésie néolatine, la structure même du genre prévoyait à son origine l'exposition de l'« utilitatem, salubribus, fertilibus » à côté de la « speciem, maritimis, planis, amoenis »[185]. A l'époque de Virey et dans le domaine moins poétique et plus pratique des livres à l'usage des voyageurs, un équivalent des instructions de Quintilien pourrait être reconnu dans la « Tabella delineans in peregrinationibus potissimum observanda »[186] qui avait paru pour la première fois en 1594 dans les *Deliciae* de Nathan Chytraeus et qui était reproduite dans plusieurs guides[187], dont notamment l'*Itinerarium* du précepteur et jurisconsulte silésien Paul Hentzner (1558-1623) : un texte que Virey semble très souvent avoir sous les yeux lors de sa rédaction des *Vers Itineraires*, malgré la date tardive, 1612, de l'*Itinerarium*. Sans évidemment faire appel, comme Quintilien, aux belles divinités du mythe, inutiles au voyageur, la « Tabella » d'Hentzner recommandait au visiteur des villes l'observation, donc la description de la « Regio » en tout premier lieu, après l'invocation habituelle à Dieu. L'observation des alentours était indispensable pour pouvoir jeter un premier regard sur la ville et le bien-être de ses habitants, elle fixait le cadre du portrait, le contexte du texte descriptif. L'adhésion des *Vers Itineraires* à la « Tabella » d'Hentzner sur ce premier point se lit dans le retour régulier des images de la « Regio »,

185. Quintilien, *Institutionum Oratoriarum Libri XII*, Paris, Vascosan, 1538 (exemplaire de la B. M. de Chalon), f. 45v°.

186. P. Hentzner, *Itinerarium Germaniae, Galliae ; Angliae ; Italiae*, Wroclaw, J. Perfert et les héritiers de J. Eyering, 1617, f. [8]r° (la première éd. parut à Nuremberg en 1612 chez A. Wagenmann).

187. Voir L. Schudt, *Italienreisen im 17. und 18. Jahrundert*, Vienne-Munich, Schroll, 1956, p. 139 ; l'introduction de M. Bideaux au *Voyage d'Italie (1606)*, éd. Bideaux, Moncalieri-Genève, C.I.R.V.I.-Slatkine, 1981, p. 9 ; B. Conconi, « Un non conformista nella Milano del '700 », in Boccassini, Bettoni, Conconi, De Capitani, *Francesi a Milano*, Moncalieri-Genève, C.I.R.V.I.-Slatkine, 1988, pp. 69-71.

de Coire, par exemple, « ayant champs et prerie / Vignoble à vin clairet, et à vin blanc aussy » (I, 382-383), ou de Vérone, qui « a des champs si beaux que l'air y rit d'amour » (I, 708), de Vicence, « en terroir fertille / En tout genre de fruicts, et autre chose utile / A la vie et au bien des hommes de Citez » (I, 765-76), de Padoue, dont « le beau paysage / Est tout de fruicts rampans, prérie, et labourage » (I, 833-834), de Camposampiero, « Villette » où l'on voit « par ses champs rire, la terre, et L'air » (I, 977, 980), ou d'Arquà, « qui d'un flanc de montagne / Regarde les tresors de sa riche campagne » (I, 1013-1014). Mais il s'agit d'une adhésion fidèle, qui s'étend tout au long du poème, apparemment accompagnée de la conscience que les guides de l'époque avaient en quelque sorte mis à jour les normes poétiques des « Urbium laudes » classiques. Quintilien avait tout d'abord précisé que

> laudantur [...] urbes similiter atque homines. Nam pro parente est conditor : et multum authoritatis affert vetustas, ut iis qui terra dicuntur orti : et virtutes ac vitia circa res gestas : eadémque in singulis. Illa propria, quae ex loci positione ac munitione sunt. Cives illis, ut hominibus liberi, decori[188].

La « Tabella » d'Hentzner plaçait au troisième moment du chemin de connaissance du voyageur, après l'invocation à Dieu et l'observation de la région, le « nomen Urbis, et ratio nominis si extet, item Conditor, Amplificator aut Instaurator alicuius loci » et au quatrième moment la « conditio hominum (superiorum, inferiorum) »[189]. Quintilien avait ensuite parlé de la

> laus [...] operum, in quibus honor, utilitas, pluchritudo, author spectari solet. Honor, ut in templis : utilitas, ut in muris : pluchritudo vel author, utrobique[190].

La « Tabella » recommandait l'observation des « Opera, et haec vel Publica [vel] Privata, ut quae in Civium aedes sunt

---

188. Quintilien, *op. cit.*, f. 45r°. Cf. également l'éd. et trad. H. Bornecque, Paris, Garnier, 1968, t. I, pp. 380-383.

189. Hentzner, *Itinerarium*, cit., f. [8]r°.

190. Quintilien, *op. cit.*, f. 45v°.

insigna »[191]. Elle distinguait alors, dans l'ordre, les différentes sortes d'oeuvres publiques - « sacra », telles les « basilicae, monasteria, templa », et « profana », telles les « palatia, arces, fora, armamentaria, propugnacula, turres ; et ratio munitionis » - et privées, « veluti horti, picturae, fontes, statuae » ; et elle couronnait ses instructions par tout ce que le voyageur devait apprendre de la

> ratio Gubernationis, ad quam pertinent : 1. Curia, in qua Senatores, et familiae civium honestiores ; 2. Scholae, ut ratio educandi et instituendi pueros ; Item Viri docti et Bibliothecae ; 3. Vulgi mores, quo pertinet ratio Victus et Vestitus ; Item Opificia.

Or l'attention que les *Vers Itineraires* consacrent au père des villes visitées, au fondateur mythique ou historique, à l'Anténor de Padoue (cf. I, 784), aux Gaulois de Brescia (cf. I, 623), au « ramas de pescheurs » (II, 141) de Venise, au « Roger » (II, 535) de la maison d'Este de Ferrare, puis les détails qu'ils donnent sur l'origine des toponymes, sur la très célèbre fleur de lys de la « florissante » (cf. II, 981-982) Florence ou sur la « cour » de Coire,

> Ville en un lieu posée, où sejour l'on nous dit
> Que Constantin le grand passant aux Gaules fit
> Luy et toute sa cour, dont Coire, ou bien Curie,
> La Ville a pris son nom (I, 379-382),

l'ordre qu'ils suivent le plus souvent dans la mention des grands hommes qui ont illustré une ville par leurs faits ou par leurs gestes, et dans la description des églises, des abbayes tout d'abord[192], puis des palais publics et privés, et du gouvernement, enfin de la vie civile et économique, des habitudes

---

191. Hentzner, *ibidem*, comme les trois citations qui suivent.

192. Cf., à propos de Venise, les vv. II, 213-218 : « Mais te voulant marquer les choses singulieres, / Je debvois te parler des maisons de prieres / Des temples où le peuple et la gent de ce lieu, / Moines, ou Seculiers, sans cesse invoquent Dieu : / Car tu sçais qu'en tout oeuvre il faut que l'on commence / Par celuy qui a mis le monde en ordonnance » ; et notre note aux vv. II, 217-218.

des habitants révèlent que ce qui pilote la poésie de Virey est une sorte de combinaison, normale à ses yeux, entre les règles des *carmina itineraria*, les thèmes poétiques que Quintilien avait établis pour la composition des éloges de villes ou de lieux et les codifications plus récentes sur les objets « in peregrinationibus potissimum observanda »[193].

Autrement dit, comme les relations de voyages que des contemporains de Virey rédigeaient en prose, les *Vers Itineraires* reflètent la structure du « discours commun » que les érudits étrangers « tenaient [...] sur l'Italie »[194]. La description de l'Italie se développe à l'intérieur du cadre préétabli d'une « topique »[195] déjà illustrée, donc autorisée par toute une série de textes et apte à fournir au poète des thèmes, mais aussi un lexique et les ressources rhétoriques et stylistiques pour la disposer, cette description, suivant la trame du voyage, la trame que des arrivées et des départs tissent dans les *Vers Itineraires*. C'est une trame qui réclame à chaque fois un exorde, que nous avons vu bien codifié, et une conclusion qui, pour provisoire qu'elle soit, trouve normalement son prétexte dans la fiction d'une démission face à « l'infinité de la tâche à accomplir »[196]. Le voyageur et le poète-descripteur quittent Florence sur une promesse que le *je* du poème fait à son dédicataire chalonnais :

---

193. Sur notre emploi du verbe *piloter,* voir Bruna Conconi qui, à propos des récits des voyageurs du XVIIe et du XVIIIe siècle, souligne que « un copioso insieme di manuali e trattati codifica nei minimi dettagli la loro esperienza [...] fino a determinare ciò che è doveroso *in itineribus observanda.* Anche le relazioni di viaggio dei predecessori, usate come guide, finiscono col pilotare la scelta dei luoghi e degli oggetti su cui soffermare la propria attenzione, cosicché i mondi conosciuti e riproposti dai vari viaggiatori continuano a ripetersi nel tempo, fino a diventare immagini stereotipe » (B. Conconi, « Un non conformista nella Milano del '700 », cit., p. 71).

194. J. Balsamo, « *L'Italie francoise* », cit., p. 57.

195. Id., *ibidem.*

196. M. Simonin, « Le statut de la description à la fin de la Renaissance », in *L'Automne de la Renaissance. 1580-1630*, cit., p. 130.

> C'est assez pour ce coup dit de Florence, un jour
> Si du monde je suis à Chalon de retour
> Et Dieu le veut ainsy je t'en pourray plus dire
> Qu'à plaisir tu auras d'ouir autant qu'à lire
> (II, 1403-1406) ;

pour un supplément de détails sur Sienne, Virey introduit dans ses vers son pseudonyme, Cloridon, image du messager qui se rendra chez le même dédicataire :

> De Siene rien plus je ne t'escriray donq,
> Tu en sçauras un jour plus de mon Cloridon
> (II, 1738-1739) ;

et une démission finale, à l'entrée du voyageur à Rome, met le mot fin à ces *Vers Itineraires* par un silence du poète qui renvoie alors son lecteur à d'autres et futurs « vers comme ceux cy », car - dit-il en *explicit* -

> il faut prendre haleine,
> Et laisser esgayer un peu d'ailleurs ma veine
> (II, 1961-1962).

Mais c'est la figure de la prétérition comme topique du « statut de la description à la fin de la Renaissance »[197], qui assure le plus souvent le départ des villes dont les vers de Virey parlent (cf. toujours I, 120), lorsque les inscriptions, les statues, les églises, les « preciositez » (II, 1352) à décrire sont trop nombreuses, la ville trop grande, son histoire trop longue. Figure privilégiée de tout inventaire, elle organise d'ailleurs également le discours du séjour du voyageur dans les deux villes majeures, dont les merveilles sont au-dessus des possibilités de la muse qui assiste le poète : Venise et Florence. La prétérition qui clôt la description de Venise sous le prétexte que « La muse » n'en dit pas « davantage », car

> Ses richesses, sa force et sa raison d'Estat
> [...]
> Sont des subjects de prose à estre bien narrez
> Qui ne sont bons à estre en des vers mesurez
> (II, 514-520),

---

197. Cf. *ibid.*, pp. 129-140.

peut être lue comme un renvoi aux sources historiques et politiques que Virey vient à ce point d'utiliser pour ses vers, tel le texte classique de Contarini sur les *Magistratz, et republique de Venise*[198]. Et dans l'ensemble des vers sur la « Maistresse de la Mer d'Hadrie » (II, 145) nous lisons les formules d'une prétérition constante :

je ne veux pourtant prendre en mon escriptoire
L'Encre qu'il me faudroit pour t'en tracer l'histoire
(II, 167-168) ;
De la place sainct Marc [...]
Dire je ne te puis combien à nostre veue
Va portant de plaisirs la solide estendue
(II, 291-294) ;
Des autres [statues] je ne parle en nombre neuf ou dix
Equestres tout de mesme et rien plus je ne dis
Des pedestres qui sont en divers lieux monstrées
(II, 335-337) ;
Que diray-je de plus (on ne le croiroit pas
Qui ne l'auroit bien veu) d'une forest de Mats
(II, 415-416) ; etc.[199]

Elles relèvent d'une rhétorique descriptive stéréotypée depuis longtemps, pourvue de bonnes autorités et que Thevet avait mise en relation avec le jugement de Salluste sur Carthage, « assavoir de plustot se taire en [s]on endroit que d'en parler peu »[200]. Elles reviennent avec la même valeur dans les vers sur Florence, dans la description des tombeaux « Des grands hommes » (II, 1012) dans le dôme, des églises (cf. II, 1285),

---

198. G. Contarini, *Des magistratz, et republique de Venise* [...] *traduict de Latin en vulgaire François par Jehan Charrier*, Paris, Galliot Du Pré, 1544 ; sur le caractère classique de cette source cf. P. Hentzner, *Itinerarium*, cit., pp. 218, 223 ; les notes de F. Lestringant in A. Thevet, *Cosmographie de Levant*, Genève, Droz, 1985, p. 255 ; J. Balsamo, *« L'Italie francoise »*, cit., pp. 111-112.

199. Le passage sur Venise occupe les vv. II, 139-520.

200. Thevet, *op. cit.*, p. 20 ; voir notre note aux vv. II, 513-514. Sur les descriptions de Venise par les voyageurs français de l'époque, voir F. Joukovski, « Voyageurs français à Venise au XVIe siècle », *Revue de littérature comparée*, 1967, pp. 481-507 ; mais, sur la valeur des stéréotypes dans l'expérience vénitienne des Français, J. Balsamo, *« L'Italie francoise »*, cit., p. 112 et 112n.

des merveilles que l'on faisait admirer au visiteur dans la galerie du palais des grands-ducs (cf. II, 1352-1358) et que l'*Itinerarium* de Paul Hentzner avait déjà définies par l'épithète de la démission descriptive comme « infinitas »[201].

Le voyage qui se fait le long de cette trame entre une ville et l'autre est le voyage d'un homme de la fin de la Renaissance. Virey avait à l'esprit ou sous les yeux ces cartes que les imprimeurs de cosmographies avaient reproduites très souvent à partir de modèles de Munster, le nord en bas et comme creusées sur la page par leur réseau de fleuves et de rivières, les véritables protagonistes de la cartographie du XVIe siècle. L'attention qu'il prête dans ses vers à l'itinéraire des cours d'eau, à leur histoire depuis leur source jusqu'à leur embouchure, ou simplement sa mention des fleuves et des rivières en tant que points de repère du voyage ne relèvent pas seulement de la thématique du genre. Il suit la tradition de la *Mosella* d'Ausone, dont s'était souvenu à son époque Peletier du Mans dans les longs passages qu'il consacrait dans *La Savoye* à la Seine, à la Loire, au Pô, au Rhône, à l'Arvan ou à l'Arc[202]. Il suit une sorte de mode poétique, dont s'inspiraient les vers d'amour, par exemple, d'Amadis Jamyn dans son « Artemis »[203]. Mais il reflète surtout le point de vue de la géogra-

201. « Alias res infinitas, rarissimi pretij et admiratione dignas » (Hentzner, *op. cit.*, p. 359). Cf. en tout cas d'autres formules de prétérition dans les vers sur Vérone (I, 735, 743), Ferrare (II, 571-580), Pratolino (II, 755 et ss.).

202. Cf. Peletier du Mans, *La Savoye*, Annecy, J. Bertrand, 1572, pp. 7-8 (pour ce qui concerne la Seine, la Loire et la Garonne), pp. 8-9 (pour le Rhône, la Saône, l'Isère), p. 18 (le Pô), p. 30 (l'Arvan et l'Arc). Voir L. Terreaux, « Le vocabulaire de Jacques Peletier dans *La Savoye* », in *Renaissance-Classicisme du Maine*. Actes du Colloque du Mans, 1971, Paris, Nizet, 1975, pp. 329-335 et Id., « Jacques Peletier et la Savoye », in Y. Giraud, éd., *Le paysage à la Renaissance*, Fribourg, Ed. Universitaires, 1988, pp. 215-227 ; F. Joukovski, *Paysages à la Renaissance*, Paris, P.U.F., 1974, pp. 121-124.

203. Sur les emplois métaphoriques des fleuves et rivières dans la poésie amoureuse, voir le chapitre que G. Mathieu-Castellani consacre aux « Eaux » dans son travail fondamental *Les thèmes amoureux dans la poésie française (1570-1600)*, Paris, Klincksieck, 1975, pp. 384-395, et notamment pour notre propos p. 386.

phie humaniste sur les cours d'eau : on sait qu'ils y jouaient un « rôle considérable »[204] et qu'un « adepte fervent de la théorie des bassins hydrographiques »[205] tel que Papire Masson pouvait faire des fleuves le « fil conducteur » de « cette étude physique mais aussi humaine »[206] de la France qu'est la *Descriptio fluminum Galliae* (1618). Parmi les nombreuses chorographies, cosmographies, parmi les recueils de plans, les *théâtres* du monde et des villes que Virey peut avoir connus, il utilise pour ses vers soit l'*Epitome de la Corographie d'Europe* de Guéroult (1553), soit les *Plantz, pourtraitz et descriptions de plusieurs Villes et forteresses* d'Antoine Du Pinet, que Jean d'Ogerolles publia à Lyon en 1564 à partir des planches que Balthazar Arnoullet avait réalisées pour le recueil de Guéroult. Sa représentation de l'Europe et de l'Italie peut s'être faite au moyen de la carte d'Europe qu'Arnoullet avait copiée de Munster[207] et au moyen de cette carte, également copiée en réduction, où l'Italie était présentée comme

204. N. Broc, *La géographie de la Renaissance*, Paris, C.T.H.S. Format, 1986², p. 107. Voir Id., « Les cartes de France au XVIe siècle », in J. Céard, J.-Cl. Margolin, édd., *Voyager à la Renaissance*, Paris, Maisonneuve et Larose, pp. 221-242.

205. Id., *La géographie*, cit., p. 106.

206. *Ibid.*, p. 107.

207. Cf. G. Guéroult, *Epitome de la Corographie d'Europe, illustré de pourtraitz des villes plus renommées d'icelle*, Lyon, B. Arnoullet, 1553, f. A_2 r°; A. Du Pinet, *Plantz, pourtraitz et descriptions de plusieurs Villes et forteresses, tant de l'Europe, Asie, et Afrique, que des Indes, et terres neuves*, Lyon, J. d'Ogerolles, 1564, pp. [6]-[7] chiffrées à tort 10-11. Sur ces deux recueils voir R. Brun, *Le livre français illustré de la Renaissance*, Paris, Picard, 1969, pp. 205, 174 ; M. Pastoureau, *Les atlas français. XVIe-XVIIe siècles. Répertoire bibliographique et étude*, Paris, B. N., Dpt. des Cartes et Plans, 1984, pp. 225-227, 131-132 ; M. Simonin, « Les élites chorographes ou de la "Description de la France" dans la *Cosmographie universelle* de Belleforest », in Céard, Margolin, édd., *Voyager à la Renaissance*, cit., p. 434 ; D. Boccassini, *La parola riscritta. Guillaume Gueroult, poeta e traduttore nella Francia della Riforma*, Florence, La Nuova Italia, 1985, pp. 33-34, 167-168.

> une fueille de chesne : car elle est beaucoup plus longue, que large : et neantmoins elle se recourbe vers les bout du costé gauche, à mode d'une targue Amazonesque, ou Turquesque[208].

Elle n'était jalonnée que des noms des villes que le voyageur des *Vers Itineraires* - comme tout voyageur de l'époque sur le chemin de Rome - touche et décrit le long du poème : Vérone, Vicence, Padoue, Este, Venise, Ferrare, Florence, Sienne, « Aquapendente », « Mont Fiascon »[209], Viterbe et Rome. Mais ces noms passaient en quelque sorte au second plan sur la page imprimée par un bois où l'on avait mis surtout en relief les cours d'eau, un ensemble de lignes sinueuses dominant la planche comme « les veines du corps humain »[210] et déterminant la vision géographique du lecteur. La Seine qui « abreuve » (I, 123) Vernon, puis la Marne qui « arrose » (I, 164) Châlons, la Saône que le voyageur passe « dessus son premier pont » (I, 203) en Franche-Comté et le Doubs qui « embrasse » (I, 257) Besançon scandent l'itinéraire français des vers de Virey. Après la mention de la Limmat qui partage « en deux » (I, 339) Zurich, la description de la Suisse développe une première digression qui suit en vers la ligne du « maistre Rhin » (I, 463) et raconte sa longue histoire de Fleuve des fleuves,

> Qui assemble là pres en un ses deux canaux,
> Qui çà et là bruyant par saults espouventables
> Ont tiré des rochers leurs ondes perdurables,
> Desgorgées du Mont de Spluge ou d'Adula
> Et du Mont sainct Gothart qui plain le ventre en a
> Puis du Lac de Constance appellé Podamique
> Par L'Allemagne il court en L'Occean Belgique
> (I, 464-470).

Tandis qu'une seconde digression sur le parcours de l'Adda le long de la Valteline, puis à travers le lac de Côme « qui luy

---

208. A. Du Pinet, *Plantz, pourtraitz*, cit., p. 126 ; cf. G. Guéroult, *Epitome*, cit., p. 31 et M. Pastoureau, *op. cit.*, pp. 132, 227.

209. Du Pinet, *ibidem*.

210. N. Broc, *La géographie*, cit., p. 107 à propos de la *Descriptio* de Papire Masson.

veut resister, / Et pour enfler ses eaux en son fonds l'arrester » (I, 543-544) devient une sorte de figure du voyage italien que racontent ces premiers *Vers Itineraires* ; le texte s'achève à la vue de Venise tout comme l'Adda, « en despit » (I, 545) du lac,

> de course hardie
> L'ayant tout traversé gaigne la Lombardie,
> Portant ses eaux au Pau, qui l'emmeine en ses tours
> Dans la Mer de Venise, où s'abisme leurs cours
> (I, 545-549).

Veines sur la carte d'une Italie étudiée avant que d'être visitée, métaphores d'un voyage *hardi* au milieu des mille dangers (pratiques) des routes mais suivant des lignes (théoriques) toutes tracées, des parcours obligés bien connus à l'avance, les fleuves et les rivières italiens accompagnent le voyageur depuis son entrée dans le territoire vénitien (cf. I, 623). Sa description de Brescia, Vérone, Vicence et Padoue jusqu'à « la merveille des Villes » (I, 1118) trouve des points de repère dans « le fleuve Adice » (I, 707), dans « Brente et Bacchilion » (I, 888) et elle procède enfin en symbiose avec « La barque » qui « chemine » « sur le dos » (I, 1105) du Brenta, pour atteindre Venise par le système de planches, poutres et treuils qui à Fusina (cf. I, 1108) la faisait glisser à travers la digue. Et la seconde partie des *Vers Itineraires*, « Allant de Venise à Rome »[211], se sert des eaux « du grand Pau » (II, 544), de l'Arno qui « çà et de là fluant Florence abreuve / Et la separe en deux » (II, 1370-1371), du « plus gros ruisseau » (II, 1611) de la fontaine Branda de Sienne qui « enfle » (II, 1612) le torrent Tressa et le fleuve Arbia, et de l'Ombrone, enfin, « Un fleuve qui l'Arbie accueille en son giron » (II, 1747) pour raconter les histoires de voyages qui, à côté du voyageur Virey, se font bien sûr selon nature, mais qui sont, comme l'itinéraire du poème, tracés sur la page imprimée des livres que le poète a lus avant de composer ses vers. Il s'agit donc pour nous de reprendre par la lecture du manuscrit

211. A, p. 238, titre.

de Virey la route que son poème nous indique : « Carmine propositum iam repetamus iter », écrivait Rutilius[212]. Elle suit un parcours obligé, tout tracé, stéréotypé, mais d'ailleurs parfaitement vraisemblable.

2. *Le voyage et ses vers.*

Le départ est fixé au vers I, 115, à la mi-mars 1592, du camp devant la ville de Rouen assiégée par Henri IV, au milieu du dernier acte des guerres que nous appelons de religion et que Virey considère au singulier comme « la guerre de la Ligue »[213]. Les 114 vers qui le précèdent, épître dédicatoire mise à part, servent à présenter le compagnon de voyage, Christophe de Harlay. C'est avec lui, ou plutôt à sa suite, que le voyageur Virey va entreprendre son expérience des lieux, bénéficiaire avec lui d'un double privilège : « il est celui qu'on laisse partir »[214], pour qu'il aille achever sa formation en Italie, à Padoue tout d'abord, la ville qui avait été au cours du XVIe siècle l'un des berceaux de la culture européenne et qui

---

212. « Sed diverticulo fuimus fortasse loquaces ; / Carmine propositum iam repetamus iter » (« Itinerarii Rutilii Claudii Numatiani », in J. Simler éd., *Aethici Cosmographia*, cit., p. 322 ; cf. Rutilius, *De reditu suo*, II, vv. 61-62, éd. Vessereau, Préchac, p. 37).

213. Cf. la note dans la marge de A, p. 191 à la hauteur du v. I, 115 : « Le 16. mars 1592 Les voiageurs partent du siege mis devant Rouen pandant la guerre de la Ligue ».

214. « Tous sont loin d'en avoir le droit ou le pouvoir » (N. Doirion, « Les rituels du départ. De quelques voyageurs renaissants », *Littérature*, 65, févr. 1987, p. 49). Nous empruntons d'ailleurs d'autres idées à l'étude de Normand Doirion (voir *ibidem*, pp. 48-57 : « 1. Les préparatifs, 2. Le départ, 3. Ambulatoire, 4. La séparation, 5. La réparation »). Voir également Id., « De l'épreuve de l'espace au lieu du texte. Le récit de voyage comme genre », in B. Beugnot, éd., *Voyages. Récits et imaginaire*, Paris-Seattle-Tubingen, Papers on French Seventeenth Century Literature, 1984, pp. 15-31 ; Id., « L'art de voyager. Pour une définition du récit de voyage à l'époque classique », *Poétique*, 73, févr. 1988, pp. 83-108 ; et J. Chupeau, « Les récits de voyages aux lisières du roman », *R.H.L.F.*, 77, 3-4, mai-août 1977, pp. 536-553.

jouissait encore à l'époque d'un certain prestige. Sebastiano Erizzo la définissait avec raison en 1567 par la formule topique de « madre de gli studi »[215] ; dans l'histoire-cadre de son imitation du *Decameron* de Boccace, *Le Sei giornate*, il avait imaginé six jeunes étudiants « forastieri, nobili e d'alto cuore »[216], venus à Padoue faire leurs études en 1542. Ils se racontaient des nouvelles, des « avvenimenti [...] in tempo che si suole alle fatiche de gli studi dare spatio » et ils permettaient donc à Erizzo, que Virey connaissait bien, d'élaborer la fiction de son recueil[217]. Mais, dans leur vraisemblance, ils reflétaient la réalité de tous ces jeunes gens qui entreprenaient la *peregrinatio academica* et qui arrivaient dans la ville d'Anténor « da lontane et varie contrade, per apprendere le buone lettere [...], chi per Filosofia imparare, chi per dare opera allo studio delle leggi » : l'étudiant Virey et Christophe de Harlay devaient en être, ayant choisi Padoue comme but, « Pour les moeurs en apprendre et l'excellent parler / Y faire estude aussy aux Loix » (I, 52-53). Mais le jeune *peregrinator* « qu'on laisse partir » est aussi, et dans ce cas surtout, celui que l'on éloigne du « discord furieux » (I, 39) qui règne en France, celui qu'on laisse « aller soubs autre Ciel estre plus à requoy » (I, 44). Le choix du point de départ valorise, par contraste, le privilège et réciproquement il reçoit de lui sa crédibilité : il sait évoquer, dans un certain sens, la communauté d'origine du voyageur[218], le cercle dont il fait partie et qui accepte de s'ouvrir afin qu'un de ses membres puisse en sortir. Seuls les deux protagonistes du siège de Rouen, le roi et son adversaire, Alexandre Farnèse (I, 115-116), ont une place dans les *Vers Itineraires*. Mais nous pouvons d'après l'histoire évo-

---

215. S. Erizzo, *Le Sei giornate*, Venise, G. Varisco, 1567, f. 3r°.

216. *Ibidem*, comme les deux citations qui suivent.

217. Les *Vers Itineraires* ne citent pas explicitement *Le Sei giornate*, mais ils mentionnent Erizzo pour son célèbre *Discorso sopra le medaglie de gli antichi* (cf. II, 569-570).

218. Voir N. Doirion, « Les rituels du départ », cit., p. 48.

quer les rôles secondaires. Avec le roi, le long des tranchées creusées devant la ville où Villars-Brancas gouvernait au nom de la Ligue[219], le premier président Achille de Harlay et un groupe de parlementaires, dont Jacques-Auguste de Thou, apparaissent, venus conférer avec Henri IV « de censuriis Pontificiis »[220]. On sait que le roi avait mis le siège le 11 novembre 1591 et qu'au mois de décembre il y avait appelé le premier président « cum delegatis ex amplissimo ordine »[221] qui avaient nom Jean de Thuméry, Jacques Gillot et Jean de Villeméreau. Et on sait que De Thou les y accompagna : « cum ijs et venit Thuanus ». Partie avec un certain retard, la délégation[222] n'atteignit la Normandie qu'au début de février 1592, au lendemain d'un combat à Aumale où le roi avait été blessé ; elle y demeura le temps de visiter les tranchées et de parler des bulles d'excommunication du pape, autrement dit le temps de deux longues pages des *Commentariorum de vita sua* de De Thou, ce qui pourrait suffire à la fiction des *Vers Itineraires* pour arriver à cette mi-mars où un père, Achille de Harlay, se sépare de son fils, pour arriver donc au moment où, de Rouen, Christophe de Harlay et Claude-Enoch Virey se mettent en route.

Le cercle ne s'ouvre pourtant que progressivement. Parmi les « actes rituels »[223] chargés d'exorciser la séparation, nous avons vu ci-dessus « la compagnie » (I, 118) d'un départ qui

---

219. Cf. P. de L'Estoile, *Journal pour le règne de Henri IV*, éd. L. R. Lefèvre, Paris, Gallimard, 1948, pp. 152-153.

220. J.-A. de Thou, *Commentariorum de vita sua Libri VI*, in Id., *Historiarum sui temporis*, cit., t. II, p. 1223.

221. *Ibidem*, comme la citation qui suit.

222. « Harlaeus cum delegatis et Thuanus » (*ibidem*). Il faut peut-être rappeler qu'un lien de parenté unissait de Thou à Achille de Harlay, son beau-frère, et qu'un beau-frère de Jacques-Auguste de Thou, Philippe Hurault de Cheverny, nous a laissé aussi dans ses *Memoires d'Estat* un compte rendu détaillé du siège de Rouen (cf. Hurault de Cheverny, *Les Memoires d'Estat*, Paris, P. Billaine, 1636, pp. 153-164).

223. N. Doirion, « Les rituels du départ », cit., p. 49.

ne saurait se faire en solitude : des représentants de la communauté, et notamment la cavalerie du baron d'Inteville accompagnent les voyageurs le premier bout du chemin. Et les premières étapes - Vernon, Mantes-la-Jolie, Melun, Villenauxe-la-Grande, Vertus, Châlons-sur-Marne, Piney-Luxembourg et Mussy-sur-Seine - semblent marquer un faux départ car une longue halte se prépare déjà pour eux à Langres, la même ville qui avait accueilli, trois ans auparavant, l'oncle du jeune Harlay, De Thou, de retour de Venise en France au mois d'août 1589[224]. Son maire, Pierre Roussard, « passionné, du Roy, et de ses serviteurs » (I, 192)[225], est un autre membre de la communauté politique que les voyageurs viennent de quitter, le dernier lien, le dernier arc de cercle à s'effacer pour les laisser passer. Tout le long du poème, les vers de Virey essaieront de le redessiner en donnant une place, fût-ce un éloge ou une digression historique, aux personnages célèbres du milieu d'origine. Or cette dernière ville de Champagne, « bonne » (I, 190), « royalle » (I, 197) et sûre est le lieu que le poète choisit pour répéter son adhésion au modèle de Rutilius, dont l'itinéraire était marqué par une halte de « ter quinque diebus »[226] deux cents vers après le départ : c'était le moment de l'attente de la brise meilleure, la plus sûre pour prendre la mer, tout comme dans les *Vers Itineraires* les « quinze jours de demeure » (I, 193) à Langres ont leur raison d'être dans l'attente du jour propice parce que sûr,

> Affin de n'en partir point à nostre malheure
> Car d'amis nous avions eu advis trescertain,
> Qu'on avoit desseigné mettre sur nous la main
> (I, 194-196).

---

224. Cf. de Thou, *Commentariorum de vita sua Libri VI*, cit., p. 1215.

225. Voir nos notes aux vv. I, 191 et 192.

226. « Explorata fides pelagi ter quinque diebus, / Dum melior lunae fideret aura novae » (« Itinerarii Rutilii Claudii Numatiani », in J. Simler éd., *Aethici Cosmographia*, cit., p. 304 ; cf. Rutilius, *De reditu suo*, I, vv. 204-205, éd. Vessereau, Préchac, p. 12).

La pause de Langres, nouveau point de départ du voyage « de France en Italie »[227], a la valeur d'une interruption, autorisée et suggérée par l'archétype latin, du discours itinéraire. Elle acquiert toute sa vraisemblance à l'intérieur du contexte historique du danger que présentaient à l'époque pour des royalistes les embuscades des ligueurs, le « doubte des Ligueux, / Qui battoient la campagne » (I, 175-176). On sait qu'elles étaient une réalité à prendre en considération notamment si l'on parcourait les grands chemins qui menaient aux frontières. Elles touchaient cependant des voyageurs, royalistes bien sûr, mais de quelque importance, tels De Thou et Schomberg, par exemple, que les ligueurs voulaient bloquer lors de leur mission à Venise en 1589[228]. Il est moins probable que la Ligue eût « desseigné » de « mettre [...] la main » (I, 196) sur deux jeunes étudiants qui se proposaient une banale *peregrinatio academica* en Italie et qui avaient pour but l'université de Padoue, même si l'un des deux était le fils du premier président de Harlay. Puisque la fiction des *Vers Itineraires* ne rend pas compte d'autre mission à accomplir par Christophe de Harlay et Virey, sinon ces études « aux Loix, que l'on fait suivre / A ce jeune Seigneur pour en grand robbe vivre » (I, 53-54), ce « doubte » (I, 175) et « les redoutables trames » (I, 206) des ligueurs semblent moins porter le témoignage d'une expérience vécue, que reproduire une topique du récit des routes de France à l'époque et un souvenir des mémoires de De Thou. Les embuscades seraient donc dans ce cas le fruit de lectures, d'un esprit d'imitation des grands que Virey admire et de son imagination lors de la rédaction des *Vers Itineraires*. Mais toute hypothèse à ce propos nous oblige à une petite halte, à la pause d'une parenthèse interrogative : car le voyage de Christophe de Harlay que Virey fait sien et transpose en *carmen itinerarium* n'avait-il pas d'autre but ? Avons-nous le

---

227. A, p. 185*bis*, titre.

228. « In itineris ratione summae difficultates subortae, cum sparsa de Schombergii per regnum fama Henotici insidias ubique struxissent, ut eum interciperent » (J.-A. de Thou, *Commentariorum de vita sua Libri VI*, cit., p. 1209).

droit d'exclure la possiblité d'une mission, minime, secondaire, particulière ou « discrète »[229] que le fils du premier président aurait eue à accomplir - et, comme lui, son compagnon de voyage, Virey ? L'absence de documents d'archives qui témoignent de la fréquence aux cours, à Padoue, de Christophe de Harlay pourrait avoir à ce propos une valeur particulière, en négatif. Car si le nom de Virey paraît deux fois dans les régistres padouans, au moment de l'immatriculation à l'*Universitas Iuristarum* en 1592 et au moment du doctorat en 1594, celui du jeune Harlay n'y figure jamais. Il aurait pu avoir fréquenté des cours comme auditeur, sans une inscription formelle ; son personnage disparaît pourtant des *Vers Itineraires* assez tôt, avant même l'arrivée à Padoue au v. I, 787, où la constante du discours poétique à la première personne plurielle (« Nous partons à my-Mars », « Arrivons à Melun », « Du voyage entrepris nous poursuivons le cour », « à Veronne arrivons », « A Vincense de là à marcher poursuivons »[230] ; etc.) subit une variante significative. Il y a, tout au long du poème, des passages rédigés à la première personne du singulier, plus fréquents dans la seconde partie, « Allant de Venise à Rome », que dans la première et normalement l'alternance du pluriel et du singulier ne présente pas d'intérêt particulier, le voyage étant en tout cas à l'époque un fait pluriel, une expérience collective : on n'était jamais seul sur les routes pour des raisons de sûreté tout d'abord, et pour de simples raisons économiques. Tout voyage coûtait cher, les frais à soutenir étaient souvent considérables et les *Vers Itineraires* rendent constamment compte des services plus ou moins onéreux que rendaient les hôtes, que le « voiturin » (II, 1632) sur le chemin de Florence à Rome prêtait aux voyageurs ou que l'on recevait aux lieux de poste. Et Virey mentionne toujours les sujets de ce pluriel, les compagnons de son voyage de France en Italie, puis de Venise à Rome, et jusqu'à Naples, dit-il, et de Naples à Venise et à Padoue sur le chemin du retour ; nous lisons res-

229. J. Balsamo, « *L'Italie francoise* », cit., p. 108.

230. I, 117, 130, 328, 703, 763.

pectivement les noms de Christophe de Harlay, de Jean-Baptiste Murard (cf. II, 526), de Jean-Claude Buson (cf. II, 528), d'un « Biaunay Baujaulais » (II, 527), de Jean de Chaulnes, sieur de Bure (cf. II, 137) et de « deux Millannois / De Naple retournans » (II, 460-461). Mais au début de la description de Padoue,

> où nostre mire estoit
> Et le lieu qui premier arrester nous debvoit,
> Affin d'y faire estude, où dix fois toute ronde
> Je vis luire la Lune [...]
> (I, 787-790),

l'introduction du « je » pourrait révéler l'absence, ou l'éloignement provisoire de l'autre qui fait « nous » et permettre la conjecture d'un but différent du voyage de Christophe de Harlay[231]. Christophe de Harlay n'aurait pas séjourné dix lunes avec Virey dans la ville d'Anténor, il ne se serait pas inscrit à l'université, parce qu'il avait été chargé d'une mission ailleurs, peut-être à Venise ; et puisqu'en tout cas, et indépendamment du silence des *Vers Itineraires*, aucun voyageur ne pouvait être naïvement traité à l'époque de « touriste »[232], les ligueurs auraient eu de bonnes raisons pour mettre la main sur les deux jeunes étudiants et sur leur suite. Les tentatives de la Ligue pour bloquer Schomberg en 1589 eurent d'ailleurs leur premier effet sur la route de Langres[233], où en sens inverse, à son

231. Conjecture légitime surtout si l'on considère que « par le simple jeu des recommandations et des relations, la mission officieuse était dans bien des cas un prolongement naturel du voyage, quand elle ne le commandait pas. Il y avait toujours une lettre à remettre ou une affaire à régler. D'autre part, les journaux de voyage [...] pouvaient mentir ou pécher par omission en respectant une part de secret » (J. Balsamo, *« L'Italie francoise »*, cit., p. 108).

232. Cf. *ibid.*, p. 107.

233. « Itaque cum primo via compendiosore [...] per Romorantium iter fecisset, ut inde per Carolantensem principatum et Aeduos ad Lingonas et limitem tenderet, monitus validas copias ab illa parte oppositas, retro iter flexit, et Bloesas propere rediit » (de Thou, *Commentariorum de vita sua Libri*, cit., p. 1209).

retour d'Italie, De Thou procédait avec précaution - « caute incessum est, in Lingonas descensum »[234] - et où Virey place justement son « doubte des Ligueux » (I, 175). Au départ de Langres ses vers apportent donc une déviation à « la plus droitte voye, allant de là les Monts » (I, 200), c'est-à-dire à l'itinéraire habituel de Franche-Comté qui, par Vesoul et Montbéliard, conduisait en Suisse et notamment à Bâle ; cet itinéraire était attesté depuis longtemps par les guides, Charles Estienne l'avait décrit en détail dans sa *Guide des chemins de France* (1553)[235] et Paul Hentzner en rendra compte pour l'avoir parcouru en 1598 lors de son voyage de Paris à Bâle[236]. Et puisque Bâle était le but où la Ligue « s'imaginoit » (I, 199) que les voyageurs des *Vers Itineraires* devraient « tendre » (I, 199),

> Au lieu de telle routte, un' aultre on [leur] fit prendre
> Qui sceut en seureté à Besançon [les] rendre
> (I, 201-202) :

la déviation, que les guides attestent également, leur permet d'atteindre Besançon et de là le comté de Neuchâtel, territoire de la « République des Suisses »[237].

De Soleure à Coire et, par les Grisons, jusqu'à Padoue le voyage reflète celui qu'avait entrepris De Thou en 1589 : de Padoue il avait atteint la Valteline par Vérone et Brescia, puis il avait continué par Chiavenna, les Grisons, Coire, le lac de Walen et Zurich jusqu'à Soleure, où il avait rencontré l'ambassadeur Brûlart de Sillery[238]. Après la mention de Brûlart de

---

234. *Ibid.*, p. 1215.

235. Cf. Ch. Estienne, *La Guide des chemins de France (1553)*, éd. J. Bonnerot, Paris, Champion, 1936, itinéraire 88e.

236. « Mons Beligardi, vulgò Gall. *Montbeliart* [...]. Tel [...]. Fleurmont [...]. Waldstuffe [...]. Basilea Rauracorum Augusta » (Hentzner, *Itinerarium*, cit., pp. 174-175).

237. Cf. le titre de la traduction d'Innocent Gentillet des *De Republica Helveticorum libri duo* (1576) de Simler, *La Republique des Suisses* (1577, puis 1579).

238. Puis à Langres de Thou était arrivé normalement par Bâle : cf. les *Commentariorum de vita sua Libri*, cit., pp. 1213-1215. Voir aussi notre note au v. I, 287.

Sillery, « ambassadeur ordinaire de France » (I, 285) résidant à Soleure, par Zurich, Rapperswil et le lac de Walen que l'on traverse « en barque » (I, 374), les voyageurs de Virey gagnent donc ces hautes montagnes si terribles à passer que Du Bellay a maudites dans un sonnet célèbre des *Regrets*[239], et que Denys Lambin a décrites comme difficiles, pénibles, affligeantes[240]. Elles constituaient l'un des passages préférés vers l'Italie aux époques d'insécurité ; elles étaient bien pourvues de postes ; le *Nuovo itinerario delle Poste per tutto il mondo* (1623) pouvait en mentionner trois « A Coiro Città capo d'un Cantone »[241], trois « A Tosana », trois « A Spluga », puis une « A Clandelzino » au-delà du Splugen et une « A Chiavenna Città, e capo d'un Cantone ». Par le Splugen et Chiavenna on avait la possibilité d'entrer en Valteline, l'un des bailliages gouvernés par les Grisons[242], et d'arriver par ce canal directement dans le territoire de Venise sans toucher le Milanais. Et c'est le chemin que décrivent les *Vers Itineraires*, dont les voyageurs descendent enfin en Italie après avoir passé un mont « qu'on nomme Brigue » (I, 589) et qu'il faut identifier avec l'actuel col de l'Aprica, « Brigha » selon la graphie de l'*Itinerario delle Poste*[243]. D'Edolo, selon toute probabilité, « oppidum Venetorum, quorum Iurisdictio hic incipit »[244], par

---

239. Le CXXXIV (cf. Du Bellay, *Oeuvres poétiques. II : Recueils de sonnets*, éd. H. Chamard, Paris, S.T.F.M., 1961, pp. 160-161).

240. « Cum postea quam Patavio discessi id est post tertium Idus sextiles [en 1552] semper in itinere faciendo fuerim occupatus et quidem difficili, aspero, molesto, praesertim quamdiu in Rhetorum saxis et montis haesimus » (ms, B.N.F., Fonds latin, 8647, f. 1r°, cité par H. Potez, « Deux années de la Renaissance (d'après une correspondance inédite) », *R.H.L.F.*, 13, 1906, p. 462n).

241. O. Codogno, *Nuovo itinerario delle Poste per tutto il mondo*, Venise, I. Imberti, 1628 (la *princeps* date de 1623), p. 244. Pour les citations qui suivent, pp. 243-244.

242. Cf. Simler, *La Republique des Suisses*, Paris, Du Puys, 1579, pp. 420-421.

243. Cf. Codogno, *op. cit.*, p. 316 et Alberti, *Descrittione di tutta Italia*, cit., f. 370r°.

244. P. Hentzner, *op. cit.*, p. 195. Cf. *ibid.*, pp. 189-195, l'ensemble de son « Iter Italicum per Alpes Rhoeticas (1599-1600) », dont les étapes correspondent à celles qu'indiquent les *Vers Itineraires*.

la Val Camonica ils atteignent Brescia et, de là, suivant la route habituelle le long du lac de Garde, Vérone, Vicence et leur premier but, « Padoue, je veux dire, où nostre mire estoit » (I, 787)[245].

De petits voyages sont entrepris, comme en abîme dans le grand, pendant ces dix mois du séjour padouan, « pour voir le voisinage, / Qui, dix milles autour, a si beau paysage » (I, 965-966). Ils sont décrits « à la ronde » (I, 973) autour de la ville. Les voyageurs visitent d'abord les villages au nord de Padoue. Ils se dirigent vers le sud lors de la promenade aux monts Euganei et du pèlerinage obligé à la maison et au tombeau de Pétrarque à Arquà, dont nous verrons la valeur de stéréotype à l'intérieur de la fiction de Virey : Arquà était en tout cas un *lieu de mémoire* et les témoignages des visites de « quante sorte de nazioni de studenti siano in Padua »[246] représentaient les étudiants comme des pèlerins déjà dès les années 1550. Le voyage vers l'est, enfin, à Venise, relève des habitudes des Padouans qui se rendent souvent dans la capitale « Soit pour son passetemps, affaire, ou marchandise » (I, 1094) ; Virey s'approprie la fréquence de ces allers et retours grâce à l'introduction d'un amour de son « escolier » (I, 1073) pour une « grecque » (I, 1074), ailleurs nommée « la Fleur d'Espine »[247], « recluse » (I, 1082) à Venise chez un vieux noble

245. Cf. les étapes d'Hentzner ou la liste des postes de Codogno entre Brescia et Padoue (Hentzner, *op. cit.*, pp. 197-203 : « Brixia », « Desenzano », « Rivoltellam », « Peschieram », « Verona », « Vicentia », « Patavium » ; et Codogno, *op. cit.*, pp. 217-218).

246. « De più ce vanno quante sorte de nazioni de studenti siano in Padua ad vedere la memoria de tanto grande, hunico et singulare homo » (G. B. Cardogna, *Racconto della guerra fatta da Carlo V contro i ribelli della Germania*, ms, cité par A. Moschetti, « Gli oggetti relitti da Francesco Petrarca nella casa di Arquà », in *Parma a Francesco Petrarca*, Parme, Fresching, 1934, p. 6. G. B. Cardogna, abbé d'Itri et chapelain du prince de Sulmona, décrit dans le *Racconto della guerra* la période de sa vie passée au service du prince, les voyages faits avec lui, dont les deux séjours à Padoue en 1551 et en 1552. Sa description d'Arquà date du mois d'août 1551).

247. « Quand pour la Fleur d'Espine à Venise J'allois » (II, 512).

qu'elle « haborroit » (I, 1082) et offrant au jeune étudiant « tout le bien qu'elle avoit » (I, 1083). Ces dernières excursions jouiront du privilège d'une amplification au début de la seconde partie des *Vers Itineraires* où le poète consacre presque quatre cents vers de son poème à l'éloge de Venise, avant de reprendre la description du voyage qui commence alors suivant « l'envie / [...] de courre l'Italie » (II, 521-522). On a vu que cette *peregrinatio* « de Venise à Rome » correspond aux pratiques estudiantines de l'époque[248]. Elle suit un chemin établi depuis longtemps, tout tracé et bien indiqué par tous les guides dont on avait pu disposer au cours du XVIe siècle et dont on disposait à l'époque de la rédaction des *Vers Itineraires,* depuis les itinéraires pour les pèlerins[249] à la *Totale et vraie description* de Jacques Signot[250], ou à la *Descrittione* d'Alberti, au *Bref recueil* de Rigaud, aux *Voyages* de Villamont[251] ou à l'*Itinerarium* d'Hentzner, les étapes qui marquent le voyage vers la Ville éternelle constituent, à l'image de leur but, des points de repère constants et invariables dans le

248. Voir les études de Gian Paolo Brizzi citées *supra*, p. XX.

249. Cf. à titre d'exemple le guide de la fin du XVe siècle (*S'ensuyt le chemin de Paris à Lyon, de Lyon à Venise, et de Paris à Rome par Lyon. Item plus le chemin de Paris à Rome par haultes Allemaignes. Avec le chemin depuis Lyon jusques en Hierusalem*) publié et partiellement reproduit en fac-similé par J. Bonnerot, « Un ancien guide de voyage à Rome et à Jérusalem », in *Mélanges de philologie et d'histoire littéraire offerts à E. Huguet*, Paris, Boivin, 1940, pp. 131-141.

250. Cf. [J. Signot], *La totale et vraie description de tous les passaiges, lieux et destroictz, par lesquelz on peut passer et entrer des Gaules es Ytalies*, Paris, Toussaint Denis, [1515].

251. Cf. J.-A. Rigaud, *Bref recueil des choses rares, notables, antiques, citez, forteresses principales d'Italie*, Aix, J. Tolosan, 1601 (voir l'éd. de L. Magnetti, in *Le voyage d'Italie de Jean-Antoine Rigaud (1601)*, Université de Savoie, Maîtrise bi-nationale franco-italienne sous la dir. de J. Balsamo, 1992-93), et J. de Villamont, *Les Voyages [...] divisez en trois Livres*, Paris, C. de Monstr'oeil et J. Richer, 1595 (que nous allons citer d'après l'exemplaire de la B. M. de Chalon de l'édition de Rouen, L. Loudet, 1610 (5396 in-12° [930]).

temps. Jusque dans les détails, jusqu'aux épithètes, dont Bologne « la grasse » (II, 601) - « Boulogne la grace » chez Signot, « Bologna grassa » chez Alberti[252] - ou Sienne « Ville ancienne » (II, 1418)[253] ne pourraient être ici que des exemples, les vers de Virey ne choisissent pas. Rovigo (II, 530), le Pô (II, 531), Ferrare (II, 535), Bologne (II, 595), Firenzuola (II, 620), Scarperia (II, 622), Florence (II, 962), Poggibonsi (II, 1408), Sienne (II, 1417), Buonconvento, San Quirico d'Orcia, Radicofani (II, 1745-1756), Acquapendente (II, 1759), Bolsena (II, 1767), Montefiascone (II, 1798), Viterbe (II, 1875), Ronciglione (II, 1883), Monterosi (II, 1899) préposent à sa poésie un tissu déjà tout fait. Il se constitue en reliant les lieux de poste qui, sur l'ancienne route du commerce, toujours actuelle d'ailleurs, entre Venise et Rome se trouvaient

> A Rovigo
> [...] si passa il Pò *fiume*
> A Ferrara Città [...]
> A Bologna Città, Metropoli della Romagna [...]
> A Firenzuola di Toscana, ove passarete il Santero *fiume*
> Al Zovo
> A San Pietro a Sievo, ove passarete il Sievo
> All'Uccellatoio
> Si passa l'Arno *fiume* [...]
> A Firenza Città, e Metropoli della Etruria [...]
> A Siena Città
> A Lucignano
> Passarete l'Ombrone *fiume*
> Passarete l'Orcia [...]
> A Radicofani Castello sopra un alto monte [...]
> Ad Acquapendente Città
> A Bolsena Città
> A Monte fiascone Città
> A Viterbo Città [...]
> A Ronciglione [...]
> A Monteroso [...]
> Roma Città[254].

---

252. J. Signot, *op. cit.*, f. xv r° et L. Alberti, *op. cit.*, f. 294r°.

253. « Senam veterem » (cit. par Alberti, *op. cit.*, f. 52v°) ; cf. Rigaud, *op. cit.*, éd. Magnetti, p. 200 et notre note au v. II, 1418.

254. Codogno, *Nuovo itinerario delle Poste*, cit., pp. 315 (de Venise à Ferrare) et 132-134 (de Bologne à Rome).

La seule déviation, la seule longue digression dans la description du voyage ne quitte que d'« un peu le grand chemin », le « delaissant à main droitte » (II, 627) : elle permet au voyageur des *Vers Itineraires* de visiter la villa des Médicis de Pratolino et elle trouve de bonnes autorités dans des guides ou des relations tels le *Bref recueil* de Rigaud, par exemple, ou l'*Itinerarium* d'Hentzner[255], mais aussi dans les manuscrits de Montaigne ou des anonymes *Discours viatiques de Paris à Rome* que Virey ne pouvait évidemment pas avoir lus[256]. Et pourtant aux longues pages que ces guides et ces relations de voyages consacraient enfin à l'éloge de Rome ou à l'expérience romaine, les vers de Virey ne font pas écho : au seuil de la terre promise le voyage que les *Vers Itineraires* chantent se termine, puisque la muse du poète se tait ; elle demande - on l'a vu - un moment de repos, qui va devenir malgré Virey un silence définitif sur le but de cette seconde partie du poème. Par une sorte de déviation encore, l'étape la plus importante du parcours ne correspond pas à la dernière : une longue halte est prévue au contraire à Sienne, sur la route du retour selon la fiction que Virey nous propose. De Sienne, à l'aller, les voyageurs seraient partis à la hâte

> pour evitter les frais
> Que nostre voiturin demandoit d'Interests
> Du sejour qu'y ferions (II, 1631-1633).

Mais plus tard, « A loisir, y faisant [...] demeure » (II, 1638), l'étudiant *peregrinator* aurait trouvé là son but, sa véritable « vie » (II, 136), et le poète le lieu propice à la rédaction des vers qu'il adresse à son destinataire comme le fruit spontané d'un projet descriptif réalisé sur place :

---

255. Cf. Rigaud, *op. cit.*, éd. Magnetti, pp. 207-209 ; Hentzner, *op. cit.*, p. 361.

256. Cf. Montaigne, *Journal de voyage*, éd. F. Garavini, Paris, Gallimard, 1983, pp. 175-177 (« Nous partîmes lendemain matin de Scarperia [...]. Nous détournâmes en chemin sur la main droite environ deux milles pour voir un palais que le duc de Florence y a bâti [...] ») ; [An.], *Discours viatiques de Paris à Rome et de Rome à Naples et Sicile (1588-1589)*, éd. L. Monga, Genève, Slatkine, 1983, pp. 77-81.

> Je te veux comme en carte, icy marquer les lieux,
> Qui en chemin faisant y ont pleu à mes yeux
> De l'un des bouts à l'autre, or, qu'en ce lieu de Sene
> La vie que je vis Je puis dire estre mienne
> (II, 133-136).

Une rédaction siennoise de la seconde partie des *Vers Itineraires* serait donc proposée par Virey. Tandis qu'en voulant identifier « soubs quel Ciel » (I, 10) il place la rédaction de la première, le présent « je fais » du v. I, 945 -

> On peut faire des vers par fois par passetemps
> Mais il n'y faut user son plus utile temps
> Comme je fais ceux cy (I, 943-946) -

semble nous suggérer le ciel de Padoue[257], où le poète séjournait différemment qu'à Sienne, la ville universitaire de la Vénétie ne représentant pas une étape de « loisir » du voyage, mais la destination nécessaire de l'étudiant. Or on sait qu'une adhésion aux règles des *carmina itineraria* exigeait la mise en oeuvre de deux fictions fondamentales : la fiction d'une rédaction chemin faisant, le poème devant se présenter comme « un journal composé et versifié en cours de route »[258], et la fiction de la description d'une réalité géographique et humaine, d'un « vu et vécu » de voyage. Le travail critique sur le texte des *Vers Itineraires* et la recherche de ses sources peuvent facilement démasquer les deux fictions, que Virey construit avec de nombreuses maladresses : ce sont des fictions faibles, que n'inspire pas vraiment une ferme intention esthétique de voiler le travail de cabinet, fait plus tard, ou la versification de livres plutôt que d'une expérience vécue. Virey ne cesse de rappeler le statut itinéraire de ses vers, « mal ordonnez » (I, 20) parce que faits « en chemin » (A, I, 21), faits « en voyage » (C, I, 21), « vers voyagers » (II, 38) chargés de

---

257. Cf. la dédicace à l'ami Perreney : « Je te donne ces vers pour te faire congnoistre / Soubs quel Ciel j'ay esté, et soubs quel je puis estre » (I, 9-10).

258. J. Vessereau, F. Préchac, « Introduction » à Rutilius, *De reditu suo*, cit., p. XIX.

> [...] monstrer en escrit ce que je voy des yeux
> Au pays d'Italie (II, 1688-1689)

et adressés au destinataire resté en France en tant que « discours » descriptif « Itineraire » :

> [...] et pource Itineraire
> Est nommé le discours qu'icy je te veux faire
> (I, 21-22).

Mais, si l'emploi du présent de la rédaction était constant chez Rutilius, s'il donnait à la fiction du *De reditu suo* sa cohérence, une étude des occurrences du présent et des passés des verbes dans les *Vers Itineraires* montre sans difficulté les points faibles de cette construction « voyageuse ». Qu'en regard des nombreux passages où le présent soutient le discours itinéraire[259], on rappelle l'exorde de la description de Padoue, que les vers de Virey composent au présent seulement en un premier moment, pour glisser immédiatement après sur le point de vue postérieur, caractéristique du souvenir, sinon du souvenir de jeunesse d'un vieil homme attendri :

> Or il faut que deux mots de Padoue je die
> Luy debvant le bontemps dont a jouy ma vie
> (I, 817-818).

Des maladresses beaucoup plus évidentes démasquent cependant la fiction. Il n'y a d'ailleurs pas de cohérence entre la succession des étapes du voyage et cette apparente volonté de présenter une rédaction de la première partie du poème située à Padoue et une rédaction de la seconde partie située à Sienne. L'établissement d'un plan du voyage qui voudrait suspendre le jugement et attribuer aux *Vers Itineraires* leur valeur de journal, donc de document superposable à une chronologie et à des

---

259. Cf. à titre d'exemple I, 318-319 : « la grande ardeur [...] / Ne me peut contenir, me trouvant en Suisse / De parler du secours [...] » ; II, 648-650 : « Des statues et corps d'hommes et d'Animaux / Que je remarque icy comme il plaist à la Muse / Que dedans mon narré mon esprit libre en use » ; ou II, 1859-1860 : « il m'est courtois et m'appelle par fois / A sa table avec luy en ce sejour Senois ».

événements réels, l'établissement d'un plan qui voudrait croire aux points de repère que le poète-voyageur nous donne est bien sûr possible. Christophe de Harlay et Virey partent de Rouen le 16 mars 1592[260] ; ils s'arrêtent quinze jours à Langres, d'où il ne partent pas avant Pâques qui tombe cette année-là le 29 mars. Ils arrivent à Besançon après le dimanche de Pâques. Ils passent le Splugen au début du printemps, lorsque « Phoebus » (I, 491) n'a pas « encor [...] / Dardé les rays plus forts de son doré visage » (I, 493-494) sur les montagnes de la Suisse, encore enneigées. Ils arrivent à Padoue avant le 11 juin 1592, date à laquelle Virey se fait immatriculer. Virey avec « trois » (I, 965) compagnons de promenade est à Camposampiero pour la fête « du Jour chomé du sainct » (I, 979), le 29 juin. Ses allers et retours à Venise le voient dans la capitale le « jour devotieux » (II, 319) de la fête de saint Roch, le 16 août, tandis que sa visite des alentours de Padoue continue pendant son séjour dans la ville de ses études : il est dans « un lieu nommé Este / [...] à la grand feste » (I, 981-982), ce qu'indépendamment des avantages pour la rime nous indiquerait le 23 septembre, jour de la patronne d'Este, sainte Tecla. A Padoue, à la fin de février 1593, il assiste aux divertissements de la semaine du carnaval qui s'achève le 3 mars, mercredi des Cendres. Puis, dix lunes après son arrivée au mois de juin 1592, en avril 1593 il part donc « dez Padouë » (II, 521) vers Bologne et Florence. Son premier passage par Sienne est marqué par son intervention à la soutenance et à la cérémonie qui, le 5 septembre 1593, confère le doctorat « in utroque iure »[261] au noble Dionigi Tantucci. Puis, « pour evitter les frais » que le « voiturin demandoit d'Interests » (II, 1631-1632), il part de Sienne pour son voyage à Rome et, à la fin de l'automne, à Naples, d'où il remonte jusqu'à Sienne, la ville qui lui inspire « de l'amour bien au vray » (II, 1646). Il y voit le carnaval, il

---

260. Cf. I, 115, Marg.

261. Sienne, Archives Archiépiscopales, *Protocolli degli atti di laurea* : imbr., 6442, f. 55v°, qui nous a été signalé par M. Franco Nardi. Cf. II, 1543-1601 et nos notes à ce propos.

y demeure donc au moins jusqu'au 23 février 1594, mercredi des Cendres. Puis il prend la route du retour vers Padoue, où il arrive à une date qui lui permet de retrouver son habitude des promenades à Venise, car il est à Venise pour l'Ascension, le 18 mai 1594[262]. De Padoue enfin il rentre en France après avoir reçu le titre de docteur, qu'on lui confère chez le comte Capodilista le 31 août 1594. Mais ces dernières descriptions d'une expérience de voyage qui se fait *in itinere* sur la route du retour, après le temps et hors du lieu de la rédaction du poème à Sienne, trouvent leur place dans les *Vers Itineraires* au début de la seconde partie, au beau milieu de l'éloge de Venise, avant le récit du départ de l'étudiant *peregrinator* pour Florence, Sienne et Rome. Sous le prétexte rituel d'une chose vue et vécue, et même de très près, les vers de Virey chantent la célèbre cérémonie du mariage de la République de Venise avec la mer aux vv. II, 459-464, mais :

> [...] en gondole aussy j'ay veu proche une fois
> Ceste galanterie avec deux Millannois
> De Naple retournans nous trois de compagnie
> Pour voir au Jour prefix telle ceremonie
> Car les Venitiens sont grands ostantateurs
> Et souvent en publiq estallent leurs grandeurs.

Tandis que, « laissant là » Venise, ils décrivent le départ et « l'envie / [...] de courre l'Italie » aux vv. II, 521-524 :

> Si que la laissant là, Dez Padouë l'envie
> Que j'avois de longtemps de courre l'Italie
> Me fit mettre en chemin apres un long sejour
> Que m'y avoit fait faire et l'estude et l'amour.

Et ce déplacement, cette simple incohérence entre la succession des étapes du voyage et sa description pourraient suffire à détruire la fiction d'une composition des vers en cours de route ; ce ne sont pas les seuls, mais il est vrai qu'avec d'autres déplacements et d'autres incohérences que le lecteur de Virey n'aura pas de difficulté à relever, ils minent une fic-

262. Cf. II, 459-462.

tion qui ne fait plus croire en elle-même dès les deux exordes du poème. Selon les règles du genre qui veulent que l'on écrive en voyageant à ceux qui sont restés chez eux, les *Vers Itineraires Allant de France en Italie* et les *Vers Itineraires Allant de Venise à Rome* se présentent comme des épîtres envoyées d'Italie à deux destinataires différents qui incarnent le *caelum domesticum*, le monde chalonnais de la stabilité où le voyageur devrait rentrer un jour. Les deux dédicataires, Nicolas II Perreney pour la première partie, Guillaume Magnien pour la seconde, n'appartiennent pas seulement à la ville natale, Chalon-sur-Saône, et aux amitiés scolaires du « temps » de l'« adolescence » passé « au College » (I, 1-2) et « en la naissante Escole / Des compagnons reglez du Cantabrois Loyole » (II, 23-24)[263]. Ils représentent des sortes d'*alter ego* de l'auteur, ayant grandi avec lui, appartenant au même milieu des jurisconsultes bourguignons et destinés aux mêmes charges publiques. Nicolas II Perreney, avocat, conseiller au Parlement de Dijon, sera comme Virey maire de Chalon, en 1608-1609. Il était issu d'une famille très connue, riche d'avocats, de maires et d'officiers : son père, Nicolas I, avait été avocat du roi et son fils, Nicolas III, sera lieutenant général criminel, maire de Chalon en 1624-1625 et en 1638-1639, puis maître des requêtes de la reine Anne d'Autriche[264]. Guillaume Magnien, avocat que nos sources rappellent comme « Iureconsultus eruditus »[265], sera maire en 1620-1621 et il aura un fils

263. Voir l'ensemble des vv. I, 1-10 et II, 17-26.

264. Cf. le père C. Perry, *Histoire civile et ecclésiastique, ancienne et moderne de la ville et cité de Chalon*, cit., pp. 445, 458 et les « Preuves de l'histoire de la ville et cité de Chalon », *ibid.*, p. 119 (en traçant l'histoire des longues négociations qui conduisirent au rétablissement des Jésuites au gouvernement du collège de Chalon, le père Perry nous présente, p. 458, « le sieur Perreney, Advocat et Maire » comme un « personnage de probité et d'honneur ») ; H. Beaune, J. d'Arbaumont, *La noblesse aux Etats de Bourgogne*, Dijon, Lamarche, 1864, p. CX ; J. d'Arbaumont, *Armorial de la Chambre des Comptes de Dijon*, Dijon, Lamarche, 1881, pp. 60-61.

265. Cf. L. Jacob, *De claris Scriptoribus Cabilonensibus libri III*, Paris, S. et G. Cramoisy, 1652, p. 112.

qui le sera deux fois vers 1650, après avoir été élu premier échevin de Chalon en 1634[266]. Et les deux dédicaces des *Vers Itineraires* définissent et identifient Perreney et Magnien justement par tout cela que ces deux destinataires ont été « despuis », par tout ce qu'ils ont été après le voyage que les vers qu'on leur adresse décrivent, après le retour de Virey en France sinon même dans sa Chalon natale. Car la première partie du poème s'adresse « A M. Nicolas Perreney que despuis J'ay veu treshabile Advocat à Chalon et de l'alliance duquel je m'estime fort honoré »[267] et la seconde « A Maistre Guillaume Magnien Advocat A Chalon sur Sone »[268], sans que la fiction d'une simultanéité entre l'acte d'écriture et l'âge et l'état du destinataire soit respectée. Par la mention du « despuis » des dédicataires, Virey montre ne pas vouloir proposer une fiction nécessairement crédible : elle fait partie du jeu que sont ses vers.

Certes, les deux dédicaces auraient pu avoir été rajoutées après coup, bien après la rédaction des deux parties du poème, qui garde cependant une certaine cohérence dans sa forme d'épître : les vers de Virey rappellent souvent la présence intrinsèque du destinataire dans l'acte d'écriture s'adressant à lui à la deuxième personne - « Que fais tu à Chalon, Magnien » (II, 1), « Qu'en diras tu Magnien » (II, 1025), « Je croy que tu sçauras, Magnien » (II, 1157)[269]. Il est évident plutôt qu'une rédaction de cabinet est implicite à l'art que pratique le poète et qui s'accorde mal avec l'instabilité propre du voyage : or indépendamment de cette autre évidence, matérielle cette fois-ci, que représente la place des *Vers Itineraires* dans les deux manuscrits A et C, où le poème est transcrit à la

266. Cf. le père C. Perry, *op. cit.*, pp. 464-465, et les « Preuves de l'histoire [...] », *ibid.*, p. 120 ; Ph. Papillon, *Bibliothèque des auteurs de Bourgogne*, Dijon, Marteret, 1742, t. II, p. 5.

267. A, p. 185bis ; voir *infra*, p. 3.

268. A, p. 238 ; voir *infra*, p. 46.

269. Cf. notamment I, 11-15 ; II, 1-7 ; II, 17-42 ; II, 125-126 ; II, 133-134 ; II, 217 ; II, 1025 ; II, 1157-1158 ; II, 1261 ; II, 1403-1406 ; II, 1573-1574 ; II, 1648 ; II, 1738-1743.

fin des volumes après d'autres oeuvres de Virey qui datent au plus tôt de 1610, tels le *Raptus Innocuus* ou *La prison volontaire*, l'hypothèse d'une rédaction postérieure devient par certains aspects banale. Elle doit pousser ce temps de rédaction vers une période assez tardive de la vie de l'auteur, vers les années de la retraite chalonnaise, à l'abri des *negotia* parisiens et des fonctions que la charge de secrétaire du prince de Condé imposait à Virey. Il faut placer l'oeuvre, ou la révision des notes qui déjà l'ébauchaient et sa rédaction définitive dans ces années 1628-1636, au cours desquelles l'*otium* littéraire est, pour son auteur, possible : dans ces années où son « passe-temps » (I, 943) poétique ne saurait nuire au « plus utile temps » (I, 944) de la vie. Et cela parce que ce qui démasque la deuxième fiction du genre, ce qui détruit la fable de la description d'un « vu et vécu » de voyage est la mise en évidence de l'écart qui se crée souvent dans les vers de Virey entre sa description et la réalité géographique et humaine de l'Italie de 1592-1594. L'emprunt de la description aux sources plutôt qu'aux souvenirs d'une expérience personnelle est bien sûr le responsable de cet écart ; mais les sources des *Vers Itineraires* dépassent parfois la première décennie du siècle, certaines d'entre elles, tels le *Petrarchista* d'Ercole Giovannini ou les mémoires de De Thou, datent des années 1620[270].

*3. **La valeur des sources.***

Les écarts les plus patents prennent sous la plume de Virey la forme de ce que dans d'autres genres et contextes littéraires on appelle les prophéties *ex eventu*. Nous pourrions ici les définir comme des descriptions *ante eventum*. Notre voyageur est censé passer par Ferrare, par exemple, en avril 1593 : la

270. Nous faisons surtout référence ici à quatre textes fondamentaux pour la compréhension des *Vers Itineraires :* l'*Itinerarium* d'Hentzner (cit., 1612), le *Vesontio* de Jean-Jacques Chifflet (Lyon, Cl. Cayne, 1618), *Il Petrarchista. Dialogo* d'Ercole Giovannini (Venise, B. Barezzi, 1623) et les *Commentariorum de vita sua Libri VI* de Jacques-Auguste de Thou (in De Thou, *Historiarum*, cit., 1625-28).

ville de la maison d'Este pouvait être décrite comme « sub Pontificis Romani nunc imperio, resplendens »[271] ou comme « jadis de la case Dest, maintenant au S. Pere »[272] par Paul Hentzner ou par Jean-Antoine Rigaud qui voyagèrent en Italie en 1599 et en 1600, mais non par Virey, parce que l'annexion de Ferrare à l'Eglise date du 28 janvier 1598. L'incohérence évidente de sa description de Ferrare qui, d'après ses vers, « au Domaine sainct Pierre est en fin retournée » (II, 538) se répète dans l'admiration du voyageur pour la « statue equestre » (II, 1301) de Cosme Ier par Giambologna, que l'on n'installa « en la place que grande on appelle » (II, 1295) à Florence que le 5 juin 1595[273]. Et la chronologie des *Vers Itineraires* date le premier passage de l'étudiant *peregrinator* par Florence - le seul que Virey décrive - de l'été 1593 et un deuxième, que nous imaginons sur le chemin du retour, du printemps 1594. Mais l'*Itinerarium* d'Hentzner, que les vers de Virey suivent pour toute cette description de la place, de la fontaine de Neptune, de la statue de Cosme, du palais du grand-duc et des jardins de Boboli, donnait même le détail de l'inscription que l'on lisait aux pieds du chef-d'oeuvre de Giambologna : Ferdinand de Médicis avait commandé au célèbre sculpteur cette statue du premier grand-duc pour rendre hommage à celui que l'on considérait comme l'auteur de la concorde à Florence et en Toscane : « pacisque in Etruria auctori »[274] dans le texte de l'inscription, donc celui « qui de Toscane a l'Estat affermy » (II, 1303) dans les *Vers Itineraires*, mais aussi « Pio, Felici, Invicto, Iusto, Clementi » dans l'inscription, dont Virey utilise les épithètes pour définir non Cosme Ier, mais Ferdinand

> Qui fort prudemment regne et plus doux que Severe
> Justicier pourtant ses subjects il modere
> (II, 1309-1310).

---

271. P. Hentzner, *Itinerarium*, cit., pp. 235-236.

272. J.-A. Rigaud, *Bref recueil*, 1601, éd. Magnetti, cit., p. 95.

273. Cf. A. Lapini, *Diario fiorentino dal 252 al 1596*, éd. G.-C. Corazzini, Florence, Sansoni, 1900, p. 327.

274. Hentzner, *op. cit.*, p. 358, comme la citation latine qui suit.

Ante eventum, les vers de Virey décrivent également les reliques que les propriétaires de la maison de Pétrarque à Arquà exposaient au culte des visiteurs. Les nobles padouans Paolo et Celio Valdezocco, puis Andrea et Matteo Barbarigo, la fille de ce dernier, Lucrezia, et son mari, le noble vénitien Francesco Zen avaient assisté au cours du XVIe siècle à l'évolution d'Arquà en lieu privilégié du pèlerinage pétrarquiste[275] ; ils avaient bien sûr encouragé les visites. Mais d'autres propriétaires, à partir du début du XVIIe siècle, les exploitèrent même en entretenant le culte par l'introduction de fétiches, tels les os d'une chatte qui de Pétrarque « si dice che fusse »[276] et que Virey décrit ; ils avaient été posés dans une niche, au-dessus d'une porte au premier étage par le noble padouan Marco Antonio Gabrielli, qui avait hérité la maison de Pétrarque de son père, Girolamo, qui l'avait à son tour achetée, de Francesco Zen, le 20 février 1603. Ils n'existaient pas lors du pèlerinage de Virey à Arquà, mais ils devaient constituer l'un des sujets les plus féconds de la satire anti-pétrarquiste du célèbre dialogue *Il Petrarchista* d'Ercole Giovannini, qui ne manquait de citer les épigrammes composées à l'époque en honneur de cette chatte que Pétrarque, d'après Virey, « aymoit pour garder ses Livres des souris » (I, 1032). La chatte y était censée parler, évidemment en latin, à la première personne, en pleine connaissance de sa responsabilité de gardienne des oeuvres du maître contre les souris féroces, « saevis muribus » :

Etruscus gemino Vates exarsit amore
Maximus ignis ego Laura secundus erat.
Quid rides ? divinae illam si gratia formae,
Me dignam eximio fecit amantes fides.
Si numeros, geniumque sacris dedit illa libellis
Causa ego, ne saevis muribus esca forent.

---

275. Paolo Valdezocco avait acheté la maison de Pétrarque en 1546. Celio Valdezocco la vendit à Andrea Barbarigo en 1556 et Lucrezia Barbarigo la reçut en dot en 1591 ; voir A. Callegari, *La casa del Petrarca in Arquà e il suo ultimo restauro*, Padoue, Penada, 1925, p. 35.

276. E. Giovannini, *Il Petrarchista*, cit., 1623, p. 14.

Arcebam sacro vivens a limine mures,
Ne Domini exitio, scripta diserta darent[277].

D'autres écarts moins manifestes entre les vers de Virey et la réalité des années du voyage sont lisibles, dans le texte. Ils sont pour la plupart liés, contrairement aux descriptions *ante eventum*, à l'adhésion des *Vers Itineraires* à des sources que l'on ne pouvait pas encore considérer, en 1592-1594, comme vieilles mais qui avaient pourtant déjà vieilli, à des sources toujours valables pour certains aspects essentiels de la description des villes et des lieux, mais marquées par leur date par rapport au développement architectural, et artistique en général, de l'Italie du XVIe siècle. Des textes indispensables qui avaient à l'époque la fonction de guides, tels la *Descrittione di tutta Italia* de Leandro Alberti ou les *Plantz, pourtraitz et descriptions de plusieurs Villes* de Du Pinet deviennent inadéquats lorsque la description de Virey doit porter sur les merveilles en perpétuel développement de Venise, sur les statues, les églises, les palais et les jardins qui enrichirent la splendeur de Florence pendant la seconde moitié du siècle, ou bien sur le « superbe ediffice » (I, 773) du palais du Podestà à Vicence, dont Palladio avait commencé à reconstruire les loges en 1549, sans pouvoir en admirer avant sa mort les nouvelles formes classiques que décrit, par exemple, Hentzner dans son *Itinerarium*[278], les travaux se terminant seulement au début du XVIIe siècle. Or, malgré leur inadéquation, non pertinente d'ailleurs à l'emploi que Virey fait de ces textes, ils jouent un rôle remarquable dans les *Vers Itineraires* en tant que répertoires thématiques - répertoires de thèmes géographiques, historiques, légendaires et érudits, urbanistiques, architecturaux et artistiques -, où l'auteur puise son matériel à versifier. Peu importe aux fins poétiques si les « cinque larghe Piazze » qu'Alberti décrit de Padoue, destinées

277. *Ibidem :* en italique dans le texte du *Petrarchista*. L'auteur des épigrammes que Giovannini cite ici est le cardinal et poète padouan Antonio Quarenghi (cf. *ibid.*, p. 15).

278. Cf. Hentzner, *op. cit.*, p. 202.

> l'una per spasso, et trastullo della nobiltà, l'altra per vendere l'herbe, la terza ove si vende il frumento, nella quarta si portano le legna, e nell'ultima la paglia[279],

n'existaient plus dans les années 1592-1594, même si elles deviennent dans les *Vers Itineraires* les « cinq places » (I, 883) où « toutes les denrées / [...] on espose en la Ville à estre delivrées » (I, 881-882)

> Et quatre nommement, où chacun va et vient,
> Et sans confusion y rencontre les choses
> Qu'il veut, en place propre à jour nomméescloses
> (I, 884-886).

La *Descrittione* d'Alberti, qui déjà date de 1550, avait été rédigée à partir des expériences de voyages effectués entre 1526 et 1536 et elle empruntait de nombreux détails au texte le plus célèbre de la géographie italienne du XVe siècle, l'*Italia illustrata* de Flavio Biondo, dont la première édition parut en 1474[280] ; les écarts que crée dans la fiction des *Vers Itineraires* son emploi en tant que source sont inévitables. Mais un relevé de ces divergences nous conduit en réalité à une constatation globale de la valeur des sources, donc de ce travail de versification de textes plutôt que de souvenirs de voyage qu'accomplit Virey pour composer son poème.

Pour la partie italienne, la *Descrittione* d'Alberti est une sorte de source des sources[281]. Les deux livres *De Italia* de Reusner s'y rapportaient comme à leur *dux*. Et elle faisait autorité même dans le monde philologique des éditions de

279. L. Alberti, *Descrittione di tutta Italia*, cit., f. 426v°.

280. Le manuscrit, quasi définitif, de l'*Italia illustrata* date de 1453 ; la *princeps* parut donc en 1474, mais l'édition la plus connue est celle de Venise, Bernardinus de Vitalibus, 1503 : voir L. Gambi, « Per una rilettura di Biondo e Alberti, geografi », in *Il Rinascimento nelle Corti padane. Società e cultura*, Bari, De Donato, 1977, pp. 259-275 et M. Bideaux, « Introduction » au *Voyage d'Italie (1606)*, cit., p. 23.

281. Nous mettions en relief ci-dessus, p.LX, son caractère de guide des guides.

l'itinéraire de Rutilius, dont Alberti avait publié de longs extraits en forme de citations au chapitre sur les « Luoghi di Thoscana appresso la marina »[282]. Dans sa collation de la « diversitatem lectionis » du *De reditu suo,* Josias Simler prenait en considération tous ces vers, très corrects, « quos plurimos ex Rutilio citat Leander Albertus »[283]. Or, plus généralement, la *Descrittione di tutta Italia* est un de ces ouvrages de documentation qu'à l'époque tous utilisaient, et que certains citent explicitement[284]. Elle décide du contenu du texte des *Vers Itineraires* et de celui d'autres relations de voyages en prose, tels le *Voyage d'Italie* de Nicolas Audebert, les *Discours viatiques*, le *Bref recueil* de Rigaud. Mais, tout comme les autres sources de Virey, est-elle choisie d'après les étapes du voyage à décrire, ou bien avons-nous le droit de nous demander si les sources de Virey ne décident pas aussi de l'itinéraire à suivre, donc des étapes à décrire ? Il est possible de retracer dans son ensemble le voyage de notre étudiant *peregrinator* à partir des textes que l'auteur des *Vers Itineraires* a, en cours de rédaction, sous les yeux ou à l'esprit. Ne pourrions-nous pas aller jusqu'à considérer ce voyage de Virey d'un livre à l'autre comme le vrai voyage que ses vers chantent, comme le voyage réel qui est à l'origine du voyage de fiction, donc du poème ? Par l'identification des sources des *Vers Itineraires* c'est en tout cas comme si l'on allait dresser le catalogue de la bibliothèque de Virey qui a peut-être disparu ou qui n'a jamais existé, mais qui devait rendre compte de l'étendue de la « phalanx »[285] de livres, « sacri, profani » dont notre auteur pouvait disposer.

---

282. Cf. Alberti, *op. cit.*, ff. 28v°, 30r°-32r°; le titre courant du chapitre est en latin, « Hetruria Littoralis » ; il devient « Thuscia » dans la traduction de Kyriander (cf. Alberti, *Descriptio*, cit., 1561, pp. 41-51).

283. Simler, éd., *Aethici Cosmographia*, cit., 1575, p. 323.

284. Voir Balsamo, *« L'Italie francoise »*, cit., pp. 90-93, et la note 29, p. 91.

285. Le père Perry, « Bibliothecae Commendatio », in Id., *Poesis pindarica*, cit., 1659, p. 230, comme la citation qui suit.

C'est dans le rêve d'un établissement de ce catalogue que, dans le choix des éditions à utiliser pour notre recherche et nos références aux sources, nous avons essayé de nous servir autant que possible des exemplaires de la Bibliothèque Municipale de Chalon-sur-Saône. Nous avons caressé l'espoir - à vrai dire un peu vague lorsque les textes ne possédaient pas de note d'appartenance, ni d'armoiries, d'ex-libris, ni d'autres marques significatives - que, si des ouvrages concernant de près les *Vers Itineraires* tels l'in-folio des *Institutionum Oratoriarum Libri* de Quintilien, une édition des *Voyages* de Villamont ou le *Vesontio* de Jean-Jacques Chifflet avaient atteint, bien qu'après de longues aventures, les rayons de la Bibliothèque Municipale de Chalon[286], ils devaient ou pouvaient avoir appartenu à un circuit local, avoir été à l'époque dans les *aurae* que les savants chalonnais respiraient ou, dans la meilleure des hypothèses, avoir été touchés par les mains de Virey. Nous avons donné une valeur toute particulière aux exemplaires ayant appartenu à Jean Fleutelot, conseiller au Parlement de Dijon, dont la riche bibliothèque fut acquise après sa mort, en 1695, par l'abbaye de La Ferté-sur-Grosnes[287]. La Ferté était l'un des établissements de Cîteaux qui existaient depuis le XIIe siècle autour de Chalon ; sa bibliothèque, qui comptait 9.715 volumes en 1790[288], s'était surtout enrichie à la fin du XVIIe siècle grâce aux projets

286. Cf. Quintilien, *Institutionum Oratoriarum Libri XII*, Paris, Vascosan, 1538, exemplaire de la B. M. de Chalon, (3931 in-folio [438]) ; Villamont, *Les Voyages*, Rouen, L. Loudet, 1610, (ex. de Chalon, 5396 in-12° [930]) ; et J.-J. Chifflet, *Vesontio civitas imperialis libera, Sequanorum metropolis*, Lyon, Cl. Cayne, 1618, (ex. de Chalon, 6951 in-4° [1158]).

287. Voir l'excellent chapitre sur la Bibliothèque Municipale de Chalon qu'Anne-Dominique Laurin a rédigé pour le tome V du *Patrimoine des bibliothèques de France. Un guide des régions*, Banque CIC pour le livre - Ministère de la Culture, 1995, pp. 64-65.

288. Cf. Dom Antoine-Louis Desvignes de La Cerve, *Déclaration des Biens, revenus, charges et dettes de l'abbaye de La Ferté*, Archives départementales de Saône et Loire, ms Chalon, B. M., Arch. H. 53/73, 1790, « Bibliothèque ».

d'instruction des moines des abbés Pierre V Bouchu, fils du premier président du Parlement de Dijon (abbé de La Ferté de 1665 à 1676), et Claude III Petit (abbé de 1677 à 1710)[289]. Avec la bibliothèque de l'abbaye de Maizières, elle est à l'origine du fonds ancien de l'actuelle Bibliothèque Municipale, où l'on retrouve de nombreux livres reliés aux armes ou portant l'ex-libris de Jean Fleutelot. Celui-ci avait possédé beaucoup de textes constitutifs de l'aristotélisme padouan, tels l'édition vénitienne des *Omnia quae extant opera* d'Aristote avec les « Solutiones » de l'averroïste Marcantonio Zimara[290], l'in-folio de sa *Tabula*[291], les oeuvres de Pomponazzi parues à Bâle chez Heinrich Petri[292], les travaux de Jacques Charpentier[293], l'*Universa Philosophia de moribus* et les *Libri ad Scientiam de Natura attinentes* de Francesco Piccolomini[294], ou l'*Amphitheatrum aeternae providentiae* de Vanini[295]. Son exemplaire de l'édition bâloise de 1576 de la *Poétique* d'Aristote par Cas-

---

289. Voir L. Niepce, *Histoire du canton de Sennecey-le-Grand*, Lyon, Aimé Vingtrinier, 1875-77, t. I, p. 452.

290. Cf. Aristote, *Omnia quae extant opera*, Venise, Giunta, 1552, (exemplaire de la B. M. de Chalon, 1300 in-folio [167], portant l'ex-libris de Jean Fleutelot).

291. Cf. M. Zimara, *Tabula*, Venise, Valgrisi, 1564 (B. M. de Chalon, 1301 in-folio [167^2], ex-libris de Fleutelot).

292. Cf. P. Pomponazzi, *Opera*, Bâle, H. Petri, 1567 (B. M. de Chalon, 1341 in-8° [258], ex-libris de Fleutelot).

293. Cf. J. Charpentier, *Libri XIV, qui Aristotelis esse dicuntur, de secretiore parte divinae sapientiae*, Paris, J. Du Puys, 1571 et Id., *Platonis cum Aristotele in universa philosophia comparatio*, Paris, J. Du Puys, 1573 (B. M. de Chalon, 1469 in-4° [377] et 1311 in-4° [343], ex-libris de Fleutelot).

294. Cf. F. Piccolomini, *Universa Philosophia de moribus*, Venise, F. de Franceschi, 1594 et Id., *Librorum ad Scientiam de Natura attinentium Pars Prima. [...] Secunda. [...] Tertia. [...] Quarta. [...] Quinta*, Venise, Héritiers de F. de Franceschi, 1600, (B. M. de Chalon, 1492 in-folio [187] et 1348 in-folio [179], ex-libris de Fleutelot).

295. Cf. L. Vanini, *Amphitheatrum aeternae providentiae divino-magicum*, Lyon, Veuve de A. de Harsy, 1615 (B. M. de Chalon, 1413 in-8° [271], ex-libris de Fleutelot).

telvetro a une origine italienne ; il avait appartenu à Giuseppe Passi, un érudit vénitien de la même famille que l'historien Carlo Passi, le commentateur de Paul Jove que Virey avait lu[296]. Et les livres en italien ne manquaient pas à Fleutelot ; de ce fonds très riche nous pouvons citer, par exemple, Dante commenté par Landino et Velutello[297], *La vita et metamorfoseo* d'Ovide par Gabriele Symeoni[298], ou les *Historie* de Machiavel de 1550[299]. La présence de ces textes dans la bibliothèque d'un parlementaire dijonnais du XVIIe siècle n'a rien de surprenant ; elle relève des intérêts normaux du milieu des juristes érudits dans la Bourgogne de l'époque. Mais justement parmi ces textes, une réédition de 1599 des oeuvres d'Horace commentées en italien par Giovanni Fabrini, dont nous parlions ci-dessus[300], a mérité notre attention pour des raisons plus particulières : ses trois notes manuscrites au frontispice, « De Claud. Enoch *Virey* » (où *Virey* est rayé), « *Filzian* » (rayé) et « J. Fleutelot », prouvent que cet exemplaire des *Opere d'Oratio Poeta lirico* a appartenu à Virey avant Jean Fleutelot. Ou, mieux, elles prouvent qu'un texte ayant appartenu à Virey avait pu prendre le chemin de la bibliothèque de Fleutelot à Dijon et que cet acheminement, en général, était possible et que d'autres livres pouvaient avoir accompli le même parcours à la suite d'une vente ou d'un legs.

296. Cf. Aristote, *Poëtica [...] vulgarizzata et sposta per Lodovico Castelvetro*, Bâle, P. de Sabadonis, 1576 (B. M. de Chalon, 4036 in-4° [764], portant les ex-libris de Giuseppe Passi, de Fleutelot et de l'abbaye de La Ferté ; deux écritures différentes, apparemment de Passi et de Fleutelot, dans les notes mss dans les marges). Sur Carlo Passi voir notre note aux vv. II, 1129-1130.

297. *Dante, con l'espositione di Christoforo Landino e di Alessandro Velutello*, Venise, Sessa, 1564 (B. M. de Chalon, 4373 in-folio [474], ex-libris de Fleutelot).

298. Ovide, *La vita et metamorfoseo [...] figurato da Gabriel Symeoni*, Lyon, J. de Tournes, 1584 (B. M. de Chalon, 4116 in-8° [743], ex-libris de Fleutelot).

299. Exemplaire de la B. M. de Chalon, Rés. 5114 in-4° [880], ex-libris de Fleutelot.

300. Voir *supra*, p. L.

Jean-Christophe Virey, qui avait hérité des livres de son père, pouvait être en contact avec Jean Fleutelot grâce aux charges qu'il remplissait à la Chambre des Comptes de Dijon. Nous pouvons légitimement penser que les exemplaires de la B. M. de Chalon, pourvus d'une note d'appartenance de Fleutelot, constituent des sources évidentes des *Vers Itineraires* et ont fait partie de la bibliothèque de Virey. Fleutelot aurait pu avoir rangé après Virey sur ses propres rayons l'in-folio des *Epigrammatum libri* de Martial, que Michel Sonnius avait publié en 1617 avec, parmi d'autres, le commentaire de l'humaniste véronais Domizio Calderini que Virey semble avoir lu pour composer ses vers sur la jeune fille aimée à Padoue par son ami Pierre Bricard et sur les « dames » padouanes en général[301]. Il aurait acheté ou en tout cas reçu de Jean-Christophe Virey le texte célèbre des *Bellezze del Furioso*, où Oratio Toscanella identifiait les « argomenti et allegorie »[302] du poème de l'Arioste et en isolait les lieux communs. Les *Vers Itineraires* lui doivent leur allusion à la généalogie de la maison d'Este[303] et, presqu'à la lettre, leur exposition du sujet du *Roland Furieux*, de l'argument que l'Arioste « chante en vers si doux » (II, 589) et que Toscanella expliquait d'après les premières deux stances comme la « propositione » ou table des matières du poème :

> materie generali, cioè donne, cavalieri, arme, amori, et il resto ; et [...] materia particolare, [...] d'Orlando particolarmente, che venne in furore et matto per amore[304],

301. Voir les vv. I, 921-928 et Martial, *Epigrammatum libri XV. Cum variorum doctorum virorum commentariis [...], Iosephi Langii Caesari-mont. et aliis indicibus locuplentissimis*, Paris, M. Sonnius, 1617, p. 488 (l. XI, XVII), exemplaire de la B. M. de Chalon portant l'ex-libris de J. Fleutelot, 4131 in-folio [467].

302. Cf. O. Toscanella, *Bellezze del Furioso di M. Lodovico Ariosto, con gli argomenti et allegorie de i canti : Con l'Allegorie de i nomi principali dell'opera et coi luochi communi*, Venise, P. dei Franceschi, 1574, (B. M. de Chalon, 4384 in-8° [795] Rés. 13, ex-libris de Fleutelot).

303. Voir notre note aux vv. II, 535-536.

304. Toscanella, *op. cit.*, p. 6.

c'est-à-dire

> [...] les Dames
> Les Cavaliers courtois les amoureuses flames
> Et de nostre Roland les faicts hauts et puissans
> Et quelle passion luy fit perdre les sens
> (II, 589-592).

Mais Jean Fleutelot aurait aussi pu posséder de la bibliothèque de Virey les textes de Francesco Piccolomini, le professeur padouan de philosophie « Aristotelicae et Platonicae »[305] dont l'étudiant des *Vers Itineraires* avait suivi les cours « par passe-temps » (I, 803). Les vers de Virey tirent leur profit des enseignements de ses *Libri ad Scientiam de Natura attinentes* sur les « Iuvenis sapientiae studiosi partes »[306], sur la conduite des jeunes gens désireux d'une sapience de rabelaisienne mémoire, d'une science pourvue de conscience qui naît de « toute occasion [...] / De veoir, et de sçavoir en la jeunesse tendre » (I, 814-815), car

> Iuvenis [...] universam sapientiam magnifacit et colit, ac inde oritur desiderium flagrans sapientiae, quod desiderium comitatur cura, studium, et diligentia eam assequendi, adeo ut mox ratione, et more excolatur ingenium, et semina eius ad frugem optimam deducantur.

Tout au long du poème les voix de personnages étrangers au groupe des voyageurs sont appelées par le poète au secours de sa description d'un lieu, d'un paysage, d'une ville ou d'un monument, chargées de la paternité de renseignements historiques ou légendaires. Les vers de Virey les définissent parfois et leur donnent le corps « d'un hoste docte » (I, 460) qui à Coire apprend à l'étudiant *peregrinator* et à ses compagnons « l'Estat des Grisons » (*ibid.*), d'« un gentil Contadin » (II,

---

305. N. Comneno Papadopoli, *Historia Gymnasii Patavini*, Venise, S. Coletti, 1726, t. I, III, p. 339.

306. F. Piccolomini, *Librorum ad Scientiam de Natura attinentium Pars Prima*, cit., t. I, f. 1v° comme la citation latine qui suit ; exemplaire de Fleutelot. Cf. les vv. I, 804-826.

859) qui sur le chemin de Florence raconte aux voyageurs l'« adventure tragique » (II, 959) de Bianca Cappello et François de Médicis, ou d'un « homme du lieu » qui à Bolsena « dit » (II, 1775) le cas du miracle de l'hostie vivante. Plus souvent ces voix demeurent dans l'indéfini du pronom « on »[307] ou du passif des verbes d'un récit qui évite de nommer, par exemple, le responsable narratif d'un « memorable effect à nous lors raconté » (II, 1815) à Montefiascone. Mais ces délégations de la paternité du vers, ces sortes de citations d'un ouï-dire de route finissent toujours par révéler une de ces sources fortes qui marquent les *Vers Itineraires* au point de sembler décider du contenu du texte. La déviation que les vers de Virey apportent à « la plus droitte voye, allant » (I, 200) en Suisse et qui de Langres conduit les voyageurs du poème à Besançon a, certes, ses raisons parfaitement vraisemblables d'un point de vue historique, social et littéraire. Mais elle a d'aussi bonnes raisons dans le choix de la source que Virey utilise pour sa description de Besançon, donc dans le geste du poète qui ferme pour un moment les guides de Charles Estienne ou d'Hentzner qui lui indiquaient le droit chemin par Montbéliard jusqu'à Bâle. Il ouvre et garde bien ouvert pour 56 vers (cf. I, 207-262) un texte célèbre de Jean-Jacques Chifflet (1588-1660), le médecin, archéologue et historiographe bisontin qu'une *peregrinatio academica* un peu postérieure à celle de Virey avait aussi mené à Padoue, où il avait compté parmi les étudiants les plus remarquables de l'*Universitas Artistarum*[308] : son *Vesontio civitas imperialis libera, Sequanorum metropolis* avait été imprimé en 1618 à Lyon par Claude Cayne, avec de nombreuses gravures d'une valeur particulière. Chifflet avait notamment confié au dijonnais Nicolas Spirinx, ou Spirain, une vue cavalière de Besançon qui fut gravée d'après un tableau du peintre-verrier bisontin Jean Mau-

307. Par exemple I, 224 ; I, 239 ; I, 756.

308. Voir le chapitre sur les « Claris Alumnis Artium in Gymnasio Patavino », in N. Comneno Papadopoli, *op. cit.*, t. II, l. II, XLIV, pp. 285-286 (« Jo. Jacobum Chiffletium. Archiatrum Vesuntinum »).

blanc[309] et que Virey pouvait avoir sous les yeux au moment de sa description de la ville

> Assise entre costaux, colines et haults Monts
> Qui portent de Mercure et du Ciel les beaux noms
> De jardins au dedans, et dehors plantureuse,
> (I, 211-213)
> [...] que le fleuve qui cour
> Par dedans soubs un pont, embrasse presque autour
> (I, 255-256).

Son adhésion au discours de Chifflet est suivie, jusqu'aux « devots du sainct sacré suaire » (I, 249) que ses voyageurs voient « prosternez » (I, 250) à la fin de leur visite de la ville et qui correspondent davantage aux fidèles « qui ex omni orbe ad sacratissimum Sudarium, die Paschae [...] spectandum confluunt » du texte du *Vesontio*, qu'à la fiction chronologique des *Vers Itineraires*, où l'étape de Besançon n'a sa place qu'après Pâques. Chaque « puis », « de suitte » ou « apres »[310] du texte de Virey marque une progression dans les pages de cette source, que personnifie à deux reprises l'indéfini « on », sujet non d'un verbe du récit, mais de *monstrer* - « On nous monstre un hostel, et palais » (I, 224), « Un bel arc triomphal de suitte on nous monstra » (I, 239) - parce qu'il s'agit effectivement, dans le *Vesontio*, de gravures, donc de renseignements visuels que Chifflet montre en même temps qu'il raconte. Les planches qui représentent le palais de Perrenot de Granvelle et l'arc de triomphe d'Aurélien n'illustrent pas seulement le beau volume de Chifflet, mais aussi les *Vers Itineraires*. Dans le code de la description des oeuvres d'art, les vers de Virey sont surtout en rapport de dépendance avec les détails que le graveur et orfèvre bourguignon Pierre II de Loisy - originaire d'ailleurs d'un village proche de Chalon-sur-Saône[311] - avait

309. Voir la fig. 4, d'après l'exemplaire de la B. M. de Chalon de J.-J. Chifflet, *Vesontio civitas imperialis libera*, cit., entre f. [16] et I, p. 1 ; et T. Moyne, *Les livres illustrés à Lyon dans le premier tiers du XVIIe siècle*, Grenoble, Cent Pages, 1987, pp. 122-123.

310. I, 237, 239, 241, 247.

311. Pierre II de Loisy mourut à Besançon en 1659. Il était connu

gravés dans ses deux planches de l'arc d'Aurélien[312] : deux ouvrages d'une valeur artistique remarquable, que le texte de Chifflet montrait et expliquait en cinq longs chapitres[313]. Une fois le *Vesontio* fermé, le voyage de Virey d'un livre à l'autre continue suivant ses propres intérêts poétiques et les intérêts plus généraux du milieu des juristes érudits de la fin du XVIe siècle[314] ; l'auteur qui s'impose pour sa description du voyage en Suisse, l'auteur qu'il cèle alors sous le personnage de l'« hoste docte » (I, 460) de Coire, parfaitement renseigné sur l'histoire, l'organisation civile et politique, les moeurs et les langues de la Confédération helvétique, est ce même Josias Simler qui avait édité en 1575 la *Cosmographie* d'Aethicus, le poème de Rutilius et d'autres textes géographiques dont Virey sut tirer profit. On rappellera que Jacques-Auguste de Thou le mentionnait avec Conrad Gessner et Gaspard Volfius parmi les Zurichois célèbres par leur haute « doctrina »[315], lors de son passage en 1589 dans la première ville des Suisses, « principem jam à primis temporibus Helvetiorum civitatem ». La traduction par Innocent Gentillet de ses livres *De Republica Helveticorum* qui avait paru à Paris en 1577, *La Republique des Suisses, comprinse en deux livres, contenant le gouvernement de Suisse, l'estat public des treize Cantons, et de leurs Confederez, nouvellement mise en François*, était un texte fondamental de la culture politique de l'époque ; Montaigne l'avait

---

comme graveur d'emblèmes et de portraits ; l'illustration du *Vesontio* de Chifflet est une de ses oeuvres les plus importantes. Voir J. Gauthier, « L'oeuvre des de Loisy, orfèvres-graveurs bisontins du XVIIe siècle », *Réunion des sociétés des Beaux-Arts*, XVIII, 1894, pp. 509-514.

312. Voir J.-J. Chifflet, *op. cit.*, I, entre p. 158 et p. 159 (notre fig. 5) et *ibid.*, I, entre p. 156 et p. 157 : cf. les vv. I, 239-244.

313. Pour un total de trente pages : cf. Chifflet, *op. cit.*, I, pp. 158-187 (chap. XL-XLIV).

314. Voir J. Brunel, « La bibliothèque de Nicolas Rapin », *B.H.R.*, XXXVI, 2, 1974, p. 306.

315. J.-A. de Thou, *Commentariorum de vita sua Libri VI*, cit., p. 1214, comme la citation qui suit.

dans son bagage lors du voyage en Italie et nous savons que le *Maestro* du *Palazzo* la lui retint « pour ce seulement que le traducteur est hérétique »[316]. Elle devient chez Virey un guide de voyage : les *Vers Itineraires* tissent le parcours suisse de leur fiction suivant la succession des pages de Simler et, lorsqu'il leur faut des renseignements au caractère plus strictement géographique et moins historique, ils ont recours à un autre ouvrage du pasteur zurichois, les *Vallesiae descriptio, libri duo. De Alpibus commentarius*, qui avaient paru chez le célèbre Christoph Froschauer en 1574[317] et dont Virey utilise notamment la seconde partie, ce commentaire *De Alpibus* que l'on n'a pas hésité à définir comme un texte précurseur de l'alpinisme[318]. Le regard qu'il y jette pour puiser son matériel poétique est constant, même s'il est parfois superficiel, comme de biais : une lecture trop rapide, presque suggestive, par exemple, de l'inscription que César érigea « in Trophaeo Alpium »[319] transforme avec désinvolture le *mare inferum* du latin de Simler en enfer, le royaume des diables que Virey met en vers par une exclamation,

> [...] allez à tous les diables
> (Cesar fit là escrire) ô vous gens indomptables
> (I, 433-434),

là où le texte du *De Alpibus* transcrivait d'après Pline le contraire, et dans une forme toute neutre :

---

316. Montaigne, *Journal de voyage*, p. 222 ; voir P. Villey, *Les sources et l'évolution des « Essais » de Montaigne*, Paris, Hachette, 1908, t. I, p. 220.

317. Voir P. Leeman-Van Elck, *Die Offizin Froschauer. Zürichs berühmte Druckerei im 16. Jahrhundert*, Zurich-Leipzig, Orell Füsli, 1940, p. 149.

318. En faisant notamment allusion au chapitre « De Itinerum Alpinorum difficultatibus et periculis, et quomodo haec superari possint » (Simler, *Vallesiae descriptio, libri duo. De Alpibus commentarius*, Zurich, Froschauer, 1574, ff. 110r°-116v°), Numa Broc reconnaît en Simler « le « père » de l'alpinisme » (N. Broc, *La géographie*, cit., p. 103).

319. Simler, *Vallesiae descriptio, libri duo. De Alpibus*, cit., f. 116v°.

> GENTES ALPINAE OMNES QUAE A MARI SUPERO [la mer Adriatique] AD INFERUM [la mer Tyrrhénienne] PERTINEBANT, SUB IMPERIUM POPULI ROMANI SUNT REDACTAE[320].

Il est vrai pourtant que tous les lieux communs de la difficulté et des dangers du passage des Alpes trouvent dans le *De Alpibus* leur meilleur répertoire. Virey confère à Simler une valeur d'*auctoritas* ; les sentiers étroits, les risques de précipices, crevasses, avalanches qu'il décrivait fournissent des variantes thématiques et correspondent pleinement à la métaphore du voyage en tant qu'image de la vie humaine qui sous-tendait presque toujours au XVIe et au début du XVIIe siècle les journaux, les relations, les poèmes de voyages. Elle était même à la base du discours pratique et utilitaire des guides. Paul Hentzner avait choisi comme épigraphe et placé au verso de la page de titre de son *Itinerarium Germaniae, Galliae, Angliae, Italiae* la leçon du verset de la Genèse, 47, 9, « vita nostra peregrinatio »[321].

Dans les « praecipitia, [...] glaciem [...], nives [...]»[322] du texte de Simler, qui deviennent les « fonds » (I, 509), les « divers amas de neiges, et de glaces » (I, 489) des *Vers Itineraires*, dans les « itinera [...], adeo tamen angusta ut vix sarcinariis iumentis pateant », « in altissimis montibus » et même « in rupibus »[323], sur cette « tremendam [...] viam »[324] des Alpes, Virey retrouve les images d'une épreuve que son voyageur doit nécessairement franchir le long du chemin. Ce chemin est bien sûr initiatique : il sert à former l'homme qui, sur cette terre, n'est que *viandus*. Il prévoit même le danger le plus

320. *Ibid.*, f. 117r°.

321. Hentzner, *op. cit.*, f. [1]v°. A propos de la valeur allégorique notamment des « voyages de Jérusalem » (par l'Italie), voir J. Balsamo, *« L'Italie francoise »*, cit., pp. 74-77.

322. Simler, *Vallesiae descriptio, libri duo. De Alpibus*, cit., f. 110r°.

323. *Ibidem*.

324. *Ibid.*, f. 105v°.

terrible, qui n'est pas dans ce cas seulement la mort, mais le fourvoiement, la perte de la bonne piste, difficile à suivre :

> Où certes je faillis, ayant voulu descendre
> De cheval, pour aux pieds de la chaleur reprendre
> Que m'en avoit chassé de l'air neigeux le froid,
> Me perdre, et m'esgarant un peu du train estroict,
> Soubs la neige y ayant des fonds, où precipitent
> Ceux là qui du frayé peu caults la trace quittent...
> (I, 505-510)

Ce chemin initiatique est marqué par des pauses, des prières, par des moments où le *viator* Virey s'arrête et s'adresse aux divinités de son voyage (l'Italie, Pétrarque...) pour les remercier du chemin parcouru, des obstacles surmontés et pour leur demander, en vue du chemin à parcourir, la protection des Vertus contre les Vices. Nous avons vu ci-dessus que, dans le contexte d'une apologie du voyage et de son utilité dans la formation de l'individu, Nicolaus Reusner reconnaissait à la « peregrinatio »[325] une fonction fondamentale de gymnase pour la pratique et l'apprentissage de la vertu : « officinam virtutis omnis exercendae »[326], c'était la définition qu'il lui donnait en 1585 à partir de l'idée que « quò praeclarior sit virtus, quae in ea addiscitur, eò laudabilior sit peregrinatio ». Cette idée était topique de la réflexion sur les voyages. Les discours préfaciels des cosmographies, des chorographies, des guides ou des relations l'associaient normalement à l'acquisition de sagesse et de tolérance que procure l'observation de la diversité, autrement dit « la connaissance des cités et de l'esprit de tant d'hommes » du troisième vers de l'*Odyssée*, celle-là même que Montaigne allait appeler dans son chapitre « De la vanité » la « continuelle exercitation à remarquer les choses incogneuës et nouvelles »[327], ou que Villamont identifiait avec

325. Voir la déjà citée (*supra*, p. LX) «Nicolai Reusneri Praefatio », in N. Reusner, éd., *De Italia*, f. [2]v°.

326. *Ibid.*, f. [3]r° comme la citation qui suit.

327. Nous citons le célèbre passage des *Essais*, III, IX : « le voyager me semble un exercice profitable. L'ame y a une continuelle exercitation à remarquer les choses incogneuës et nouvelles ; et je ne

une remarque pourvue de « jugement » des « façons de vivre des provinces les plus esloignées »[328]. Dans l'épître au lecteur de son *Itinerarium,* Hentzner considérait ceux qui « cochlearum instar domi semper haerent »[329] comme

> revera superbi, insolentes, inhumani, alieni ab hospitalitate, sui suorumque admiratores, impatientes et laborum et injuriarum,

tandis qu'il tissait l'éloge des voyageurs qui,

> cum [...] modesti sint, et toleranter labores, molestiasque omnes ferant, et non ignari malorum, etiam ultrò et libenter miseris succurrere didicerint :

ce qui les caractérise n'est ni l'« insolentia », ni une « vitae morumque dissolutio », mais la connaissance des langues les plus variées et des arts les plus beaux, qu'ils ont acquise au milieu des plaisirs et des mille peines du voyage et qu'ils rapportent chez eux avec ce respect moral d'un devoir suprême qu'est en latin la *pietas*[330]. Virey se conforme au lieu commun, il met ses vers au diapason de cette sagesse et de cette tolé-

---

sçache point meilleure escolle, comme j'ay dict souvent, à former la vie que de luy proposer incessamment la diversité de tant d'autres vies, fantaisies et usances, et luy faire gouster une si perpetuelle varieté de formes de nostre nature » (éd. P. Villey-V.-L. Saulnier, Paris, P.U.F, 1988, pp. 973-974). Voir également p. 977 et l'analyse de L. Stecca, *Tradizione e innovazione*, Padoue, CLEUP, 1996, pp. 23-26.

328. Villamont, *Les Voyages*, cit., exemplaire de la B. M. de Chalon, f. [2]r°.

329. Hentzner, *Itinerarium*, cit., f. [6]r° comme les deux citations qui suivent.

330. « Non ex peregrinationibus vestitus insolentia ; Non vitae morumque dissolutio ; non impietas ; non fastidium rerum in patria praeclarum ; non alia quae ubivis et sine sumtibus magnis inveniuntur, sed variarum linguarum, artiumque pulcherrimarum cognitio, cum pietate probatisque moribus domum reportanda, atque exempla plurimorum imitanda, qui domum studijs atque peregrinationibus feliciter absolutis, reversi, et sibi ipsis honori ; et voluptati parentibus ac cognatis, et emolumento praesidioque Patriae extiterunt » (*ibid.*, f. [6]r°-v°).

rance que l'on peut tirer d'un « voyage grand » (I, 120) : l'expérience itinéraire qu'il chante a comme but

> [...] des peuples divers en voyageant apprendre
> La pratique de vivre et plus sages nous rendre
> Car raudant par le monde on peut ouyr et voir
> Des choses qu'on ne peut en ne bougeant sçavoir
> Qui servent à conduire et gouverner sa vie
> (I, 45-49).

Mais son association également topique du lieu commun à l'idée de la *peregrinatio* comme exercice de vertu revêt le voile d'un mythe célèbre, qui avait à l'époque une valeur d'*exemplum* moral : la fable de l'Hercule à la croisée des chemins, à laquelle la Renaissance fait souvent référence de façon explicite ou implicite dans les contextes de l'éducation et du voyage d'instruction, fait son apparition dans les *Vers Itineraires* aux moments d'arrêt, lors de ces pauses où le voyageur prie pour bien choisir le chemin de la Vertu, contre la tentation de la route plane du Vice. On connaît la page de François de La Noue contre les « voyages d'Italie » que l'on fait faire aux jeunes gentilshommes français dans l'illusion qu'ils « s'institu[ent] en beaucoup d'exercices honnestes », tandis que

> parmy ces roses on rencontre beaucoup d'espines, pource qu'y ayant mille apasts de volupté, comme semez dans les plus belles villes, la jeunesse, qui est desireuse de nouveauté, et ardante en ses affections, ne se peut retenir qu'elle n'aille gouster, voire se saouler de ces douces poisons[331].

Mais l'image n'était absente d'aucune des sources préférées de Virey, des textes qu'il adopte comme inspirateurs pour son travail poétique ; même l'apologie d'Hentzner n'ignorait pas que si ceux qui courent les routes à la découverte du monde prennent « pro virtutibus vitia », « damnandae prorsus atque

331. F. de La Noue, « De la bonne nourriture et institution qu'il est necessaire de donner aux jeunes gentils-hommes François. Cinquieme Discours », in *Discours politiques et militaires*, éd. Sutcliffe, Genève, Droz, 1967, p. 147.

rejiciendae sunt peregrinationes »[332]. Parmi les exemples de Josias Simler dans sa préface à l'*Aethici Cosmographia*, la connaissance des bons chemins qu'il considérait comme fondamentale pour l'organisation militaire permet aux commandants et généraux d'établir et de prescrire à leurs soldats le « viandi ordinem »[333], l'itinéraire à suivre pendant une mission ou un déplacement des troupes. Et le soldat de l'exemple sait bien que toute déviation, tout raccourci, pour agréables et attrayants qu'ils semblent étant plus courts ou plus faciles - « voluptaria compendia », dans le latin de Simler -, sont interdits :

> Miles [...] qui ingreditur iter, viandi ordinem non ipse disponit sibi, nec pro suo arbitrio viam carpit, nec voluptaria captat compendia, ne recedat à signis, sed Itinerarium ab imperatore accipit, et custodit illud : praescripto incedit ordine, cum armis suis ambulat, rectaque via conficit iter.

A l'image du soldat, le poète-voyageur, qui a reçu de l'autorité de sa source l'indication du droit mais dur chemin des Alpes, essaie de le *custodire* en le versifiant : il essaie de sauvegarder le bon ordre de son voyage et de se sauvegarder, lui, contre toute tentation des routes faciles qui mènent « aux voluptez » (I, 616). Sa première prière, juste au delà des monts, au moment où cette terrible épreuve du passage des « murs incorruptibles »[334] des Alpes semble être franchie, s'adresse alors à l'Italie. Et le *viator* qui fait appel au coeur de cette « grande Royne, à qui de tout temps, de tout age, / Toutes les nations du monde font hommage » (I, 601-602) n'est autre qu'un nouvel Hercule, qui demande de l'aide à la croisée des chemins :

> [...] nous voyons nos sens, de deux chemins tentez,
> L'un qui meine aux vertus, et l'autre aux voluptez,

---

332. Hentzner, *op. cit.*, f. [5]v°.

333. Cf. l'épître déjà citée « Ad generosum et magnificum Dominum D. Ioannem Balassam de Gyarmath », in Simler, éd., *Aethici Cosmographia*, cit., f. [2]v°, comme le passage latin qui suit.

334. M. de La Porte, *Les Epithetes*, cit., f. 140r°, *ad v.* « Italie » : « Ceste region commence aux Alpes, qui lui sont comme des murs incorruptibles ».

Mets nous dans le meilleur, et que le seul service
Qu'aux vertus nous vouons chez toy nous affermisse,
Or qu'y mettons le pied, et garde que n'ayons
Fait le rude sentier d'Alcide par ces Monts
Qu'ores avons passez, et que n'entrions en voye
Et au chemin plus doux, du vice, et de la joye
(I, 615-622).

Sa deuxième prière s'adresse à Pétrarque, au moment où un amour « sale et moleste » (I, 1066) est intervenu sur le bon chemin du voyage pour détourner le jeune *viator* de son but, de l'« estude de Droict » (I, 1068). Il implore alors le secours de la « Belle ame » du Poète sur son tombeau, à Arquà, en trente-deux vers qui chantent son propre « combat de l'honneur et de l'honte » (I, 1070), la lutte entre « Astrée » (II, 1650) et « Cypris » (II, 1648), ces deux déesses qui dans les *Vers Itineraires* se superposent à la Vertu et au Vice du mythe :

Belle ame, si je viens de si loing reverer
Tes manes, et je puis tes graces implorer,
Dont tu reluis au Ciel en la divine gloire,
Et au monde en escrits d'Eternelle memoire,
Dont tu l'as embelly : influe en mes esprits
Les Vertus dont les tiens estoient si bien espris,
Affin qu'en ces pays pleins de beautez charmantes
Je me garde le coeur d'attaintes honnissantes...
(I, 1039-1046)[335]

Et ainsi de suite, le risque est le même pour le compagnon du voyageur lors du séjour padouan, Pierre Bricard, que le faux chemin d'un travail poétique trop assidu semble soustraire à « son dessein », divertir, au sens étymologique de détourner, car Bricard pourrait

[...] donner aux Loix lustre en un Parlement
Son dessein allant là, mais je crains que la Muse
Trop ne le divertisse et tout à soy l'amuse
(I, 940-942).

335. La prière occupe les vv. I, 1039-1070. Voir aussi les vv. II, 1645-1650.

A chaque fois, chaque prière visant à exorciser ces tentations d'une déviation du droit chemin semble répéter la leçon que Francesco Piccolomini donnait à ses étudiants dans l'introduction de ses oeuvres :

> Ut autem optatum finem ad votum assequamur, tenemur Duces nobis peritos, et idoneos seligere, veluti Lectores, qui simul sciant, velint et valeant recte ducere [...]. Lectores autem, quos idoneos esse noverimus, [...] attentius [...] audiemus, et constantius eorum sententias et praecepta memoria servabimus ; nil enim Iuveni objici potest, quod conditioni animi studiosi magis adversetur, quam quod lectiones turbet[336].

Pour suivre les bons cours des bons professeurs, pour suivre les *duces* qu'il a choisis pour sa création littéraire et, sans dévier, le bon cours du voyage d'Italie et de sa propre vie, Virey construit donc les grands chapitres de son poème sur des exemples, sur des représentations, qui dans ses vers deviennent narratives, de cette Vertu à imiter et de ce Vice à bien connaître pour le fuir. Les *exempla* topiques de Gaston de Foix et de Bayard racontent l'héroïsme, « les vertus, et la vraye vaillance » (I, 673) que le grand homme de guerre et le chevalier sans peur et sans reproche démontrèrent lors de la prise de Brescia en 1512. La source classique du Loyal Serviteur devient pour ces vers (I, 625-694) un répertoire parfait de petites images de vertu que le poète puise dans l'ensemble du texte pour leur valeur métaphorique, indépendamment du personnage pour lequel elles avaient été conçues. A l'intérieur d'un panorama des courages possibles dans ce monde, le courage du « lyon à qui on a osté ses faons »[337] de l'*Histoire* du Loyal Serviteur resurgit par sa force rhétorique dans le courage de la « tigre, ou Lionne, / A qui des forts chasseurs une troupe felonne / A les fans enlevez » (I, 633-635) des *Vers Iti-*

---

336. F. Piccolomini, *Librorum ad Scientiam de Natura attinentium Pars Prima*, cit., t. I, f. 2r°.

337. Le Loyal Serviteur, *La tresjoyeuse, plaisante et recreative histoire du bon Chevalier sans paour et sans reproche*, Paris, Galliot Du Pré, 1527, f. xxxvii r°.

neraires. Virey l'attribue au duc de Nemours, tandis que le texte qu'il a dans les mains l'attribuait à Bayard[338] ; cela peut nous aider à comprendre son attitude face à ses sources, mais c'est un déplacement insignifiant par rapport au discours constant du poème, à cette mise en évidence des histoires de *viatores* vertueux qui, dans leur vie *vianda*, ont parcouru le chemin le plus difficile. L'*exemplum* antithétique raconte l'histoire de Bianca Cappello, la seconde femme de François Ier de Médicis, « une done amenée / De Venise » (II, 890-891) à Florence, dont « la fortune » (I, 894) relevait du romanesque et circulait à l'époque sous une forme légendaire et surtout orale. Les vers de Virey accueillent dans leur fiction itinéraire la rumeur plus ou moins populaire, apparemment entretenue par le grand-duc d'alors, Ferdinand, qui faisait d'elle « une Venefique » (II, 955). Un récit de soixante-quatorze vers que le poète prête à la voix d'« un gentil Contadin » (II, 859) du val d'Arno donne le détail de la mort de François Ier et du suicide de sa femme. C'est un récit de route, que les *Vers Itineraires* placent dans le décor de la villa des Médicis de Pratolino et que cette voix étrangère au groupe des voyageurs fait le long du chemin entre Pratolino et Florence :

---

338. Le long passage sur Brescia est emprunté aux trois chapitres XLIX-LI du Loyal Serviteur (cf. *op. cit.*, ff. lxiiii r°-lxv r°: « De la grande diligence que fist le gentil duc de Nemours pour reprendre Bresse : et comment il deffit le cappitaine general des Veniciens en chemin et cinq ou six mille hommes » ; ff. lxv r°-lxix r°: « Comment le duc de Nemours reprist la ville de Bresse sur les Veniciens où le bon chevalier sans paour et sans reproche acquist grant honneur et comment il fut blessé quasi à mort » ; ff. lxix r°-lxx v°: « Comment le bon chevalier sans paour et sans reprouche partit de Bresse pour aller apres le duc de Nemours et l'armée du roy de France. De la grande courtoisie qu'il fist à son hostesse au partir, et comment il arriva devant la ville de Ravenne »). Mais c'est à un tout autre contexte, déplacé de seize chapitres, que Virey puise la similitude avec la lionne : on la lit au chapitre XXXIII, où le Loyal Serviteur racontait « Comment l'empereur Maximilian planta son siege devant Padoue : et des gaillardes approuches faictes par les gentilz hommes françois : et d'une grande hardiesse que monstra le bon chevalier sans paour et sans reprouche » (*ibid.*, ff. xxxvi r°-xxxvii r°).

> Ainsy le Contadin avec quelque eloquence
> Recitant tout ce cas nous rendit à Florence
> (II, 961-962)[339].

Mais une volonté spéciale intervient pour lui trouver une place à l'intérieur du poème, parce que sa toile de fond originaire n'avait aucun rapport avec le voyage des *Vers Itineraires* ; le lieu historique de la mort du grand-duc et de Bianca Cappello avait été la villa des Médicis de Poggio-à-Cajano, à l'ouest de Florence, et la description d'un voyage qui se faisait de l'est, de Bologne, n'aurait pas eu de prétextes pour la raconter. La villa de Pratolino était par contre une étape habituelle du chemin de Bologne à Florence et elle peut donner de l'hospitalité fictionnelle à une histoire que les vers de Virey évidemment exigent. Sa source devait avoir pour le poète une valeur exceptionnelle, parce qu'elle fournissait de l'« adventure tragique » (II, 959) des grands-ducs une version que les textes officiels taisaient. Peut-être ou en partie orale, plus probablement écrite mais privée sinon clandestine[340], elle permettait à Virey d'affermir la vraisemblance de sa description d'un vu et d'un vécu de voyage : la vraisemblance du récit des ouï-dire parmi lesquels son voyageur devait être plongé en cours de route. Volontairement déplacée pour correspondre au statut descriptif du *carmen itinerarium*, l'histoire de Bianca Cappello est parfaitement opportune ; elle convient au discours du poème parce qu'elle est représentative des trames (cf. II, 958) qu'il ne faut jamais ourdir et des vices qu'il faut fuir. Avec les autres exemples que Virey porte et que son voyageur est censé voir le

339. Sur le récit de cette légende, vv. II, 889-962, voir notre « Statuto della tragedia e poesia descrittiva : *une équivoque trame* nei *Vers Itineraires* di Claude-Enoch Virey », *Studi di letteratura francese*, XVIII, 1990, pp. 177-202.

340. Nous faisons référence à la longue lettre que Gianvettorio Soderini envoya à Sienne à Silvio Piccolomini (*Essequie del Serenissimo Francesco Gran Duca di Toscana*, Florence, B. N. Centrale, ms II-IV.18, ff. 220r°-237v°) ; c'est le seul document qui présente des analogies, mais presque textuelles, avec le récit du « gentil Contadin » des *Vers Itineraires*. Voir la note aux vv. II, 957-958 et notre « Statuto della tragedia », cit., pp. 177-179 et 200-202.

long du chemin, elle nous invite à lire les *Vers Itineraires* comme un théâtre des vertus et des vices, les expériences du voyage étant conçues pour présenter au jeune *viator* le scénario le plus instructif pour sa formation. Dans ce sens nous ne considérons pas comme un hasard si la source que Virey suit de plus près, la source qui se laisse voir avec le plus de transparence dans son poème et qu'il utilise pour un nombre important de vers successifs est le « Ragionamento primo » des *Discorsi* de Francesco de' Vieri, un traité néoplatonicien sur les « Maravigliose Opere di Pratolino, et d'Amore » que le philosophe florentin avait dédié à François Ier de Médicis en 1586[341]. C'était un texte très connu, dont les auteurs de relations de voyages se servaient pour leurs descriptions de Pratolino. L'emploi que Virey en fait correspond à celui de ses contemporains, qui systématiquement ne prenaient pas en considération les allégories que Vieri attribuait à chaque statue, à chaque fontaine, à chaque élément décoratif mais essentiel de la villa et du parc[342]. Les *Vers Itineraires* semblent simplement s'inspirer du « Ragionamento » comme d'un guide, d'un texte pratique où puiser des informations érudites sur le spectacle que le lieu offrait au visiteur. Tandis que le traité de Vieri proposait un parcours à travers les merveilles de Pratolino pour initier son lecteur à l'interprétation platonicienne du monde grâce à l'interprétation platonicienne d'un lieu qu'il fallait voir et visiter comme un microcosme. Francesco de'

---

341. Cf. F. de' Vieri, *Discorsi. Delle Maravigliose Opere di Pratolino, et d'Amore*, Florence, Marescotti, 1586, pp. 5-92 : « Ragionamento primo sopra l'opere di Pratolino ». Le « Secondo Ragionamento », *ibid.*, pp. 93-123, concerne l'Amour ; le « Terzo Ragionamento », *ibid.*, pp. 125-153, les Arts. Sur le rapport qui liait Francesco de' Vieri aux grands-ducs voir les pages introductives de J. Colaneri à son édition des *Lezzioni d'Amore*, Munich, W. Fink, 1973 et notamment pp. 7-11 (« The life and work of Francesco de' Vieri »), où l'éditeur met en évidence des oeuvres, encore manuscrites, dédiées à Bianca Cappello ou à François de Médicis.

342. Voir J. Balsamo, « La description des jardins d'Italie par les voyageurs français (1574-1606) », in *Architecture et jardins*, Nantes, Ed. du Conseil de Loire-Atlantique, 1995, p. 75.

Vieri conduisait son lecteur face aux représentations artistiques et naturelles du Vice dominé et de la Vertu dominante, il les décrivait dans le détail et il en donnait les « significationi »[343], ces explications symboliques que les *Vers Itineraires* omettent mais qui avaient originellement la valeur d'étapes cognitives pour qu'à la fin de la lecture et du parcours on pût savoir quelle était « la via delle virtù »[344]. L'emprunt de Virey est textuel mais rythmique ; il versifie les descriptions du « Ragionamento » et, de chacune, il tait l'interprétation. Mais c'est comme s'il gardait alors, pour son propre texte, l'idée d'une initiation à travers l'observation émerveillée, c'est-à-dire à travers le théâtre des vertus et des vices du monde. Car le but du voyageur qu'il met en scène dans son poème n'est pas différent de cette Connaissance finale que Vieri avait l'intention d'enseigner à son destinataire : celui-ci ne devait pas *errare*, mais marcher tout droit vers la Vertu,

> perche cosi si sfugge l'otio, che è causa di molti, et molti errori, ne' quali incorrono gli otiosi, et gli sfaccendati [...]. Voi dunque similmente, ò giovani, ne' quali è posta ogni speranza de' vecchi, et de' passati, non mancate di giovare à voi stessi, et alla vostra patria. Considerate, considerate (vi prego) quello che farebbero le Città, et le comunanze de' popoli, se ognuno vivesse oziosamente[345].

Bien que la métaphore du voyage en tant qu'image de la vie humaine fût topique dans un *carmen itinerarium*, nous serions tentée de rêver un peu sur le rôle du traité de Vieri dans la composition des *Vers Itineraires*, comme si Virey avait pu se reconnaître tout particulièrement dans cet auteur dont le nom est l'anagramme du sien. Mais puisque les rêves ne profitent pas aux éditions critiques, nous devons remarquer que le philosophe, que l'on connaît aussi sous le nom de Verino *Secondo*, n'est pas le seul représentant de la célèbre famille

343. De' Vieri, *Discorsi*, cit., p. 11.

344. *Ibid.*, p. 88.

345. *Ibid.*, pp. 88, 90.

des Vieri avec qui Virey contracte une dette culturelle. Nous avons vu ci-dessus et l'on verra dans nos notes qu'il avait très probablement feuilleté les trois livres *De illustratione urbis Florentiae* d'Ugolino de' Vieri, dit Verino. Et ses vers citent son fils, Michele (1438-1516), dont les *Distichs moraux*, bien connus dans les collèges, avaient chanté « à l'enfant » « de Civilité [...] / Et [...] d'honneur les regles » (II, 1885-1886). Comme beaucoup de pédagogues, Michele de' Vieri, lui aussi dit Verino, avait fait du mythe d'Hercule à la croisée des chemins l'une des images de base de son discours. Et, puisque la vie est un chemin, son jeune lecteur apprenait par ses vers que

> En toute chose y a commancement :
> La vertu a sa fin tres que joyeuse,
> Encores bien que d'elle vrayement
> L'entrée soit difficile, et fascheuse[346].

Indépendamment donc de nos rêves sur ces auteurs, d'ailleurs très lus, avec lesquels Virey aurait pu établir un rapport privilégié, il est vrai que même les textes les plus apologétiques du voyage n'oubliaient jamais de rappeler à leur public l'adage horatien selon lequel « Caelum, non animum, mutant qui trans mare currunt »[347]. Et il n'y avait pas de contradiction entre leur apologie et ce message de la tradition cynique qui invitait à la tranquillité en renvoyant au « connais-toi toi-même » de Socrate. Dans son sens métaphorique le voyage était le parcours d'une connaissance intérieure. Le voyage d'Italie des jeunes *peregrinatores academici* avait à l'époque la valeur d'un apprentissage où la véritable expérience d'une altérité géographique et humaine comptait peu, et le récit, que l'on faisait au retour par livres interposés, avait la valeur d'une réflexion sur la vie.

---

346. M. Verino, *Les distichs moraux [...] Traduictz nouvellement de Latin en langue vulgaire, par de beaux quatrains François en faveur de la jeunesse Françoise. Par Claude Odde de Triors*, Lyon, L. Cloquemin et E. Michel, 1577, f. 33r°.

347. Horace, *Epistulae*, I, XI, v. 27, cité comme épigraphe par Hentzner, *Itinerarium*, cit., f. [1]v°.

Edition du texte.

1. Les manuscrits.

A
Paris, Bibliothèque de l'Arsenal, ms 1051 :
manuscrit en papier de 172 feuillets, numérotés à partir du troisième f. au r° et au v° comme pages ; soit 327 pages, plus : les premiers deux ff. signés *A* et *B*, les pp. 48*bis*, 48*ter*, un f. blanc entre p. 180 et p. 181, v° de p. 185 blanc non num., un f. blanc entre p. 185 et p. 185*bis*, p. 185*bis*, p. 237*bis*, p. 237*ter*, p. 237*quater*, p. 237*quinquies*, p. 237*sexies*.
322 sur 206 millim. ; reliure du XVIIe siècle, en veau fauve, aux armes de Claude-Enoch Virey sur les plats, avec la devise « Hac iter est » ; correction originale aux ff. qui contiennent les pp. 316-317, 320-321, 322-323 et 324-325[348], remplacés à l'époque après suppression des feuillets préexistants, dont il reste une partie des marges.
Ecriture humanistique cursive, posée : *r* minuscule présente les deux formes, ronde et cursive ; *f* descend toujours sous la ligne de base ; *s* descend parfois (il a les deux formes, minuscule et majuscule non descendante). Léger changement d'écriture aux pp. 316-317 et 320-327 : humanistique cursive, posée avec les mêmes caractéristiques que la précédente, mais de corps inférieur et *ductus* plus soigné.
Trois dessins : au f. *B* v° (cf. fig. 1), à la p. 48*ter* et à la p. 237*sexies* (cf. fig. 9).
Abondamment annoté dans les marges d'une main qui ressemble beaucoup à la main de Virey lui même : écriture courante que l'on peut rapprocher des pièces autographes (B.N.F., Anciens petits fonds fr., ms 23331, ff. 3-19 ; B.N.F., Fonds Dupuy, ms 72, ff. 36r°-43r°; B. de l'Institut, Fonds Godefroy, ms 95, ff. 260-261 ; Lyon, B.M., ms 196, f. 128r°).

[f. *A* : note en prose commençant par : *L'année 1609 Monseigneur le Prince pour eslonger pour un temps Madame la Princesse* [...] ; pp. 1-47 : *Raptus Innocuus Sive Henr. Borbonii Condaei* [...] *Clandestina cum Uxore Carola Margareta Mommoranciana in Belgium fuga. Et ex Belgio in Insubriam per Germaniam occulta profectio. Mediolani commoratio*

348. La page paire est au *recto* du feuillet, la page impaire au *verso*.

eiusque in Galliam foelix reditus. Claudius Enoch Virey Cabilonensis ad Sauconam principi a secret<is> (dont : pp. 1-13 : *Carmen Itinerarium primum* ; pp. 14-40 : *Commoratio Domini Principis Mediolani. Itinerarium Carmen II* ; pp. 41-47 : *Domini Principis in Galliam reditus. Carmen Itinerarium III*) ; pp. 48, 48*bis* : blanches ; p. 48*ter* : dessin ; pp. 49-138 : *L'Enlevement Innocent ou La fuite clandestine de Monseigneur le Prince avec Madame la Princesse sa Femme hors de France. Et son passage par l'Allemagne pour aller à Milan. MDCIX et X. Vers Itineraires et faicts en chemin par Claud<e> Enoch Virey Secretaire dudict Seigneur (*interruption aux pp. 57-58 qui contiennent une *Annotation* en prose ; p. 91 : blanche) ; pp. 139-148 : *Lettre à la façon d'Ovide. Au nom de Damoiselle Jeanne Biot, soubz le nom d'Aminte, au sieur Virey, son mary, soubz le nom de Cloridon, detenue en la garde du chevalier du guet à Paris* ; pp. 149-180 : *La Prison voluntaire ou L'Entrée de Madame la Princesse en la Bastille. Poeme imité en quelque endroict des vers latins du sieur Bonnefons filz et augmentée* <sic> *des deux tiers suivant l'histoire du temps* ; un f. blanc ; pp. 181-184 : *Sub effigie Principis in tabella* (un quatrain), *In Consil. et Ministros captivitatis principis MDCXVI Ipse et loquitur* (un sizain), *In Principis liberationem nunciatam Phaleucum* ; p. 185 : *In Magistrum Nicol. Vign. Syllano Vultu rubentem et vafrum amicum Iusta indignatio* ; v° de p. 185 : blanc non num. ; un f. blanc ; pp. 185*bis*-237 : *Vers Itineraires Allant de France en Italie 1592* ; pp. 237*bis*, *ter*, *quater*, *quinquies* : blanches ; p. 237 *sexies* (page de gauche) : dessin ; pp. 238(page de droite)-327 : *Vers Itineraires Allant de Venise à Rome 1593*]

Collées à l'intérieur du plat, les armes gravées de l'ancien propriétaire du ms, l'antiquaire Charles d'Orléans, abbé de Rothelin (1691-1744). Comme Virey, l'abbé de Rothelin appartenait à une famille d'origine bourguignonne (dijonnaise[349]) ; de surcroît, il était bien connu comme savant passionné de géographie, de relations de voyage et comme auteur des *Observations et Détails sur la Collection des Grands et des Petits voyages* (1742). L'inventaire de sa riche bibliothèque fut dressé par Gabriel Martin ; dans le catalogue qu'il

349. Voir M. Courtépée, *Description générale et particulière du Duché de Bourgogne*, t. II, p. 68.

en publia deux ans après la mort de Rothelin, le manuscrit de Virey est mentionné sous la cote 3740. Il passa donc à l'Arsenal avec plusieurs volumes de la bibliothèque de Rothelin, dont notamment trente-cinq manuscrits, grâce soit au hasard soit aux qualités de collectionneur du marquis de Paulmy, qui l'acheta pour 35 livres 19 sols[350].

C

Chalon-sur-Saône, Bibliothèque Municipale, ms 36 :
manuscrit en papier de 281 feuillets, avec deux numérotations différentes : une num. par feuillets qui date du 31 mai 1884[351] et une num. du XVIIe siècle, par pages, entre le f. 34r° (p. 1) et le f. [98]v° (p. 128) ; la num. de 1884 s'arrête au f. 68 parce que le feuillet qu'elle devrait chiffrer [69] correspond à la p. 69 de la num. du XVIIe siècle ; elle recommence après la page que la num. du XVIIe siècle chiffre 128, mais en suivant alors une progression qui fausse le compte des feuillets du volume, car elle chiffre le f. [99] comme 129[352]. Le texte se terminant au f. 311r°, le feuillet de garde à la fin du vol. est chiffré par pages, 313-314.
310 sur 203 millim. ; reliure du XVIIe siècle, en parchemin blanc, aux armes de Jean-Christophe Virey au *recto* du plat, avec la devise et les figures qu'il adopta après la mort de sa femme, Bonne Gallois, en 1644 : « Hinc omnes extincti ignes », une urne funéraire à la place de la lampe de son père et les initiales « BG », marque de son veuvage.

---

350. Cf. Gabriel Martin, *Catalogue des livres de feu M. l'abbé d'Orléans de Rothelin*, Paris, G. Martin, 1746, p. 403 et Henry Martin, *Catalogue des mss de la Bibliothèque de l'Arsenal*, t. VIII : *Histoire de la Bibliothèque de l'Arsenal*, Paris, Plon, 1899, pp. 325-6 et 330, et t. II, Paris, Plon, 1886, p. 255.

351. Cf. l'encre et l'écriture de la note au f. 1v°: « Folioté le 31 Mai 1884 ».

352. Pour nos références nous suivons la numérotation de 1884, indépendamment de l'écart qu'elle produit. Nous devons donc appeler pages et non feuillets les ff. 34r°-[98]v° (pp. 1-128). Un choix différent, dicté par une plus grande rigueur, aurait en effet créé des discordances inutiles entre les références aux manuscrits qu'on trouve dans d'autres textes (le t. VI du *Catalogue général des mss des bibliothèques publiques de France*, Paris, Plon, 1887, p. 370 ; Roy-Chevrier ; etc.) qui ne se sont évidemment pas posé le problème de cet écart de pagination, et les nôtres.

Ecriture humanistique cursive, posée, avec les mêmes caractéristiques que l'écriture de A, mais de corps légèrement inférieur et *ductus* plus soigné : *t* présente les deux formes, minuscule cursive et, bien souvent, majuscule aussi à l'intérieur du mot. Plus soignés qu'en A les titres[353]. Léger changement d'écriture à partir du f. 247r°: humanistique cursive beaucoup plus ornée et de corps supérieur, de la même main que la partie précédente du ms, mais apparemment avec un écart chronologique entre la transcription des ff. 1r°-242v° et la transcription des ff. 247r°-311r° (qui contiennent *La Romeade*, poème inachevé).
Sans dessins.
Annoté dans les marges jusqu'au f. 203v° d'une main qui ressemble beaucoup à la main de Virey lui-même (cf. *supra*, p. CXX).

[ff. 1r°-28v°: *Raptus Innocuus (*dont : ff. 1r°-8r°: *Raptus innocuus sive Henr. Borbonij Condaej Primarij Sanguinis Regij Francorum Principis Clandestina cum Uxore Carola Margareta Mommoranciana in Belgium fuga.* [...] *Carmen Itinerarium <primum>*; f. 8v°: blanc ; ff. 9r°-24r°: *D. Principis Mediolani Commoratio. Itinerarium Carmen secundum* ; f. 24v°: blanc ; ff. 25r°-28v°: *D. Principis In Galliam reditus. Carmen Itinerarium tertium*) ; ff. 29-32 : blancs ; f. 33r°-v°: *Annotation* en prose ; pp. 1-40 (ff. 34r°-54v°) : *L'enlevement Innocent OU La Retraite clandestine de Monseigneur Le Prince avec Madame la Princesse sa Femme hors de France.* [...] *Vers Itineraires et faicts en chemin Par Claud Enoch Virey Secret. dudit Seigneur* ; pp. 41-86 : *Voyage de Monseigneur Le Prince De Bruxelles à Millan par la basse et haute Allemagne et les Montagnes des Alpes. Vers Itineraires ou faits en chemin Par Claud Enoch Virey Secret. dudit Seigneur* ; pp. 87-95 : *Epistre D'Aminte à Cloridon Sur la Retraitte de Monseigneur Le Prince avec Madame la Princesse sa femme en Flandres. M.D.C.I.X.* ; p. 96 : blanche ; pp. 97-128 : *La prison volontaire Ou L'Entrée de Madame La Princesse en La Bastille* ; ff. 129-130 : blancs ; ff. 131r°-156v°: *Vers Itineraires Chemin faisant de France en Italie* ; ff. 157-158 : blancs ; ff. 159r°-203v°: *Vers Itineraires ou Chemin faisant de Venise à Rome* ; ff. 204-208 : blancs ; ff. 209r°-

353. A la différence de A, le début des poèmes, avec leur titre, se fait en C toujours au *recto* des feuillets.

242v°: *Les Hommes Sauvez Ou la Mort, La Resurrection et L'ascension de Jesus Christ* ; ff. 243-246 : blancs ; ff. 247r°-311r°: *La Romeade ou Rome conquerante (*titre au f. 247r°, f. 247v°: blanc ; f. 248r°: début du poème ; interruption par erreur au f. 287r°-v°: blanc) ; *verso* du f. 311 : blanc ; un f. de garde num. comme pages 313-314]

2. ***Le texte.***

Dans ses deux leçons, le texte est toujours considéré dans son ensemble comme un tout formé de quatre parties : le corps central du texte calligraphié ; les corrections en humanistique cursive apportées par la main qui transcrit le texte soit à l'intérieur ou à la hauteur du vers, soit dans les marges ou dans les interlignes ; les corrections en humanistique courante apportées par la main qui annote dans les marges ; les notes dans les marges. Au cours de l'établissement du texte, cette considération bien sûr banale nous amène à lire à chaque fois le résultat de la complexité de la page de Virey : nous reproduisons donc la leçon donnée par la combinaison de texte calligraphié, corrections originales et corrections de la main qui annote, et nous transcrivons les notes dans les marges dans leur intégralité. La leçon précédant la rature ou la correction n'est alors signalée dans l'apparat que quand elle constitue une variante entre A et C.

Nous choisissons A comme texte de base et ce choix nous est dicté par deux ordres de considérations, matérielles et extrinsèques au texte d'un côté, textuelles, donc intrinsèques, de l'autre.

Relié aux armes de Claude-Enoch Virey, avec sa devise « Hac iter est », A peut être considéré comme l'exemplaire de l'auteur, à qui il convient d'attribuer les annotations marginales. Tandis que C a dû appartenir à son fils : il est relié aux armes de Jean-Christophe Virey, avec la devise que celui-ci adopta après la mort de sa femme en 1644 - donc bien après la mort de Claude-Enoch aussi -, « Hinc omnes extincti ignes ». A est donc antérieur à C, et la disposition du texte à l'intérieur des manuscrits nous le confirme : les deux manuscrits présentent des pages ou des feuillets blancs entre un poème et l'autre, mais, dans chaque poème, la transcription se fait sans interruption en C, qui évidemment recopie, tandis que des blancs dus à une transcription non progressive caractérisent A.

Par exemple, la dédicace des *Vers Itineraires Allant de France en Italie* à Nicolas Perreney (vv. I, 1-22) a été transcrite en A après coup, là où deux pages lui avaient été destinées (pp. 185*bis*-186) avant l'exorde du poème au v. I, 23 (p. 187). Or cette dédicace assez courte se terminant au milieu de p. 186, une demi-page en blanc la sépare de l'exorde, tandis que C reproduit la séparation mais en ne laissant blanc que l'espace d'un vers.

Un souci de mise au net caractérise d'ailleurs C, qui intervient sur le texte original afin de résoudre celles qu'il considère comme des incohérences de A. Mais ses interventions (portant sur le contenu, le vocabulaire, la syntaxe, la métrique) apparaissent trop souvent comme des incompréhensions, sinon comme des dénaturations d'un texte qui est beaucoup plus construit qu'il ne semble. Autrement dit, A présente sans aucun doute des incohérences, mais C a tendance à le normaliser d'une façon qui n'est pas exactement légitime : les solutions que C propose, si elles ne sont pas toujours nécessaires, relèvent dans plusieurs cas d'une ignorance, d'un hyper-correctisme qui crée enfin une erreur, d'une intention de rationalisation du texte qui le prive de ses caractéristiques particulières.

Ainsi, dans le contexte de la prière du pélerin et de sa promesse d'un ex-voto à placer sur le tombeau de Pétrarque (I, 1057), retrouvons-nous *Je t'apprendray* (C) pour *Je t'appendray* (A) *icy de mon cœur une image*. Ou bien là où le texte versifie le passage sur la « ligue des dix jurisdictions ou la ligue des Droitures » de *La Republique des Suisses* de Simler, C transcrit *Dix Directeurs* pour *Dix Directures* (I, 456). Et dans cette même ligne d'intervention on lit *chiens*, *mastins* et *scale* (C) minuscules au v. I, 710 pour *Chiens*, *Mastins* et *Scale* (A) noms propres ; *autheurs* (C) pour *hauteurs* (A) au v. I, 651 ; *Monts Enganeans* (C) pour *Monts Euganeants* (A) au v. I, 972 ; *Luy* (C) pour *L'un* (A) symétrique à *l'autre* au v. II, 1216 ; *L'honneur de la science* (C) pour *L'honneur de la sceance* (A) au v. II, 1549 où il s'agit de la séance pour un doctorat en Droit ; ou *se gouverner* (C) pour *se gourmer* (A) au v. II, 1668 où le contexte porte sur l'apprentissage à la lutte. Nous attribuons à une attitude hyper-corrective qui procède par analogie avec l'*usus* grammatical du contexte des interventions de C telle celle qu'on lit au v. II, 1584 (*veu de Corcelets* pour *veu des Corcelets*). Tandis qu'un autre genre d'hyper-correctisme concerne des rimes telles *valet / fet*, que C transcrit par *valet / fait* (vv. II, 1821-22) : le rétablissement de la forme normale de l'indicatif de *faire* supprime la rime pour l'œil voulue par A. Or puisque notre apparat ne rend pas compte des variantes purement graphiques[354], cette suppression n'apparaît pas dans notre édition. Mais il s'agit d'une caractéristique de C, dont la constante rationalisation du texte du point de vue graphique néglige très souvent la rime pour l'œil, qui est par contre particulièrement soignée en A, comme on peut le voir, par exemple, aux vv. I, 453-4 : *passe / enlace* (C) pour *passe / enlasse* (A) ; I, 643-4 : *nuict* (subst.) / *nuit* (verbe *nuire*) (C) pour *nuict / nuict* (A) ; I, 695-6 : *d'Ezenssant / tresplaisant* (C) pour *d'Ezenssant / tresplaissant* (A) ; I, 725-6 : *Ville / habile* (adj.) (C) pour *Ville / habille* (A)[355] ; II, 271-2 : *prix / compris* (C) pour *prix / comprix* (A) ; II, 275-6 : *enrichissements / diamans* (C) pour *enrichissements / diaments* (A) ; II, 361-2 : *Isles / serviles* (C) pour *Iles / serviles* (A) ; II, 457-8 : *gondoles / parolles* (C) pour *gondolles / parolles* (A) ; II, 615-16 : *peti / Ramassotti* (C) pour *peti / Ramassoti* (A) ; II, 1145-6 : *construitte / merite* (C) pour *construitte / meritte* (A) ; II, 1291-2 : *ballon / talon* (C) pour *ballon / tallon* (A).

A l'exception de deux rimes imparfaites, de deux vers boiteux et deux vers excédentaires, la métrique des *Vers Itineraires* est toujours régulière : comme nous l'indiquerons plus bas, aux nécessités prosodiques se plient même l'orthographe, la grammaire, la syntaxe et le vocabulaire, avec lesquels Virey prend un certain nombre de libertés. Il faut donc souligner les variantes de C qui créent des erreurs de versification par l'introduction d'une rime fausse (par ex., I, 471-2 : *Monts / demontons*), par la suppression (par ex. : I, 888, 958 ; II, 504, 651, 835) ou par l'addition d'une syllabe (par ex. : II, 228, 273) : et une mention particulière mérite le cas du v. I, 888 (*Bachillon* pour *Bachillion*), où C est doublement erroné car le *-i-* était nécessaire aussi bien à la métrique qu'au contenu, le tétrasyllabique *Bachillion* étant la traduction de l'italien *Bac-*

---

354. Voir nos principes d'édition, *infra*, p. CXXXII.

355. C'est en connaissance de cause, bien sûr, que C rationalise graphiquement le texte : il garde évidemment les deux *-ll-* d'*habille* là où il s'agit du verbe *s'habiller :* cf. la même rime aux vv. I, 905-6, *habille / Ville* sans variantes.

chiglione. Si l'ignorance en C des noms propres ou des toponymes italiens est parfois la cause d'erreurs qui rendent sa leçon inacceptable, à côté d'imprécisions plus ou moins graves, telles celles qu'on lit aux vv. I, 51 (*avons* pour *avions*), 122 (*loges* pour *logis*), 239 (*art* pour *arc*), 317 (*Cestes* pour *Certes*) et II, 308 (*ont faicts* pour *ont faict*), 459 (*gondoles* pour *gondole*), 659 (*sont marbre blanc* pour *sont de marbre blanc*) ou 737 (*l'Esbat* pour *les bat*), C présente des fautes liées très clairement à une opération de transcription et qui le caractérisent comme une copie. C'est dans ce sens qu'il faut par exemple comprendre l'erreur par assimilation au contigu des vv. I, 102, 108 et 325 : au v. I, 102 (*presente* pour *pesante*) C répète en fin de vers le mot qui est à la fin du vers précédent[356] ; *vont* pour *font* au v. I, 108 se comprend par l'assimilation au *vont reservans* du v. I, 107 (A *Des autres, cinq ou six ils se vont reservans / Qu'au Louvre ils font serrer, du reste se servans*) ; tandis que l'omission du sujet *je* au v. I, 325 est due selon toute évidence à la contiguïté de *joye (joye je* dans : A *Dont avecques plaisir, et joye je repasse*) et au saut de l'œil du copiste.

D'un point de vue général enfin, la graphie de C présente, toutefois sans homogénéité, moins de consonnes parasites ou étymologiques que celle de A (par exemple, *haut* (C) et non *hault* (A), *peut* et non *peult*, *fait* et non *faict*, *droit* et non *droict*, *soustient* et non *soubstient*, *depuis* et non *despuis*, *moins* et non *moings* ou *recognoit* et non *recongnoit*). Cette sorte de mise au net consonantique ne saurait appuyer l'hypothèse d'une postériorité de C sur A, dans la mesure où des oscillations de ce genre ne sont pas, au début du XVIIe siècle, probantes, que l'alternance graphique est trop dépendante des circonstances, que dans l'orthographe de cette époque il y a souvent des inversions de tendance là où on s'attendrait à des progrès et qu'en plus, dans nostre cas, la mise au net est loin d'être régulière. En réalité, elle contribue à nous faire préférer A, car il arrive que l'absence d'un *-s-* en C supprime des sub-

---

356. C *Qui fait que son Mulet à poinct on luy presente / Et fait on monter sus sa personne presente* (I, 101-2), où par contre la leçon de A peut être confirmée par l'*usus* du texte (cf., ici, I, 102 : *Et fait on monter sus sa personne pesante* et II, 1694 : *Sur crosses soubstenoit sa personne pesante*).

jonctifs là où les contextes les exigent (par exemple aux vv. II, 1078 et 1182 : *fut* (C) pour *fust* (A) et *eut* pour *eust*).

Or cette préférence que nous accordons à A entraîne évidemment le respect de sa leçon, donc de ses incohérences apparentes. Nous ne sommes pas intervenue dans le sens d'une meilleure lisibilité du texte, car nous aurions alors accompli le même parcours rationalisateur et producteur d'erreurs qu'accomplit C et nous aurions fini par modifier des *usus* de A, donc des habitudes d'un écrivain. Et nous avons essayé de garder ce respect même face à des détails apparemment non significatifs, comme le *sainct Clou* (A) pour *sainct Cloud* (C) du v. II, 87, où la métrique nous aurait permis d'ajouter un *-d* (*Luy à sainct Clou tué par un questin de Moyne*) et de rendre immédiatement reconnaissable la ville du meurtre d'Henri III. Mais nous serions intervenue dans ce cas sur une graphie habituelle de l'époque, attestée à plusieurs reprises par les notes dans les marges, qui sont particulièrement abondantes à la hauteur de ce passage et présentent la graphie *sainct Clou* même en C (où pourtant le texte est normalisé). Nous ne nous sommes servie de la leçon de C, en le signalant toujours dans notre apparat, que dans de rares cas où nous avons dû supposer en A la présence d'une erreur : nous avons par exemple corrigé *christ (*A) par *Christ* (C) au v. I, 355 ; *seigneur (*A) par *Seigneur (*C) au v. II, 256 ; *Ligueueux* (A) par *Ligueux* (C) au v. II, 105 ; *Hore* (A) par *Horace (*C) au v. II, 1944 ; ou *Arioste* (A) par *Aristote (*C) au v. I, 806, où pourtant nous avions été séduite par l'hypothèse d'une précaution d'autocensure de Virey, qui aurait voulu dissimuler sous le nom *D'Arioste* ce qui était en réalité *D'Aristote* [...] *la phisique escriture* pour s'assurer contre l'anti-aristotélisme de son époque. Mais nous avons été mise en garde contre l'exagération du rôle attribué à la censure anti-aristotélicienne en France au XVIIe siècle, dans la période où nous supposons que Virey compose ou recompose son texte : et nous sommes donc intervenue pour corriger cette confusion (graphique) entre Arioste et Aristote qui était d'ailleurs une erreur topique à l'époque.

Nous avons dû cependant utiliser la leçon de C pour suppléer au manque de ponctuation, en A réduite au minimum, insuffisante même à la compréhension du texte. Nous avons en tout cas limité l'introduction de la ponctuation de C aux manques en fin de vers avant un alinéa[357], vu que C présente au contraire un excès de signes, avec une redondance particulière justement en fin de vers, où les trop fréquents deux-points sont à attribuer plutôt à un moment d'arrêt ou d'appui de la main, qu'à une volonté de ponctuation de la phrase. Une petite énigme à ce propos est représentée par dix pages parmi les dernières de A (pp. 316-317 et 320-327), où la pauvreté de ponctuation qui caractérise le manuscrit fait place à un système de signes excessif, semblable en tout au système qui caractérise C. Or dans notre description de A nous avons souligné que les quatre feuillets qui contiennent les pages 316-317, 320-321, 322-323 et 324-325 (mais non le dernier f., pp. 326-327) ont été remplacés dans un deuxième moment, après la suppression des feuillets préexistants. L'écriture du copiste qui transcrit ces pages change par rappport à l'ensemble précédent du manuscrit : elle ressemble beaucoup plus à l'écriture de C, au point que nous pouvons faire l'hypothèse que cette partie du texte a été recomposée par le copiste de C, avec ses habitudes de ponctuation redondante, avant de recopier l'ensemble du manuscrit ou parallèlement à sa transcription en C. Et puisque le dernier feuillet de A présente ses mêmes caractéristiques d'écriture et de ponctuation tout en étant un feuillet original du volume et non remplacé après suppression, nous pourrions arriver à des conclusions d'une certaine portée. Car l'hypothèse la plus évidente serait que la partie finale de A a été transcrite par le copiste de C, qui a modifié et amplifié le texte en le faisant terminer alors sur le feuillet de garde du volume, originairement blanc.

Notre édition reproduit l'orthographe très libre du texte, riche surtout en variantes individuelles, en graphies multiples pour un même mot (depuis la présence des consonnes parasites jusqu'aux cas d'ouïsme) et extrêmement instable dans ses usages morphosyntaxiques. Nous n'avons pas renoncé cependant à certaines interventions, que règlent les principes suivants :

357. Voir nos principes d'édition, *infra*, p. CXXXI.

- nous distinguons *i* de *j*, *u* de *v*, *a* de *à*[358], *où* de *ou* et *la* de *là*, mais nous respectons sans l'uniformiser l'alternance entre *dez*, *dés* et *des* dans la graphie de la prépositions *dès*, que les contextes empêchent de confondre avec l'article indéfini pluriel lorsqu'elle n'a pas d'accent. Nous n'introduisons pas d'autre accent grave (ni *apres*, ni *pres*, ni *ja* ou *desja*, ni *Ceres* - graphié d'ailleurs une fois *Cerés* -, *Pales*, *tres*, etc.) sinon dans le cas de *çà*, par analogie avec *là*. Nous plaçons l'accent aigu sur le *-e* tonique final des substantifs, des adjectifs et des participes passés en *-é*, *-ée*, *-és*, *-ées*, en uniformisant un usage déjà remarquable dans le manuscrit, tandis que nous respectons la graphie *-ez*, sans accent ;

- nous uniformisons également les emplois irréguliers de l'accent circonflexe sur l'interjection *ô* et de la cédille ;

- nous respectons les disjonctions et les jonctions (*sur tout*, *par tout*, *en fin*, *quoy que*, ou *pource* et *moymesme*), mais nous uniformisons l'emploi de l'apostrophe et, si c'est le cas, nous séparons les prépositions *à* et *de* de ce qui les suit : *ma*, *my*, *lon*, *loeil*, *alabry*, *apart*, *dun*, *daultant*, *Qua*, *Qu'atre* ou, au v. II, 697, *deux d'Aulphins* sont transcrits, par exemple, *m'a*, *m'y*, *l'on*, *l'oeil*, *à l'abry*, *à part*, *d'un*, *d'aultant*, *Qu'à* ou *Qu'a*, *Quatre* et *deux daulphins* ; *apoinct*, *about*, *aleurs*, *aton*, *dequoy* sont transcrits *à poinct*, *à bout*, *à leurs*, *à ton*, *de quoy* ; nous marquons également d'une apostrophe moderne l'élision prosodique (par ex., I, 122 : *il ennuy'roit*), dont le signe est caractéristique dans le texte et prend la forme d'une apostrophe très accentuée, ou courbée ;

- nous respectons l'emploi irrégulier du trait d'union entre le verbe et le pronom postposé, aussi bien que dans les noms composés ;

- nous respectons l'emploi des majuscules, qui présente d'ailleurs des formes caractéristiques de l'écriture à la main, telle l'inversion des lettres majuscule/minuscule en présence

---

358. Dans les cas où un même vers présente deux *a*, verbe et préposition, les manuscrits les distinguent normalement par un accent grave placé sur le verbe : cf. par ex. II, 1319, A et C *Dont une grande y à qui a la grand sainct Jean.*

de l'article élidé (*L'art* pour *l'Art*, *L'honneur* pour *l'Honneur*, *L'esprit* pour *l'Esprit*, etc.), ou bien caractéristiques tout court, telle la majuscule réservée au substantif de *grand Duc* et *grande Duchesse* (cf. l'italien *Granduca* et *Granduchessa*). La suppression de leur redondance aurait dénaturé le texte, car on aurait dû, par exemple, conserver *Chrestienté*, *Ciel*, ou *Doge*, et restituer à la minuscule *Livres Imprimez*, *Carnaval*, *Escoliers*, *Estude*, ou *Cavaliers*. Nous indiquons dans l'apparat des variantes les rares cas où nous sommes intervenue, là où la présence d'une majuscule telle qu'on la retrouve dans le manuscrit aurait créé une ambiguïté (par ex. au v. I, 987, *Levant* pour *levant* participe prés. ; ou au v. II, 453, *Marie* pour *marie*, indicatif prés. de marier) ;

- nous respectons la ponctuation du manuscrit, même dans les cas d'emplois insolites tels, par exemple, le point d'interrogation du v. I, 86, les virgules des vv. I, 553 et 597 ou le point-virgule du v. I, 610, mais nous ne reproduisons pas et renvoyons à l'apparat le trait oblique qui rappelle le *punctum suspensivum* et qui paraît asssez souvent, surtout dans la première partie du texte, après un point final ou un deux-points. En fin de phrase avant un alinéa, là où le texte de A manque de toute ponctuation et que cela est nécessaire, nous mettons un point si le texte de C ne présente pas de variante, et nous reproduisons la leçon de C si C présente un signe de ponctuation (normalement un deux-points ou une virgule). Nous intervenons par contre dans le sens d'un rétablissement de la ponctuation habituelle de A dans les pages 316-317 et 320-327 du manuscrit, qui semblent, comme nous l'avons dit, avoir été transcrites par le copiste de C avec son emploi caractéristique et excessif de signes ; un maintien de la ponctuation redondante de ces pages finales aurait créé une contradiction trop forte avec le texte précédent, contradiction que nous avons jugée inutile dans notre édition ;

- nous respectons l'emploi que fait Virey des majuscules après une virgule, un point-virgule ou un deux-points ; on sait que selon un procédé caractéristique de l'époque elles étaient utilisées « pour marquer une inflexion importante à l'intérieur d'un système en subordination »[359] et que les signes de ponc-

359. A. Tournon, *Bulletin de liaison de la S.F.D.E.S.*, 45, mars 1998, p. 45.

tuation qui les précédaient avaient une valeur en eux-mêmes. Nous considérons comme des marques d'une inflexion plus faible mais significative et nous respectons les majuscules de *Et*, *Or*, *Apres*, *Puis*, *Comme*, etc., qui paraissent aux vv. II, 102, 349, 1059, 1095, 1243, 1393, 1533, 1607, 1613, 1685, 1812, 1853 après la césure de l'alexandrin sans qu'aucun signe de ponctuation les précède ; une intervention uniforme (suppression de la majuscule, introduction du point moderne ou du deux-points ancien avant la majuscule) n'aurait pas été possible dans ces cas et elle aurait en tout cas effacé un trait du texte ;

- nous indiquons toute autre intervention dans l'apparat, qui reproduit les variantes du texte à l'exclusion des variantes purement graphiques ; leur relevé aurait démesurément gonflé le bas des pages, sans que l'on puisse vraiment en tirer profit, vu que l'instabilité orthographique caractérise également le texte dans ses deux leçons, de A et de C ;

- suivant ces mêmes règles nous transcrivons les *marginalia* de A dans les notes au bas des pages, compte tenu de l'impossibilité technique de les reproduire effectivement dans les marges de notre texte à cause de leur extension ; ils sont en italique et précédés de l'indication MARG. ; les abréviations, qui y sont très fréquentes pour des raisons évidentes d'espace dans la marge du ms et de vitesse d'écriture, ont été développées (*majesté* et non *ma*^{té}, *pour* et non *po*^{r}, *general* et non *g/ral*, etc.). Les *marginalia* de C, moins nombreux et dans le fond normalement analogues à ceux de A, ne sont signalés dans nos notes que lorsqu'ils présentent une variante significative et donnent des renseignements importants.

Les *Vers Itineraires Allant de France en Italie* et les *Vers Itineraires Allant de Venise à Rome* comptent 3080 alexandrins à rime plate, avec alternance régulière de rimes féminines et masculines et respect assez fréquent de la rime pour l'œil. Le syllabisme ne présente que quatre inexactitudes : les vv. II, 699 et, en A, II, 1944 sont boiteux (onze syllabes), tandis qu'aux vv. I, 207 et II, 270 on compte treize syllabes. La rime est rarement limitée à l'assonance (deux cas, aux vv. I, 875-6 et II, 395-6) ou laissée à la seule homophonie de la voyelle tonique finale (par ex., II, 421-2). Elle est pourtant faite assez souvent du même au même (I, 643-4 : *nuict* /

nuict ; I, 989-90 : *dance* / *dance* ; II, 433-4 : *toilles* / *toilles* ; etc.). Virey exploite bien sûr toutes les possibilités que la langue de l'époque offrait aux poètes pour composer leurs vers et il ne manque pas d'utiliser dans le même vers, par exemple, *amour* dans ses deux genres, masculin pour l'accord de l'article, féminin pour l'accord de l'adjectif (II, 1278 : *Tes ouvrages donnans un amour singuliere*), ou bien de traiter l'adjectif *grand* selon les nécessités syllabiques du moment, en profitant de son ancienne forme commune au masculin et au féminin (*en grand robbe*, *ceste grand Ville*, *à la grand feste*, etc. ; mais ailleurs *grande penitence*, *grande souplesse*, etc.)[360]. Dans ses *Vers* on retrouve les deux formes de la préposition *derrière,* le bisyllabe *derrier* devant une consonne aux vv. II, 263, 997 et 1944, et *derriere* (II, 610) en fin de vers, qui rime avec *montaniere*. L'amuïssement de l'*h*- du verbe *haïr,* qui était possible et même assez fréquent au XVIe siècle, assure l'élision, donc permet l'alexandrin au v. I, 1050 (*A un vieil Menelas dont elle hait le service*), où par prudence métrique le verbe est d'ailleurs transcrit en C sans *h*- (*dont elle ayt le service*). Et, dans le même but de suppression d'une syllabe par l'élision d'un *-e* final devant une voyelle, Virey utilise les formes sans *-s* de certains noms propres, de la deuxième personne singulière de l'indicatif présent des verbes en *-er* et de la première personne plurielle du passé simple. Mantes et Chartres sont graphiés *Mante* et *Chartre* aux vv. I, 124 (*Nous nous allons à Mante en seureté rendant*) et II, 83 (*Le Roy fut à Rouen puis à Chartre et de suitte*). De la forme en *-e* de la deuxième personne singulière du présent bénéficient les v. I, 13 (*Car le repos tu ayme, et dans la solitude*), II, 1574 (*(Car je sçay que tu l'ayme) et non par braverie*) et II, 31, où *si tu change* en fin de vers garantit la rime pour l'œil avec *la louange* (II, 32). Tandis que la finale de la première pers. plur. du passé simple s'amuït douze fois, aux vv. I, 160 (*Allasme à Villenosse*), I, 163 (*De là vinsme à la ville*), I, 173 (*Après vinsme à Piney*), I, 177 (*Arrivasme à minuict*), et I, 266, 287, 525, 565, 579, 580, 775, 777. Dès que la métrique nous le permettait, et notamment dans deux cas pour la deuxième personne du singulier du présent et dans cinq cas pour la première

---

360. Vv. I, 54, 963, 982 et I, 498, 578, que nous citons à simple titre d'exemple.

personne du pluriel du passé simple, nous avons rétabli les formes avec *-s* final (aux vv. I, 14 et II, 1648 ; I, 160, 372, 590, 810 et II, 1410) ; notre intervention est évidemment signalée en bas de page.

Mais les libertés que Virey prend avec la langue de son époque pour ses propres nécessités prosodiques dépassent en réalité ces licences légitimes. Si c'est un accord qui fait défaut, par exemple, au v. II, 1701 (*Son image posé dont une matinée*), où le féminin *posée* aurait ajouté une syllabe, c'est en raison du syllabisme que normalement se fait ou ne se fait pas l'accord de l'adjectif *tout* avec un substantif féminin. D'un point de vue général, les phrases très longues des *Vers Itineraires* permettent à Virey de négliger dans certains passages les règles syntaxiques, si bien que des sujets ou des concordances se perdent et disparaissent au profit du rythme. Une construction du verbe *desirer* avec *de* + infinitif garantit une syllabe qui aurait manqué au v. II, 1009 (*Or entre ces beautez je desire de joindre*), tandis qu'au v. II, 1036 c'est une absence de concordance temporelle qui permet l'alexandrin, où on lit *croyons* pour *croyions* (*Et nous estions si hault que croyons estre aux Cieux*). Des néologismes enfin sont forgés avec une certaine facilité pour obtenir des rimes, impossibles autrement, tels *brillure* pour éclat au v. II, 234 (*D'un or qui du soleil rayonne la brillure :* rime avec *dorure*), ou *clairant* pour clair au v. II, 267 (*Dessus quatre pilliers d'Albastre si clairant :* rime avec *transparant*). Il ne nous appartient pas de décider si, suivant l'opposition bien connue de Sébillet, Virey doit faire partie des « ecrivains en ryme » ou bien des « Poétes François »[361] ; toute édition critique devrait en principe s'abstenir de jugements de valeur et des jugements dans ce sens ont été déjà formulés par Eugène Halphen, Enea Balmas ou, récemment, Yvonne Bellenger[362]. Il n'en reste pas moins que

---

361. Thomas Sébillet, *Art Poétique François*, éd. F. Gaiffe-F. Goyet, Paris, S.T.F.M., 1988, p. 3.

362. Dans leurs travaux sur *L'Enlevement Innocent,* Halphen et Bellenger montrent que les vers de Virey « choquent l'oreille », nous parlent « au mépris de toute forme poétique » (Halphen, « Préface » à Virey, *L'Enlevement Innocent*, éd. Halphen, 1859, p. 26) et qu'ils « sont la plupart du temps lourds et maladroits » (Bellenger, « Une chronique versifiée : *L'Enlevement Innocent* de Claude-Enoch Virey », cit., 1997, p. 146). Et dans la préface à son édition du *Voyage*

ses licences adaptent parfois à la versification l'orthographe, la grammaire, la syntaxe et le vocabulaire avec une désinvolture un peu trop hasardeuse ; celle-là même qui caractérise les mauvais poètes ou, si l'on veut, les poètes non inspirés.

***

Cette édition des *Vers Itineraires* est publiée grâce à l'accueil qui lui a été réservé par la S.T.F.M., à laquelle nous voudrions exprimer notre vive reconnaissance. Merci à M. Michel Simonin, du Centre d'Etudes Supérieures de la Renaissance de Tours, dont les très précieux conseils nous ont beaucoup aidée depuis nos premiers pas dans le monde du XVIe siècle. Et merci à Mme Nerina Clerici Balmas qui nous a toujours encouragée avec tendresse. Nous avons contracté un très grand nombre de dettes avec des collègues, des conservateurs ou des archivistes dont la patience a été mise à dure épreuve : que soient bien vivement remerciés au moins Bruna Zanusso et Eliseo Nagro de la Bibliothèque du Département de Langues et Littératures Romanes de l'Université de Padoue ; Mme Anne-Dominique Laurin, Mme Hélène Joannelle et Mme Lucette Akplogan de la Bibliothèque Municipale de Chalon-sur-Saône ; M. Henri Huet, de la Société d'histoire et d'archéologie de Chalon-sur-Saône ; Monseigneur Claudio Bellinati de la Bibliothèque Capitulaire dans la Curie Episcopale de Padoue ; M. Franco Nardi des Archives Episcopales de Sienne ; et puis tous nos conseillers : Bruna Conconi, Angelo Bersini et Sergio Cappello *in primis*, Mariangela Miotti, Monica Barsi, Alessandra Preda, Isabelle Montfort, Daniela Mauri, Luca Marconi, Rosanna Gorris, Silvia D'Amico, Mariolina Gamba, Maria-Emanuela Raffi ; et maman, papa, Stefano et Tiziana qui ont gardé Lorenzo pendant que nous travaillions.

---

de Monseigneur le Prince de Condé de Bruxelles a Millan, Halphen reconnaît qu'une reproduction fidèle du texte doit laisser à l'auteur « la responsabilité » de toute une série de « licences prosodiques et orthographiques » (in Virey, *Voyage de Monseigneur le Prince*, éd. Halphen, 1881, p. 7). Face à l'ensemble de l'œuvre de Virey, homme de lettres qui « merita appena il nome di poeta », Balmas considère « l'oblío nel quale mostra di essere caduta la sua opera » comme « non del tutto ingiustificato » (Balmas, *Uno scolaro padovano*, 1959, pp. 5-6).

Un très grand merci, enfin, à notre inégalable et regretté maître, Enea Balmas, qui n'a pas pu voir la publication de ce travail, mais qui l'a voulu et suivi pendant nos années de Doctorat. Il nous avait frayé le chemin par ses travaux de pionnier sur *Uno scolaro padovano del '500. Claude-Enoch Virey* (1959), *Montaigne a Padova* (1962), *Paul Melissus viaggiatore italiano* (1979) ou « Les paysages italiens de Claude-Enoch Virey » (1988). Et il ne se lassait jamais de nous répéter : « Vien dietro a me, e lascia dir le genti » (*Purg.*, v, 13). Ce que nous avons essayé de faire.

BIBLIOGRAPHIE

Manuscrits et imprimés contenant des œuvres de Virey

Manuscrits

CHALON-SUR-SAONE, Bibliothèque Municipale, ms 36 (cf. description C).

B.N.F., Arsenal, ms 1051 (cf. description A).

B.N.F., Fonds Dupuy, ms 72, ff. 36r°-43v°: *Memoire de la Retraitte de Monseigneur le Prince.*

-, Fonds Dupuy, ms 73 : *Poèmes divers.*

-, Anciens petits fonds fr., ms 23331, ff. 3r°-18r°: *Memoire de la Retraitte de Monseigneur le Prince.*

Œuvres publiées du vivant de Virey

un sonnet, in [BRICARD, Pierre]. *La Floridea del fedele Ardo. Parte prima*, Paris, J. Gesselin, 1601, f. 73r°;

un sizain, in ROBERT, Claude. *Gallia Christiana, in qua regni Franciae ditionumque vicinarum dioceses, et in iis praesules describuntur*, Paris, S. Cramoisy, 1626, f. **iij* r°;

des harangues : « Paroles tenues au Roy par M. Claude Enoch Virey, Maire de la Ville », « Propos du Maire tenus au Roy, luy presentant le don de la ville », « Paroles du Sieur Virey au Roy à son départ de Chalon », « Ce que dit le Sieur Virey Maire à M. le Cardinal Richelieu », « Et au Marechal de Schomberg passant par Chalon », « Au comte de Harcour », « A Monsieur le Garde des Sceaux », in *Quinziesme Tome du Mercure François, ou, Suitte de l'Histoire de nostre temps, sous le Regne du Tres-Chrestien Roy de France et de Navarre, Louis XIII*, Paris, E. Richer, 1631, 2e partie, pp. 91-105.

Editions

Lettre « A M. Rigault, avocat au Parlement » (1625), in *Revue Rétrospective, ou Bibliothèque Historique, contenant des Mémoires et documents authentiques, inédits et originaux*, Paris, H. Fournier Aîné, 1833-1838, 1ère Série, 1er Vol., pp. 332-335.

L'Enlèvement Innocent ou la retraite clandestine de Monseigneur le Prince avec Madame la Princesse sa femme, hors de France. 1609-1610. Vers Itinéraires et faits en chemin, éd. E. Halphen, Paris, A. Aubry, 1859.

Voyage de Monseigneur le Prince de Condé de Bruxelles à Millan par la Basse et Haulte Allemagne et les montagnes des Alpes, Vers Itineraires et faits en chemin, éd. E. Halphen, Paris, D. Jouaust, 1881.

Vers Itineraires Allant de France en Italie, vv. 783-1118, in E. BALMAS, *Uno scolaro padovano del '500. Claude-Enoch Virey,* Padoue, Circolo Italo-Francese, 1959, pp. 12-20.

Vers Itineraires Allant de Venise à Rome, vv. 139-513, in B. RAVÀ, *Venise dans la littérature française*, Paris, Champion, 1916, pp. 584-593.

Sources

Manuscrits

CHALON-SUR-SAONE, B. M., ms Arch. H. 53/73 : LA CERVE, Dom Antoine-Louis Desvignes de. *Déclaration des Biens, revenus, charges et dettes de l'abbaye de La Ferté*, 1790.

CHALON-SUR-SAONE, Archives Municipales, DD. 4 : lettre autographe de Virey, du 8 juillet 1615.

FLORENCE, B. N. Centrale, ms II-IV.18, ff. 220r°-237v°: SODERINI, Gianvettorio. *Essequie del Serenissimo Francesco Gran Duca di Toscana. All'Ill.mo S.re Silvio Piccolomini Gentilhuomo Sanese*.

LYON, B. M., ms 196, ff. 128r°-232r°: *Collectanea Chronologica in seriem Episcoporum Cabilonensium.*

PADOUE, Bibliothèque Municipale, ms B.P. 147 : DE' ROSSI, Niccolò. *L'Istorie di Padova del tempo di me Niccolò de' Rossi* [1562-1621].

PADOUE, Université, Archives anciennes, vol. 675, 1544.

-, ms 30 (*Acta Iuristarum*, Matricule, depuis 1591).

-, ms 54 (*Acta Iuristarum*, XVIe-XVIIe siècles).

PARIS, A. N., Centre Historique, X/2B/1182, *Minutes d'instructions criminelles*, 21 juin 1614 (Antoine Petit/Claude-Enoch Virey).

PARIS, Bibliothèque de l'Institut, Fonds Godefroy, ms 95, ff. 260r°-261r°: *Instruction au Sr Virey Con.er premier Secret.re et Intendant des finances de Monseigneur le prince des expeditions qu'il retirera.*

-, Fonds Godefroy, ms 265, f. 129r°-v°: *Copie d'une lettre escrite de Viray* <sic> *à l'abbé d'Aumalle depuis l'arrivée à Milan de Monsieur le prince de Condé.*

B.N.F., mss fr., dossier 3029 (de *Viot* à *Virien*), pièces *Virey*, 1-7.

-, ms fr. 4616 : *Familles de Paris.*

-, ms fr. 18669 : *Généalogies de familles de Paris. XVIIe siècle.*

-, mss fr., Nouvelles Acquisitions, 2437, f. 281 : *Factum pour la dame Charlotte de Saumaise [...] contre dame Marie Virey, veufve de M. Me Pierre de Saumaise.*

-, fonds Dupuy, ms 72, ff. 73r°-74v°: *Procès-verbal de la visite faite à Bruxelles au Prince de Condé par Annibal d'Estrées, marquis de Coeuvres et les autres envoyés du Roi.*

-, Collection Moreau, ms 849, f. 324r°-v°: *Catalogus mss codicum bibliothecae Joannis Christophori Viraei, Rationalium Burgundiae Praefecti.*

SIENNE, Archives Archiépiscopales, *Protocolli degli atti di laurea : imbreviature,* 6442 [1588-1596].

Imprimés

ALBERTI, Fra' Leandro. *Descrittione di tutta Italia [...], Nella quale si contiene il Sito di essa, l'Origine, et le Signorie delle Città, et delle Castella*, Bologne, A. Giaccarelli, 1550.

-. *Descriptio totius Italiae [...]*, trad. W. Kyriander, Cologne, N. Schreiber, 1561.

[AMYOT, Jacques]. *L'Histoire Aethiopique de Heliodorus [...]. Traduite de Grec en François*, Paris, Groulleau, 1559 (exemplaire ayant appartenu à Virey, Chalon-sur-Saône, B. M., 4556, in-folio [876] Rés pl. 17).

Analecta iuris pontificii, 11e Série, Rome, 1872.

ANGOULEME, Charles de Valois, duc de. *Memoires tres particuliers pour servir à l'histoire d'Henri III. Roy de France et de Pologne, et d'Henri IV. Roy de France et de Navarre*, Paris, D. Thierry, 1667.

ARIOSTO, Lodovico. *Opere*, éd. R. Ceserani, M. Santoro, Turin, U.T.E.T., 1962-1989. Voir également TOSCANELLA, Oratio.

ARISTOTE. *Omnia quae extant opera*, Venise, Giunta, 1552, (nous utilisons l'exemplaire de la B. M. de Chalon, 1300 in-folio [167], qui a appartenu à Jean Fleutelot).

-. *Poëtica [...] vulgarizzata et sposta per Lodovico Castelvetro*, Bâle, P. de Sabadonis, 1576 (exemplaire de Chalon, 4036 in-4° [764], ayant appartenu à Fleutelot).

-. *Politique*, éd. et trad. J. Aubonnet, Paris, « Les Belles Lettres », 1968-1986.

AUBIGNE, Agrippa d'. *Histoire Universelle*, éd. A. Thierry, Genève, Droz, 1981-1995.

AUDEBERT, Germain. *Venetiae*, Venise, Aldum [Alde Manuce le jeune], 1583.

AUDEBERT, Nicolas. *Voyage d'Italie, 1574-1578*, éd. A. Oliviero, Rome, Lucarini, 1981-83.

AUSONE. *Opera* :

- éd. E. Vinet, Paris, Kerver, 1551.
- éd. E. Charpin, R. Constantin, Lyon, J. de Tournes, 1558.
- éd. J. Scaliger, Lyon, A. Gryphe, 1574-1575 ; puis [Heidelberg], P. Sanctandreanus, 1588.
- éd. E. Vinet, J. Scaliger, et *alii*, Bordeaux, S. Millanges, 1580 (puis 1590, 1598, 1604).
- éd. A. Pastorino, Turin, UTET, 1978.

-. *Mosella*, éd. et trad. E. F. Corpet, Paris, « Les Belles Lettres », 1972.

BERLINGHIERI, Francesco. *Geographia [...] in terza rima et lingua toscana distincta con le sue tavole in vari siti et provincie*, s.n.t. [1471-72].

BLANCHARD, François. *Les Presidens au mortier du Parlement de Paris*, Paris, Cardin Besogné, 1647.

-. Voir L'HERMITE-SOULIERS, Jean-Baptiste de, BLANCHARD, François.

BRACCIOLINI, Francesco. *Le dedain amoureux. Pastorale. Faite françoise sur l'Italien du Sieur François Bracciolini*, [par « I. P. S..»], Paris, M. Guillemot, 1603.

[BRICARD, Pierre]. *La Floridea del fedele Ardo. Parte prima*, Paris, J. Gesselin, 1601.

Caerimoniale Episcoporum. Iussu Clementis VIII. Pont. Max. novissimè reformatum, Rome, Lepido Fazio, 1606 (exemplaire ayant appartenu à Virey, Chalon-sur-Saône, B. M., Fl [847]Rés).

CALVIN. *Petit Traicté de la Sainte Cene de nostre seigneur Jesus Christ* (Genève, M. Du Bois, 1541) ou *Libellus de Coena Domini* (Genève, J. Gérard, 1545), in ID., *Opera selecta*, éd. P. Barth, G. Niesel, Munich, C. Kaiser, 1926-68, t. I, pp. 503ss.

Catalogue des tresillustres Chanceliers de France, s.n.t. (exemplaire ayant appartenu à Virey, Chalon-sur-Saône, B. M., 4556, in-folio [876] Rés pl. 17).

CAUS, Salomon de. *Les raisons des forces mouvantes, avec diverses machines tant utiles que plaisantes, ausquelles sont adjoints plusieurs desseings de grottes et fontaines*, Francfort, J. Norton, 1615 (puis Paris, Drouart, 1624).

CAYET, Pierre Victor, sieur de LA PALME. *Chronologie novenaire contenant l'Histoire de la guerre, sous le règne du tres-chrestien Roy de France et de Navarre, Henri IIII*, Paris, J. Richer, 1608.

CHARPENTIER, Jacques. *Libri XIV, qui Aristotelis esse dicuntur, de secretiore parte divinae sapientiae*, Paris, J. Du Puys, 1571 (nous utilisons l'exemplaire de Chalon, 1469 in-4° [377] qui a appartenu à Fleutelot).

-. *Platonis cum Aristotele in universa philosophia comparatio*, Paris, J. Du Puys, 1573 (ex. de Chalon, 1311 in-4° [343], appartenu à Fleutelot).

CHARRIER, Jean. Voir CONTARINI, Gaspare.

CHEVERNY, Philippe Hurault, comte de. *Les Memoires d'Estat*, Paris, P. Billaine, 1636.

CHIFFLET, Jean-Jacques. *Vesontio civitas imperialis libera,*

Sequanorum metropolis, plurimis, nec vulgaribus sacræ, profanæque historiæ Monumentis illustrata, et in duas partes distincta, Lyon, Cl. Cayne, 1618 (nous utilisons l'exemplaire de la B. M. de Chalon, 6951 in-4° [1158]).

CICERON. *Laelius de Amicitia*, éd. et trad. R. Combès, Paris, « Les Belles Lettres », 1983[3].

-. *De officiis*, éd. et trad. M. Testard, Paris, « Les Belles Lettres », 1965.

CIROGALLI, Tommaso. *De le cose più notabili, et degne fatte in Padova 1566. Del Carnevale [...] In ottava rima*, s.n.t. [Padoue, Pasquati, 1566].

CLAUDIEN. *Bellum Geticum*, in ID., *Carmina*, éd. J. Barrie Hall, Leipzig, Teubner, 1985, pp. 240-262.

CODOGNO, Ottavio. *Nuovo itinerario delle Poste per tutto il mondo*, Venise, I. Imberti, 1628.

CONTARINI, Gaspare. *Des magistratz, et republique de Venise* [...] *traduict de Latin en vulgaire François par Jehan Charrier*, Paris, Galliot Du Pré, 1544.

DANTE. *La Divina Commedia*, éd. G. Petrocchi, Milan, Mondadori, 1966-67.

Declaration des causes qui ont meu Monseigneur le Cardinal de Bourbon, et les Pairs, Princes, Prelats, Seigneurs, Villes et Communautez Catholiques de ce Royaume, de s'opposer par armes à ceux qui veulent subvertir la religion, s.l., 1585 (exempl. de Paris, B.N., Lb[34] 236, ms « 20 avril 1585 »).

DES ESSARTS, Herberay. *Le premier livre de Amadis de Gaule*, éd. H. Vaganay, Y. Giraud, Paris, S.T.F.M., 1986.

DIODORE DE SICILE. *Bibliotheca historica*, éd. Fr. Vogel, Leipzig, Teubner, 1890.

Discours de la bataille donnée le vingtiesme de Octobre, près Coutras, Entre le Roy de Navarre, et le S.r de Joyeuse, et de ce qui se passe en France, s.l., 1587 (exempl. de Paris, B.N., Lb[34] 369).

Discours viatiques de Paris à Rome et de Rome à Naples et Sicile (1588-1589), éd. L. Monga, Genève, Slatkine, 1983.

DONI, Anton Francecso. *I Marmi [...], cioè Ragionamenti introdotti a farsi da varie conditioni d'huomini a' luoghi di honesto piacere in Firenze*, Venise, Marcolini, 1552-1553.

-. *I Marmi*, éd. E. Chiorboli, Bari, Laterza, 1928.

DU BARTAS, Guillaume de Salluste. *The Works*, éd. U.T. Holmes, J. Coriden Lyons, R. White Linker, Chapell Hill-Genève, The Univ. of N.C. Press-Slatkine, 1935-1977, 3 voll. (notamment « Eden », t. III, pp. 1-25 ; « Cantique de la victoire d'Ivry », t. III, pp. 490-505).

DU BELLAY, Joachim. *Oeuvres poétiques*, éd. H. Chamard, H. Weber, t. II, Paris, S.T.F.M., 1961.

-. *L'Olive*, éd. E. Caldarini, Genève, Droz, 1974.

DU PERRON, Jacques Davy. *Les Diverses Oeuvres*, Paris, A. Estienne, 1622.

DU PINET, Antoine, seigneur de Noroy. *Plantz, pourtraitz et descriptions de plusieurs Villes et forteresses, tant de l'Europe, Asie, et Afrique, que des Indes, et terres neuves*, Lyon, J. d'Ogerolles, 1564.

[DUPLESSIS-MORNAY, Philippe]. *Responce aux declarations et protestations de Messieurs de Guise, faictes sous le nom de Monseigneur le Cardinal de Bourbon, pour justifier leur injuste prise des armes*, s.l., 1585 (exempl. de Paris, B.N., Lb^{34} 237, ms « Par Du Plessis-Mornay, d'après le p. Lelong).

DU SAIX, Antoine. *La touche naifve pour esprouver l'amy et le flateur inventée par Plutarque, taillée par Erasme*, éd. AULOTTE, R., *Plutarque en France au XVIe siècle. Trois opuscules moraux*, Paris, Klincksieck, 1971, pp. 1-113.

DU VAIR, Guillaume. *Actions et traictez oratoires*, éd. R. Radouant, Paris, S.T.F.M., 1911.

ELIEN. *Variae Historiae Libri XIIII. Rerumpublicarum descriptiones ex Heraclide cum Latina interpretatione*, Lyon, Cl. Larjot, 1628.

ERIZZO, Sebastiano. *Discorso sopra le medaglie antiche, con la particolar dichiaratione di molti riversi*, Venise, Valgrisi, 1558 (déd. du 4 mars 1559).

-. *Discorso sopra le medaglie de gli antichi. Con la dichiaratione delle Monete Consulari, et delle Medaglie de gli Imperatori Romani, nella quale si contiene una piena e varia cognitione dell'Istoria di quei tempi. Di nuovo in questa quarta Edizione dall'istesso Autore revisto, et ampliato*, Venise, G. Varisco et P. Paganini, s.d. [1571].

-. *Le Sei giornate [...], mandate in luce da M. Ludovico Dolce*, Venise, G. Varisco, 1567.

ESTIENNE, Charles. *La guide des chemins de France (1553)*, éd. J. Bonnerot, Paris, Champion, 1936 (J. Bonnerot utilisait l'éd. « reveue et augmentée », Paris, Ch. Estienne, 1553).

ESTIENNE, Henri. *Deux dialogues du nouveau langage françois italianizé et autrement desguizé, principalement entre les courtisans de ce temps*, éd. P.-M. Smith, Genève, Slatkine, 1980.

FABRICIUS, DE CHEMNITZ, Georges. *Itinerum liber unus*, Bâle, J. Oporinus, s. d. [1550].

FABRINI DA FIGHINE, Giovanni. Voir HORACE.

GENTILLET, Innocent. Voir SIMLER, Josias.

GIOVANNINI, Ercole. *Il Petrarchista. Dialogo [...], Nel quale si spiegano tutte le Attioni del Petrarca*, Venise, B. Barezzi, 1623.

GIOVIO, Paolo. *Elogia virorum bellica virtute illustrium veris imaginibus supposita*, Florence, L. Torrentino, 1551.

-. *Istorie. Con una Selva di varia Istoria, nella quale si ha notitia delle cose più rare, che sono state ricordate sommariamente dal Giovio*, Venise, G. de' Cavalli, 1564, (le t. III contient *La selva di varia istoria* de Carlo Passi).

-. *Opera quotquot extant omnia*, Bâle, P. Perna, 1578.

-. *Dialogo dell'imprese militari e amorose*, éd. M. L. Doglio, Rome, Bulzoni, 1978.

[GOULART, Simon, éd.]. *Le Cinquiesme livre des derniers troubles de France, contenant l'histoire des choses plus memorables advenues depuis la mort du Roy Henri III*, s.l. [Genève], 1597.

GUERIN, le R. Père. *Eloge historique et funebre de tres-haut et tres-puissant Seigneur Louys Chalon du Blé, Marquis d'Huxelles*, Lyon - Chalon-sur-Saône, P. Cusset, 1661.

GUEROULT, Guillaume. *Epitome de la corographie d'Europe, illustré de pourtraitz des villes plus renommées d'icelle*, Lyon, B. Arnoullet, 1553.

GUICCIARDINI, Francesco. *La Historia d'Italia*, éd. T. Procacchi, Venise, G. Angelieri, 1583.

GUICHARDIN. Voir GUICCIARDINI, Francesco.

HENTZNER, Paul. *Itinerarium Germaniae, Galliae ; Angliae ; Italiae*, Wroclaw, J. Perfert et les héritiers de J. Eyering, 1617 (la première éd. parut à Nuremberg en 1612 chez A. Wagenmann).

HESIODE. *Les travaux et les jours*, éd. et trad. P. Mazon, Paris, « Les Belles Lettres », 1972[8].

HOMERE. *Odyssée*, éd. et trad. V. Bérard, Paris, « Les Belles Lettres », 1952[4].

HORACE. *Opera, Dionisii Lambini Monstroliensis emendatus*, Lyon, J. de Tournes, 1561.

-. *L'Opere [...], Commentate da Giovanni Fabrini da Fighine in lingua Volgare Toscana, Con un bellissimo ordine, che 'l volgare è Commento del Latino : et il Latino è Commento del Volgare*, Venise, Héritiers de M. Sessa, 1599 (nous utilisons l'exemplaire de la B. M. de Chalon, 4098, in-4° [781], qui présente au frontispice trois notes d'appartenance « De Claud. Enoch *Virey* <rayé> », puis de « *Filzian* <rayé> » et de « J. Fleutelot » ; nous avons également vu la *princeps*, qui date de 1581 et avait été publiée par G. B. Sessa et ses frères, toujours à Venise).

HOTMAN, François. *Brutum Fulmen Papae Sixti V adversus Henricum serenissimum Regem Navarrae et Illustriss. Henricum Borbonium Condaeum*, Leyde, J. J. Paets, 1586.

L'Illustre Orbandale, ou l'Histoire ancienne et moderne de la Ville et Cité de Chalon sur Saône, Tome premier, Lyon - Chalon-sur-Saône, P. Cusset, 1662.

L'Illustre Orbandale, ou l'Histoire ecclesiastique de la ville et cité de Chalon sur Saône, Tome Second, Lyon-Chalon, P. Cusset, 1662.

JACOB de Saint-Charles, Le Père Louis. *De claris Scriptoribus Cabilonensibus libri III*, Paris, S. et G. Cramoisy, 1652.

JEROME, saint. *Epistulae*, éd. et trad. J. Labourt, Paris, « Les Belles Lettres », 1949-1961, t. V (1955).

JOVE, Paul. Voir GIOVIO, Paolo.

JUVENAL. *Saturae sedecim*, éd. J. Willis, Stuttgart-Leipzig, Teubner, 1997.

La giostra ordinata in Padova per li Illustrissimi signori Rettori di Padova l'anno 1581, cité par G. Camardi, loc. cit. (voir les auteurs des XIXe et XXe siecles. Études).

LACTANCE. *De mortibus persecutorum liber*, éd. S. Brandt, G. Laubmann, Prague-Vienne-Leipzig, Tempsky-Freytag (« Corpus scriptorum eccles. lat. »), 1893.

LAMBIN, Denys. Voir HORACE et POTEZ, H., 1906.

LA NOUE, François de. *Discours politiques et militaires*, éd. F. E. Sutcliffe, Genève, Droz, 1967.

LAPINI, Agostino. *Diario fiorentino dal 252 al 1596*, éd. G.-C. Corazzini, Florence, Sansoni, 1900.

LA PORTE, Maurice de. *Les Epithetes*, Paris, G. Buon, 1571.

LAUNOY, Jean de. *Regii Navarrae Gymnasii Parisiensis Historia*, Paris, veuve d'E. Martin, 1677.

LA VALLEE, Jacques de. *Histoire pleine de merveille sur la mort de tres-devote Dame, Madame Catherine de Harlay, Dame de la Mailleraye*, Paris, E. Richer, 1615.

-. *Discours sur la vie, actions et mort de tres-illustre Seigneur, Messire Achilles de Harlay, en son vivant Conseiller du Roy en ses Conseils d'Estat et Privé, premier President du Senat de Paris, et Comte de Beaumont en Gatinois*, Paris, J. Corrozet, 1616.

LE CARON, Louis. *Dialogues*, éd. J. A. Buhlmann, D. Gilman, Genève, Droz, 1986.

LE FERON, Jean. *Catalogue des noms, surnoms, faits et vies des Connestables*, Paris, Morel, 1598 (exemplaire ayant appartenu à Virey, Chalon-sur-Saône, B. M., 4556, in-folio [876] Rés pl. 17).

Le Glorie de' Sig. Cavalieri Delii, Dialogo d'alcune Gentildonne Padovane [...] Agiontovi un breve racconto delle loro comparse nelle varie giostre, fatte il Carnevale dell'Anno 1620, Padoue, G.B. Martini, 1620.

LELONG, le Père Jacques. *Bibliothèque historique de la France, contenant le catalogue des ouvrages, imprimés et manuscrits, qui traitent de l'Histoire de ce Royaume ou qui y ont rapport*, Nouvelle éd., Paris, J. -Th. Hérissant, 1768-1778, t. III (1771).

LE LOYAL SERVITEUR [MAILLES, Jacques de ?]. *La tres-joyeuse, plaisante et recreative histoire du bon Chevalier sans paour et sans reproche, le gentil seigneur de Bayart*, Paris, Galliot Du Pré, 1527.

L'ESTOILE, Pierre de. *Mémoires-Journaux*, éd. Brunet, Champollion, Halphen, Lacroix, Read, de Larroque, Tricotel, Paris, Librairie des Bibliophiles, 1875-1881.

-. *Journal pour le règne de Henri III (1574-1589)*, éd. L.-R. Lefèvre, Paris, Gallimard, 1943.

-. *Journal pour le règne de Henri IV. I : 1589-1600*, éd. L.-R. Lefèvre, Paris, Gallimard, 1948.

-. *Registre-Journal du règne de Henri III*, éd. M. Lazard, G. Schrenck, Genève, Droz, 1992-97.

Lettre d'un gentil-homme catholique françois à Messieurs de la Sorbonne de Paris. Sur la nouvelle victoire obtenue par le Roy de Navarre contre Monsieur de Joyeuse, à Coutras le mardy vingtiesme d'Octobre, 1587, s.n.t., (exempl. de Paris, B.N., Lb^{34} 370).

L'HERMITE-SOULIERS, Jean-Baptiste de, BLANCHARD, François. *Les eloges de tous les premiers Presidens du Parlement de Paris, depuis qu'il a esté rendu sedentaire jusques à present*, Paris, Cardin Besogné, 1645.

LUCINGE, René de. *Lettres sur les débuts de la Ligue (1585)*, éd. A. Dufour, Paris-Genève, Association des Amis du Château des Allymes-Droz, 1964.

-. *Lettres sur la cour d'Henri III en 1586*, éd. A. Dufour, Paris-Genève, Association des Amis du Château des Allymes-Droz, 1966.

LUTHER, Martin. *Ein Sermon von dem hochwürdigen Sakrament des heiligen wahren Leichnams Christi* (1515), in *D. Martini Luters Werke*, kritische Gesamtausgabe, Weimar, 1883-1903, t. II, pp. 742ss.

MAROT, Jehan. *Le voyage de Venise*, éd. G. Trisolini, Genève, Droz, 1977.

MARTIAL. *Epigrammatum libri XV. Cum variorum doctorum virorum commentariis [...], Iosephi Langii Caesari-mont. et aliis indicibus locuplentissimis*, Paris, M. Sonnius, 1617 (nous utilisons l'exemplaire de la B. M. de Chalon, 4131 in-folio [467], qui a appartenu à Jean Fleutelot).

MARTIN, Gabriel. *Catalogue des livres de feu M. l'Abbé d'Orléans de Rothelin*, Paris, Gabriel Martin, 1746.

MASSON, Papire. *Vitae trium Hetruriae procerum Dantis, Petrarchae, Boccacii*, Paris, D. Du Pré, 1587 (éd. moderne in SOLERTI, A., *Le vite di Dante, Petrarca e Boccaccio scritte fino al secolo decimosesto*, Milan, Vallardi, 1904, pp. 728-733).

-. *Descriptio fluminum Galliae. Editio nova D. Mich. Ant. Baudrand Parisini notis adaucta*, Paris, L. d'Houry, 1685 (on sait que la *princeps* date de 1618).

MAUCONDUIT. [Anon.], *Traité de l'orthographe*, [Paris, Merre Promé, 1669], Genève, Slatkine Repr., 1972.

MELISSUS, Paul. *Epigrammata in urbes Italiae*, s.n.t., 1585, 16ff. non chiffrés liés avec REUSNER, *De Italia*, Strasbourg, B. Jobin, 1585.

Memoire historique, concernant la negociation de la paix traitée à Vervins l'an 1598 entre Henri IV. Roy de France et de Navarre, par Messieurs de Bellievre et de Sillery, Philippes II. Roy d'Espagne, [...] et Charles Emmanuel Duc de Savoye, Paris, Ch. de Sercy, 1667.

MILIZIA, Francesco. *Memorie degli architetti antichi e moderni*, Bassano, Remondini, 1785[4].

MONLUC, Blaise de. *Commentaires, 1521-1576*, éd. P. Courteault, préf. de J. Giono, Paris, Gallimard, 1964.

MONTAIGNE. *Les Essais*, éd. P. Villey-V.-L. Saulnier, Paris, P.U.F, 1988 (Coll. « Quadrige »).

-. *Journal de voyage*, éd. F. Garavini, Paris, Gallimard, 1983.

MORERI, Louis. *Le Grand Dictionnaire Historique, ou le mélange curieux de l'histoire sacrée et profane*, Paris, chez les Libraires Associés, t. X (1759).

MURET, Marc-Antoine. *Commentaires au* Premier livre des Amours *de Ronsard (éd. 1623)*, éd. J. Chomarat, M.-M. Fragonard, G. Mathieu-Castellani, Genève, Droz, 1985.

MUSICI, Girolamo. *La Giostra con le honorevoli demonstrationi de Livree fatta in Padova, l'Anno 1549*, Padoue, G. Fabriano, 1549.

ODDE de TRIORS, Claude. Voir VERINO, Michele.

ORBANDALE. Voir *L'Illustre Orbandale*.

OVIDE. *La vita et metamorfoseo [...] figurato da Gabriel Symeoni*, Lyon, J. de Tournes, 1584 (nous utilisons l'exemplaire de la B. M. de Chalon, 4116 in-8° [743], qui a appartenu à Jean Fleutelot).

-. *Metamorphoseon*, éd. et trad. G. Lafaye, Paris, « Les Belles Lettres », 1985[7].

PALMA-CAYET, Pierre Victor. Voir CAYET, Pierre Victor, sieur de LA PALME.

PAPADOPOLI, Niccolò Comneno. *Historia Gymnasii Patavini post ea, quae hactenus de illo scripta sunt, ad haec nostra tempora plenius, et ementatius deducta*, Venise, S. Coletti, 1726.

PAPILLON, Philibert. *Bibliothèque des auteurs de Bourgogne*, Dijon, Ph. Marteret, 1742.

PASQUIER, Estienne. *Ecrits politiques*, éd. D. Thickett, Genève, Droz, 1966 (notamment les pp. 179-246 où Thickett publie *L'Antimartyr de frere Jacques Clement de l'Ordre des Jacobins. C'est à dire : S'il a justement tué le feu Roy de tresheureuse memoire Henry troisiesme*).

-. *Lettres Historiques pour les années 1556-1594*, éd. Thickett, Genève, Droz, 1966.

-. *Le Monophile*, éd. E. H. Balmas, Milan-Varese, Cisalpino, 1957.

-. *Les Recherches de la France*, éd. sous la dir. de M.-M. Fragonard et F. Roudaut, Paris, Champion, 1996.

PASSI, Carlo. *La selva di varia istoria*, Venise, G. de' Cavalli, 1564. Voir également GIOVIO, Paolo.

PELETIER DU MANS, Jacques. *La Savoye*, Annecy, J. Bertrand, 1572.

PERRY, Le Père Claude. *Histoire civile et ecclesiastique, ancienne et moderne de la Ville et Cité de Chalon sur Saone. Enrichie des choses qui appartiennent à son Dioceze*, Chalon-sur-Saône, Ph. Tan, 1659.

-. *Poesis Pindarica. Terza editio auctior et emendatior*, Chalon-sur-Saône, Ph. Tan, 1659.

PETRARQUE. *Canzoniere*. Voir VELUTELLO, Alessandro. *Il Petrarcha*.

-. *Opera*, Bâle, Heinrich Petri, 1581 (nous utilisons l'exemplaire de la B. M. de Chalon, 5116 in-folio [512], qui a appartenu à Fleutelot).

PFLAUMERN, Johannes Henricus. *Mercurius Italicus*, Augsbourg, A. Aperger, 1625.

PHILIEUL de Carpentras, Vasquin. *Laure d'Avignon*, repr. phototypique, éd. P. Lartigue, J. Roubaud, Paris, Actes Sud-Papiers, 1983.

PICCOLOMINI, Enea Silvio (Pie II). *Opera quae extant omnia*, Bâle, Heinrich Petri, 1571 [reprod. : Francfort, Minerva GmbH, 1967].

PICCOLOMINI, Francesco. *Universa Philosophia de moribus*, Venise, F. de Franceschi, 1594 (nous utilisons l'exemplaire de la B. M. de Chalon, 1492 in-folio [187], qui a appartenu à Jean Fleutelot).

-. *Librorum ad Scientiam de Natura attinentium Pars Prima. [...] Secunda. [...] Tertia. [...] Quarta. [...] Quinta*, Venise, Héritiers de F. de Franceschi 1600 (exemplaire de Chalon, 1348 in-folio [179], qui a appartenu à Fleutelot ; nous avons également vu la *princeps*, qui date de 1596 et avait été publiée du vivant de F. de Franceschi).

PIGHIUS, Stephan Vinandus. *Hercules Prodicius, seu Principis iuventutis vita et peregrinatio*, Anvers, Plantin, 1587.

PLATON. *Lysis*, éd. J. Burnet, Oxford Classical Texts, 1909².

-. *Le Banquet*, éd. et trad. L. Robin, Paris, « Les Belles Lettres », 1929.

-. *La République*, éd. et trad. E. Chambry, Paris, « Les Belles Lettres », 1967⁷.

PLUTARQUE. *De discernendo amico ab adulatore*. Voir DU SAIX, Antoine.

POMPONAZZI, Pietro. *Opera*, Bâle, H. Petri, 1567 (nous utilisons l'exemplaire de la B. M. de Chalon, 1341 in-8° [258], qui a appartenu à Fleutelot).

PONTUS DE TYARD. *Oeuvres poétiques complètes*, éd. J. C. Lapp, Paris, S.T.F.M., 1966.

QUINTILIEN. *Institutionum Oratoriarum Libri XII. Additae sunt Petri Mosellani viri eruditi Annotationes [...] et Ioachimi Camerarij [...]. Quibus et accessit doctissimus Commentarius Antonii Pini Portodemaei*, Paris, M. Vascosan, 1538 (nous utilisons l'exemplaire de la B. M. de Chalon, 3931, in-folio [438]).

-. *Institutio Oratoria*, éd. et trad. H. Bornecque, Paris, Garnier Frères, 1968.

REUSNER, Nicolaus et Jeremias, édd. *Hodoeporicorum sive itinerum totius ferè Orbis, libri VII*, Bâle, P. Perna, 1580.

-, Nicolaus, éd. *De Italia regione Europae nobilissima libri duo. Quorum primus regionum, alter urbium Italiae descriptiones continet [...]. Item Elogia in urbes Italiae poetica et oratoria*, Strasbourg, B. Jobin, 1585.

Revue Rétrospective, ou Bibliothèque Historique, contenant des Mémoires et documents authentiques, inédits et originaux, Paris, H. Fournier Aîné, 1833-1838, 1ère Série, 1er volume.

RHODIGINUS, Cælius [RICCHIERI, Ludovico]. *Lectionum Antiquarum libri XXX*, Lyon, Giunta, 1560.

RICCI, Giuliano de'. *Cronaca (1532-1606)*, éd. G. Sapori, Milan-Naples, Ricciardi, 1972.

RIGAUD, Jean-Antoine. *Bref recueil des choses rares, notables, antiques, citez, forteresses principales d'Italie* [1601], édition critique par L. Magnetti, Université de Savoie, Maîtrise bi-nationale franco-italienne sous la dir. de J. Balsamo, 1992-93.

RINGMANN, Mathias. *Instructio manuductionem praestans in cartam itinerariam Martini Hilacomili : cum luculentiori ipsius Europae enarratione*, Strasbourg, J. Gruninger, 1511.

ROBERT, Claude. *Gallia Christiana, in qua regni Franciae ditionumque vicinarum dioceses, et in iis praesules describuntur*, Paris, S. Cramoisy, 1626.

ROTHELIN, Charles d'Orléans, Abbé de. *Observations et Détails sur la Collection des Grands et des Petits voyages*, s.n.t., 1742 (in-4°, exemplaire annoté de la main de l'auteur, Paris, B.N. : Rés. Q. 390).

RUTILIUS NAMATIANUS, Claudius. *De reditu suo :*

- éd. Panvinio, in PANVINIUS, Onuphrius. *Reipublicae Romanae Commentariorum libri tres*, Venise, V. Valgrisi, 1558, Liber I, pp. 255-287 ; in *idem*, Paris, E. et N. Gilles, 1588 (exemplaire de P. D. Huet, Paris, B. N., J. 15064), Liber I, pp. 270-298.
- éd. Simler, in SIMLER, Josias. *Aethici Cosmographia : Antonii Augusti Itinerarium Provinciarum : Ex Bibliotheca P. Pithoei*, Bâle, s. t. [mais marque de Th. Guarin], 1575, pp. 297-326.
- éd. Reusner, in REUSNER, Nicolaus et Jeremias. *Hodoeporicorum sive itinerum totius ferè Orbis, libri VII*, Bâle, P. Perna, 1580, Liber III, pp. 170-194.
- éd. G. Castaglione : CL. RUTILIUS NUMATIANUS GALLUS. *Itinerarium ab Josepho Castalione emendatum*, Rome, V. Accolti, 1582.
- éd. Pithou, in PITHOU, Pierre. *Epigrammata et poematia vetera*, Paris, D. Du Val, 1590, pp. 340-363.
- éd. Sitzmann et Juste Zinzerling : RUTILIUS NUMATIANUS GALLUS. *Itinerarium, cum animadversionibus Theodori Sitzmani Thuringi*, Lyon, N. Jullieron, 1616, 118 pp.
- *De reditu libri duo*, éd. et trad. J. Vessereau, suivie d'une étude historique et littéraire sur l'oeuvre et l'auteur, Paris, A. Fontemoing, 1904.

- *De reditu suo*, éd. et trad. J. Vessereau, F. Préchac, Paris, « Les Belles Lettres », 1961.

SANSOVINO, Francesco. « Vita di M. Giovanni Boccaccio descritta », in BOCCACE, *Il Decameron*, Venise, G. Giolito de Ferrari, 1546 (éd. moderne in SOLERTI, A., *Le vite*, pp. 713-719).

SARAINA, Torello. *De origine et amplitudine civitatis Veronae*, Vérone, A. Putelletto, 1540.

SCAINO, Antonio. *Trattato del giuoco della palla*, Venise, G. Giolito de' Ferrari, 1555.

SCALIGER, Jules-César. *Poemata in duas partes divisa*, s.n.t. [mais Genève, Th. Courteau], 1574.

SCHEDE, Paul. Voir le nom latinisé MELISSUS, Paul.

SCOHIER, Jean. *L'Estat et comportement des armes. Contenant l'institution des armoiries, et methode de dresser des genealogies*, Paris, Rolet Boutonné, 1630 (exemplaire ayant appartenu à Virey, Chalon-sur-Saône, B. M., 4556, in-folio [876] Rés pl. 17).

SENEQUE. *Ad Helviam matrem de Consolatione* et *De Ira*, in ID., *Dialogorum libros XII*, éd. E. Hermes, Leipzig, Teubner, 1905.

Serie di ritratti d'uomini illustri toscani con gli elogi istorici dei medesimi, Florence, Allegrini, 1766-1773.

SGRILLI, Bernardo Sansone. *Descrizione della Regia Villa, Fontane e Fabbriche di Pratolino*, Florence, Stamperia Granducale, 1742.

[SIGNOT, Jacques]. *La totale et vraie description de tous les passaiges, lieux et destroictz, par lesquelz on peut passer et entrer des Gaules es Ytalies*, Paris, Toussaint Denis, [1515].

SIMLER, Josias. *Vallesiae descriptio, libri duo. De Alpibus commentarius*, Zurich, Chr. Froschauer, 1574.

-, éd. *Aethici Cosmographia : Antonii Augusti Itinerarium Provinciarum : Ex Bibliotheca P. Pithoei*, Bâle, s. t. [mais marque de Th. Guarin], 1575.

-. *La Republique des Suisses, [...] nouvellement mise en François*, Paris, J. Du Puys, 1579 (la première édition de cette traduction, attribuée à Innocent Gentillet, date de 1577).

SIXTE QUINT. *Ab immensa aeterni Regis*, Rome, Héritiers d'A. Bladius, 1585.

SODERINI, Gianvettorio. *Breve descrizione della pompa funerale fatta nelle essequie del Serenissimo D. Francesco Medici, II Gran Duca di Toscana*, Florence, F. Giunti, 1587, 8ff.

SPONDE, Jean de. *Oeuvres littéraires. Suivies d'Ecrits apologétiques avec des Juvénilia*, éd. A. Boase, Genève, Droz, 1978.

STRABON. *Géographie*, éd. et trad. F. Lasserre, Paris, « Les Belles Lettres », 1966-67, tomes II et III (livres III-VI).

SYMEONI, Gabriele. Voir OVIDE.

TALLEMANT DES REAUX. *Les Historiettes*, éd. documentaire par G. Mongrédien, Paris, Garnier, 1932.

Teatro delle città d'Italia, Con le sue Figure intagliate in Rame, et descrittioni di esse. Nuovamente tradotto di Latino in Toscano, Vicence, D. Amadio (pour Padoue, P. Bertelli), 1616.

THEVET, André. *Cosmographie de Levant*, éd. F. Lestringant, Genève, Droz, 1985.

THOU, Jacques-Auguste de. *Historiarum sui temporis ab anno Domini 1543 usque ad annum 1607 libri CXXXVIII[...] Accedunt Commentariorm de vita sua libri sex hactenus inediti*, Francfort, E. Emmel, P. Kopff et B. Ostern, 1625-28, (nos citations d'après les *Commentariorum de vita sua libri VI* renvoient au second volume, qui date de 1628).

TITE-LIVE. *Ab Urbe condita libri*, éd. J. Bayet, G. Baillet, Paris, « Les Belles Lettres », 1947-1968.

TOMASINI, Giacomo Filippo. *Illustrium virorum elogia iconibus exornata*, Padoue, D. Pasqua, 1630.

TOSCANELLA, Oratio. *Bellezze del Furioso di M. Lodovico Ariosto, con gli argomenti et allegorie de i canti : Con l'Allegorie de i nomi principali dell'opera et coi luochi communi*, Venise, P. dei Franceschi, 1574 (nous utilisons l'exemplaire de la B. M. de Chalon, 4384 in-8° [795] Rés. 13, qui a appartenu à Jean Fleutelot).

VANINI, Lucilio. *Amphitheatrum aeternae providentiae divino-magicum*, Lyon, Veuve de A. de Harsy, 1615 (exemplaire de Chalon, 1413 in-8° [271], appartenu à Fleutelot).

VELUTELLO, Alessandro. *Il Petrarcha*, Venise, G. Giolito de Ferrari, 1547 [première réimpr.].

- et LANDINO, Christoforo. *Dante*, Venise, Sessa, 1564 (exemplaire de la B. M. de Chalon, 4373 in-folio [474], qui a appartenu à Fleutelot).

VERIN, Michel. Voir VERINO.

VERINO secondo, le. Voir VIERI, Francesco de', dit le Verino secondo.

VERINO, Michele. *Distichorum liber, qui sententiarum inscribitur, ad Paulum Saxium Roncilionem grammaticae olim praeceptorem suum*, Florence, s. t., 1487.

-. *Les distichs moraux [...]. Traduictz nouvellement de Latin en langue vulgaire, par beaux quatrains François en faveur de la jeunesse Françoise. Par Claude Odde de Triors*, Lyon, L. Cloquemin et E. Michel, 1577.

-. *Disticha de moribus. Multis locis emendata, et multis versibus in verum sensum et numerum reducta. Per M. Pigner*, Paris, G. Buon, 1580.

VERINO, Ugolino. *De illustratione urbis Florentiae Libri tres. Nunc primum in lucem editi ex bibliotheca Germani Audeberti Aurelij*, Paris, Mamert Patisson chez R. Estienne, 1583.

-. *Flametta*, éd. L. Mencaraglia, Florence, Olschki, 1940.

VERREPAEUS, Simon. *Precationum piarum Inchridion*, Anvers, J. Bellerum, 1575 (exemplaire ayant appartenu à Virey, Beaune, B. M., in-16° [Rés. A403).

VIBIUS SEQUESTER. *Liber de fluminibus, fontibus, lacubus, montibus, nemoribus, gentibus, quorum apud Poetas mentio fit*, in SIMLER, Josias, éd., *Aethici Cosmographia : [...] Ex Bibliotheca P. Pithoei*, cit., pp. 327-347.

VIERI, Francesco de', dit le Verino secondo. *Discorsi. Delle Maravigliose Opere di Pratolino, et d'Amore*, Florence, G. Marescotti, 1586.

-. *Lezzioni d'Amore*, éd. J. Colaneri, Munich, W. Fink, 1973.

VILLAMONT, J. de. *Les Voyages [...] divisez en trois Livres*, Rouen, L. Loudet, 1610 (nous utilisons l'exemplaire de la B. M. de Chalon, 5396 in-12° [930]).

VIRGILE. *Opera*, éd. R.A.B. Mynors, Oxford, University Press, 1986[9].

Voyage d'Italie (1606), éd. M. Bideaux, Genève-Moncalieri, Slatkine-C.I.R.V.I., 1982.

XENOPHON. *Les Mémorables*, éd. E. C. Marchant, Londres-Cambridge, Mass., Heinemann-Harvard Un. Press, 1959.

ZIMARA, Marcantonio. *Tabula*, Venise, Valgrisi, 1564 (nous utilisons l'exemplaire de la B. M. de Chalon, 1301 in-folio [167[2]], qui a appartenu à Fleutelot).

ZWINGLI, Huldrych. *De canone missae epichiresis* (1523), in *Huldreich Zwinglis Sämtliche Werke*, éd. E. Egli, G. Finsler, W. Köhler, Zurich, Theologischer Verlag, 1982, t. II, pp. 556-608.

-. *De vera et falsa religione commentarius* (1525), *ibidem*, t. III, pp. 773-820.

-, HAUSSCHEIN, Johannes, dit OECOLAMPADE. *Über Dr. Martin Luthers Buch, Bekenntnis genannt, zwei Antworten* (1528), *ibidem*, t. VI, pp. 1-248.

OUVRAGES CRITIQUES

ARBAUMONT, J. d', *Les anoblis de Bourgogne. Liste par ordre chronologique des lettres d'anoblissement, de confirmation et de relief de noblesse enregistrées au Parlement et à la Chambre des Comptes de Dijon (1363-1782)*, Paris, J.-B. Dumoulin, 1867.

-, *Armorial de la Chambre des Comptes de Dijon. D'après le Manuscrit inédit du Père Gautier*, Dijon, Lamarche, 1881.

-, voir BEAUNE, H., ARBAUMONT, J. D'.

ARMAND-CALLIAT, L., voir MEURGEY, J., ARMAND-CALLIAT, L.

ARNALDI, G., PASTORE STOCCHI, M., édd., *Storia della cultura veneta dal primo Quattrocento al Concilio di Trento*, Vicence, Neri Pozza, 1980, 3voll.

AUMALE, Henri d'Orléans, duc d', *Histoire des Princes de Condé pendant les XVIe et XVIIe siècles*, Paris, Michel Lévy Frères, puis Calmann Lévy, 1863-96.

BALMAS, E., *Uno scolaro padovano del '500. Claude-Enoch Virey* ; Padoue, Circolo Italo-Francese, 1959.

-, *Montaigne a Padova e altri studi sulla letteratura francese del Cinquecento*, Padoue, Liviana, 1962.

-, *Paul Melissus viaggiatore italiano*, Vérone, Bettinelli, 1969.

-, *Saggi e studi sul Rinascimento francese*, Padoue, Liviana, 1982.

-, « La letteratura e i giardini : perché ? », in *La letteratura e i giardini*, Florence, Olschki, 1987, pp. 7-14.

-, « Les paysages italiens de Claude-Enoch Virey », in

Giraud, Y., éd., *Le paysage à la Renaissance*, Fribourg Suisse, Editions Universitaires, pp. 239-248.

BALSAMO, J., « “La virtuosité inutile” ou les origines d'un malentendu : l'italianisme en France (1600-1660) vu par le XIXe siècle », in Serroy, J., éd., *La France et l'Italie au temps de Mazarin*, Grenoble, Presses Univ., 1986, pp. 311-317.

-, *« L'Italie francoise ». Italianisme et anti-italianisme en France à la fin du XVIe siècle*, Thèse pour le Doctorat d'Etat, Université de Paris-Sorbonne, 1989.

-, *Les Rencontres des Muses. Italianisme et anti-italianisme dans les Lettres françaises de la fin du XVIe siècle*, Genève-Paris, Slatkine, 1992.

-, « La description des jardins d'Italie par les voyageurs français (1574-1606) », in *Architecture et jardins*, Actes du Colloque des 19-20 juin 1992 tenu à La Garenne Lemot, Nantes, Ed. du Conseil de Loire-Atlantique, 1995, pp. 73-76.

-, « Les écrivains français du XVIe siècle et la peinture italienne : réévaluation d'un épisode de l'histoire du goût », *Studi di letteratura francese*, XXI, 1996, pp. 29-54.

BARIDON, S. F., « L'avventura di Enrico II di Condé nella relazione di Claude-Enoch Virey », *Studi Urbinati*, XXVIII, 1954, pp. 89-178.

BATAULT, H., « Essai historique sur les écoles de Chalon-sur-Saône. Du XVe à la fin du XVIIIe siècle », *Mémoires de la Société d'Histoire et d'Archéologie de Chalon,* t. VI, 1872, pp. 1-171.

-, *Une Pléiade littéraire à Chalon-sur-Saône au XVIe siècle*, Chalon, J. Dejeussieu-L. Marceau, 1881.

-, *Notice historique sur les hôpitaux de Chalon-sur-Saône*, Chalon, L. Marceau, 1884.

BEAUNE, H., ARBAUMONT, J. d', *La noblesse aux Etats de Bourgogne*, Dijon, Lamarche, 1864.

BELLENGER, Y., « Quelques relations de voyage vers l'Italie et vers l'Orient au XVIe siècle », in *Voyager à la Renaissance*, 1987, pp. 453-466.

-, « Une chronique versifiée : *L'Enlevement Innocent* de Claude-Enoch Virey », *Nouvelle Revue du Seizième Siècle*, 1997, 15/1, pp. 137-151.

BETTONI, A., « Il romanzo milanese del principe di Condé », in BOCCASSINI, D., BETTONI, A., CONCONI, B., DE CAPITANI, P., *Francesi a Milano*, pp. 33-48.

-, « Statuto della tragedia e poesia descrittiva : *une équivoque trame* nei *Vers Itineraires* di Claude-Enoch Virey », *Studi di letteratura francese*, XVIII, 1990, pp. 177-202.

BEUGNOT, B., éd., *Voyages. Récits et imaginaire*, Paris-Seattle-Tubingen, Papers on French Seventeenth Century Literature, 1984.

BOCCASSINI, D., BETTONI, A., CONCONI, B., DE CAPITANI, P., *Francesi a Milano*, Prefazione di E. Balmas, Moncalieri-Genève, C.I.R.V.I., Slatkine, 1988.

BONNEROT, J., « Esquisse de la vie des routes au XVIe siècle », *Revue des questions historiques*, XIX, 3, 1931, pp. 5-88.

-, « Un ancien guide de voyage à Rome et à Jérusalem », in *Mélanges de philologie et d'histoire littéraire offerts à Edmond Huguet*, Paris, Boivin, 1940, pp. 131-141.

BRIZZI, G. P., « Una fonte per la storia degli studenti : i *Libri amicorum* », in *Studenti, università, città nella storia padovana*, Actes du Colloque de Padoue (6-8 février 1998), sous presse.

BROC, N., *La géographie de la Renaissance. 1420-1620*, Paris, Les Editions du C.T.H.S. « Format », 1986^2.

-, « Les cartes de France au XVIe siècle », in Céard, J., Margolin, J.-Cl., édd., *Voyager à la Renaissance*, cit., pp. 221-242.

BRUGI, B., *La scuola padovana di Diritto Romano nel secolo XVI*, Padoue, F. Sacchetto, 1888.

-, *Per la storia della Università dei giuristi nel XVI secolo. Spigolature da lettere di studenti del secolo XVI*, Venise, Ferrari, 1897.

-, *Gli scolari dello Studio di Padova nel Cinquecento*, Padoue, Drucker, 1905.

-, « Gli antichi scolari di Francia allo Studio di Padova », in *Mélanges offerts à M. E. Picot par ses amis et ses élèves*, Paris, Librairie Damascène Morgand, 1913, t. I, pp. 535-555.

CEARD, J., MARGOLIN, J.-Cl., édd., *Voyager à la Renaissance*, Paris, Maisonneuve et Larose, 1987.

CHUPEAU, J., « Les récits de voyages aux lisières du roman », *R.H.L.F.*, 77, 3-4, mai-août 1977, pp. 536-553.

CONCONI, B., « Un non conformista nella Milano del '700 », in BOCCASSINI, D., BETTONI, A., CONCONI, B., DE CAPITANI, P., *Francesi a Milano*, pp. 67-90.

CORTELAZZO, M., *Venezia, il Levante e il mare*, Pise, Pacini, 1989.

COURTEPEE, M., *Description générale et particulière du Duché de Bourgogne*, Dijon, V. Lagier, 1846-48.

DE GASPARI RONC, M. L., « Un elogio inedito di Verona », *Annali* de l'Université de Padoue - Faculté de Langues, Vérone, S. II, vol. II, 1966, pp. 1-21.

-, « Le "vagabondage" de Montaigne et de son "double". L'"exercice profitable" de Claude-Enoch Virey », in Poli, A., éd., *Voyageurs français à Vérone*, Moncalieri-Genève, C.I.R.V.I.-Slatkine, 1984, pp. 3-26.

DEZZI BARDESCHI, M., VEZZOSI, A., édd., *Pratolino. Laboratorio delle meraviglie*, Florence, Provincia di Firenze-Alinea Editrice, 1985-1990, 5voll. (1. *La fonte delle fonti* ; 2. *Il giardino romantico* ; 3. *Il ritorno di Pan* ; 4. *Concerto di statue* ; 5. *L'Appennino del Giambologna*).

Diplomi di laurea (1504-1806) all'Università di Padova, éd. G. Baldissin-Molli, L. Sitran Rea, E. Veronese Ceseracciu, Cittadella, Biblos, 1998.

DOIRION, N., « De l'épreuve de l'espace au lieu du texte. Le récit de voyage comme genre », in Beugnot, B., éd., *Voyages. Récits et imaginaire*, Paris-Seattle-Tubingen, Papers on French Seventeenth Century Literature, 1984, pp. 15-31.

-, « Les rituels du départ. De quelques voyageurs renaissants », *Littérature*, 65, févr. 1987, pp. 48-57.

-, « L'art de voyager. Pour une définition du récit de voyage à l'époque classique », *Poétique*, 73, févr. 1988, pp. 83-108.

DU BARD de CURLEY, J., *La maison de Saumaise. Histoire Généalogique*, Chalon-sur-Saône, L. Marceau, 1894.

DUPUIGRENET DESROUSSILLES, Fr., « L'Università di Padova dal 1405 al Concilio di Trento », in Arnaldi, G., Pastore Stocchi, M., édd., *Storia della cultura veneta dal primo Quattrocento al Concilio di Trento*, t. II, pp. 607-647.

FAVARO, A., *Galileo Galilei e lo Studio di Padova* [1883], Padoue, Antenore, 1966.

FEDALTO, G., « Stranieri a Venezia e a Padova », in Arnaldi, G., Pastore Stocchi, M., édd., *Storia della cultura veneta dal primo Quattrocento al Concilio di Trento*, t. I, pp. 499-534.

FRIGO, R. M., « Le jardin d'eau dans les relations de voyage du XVIe siècle », in *La letteratura e i giardini*, Florence, Olschki, 1987, pp. 227-240.

GAMBI, L., « Per una rilettura di Biondo e Alberti, geografi », in *Il Rinascimento nelle Corti padane. Società e cultura*, Bari, De Donato, 1977, pp. 259-275.

IMBERT, G., *La Villa Medicea di Pratolino secondo i viaggiatori francesi e i poeti*, Milan, Dante Alighieri, 1925.

JOUKOVSKI, F., « Voyageurs français à Venise au XVIe siècle », *Revue de littérature comparée*, 1967, pp. 481-507.

-, *Paysages à la Renaissance*, Paris, P.U.F., 1974.

LAFFLEUR DE KERMAINGANT, L., *L'ambassade de France en Angleterre sous Henri IV*, Paris, Firmin-Didot, 1895, t. I (*Mission de Christophe de Harlay, comte de Beaumont*).

MARTIN, H., *Catalogue des mss de la Bibliothèque de l'Arsenal*, t. VIII : *Histoire de la Bibliothèque de l'Arsenal*, Paris, Plon, 1899.

MARTINET, M.-M., *Le voyage d'Italie dans les littératures européennes*, Paris, P.U.F., 1996.

MAURI, D., « *L'amoroso sdegno* de Francesco Bracciolini et sa premiere traduction française », in Id., *Voyage en Arcadie. Sur les origines italiennes du théâtre pastoral français à l'âge baroque*, Paris-Fiesole, Champion-Cadmo, 1996, pp. 147-165.

MEURGEY, J., ARMAND-CALLIAT, L., *Essai d'un Catalogue des livres offerts en prix par le collège de Chalon-sur-Saône au XVIIe siècle*, Chalon, E. Bertrand, 1931.

PASTOUREAU, M., *Les Atlas français. XVIe-XVIIe siècles. Répertoire bibliographique et étude*, Paris, B. N., Département des cartes et plans, 1984.

PICOT, E., *Les Français italianisants au XVIe siècle*, Paris, Champion, 1906-07.

POLI, A., éd., *Voyageurs français à Vérone*, Moncalieri-Genève, C.I.R.V.I.-Slatkine, 1984.

RAVÀ, B., *Venise dans la littérature française depuis les origines jusqu'à la mort de Henri IV*, Paris, Champion, 1916.

ROY-CHEVRIER, J., *Dans l'ombre du passé de Chalon-sur-Saône*, Chalon, E. Bertrand, 1929 (notamment t. II, pp. 189-289 : « La vie de Claude-Enoch Virey, maire de Chalon »).

SCHUDT, L., *Italienreisen im 17. und 18. Jahrundert*, Vienne-Munich, Schroll, 1956.

SIMONIN, M., « Le statut de la description à la fin de la

Renaissance », in Lafond, J., Stegmann, A., édd., *L'Automne de la Renaissance. 1580-1630*, Paris, Vrin, 1981, pp. 129-140.

-, « Des livres pour l'Europe ? Réflexions sur quelques ouvrages polyglottes (XVIe siècle-début XVIIe siècle) », in *La conscience européenne au XVe et au XVIe siècle*, Paris, E.N.S.J.F., 1982, pp. 384-394.

-, « Les élites chorographes ou de la « Description de la France » dans la *Cosmographie universelle* de Belleforest », in Céard, J., Margolin, J.-Cl., édd., *Voyager à la Renaissance*, cit., pp. 433-451.

-, *Vivre de sa plume au XVIe siècle ou la carrière de François de Belleforest*, Genève, Droz, 1992.

SITRAN REA, L., VERONESE CESERACCIU, E., « Aspetti storici e archivistici dei diplomi dell'Università di Padova », Intr. à *Diplomi di laurea (1504-1806) all'Università di Padova*, éd. G. Baldissin-Molli, L. Sitran Rea, E. Veronese Ceseracciu, Cittadella, Biblos, 1998, pp. 55-61.

STECCA, L., *Tradizione e innovazione. Studi sulla cultura francese e italiana tra Cinque e Seicento*, Padoue, CLEUP, 1996.

STEGMANN, A., « L'Europe intellectuelle de J.-A. de Thou », in *La conscience européenne au XVe et XVIe siècle*, Paris, E.N.S.J.F., 1982, pp. 395-422.

Storia della cultura veneta dal primo Quattrocento al Concilio di Trento. Voir ARNALDI, G., PASTORE STOCCHI, M., édd.

TERREAUX, L., « Le vocabulaire de Jacques Peletier dans *La Savoye* », in *Renaissance-Classicisme du Maine*. Actes du Colloque du Mans, 1971, Paris, Nizet, 1975, pp. 329-335.

-, « Jacques Peletier et la Savoye », in Giraud, Y., éd., *Le paysage à la Renaissance*, Fribourg Suisse, Editions Universitaires, pp. 215-227.

TOSO RODINIS, G., *Il petrarchismo di Pierre Bricard, scolaro francese a Padova nel XVI secolo*, Venise, Istituto Veneto di Scienze, Lettere ed Arti, 1972.

VERONESE CESERACCIU, E., voir SITRAN REA, L., VERONESE CESERACCIU, E.

VEZZOSI, A., « Inediti e rari per il gigante di Pratolino », in Dezzi Bardeschi, M., Vezzosi, A., édd., *Pratolino. Laboratorio delle meraviglie*, 1985-1990, cit., t. V (*L'Appennino del Giambologna*), pp. 34-68.

VIDOS, B. E., *Storia delle parole marinaresche italiane passate in francese*, Florence, Olschki, 1939.

Voyager à la Renaissance. Voir CEARD, J., MARGOLIN, J.-Cl., édd.

Voyages. Récits et imaginaire. Voir BEUGNOT, B., éd.

Voyageurs français à Vérone. Voir POLI, A., éd.

WIND, B. H., *Les Mots italiens introduits en français au XVIe siècle*, Dissert., Amsterdam, 1928.

I

Vers Itineraires

Allant de France en Italie. 1592

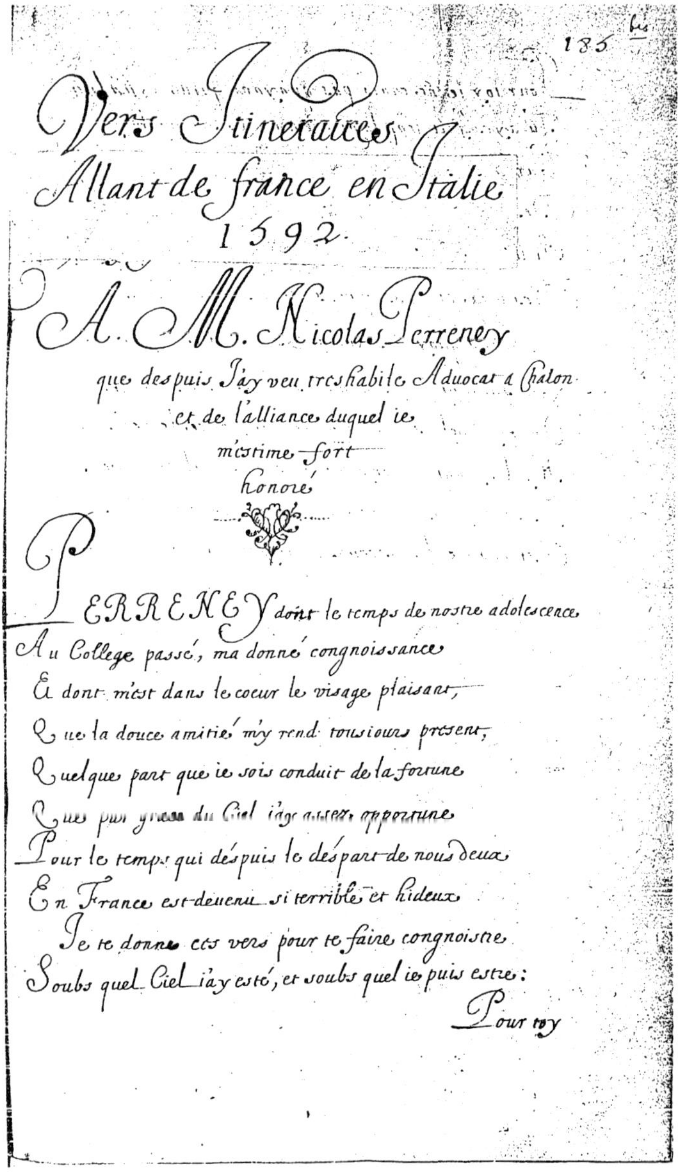

Vers Itineraires Allant de france en Italie 1592

A. M. Nicolas Perreney

que despuis i'ay veu treshabile Aduocat a Chalon
et de l'alliance duquel ie
m'estime fort
honoré

PERRENEY dont le temps de nostre adolescence
Au College passé, m'a donné congnoissance
Et dont m'est dans le coeur le visage plaisant,
Que la douce amitié m'y rend tousiours present,
Quelque part que ie sois conduit de la fortune
Ques puis grace du Ciel i'ay assez opportune
Pour le temps qui despuis le despart de nous deux
En France est deuenu si terrible et hideux
Je te donne ces vers pour te faire congnoistre
Soubs quel Ciel i'ay esté, et soubs quel ie puis estre:

Pour toy

Fig. 3

185 bis

Vers Itineraires
Allant de France en Italie
1592.[1]

A M. Nicolas Perreney
que despuis J'ay veu treshabile Advocat à Chalon
et de l'alliance duquel je
m'estime fort
honoré[2]

*****
***
*

PERRENEY dont le temps de nostre adolescence
Au College passé, m'a donné congnoissance
Et dont m'est dans le coeur le visage plaisant,
Que la douce amitié m'y rend tousjours present,
Quelque part que je sois conduit de la fortune
Que par grace du Ciel j'ay assez opportune
Pour le temps qui déspuis le déspart de nous deux

---

[1] C *Vers Itineraires / Chemin faisant de France / en Italie ;* A *Allant de France en Italie / 1592.* est écrit sur un bout de papier rectangulaire, collé entre *Vers Itineraires* et la dédicace pour effacer <*Voyage en Italie. 1592* > : correction selon toute apparence originale.

[2] *et de l'alliance duquel je m'estime fort honoré* manque en C.

En France est devenu si terrible et hideux
Je te donne ces vers pour te faire congnoistre
Soubs quel Ciel j'ay esté, et soubs quel je puis estre :
Pour toy je ne crois pas qu'ayant quitté Chalon *18*
Tu ayes fait trop long chemin, ny sejour long :
Car le repos tu ayme, et dans la solitude
Des Livres ton plaisir tu cherches[1] par estude,
Si je t'ay bien congneu : fuyant le bruit confus
Des jeux et passetemps, et déspence d'Escus.[2]
Mais quoy, des jeunes gens divers est le genie
Qui suivant leurs humeurs et desirs les manie
Or voy quel est le mien, et ne fronce le nez
Ny le front en voyant mes vers mal ordonnez
Ils sont faits en chemin,[3] et pource Itineraire
Est nommé le discours qu'icy je te veux faire :[4]

Pandant que L'union des rebelles Ligueux *18*
Va reduisant la France en estat si piteux
Et rejette le Roy quoy que Roy Legitime
Luy opposant qu'il a d'Heresie le crime
Et des bulles se sert par tromperie et dol
Du sainct pere de Rome, et de L'or Espagnol
Soubs un chef general auquel folle elle donne
Tiltre de Lieutenant de L'Estat et Couronne :
Affin d'en eslire un, qui de pretention,
Ou de choix soit au gré de telle faction :
Dont j'ay couru ma part des perils, que la vie

---

[1] A C *cherche*

[2] A C [pas de ponctuation en fin de vers]

[3] C *Ils sont faicts en voyage*

[4] Entre la fin de cette dédicace et l'*incipit* du texte (notre v. 23) A laisse blanc l'espace d'une demi-page (page de droite), C l'espace d'un vers.

Des meilleurs François court en ceste tragedie,
Par villes, et par champs, pour le Roy, tout ardant
A pied et à cheval courageux m'hazardant
Aux coups de pistolets, et des plombez tonnerres,
Qu'onques Grecs ny Romains n'ont cogneu en leurs guerres :[1]
Lassez de voir en fin ce discord furieux
Et d'y perdre nos ans jeunes et precieux,
Pour nous mettre à l'abry de tant et tant d'allarmes
Qui font avoir tousjours l'oeil et la main aux armes
Nous faisons le dessein un Seigneur jeune et moy *188*
D'aller soubs autre Ciel estre plus à requoy
Pour des peuples divers en voyageant apprendre
La pratique de vivre et plus sages nous rendre
Car raudant par le monde on peut ouyr et voir
Des choses qu'on ne peut en ne bougeant sçavoir
Qui servent à conduire et gouverner sa vie
Ainsy qu'on fait sur tout au pays d'Italie
Où nous avions[2] bien fort la pensée d'aller
Pour les moeurs en apprendre et l'excellent parler
Y faire estude aussy aux Loix, que l'on fait suivre
A ce jeune Seigneur pour en grand robbe vivre :[3]
Il est des De Harlay qui ont tiré leur sang
Du Comté de Bourgougne et d'Eminence ont rang
Depuis Charles sixiesme entre celles familles
Qui sont dedans Paris tenues pour Gentilles
Et de noblesse ont tiltre, Et cestuy cher me tient
Et moy luy, tant un Astre ensemble nous maintient
Et nous va inclinant d'affections semblables
Aux mouvemens humains et actions Louables

[1] A [pas de ponctuation]
[2] C *avons*
[3] A [pas de ponctuation]

Par Sympathi' d'humeurs d'où sortent petits feux
Qui à nous entr'aymer s'allument en nous deux :[1]
Nostre dessein se porte[2] et se propose au pere *18*
Que le grand Parlement de la France revere
Pour son Prince et son chef qui à Tours maintenant
Va du souverain droict la balance tenant
Qui quoy qu'il n'aye onq eu aucune autre lignée
Que ce jeune seigneur de son lict d'Hymenée
Et luy est fils unique, en agre' le desir
Pour le voir de ce trouble hors la France sortir[3]
Esperant cependant que serions en voyage
Qu'on pourroit terminer ceste Ligueuse rage :[4]
Rage dont cest Heros de justice et raison
A esprouvé l'effort par dix mois de prison
Tenue dans les Tours de la forte Bastille
Où armée l'avoit mis la canaille vile
De seize hardis pendarts, qui maistrisoient Paris,
L'ayant dans le palais sur les fleur de Lys pris,
En robbe rouge oyant en publique audience,
Les Advocats plaidans par demande et deffence,
D'où ne voulant qu'au son de dix heures sortir,
Mais plustost là qu'ailleurs mort pour son Roy patir,[5]
Tout le Senat moins fort, le presse à party prendre
De dessus les hauts rangs ensemblement descendre ?
Et de ces tyranneaux rebelles insolans *19*
Suivre sans plus d'efforts les complots violents,

---

[1] A [pas de ponctuation]

[2] C *Nostre se porte*. Dans l'interligne supérieur la même main qui annote en marge a inséré *dessein* entre *Nostre* et *se*.

[3] C *de ce trouble et de peril sortir :*

[4] A [pas de ponctuation]

[5] A <*pastir*> ou <*partir*> difficilement lisible sous la rature de la même main qui annote en marge et qui a corrigé en *patir*.

Ce qu'ils font deux à deux luy le premier en teste,
Comme en procession de solemnelle feste
Coustoyez de deux cens halebardiers, picquiers,
Soubs des habits de fert par les rues fort fiers
Desquels un procureur, estoit le Capitaine,
Qui droict à la Bastille ainsi le senat meine :
A la face duquel en L'Audience estant,
Sinon sur ses genoux, les yeux n'alloit jettant :
Ce grand chef toutesfois de constance invincible
Mais à qui en marchant la goutte estoit penible,
Sur le pont nostre Dame accostant un estault
S'escri' que là tuer, ou trainer il le fault :
Qui faict que son Mulet à poinct on luy presente,
Et fait on monter sus sa personne pesante,[1]
Qui son guide suivant le front hault, et le coeur,
Donnoit sans en avoir aux meschants de la peur :
Si qu'ainsi ces coquins ce grand homme emprisonnent,
Et trois des Senateurs pour compagnons luy donnent,
Des autres, cinq ou six ils se vont reservans *191*
Qu'au Louvre ils font[2] serrer, du reste se servans
Pour faire seulement dans le Palais la mine,
Cepandant qu'à Paris la ligue en tout domine.[3]
Or j'ay narré ce fait pour voir les traittemens
Que font aux gens de bien ces Ligueux mouvements
Estimant heureux ceux qui de leurs turbulences
Se peuvent tenir Loing et n'en sentir les trances :[4]
Du[5] siege de Rouen, dont le Roy pour ce coup,
Par Farneze amusé, ne peut venir à bout :

---

[1] C *personne presente*
[2] C *vont serrer*
[3] A *domine./*
[4] A [pas de ponctuation]
[5] C [vers renfoncé : alinéa]

Nous partons à my-Mars, de la Cavallerie
Du sieur de Tinteville ayants la compagnie,
Et marchons à Vernon ; Or mon vers n'entreprend
Que des Villes parler en ce voyage grand,
Car trop il ennuy'roit, d'escrire des villages,
Et des Bourgs rencontrez les Logis et passages ![1]

De Vernon, que la Seine abreuve en descendant,
Nous nous allons à Mante en seureté rendant,
Où peu auparavant, le gros Duc de Mayenne
Qui de la Ligue tient la charge souveraine,
S'estoit sauvé fuyant de la plaine d'Ivry,
Où luy avoit deffait son camp le grand Henry :

Puis ayant chevauché deux jours par la campagne *19*
Arrivons à Melun, qu'un Tresorier d'Espargne
Ores va gouvernant, qui, le Roy, se nommant,
Sa vie et son Tresor employe bravement,
Au service du Roy, par un exemple rare,
Qu'imitter n'a voulu un poltron, un avare,
Un ingrat de Molan, qui Tresorier puissant,
Fut de six mille escus au fut Roy[2] refusant,
Sa Majesté à Blois luy en faisant demande,
En son urgent besoin, et necessité grande :
Ce marault protestant, qu'il se romproit les os,
S'il y sçavoit de L'or, ou de l'argent enclos,
Pour le luy donner tout, et cependant, nouvelle
Vint bien tost de Paris, que la Ligue rebelle
Son cachot avoit pris qu'un Masson son zelé
L'ayant jadis basty luy avoit revelé
Où dormoient ses escus, dont de fort bon courage
Les Ligueurs à souhait avoient fait grand pillage ;
Et en fut bien compté trois cent mille au soleil,

---

[1] C *les loges et passages,*

[2] C *feu Roy*

Triez et tresbuchans, d'or pur et solemnel :
Que ne debvoit le Roy, voleur pecuniaire !
A l'encontre de toy alors justement faire ?
Ne meritois tu pas qu'on t'en eut veu punir *193*
Et de cent coups de barre en croix brisé finir ?
D'avoir, à la mercy de la Ligue insensée
Qui ses gens en paya, si grand somme Laissée
Et n'en avoir voulu, O ingrat, ô pandart
Faire au Roy tant soit peu en son besoin de part,[1]
A qui en maniant sa bource et sa finance
Pillée tu l'avois de secrette science.[2]
De Melun par la Brye, au conspect de Provin,
Allasme à Villenosse où beusmes[3] de bon vin,
Et passant de Champagne au pays[4] plus fertille,
Couchasmes à Vertus, bonne et Royalle ville :
De là vinsme à la ville appellée Chaâlons,
Que Marne fleuve arrose, et a ses champs si longs,
Autour d'elle qui font ceste celebre plaine
Qu'on dit Catalaunique, encores je croy pleine
De la gresse des Huns, qu'Atilla fleau de Dieu
Perdit en si grand nombre en bataille en ce lieu,
Qu'Ætius gouverneur des Gaules pour L'Empire,
Par François, Bourguignons, Gots, Romains fit occire,
Où le Roy Merové, en Gaule ayant ja pié,
Combattit vaillemment du Romain allié :
Apres vinsme à Piney, maison prou-bien bastie, *194*
Que le Duc Luxembourg tient soubs sa seigneurie,
De là marchans de nuict, pour doubte des Ligueux,
Qui battoient la campagne, et n'estions si fort qu'eux,

---

1 C *départ,*
2 A *science./*
3 A C *beusme*
4 A C *pais*

Arrivasme à mynuict à Mussy, dont est Maistre
Le Duc et pair, de Langre Evesque et sacré prebstre :
Là ayant bien repeu, et deux heures dormy
Marchons à travers champs jusques à[1] plein midy,
Qu'au milieu d'un grand bourg pied terre chasque Maistre
Donnoit à son cheval de L'avoyne à repaistre,
Le tenant par la bride, et le mords seulement
Soubs la bouche avallé, pour manger aysement,
Nous cependant de pain, et de quelque viande
Et de vin appaisons la faim et la soif grande :
Puis remontans soudain, nostre chemin suivons,
Et apres la minuict soubs Langres arrivons,
Puis dés le bon matin entrons dedans la ville,
Que nous trouvames bonne, ancienne, et civille,
Où le Maire Rousset nous feit tout plein d'honneurs
Passionné, du Roy, et de ses serviteurs ;
Ayant fait là sans plus quinze jours de demeure, *19*
Affin de n'en partir point à nostre malheure
Car d'amis nous avions eu advis trescertain,
Qu'on avoit desseigné mettre sur nous la main,
Au chemin que l'on prend de Langres la Royalle
Pour par Montbeliar s'acheminer à Basle,
Où l'on s'imaginoit que tendre nous debvions
Pour la plus droitte voye, allant de là les Monts .

Au lieu de telle routte, un' aultre on nous fit prendre
Qui sceut en seureté à Besançon nous rendre,
La Sone ayant passé dessus son premier pont,
Fait de bois tout uny que l'on dit d'Apremont
Marchans tousjours de nuict, et ainsy esludames,
Des volleurs de Ligueux les redoutables trames :

Trois jours ceste grande ville à la considerer

---

[1] C *jusques au*

Nous fit du port'enseigne au Logis demeurer,
Que nous voyons tresbelle, en maisons bien basties
En rues de Largeur, et longueurs[1] bien parties,
Assise entre costaux, colines et haults Monts
Qui portent de Mercure et du Ciel les beaux noms
De jardins au dedans, et dehors plantureuse,
Et des fruits de Bacchus, et Ceres copieuse,
De statues ornée aux places, où les eaux *196*
Viennent donner à boire au monde par tuyaux ;
Dont Bachus une part d'un tonneau distribue,
Un autre d'un Triton de la coquille flue,
Et L'aigle Imperial, bonne part en respend
Dessoubs Charles le quint, qu'en bronze on voit là grand :
Autre part une Nymphe en verse des mammelles,
Comme laict nourricier des files perennelles,
Outre ces ornements posez par le public,
On nous monstre un hostel, et palais magnificq,
Basti par les ducats du Cardinal Granvelle
Qui a eu si grand nom, en sa vie mortelle,
Où tout ce qu'en palais, du marteau, du Cizeau,
L'art en ouvrages peult s'imaginer de beau,
Se trouve en cestuy là, par tout y faisant rire
L'or, Le marbre, Le jaspe, et pipolé porfire,
Et peintures, qu'ont fait de leur pinceau divin
Michel, et Raphael de Florence, et d'Urbin :
Lesquels à juste droict, pour leur art Angelicque,
Des Anges les premiers portent nom specifique
L'un mesme du Cizeau, aux antiques sculpteurs
Ne ceddant, du compas ny aux Architecteurs,
Puis statues qu'on dit de Rome estre apportées *197*
On y voit dans la sale, et aux jardins plantées.

---

1 C *longueur*

Un bel arc[1] triomphal de suitte on nous monstra,
Par où Aurelian L'Empereur là entra
Venant en Gaule, apres qu'il eut de Zenobie
A Rome triomphé, et de la tyrannie
De Titricus,[2] lequel de ces trente estoit l'un
Qui d'Empereurs Romains, prenoient tiltre chacun,
Tyrans pource nommez, par discorde, et desordre
Perdans la Majesté de L'Empire, et tout ordre :[3]
Apres d'oeil diligent, et d'esprit curieux,
Avoir çà là courus tout plein d'antiques Lieux,
Profanes et devots du sainct sacré suaire
Nous voyons prosternez, le sanglant reliquaire,
Dans lequel au tombeau l'homme Dieu Redempteur,
Mort en croix, fut posé, et s'en leva vainqueur,
Ceste antiquité veue, et d'un si hault mistere
Que toute Chrestienté va voir là, et revere,
Nous quittons ce beau Lieu, que le fleuve qui cour
Par dedans soubs un pont, embrasse presque autour
Qu'on appelle le Doubs,[4] qui d'or a des arennes
Que ses eaux vont tirant de mines soubterrennes,
Qu'on y voit en maints lieux, et pour signal plus grand 198
Qu'aux ventres maintefois de ces poissons l'on prend ;
Qui umbres sont nommez, qui naissent de nature
Aux rivieres qui ont ceste noble pasture :
Et prenons un chemin qui nous va conduisant
A coucher en pays, à nos yeux mal plaisant
Maigre et peu habité, d'où dés L'aube suivante
Ayans passé un mont, fisme en ville descente
Neufchastel appellée, assise au bord d'une eau

---

1 C *art*
2 C *Tetricus*
3 A [pas de ponctuation en fin de vers]
4 A *doubs,*

Qui fait d'un grand contour, un Lac pisqueux, et beau
Subjecte à la maison des ducs de Longueville
Soubs tiltre de Comté, plus specieux qu'utile,
Le peuple estant de ceux qui ont aux pieds des monts
Des Alpes, et sur Lacs nourriciers de poissons,
Par Cantons estably leur liberté unie,
Qui Seigneurs, Princes, Rois et Empereurs deffie :
Voire en tirent tributs, par traittez qu'ils ont faicts,
Soubs noms de pensions d'alliance et de paix :
De là par Belleville, au long du Lac de Bienne
Allasmes à Solleure, une ville ancienne,
Qui par antiquitez qu'encores on y voit
Du temps des grands Romains en lustre paroissoit,
Et est des sept Cantons, qui font en la Suisse *199*
De la Romaine foy pur et ferme exercice,
Aux autres mescreans pourtant, fort bons amis,
Et en cas de besoing pour leur deffence unis :
Et Là L'Ambassadeur ordinaire de France,
Pour les entretenir fait tousjours residence,
Comme y visme en passant un Brulart, qui leur foy
Conservoit dextrement constante à nostre Roy,
Contre la faction, et pressante pratique
Qu'y faisoit faire alors, le Roy dit Catholique,
Et avoit sans deniers, l'or spagnol eludant,
Avec Harlay Sancy, biens et vie hazardant
D'un chacun des Cantons suisses levé mille,
Qui estoient arrivez au siege de la Ville
Où par l'aigu cousteau d'un traistre Jacopin
Le troisiesme Henry ayant receu sa fin :[1]
De ce nombre une part chez soy fut renvoyée,
Et du Roy successeur la fortune appuyée
De L'autre moindre part, qui ayant pour son chef

[1] A [pas de ponctuation]

Le vaillant Gallati, sauva de tout meschef
Le Roy pressé à Arq, rembarrant de leurs piques
Toute la Ligue là, et ses efforts iniques,
Et où le grand Henry de nulle peur attaint 200
Faisant le premier front, merita d'estre craint,
Si qu'honteux, et battus de la Royalle troupe
Les ennemis fuyans monstrerent dos et crouppe,
Retournant vers Paris, où le Roy plustost qu'eux
De force et d'assault prit les faulbourgs bien peneux,
Et au lieu d'estre pris, comme avoit faict jactance
Le Lieutenant d'Estat et couronne de France,
Et pource ja loué fenestres on avoit,
Dans Paris, pour le voir quant on L'ameneroit :
Ainsi que les faulbourgs, pouvoit la Ville prendre,
Mais croyant bon conseil, voulut temps autre attendre,

Et où revais-je ainsy, les playes retoucher,
De ma patrie, allant repos ailleurs chercher ?
Certes[1] la grande ardeur que j'ay pour son service,
Ne me peut contenir, me trouvant en Suisse
De parler du secours que ses gens par effect,
Que moy mesme j'ay veu, à Arques luy ont fait
Alors qu'au Roy monstrant leur coeur ferme, ils planterent
Six mille qu'ils estoyent leurs piques, et jurerent
Ayant marché trois pas, une main haulte à Dieu,
Qu'ils vaincroient ou mourroient pour luy tous en ce lieu,
Dont avecques plaisir, et joye je repasse[2] 201
Dedans mon souvenir le bel acte et L'audace.[3]
De Solleure à Zurich en un et demy jour
Du voyage entrepris nous poursuivons le cour,
Ville assise en climat, dont Ceres seme-graine

---

[1] C *Cestes*
[2] C *et joye repasse,*
[3] A *L'audace./*

Et l'herbeuse Pales enrichissent la plaine,
Qui là rit alentour, et Bacchus mesmement
Sur des proches costaux y regne Largement
Mais le vin qu'il produict, pour l'ombre et la froidure
Des Alpes, n'y meurit, et ne perd onq verdure,
Dont le peuple pourtant heureux confort reçoit,
Et comme du muscat avecques joye en boit :
Ceste Ville en assiette ainsy advantagée
D'un fleuve dit Limmat, est en deux partagée ;
Y ayant trois beaux ponts de bois dessus plantez,
Sur qui les bourgeois vont à leurs commodittez,
Et ce fleuve sortant d'un Lac, dont la claire onde
Ressemble à une mer qui en poissons abonde
Qu'on nomme de Zurich, sur qui les habitans
Toutes danrées vont pres et Loing debitans,
Marchef cellebre ayans, de huictaine en huictaine
Là où de toutes parts on apporte et emmeine :
Et sur tous les Cantons Zurich tient rang premier *202*
Et proffesse en sa foy l'erreur de Zuinglier,
Qui Chanoine de Là, en la guerre animée
Pour la religion pretendu' refformée,
Aux armées voulut mesme en personne aller,
Pour le dogme nouveau de sa vie sceller
Et mourut en bataille, ô grand folie ! ô rage !
Qui pour quatre mots seuls la Chrestienté partage,
Que je ne croye ô Christ[1] rien, que ce que tu as
En ces quatre mots dit, à ton dernier repas :
Sans faire l'entendu, qu'ils soient dits par figure,
Et non selon la lettre et propre constructure :
Car quant ton Pere dit que le monde fut fait,
Tout aussi tost le monde eut son estre parfait,
Aussi quant tu as dit, et apres toy le Prebstre,

---

[1] A *christ*

Que le pain est ton corps, tu y viens en tel estre
Dont je ne veux sçavoir autre chose, sinon
Que tu es dans ce pain, et d'effect et de nom,
Y adorant de coeur ta divine presence,
Et en corps la mangeant en deuë reverence
Comme ordonné tu l'as, et les premiers Docteurs
Par leurs escrits en sont si grands admirateurs :[1]
A Zurich ayant fait un jour deux nuicts de pose,
(Car il faut que Chevaux voyageant on repose)
De là en coustoyans son lac à veuë d'oeil,
A Rapertsville au bout prismes[2] nostre sommeil
D'où partis, en chemin un autre Lac trouvasmes
Que jusques à Valstad en barque nous passames
D'où sortans le matin d'un jour beau et serain,
Trouvasmes la vallée appellée du Rhin,
Dont sur un pont de bois le torrent surmontasmes[3]
Et non trop loing de là à Curie arrivasmes,
Ville en un lieu posée, où sejour l'on nous dit
Que Constantin le grand passant aux Gaules fit
Luy et toute sa cour, dont Coire, ou bien Curie,
La Ville a pris son nom, ayant champs et prerie
Vignoble à vin clairet, et à vin blanc aussy,
Dont le peuple trafique, et en noy' son soucy,
Estant à un costé d'un long vallon ouverte
Et de l'autre au midy d'un mont ardu couverte
Qui des Alpes deslà est premier à monter
A qui veut au pays des Rhetes se porter
Rètes or' dits[4] Grisons, qui ont dans les vallées
Aux fonds et aux penchants de ces Alpes gelées

---

1 A [pas de ponctuation]

2 A C *prisme*

3 C *sur un pont de bois l'eau ja large passames,*

4 A *or' dit*

Leurs habitations par villages, par Bourgs,
Et par petits hameaux qui semblent gistes d'Ours :
Dont les maisons on voit de ronds sapins basties 204
L'un sur l'autre couchez et joints sans esquarries
Couvertes de pallots aucunes et le plus
De menus brins jonchez avec rameaux feuillus
Quelques Villes y a à civilité duittes
Assez bien de maisons à pierre[1] et chauls construittes
Mais le parler n'est un en ces peuples scabreux
Ains divers et qui suit la nature des Lieux
Car les hauts monts passez du costé d'Italie
Ilz expriment leur[2] sens par mots de Lombardie :[3]
Du costé des Suitz[4] leur parler Rethien
Est fait de L'Alleman, et Celtique ancien
Et or' qu'il soit ainsy, tout bon ordre et police,
Y est bien establie, ensemble et la justice,
Qui y regne par tout, par consuls, presidents
Assesseurs, Magistrats à chacun la rendans
En leurs communaultez qui ont de tels offices
Par suffrages esleus, annuels exercices
Soit à juger tous tors, et motifs de proces
Civils, ou faicts de main, et criminel[5] excez
D'uns sur autres commis, que sans chiquaneries
L'on juge sur le champ, presentes les parties,[6]
Que si officiers donnent aucun signal,

---

[1] C *à pierres*

[2] C *leurs sens*

[3] A [pas de ponctuation]

[4] A *des suitz*

[5] C *criminels exces :*

[6] C *sur le champ, parties bien ouyes ;* A *<parties bien ouyes,>* est lisible sous une rature de la même main qui annote en marge et qui a corrigé en *presentes les parties*

De n'estre gens de bien, et d'avoir versé mal ;
Aux Estats annuels où n'y a point de brigue,
Ils vont justifier leurs faits, devant leur ligue
Où ces peuples ainsy, quoy qu'Aspres, et grossiers
Vivent libres et francs, et grands justiciers,
Aux armes tousjours prests, ayans leurs Capitaines
Qui les vont exerceant aux festes des sepmaines,
Suivant l'ordre à chacun donné d'ancienneté
Par Ville, et par Village, et par communaulté,
Et puis en general font monstres, et reveues,
Où chaque ligue au champ met ses forces congneües :
Armez tous de longs[1] bois, d'espées, et du fer
Qui dedans prenans feu, tue en tonnant dans l'air,
Vaillans comme Lions pour leur pays[2] deffendre ;
Dont Cesar ne peut onq, celle region prendre
Comme par mots latins, mis sur pierre peut voir
Quiconque de monter se veut mettre en debvoir
Aux monts dessus Posclaf, allez à tous les diables
(Cesar fit là escrire) ô vous gens indomptables :
Par des Drusus pourtant, d'Auguste les Nepveux[3]
Et par Germanicus, on fit triomphe d'eux,
En province reduits de Rome et de L'empire,
Tant que des Empereurs la France pût[4] produire
Mais ayant delaissé, aux Princes Allemans
Ce tiltre le plus haut, sur tous Gouvernemens
Ces gens reprenant coeur, de leur vertu guerriere
Ont raffermy du tout leur liberté premiere,
Et sont or' divisez en trois Ligues, qui font
Un estat souverain, au bel ordre qu'ilz ont,

---

[1] C *de long bois*

[2] A *pais*

[3] A *d'auguste ;* C *les nepveux,*

[4] C *put*

Dont L'haute Ligue Grise est premiere nombrée
Dix neuf communaultez ayant pour sa contrée
Dont on en compte neuf de la part, sur le bois,
Soubs le bois l'autre part, qui est de cinq deux fois,
Qu'icy je nommerois, mais le nom de pas une
Ne plairoit en ma ryme, or qu'elle soit commune ;[1]
Apres va la Cadée, ou bien l'hostel de Dieu,
Qui des trois ligues tient le nom et second lieu,
Et dont Coire pour deux de ces Communes passe,
Et avecques ces deux, autres dix neuf enlasse,
La troisiesme Ligue, en ces gens indomptez
Dix Directures[2] tient, ou dix Communautez ;
Pour la Religion nul ne s'y scandalize
Pour la Messe et le Presche ouyr en mesme Eglise,
Apres avoir à Coire un jour du Chemin prix,
Et l'Estat des Grisons d'un hoste docte apris ;
Nous passons en partant, vingt pas dehors, un fleuve *207*
Qui du costé des Monts ses murailles abreuve,
Et se haste à porter au maistre Rhin ses eaux,
Qui assemble là[3] pres en un ses deux canaux,
Qui çà et là bruyant par saults espouventables
Ont tiré des rochers[4] leurs ondes perdurables,
Desgorgées du Mont de Spluge ou d'Adula[5]
Et du Mont sainct Gothart qui plain le ventre en a[6]
Puis du Lac de Constance appellé Podamique[7]
Par L'Allemagne il court[8] en L'Occean Belgique ;

---

[1] A [pas de ponctuation en fin de vers]
[2] C *Dix Directeurs*
[3] C *Assemblant là bien pres*
[4] C *Ayant tiré des rocs leurs ondes*
[5] C *Desgorgées d'un Lac, qui au sommet alpin*
[6] C *Du mont de sainct Gothart gist en un rond bassin,*
[7] C *Gagne la plaine en fin de Coire, et de là pique*
[8] C *Traversant L'Allemagne en*

Et demy jour marchans tout le long d'un beau val[1]
Pour qui de autre n'ayans que son second canal[2]
Démontons chez un hoste,[3] où un souppé fort maigre
Nous prismes, et pour vin je pense du vinaigre :[4]
Mais ce ne fut pas tout, car le froid lendemain
Nous ayant là tout contre ouvert nostre chemin,
Tout aussi tost que gays à cheval nous montasmes,
A grimper des le pied un grand Mont commenceasmes,
Par sur le dos duquel, d'autres Monts rencontrons,
Qui moins qui plus alloient hauts[5] eslevans leurs fronts,
Dont autour de quelqu'uns nous allons[6] faisans rondes
Ores devers le Ciel, or vers combes profondes,
Qui nous sembloient marchants soit droit, soit de travers
Que nous estions guidez au chemin des Enfers,
Puis remontans à traict avisions des vallées
Soubs des rochers pandans par cy par là, peuplées
De Cases de Sapins, et d'Animaux, paissans
Dedans petits preaux, qu'y voyons verdissans
Entre divers amas de neiges, et de glaces,
Dont sont ces regions pleines, hautes, et basses
Jusqu'à tant que Phoebus ces Monts revisitant
De ses rayons d'Esté à bas les va jettant :
Mais n'y ayant encor lors de nostre passage,
Dardé les rays plus forts de son doré visage,
Il nous faillut, apres avoir fait par deux jours,
Montant et remontant, tant de tours et détours,
Y vivans je ne sçay de quel pain, et pitance,

---

[1] C *marchans à l'ombre des grands Monts,*
[2] C *Le long de la vallée, à coucher demontons :*
[3] C *En une hostellerie, où*
[4] A [pas de ponctuation en fin de vers]
[5] C *hault eslevans*
[6] C *nous allions*

Et de quel vin, sinon par grande penitence
Que font les estrangers par là, soit à marcher
Où tant d'affres ils ont, à paistre, ou à coucher,
Il nous faillut dis-je ; deslogeant d'une place
Que l'on nomme Splugen, par une estroitte trace
Dans la neige tousjours un hault mont escheller,
Qu'Adula, ou Splugen, j'entendis appeller,
Où certes je faillis, ayant voulu descendre 209
De cheval, pour aux pieds de la chaleur reprendre
Que m'en avoit chassé de l'air neigeux le froid,
Me perdre, et m'esgarant un peu du train estroict,
Soubs la neige y ayant des fonds, où precipitent
Ceux là qui du frayé peu caults la trace quittent,
Et où desja fourré jusqu'aux cuisses le lieu
Cherchoit à m'engloutir, mais L'ange, qu'envoy' Dieu
Pour la garde de ceux qui luy en font priere,
Du peril me tira soudain de la fondriere,
Reprenant le sentier par des perches prescrit,
D'où mon Cheval sorty de r'entrer eut l'esprit,
Et pour lequel sauver, pour sa bonne monture
J'avois pris le hazard de L'aveugle adventure,
        Au sommet parvenus de ce hault mont neigeux,
Qu'avions eu à monter, pour la neige, ennuyeux,
L'autre part à descendre or qu'en maint precipice
Non moins horrible à voir, nous sembla plus propice
N'y ayant point de neige, à cause qu'au midy
Ce costé là se tourne, et n'est tant estourdy,
Dont presque au bas, au soir fondisme en une Ville
De bastiments, et d'air, et de gens bien civille,
Qui n'est pas des Grisons, mais pour sa liberté 210
Leur est confederée, et tiltre a de Comté,
Pour un petit pays,[1] qu'elle a dans la montagne

---

[1] A *pais*

Et qui s'estend aussy en un peu de campagne,
Vers le Lac Larien, dont la prochaine fin
Ou le commencement limitte son confin
Cleven ditte, ou Chavane, en creance divine
De Rome, d'apostats, où l'on tient la doctrine,
Nous entre les Romains ayans adoré Dieu
Un dimanche, et disné, au partir de ce lieu
Du bout du Lac Comois allons tragetter L'onde,
Puis entrons en un val, le plus plaisant du monde,
Qu'on nomme Valtelin, qui tient en sa largeur
Deux lieues pour le moins, et quinze en sa Longueur,
Riche en terres à bled, et gras en pasturage,[1]
Où le fleuve Abdua au midy fait partage,[2]
Courant passer le lac, qui luy veut resister,
Et pour enfler ses eaux en son fonds l'arrester,
Mais le fleuve, en despit de luy, de course hardie
L'ayant tout traversé gaigne la Lombardie,
Portant ses eaux au Pau, qui l'emmeine en ses tours
Dans la Mer de Venise, où s'abisme leurs cours,[3]
Au reste ce qui rend la vallée riante, *21*
C'est du Seigneur Bachus la faveur produisante
A du vin, qui ne cedde en goust, force, et couleur,
A quelque autre qui soit par le monde en valeur,
Soit celuy que produit la montagne, Beaunoise
De Bourgougne, ou que rend la coste Chalonnoise,
Voire le plus friant que la France à foison
A tous les bons d'ailleurs a pour faire raison
Celeste Nepenthé aux coeurs de ceux, qui passent
Ces haults, et roides Monts des Alpes, qui tant lassent,
Pour les ravigotter des pauvres traittements,

---

[1] C *à bleds, et gras en pasturages,*

[2] C *faict partages,*

[3] C *leur Cours :*

Que la sterilité leur fait aux Logements,
Dont quelqu'un a bien dit, que qui là s'embarasse
Digne est que ses pechez le bon Dieu luy efface
Tant on a de mesayse, et l'on peut s'y fascher
De l'esprit et du corps à vivre, et à coucher,
Morbeing fut nostre giste au soir en la valée,
Que trouvasme en cuysine, et en lits bien meublée,
Pour chacun à souhait, y estans resjouis
Jusqu'au my lendemain à voir ce beau pays,
Où tout ce qui est propre à la vie de l'homme *212*
Sur terre, en L'air, aux eaux est abondant en somme,
Ores qu'à un costé de la ville, un Marais
Croupisse, que l'on dit en ses vapeurs mauvais,
Et qu'elle a nom Morbeing, de L'effect, et nuisance
Qu'il donne à la santé de ceste demourance ;
Mais nous ne vismes point là, aucuns de ses gens,
Que de bonne vigueur, bien beuvans, et mangeans,
De tout sexe, et tout age, et plusieurs en vieillesse
Qui à lever le verre avoient grande souplesse,
Comme visme en tous lieux trois jours durant en tout
Que fusme en ce beau val de l'un à l'autre bout
N'oubliant Sondrio où demy jour nous tinsmes
Pour un cheval malade, et qu'à Tiran perdismes,
Tiran fort bonne Ville et petite pourtant,
Où de la mere Vierge en un Temple exaltant
Les merites l'on va, Laquelle charitable
Y rend à qui la sert Dieu son filz favorable,
Miracles y faisant, De là de bon matin
Quittasmes ce beau val, et son genereux vin,
Remontans sur les Monts, par un, qu'on nomme Brigue *213*
D'où descendismes[1] puis dans le val Camonigue,

---

[1] A C *descendisme*

Apres avoir faillu,[1] chez un Musnier couchez,
D'estre, n'y mangeans rien des puces tous mangez,
Au sommet de ce Mont, par ses bras, et ses costes
N'ayans eu que pain noir et verjus chez ses hostes,
D'où par un Lac estroit que l'on appelle Itry
Sortismes sains et saufs jour troisiesme à midy
Que nous eusmes laissé, la Valteline ameine
Dont par tout je lou'ray la chere souveraine.[2]
Tout prests en Italie à entrer nous voicy,
A qui, reveremment je vays parlant ainsy,
O grande Reyne, à qui de tout temps, de tout age,
Toutes les nations du monde font hommage,
Et qui as le pouvoir des mains du Dieu, des dieux,
Dedans Rome d'ouvrir les portes des haults cieux :
Chez qui les grands vertus divines, et Ethiques
Vont encores tenant leurs demeures antiques ;
Où la science, et l'art de faire, et discourir,
De juger, conseiller, garder, et conquerir,
Regne et s'enseigne fort, voy que nostre Jeunesse
Pour ces perfections aprendre ; à toy s'addresse,
Vueilles nous faire part de ta tranquillité
Que nous venons chercher soubs ton Ciel souhaitté
Nos esprits disposez, et nos coeurs, et nos ames,
De bonne Intention ont bien les belles flames :
Mais nous voyons nos sens, de deux chemins tentez,
L'un qui meine aux vertus, et l'autre aux voluptez,
Mets nous dans le meilleur, et que le seul service
Qu'aux vertus nous vouons chez toy nous affermisse,
Or qu'y mettons le pied, et garde que n'ayons
Fait le rude sentier d'Alcide par ces Monts
Qu'ores avons passez, et que n'entrions en voye

---

[1] C *avoir failly,*

[2] A *souveraine./*

Et au chemin plus doux, du vice, et de la joye,
Ce dit entrons en Bresse, O Bresse des Gaulois
Bastie, et possedée un temps fut des François,
Ausquels s'estant sans plus, à ton dam, revoltée
Et de ce au grand Gaston la nouvelle portée,
Qui de r'envitailler Bologne alors sortoit[1]
Que le sainct pere Jule ayme-guerre assiegeoit,
Prenant de son armée une trouppe guerriere, *215*
De douze cent Chevaulx armez à la legere,
Pour te r'avoir accourt, et en chemin combat
Six mille hommes posez, qu'il surmonte, et abat ;
Ne plus ne moins qu'on voit une tigre, ou Lionne,
A qui des forts chasseurs une troupe felonne
A les fans enlevez, de course à eux tirer,
Et nonobstant leurs dards, les vaincre et deschirer,
Et parvenir au lieu, ou cachée est la proye
Que ces meres d'effort recouvrent en grand joye ;
Ou bien comme un torrent, qui renverse et met bas
Ce qu'il trouve avant soy resistant à ses pas,
Ainsy à ton chasteau ce brave duc arrive
D'où le matin sortant, d'une vaillance vive,
Et affin que la pluye estant cheutte la nuict
A qui d'hault en bas marche est incommode et nuict
Moings ses pas retardast, luy et sa compagnie
Descend les pieds deschaulx en ta place garnie
De tous tes citadins, qui bien sept mille estoient,
Sans les Venitiens qui fort les assistoyent,
Et là menans les mains, de l'armée rebelle
Les François sans mercy font defaicte cruelle,
Saisissans les hauteurs[2] de la rebellion, *216*
Qu'ils font decapiter pour expiation

---

[1] C *Qui de Bolongne alors d'envitailler sortoit,*
[2] C *les autheurs de La rebellion,*

De ton sang respandu, mettans en garde seure
Le chef Venitien, fauteur de ta malheure,
Et puis t'ayant le frain d'obeir bien[1] remis,
Le Duc retourna voir les autres ennemis,
Lesquels ayant suivy de son camp dans la plaine,
Les arreste campez alentour de Ravenne,
Bataille leur donna, dont la victoire il eut
Mais las n'estant contant, la mort puis il receut
Suivant mal assisté, de chaleur trop guerriere
Une main d'ennemis se retirant entiere,
Et toutesfois je crois avecques Guichardin,
Que ce brave et grand Duc eut là heureuse fin,
Ayant perdu la vie au poinct que la victoire
De tous actes guerriers luy avoit donné gloire,
Qui faire le pouvoit de sa faveur deschoir,
Et à son lustre apres laisser quelque poinct noir,
Ceste ville ayant veuë il me vint en memoire
De racompter au long ceste guerriere histoire
D'où partis en chemin je racomptay à part
Celle des actions du Chevalier Bayart,
Où logeoient les vertus, et la vraye vaillance,
Dont par tout a eu gloire et l'espée et la Lance,
En quoy je n'oubliay le bel acte qu'il fit
En son Logis de Bresse alors qu'on la reprit,
Quittant à son hostesse et à deux damoiselles
De filles qu'elle avoit de corps meures et belles
Un coffret plein d'escus, dont grand le nombre estoit,
Que pour les sauver d'honte au guerrier elle offroit,
Et prendre il pouvoit bien, voire sans crime faire
De ces vierges L'Hymen à son plaisir deffaire,
O grande continence ! O digne champion !
Qui ne cedde en vertu au Romain Scipion,

---

[1] C *le frain d'obeissance remis,*

O acte le plus beau de vray' chevalerie
De mespriser l'argent et de laisser la vie
A l'honneur attrayant des dames, que l'on peut
De droict de guerre prendre, et cueillir[1] si l'on veut,
Aussy merita t'il l'Eloge ineffaçable
D'avoir de Chevalier le tiltre irreprochable,
Et que le Roy François de ce nom, le premier,
Voulut de sa main forte estre faict Chevalier,
Sur les Suisses ayant en bataille assignée *218*
Aux champs de Marignan la victoire gagnée,

De Bresse nous allons soupper à d'Ezenssant,
Bourg sur le Lac de Garde en païs[2] tresplaissant
Qui en son air riant est d'autant agreable
Qu'on y a bon acceuil lits blancs, et bonne table,
Soit en vivres de chair,[3] ou vivres de poissons
De ce beau lac, sur tout de Truittes et Carpions,
Le lendemain peu loing, une tresforte place
Que Pescaire on nous dit parut à nostre face,
Et de là au disner à Veronne arrivons,
Que belle grande Ville et antique trouvons,
En peuple, Cavaliers, et Temples magnifique,
Qui çà de là les monts de soye fort traffique,
Que le fleuve Adice lave, dans et autour,
Et a des champs si beaux que l'air y rit d'amour,
Dominée un longtemps de main seigneuriale
Par Chiens et par Mastins qu'on nommoit de la Scale[4]
Et qui outre Veronne, ont de dents, et d'abois
D'autres Villes aussy soubmis dessoubs leurs Loix
Comme Vicence, Parme, et Padoue, et Trevise *219*

---

[1] C *et ceuillir*

[2] A *pais*

[3] C *de chairs,*

[4] C *chiens et par mastins qu'on nommoit de la scale*

Feltro, Lucques, Esté, Regio, et Monselise
Mais le temps qui destruict et envie aux Grandeurs
Une longue durée, et fermeté d'honneurs,
Les fit exterminer par le lien barbare
De L'aliance prise avec ceux de Carrare,
Qui faignans au besoin vouloir les secourir
Les firent de poison et de prison mourir,
Occupans leur Estat, dequoy Venise esmeue
Entreprit de vanger la trahison congneue,
Et chassa à la fin du pays[1] Veronnois
De sa puissante main les meschans Carrarois,
Et du consentement et bon gré de la Ville
Fut d'en prendre pour soy la seigneurie habille,
Si que les descendants de ces puissans Seigneurs
D'escoles, et d'enfans, sont maistres et Recteurs,
Des sciences ayans, et des arts la couronne,
Pour celle là qu'avoyent leurs majeurs à Veronne
Ainsi si le sort veut comme il est dit fort bien,
« De consul tu pourras estre Grammarien,[2]
« Si le sort veut aussy, de pédant de jeunesse,
« De Prince tu pourras parvenir à l'hautesse.[3]

Je ne dis rien icy du grand contentement 2
Que nous eusmes de voir le superbe fragment
Qu'Arenes l'on dit là, et c'est l'Amphiteatre
Où l'on voyoit jadis Gladiateurs combattre,
Pour donner au public plaisir et passetemps
Que les Romains avoyent inventez en leurs temps,
Où les Veronnois font aux jours de Mascarades
De bague, de Quintaine, et de joustes bravades,

---

[1] A *pais*
[2] [nous introduisons dans le texte les guillemets de la citation qui sont ajoutés en A par la main qui annote en marge]
[3] A *hautesse./*

Je ne rapporte aussi les beaux escrits gravez
Qu'on lit là en palais publiques et privez
Sur pieds d'estails marbrins à tombeaux mis, pour lustres,
Ou posez au dessoubs de personnes Illustres,
De l'antique et vieil temps, qu'on sçait bien exalter
Mais en faits ny sculpture on ne peut l'imitter,
Choses pour quoy[1] l'on va de loing en Italie,
Et que d'y visiter par tout l'on se soucie,
Et en quoy la noblesse, et peuple Veronnois
Nous furent à souhait benins et fort courtois,
Comme ils le sont en tout envers toute personne
Qui va ou pour plaisir ou traficq à Veronne,
Dont quelqu'un ayant veu tant de benignité
S'escria en des vers que l'on m'a recité
Veronne qui te voit et d'une amour extreme *221*
Envers tes Cavaliers ne s'enflame, et ne t'ayme,
Celuy ne s'ayme point soy mesme, et ses esprits
Des sentimens d'amour ne peuvent estre espris,
Mais plustost il hait toutes les bonnes graces,
Qui sont dedans le monde aux hommes et aux places,
A Vincense de là à marcher poursuivons
Que de beaucoup moings grande, et moins belle trouvons,
Que Veronne n'est pas, mais en terroir fertille
En tout genre de fruicts, et autre chose utile
A la vie et au bien des hommes de Citez
Qui n'a moings d'abondance, et de commoditez,
Ville par les Gaulois Cisalpins dominée
Par Gots et par François qui en fin s'est donnée
Apres avoir souffret le joug de maints seigneurs
Aux grands Venitiens qu'ils ont creu les meilleurs,
Là nous vismes sur tous, un superbe ediffice
Là où le Podesta siege, et rend la justice,

---

[1] A *pour, quoy*

Sur un fleuve qui court dedans, visme un pont beau,
Posé sur un seul arc soubs qui va toute l'eau,
Visme un Theatre aussy, qu'on dit L'accademie
Là où faire discours La Noblesse estudie.
En quoy favorisez nous ne fusmes pas moing
De noblesse qui prit de nous guider le soing,
Que nous avions esté en passant à Veronne,
Car l'un et l'autre peuple à tel plaisir s'addonne.[1]
En fin vinsme en la Ville où le sepulchre encor
On voit de son autheur le Troyen Antenor,
Qui éschappé du bris de sa pauvre patrie
Fut longtemps vagabond et vint là d'Illirie,
Padoue je veux dire, où nostre mire estoit
Et le lieu qui premier arrester nous debvoit,
Affin d'y faire estude, où dix fois toute ronde
Je vis luire la Lune, et disparestre au monde,
Pour l'employ de ce temps, bravement commenceons
De la chaire de Droict d'entendre les Leçons,
D'un sçavant Pancirole, y faisant la premiere,
Qui au Tiltre donnoit de Legatis, Lumiere,
Des Livres du Digeste ; Allieurs[2] entendre allions
Du grand Justinian Les Institutions
D'un docte Ottelio, qui pour juste salaire,
Des Tiltres nous dictoit un beau et clair sommaire,
A l'estude de quoy, j'avois si grand plaisir
Que de Nuict le sommeil ne me pouvoit saisir
Qu'au poinct que je voulois, tant on prend advantage,
Sur le corps, quant on a et vouloir, et courage,
Par passetemps aussi, allions une heure ouyr
Un Picolhomini des causes discourir
Des formes, des effects, et fins de la Nature,

---

[1] A *s'addonne./*

[2] C *Ailleurs*

D'Aristote[1] expliquant la phisique escriture
Mesme allant quelquefois au grand Mercurial
Entendre discourir des fiebvres, et du mal,
Car de la Medecine il tenoit lors la chaire
Voire voulusmes[2] voir la dissection faire
D'un corps le mieux formé qu'aucun ouvrage humain
Qui d'une pauvre fille estoit, morte soudain :
« Et certes il est beau, toute occasion prendre
« De veoir, et de sçavoir en la jeunesse tendre,
« Car cest[3] age passé, l'homme a d'autres desirs
« Et ne trouve à son goust plus les premiers plaisirs.[4]
Or il faut que deux mots de Padoue je die
Luy debvant le bontemps dont a jouy ma vie
« Car en la vie on n'a plaisir ny temps meilleur
« Que celuy de l'Estude à qui en dit le coeur
« D'aultant que le sçavoir qu'à l'Estude aquiert l'homme
« Le comble d'un plaisir que l'age ne consomme
« Mais qui le suit par tout en temps bon et mauvais *224*
« Le rendant honorable et aymable à jamais
« Où de tous autres jeux rien à l'homme il ne reste
« Souvent que repentir et souvenir moleste :[5]
Ceste ville est donq size en un champ large et plat
Que mont, motte, ou coustau de sa veue ne bat
Ceint de trois murs dedans, et en sa forme ronde
Flanquée de Bastions les mieux reglez du monde
Et affin que leur force on ne puisse offencer,
Arbre, haye, ny buisson, on ne voit point s'hausser,
Nulle part en la plaine, ains le beau paysage

---

1 A *D'Arioste expliquant*
2 A C *voulusme*
3 A C *c'est*
4 A C [pas de ponctuation en fin de vers]
5 A [pas de ponctuation en fin de vers]

Est tout de fruicts rampans, prérie, et labourage,
Dépuis les grands assauts, et forts ravagemens
Qu'ont fait là les François et puis les Allemans
Sur les Venitiens, qui dés la decadance
Des seigneurs Carrarois l'ont dessoubs leur puissance,
Et la font refleurir par L'Université
Qui sur toute Italie a l'honneur merité
D'estre plus recherchée, et pource multitude
De toutes nations, y viennent à l'Estude :
Mesme aussy d'Italie, et faut que les Lecteurs,
L'air, les vivres, et fruicts ne soient si bons ailleurs :
Magnifique sur tout en maisons et portiques, 22
Qui font cloistres par tout dans les rues publiques,
Où en tout temps pied sec le monde va marchant,
Et à l'ombre tousjours de L'air se va cachant :
Au reste estant si grosse, et Large en sa closture[1]
Que de sept mille pas son tour tient la ceinture.[2]
En Temples somptueuse et remplie de lieux
Qui d'un et d'autre sexe enferment gens pieux
Et plein d'autres aussy, où les mains charitables
Ont fait part de leurs biens aux pauvres miserables
Et si voit un Palais, où, la justice rend
Un Podesta à tous,[3] d'oeuvre superbe et grand,
D'une sale sur tout, qui a tant d'estendue,

---

[1] C *en sa ceinture ;* A <*ceinture* > est difficilement lisible sous la rature de la même main qui annote en marge et qui a corrigé en *closture*

[2] C *tient la mesure ;* A <*mesure* > est lisible sous la rature de la main qui annote en marge et qui a corrigé en *ceinture ;* A *ceinture.*/

[3] C *A tous un Podesta, d'oeuvre ;* A <*A tous un Podesta,* > est lisible sous la rature de la main qui annote en marge et qui a corrigé en *Un Podesta à tous,*

Que d'un des bouts à l'autre on perd quasi sa[1] veuë,
Ayant largeur aussy convenable au grand lieu,
Qui son couvert soubstient sans pillier[2] au milieu,
Tapissée au pinceau de fort belles peintures,
Et de marbre enrichie en tables et figures,
Où l'on n'a oublié d'y poser celle là
Qui de son Tite Live et lustre et le front a,
        Grandement bien construict est le College insigne
Où lisent des Docteurs en toute discipline
Et qui ont, bien payez, de gros appointemens 226
Dont est doux le travail de leurs enseignemens :
Si que de temps en temps sortent des Auditoires
Tant d'hommes illustrez, et d'honneurs, et de gloires
En toutes parts du monde, et pour l'instruction
De ceux, qui vont tendans à la proffession
D'Hipocrate, et Galien, en ce lieu se rencontre
De simples toute espece, et dont on leur fait monstre
Un certain temps et jour, où des fleurs, grains, et sucs
De chaque simple, et herbe, on narre les vertus,
Qu'ils peuvent dispenser apres en medecine,
Et en chasser les maux dont la vie se ruine :
Et c'est en un Jardin bien clos, dont un Docteur
Galeniste est payé pour en estre recteur :[3]
        Or pour commodité de toutes les denrées
Qu'on expose en la Ville à estre delivrées[4]
Au besoin d'un chacun, cinq places elle tient,
Et quatre nommement, où chacun va et vient,
Et sans confusion y rencontre les choses
Qu'il veut, en place propre à jour nommé escloses,

---

[1] C *quasi de veue,*
[2] C *sans piliers*
[3] A [pas de ponctuation]
[4] C *estre dellivrez*

Et parce que parmy la Ville, en beaux canaux,
Brente et Bachillion[1] fleuves, poussent leurs eaux,
Par quarante deux ponts voutez, le monde passe 22
Dessus de rue en rue, et d'une à autre place :
Au reste en ces pays rien n'est en Ville entrant
De quoy le souverain n'aille dace tirant,
L'escolier toutesfois qui là s'immatricule,
Et des lettres qu'il prend monstrant avoir la bule
Par privilege grand, pour vivre, ou aucun bien
Qu'il achepte dehors, ou dans ne paye rien,
Non plus qu'allant venant pour toute marchandise
Qu'il emporte pour soy aux Villes de Venise :
Les vivres abondans de toute sorte y sont
Et les meilleurs au goust qu'ailleurs[2] Italiens ont,
Fors la chair de Brebis,[3] qui en pays de plaine
Et pasturage gras n'est bonne que pour laine,
Aussi manufacture à Padoue y a t'il,
De draps tissus de laine, et demy d'autre fil,
Dont le peuple commun et l'Artisant s'habille,
Et la noblesse aussy s'absentant de la Ville,
Car en ville elle marche, en magnifique arroy,
N'ayant rien que velours, satin, taftas sur soy,
Et dedans et dehors monstrant la gentillesse
Et le port genereux d'une ancienne Noblesse,
Qui est restée encor de tant d'occisions 22
Brouilleries, combats, meurtres, et factions,
Faittes de temps en temps, dessoubs les mains hardies
De ceux qui dans la Ville ont fait des tyrannies,
Comme d'un Essellin qui tant de maux y fit

---

1 C *Bachillon fleuves*
2 C *allieurs*
3 C *la chair de mouton ; <Brebis >* est lisible sous la rature de la même main qui annote en marge et qui a corrigé en *mouton*.

Que Bourgeois douze mille en un jour il deffit.[1]
Des Dames tout de mesme y a t'il or' de reste,
Comme on les voit marcher aux jours devots de feste,
Qui à leur grave mine et illustre maintien
Monstrent que leur vertu du sang antique vien
De celles, qu'un Lascif et plus vif des Poetes
Martial, a notté si chastes et honnestes :
Dame ores que tu sois Patavine, dit il,
Mon Livre tu Liras te mouillant le penil,
Ce qui faict que Bricard, qu'amour icy domine,
Des beautez d'une Dame, à la fin s'imagine
Que par des vers qu'il fait mouiller il la pourra,
Encor que les rigueurs de Patavine elle a,
Auquel je fais souvent de pitié compagnie
Pour voir le logis seul de ceste belle amye,
Car elle de la voir seroit trop de bon heur,
Ou s'elle le voyant monstroit l'avoir au coeur :
Toutesfois comme amour rend tout Amant credule *229*
Il croit à ses regards que pour luy elle brusle
La voyant en L'Eglise où tous les amoureux
Vont dire leurs desirs aux Dames par leurs yeux :[2]
Bricart d'aymable mine et à qui la Nature
A donné haulte taille et grace en sa posture,[3]
D'un bon et vif esprit et d'un entendement
Qui peut donner aux Loix lustre en un Parlement
Son dessein allant là, mais je crains que la Muse
Trop ne le divertisse et tout à soy l'amuse :[4]
On peut faire des vers par fois par passetemps
Mais il n'y faut user son plus utile temps

---

1 A *deffit./*
2 A [pas de ponctuation]
3 A C *posture)*
4 A [pas de ponctuation]

Comme je fais ceux cy, et prends par fois à lire
Ceux qu'a chantez si doux Petrarque sur la Lyre :[1]
Petrarque L'Appolon de Toscane, et qui a
Parnasse transporté en ce beau païs là
Lisant ces vers affin d'apprendre son Langage
Qui a sur L'Italien le prix et l'avantage
Et non pas de desir d'apprendre à poêtiser
Ou à faire des vers pour Dames courtiser.
Et voilà comme on fait icy l'amour aux Dames
Qui aux traicts de leurs yeux font voir aussy leurs ames
Homme n'en aprochant, ny femme, qui ne soit 23
Parente, ou le mary la pratique en congnoit,
Pour la fille, tousjours on la tient comme en cage,
Jusqu'à tant que quelqu'un la vueille[2] en mariage,
Et ne luy parle encor, que par accord certain
Des parens, celuy là n'ait touché dans sa main,
Mais je ne pourrois pas m'ennuyer de descrire
Tout ce que j'aurois bien encores à desduire
Dedans ceste grand Ville et qui peut obliger
A l'Estude y venir plus qu'ailleurs, l'Estranger :
Trois nous en sortons hors pour voir le voisinage
Qui, dix milles autour, a si beau paysage
En terre, en eau, en l'air, aux esprits, et aux yeux
Si salubre, si gay, si doux et gratieux ;
Que si nous n'eussions sceu des peres plus saincts estre
Ez climats d'Orient le Paradis terrestre,
Nous l'aurions recongneu dans le pays benin
Des Monts Euganeants[3] et du sit Patavin,
En quelque endroit qu'on aille autour, et à la ronde,
Soit au soleil levant, soit où il va soubs L'onde,

---

[1] A [pas de ponctuation]
[2] C *la veuille*
[3] C *monts Enganeans*

Soit quant il fait midy, ou devers celle part
Que le Chartier du Ciel tient vers l'Ourse son Char :
Champ sainct Pierre Villette, où un François dit Danse 231
Qui estoit Medecin nous mena voir la dance
Du jour chomé du sainct, me fait ainsi parler
Ayants veu par ses champs rire, la terre, et L'air,
Monselice de mesme, et un lieu nommé Este
Y allans voir aussi dancer à la grand feste
Car les gens du pays ne font rien que danser,
Aux feries qui font oeuvres de mains cesser :
En quoy il fait beau voir les contadines gentes
Mouvoir par divers pas leurs jambes dilligentes,
Vestues de couleurs, le *grembial* se levant[1]
Pour monstrer L'escarpin rouge ou blanc pardevant,
Et, ce qui n'est pas beau, pour entrer en la dance
Il faut payer pour soy et la Done qui dance
Tant pour bal ou gaillarde, autant que le danseur,
Par le compas des pieds en veut de joye au coeur,
Ce que j'ay veu par tout pratiquer aux villages,
Où pour nostre plaisir faisions parfois voyages,
Voire mesme à la Ville au temps du Carnaval
Parmy le menu peuple où qui veut tient le bal :[2]
La Noblesse pourtant, qui toute habite aux Villes,
Rien n'espargne en ses jeux, ny aux pompes civilles,
Des joustes, des tournois, et publics couremens 232
De bague, et de faquin, n'autres esbattemens
Coustumiers d'Italie, et qui devant Caresme
Par tout sont exercez d'une despence extreme
Pour aux Dames complaire, en quoy Le jeu est[3] beau,

---

[1] A *se Levant*

[2] A [pas de ponctuation]

[3] C *en quoy on voit jeu beau ;* A <*on voit jeu* > est lisible sous la rature de la main qui annote en marge et qui a corrigé en *Le jeu est*

Lors que dedans des oeufs on leur jette de l'eau
De Nanfe, et de senteur, aux fenestres placées
Dont de l'oeuf qui se casse elles sont arrosées,
Ou de gente façon des oeufs[1] se saisissans,
Elles les vont en bas rejettant aux passans,
Oranges, et Citrons, au mesme ballotage
Servans aux amoureux de signal, et message :[2]
D'Este qui a produit des seigneurs, dont le nom
Aux Princes Ferrarois porte illustre renom
Allasmes à Arquat qui d'un flanc de montagne
Regarde les tresors de sa riche campagne,
Mais sa gloire est, d'avoir du Florentin les os
Qu'une Laure enflama à tant chanter le Los
De sa belle façon, que le temps, ny l'envie
Jamais de ses beautez n'effaceront la Vie
Ains les Amans, aux vers de ses inventions
Cherchent à soulager leurs fortes passions,
Qui delivré des feux desquels L'Avignonnoise 23
Luy avoit en l'esprit tenu si forte noise
Qu'elle dura trente ans, vingt au monde agissant,
Et dix apres qu'en terre elle eut le corps gisant,
Il se donna du tout au vivre solitaire,
Des Villes delaissant le sejour populaire,
Pour derniere demeure, ayant choisi ce lieu
Où les livres aymant il rendit l'ame à Dieu
Et où l'on monstre encor sa maison, et des restes
Des meubles qu'il avoit pour son usage honnestes,
Ensemble de sa chatte à la peau de poil gris
Qu'il aymoit pour garder ses Livres des souris :
Si que sur son tombeau de marbre au Cimetiere
D'Arquat où son portraict se monstre à la lumiere

---

[1] A *des oeuf*

[2] A *message :/*

CLORIDON un de nous qu'ainsy je veux nommer
Qu'une Grecque à Venise obligeoit à l'aymer
Par son ardant amour, respandit à main plaine
Des fleurs et descouvrit priant ainsy sa peine :[1]
Belle ame, si je viens de si loing reverer
Tes manes, et je puis tes graces implorer,
Dont tu reluis au Ciel en la divine gloire,
Et au monde[2] en escrits d'Eternelle memoire,
Dont tu l'as embelly : influe en mes esprits
Les Vertus dont les tiens estoient si bien espris,
Affin qu'en ces pays[3] pleins de beautez charmantes *234*
Je me garde le coeur d'attaintes honnissantes,
Et de l'amour lascif, dont une Grecque helas
Tente à m'embaresser, par ses puissans appas
Et veut qu'autre Paris je l'enleve, et ravisse,
A un vieil Menelas dont elle hait[4] le service :
Qu'en tes oeuvres qui sont, d'un Seneque Chrestien,
J'apprenne à me sauver de son charmant lien,
Et que ce que j'en ay de faveur, et de grace,
En plaisir passager s'esvanouisse et passe,
Et si du grand peril, que je vois, et ne puis
M'empescher de le courre, à corps sauve je fuis
Je t'appendray[5] icy de mon coeur une image
Pour marque qu'il aura evité ce naufrage
Par ton instruction, et lecture des Lieux
Que vont monstrant par tout tes livres studieux.

---

1 A [pas de ponctuation]

2 C *Et en terre en Escrits*, où *en terre* est ajouté dans l'interligne supérieur par la main qui annote en marge et qui a corrigé l'omission originaire de C : *Et au en Escrits* (<*au*> raturé).

3 A *pais*

4 C *elle ayt*

5 C *Je t'apprendray icy*

Belle ame je te fais ce voeu, puisque amoureuse
Tu as esté en terre et l'es au Ciel, heureuse,
Comme en vers tu l'as dit que tu avois espoir
De suivre au Ciel ta Laure et là, tousjours la voir,
Hé si tu as aymé d'amour pure[1] et honneste
Ayde à me delivrer de ce sale et moleste
Qui me brouille l'Esprit, et me va traversant
Mon estude de Droict d'un attrait si pressant
Rencontre non preveuë à ma Jeunesse prompte
Et j'en suis au combat de l'honneur et de l'honte.[2]
A l'ame de Petrarque au Ciel ores oyant
Les souspirs des mortels ainsy alloit priant
L'Escolier Padouan d'une ame soucieuse
Que luy faisoit avoir ceste Grecque amoureuse
Et l'alloit enflamant à la vouloir ravir
Et en habit viril pour valet s'en servir
La tirant d'esclavage où de la Republique
Des grands Venitiens un noble magnifique
La tenoit à plaisir et en age impuissant
De ceste fille alloit les sens appetissant
Sans luy rassasier, qui faisoit que la belle
Recluse l'haborroit d'une haine mortelle
Et au jeune homme offroit tout le bien qu'elle avoit
Qu'un moins homme de bien enlever luy pouvoit
Et c'estoit son hostesse en logeant à Venise
Qui luy avoit en main ceste fortune mise :[3]
Arquat tout parcouru colines, et costaux
Monts, panchants, et vallons, préries, et les Eaux
Mesme veu de la Mer qu'on nomme Adriatique,
Et trouvé beau par tout, l'air, et la terre antique,

---

[1] C *d'amour pur*
[2] A *honte./*
[3] A [pas de ponctuation]

Padouë[1] je revois, pour les Docteurs ouyr,
Et des plaisirs qu'on prend à l'Estude jouyr,
D'où l'on part comme on veut pour aller à Venise
Soit pour son passetemps, affaire, ou marchandise
En la Barque, qui onq ne manque de partir
De Padoue à Venise, et de là revenir
Tant de nuict que de jour où de toutes contrées
Et de tous mestiers sont personnes rencontrées
Allans et revenans mais sur tout on y voit
Des Moynes, des putains et Escoliers de Droict
Fourbes et Mariols qui ont une grande cure
D'esprit et main à mettre un vuide en la Nature
Bources, poches vuidans aux jeunes gens qui n'ont
Encor d'experience et par le monde vont.
La barque sur le dos d'un fleuve un temps chemine
Jusques au port du Dole où d'ordinaire on disne
Et de là par Canal à escluse en la Mer
Au lieu que Schafousine on entend renommer
La Barque par engins est par hault enlevée,
Pour la faire passer parsus une levée
Par laquelle on deffend au fleuve à s'y mesler, *237*
Et luy fait-on ses Eaux encor' plus[2] loing couler,
Pour dissiper sa vase en mer vive et son sable,
Qui pourroient cest endroict lacuneux, et stagnable,
Rendre un jour terre ferme, et par sa fermeté
Mettre en facille accez Venise en ce costé :
Qui de terre distant n'est là que de deux milles,
D'où à plain l'on la voit la merveille des Villes.[3]

*****
***
*

---

[1] A *Padoue*

[2] C *encor plus*

[3] A *Villes,* C *Villes ;*

II

Vers Itineraires

Allant de Venise à Rome. 1593

Fig. 4

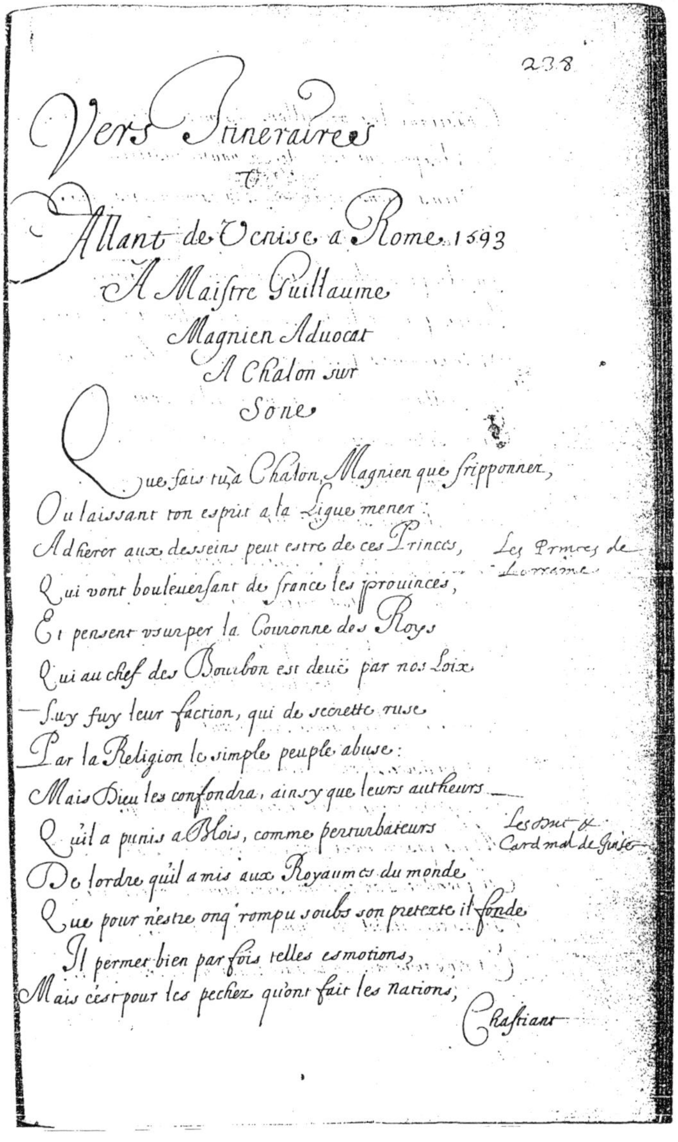

238

Vers Itineraires

& Allant de Venise a Rome 1593

A Maistre Guillaume
Magnien Aduocat
A Chalon sur
Sone

Que fais tu a Chalon, Magnien que fripponner,
Ou laissant ton esprit a la Ligue mener
Adherer aux desseins peut estre de ces Princes, Les Princes de Lorraine
Qui vont bouleuersant de france les prouinces,
Et pensent vsurper la Couronne des Roys
Qui au chef des Bourbon est deuë par nos Loix.
Fuy fuy leur faction, qui de secrette ruse
Par la Religion le simple peuple abuse:
Mais Dieu les confondra, ainsy que leurs autheurs
Quil a punis a Blois, comme perturbateurs Les Duc & Cardinal de Guise
De lordre quil a mis aux Royaumes du monde
Que pour nestre onq rompu soubs son pretexte il fonde
Il permet bien par fois telles esmotions,
Mais cest pour les pechez quont fait les nations,

Chastiant

Fig. 5

Vers Itineraires
Allant de Venise à Rome 1593[1]

A Maistre Guillaume
Magnien Advocat
A Chalon sur
Sone

Que fais tu à Chalon, Magnien que fripponner,
Ou laissant ton esprit à la Ligue mener :
Adherer aux desseins peut estre de ces Princes,
Qui vont bouleversant de France les provinces,
Et pensent usurper la Couronne des Roys
Qui au chef des Bourbon est deuë par nos Loix :[2]
Fuy fuy leur faction, qui de secrette ruse
Par la Religion le simple peuple abuse :
Mais Dieu les confondra, ainsy que leurs autheurs
Qu'il a punis[3] à Blois, comme perturbateurs

---

1 C *Vers Itineraires / ou / Chemin faisant de Venise / A Rome ;* A *Vers Itineraires / <ou> / <Voyage> de Venise à Rome 1593*, deux ratures selon toute apparence originales : un premier bout de papier rectangulaire collé sur *ou* l'efface et *Allant* est écrit sur un second bout de papier, collé au début de la ligne pour effacer <*Voyage* >.

2 A [pas de ponctuation

3 C *puny*

De l'ordre qu'il a mis aux Royaumes du monde
Que pour n'estre onq' rompu soubs son pretexte il fonde :[1]
Il permet bien parfois telles esmotions,
Mais c'est pour les pechez qu'ont fait les Nations,
Chastiant les brouillons de misere ou supplice, *239*
Qui l'espée ont esté de sa haute justice.
Viens, viens, icy Amy ; et eslongne tes yeux
De nos murs maistrisez par ces seditieux ;
Fuy le pays rebelle, et cruel bord de Saune
Je t'en pri' par le temps qu'à Chalon et à Beaune
Si doux avons passé soubs nostre Archipedant
Ce Guillaume Amyot qui terrible estoit tant,
Et à Dijon aussy, en la naissante Escole
Des compagnons reglez du Cantabrois Loyole[2]
Qui relevent si hault leur congregatïon
Du sainct nom de Jesus, et Jesuittes ont nom :
Là où tu me quittas, emportant mon Espée
(Et je t'en fais present) que je t'avois prestée :
Car les Escoliers,[3] par le droict d'amitié
Du bien de leurs[4] amis se servent volontié
Et tu as de ce droict, je ne sçay si tu change ;
Tousjours activement recherché la louange
Mais passivement non, car aymé tu as bien
A prendre d'un chacun, sans jamais donner rien,
Tu as ce naturel, et humeur à l'extreme,
Et moy tous mes amis avec leurs humeurs j'ayme :

---

[1] A [pas de ponctuation]
[2] C *loyolle*
[3] C *Car les gents Escoliers,* [où *gents* est ajouté dans l'interligne par la main qui annote en marge et qui considère évidemment *Escoliers* comme trisyllabique, tandis qu'en A il compte 4 syllabes]
[4] A C *leur amis*

C'est pourquoy de si loing, je me souviens de toy 24
Et ces vers voyagers pour tesmoing je t'envoy'
De mon affection que j'ay tousjours constante
Ores que ta personne est de la mienne absente
Depuis cinq ou six ans :[1] Amy durant lesquels
J'ay veu et entendu des actes nompareils :[2]
Comme ô Dieu de Paris celle grande journée
Qu'en ses rues la Ville on veid estre enchainée
De Barricades toute et qu'il ne failloit pas
Sans peril de la vie aprocher de vingt pas
Où les gardes du Roy aupres des ponts rangées
Par les Bourgeois de coups se sentirent chargées
Les Suisses sur tout que l'insolent Guisard
Qui avoit excité le peuple à cest hazard
Feit r'envoyer au Roy : lequel sur la furie
Que l'on luy anoncea de ceste braverie
Son Louvre abandonna, allant sa Majesté
Chercher hors de Paris respect et seureté :[3]
Où le grand De Harlay avecques sa famille
L'on ne veid point pastir à la fureur civille
Quoy qu'on luy rapportast qu'il estoit menacé
Et y avoit complot encontre luy brassé
D'attenter à sa vie et de mettre au pillage 24
Les biens de sa maison et que le mesme orage
Sur les gros tomberoit dont il estoit le chef
Comme il a de Justice au Parlement la clef
Et y sied le premier mais d'un front intrepide
En sa chambre il se fit aporter, son Egide

---

1 C *Depuis six ou sept ans :* ; A <*six ou sept* > est difficilement lisible sous la rature de la même main qui annote en marge et qui a corrigé en *cinq ou six*

2 A [pas de ponctuation]

3 A [pas de ponctuation]

Sa Cuirasse J'entends affin de l'endosser
Une rondache aussi affin de l'embrasser
D'une main, et de l'autre empoigner une Lame
Pour rendre en gentilhomme au Ciel vaillamment l'ame
Si on l'eut assailly : qui n'eut esté qu'en cas
Que l'on eust renversé ses domestiques bas
Son fils et moy aupres : disant au duc de Guise,
Qui le vint visiter, et c'estoit par surprise
Pour voir quelle posture il tenoit, que son coeur
Il donnoit à son Roy son unique Seigneur
Son ame ez mains de Dieu son corps et sa personne
Aux efforts factieux de la tourbe felonne
Et bien peu s'en faillust qu'entrant en son Logis
Par un brave homme à mort le Guisart ne fust mis
Car il se bragardoit en pourpoint par la Ville
Une baguette en main sans avoir suitte habille
Que deux des siens sans plus et ainsy moy sorty *242*
J'advertis que venoit ce grand chef de party :[1]

Le Roy fut à Rouen puis à Chartre et de suitte
S'en alla prendre à Blois vengeance de sa fuitte
Deux freres y tuant puis au bout de huict mois
En assiegeant Paris pour revenche de Blois
Luy à sainct Clou tué par un questin de Moyne
Hé ! qui n'estoit à rien qu'à ce grand coup ydoine
Ayant esté seduict par des Illusions
Qu'à mode et à façon de revelations
Par des trous et pertuis ô fraudes nompareilles
D'autres Moynes plus fins luy souffloient aux aureilles :[2]
D'Arques le grand combat où le Roy valeureux
D'une poigné' de gens fist teste au camp Ligueux
Et en routte le mit et puis ainsy qu'un foudre

---

[1] A [pas de ponctuation]
[2] A [pas de ponctuation]

Aux faulbourgs de Paris vint mettre sur la poudre
Mille Parisiens qui ne le pensoient pas
Voir revenir vainqueur et l'avoir sur les bras
Mais pieds et poings lié comme le Duc du Mayne
Leur en avoit donné esperance certaine :[1]
Bataille de Senlis où moy je veis Givry
Qui troupes y menoit Apres celle d'Ivry
Que le Roy en personne aux Ligueux a livrée
Et une autre où Rendan receut la mort pourprée
En Auvergne tenant le party des Ligueux[2]
Comme en Languedoc font ceux qui ont le[3] nom Joyeux
Joyeuses se disans qui pour vanger leurs freres
Qui eurent à Coutras leurs destinées fieres
Tombez morts sur le champ prenans ce party faux
Deux encor y sont cheus soubs l'effort des Royaux
Dont les espées sont tout par tout les plus fortes
Ores qu'en nombre soient bien moindre leurs cohortes
Que troupes je veux dire et cela vient du droict
Qui y pend le meilleur que tout bon François doibt
Pour son Roy soubstenir : Puis tant de penderies
Qui ô chose funeste ont abregé les vies
A tant de gens de bien et d'hautes qualitez
Ou qui ont par prisons esté fort mal traittez
En France en tant d'endroits, et en toutes les Villes,
Qui unies se sont à ces fureurs civilles
Contre le sang Royal : miserables effects
De la Ligue et de ceux qui suivent ses beaux faits :[4]

---

[1] A [pas de ponctuation]
[2] A *Ligueueux*
[3] C *qui ont nom ;* A *le* est ajouté dans l'interligne par la main qui annote en marge et qui considère évidemment *qui ont* comme une synalèphe par coalescence de *-i* et *o-*.
[4] A [pas de ponctuation]

Pour mon regard, j'ay eu Fortune assez prospere
D'avoir de ce dur temps eschappé la misere,
Et d'estre icy venu : Que si le coeur tu n'as, 244
De franchir les hauteurs des Alpes de tes pas,
Ayant d'autre dessein qu'à penser d'Italie,
Où l'on m'a dit qu'avoit esté nostre Mucie,
Et qu'à Padoue j'ay d'un mois failly avoir,
Dont je suis dans le coeur touché de desespoir
Pour n'avoir embrassé une teste si chere,
Que j'ay tousjours aymé autant que la lumiere :[1]
Je te veux comme en carte, icy marquer les lieux,
Qui en chemin faisant y ont pleu à mes yeux
De l'un des bouts à l'autre, or, qu'en ce lieu de Sene
La vie que je vis Je puis dire estre mienne :
Pour Camarade ayant un Chaunes Parisien,
De qui l'humeur me plaist comme à luy fait le mien,
De franc et noble coeur : sus donq, que je commence
Par la Ville qui fonde en mer sa preminence,
Qui n'estant au premier qu'un ramas de pescheurs,
Tient ores un Estat de Duc et de Seigneurs
Faisant teste aux grands Rois ; et qui soubs l'heur et l'aisle
Du Lion de Sainct Marc[2] Venise l'on appelle,
Maistresse de la Mer d'Hadrie, et en splendeur
Qui pourroit esgaler la Romaine grandeur,
Si ce n'est en Empire, il ne tient qu'à fortune : 245
Car les vertus y ont leur demeure chacune,
Mais les Princes et Rois autour d'elle si grands,
Ont tousjours contesté ses desseins conquerans
Ce qu'à Rome n'advint, qui croissant n'eut affaire
Qu'à petits Roitelets, qu'elle sceut tost deffaire ;
Non pas à Empereurs, Exarches, n'à Lombards,

---

[1] A [pas de ponctuation]
[2] A *Sainct Mar*

A Huns, Vandales, Gots, tout gastans et pillars ;
Pour lesquels esviter au lieu de loing s'estendre,
Longtemps elle croupit ez eaux à se deffendre
Sinon qu'apres en fin, par les dissentions
Qui pour gouvernement forment les factions,
Venans à se mesler dans les villes prochaines,
Qui s'estoyent par le temps, ou l'or, fait souveraines :
Par force, ou de bon gré, ou par protection
A d'autres en ostant la domination,
A acreu son Estat, qui en tout magnifique
Des trois sortes d'Estats fait une Republique
Ains un Empire grand, qui en terre, et en Mer[1]
D'Isles, et de pays, la fait tant renommer :
Dont je ne veux pourtant prendre en mon escriptoire
L'Encre qu'il me faudroit pour t'en tracer l'histoire :[2]

Mais qui est celuy là d'esprit et de cerveau *24*
Si fort qui n'admirast sur la face de L'eau
De la flottante Mer, une Ville eslevée,
Toute d'eau par canaux en ses rues pavée,
Et plus de cinq cens ponts, par où de tous costez
Les Bourgeois vont passants à leurs commoditez
Où au lieu de Chevaulx, chariots, et charrettes,
Par les rues courant, vont barques et barquettes,
Qui vont distribuant aux habitans par tout,
Ce qui est necessaire à leur vivre et leur goust.[3]
Sur tout il fait beau voir les maistres Barquerolles,
D'une rame mener sur un pied les Gondolles,
(Qui des Barquettes sont) couvertes au mytan
De drapt noir en arcade, et deux grands becs pourtant[4]

---

[1] A C *Mer./*

[2] A [pas de ponctuation]

[3] A *goust./*

[4] C *portant*

De fer luisant aux bouts, où chacun pour un besse
Va à couvert par tout où son besoin le presse.

Ha que de beaux palais, qui à les voir dedans
Attirent par dehors les yeux des regardans
Où par tout marbre on voit, par tout Jaspe, et porfire,
Et de Peintres par tout ouvrages on voit rire,
Où bref tout ce que L'art de Vitruve a songé,
L'on peut en ces Palais remarquer l'abregé,
Mesmement en celuy si magnifique, où loge *247*
De ce puissant Estat le chef qu'on nomme Doge,
Et apres en celuy, car Cent autres je tais
Que d'un grand Patriarche on nomme le Palais,
Appellé d'Aquilée, et sont des Grimani
Gentilshommes de là, qui ont basty ce nid,
Artistement garny d'ornemens magnifiques
Colomnes, Chapiteaux, et frisures antiques,
De statues de marbre, et bronse au naturel
Formées par des mains descendues du Ciel
Aux antiques sculpteurs, qui sont bien admirables,
Mais des modernes non en sculpture imitables :
Et tant d'inscriptions aux Manes, sur Tombeaux
De Romains ramassez, par pieces et morceaux :
Tant de ces longs vestus ferme et forte est la gloire,
Que le temps n'en peut pas effacer la memoire :
Mercy des beaux Esprits de leurs faits studieux,
Qui font de ces fragments un Tresor precieux,
Et se vont captivans au marbre, et à la pierre,
De leurs noms, comme quand ils regnoient dessus terre
Car toute l'Italie en est pleine, et n'est pas
Palais bien renommé, où l'on n'en voye à tas :
Mais te voulant marquer les choses singulieres, *248*
Je debvois te parler des maisons de prieres
Des temples, où le peuple et la gent de ce lieu,
Moines, ou Seculiers, sans cesse invoquent Dieu :
« Car tu sçais qu'en tout oeuvre il faut que l'on commence

« Par celuy qui a mis le monde en ordonnance :[1]
Quel Temple que celuy où il est adoré,
Et porte de sainct Marc le nom tant reveré ?
Pour avoir au besoin mesme en bataille urgente
Venise ressenty sa faveur assistante.
Le patronnage ayant de sainct George changé,
Pour avoir croyent ils, leurs voeux lors negligé,
Si que leurs ennemis qui apres les vainquirent
Et ce sont les Gennois, sainct George pour eux prirent.
Temple oeuvre merveilleux d'art richesse, et beauté,
Tous autres surpassant qui soient[2] en Chrestienté :[3]
Vous luy voyez monstrer la haute-auguste face
A un bout spacieux de la plus belle place
Qu'aye Ville du monde, au haut du front portant
Quatre chevaux de front d'airin qu'on vante tant,
Que de Corinthe on dit, enrichis de dorure
D'un or qui du soleil rayonne la brillure :
Chevaulx que croire il faut, estre opime butin 24
De la Ville, qui tient nom du grand Constantin :
Et là posez pour marque, et tiltre que Venise
Alliée aux François, ceste Ville a conquise :
Par ceste auguste front, cinq grandportes[4] d'airin,
L'entrée vont donnant au temple souverain,
Qui au long et au large ouvrées de moulures
Et ayant tout autour marbre et bronze en figures
(Qui vont representant, par artistes desseins,
Et gestes, plusieurs corps de sainctes et de saincts)
Rendent tout merveilleux le gros de l'Ediffice
Et le corps de ce temple en son seul frontispice :

---

[1] A [pas de ponctuation]
[2] C *qui soyent*
[3] A [pas de ponctuation]
[4] C *cinq grands portes*

Mais tout le reste suit, et proportionné
A la magnificence est l'oeuvre façonné :[1]
Des colomnes de marbre en deux longs rangs plantées
D'espesseur de deux pieds et trente six comptées
Les voutes vont portant, basties de carreaux
De diverses couleurs de marbres tous fort beaux,
Ainsi que les parois, et de marqueterie
De marbres, le pavé a mesme braverie :
Par des degrez de marbre on va montant au Choeur *250*
Où cent prebstres sacrez chantent gloire au Seigneur[2]
D'office jour et nuict, et là inestimable
Dessus le grand Autel s'offre aux yeux une table
Toute massive d'or et d'argent pur et fin,
D'histoires figurée au poinçon et burin,
Une voulte au dessus apparest à la veuë
De quatre beaux pilliers de marbre soubstenue,
En croix de toutes parts derrier ce grand Autel
Pose le corps de Dieu qui a esté mortel
Dedans une Chapelle et sacré tabernacle
Si bien ouvré par tout qu'il parest un miracle
Dessus quatre pilliers d'Albastre si clairant
Que l'on croiroit qu'ils sont de cristal transparant :[3]
Mais entrons maintenant dedans la sacristie
Pour voir non de Venise ains de toute L'Italie
La richesse plus grande et le tresor sans prix
Qui de juste valleur ne peut estre comprix
Hé que de raretez, d'or d'argent[4] en ouvrages
Ou soit d'orfebvrerie ou sculpture d'images
Hé que de raretez et d'enrichissements

---

[1] A [pas de ponctuation]
[2] A *seigneur*
[3] A [pas de ponctuation]
[4] C *d'or et d'argent*

De perles de rubis et de fins diaments
De pieces d'or massif et d'argent mis en oeuvre
Où la perfection des ouvriers se descoeuvre
Que les yeux esblouis des rais de leur splendeur
Ne peuvent regarder ny admirer le coeur :[1]
    Au sortir de sainct Marc une Tour se rencontre
Eslevée en quarré qui cent mille pas monstre
Loing sur terre et sur mer dont le comble quarré
De lames de Leton d'or de ducats doré
Aux rayons du soleil jette telle brillure
Qu'à cent milles aussy on void ceste dorure
Ceste Tour en hauteur tout autre surpassant
Ainsi que sur tout arbre un Pin se va haussant
Du dessus de laquelle on peut rue par rue
De Venise des yeux congnoistre l'estendue :[2]
De la place sainct Marc qui tient plus en Longueur
De pas qu'elle ne porte en travers de largeur
Dire je ne te puis combien à nostre veue
Va portant de plaisirs la solide estendue
Vray theatre du monde et le celebre port
Où toutes nations font ordinaire apport
De langues et d'habits de mode differente
Où chacun fait affaire au gré de son entente :[3]
    Plusieurs places encor jusqu'à cinquante trois
Parmy la Ville sont où j'ay passé par fois
Mais la place sainct Marc en son ample surface
En plaisance et bel air toutes autres surpasse
Et ce qui magniffique en tout la Ville rend
C'est des temples sacrez par tout un nombre grand
De marbre decorez en colomnes, corniches

---

[1] A [pas de ponctuation]
[2] A [pas de ponctuation]
[3] A [pas de ponctuation]

De statues de saincts posées dans des niches
D'ouvrages peinturez que les plus sçavants doigts
De peintres renommez ont faict[1] sur les parois
Soit ceux où Citadins par paroisses Dieu prient
Et de tous leurs pechez aux Curez mercy crient
Qui sont soixante sept soit ceux où par Couvents
Religieux à Dieux sans cesse sont servants
En tout cinquante cinq soit ceux des Monasteres
Où Moinesses en Dieu menent vies austeres
Vingt six de compte fait, sans compter huit ou dix
Oratoires, non plus que Confreries six
Dont celle de sainct Roch a en sa compagnie
Les plus gros de la Ville et de la Seigneurie
Comme j'ay veu moymesme au jour devotieux *253*
Que chacun à ce sainct fait feste et rend ses voeux
Pour obtenir du Ciel qu'à sa saincte requeste
Les peuples de Venise il preserve de peste :[2]
Outre les bastiments de ces sainctes Maisons
Où l'on chante au grand Dieu Pseaumes et oraisons
Qui relevent la Ville, aux curieuses veues
De marbre et de metail paroissent des statues
Dessus des pieds d'estail avec des Escriteaux
Qui disent le subject de ces monuments beaux
Mis par la Republique[3] à l'honneur et memoire
Des braves gens qui ont faict service à sa gloire
Comme d'un Coleon qui dessus un Cheval
Monstre qu'il a esté d'armées general
Et plusieurs fois livré batailles, et faict gestes
Qui des Venitiens fait lever hault les testes :[4]

---

[1] C *ont faicts*
[2] A [pas de ponctuation]
[3] A *la republique*
[4] A [pas de ponctuation]

Des autres je ne parle en nombre neuf ou dix
Equestres tout de mesme et rien plus je ne dis
Des pedestres qui sont en divers lieux monstrées
Bien cent soixante cinq de beau marbre acoustrées
Treize d'airin ou bronze et j'escris tout cecy
Ayant eu de les voir toutes un grand soucy :[1]
Mais je ne sçay pourquoy je passois soubs silence
La Cour de Parlement et sa magnificence
De ces Seigneurs de Mer qui est un palais grand
En cinq sales party où justice se rend
Et où le jour sacré qu'on finit la sepmaine
De tous eux il se fait assemblé' souveraine
Faisant mille cinq cens gentilshommes extraits
De ceux qui de Venise ont les fondements faits
Et mise en republique Et là nul ne tient place
Qui de vingt et cinq ans la course ne surpasse
Là les juges l'on prend qu'on nomme Podestas
Qui souverainement vont jugeans de tout cas
Aux Villes où ils font leurs charges deux années
Et qui sont par leurs soings ainsy bien gouvernées :[2]
Là sont choisis aussy tous les ambassadeurs
Qu'aux Princes l'on déspesche aux Rois et Empereurs
Et sejournent trois ans en leurs Cours comme espies
De tout ce qui se fait dedans les Seigneuries
Qu'ilz mandent à la leur du bien ou mal d'autruy
Sentant ou prevoyant sa seurté ou ennuy :[3]
De là sont pris encor les gouverneurs des Iles
Et provinces qui sont à Venise serviles
Capitaines aussy de forts et de Chasteaux
Et ceux qui sur la Mer commandent aux Vaisseaux

[1] A [pas de ponctuation]
[2] A [pas de ponctuation]
[3] A [pas de ponctuation]

Et tous autres qu'on pousse aux charges qui importent
Que toutes neantmoins sinon qu'à temps ils portent
N'y ayant que le Doge et conseilliers d'Estat
Qui sont dix seullement et qui durent en Estat
Jusqu'au bout de leurs jours si quelqu'un en la place
Du Doge trespassé pour Doge esleu ne passe
Car ce nom de grandeur est donné seulement
A l'un de ces dix là, à d'autres nullement :[1]
Or ce Doge est bien chef, et de Prince a la mine
Les enseignes, l'habit, mais rien ne determine
Sans ce Conseil des dix, et n'y a qu'une voix
Et bref de ces dix là les advis sont des Loix :[2]
Mais ce n'est tout d'avoir fondé une grand Ville
Luy avoir donné loix et un Conseil habile
Par raison politique à se bien maintenir
Si la force à l'Esprit on n'y a sceu unir
Comme est la force icy propre à faire conqueste
Et ce qu'on a conquis le conserver de reste,
D'armes propres ayant pour soldats effectifs *256*
A pied et à cheval de beaux preparatifs
Dans un ample Arsenal pour par mer et par terre
Faire à un Empereur ou à grand Roy la guerre
Et ce lieu en Chasteau dans une Isle est basty
De Murs, Tours, et Fossez, alentour investy
Comparty au dedans de longues galeries
D'armes pour Cavaliers et pour infanteries
Garnies en bel ordre, où sans cesse y a gens
A polir à fourbir, ces armes dilligens
Empechans que jamais elles bien arrangées
Par ratelliers ne soient[3] de la rouille chargées

---

[1] A [pas de ponctuation]
[2] A [pas de ponctuation]
[3] C *ne soyent*

Comme espées, estocs, lances, picques, et dards
Arquebuz, corcelets, à vestir les soldats
A pied et à cheval, et les autres especes
D'armes par Magasins rangées et espesses
Et pour combats de terre et pour combats de Mer
Dont l'on voit là dedans par tout luire le fer :[1]
Apres avoir passé les yeux sur tant d'armures
On vous fait promener soubs d'autres couvertures
Où basles et boulets on fait voir à monceaux
A renverser des Murs Navires et Vaisseaux
Dont si grand nombre y a qu'une riche famille
N'a greniers où le bled en plus de grains fourmille
De chambre en chambre proche est un nombre infiny
De Canons d'atirail et rouage garny
Et des munitions qui forment le tonnerre
Quant il a pris le feu qui esmeut mer et terre :[2]
Et entre autres Canons un se presente aux yeux
D'où par trois bouches sort le foudre impetueux
Et Cerbere, s'appelle, un autre d'advantage
S'y monstre, qui vomit par sept bouches sa rage :[3]
Que diray-je de plus (on ne le croiroit pas
Qui ne l'auroit bien veu) d'une forest de Mats
D'antennes, d'avirons, et rames apprestées
Pour Galleres qui sont là deux Cent bien comptées
Ensemble y comprenant maints autres grands vaisseaux
Que rangez on y voit gros debattre les eaux
Dont en huict jours l'on peut mettre sus une armée
Qui effroye la Mer de Mediterranée,[4]
Non que la Mer d'Hadrie, ayant gens de mestiers

---

[1] A [pas de ponctuation]
[2] A [pas de ponctuation]
[3] A [pas de ponctuation]
[4] A *Mediteranné e*

Qui ne font autre chose en ouvroirs et chantiers
Qu'à fabriquer vaisseaux et fournir equipages 258
Qu'il faut ou pour la guerre ou pour faire voyages
Car la Ville a marchands qui par tout le Levant
Mesme en Afrique vont marchandise enlevant
Camelots, Marroquins, drogues espiceries
Cannes à sucre doux, raisins secs, Malvoisies
Cottons et maints tonneaux de denrées remplis
Dont jusqu'en Alemagne ils portent leurs debits :[1]
Non que par Italie oubliray-je les toilles
Dont en cest Arsenal on fait tentes, et toilles
Qu'en un Logis à part du matin jusqu'au soir
On void cent femmes et coudre et leur vie en avoir
Si qu'à voir tout ce lieu et tant et tant d'ouvrages
Qui servent à dresser des guerriers equipages
Et par terre et par mer et les divers Logis
Boutiques et chantiers où jouent tant d'outils
Ez mains de tant d'ouvriers il semble d'une veuë
Que ce soit une Ville à ces Artisants deuë
Qu'on compte bien six cens à qui les Sabmedis
On paye sans manquer les salaires promis
Qu'à douze cens Escus de finance certaine
Et bien chiffrée on tient revenir par sepmaine :[2]
Je ne m'advisoy' pas d'un vaisseau qu'il y a 259
Bucentaure nommé ouvert ça et de là,
A Balustres dorez, couvert et dez le feste
Doré et Asuré pompeusement au reste
Qui à L'ascension Cent Senateurs reçoit
Où le Doge paré Ducallement on voit
Un Patriarche avec, qui à la Mer marie[3]

---

[1] A [pas de ponctuation]
[2] A [pas de ponctuation]
[3] A C *avec qui à la Mer Marie*

Chantant des Oraisons ceste grande Seigneurie
En plaine et haute Mer un precieux Aneau
Par mine d'espousaille jettant au fond de l'eau
Au conspect d'un grand peuple assistant en gondolles
Qui voient[1] ce mistere et oyent les parolles
Où en gondole[2] aussy j'ay veu proche une fois
Ceste galanterie avec deux Millannois
De Naple retournans nous trois de compagnie
Pour voir au Jour prefix telle ceremonie
Car les Venitiens sont grands ostantateurs[3]
Et souvent en publiq estallent leurs grandeurs
Comme en procession festins et telles mines
Pour se faire admirer des personnes moins fines :[4]
          Je ne sçay où j'en suis car de quelque costé 2
Que je tourne les yeux je ne vois que beauté
Et merveille à Venise et je n'ay rien encore
Narré de Rialto qui si fort la decore
D'un admirable pont qui d'un seul arc boutant
Dessus le grand Canal si large et haut s'estend
Que soubs peuvent passer sans hurt n'aucunes fautes
Galeres, grands Vaisseaux et Navires plus hautes
Ainsy que le Colosse à Rhodes qui jettoit
Ses jambes çà et là et si hault les portoit
Qu'entre deux par dessoubs les Navires venues
Des voyages de Mer au port estoient receues :[5]
Pont basty sur son dos de Logis orgueilleux
Et de çà et de là une rue entre deux
Qu'on trouve par degrez jusques au haut courante

---

[1] C *Qui voyent*
[2] C *en gondoles aussy*
[3] C *grand ostentateurs,*
[4] A [pas de ponctuation]
[5] C *estoyent ;* A [pas de ponctuation]

Mais pourtant par pallez et reposoirs plaisante :
Là Les Libraires sont et les presses qui tant
De Livres Imprimez Venize vont vantant :[1]
Des la place sainct Marc jusques là ce sont rues[2]
A marchands qu'on diroit des foires continues
Tant leurs boutiques sont parées pardevant
De toute marchandise et qu'à bon prix l'on vend :[3]
Or Venise n'est pas en tous ces poincts seuls belle *261*
Mais en Isles aussy qu'elle a tout autour d'elle
Qui vont contribuant par la fertillité
Qui regne en leurs jardins à sa commodité
Voire aux contentemens des coeurs et des oeillades
Du monde qui y va faire ses promenades :[4]
Sainct George Lazuec et l'Isle où cent fourneaux
Vont bruslant nuict et Jour et d'où par longs tuyaux
La matiere l'on prend qui reçoit forme telle
Que le noble artisant luy souffle laide ou belle
Et la manie ainsy qu'il luy plaist jusqu'à tant
Qu'un verre de Cristal de ses fers va sortant
Verre enfant de Moran et engendre allegresse
Çà qu'avecques deux doigts je te tienne et caresse
Au nom de mon Magnien[5] et te vuide à long traict
Plein de celle liqueur que la Candie a faict :[6]
Et ceste Isle du nom de Moran dénommée
Est pour ses verres beaux au monde renommée
N'ayant pour habitans que des nobles verriers

---

[1] A [pas de ponctuation]
[2] A C *se sont rues*
[3] A [pas de ponctuation]
[4] A [pas de ponctuation]
[5] A [*Magnien* est mis en évidence à l'intérieur du vers par des caractères d'écriture supérieurs]
[6] C *que la Candie fait :* ; A [pas de ponctuation]

Que des Jardins plaisans et courtois jardiniers
Qui ne refusent point à ceux qui se presentent
Aux huis de leurs Jardins des fruits qui les y tentent
Comme j'en ay faict preuve y frequentant par fois 26
Quand pour la Fleur d'Espine à Venise J'allois :[1]
Voilà ce que je puis de Venise t'escrire
La muse ne pouvant davantage t'en dire
Ses richesses, sa force et sa raison d'Estat
Qui tient sa republique en grandeur et esclat
Jalouse des grands Rois, l'ordre de sa Milice
Commandée par qui, son general office[2]
Sont des subjects de prose à estre bien narrez
Qui ne sont bons à estre en des vers mesurez :[3]
Si que la laissant là, Dez Padouë l'envie
Que j'avois de longtemps de courre l'Italie
Me fit mettre en chemin apres un long sejour
Que m'y avoit fait faire et l'estude et l'amour
Ayant pour compagnons du desiré voyage
Un Murart Lyonnois, et un de pareil age
Biaunay Baujaulois, et d'un de Besançon
Le plus barbu de nous ayant à nom Buzon :[4]
Devant soy à cheval chacun portant malette
Allons à Rovigo du jour finir la traitte
De là passer le fleuve où l'hardy Phaëton
Qui mit le monde en feu rosty cheut ce dit-on
Et dont on a chanté que les soeurs au rivage 26
Changées en peupliers vont pleurant le naufrage
Trouvans proche la Ville où du vaillant Roger
Les Princes descendus avoient sceu se loger

---

[1] A [pas de ponctuation]
[2] C *par qui son general office* [sans ponctuation]
[3] A [pas de ponctuation]
[4] A [pas de ponctuation]

Mais leur manquant de droit legitime lignée
Au Domaine sainct Pierre est en fin retournée
Un Duc Cæsar de nom en estant mis dehors
Par le foudre qui frappe aux ames non aux corps
Si qu'il n'y reste rien d'une si brave race
Que statues de Bronze à cheval sur la place ;[1]
Ferrare je veux dire un mille au delà l'eau
Que nous avons passée en Barques du grand Pau
Une belle et grand Ville, en maisons bien bastie
En places largement et rues compartie
Où le Palais Ducal et un chasteau sans plus
Sur toute autre structure emportent le dessus
Par leur magnificence, ainsi que l'ediffice
D'une grand Bibliotecque auroit son frontispice
S'il estoit achevé et où l'on va pourtant
De Livres Manuscripts grand nombre visitant
Et de l'antiquité des pieces et reliques
De Rome et son Empire ornements magniffiques
Qu'en statues l'on void et en Medailles d'or *264*
De cuivre, Bronze, argent et en joyaux encor
Cornioles, Lapis, où l'on[2] voit des gravures
Qui d'Anges, d'hommes non, sont des manufactures
Dont liettes y a et Cabinets tout pleins
Que nous ne pûsmes pas voir toutes par nos mains
Au temps qu'on nous donnoit à voir ces choses rares
Dont nous n'estions du tout quoy qu'aprentifs Ignares :[3]
Car quant à moy j'avois aux yeux un peu d'Esprit
A voir d'une Medaille et la face et l'escrit
D'en dire l'Empereur comme aussy la figure
De son revers cognoistre à son geste et posture

---

[1] A [pas de ponctuation]
[2] A *Lapis, on l'on*
[3] A [pas de ponctuation]

L'occasion pourquoy et pour quelle vertu
On auroit la monnoye ou Medaille battu
Parce que d'Erizo j'en avois lumiere
D'un livre qu'il a faict docte en ceste matiere
Mesme ayant devers moy devenu curieux
Quelques Medailles ja des Empereurs plus vieux :[1]
De là sans compagnons cherchant mes adventures
Aux Eglises je vay pour voir les sepultures
Et les inscriptions et Eloges qui font
Revivre les vertus des deffuncts qui y sont
Que je ne te veux pas racompter une à une 26
Pour ne te rendre point tant ma Muse importune
Le nombre estant trop grand de ceux qui aux tombeaux
Pensants vivre encor font mettre des escritteaux
Où le marbre reluit blanc et noir, et l'ouvrage
Des plus sçavantes mains des sculpteurs y fait rage
Qu'à plaisir je voyois : mais à aucun mes yeux
N'arresterent point tant leurs regards curieux
Qu'au tombeau d'Arioste à qui en poesie
Appolon a donné si vive fantasie
Que plus n'en eut Virgile et cest ingenieux
D'Ovide qui se fit tant son Prince odieux :[2]
Arioste qui chante en vers si doux les Dames
Les Cavaliers courtois les amoureuses flames
Et de nostre Roland les faicts hauts et puissans
Et quelle passion luy fit perdre les sens
Qui comme de l'Esprit noble estoit de famille
Car Ferrare l'on voit en noblesse fertille :[3]
Bologne apres je veis où des Bentivoli
Avoyent esté seigneurs aussi des Pepoli

---

[1] A [pas de ponctuation]
[2] A [pas de ponctuation]
[3] A [pas de ponctuation]

Mais lors que j'y passay J'y trouvay d'un Gregoire
La statue de bronze effaceant leur memoire
Bologne où des Docteurs toqués de taffetas 266
Enseignent le mestier de Juge et d'Advocats
Que de son bon terroir l'on appelle la grasse
Mais ce n'est pour celuy qui aux tavernes passe
Ville des plus peuplée assize en un plain lieu
Que gouvernent Legats du vicaire de Dieu
Où aux rues l'on marche à couvert soubs portiques
Qui s'y vont avanceant des maisons magnifiques :[1]
De là par sur le dos du grand Mont Appennin
Par devers les Toscans je poursuis mon chemin
Aprochant le rampant de l'hauteur montaniere
(Bologne ayant laissé seize mille derriere)
A des maisons j'arrive où il ne faut charger
Les montures par trop qu'on loue à voyager
Et le lieu pour cela de fort longtemps se nomme
Descharge et ne mets point sur l'asne icy de somme
Et or qu'en habitans le village est peti
Il a pourtant produit un fort Ramassoti
Lequel pour sa valleur en montagne et en plaine
S'est aquis le renom de brave Capitaine :[2]
Le sommet surmonté au panchant et fort bas
A Florenzzole on va prendre maigre repas
De là par des chemins dont la veue varie 267
De combes, et rochers, on trouve Scarperie :[3]
D'où party or montant et ores descendant
Le beau val du fleuve Arne or on va regardant
Mais premier que de faire en ce grand val descente
Qui à Florence rend son assiette plaisante

---

[1] A *Qui si vont ;* A [pas de ponctuation]
[2] A [pas de ponctuation]
[3] A C [pas de ponctuation en fin de vers]

Delaissant à main droitte un peu le grand chemin
J'allay voir un beau lieu qu'on nomme Pratolin
Basty dans un panchant que l'Appennin varie
De rochers, de vallons, et d'herbeuse prerie
Où un palais superbe eslevé en quarré
Est tout d'or, et d'azur, au dedans bigarré
De tout meuble garny lits, tapis, chaires, table,
A loger et traitter un Empereur capable
Soit en gentils tableaux dont les artistes doigts
Des peintres plus grands ont coloré les parois
Soit en tissures d'or dont les tappisseries
Tout par tout le palais font voir leurs braveries
En statues aussy de beau marbre poly
Dont ce lieu magnifique est par tout embelly
Aux palais, aux Jardins, aux préaux, aux bocages
Où l'on va admirant tant de rares ouvrages
Que par conduits secrets l'humain entendement
De fontanieres eaux va çà là animant :[1]
Là cent grottes on void où les eaux jaillissantes
D'invisibles[2] ressorts font cent choses plaisantes
Et par tout sur des hauts aux pantes et aux vaux
Des statues et corps d'hommes et d'Animaux
Que je remarque icy comme il plaist à la Muse
Que dedans mon narré mon esprit libre en use
Aussy par cy[3] par là de droit, travers, biais,
Les yeux vont descouvrant tout, autour du palais
Car le lieu est confus de haut, de bas de pante
Où quelques escaliers font montée et descente :[4]

---

[1] A [pas de ponctuation]

[2] A *D'invinsibles*, C *D'invi<n >sibles* (où le <*n* > est lisible sous une rature de la même main qui annote en marge).

[3] C *Mais par cy*

[4] A [pas de ponctuation]

Or la plus belle image à mes yeux revenant
C'est celle d'un Persé' dessoubs soy dominant
Un serpent monstrueux qui d'un horrible gorge
Posé sur un rocher un grand ruisseau desgorge
Et ces statues sont de marbre[1] blanc et net,
Sur soy une fontaine un Esculape met
Qui tient d'une des mains un long serpent qui flue
De sa bouche ses Eaux sur la roche moussuë.
Au bas d'un Escalier par degrez duquel vont
Montans et descendans ceux qui curieux sont
Pan le dieu des Bergers qui montagnes habite *269*
Sur ses ergots se leve et de ses doigts medite
Une chanson qu'il sonne avec l'esprit de l'eau
En l'honneur des passans dessus son chalumeau
Comme fort vous l'oyez pres de la Nymphe aymée
Syringue l'haborrant, en roseaux transformée
En une grotte encor accuser la rudeur
Dont elle desdaignoit son amoureuse ardeur
Comme autrepart aussy de posture mignonne
Le mesme des chansons dedans sa fluste sonne
Son troupeau faisant paistre, à qui des oysillons
Sur des arbres prochains vont gazouillans aux sons
Chaque petit oyseau desgoisant son ramage
Ainsi que s'ils estoyent vrais oyseaux de boccage :[2]
Ainsi voit on ailleurs le mary de Venus
Boiteux et sot coqu et ses cyclopes nuds
A grands coups de marteaux sur une enclume battre
Forgeant traits à l'Amour ou armes à combattre :[3]
D'autrepart vous voyez un Hercule attaquant
La massue haute ez mains L'Hydre se rebecquant

---

[1] C *ces statues sont marbre*
[2] A [pas de ponctuation]
[3] A *à l'amour ;* [pas de ponctuation]

Et contre luy jettant à sept bouches beantes
Un grand deluge d'eau à grand randon sifflantes
Qui est un des travaux les plus grands dont l'Heros 2
Dedans l'antiquité a acquis tant de los :[1]
        Une grande grotte on trouve où jouent artiffices
Qui donnent à l'esprit et aux yeux exercices
Pour deviner que c'est, là se voit une Mer
Qui ne souffre pourtant d'avirons le ramer
Où des escueils y a desquels de gente mine
Sort un Triton sonnant de sa trompe marine
Dont vismes qu'un escueil au bruit s'estant ouvert
La Nymphe Galathée, en sort à descouvert
En une niche d'or par deux daulphins trainée
Qui des muffles jettoient de l'eau à randonnée
Venans jusqu'au bord d'où deux Nymphes sortans
Par branches de corail de l'eau alloient jettans
Et ceste grande grotte estant toute enrochée
De riches ornemens et voire entrenichée
Des statues de marbre et de bronze en des lieux
Qui la faisoient parestre admirable à noz yeux
Tant de choses y sont bien jouant leurs parties
Par mouvements secrets, jusques à des Arpies
Qui desgorgent tant d'eaux qu'une mer elles font
Où boivent des Canards et saouls jamais n'en sont :
A un bout de la grotte on chemine en trois stances 2
Tout de plain pied, qui sont trois chambres de plaisances
En l'une est le Ciel peint aux autres L'ornement
Tant au pavé qu'ailleurs y va fort gayement :[2]
        Entre autre chose on voit un beau berger qui donne
Plaisir à son troupeau par le doux chant qu'il sonne
Avec sa cornemuse, ailleurs un homme tient

---

[1] A [pas de ponctuation]
[2] A [pas de ponctuation]

Un vase à verser eau, aux mains à qui là vient
Et semble un officier et en la mesme stance
On fait voir un buffet de grand magnifficence
De ces vases de prix qui par leur rareté
Surpassent de l'argent le lustre et la beauté
De terre porcelane et là tout solitaire
On dit que le grand duc par fois va faire affaire
Avecques un ou deux de ses grands conseillers
Ou pour repas y prendre, un[1] de ses officiers
Les vivres y entrans par un tour qui les donne
Au dedans de la chambre et n'y entre personne
Ainsy qu'en un Couvent de recluses Nonnains
Qui ne reçoivent rien qu'en tels tours des Mondains :[2]
    Sortis de la grand grotte en pré un lieu on treuve
Où meine un Escalier le courant d'un beau fleuve
Qu'on appelle Mugnon et au bas du pré vert *272*
A guise d'une grotte on rencontre un couvert
Dans lequel apparoist la dame Renommée
D'aisles et de trompette au dos et mains armée,
Un dragon d'or qui boit, un Contadin qui tend
Une tasse à prendre eau, La Renommée estend
Ses aisles, et les bat,[3] la tasse en fin d'eau pleine
Du paysan[4] se fait et le serpent sans peine
Va contournant sa teste et dedans l'enfonceant
De la tasse à souhait va l'eau engloutissant :[5]
    Allans plus outre on peut voir une Lavandiere
Qui d'un Linge tors tire une courte riviere
Et un petit garçon qui pres d'elle debout

---

[1] A C *prendre un* [sans ponctuation]
[2] A [pas de ponctuation]
[3] C *Ses aisles, et l'Esbat,*
[4] A *Du paisan*
[5] A [pas de ponctuation]

De son urine rend l'eau par son petit bout
Enfin pres du palais se leve une statue
Dessoubs qui une martre eau sur un serpent flue
Et en des lettres d'or en latin est escrit
Que la victoire veut grand soing et fort esprit ;[1]
Une statue encor celle là accompagne
Soubs elle un Cygne ayant qui son bec dans l'eau bagne
Puis le releve et boit et nous dit on alors
Là de la devise estre et les mots et le corps
Du grand Duc Francesco qu'on compte pour deuxiesme 2
Des grands Ducs qui ont or le Toscan diademe :[2]
Je ne veux oublier cest animal si froid
Que vivre il peut au feu, trouvé à nostre adroict
Sur terre sur ses pieds une grand Salamandre
Qu'en un Marais voyons de ses dents force eau rendre
Et dedans ce Marais un paysan scioit
Des joncs et mainte autre herbe et maint plant s'y voyoit.[3]
Je ne veux pas qu'aussy ma muse oublie à dire
La gentille action d'un chevrepied Satyre
Qui du pis d'une Vache en un petit gruiau
Exprime au lieu de Laict par les tetins de l'eau
Ainsi qu'encor voyons un Contadin qui vuide
Et sort de son baril cest Element liquide :[4]
Au surplus les parois et les voutes des lieux
Où ces spectacles sont ainsy offerts aux yeux
De cailloux fort mignards et d'esponges marines
Sont encroustez par tout et d'aspre roche ont mines
Des perles y estant parsemées d'un art
Qui semble qu'elles soient nées en chaque part

---

[1] A [pas de ponctuation]
[2] A [pas de ponctuation]
[3] A C [ponctuation illisible, le vers se terminant dans le pli]
[4] A C *c'est ;* A [pas de ponctuation]

Des branches de corail s'y voyent agencées
Et comme au naturel coquilles enfoncées
Et je ne redis pas les divers ornements 274
Que de bronze et de marbre y font enchassements
Ny tous les animaux qui par dedans se treuvent
Et par ressorts secrets comme de soy se meuvent :[1]
Si que de grotte en grotte allions tous bien joyeux
Et tout esmerveillez de voir tant de beaux jeux
Quant ne doubtans de rien en une on nous désbonde
Une pluie à randon la plus forte du monde
Qui de tous les endroits et d'embas et d'enhaut
De droit fil de biais sans mercy nous assault
Et nous trampe si bien qu'en nous voyans il semble
Que nous estions tombez au fond d'un fleuve ensemble
Nous plaignans que Neptune ou le dieu de ces Eaux
Nous eust ainsy noyez pourpoints, chausses, manteaux
Contre tout droit des Gens qui fait juste deffence
De ne faire en lieu libre aux voyageurs d'offence :[2]
Nous ne laissons pourtant mouillez de la façon
D'aller voir et ouyr le melodieux son
Qui venoit d'un coupeau ayant nom de Parnasse
L'aislé cheval estant au sommet de la place
Et voyons que c'estoyent orgues qui s'entonnoient
Par la force des Eaux dont les neuf soeurs sonnoient
Phoebus y presidant d'où sans s'esloigner guere 275
Nous oyons le babil sortant d'une voliere
D'un grand peuple d'oyseaux invittant les passans
D'aller voir leur peuplade et leurs vols innocens
Ne s'y[3] esgayans moins clos dans celle grand cage

---

[1] A [pas de ponctuation]
[2] A [pas de ponctuation]
[3] A C *Ne si*

Que s'ils estoyent nichez en un libre bocage :[1]
Bref quelque part qu'on aille il n'y a rien que beau
Et que jeux en ce lieu que par tout y fait l'eau
Un jardin comparty de diverses bordures
D'allées de sentiers et de vertes parures
Y va riant aussy et tout delicieux
Et aux yeux des passans et aux coeurs gracieux
Et affin qu'en ce lieu rien ne manque qui puisse
Y estre desiré et de tout l'accomplisse
A costé du Jardin piscines et canaux
Claires monstres y font du cristal de leurs eaux
Où proche nous entrons en une belle grotte
Qui du dieu Cupidon le tiltre et le nom porte
Et sa statue y est de bronze ayant autour
Les enseignes qui font croire que c'est Amour :[2]
Mais je ne sçay pourquoy (et y a du mystere)
On a en lieu tresfroid sans flame et sans lumiere
Posé ce dieu de feu tant s'en fault son flambeau 27
Qu'il leve d'une main y pleut et jette l'eau
Ce que nous admirans nostre premiere ondée
Dont encor estions mouls[3] là d'autre est secondée
Qui en fuitte nous met et nous sauvons en lieu
Qui plus prochain estoit dedié au grand Dieu
Dedans une Chapelle où la magnifficence
En tous ses ornemens passe toute creance.
De là nous voyons l'Antre où est le gros surgeon
Qui donne à tous ces lieux sa propre portion
De tant d'eaux y fluans, que dans son ventre assemble
Un grand Geant my-homme et my rocher ce semble
Mal poly, si qu'on juge avoir corps si grossier

[1] A [pas de ponctuation]
[2] A [pas de ponctuation]
[3] C *estions moux*

Que c'est de l'Appennin le gros dieu montanier :[1]
Dedans ce corps l'on entre où pres la grand fontaine
Se voit Thetis des Eaux la dame souveraine
Qui prend plaisir ce semble à voir là à travers[2]
Les merveilles qui font mille ouvrages divers :[3]
Tout au plus hault en fin, de ce lieu de delice
Là où regne par tout l'Esprit et L'artiffice
Une statue on voit de Jupiter tonnant
De marbre beau et blanc, pres de luy se tenant
De marbre noir une Aigle, en main haussant son foudre *277*
Dont mine il va faisant, de mettre tout en poudre
Mais sa colere au lieu d'un effroyable feu
Ne jette que des Eaux à inonder le lieu :[4]
Veu ce grand Jupiter qui de façon estrange
Les esclairs de son foudre en de gros ruisseaux change
Fort proche nous entrons dans les errans sentiers
D'un labirinthe grand planté de verds Lauriers
Qui en son Centre tient un circuit de cent brasses
Et sur colomnes fait une coupe à huit faces
Au sommet de Laquelle un rocher spongieux
Sur treilles de fer jette un flux d'eaux copieux
Et là nous achevons de voir toutes les choses
Qui sont à Pratolin royallement escloses
Disans utille adieu au Fontenier courtois
Qui nous avoit si bien fait mouiller par deux fois
Les grottes nous monstrant prenant congé semblable
Du concierge aux passans pour le gain favorable.[5]

---

[1] A [pas de ponctuation]
[2] C *à voir à travers*
[3] A [pas de ponctuation]
[4] A [pas de ponctuation]
[5] A [pas de ponctuation] ; C [ponctuation illisible, le vers se terminant dans le pli]

Au partir du beau lieu un gentil Contadin
De poil desja meslé nous accoste en chemin
Lequel, moy l'enquerant nous dit que dans Florence
On voyoit volontiers les voyageurs de France
Car il recongneut bien à l'habit d'un de nous 27
Aux brusques actions et langage de tous
Qu'au vray estions François, qu'à bonne hostellerie
Qu'il sçavoit il offroit mener la compagnie
Et il estoit bien vray que les François estoyent
Bien venus à Florence et caresse y avoyent
La grand Duchesse estant lors Françoise et donnée
Au grand Duc Ferdinand soubs les Loix d'Hymenée
Par nostre Reyne mere et souvent je L'avois
Veuë pres d'elle en Cour jusqu'aux Estats de Blois
La fille de sa fille et de cell' qu'en Lorraine
Avec Charles on a veu Dame souveraine :[1]
Quant à luy qu'il alloit au val d'Arne et estoit
Parent proche à celuy qui Pratolin gardoit
Où charge il auroit eu luy mesme : et du sein tire
Un si hault ohime, que je m'en pris à rire
Et m'enquiers aussi tost pourquoy si fort ainsy
Il demonstroit avoir du dueil[2] et du soucy
J'en ay raison dit il, ah pour une perte
Qui pour moy ne peut estre à jamais recouverte
Qu'en la mort du grand Duc j'ay fait moy poverin !
Du grand Duc qui premier a basty Pratolin
Et il s'y[3] plaisoit tant que la mallaventure 27
Qu'il y a eu l'a mis en fin en sepulture :[4]
Et le pressant nous dire et racompter comment

---

[1] A [pas de ponctuation]
[2] C *du deuil*
[3] C *il si plaisoit*
[4] A [pas de ponctuation]

L'aventure avoit mis ce Prince au monument
Sçachez Seigneurs dit il qu'il y a quelque année
Que dans Florence fut une done amenée
De Venise, par qui, ny pourquoy, je ne puis
Le dire, et en cela bien sçavant je ne suis
Et pour ne faire erreur, il vous pourra suffire
D'en entendre le nom et la fortune dire :
Elle s'appelloit donq Blanche Capel, d'attraits
Des beautez de son corps si forts et si parfaits
Que le grand Duc Francisque en oyant la nouvelle
Fut touché du desir de congnoistre la belle :[1]
Or comme Princes sont et beuvans et mangeans
Et font les fonctions de tous les autres gens
Sont subjects tout de mesme aux passions humaines
Dont ne les sauvent pas leurs puissances hautaines
Aussi tost qu'il l'eust veuë et pratiquée un peu
L'amour luy en ésprit dans le coeur si grand feu
Que digne il l'estima et au corps et en l'ame
De l'avoir pour espouse et dans son lit pour dame
Et pour l'y faire entrer avecques dignité *280*
Luy fit de fille avoir le tiltre et qualité
Du Doge de Venise et de la Seigneurie
Princesse la rendant ceste ceremonie
Dont de grande Duchesse ayant le haut honneur
Elle regna un temps au gré de son Seigneur :[2]
Mais le facheux Martel de quelque deffiance
Ou quelque haine prenant dedans son coeur naissance
Encontre Ferdinand le frere principal
Du grand Duc, qui portoit, l'habit de Cardinal
Et passoit la saison de l'Esté chaleureuse
A Pratolin menant avec luy vie heureuse

---

[1] A [pas de ponctuation]
[2] A [pas de ponctuation]

Et sa haine envers luy alla jusqu'à ce poinct
Qu'à le faire mourir elle ne doubta point :[1]
Dont sçachant qu'il aymoit d'une paste certaine
Qu'elle mesme faisoit de sa main souveraine
En tourte et en gasteau : Elle mit un matin
Son esprit à en faire y meslant du venin
Cepandant que tous deux prenoient de l'Exercice
Durant que la frescheur du matin est propice
D'où retournans suans chacun pour despouiller
Sa chemise, en sa chambre à part voulut aller
Et le grand Duc passant va jetter la paupiere *28*
Au gasteau qu'on portoit à manger à son frere
Et en rompt un morceau, son frere en la chaleur
Qu'il sent, dit qu'à manger ne luy disoit le coeur
Et quoy qu'il fust tenté de ceste friandise
Son envie au disner en fut alors remise :[2]
Cepandant le grand Duc qui en avoit mangé
D'une douleur de coeur se sent tost outragé
Et en sent dans le sein la poincte qui le pique
Et l'exite à vomir, ainsy qu'une colique :[3]
Là dessus la Duchesse arrive aupres de luy
Et se doubtant du faict qui cause tel ennuy
S'enquiert soudainement pasle et toute amortie
Quel fait luy a ainsy la santé pervertie
Qu'est ce qu'il a mangé, on respond qu'on ne sçait
Si ce n'est du gasteau qu'elle mesme avoit fait
Elle commande alors sus qu'on le luy aporte
Dont prenant une part d'une constance forte
La mange avidement pour expier le mal
Qu'elle avoit projetté contre le Cardinal

[1] A [pas de ponctuation]
[2] A [pas de ponctuation]
[3] C *une Colique* ; A [pas de ponctuation]

Hé ! et puis que le Duc par son inadvertance
En sentoit seul l'effort et la funeste outrance
Qui estoit d'un poison le plus fort et mortel 282
Qui soit onques sorty de courage cruel
Elle en voulut courir l'inique destinée
Ou plustost eviter d'estre à mort condamnée
Comme une Venefique, et du Duc son Seigneur
Et comme elle pensoit, par conseil de son coeur,
Du Cardinal son frere :[1] ainsy rendirent l'ame
La Duchesse, et le Duc, d'une équivoque trame
Adventure tragique où j'ay esté privé
De tout espoir sans plus au trespas arrivé.[2]
Ainsy le Contadin avec quelque eloquence
Recitant tout ce cas nous rendit à Florence
Republique autreffois sur qui d'Election
Les Medecis ont eu la domination
Soubs tiltre[3] de grands Ducs et de toute Toscane
Seroient Rois s'ils tenoient Luques et Serezane
Au repos à toujours des Bourgeois Florentins
Et de tout le païs que troubles intestins
Ne faisoient que brouiller Nulle Magistrature
Ne les pouvant tenir en paisible posture
D'Anciens, de Consuls, Prieurs, Gonfalonniers[4]
Qui ont jusques aux Ducs Gouverné les derniers :
Blancs et Noirs, Gibellins et Guelfes par leur rage 283
Y ayans si longtemps fait ruine et dommage
Personne n'y pouvant vivre en nulle seurté
Violence y regnant et toute hostilitté
Où chacun maintenant vit en paix souveraine

---

[1] A C [pas de ponctuation]
[2] A [pas de ponctuation] ; C *arrivé,*
[3] A *Soubs tiltres de*
[4] A C *Goufalonniers*

Et ne sçait plus que c'est de crainte ny de haine :[1]
Et certes ceste Ville en destail et en gros
D'estre belle a le bruit et le nom à propos
Pour ses armes portant[2] une fleur rougissante
De Lys qui dit qu'elle est comme un Lys florissante
Car dés le lendemain nous promenans par tout
Ne vismes rien que beau de l'un à l'autre bout
Des rues en Longueur et largeur bien pavées
Et des maisons de pierre en bel ordre eslevées
Des beaux temples apres en grand nombre plantez
Par nous d'oeil curieux un à un visitez
Où de marbre, de jaspe et d'artistes frisures[3]
D'architectes sçavans se font voir les brillures
Au Dome mesmement qui est tout embelly
Aux parois de carrez de marbre blanc polly :[4]
Dont entre oeuvres plus beaux qui là dedans paroissent
Qui de mains de sculpteurs et de bons peintres naissent
Du premier homme, et femme, et du serpent maudit 2
Qui de L'arbre fatal la pomme leur tendit
Derrier le grand Autel on y voit toutes nues
De ce beau marbre en pied parestre les statues :[5]
Comme aussy dessus pied les disciples on voit
Ou les douze suivans que Jesus Christ avoit[6]
Qui au monde ont monstré son verbe et sa lumiere
En des Niches posez de la mesme matiere
Et non tant seullement le long des haults costez

---

[1] A [pas de ponctuation]

[2] C *Pour ses armes pourtant*

[3] C *frusures*

[4] A [pas de ponctuation]

[5] A [pas de ponctuation]

[6] A C [*Jesus Christ* est mis en évidence à l'intérieur du vers par des caractères d'écriture supérieurs]

Du Temple çà et là paroissent les beautez
Mais en la haute voulte où Vasare et Zuchere
Deux peintres renommez donnent à tout lumiere
Par peintures qu'ilz ont en des desseins divers
Proposez pour miracle à voir à L'Univers :[1]
Or entre ces beautez je desire de joindre
Une qui ne doibt pas y passer pour la moindre
Que la memoire a mis aux nobles monumens
Des grands hommes qui ont là leurs enterremens
Desquels tous je ne veux icy un rolle faire
Mais d'aucuns seulement que je ne puis te taire
Comme d'un Ficinus dont par honneurs les oz
Pour avoir fait Latin Platon y ont repoz
Platon dont il avoit l'Entendement celeste *285*
Ainsi qu'en ses escripts il le nous manifeste
D'un Laurent Medecis et d'un Cosme estimé
L'ayant remply de biens et cherement aymé
Et là tout proche aussy d'un Dante venerable
Depeinte l'on congnoit l'image en une table
Pour poete excellant dont les eslans hardis
Le Purgatoire ont veu L'Enfer et Paradis :[2]
Qu'en diras tu Magnien qu'icy est magnifique
Celle science, et L'art dit Architectonique
Les peintres, les Massons et maistres charpentiers
Y estant honorez comme sont Cavaliers
Ce que voyons par tout et en ce temple mesme
Un Giot a eu place et un honneur extreme
Ainsy qu'un Brunelet l'un pour avoir la Tour
Bastie du Clocher et l'autre mis autour
Le temple tout voulté puis au dessus du Temple
La couppe de rondeur à contenir si ample

---

[1] A [pas de ponctuation]
[2] A [pas de ponctuation]

Qu'y[1] tenions bien à l'aise hommes quarante deux
Et nous estions si hault que croyons estre aux Cieux
Voyans toute la Ville et d'Arne la Vallée
Et de tout le pays la face recullée :[2]
Pource ces deux Massons au temple ont leurs tombeaux
En pourroient ils avoir de plus grands et plus beaux ?
Que leurs Concitoyens pour leur propre et grand gloire
Ont par des Escriteaux sacrez à la memoire
Et le temple au dehors de degrez a un rang
Commode à s'y asseoir par bas de marbre blanc
Là où les Florentins à cause de la place
Qui tient autour du temple un long et large espace
S'assemblent tous les soirs à prendre la fraischeur
Quant Florence en Esté n'est que flame et chaleur
S'entretenans du temps apres que des affaires
Qui les touchent ils ont fait discours necessaires
Car ils y sont subtils et chacun sçait son faict
Par la perte et le gain, d'Entendement parfait
Et de ce lieu Doni de Bizarre cervelle
En un Livre Imprimé certains discours appelle
Les marbres de Doni comme ayans esté faits
Sur ces degrez marbrins en y prenant le frais
Avecques Florentins que d'humeurs familieres
Il teint s'entretenir de diverses matieres
Sortans de son caprice Et en front là se voit
Un Temple rond où Mars dieu de guerre on servoit
Et maintenant sacré à sainct Jean dit Baptiste
Qui de Christ arrosa d'eau la teste beniste
Que le grand Duc a pris pour son sainct et luy rend
L'honneur de la doulie annuellement grand
Où j'ay veu braverie ainsy qu'aux jeux antiques

---

[1] A *Qu'i ;* C *Qui*

[2] A [pas de ponctuation]

En Grece instituez qu'on disoit Olympiques
Courre de beaux Chevaux sur le dos ne portans
Que des garçons tous nuds qui vont les foüettans
Affin que par la course à l'envy plus legere
Le plus viste ayt le prix au bout de la carriere
Qui estoit d'une rue en son alignement
Merveilleusement propre à tel esbattement
Large, longue, sablée, ayant les maisons pleines
D'un et d'autre costé de mille Dames vaines
Des fenestres monstrans leurs pompeuses beautez
Aux Cavaliers couverts aussy de vanitez
Passans et repassans, jusqu'à tant qu'en la ruë
L'heure du laissé-courre aux chevaux fust venuë[1]
Chevaux qui Barbes sont, descharnez, delicats,
Plus propres à courir qu'aux Armes et combats
Portans en une cuisse une apparente lettre
Que de son nom le Maistre a commandé d'y mettre
Pour faire en de tels jeux congnoistre sa grandeur *288*
Et de son escurye à l'envy la valleur :
Et en ce grand sainct Jean et patron de Florence
Les souverains grands Ducs mettans leur confiance
Font sur leurs ducatons et piastres graver
Jesus qui par ce Sainct se fait tout nud laver
Dans les Eaux du Jourdain, d'humilité extreme
Establissant sa Loy aux Chrestiens du Baptesme :[2]
Bronse les portes sont de ce Temple un vaisseau
A Baptesme y estant dedans le marbre beau
Où se donne le nom et la marque Chrestienne
D'eau saincte qui nettoy' la coulpe Adamienne
Aux enfans Florentins Du Biscain Loyola
Proche en grande maison la compagnie est là,

---

[1] C *fut venuë*
[2] A [pas de ponctuation]

Et non loing le palais que la magnifficence
Des anciens Medecis faict voir et l'oppulence
Celuy là des Strozzi se mesurant à eux
Paroist mais qui n'a eu son esclat si heureux
Car les Medecis sont souverains en puissance
Et les Strozzi à bas et sans force à Florence
Pietro vaillant et fort et son frere Leon
Morts bannis, et Philippe avant mort en prison
On escrit, de sa main de peur que de L'espée 28
La teste ne luy fust par un borreau ostée
Estant des conjurez qui avoient esté pris
Pour avoir contre Cosme, esleu Prince, entrepris :[1]
Des Jesuittes l'on va à la belle structure
Du temple sainct Laurent où est la sepulture
Et la maison de mort des Nobles Medecis
Où deux de leurs Heros de marbre on voit assis
En leur chapelle autour de marbre revestuë
Et nostre dame aussi sur l'Autel en statue
Ayant à ses costez deux saincts dont L'oraison
Est Tutelaire au Ciel de ceste grand Maison
Saincts Cosme et Damien docteurs en Medecine
Desquels les Medecis de la gent Florentine
Ayans gueri les maux qui des actes puissans
Des partis factieux sans cesse alloient naissans
Ayans immité l'art en leurs faits et prudence
Ont eu des Medecins le nom par excellence :[2]
Et dans ce temple aussy le corps a son tombeau
De cet historien qui a stile si beau
Paul Jove dont la plume a esté si venale
A ceux qui ont eu main envers luy liberale
D'Eloges grand faiseur où tout il escrivoit 29

[1] A [pas de ponctuation en fin de vers]
[2] A [pas de ponctuation]

Ce qu'estre et n'estre pas en plusieurs il sçavoit
Disant qu'un temps viendroit apres qu'on pourroit croire
Ce qui seroit moings vray aux faits de son histoire :[1]
Une Biblioteque on voit en ce sainct lieu
De Livres Manuscripts en langage Hebrieu
En Grec et en Latin et mille rares choses
Faittes de doigts humains pres des livres escloses :[2]
Comme aussi à sainct Marc que ce Cosme qui fut
L'homme plus riche au monde et par tout credit eut
Bastit de fond en comble et qui dedans Florence
Suivy puis d'un Laurent amena la science
Par livres amassez, et de toutes parts pris
Des hommes plus sçavans et relevez esprits
A ses propres despends, Car que sert grand richesse
Qu'à bastir et bien faire avec art et sagesse :[3]
Sainct Marc temple qui a pour plus bel ornement
Du bon sainct Anthonin le corps mis richement
Dedans une Chapelle en marbre fin construitte
Par les Salviati famille de meritte
Sainct qui digne Archevesque à Florence a esté
D'histoire de L'Eglise escrivain reputé :[4]
Tout proche en la paroy en latine parolle *291*
Se lit escript Cy gist Jean Pic de Mirandolle
Qui en sçavoir au monde un si grand bruit a eu
Qu'aux Antipodes mesme il peut estre congneu
Proche en latin encor se lit Icy repose
Ange Politian ô merveilleuse chose
Qui faire sur son corps parestre ne pouvoit
En vivant qu'une teste et trois langues avoit

---

[1] A [pas de ponctuation]
[2] A [pas de ponctuation]
[3] A [pas de ponctuation]
[4] A [pas de ponctuation]

Je croy que tu sçauras, Magnien, sans te l'Escrire
Ce que veut l'Epitaphe en ces paroles dire :[1]
Non loing de là l'on voit s'eslever vers les Cieux
Saincte Mari' nouvelle un temple somptueux
Dont la voulte d'hauteur presqu'à perte de vuë
Est de maints beaux pilliers de pierre soustenuë
Lié à un Couvent de l'ordre Monastic
Qu'a dressé pour prescher le grand sainct Dominic.
Où sont de beaux jardins et là ont sepulture
Des hommes grands et saincts ainsy que l'Escriture
Autour de leurs tombeaux va donnant à sçavoir
Aux passans qui ont soing de congnoistre et tout voir :[2]
Un sainct Pierre martyr grand dompteur d'heresie
Pres d'un pillier tient place à son repos choisie
Un sainct Jean Salerin qui des Religieux 29
Fut le premier prieur en ce Couvent pieux
D'un sainct Remy aussy dans ce lieu plain de grace
Les os sanctiffiez et reliques ont place
Un Joseph patriarche à Florence venu
Depuis Constantinople est là mort retenu
Des lors qu'en[3] un Concile un grand Pontiffe, Eugene
Voulut en une unir la foy Grecque et Romaine :[4]
Cenotaphe on y voit aussy du Certaldin
Qui parle en ses escripts Italien et Latin
De Bocace j'entends tant chery par Florence
Pour son originaire or qu'il eust pris[5] naissance
A Certaldo Villette ou bien plustost Chasteau
Du terroir Florentin où j'ay veu son tombeau

---

[1] A [pas de ponctuation]
[2] A [pas de ponctuation]
[3] A *D'eslors qu'en*
[4] A [pas de ponctuation]
[5] C *qu'il eut pris*

Et pris un grand plaisir proche sa sepulture
De voir de sa Fiamette une vieille peinture
Nichée en la paroy d'une Eglise du lieu
Où des Religieux jour et nuict servent Dieu
Dont un qui nous monstroit et la tombe et l'image
Dist qu'en leur froc Bocace avoit finy son age
Nous monstrant son portraict vestu de leur habit
Ce que ne nottent ceux qui de luy ont escrit :[1]
Et ceste Eglise est une où les grands Architectes *293*
Et peintres Florentins ont eu mains plus parfaittes
Si qu'un bon Jacopin qui tout voir me faisoit
Me dit que sa Venus Michel Ange disoit
Estre en ce Temple là tant toutes les mesures
Il prenoit de plaisir à voir et les peintures
Apres m'avoir conduit et monstré tout aux lieux
Ce qui de rare estoit à l'Esprit et aux yeux :[2]
L'Annonciade aussy Eglise et monastaire
Qu'on nomme des servans je ne veux icy taire
Où miracles se font tant et tant tous les jours
En ceux qui à la mere et vierge ont leur recours
En leurs plus grands besoings pensant l'ayse et la flame
Qu'elle receut alors quant dedans sa saincte ame
Et ventre virginal anoncé il luy fut
Qu'elle auroit à former du monde le salut
Tout le temple estant plain de votives figures
De ceux qu'elle a tirez de tristes avantures
Par le soing qu'elle prend de demander à Dieu
Ayde et grace pour ceux qu'elle escoute en ce lieu
Soubs l'image qu'on dit que Lucas de main saincte
A de son pinceau propre et de ses couleurs peinte
Et l'ange tout de mesme en les representant *294*

---

[1] A [pas de ponctuation]
[2] A [pas de ponctuation]

L'un[1] monstrant dire avè et l'autre l'acceptant
Ou bien qu'un Peintre ayant entrepris ces images
A faire alors qu'il fut à finir les visages
Et y mettre les traits les derniers une horreur
Ou la peur de commettre irreverente erreur
Le saisit, et luy fit confus en sa pensée
Quitter jusqu'à ce poinct la besogne advancée
Et sur ce s'endormant à son resveil il veit
Les portraits achevez et Dieu il en benist
Comme n'appartenant aux pensées mortelles
De vouloir peindre au vif semblances immortelles
Mais aux Anges du Ciel qui estoient descendus
Et avoient tout parfaicts ces visages rendus
D'où vient que ces portraits par leurs saincte parade
A ce temple ont donné nom de L'annonciade
Dessus le grand Autel posez reveremment
D'or, de marbre et d'Albastre ayants grand ornement :[2]
Sortant de ceste Eglise à costé de la place
On voit d'un hospital la structure et la face
Où magniffiquement paroist la charité
Du peuple Florentin comme sa pieté
És temples se congnoist car en tels ediffices 29
Bons conducteurs y sont et serviteurs sans vices
Et cestuy cy est fait pour nourrir les enfans
Laissez et mescogneus sur la terre naissans
Où en avons peu voir sept cens sans les Nourrices
Et les gens qu'on y tient à leurs faire services
Qui bien autant y sont Et d'autres hospitaux
Se voyent à Florence à y panser tous maux
Encor outre cela : puis maisons nourricieres
De vieillards, d'Orphelins, et pris d'autres miseres

---

[1] C *Luy monstrant*
[2] A [pas de ponctuation]

Et tous ces lieux ainsy aux pauvres destinez
Sont par hommes soignez servis et gouvernez :[1]
Je ne te veux rien dire icy de l'Equirie
De cent et vingt chevaulx tenus par braverie
Par le Prince et grand Duc, qu'avons veu pour voir tout
Avecques leurs harnois de l'un à l'autre bout
Harnois tout brodez d'or et precieuses pierres
Les uns propres à jeux et les autres à guerres :[2]
L'occasion a fait que là proche passans
Nous y sommes entrez à chevaux ne pensans
Mais bien à voir Lyons et des farouches bestes
Qui pres de là ne sont à personnes molestes
Mais serrez dans des cours où par grilles de fer *296*
On les voit tristement leur prison déspiter :[3]
Tu sçauras qu'il y a encores un beau temple
Nommé de saincte Croix[4] d'espace non moings ample
Que celuy qui sur tous a l'honneur principal
Pour contenir le siege Archiepiscopal
En son exaulcement de voulte et de structure
En aprochant fort l'ordre et non l'enrichissure
Mesmement du dehors : ô grand Architecteur
O peintre merveilleux, admirable sculpteur
Et pourc'en as porté le nom de Michel Ange
Et augmentes d'autant du temple la louange
Qu'il sert de monument et de tombe à tes os
Où tu as ordonné qu'ils eussent leur repos
Ce que monstrent sur pieds et en belles postures
Autour du lieu sacré trois marbrines figures[5]

---

[1] A [pas de ponctuation]
[2] A [pas de ponctuation]
[3] A [pas de ponctuation]
[4] A *saincte croix*
[5] C *trois mabrines figures*

Et ce sont les trois arts qui t'ont donné L'honneur
Et le prix dessus ceux qui suivent leur labeur
L'ont suivy et suivront, tes cendres je revere
Tes ouvrages donnans un amour singuliere
A quiconque les voit charmé de leurs beautez
Dont on ne saoule point de voir les Venustez
Et ceste belle Eglise est tenue et servie
Par des Relligieux qui observent la vie
Du pere sainct François dits les observantins
En Couvent beau par tout en Cloistres et Jardins :[1]
Je ne veux plus rien dire icy des autres Temples
Parrochieaux, reguliers d'hommes et filles, amples
Qui plus de six vingts sont, hospitaux trente six
Qui ont de rente escus quatre vingts mille et dix :[2]
Huict places et marchez sont là où à sa mode
Chacun des habitans de vivres s'accommode
Et j'y en ay veu une où l'on joue au ballon
Non avec Brasselets aux mains mais du tallon
Et là jeunesse y fait tours de si bonne grace
Qu'en la dexterité le pied la main surpasse :[3]
En la place que grande on appelle, coulant
J'ay veu une fontaine en bassin excellant
De statues de marbre alentour assistée
Dont celle de Neptune est plus haute plantée
Comme celuy qu'on dit des eaux estre le dieu
Pres ses chevaux marins triomphant au milieu
Et là tout proche on void une statue equestre
De Cosme le grand Duc sur pied d'estail parestre
Cosme qui de Toscane a l'Estat affermy
És mains des Medecis n'y estant qu'à demy

---

[1] A [pas de ponctuation]
[2] A [pas de ponctuation]
[3] A [pas de ponctuation]

Et qui mit en son temps le frein de leur puissance
Par prudence et par force aux Nobles de Florence
Et celuy que l'on voit aujourd'huy dominant
Troisiesme grand Duc se nomme Ferdinand[1]
Qui fort prudemment regne et plus doux que Severe
Justicier pourtant ses subjects il modere :[2]
Ceste fontaine veuë et le Duc à Cheval
De ce pas nous allons voir le palais ducal
Qui estoit cy devant celuy de Seigneurie[3]
Lors que Florence estoit en Gonfalonnerie
Le bastiment n'a pas au dehors grand beauté
Mais il monstre au dedans bien sa principauté
Agencé et accreu en pieces principales
Et d'ordre fort changé de chambres et de sales
Dont une grande y a qui à la grand sainct Jean
Est ouverte à danser à la rustique gent
O comme il faict beau voir la jeune contadine
Dessus sa teste ayant chappeau de paille fine
Hausser son *grambial* pour monstrer l'escarpin
Danceant une gaillarde avec son contadin
En sa joue enflamée ayant couleur de roses *299*
Qui sont nouvellement sur le rosier escloses
Et le gent contadin par prompt tour et retour
Lestes gambades faire en se mourant d'amour
Dont à qui a mieux fait homme et fille en cadance
Par le prince present est donné prix de dance :[4]
Une autre sale aussy à comedie y a
Grands Chambres Cabinets garderobbes sont là

---

[1] A [*Ferdinand* est mis en évidence à l'intérieur du vers par des caractères d'écriture supérieurs]

[2] A [pas de ponctuation]

[3] A *seigneurie*

[4] A [pas de ponctuation]

De tous meubles exquis et de tapisseries
Et de Lits magnifficqs pompeusement garnies
Ainsy qu'il appartient à Princes voire à Rois
Tant on voit richement vestues les parois
D'une Chapelle mesme où l'on tient l'Evangile
Escritte de la main en mots Gregeois, et stile
Du disciple sainct Jean dont j'eus devot esmoy
Reverant fort l'escrit, tesmoing de nostre foy
Et sans passer trop loing comme choses divines
Les Pandectes je veids que l'on dit Florentines
Escrittes à la main et là outre passant
En grands armoires va un tresor paroissant
De Vases d'or massif et c'est l'argenterie[1]
Du Duc que sur buffets on met par braverie
Quand on faict des festins de Nopces ou autres tels
Qui sont en Italie en splendeur nompareils
Et tous ces vases d'or et pieces de richesse
Sont des grands Medecis les marques de Noblesse :[2]
Et puis en gallerie on nous mena à voir
Des preciositez que je ne peus avoir
De temps ny liberté assez de recongnoistre
Car je voyois chacune un miracle paroistre
A mes yeux esblouis et n'eut faillu branler
De là un jour entier pour son regard saôuler,
Seulement d'une chose et tant s'en faut qu'une heure
Eust esté suffisante à faire là demeure
A toutes choses voir cent statues y sont
De marbre entier et blanc, où notté mes yeux ont
Celle de Scipion qu'avons Jugé antique
Ce foudre de la guerre et dompteur de L'Affrique :[3]

---

[1] A C *et s'est l'argenterie*
[2] A [pas de ponctuation]
[3] A [pas de ponctuation]

D'hommes illustres là on voit trois cens tableaux
En leur visage peints[1] et de traits divers beaux
Dont par force et de là destachans nostre veuë
Par un long coridor allans de rue en rue
Sans que quelqu'un nous veit à voir on nous mena
Le Palais de Pitti qu'à soy le grand Duc a
A couvert sans batteau passans d'Arne le fleuve[2] *301*
Lequel çà et de là fluant Florence abreuve[3]
Et la separe en deux souffrant que sur ses eaux
Passent les Florentins par quatre ponts bien beaux
Et ce second palais est en magnifficence
Pour divertissement au Duc lieu de plaisance
Ou soit en logemens dedans les bastiments
Ou soit aux promenoirs des beaux compartiments
Des jardins, des bosquets, des grottes, des figures
Et des parterres faits en diverses mesures
Où sans que l'on le voye il se peut destacher
De sa Court et aller à plaisir s'y cacher
Ainsy que quelquefois les Princes se deschargent
Du faix de leur grandeur et soucys qui les chargent
Et tout l'ouvrage grand du palais en effect
Du marteau du Cyseau et de l'ache est parfait
Mais le grand escalier est bien une merveille
Qui n'a en Italie ou allieurs[4] sa pareille
Son montant tournoyant se soubstenant de soy
Dont un vuide il embrasse où imagine toy
Que de son haut en bas on feroit cullebutte
Si des ballustres beaux n'en empeschoient la cheutte
N'y ayant point de Mur ny d'appuy au milieu *302*

---

[1] C *En leur visages peints*
[2] C *d'Harne le fleuve*
[3] A C *florence*
[4] C *ailleurs*

Pour poser les degrez estant ce vuide au lieu
D'où l'escalier prend jour Or il faut que je rie
Avecques toy Magnien[1] d'une galanterie
Qu'entré[2] dedans la cour à main gauche on peut voir
D'une Mule plaquée en mur, de marbre noir
Un escritteau dessoubs qui dit que par meritte
De la peine endurée en la maison construitte
A porter ou trainer tous les materiaux
Comme on peut dire pierre, areine, bois, et chaux
Là on luy a posé son image de gloire
Pour d'elle avoir tousjours agreable memoire :[3]
　　　　C'est assez pour ce coup dit de Florence, un jour
Si du monde je suis à Chalon de retour
Et Dieu le veut ainsy je t'en pourray plus dire
Qu'à plaisir tu auras d'ouir autant qu'à lire :[4]
　　　　De Florence à Siene à Mules nous marchons
Mais à Poggibonzi premierement couchons
Apres avoir souppé et fait tresmaigre chere
Qu'au compte avec nous fait pourtant eusmes[5] bien chere
En nous faisant payer l'imaginé festin,
Que venu au devant de nous un grand Coquin
Nous avoit déscrit estre en son hostellerie
Où pour nous faire aller fit ceste fourberie
Ordinaire au pays, où il faut faire estat
De payer gros escot et d'avoir peu au plat :[6]
　　　　D'où party arrivans pour disner à Siene

[1] A [*Magnien* est mis en évidence à l'intérieur du vers par des caractères d'écriture supérieurs]
[2] C *Qu'entrée dedans*
[3] A [pas de ponctuation]
[4] A [pas de ponctuation]
[5] C *compte avec nous faits ;* A C *eusme*
[6] A [pas de ponctuation]

Nous la recongnoissons d'abord Ville ancienne
Assise sur le dos d'un mont et son circuit
D'un mur hors d'Escalade eslevé et construit
D'espesse et bonne brique et à gauche et à droitte
Y servant de fossé une vallée estroitte
De nature profonde et qui aux environs
A les pantes sur soy de colines et Monts
Où Bacchus et Cerés bien d'accord se rencontrent
Comme par leurs bien faits abondamment ils monstrent
De Vignes à bon vin et de froment[1] qui fait
De la farine à pain pour la vie à souhait :
Dedans la Ville entrez nous suivons une ruë
Qui d'une porte à autre est unie, et fourchuë
Se rendant au milieu l'un des bras estandant
A la porte de Romme,[2] au Cazal l'autre allant
Ce qui est au fourchu commenceant à la place
Du palais des Seigneurs où par descente on passe
Est un val fort profond comme en la Ville on va *304*
Descendant ou montant tousjours çà et de là
Par maints degrez de brique et Siene est bastie
De brique aussy pavée et onques n'est salie
Ne recevant charroy mais par Mulets bastez
S'y portant aux bourgeois toutes commoditez
Ou sur chef ou sur bras la gent vile et rustique
Y va portant ses fruicts dans le marchef publique
Y ayant douze endroicts par où de tous costez
Le monde en place vient pour ses necessitez
Place qui a son plan en forme de coquille
Dont en teste s'esleve un beau palais de Ville
Qu'on dit de Seigneurie à cause que dedans[3]

---

[1] C *de fourment*

[2] C *Rome,* ; A <*Rome* > est lisible sous la rature de la même main qui annote en marge et qui a corrigé en *Romme*

[3] C *que dedant*

Le Magistrat commande et y est residant
Et estoit autrefois d'hautesse souveraine
Mais n'en a maintenant que l'ombre foible et vaine
Au plaisir du grand Duc de Toscane ordonnant
Les affaires de Sene et ses droicts gouvernant :[1]

Et ceste Seigneurie est dicte icy Baliste
Qui au nombre de huict gentilshommes consiste
Dans le palais tousjours renfermez sans pouvoir
Aller parmy la Ville ou leur mesnage voir
Sinon d'un masque ayant la face environnée
Affin que congnoissance à nul n'en soit donnée
Reclus ainsy huict mois qu'ils ont auctorité
De soigner le public non leur proprieté
La coustume portant, et je croy mal plaisante
Que la main impunie ainsy qu'une innocente
De celuy là seroit qui auroit massacré
Un de ces huict trouvé hors du palais sacré
N'ayant le front masqué et sans sur sa personne
L'habit de Magistrat qui de rouge rayonne
Et ces huict aux despends du commun sont traittez[2]
Et ne leur manque rien pour leurs commodittez :[3]

De la place on nous meine à visiter le dome
Où la Vierge qui mit au monde le dieu-homme
Est du peuple invoquée et laquelle, est par voeu
Garde d'ancienneté, de la Ville et du lieu,
Et ce dome au plus haut de la Ville se monstre
Où d'abord un grand rang de degrez se rencontre
L'un sur l'autre posez de marbre blanc poly
Qui rendent plus le front du haut temple embelly
Que l'on trouve construict de bonne architecture

---

[1] A [pas de ponctuation]
[2] A *son traittez*
[3] A [pas de ponctuation]

De marbre blanc et noir[1], et de mainte figure
La grand'porte enrichie et ornée alentour 306
Y ayant au devant une place à grand tour :[2]
Entré dedans le dome on trouve une merveille
Qui n'a point dans le monde autrepart sa pareille
De marbre noir et blanc un pavé façonné
Qu'il faut fouler aux pieds et si bien ordonné
Qu'il represente au vif par les entrelasseures
De ce marbre divers toutes plattes figures
D'histoire de la Bible, et vers le grand autel
Sont ces femmes qui ont veu le verbe eternel
En esprit prophetique et d'une Vierge mere
Ont chanté qu'il debvoit venir à la lumiere
Sybilles que l'on dit et le pavé par tout
Du dome est ainsy fait de l'un à l'autre bout
Comme la Voulte en hault est d'or toute estoillée
En pur et fin azur, qui paroist l'assemblée
D'estoilles, et le bleu tendu au firmament
Qu'on recongnoit de nuict briller si clairement
Et jettant nos regards à la voulte ainsy peinte
Le long des deux costez nous voyons sur la plinthe
Des pontiffes Romains tous les chefs revestus
Des Tyares qu'ils ont euës par leurs vertus
Faicts de plastre si dur et d'un art si habile 307
Qu'ils semblent composez de marbre non fragile
Et le couvert du dome est d'un plomb si bien duit
Et si lice qu'il est si blanc qu'il en reluit :[3]
Apres le Dome veu là tout proche on nous meine
Voir le doux reconfort de la misere humaine
Un hospital basty par les biens d'un tailleur

---

1 C *blan et noir,*
2 A [pas de ponctuation]
3 A [pas de ponctuation]

Tant en sa vie il fut beny en son Labeur
Et ceste charité ainsy bien debitée
A des bons Sienois esté tant augmentée
Qu'ores le revenu par bon gouvernement
Quatre vingt mille escus surpasse asseurement
Toute personne pauvre y estant bien servie
Qui ne peut travailler, ou tombe en maladie
Et les enfans reccus qu'on met à la mercy
De mourir si ce lieu n'en prenoit du soucy :[1]

De là sommes conduits à la maison divine
Où nasquit le pieuse et Saincte Catherine
Et dans le temple aussy où son chef est tenu
En veneration là de Romme venu[2]
Le reste de son corps y ayant sepulture
Parce qu'elle y mourut[3] ainsy que veut Nature
Quelque saincte qu'on soit dont par miracles faits 3
D'avoir en maints endroicts mis fermement la paix
Entre esprits ennemis, par raison d'espousée
De Jesus Christ longtemps apres Canonisée
Par un Pie second de Siene natif
Des Picolhomini sçavant et d'ésprit vif
Ainsi que ses Escrits divers le font parestre
Qu'à Basle l'on a fait à la lumiere mettre
Dits D'Aeneas Silvius : en son Pontificat
Pour faire guerre au Turc qui fit grand apparat
Mais là dessus mourut Puis à la Sapience[4]
Lieu d'escole où du Droict s'enseigne la scïence
On nous meine, où trois ans durant pour peu d'escus
Quelques estudians sont logez et repeus

---

[1] A [pas de ponctuation]
[2] C *de Rome*
[3] C *y mourust*
[4] A *sapience*

Et pour y estre admis faut estre d'Italie
Ou venu là d'Espagne ou bien de Germanie :[1]
Or j'ay veu qu'il y a grande contention
Entre ceux qui sont nez de ceste nation
Et ville de Siene à avoir precedence
Dessus son compagnon en la Jurisprudence
Car aussi tost quasi que j'ay paru icy
Un noble Tantucci qui avoit le soucy
D'estre passé Docteur me vint faire priere
De vouloir prendre en main la disputte premiere
Et la tenir si fort qu'il restast peu de temps *309*
A ceux qui apres moy seroient les disputans
Qui sont ceux du païs : L'honneur de la sceance[2]
Estant aux estrangers donné par preferance
Pour disputter premiers ce que fort hardiment
J'ay faict et accomply à son contentement
De trois heures qu'il faut que dure la meslée
Deux heures j'entretins la celebre assemblée
Car tous les nobles gens de Siene y estoient
Comme la coustume est qui l'attaque escoutoient
Et estoient[3] venu faire assistance civille
Au respondant issu d'une noble famille
Mais pour le dire vray ses Theses j'avois veu
Dont j'avois à mon dire à mon loisir pourveu
Et pource conferé sur l'attaque et deffence
La replique et duplique et sceu quelle sentence[4]
Le Docteur president prononcer y pourroit
Et quels des arguments longtemps on debattroit :[5]

---

[1] A [pas de ponctuation]
[2] C *L'honneur de la science,*
[3] C *Et estoyent*
[4] C *qu'elle sentence*
[5] A [pas de ponctuation]

En chaire de Velours au milieu d'une sale
Remplie tout autour de troupe Magistrale
Je fus par un bedeau conduit et seul laissé
Où m'estant en moy mesme en bon poinct ramassé
Apres m'estre troublé un peu de deffiance 31
Commenceant à parler je pris telle asseurance
Que je feis ma preface ou avant oraison
Commmc si j'eusse esté un autre Ciceron
Et cela te soit dit comme par raillerie
(Car je sçay que tu l'ayme) et non par braverie
Mais pourtant j'y monstrois plus mine de soldat
L'espée à mon costé pour plus rude combat
Que non pour celuy là, auquel je feis entendre
Que si je ne sçavois tant de vaillance rendre
Qu'on ne m'en blasmast pas,[1] que ce j'entreprenois
Plus par affection que j'avois aux Senois
(*Un des miens leur soldat* au fort de Camolie
Ayant dessoubs Monluc presque perdu la vie)[2]
Car j'avois plus ouy de coups de pistolets
Que de voix de Docteurs et veu des Corcelets[3]
Plus que d'estudians et bref plus de parolles
D'arme et de guerre ouy que de loix aux Escoles
La France ores n'estant qu'un sanglant champ de Mars
Où l'Espée domine et regne en toutes parts
Tout estude de droict ny de belle science
N'y estant de saison mais mise soubs silence :[4]
Mon discours en fut long gagnant autant de temps 3
Et dont j'en laissay moins aux forts argumentans
A quoy fut pris plaisir, et quelques uns voulurent

[1] C *m'en blasma pas,*
[2] A C [la parenthèse manque]
[3] C *veu de Corcelets*
[4] A [pas de ponctuation]

La copie en avoir et feirent tant qu'ils l'eurent
Pour y avoir narré le malheur et le cas
Qui Henry troisiesme a jetté au trespas :[1]
Et ceste action là faict qu'estant sur la place
Où chacun le matin et le soir va à spasse
J'y reçois de l'honneur et ma discretion
Qu'à voyager j'appren en conversation
Me rend[2] le bien venu et douceur ne se treuve
Pareille à celle là qu'en ce peuple on espreuve
Qui en sçait bien user : Apres nous allons voir
Où de fontaine Brande on fait l'eau recevoir
Qu'un rocher non trop hault va par quatre ouvertures
Fort larges vomissant de ses entrailles dures
En un bassin de pierre Et puis en autre allant
Pour liscive laver de là va s'escoulant
En un ruisseau courant d'une roideur si forte
Qu'elle fait un moulin moudre dehors la porte
Laquelle Brande a nom puis en plus gros ruisseau
Quelques pas s'enfuyant de Tresse elle enfle l'eau
Qui la meine en l'Arbie Et de si belle source 312
Par filets dans Canaux la fontaine a sa course
De maison en maison et va accomodant
Siene ainsy ou bien en public se rendant
L'abreuvant de façon aussy prompte et utile
Que si une riviere y couloit plus habile
Ainsy que j'ay déspuis moymesme recongneu
Et dedans la maison de mon hostesse veu
Qui a dedans sa cave en une auge carrée[3]
De l'eau de la fontaine une part mesurée

---

[1] C *Qui a mis nostre Henry troisiesme au trespas :* ; A [pas de ponctuation]

[2] A *Me l rend*

[3] C *en un auge carrée*

Qui y passe en allant chez le proche voisin
Sans croistre ny déscroistre au mesuré bassin :[1]
La fontaine admirée en eau si abondante
A tout usage ainsy qu'à la boire excellente
Dicte Brande pour Blande au logis retournez
Les plaisirs de nos yeux ce jour furent bornez
Par la nuict revenuë : Et bien qu'eussions en teste
De voir ce qu'à Siene à voir estoit de reste
En partismes pourtant pour evitter les frais
Que nostre voiturin demandoit d'Interests
Du sejour qu'y ferions : laissans là tous les temples
Qui en bon nombre y sont assez beaux et amples
Soient les Paroissiaux, Confreries, soient ceux[2]
Que tiennent Reguliers d'ordres Religieux
Hommes, filles, aussy que je vois à cest'heure *31*
A loisir, y faisant tant à mon goust demeure
Que j'ay grand peur qu'en fin je n'y fasse l'acquet
Du nom qu'aux Sienois on donne en sobriquet
Beuvant de leur fontaine ou bien en ma cervelle
De leur air si subtil prenant une estincelle
Et j'en devienne fol car ainsy on les dit
Mais ainsy qu'ils le sont Je n'en ferois desdit
D'amour que je leur porte, et il y a peut estre
De l'amour bien au vray qui de mon dire est maistre
Qu'il vaut mieux que je taise affin qu'en ce sens pris
Tu ne m'appelles fol[3] croyant que pour Cypris
Je delaisse l'amour qu'en loingtaine contrée
Je suis venu pour prendre à l'estude d'Astrée
Mais que celuy me blasme et reprenne aigrement

---

[1] A [pas de ponctuation]
[2] C *Soyent les* ; C *soyent ceux*
[3] A C *m'appelle fol*

Des folies d'amour qui n'en eut onq tourment :[1]
Or je pensois finir mon parler de Siene
Mais il faut que ma plume encores t'entretienne
Des combats qui s'y font durant le Carnaval
Entre les Citadins qui se vueillent du mal[2]
Qui loing de se servir d'espées à se battre
Se servent de leurs poings dont on les voit combattre
En la place publique et presence de tous *314*
Et pour les enflamer à donner plus grands coups
Trompettes vont sonnant dés la maison de Ville
Ancienne façon politique et civille
Introduitte à Siene alors qu'elle regnoit
Et que sa republique independente estoit
Pour assoupir par là toute haine et querelle
Dont apres ce combat il n'est plus de nouvelle :[3]
Si qu'on voit les enfans dés leur age petit
Aprendre à se gourmer[4] à faire un tel conflit
Ainsi qu'à escrimer nostre brave noblesse
Pour sçavoir bien tuer aprend dés sa Jeunesse
Mais ceste invention permettre ne veut point
Qu'au temps du carnaval de faire à coups de poing
Qui fait qu'on entretient dedans son coeur la haine
Qu'on a jusques aux jours de la grasse sepmaine
Dont en place venus ceux qui ont des haineux
Çà et là manteaux bas y font geste de preux
Dont t'escrivant j'ay veu de mes yeux les gourmades
Des trompettes de Ville en oyant les chamades
Et me sembloit de voir, non les gladiateurs
Retiaires, ny ceux qui nuds estoyent luitteurs[5]

---

[1] A [pas de ponctuation]
[2] C *se veuillent*
[3] A [pas de ponctuation]
[4] C *à se gouverner à faire*
[5] C *estoient luitteurs :*

Et s'huilloient tout le corps pour esluder la prise
Des jambes et des mains en luitte entreprise
Mais bien ceux qui rendoient leurs poings forts et vaillans
De Cestes qui faisoient leurs duels plus sanglans
Pour à Romme[1] donner en plein Amphiteatre
Plaisir de voir tuer ceux qu'elle y faisoit battre
En ces sortes de jeux : Or bien puisque je veux
Te monstrer en escrit ce que je voy des yeux
Au pays d'Italie[2] Icy j'ay eu la vuë
D'un miracle evident et fait en plaine rue
En une pauvre femme et pourtant qui n'estoit
Importune à personne et rien ne demandoit
Mais au monde venue à marcher impotente
Sur crosses soubstenoit sa personne pesante
Et si tost que le jour au matin se levoit
Par grand devotion qu'en la Vierge elle avoit
S'en alloit peu à peu quoy qu'elle en fut loingtaine
A l'Eglise vouée à la Vierge hautaine
A laquelle en passant par sa rue, oraison
Elle faisoit voyant sur l'huis d'une maison
Son image posé dont une matinée
Pour luy dire l'Avé ses batons arrestant
L'un de dessoubs son bras à terre s'abattant
Et de le relever estant hors de puissance,
Elle s'escrie ô Vierge envoy'moy assistance[3]
A ce mien grand besoin ou je cherray icy,
Sur mon baston si las tu n'as de moy soucy :
Saincte Marie oy moy, sa priere finie,
Elle se sent de force incontinent munie[4]

---

[1] C *à Rome*
[2] C *au pais d'Italie*
[3] A C *assistance :*
[4] A C *munie :*

Et sa crosse levant la porte dans sa main,
Puis marchant souplement sur ses pieds tout soudain[1]
Elle suit son chemin si qu'estant apperceuë[2]
Par gens à qui estoient[3] sa foiblesse cogneuë :
Prenant son cheminer pour un cas merveilleux,
Le publient sans doubte estre miraculeux :
Si que l'on en informe affin qu'au tesmoignage[4]
De la verité sceuë on consacre à l'image[5]
Une Eglise et Autel dans la maison l'ayant[6]
Desja posé affin qu'on y aille priant :
Devant elle la Vierge à Dieu donnant louange[7]
D'avoir pour son honneur faict chose si estrange :
Et estrange d'autant que la maison estoit,
Où une Courtisane à chacun se prestoit :
Qui le miracle sceu est bien tost déslogée,
Et s'est[8] à meilleur vie à ce qu'on dit rangée :
Et ja la chambre est plaine alentour des parois[9] *317*
De jambes et de bras faicts de Cire ou de bois :
Qu'y appendent les gens qui sentent delivrance[10]
Des maux qu'ils y avoyent ou bien grande allegeance[11]
Par la Vierge[12] invoquée et au soir avant nuict,
La plus part de Siene à prier s'y produict :

---

1 A C *soudain :*
2 A C *apperceuë,*
3 C *à qui estoyent*
4 A C *tesmoignage,*
5 A C *l'image :*
6 A C *l'ayant,*
7 A C *louange,*
8 A *Et c'est*
9 A C *parois,*
10 A C *Qui appendent* ; A C *delivrance,*
11 A C *allegeance :*
12 A C *la vierge*

Qui dedans la maison, qui dehors en la ruë,
Le dedans estant plain de la foule y venuë,
Ce miracle je croy d'autant qu'il est besoing[1]
Que le grand Dieu d'en faire en Italie ait soing[2]
Souvent à celle fin que sa foy animée,
Par là, point ne deffaille et soit plus confirmée ;
De Siene rien plus je ne t'escriray donq,
Tu en sçauras un jour plus de mon Cloridon :[3]
Nom mis en un poeme où je couche en peinture[4]
De deux Amantes Soeurs et de luy l'adventure :
Que tu admireras entendant jusqu'à quoy[5]
Les a porté tous trois d'Amour le fort esmoy :
De Siene partis fismes longue journée,
A Radicofani[6] seulement terminée :
Ayans premier passé Lucignan[7] et L'Ombron,
Un fleuve qui L'Arbie acceuille en son giron :
Et veu par le dehors ce Bon Couvent tout contre 31
Là où un Empereur Henry eut malencontre
Par la meschanceté ô Dieu d'un Jacopin
Qui par le corps de Christ luy donna du venin
O grand sainct Dominic helas que je revere
Faut il que de ton ordre il soit sorty un frere
Qui ait aussi commis par un cousteau, l'effort
Qui a mis nostre Roy de mesme nom à mort :[8]
Puis à sainct Quirico prenans disné fort maigre

---

[1] A C *besoing,*
[2] A C *soing :*
[3] A [*Cloridon* est mis en évidence à l'intérieur du vers par des caractères d'écriture supérieurs]
[4] A C *peinture,*
[5] A C *quoy,*
[6] C *Radicofami*
[7] A *Lucignam*
[8] A [pas de ponctuation]

Eusmes au soir souppée assez bonne et allaigre :[1]
De là passans un fleuve en gays[2] fort dangereux
Et pres Aquapendant dessus un pont pierreux
Que le pont de Pallie un escriteau dit estre
Et Gregoire un bon Pape en pied l'avoir fait mettre
Dont il est fort benit par tous les bonnes gens
Pour le passage seur qu'y ont les voyageans
Puis à un sainct Laurens Villette assez passable
Prenons nostre souppée et couchée agreable :[3]
De là proche à un Lac à Bolsene arrivons
Ville jadis celebre et qu'à terre trouvons
Deffaitte de longtemps et les marbres antiques
Qui s'y[4] trouvent encor pleins de mots authentiques
En des inscriptions et reliefs marbrins *319*
En donnent tesmoignage et que nos voiturins
Nous donnerent loisir de voir et en memoire
Pieusement reduire une inaudite histoire
Que le sens de nos yeux croire vraye nous fit
Apres qu'homme du lieu le cas nous en eut dit :[5]
O Vous qui de Calvin ce fort heresiarque
Suivez la frenaisie et estes en sa barque
Et celle de sainct Pierre infidelles quittez
Je vous adjure tous cest escrit escoutez :[6]
Un Prebstre de Bolsene ayant ez mains l'hostie
Que la Messe des mots de Jesus sanctifie
La hardiesse eut bien en la sacrant au coeur
De doubter, si un pain si petit avoit l'heur

---

[1] A [pas de ponctuation]
[2] C *guay* [*guay* est écrit au dessus d'une rature sous laquelle on peut lire <*gais*>]
[3] A [pas de ponctuation]
[4] A *Qui si*
[5] A [pas de ponctuation]
[6] A [pas de ponctuation]

De comprendre au dedans de sa ronde figure
Le grand Dieu infini ouvrier de la Nature
Et cependant qu'il est en ce doubte pensif
Du sang du sacré pain flue vermeil et vif
Qui teignit tout le linge estendu sur la table
Sur quoy aux hommes Dieu s'ajuste et rend traitable
Mais ne voulut alors y estre manié
Par le Prebstre incredule et excommunié
S'envolant dans le pain par sa toute puissance[1] 32
En l'air pour en fuir l'hardie mescreance :
Semant par cy par là dessus du marbre blanc,
Que l'on y monstre encor des gouttes de son sang :
Et le sainct linge teint se garde en une Eglise,
Qui à Orvietto ville ancienne est scise :

Sur Mules remontez arrivons en un lieu,
Qui a grande faveur de Bachus le bon dieu :
Et par ce nom j'entends la puissance divine,
Qui faict que sur tous vins le vin de là domine :
Et que du nom qu'il a de Montefiascon,
On veut dire que c'est le Mont, où le flacon[2]
Des meilleurs de Bachus verse aux hommes à boire[3]
Du vin dont la prestance aporte nom et gloire[4]
A ce Mont qui aux uns donne joye et vigueur,
Et aux autres abysme et estouffe le coeur :
Selon le plus et moins que le beuveur esgoutte[5]
Le verre et à souhait la liqueur il en gouste :
Muscatel appellé dont pied[6] à terre mis,

---

[1] C *S'en vollant dans* ; A C *puissance,*
[2] A C *flacon :*
[3] A C *à boire,*
[4] A C *gloire :*
[5] A C *esgoutte,*
[6] C *pieds à terre*

Nous beusmes aux santez chacun de noz amis :
Et aux nostres de mesme Et rien n'est remarquable[1]
En ce lieu que le vin sur tous vins agreable :
Dont je te veux conter de sa suavité[2] *321*
Un memorable effect à nous lors raconté[3]
D'un Prelat sur ce Mont trespassé d'en trop prendre,
Qui quant de voyager il vouloit entreprendre[4]
Un valet bon gormet devant il envoyoit,
Qui par tous les logis de tous vins essayoit :
Et au lieu du meilleur tousjours logeoit son maistre.
Si qu'en ce Mont benist arrivant, au valet,
Si le vin estoit bon prompte question fet :
Qui redoublant sa voix pour plus grande asseurance,
Respond il est, il est et en toute excellence :
Dont le Prelat beut tant qu'on le mit au tombeau,
Et sus le valet fit graver cest Escriteau[5]
Pour faire voir[6] l'amour qu'il portoit à son Maistre[7]
Et la cause pourquoy il l'avoit là fait mettre :
Propter est, est, Dominus[8]
meus hic mortuus est.[9]
Je te salue ô Mont qui as l'alme vertu[10]

---

1 A C *remarquable,*
2 A C *suavité,*
3 A C *raconté :*
4 A C *entreprendre :*
5 A C *Escriteau :*
6 C *Pour tesmoigner l'amour*
7 A C *Maistre,*
8 C *Propter, est, est, est Dominus,* ; A *Propter, est, est Dominus,*
9 C *hict mortuus* ; A [pas de ponctuation] ; A C [la citation latine est mise en évidence à l'intérieur du texte par des caractères d'écriture supérieurs]
10 A C *vertu,*

De produire un si doux et si suave ju :
Une boisson si saincte et de source celeste,
Je te salue ô Mont de ce pays la teste
Je te salue et prie à Dieu le haut tonnant,
Et greslant et gellant qu'il aille destournant[1]
Le Tonnerre, la Gresle, et la forte Gelée[2] *32*
De ceste region qui n'en soit onq' troublée :
Et tes vignes en sauve : et que le vigneron[3]
En ceuille les raisins tousjours meurs en saison :
Et ses vaisseaux en comble ha ! et que les canailles,
Ny goulus sacs à vin ne noyent leurs entrailles[4]
D'un bruvage si noble ains les honnestes gens,
Qui vont parmy le monde à bon but voyageans[5]
Seuls en goustent la vie et qu'à bouche de rose[6]
Celuy qui en prendra toute son ame arrose :
A traicts delicieux et non pas à trait glout,
Comme certains vilains lesquels absorbent tout[7]
D'une gorgée ou deux un verre dans leur ventre,
Du vin qui ne fait rien que passer quand il entre :
Sans caresse du goust qui petit à petit,
En le sentant couler satisfait l'apetit[8]
D'une mignarde soif Comme icy un brave homme,
Qui en fait apporter avec pardons de Rome :[9]
Et m'en donne par fois d'un coeur franc liberal,

---

[1] A C *destournant :*
[2] A *Gelée,* ; C *gellée,*
[3] A C *vigneron,*
[4] A C *entrailles :*
[5] A C *voyageans :*
[6] A C *rose,*
[7] A C *tout :*
[8] A C *l'apetit :*
[9] C *de Romme :*

A boire pour dit il me garder de tout mal :
Un Seigneur des Cibo, de famille Genoise,
Qui a tousjours aymé la Nation Françoise :
Et pource il m'est courtois et m'appelle par fois[1]
A sa table avec luy en ce sejour Senois :
Où fuyant les honneurs et esperances vaines *323*
Qu'il pouvoit concevoir des dignitez mondaines :
Comme race de Pape : Il a choisi son port,
Et hors de soy ne veut et ne cherche confort :
Vivant libre à son goust Au pied de la Montagne,
Où estions descendus pour passer la campagne :
Qui descouvre Viterbe ainsy mes yeux r'haussant,
A ce Mont bien heureux ces mots j'allois poussant :
Par verve et par saillie exprimant de la sorte[2]
La bonne et franche humeur et le goust qui m'emporte :
A Viterbe arrivez nous trouvons avoir fait[3]
Huict mille qu'une plaine à passer a de traict :
Qui s'estend longuement entre des belles costes,
Beau paysage à voir et des Montagnes hautes :
Et Viterbe[4] n'a rien à voir que vives eaux,
Et d'Os de Papes saincts trois ou quatre tombeaux[5]
En Eglises posez : d'où partans nous montasmes[6]
Au chemin plus aisé du Mont que nous trouvasmes :
Qu'autre fois Cimini les peuples appelloient,
Et d'un Lac où fondu quelques gens nous disoient[7]
Qu'un grand Bourg s'estoit veu, dont quand tranquille est l'onde

---

[1] A C *par fois,*
[2] C *par sallie* ; A C *de la sorte,*
[3] A C *fait,*
[4] C *Mais Viterbe*
[5] A C *tombeaux :*
[6] A C *montasmes,*
[7] A C *disoient :*

Des restes on voit bien dans l'abisme proffonde :[1]
Roncilion apres nous trouvons en chemin,
Lieu d'où estoit natif le poete Verin :
Qui de Civilité, en un poeme chante, *32*
Et à l'enfant d'honneur les regles en presente :
Caprarolle, maison des Farneses, à voir,
Tire les voyageurs[2] preste à les recevoir :
De statues de marbre et d'oeuvres de peinture,
Et de meubles ayant pompante la structure :
Et de jardins de mesme en tout delicieux,
D'allées, de sentiers, et carrez somptueux[3]
Et d'arbres abondans qui riches ont leurs branches[4]
De fruicts, et pommes d'or, aigres, douces, et franches :
Et pour moy je croyois,[5] de leurs beautez, confus,
Des Hesperides voir ceux ou d'Alcinoüs :
Et je ne pense pas que sur chemin ou voye,
Rien au monde de noble en voyageant[6] l'on voye :
De là au Mont dit Rose au grand chemin[7] rentrons,
Et des Veiens jadis le pays rencontrons :
Mais la ville non pas qui dix ans soubstint siege,
Et du peuple Romain cheut enfin dans le piege :
Soubs le grand Camillus Tite Live L'Escrit
Dont la Lecture alors me revint en l'Esprit :

---

1 C *dans la place proffonde :*

2 C *Tire les voyageans*

3 A C *somptueux :*

4 A C *branches,*

5 C *je croiois,*

6 C *Rien de plus noble au monde en voyageant* [où <*au monde de noble*> est lisible sous une rature de la main qui annote en marge et qui a corrigé en *de plus noble au monde*] ; A *en voiageant*

7 A *Rose grand chemin*

Comme estant à Baccan pres d'un Lac où surjonne[1]
Le fleuve Cremera à qui le Lac ne donne[2]
Tant d'eau, que de renom les trois cens Fabiens,
Qu'il me souvint qu'avoient tuez là les Veiens :
Et le fleuve Varca aujourd'huy se desnomme,
De là un bois passé de fort loing voyons Romme[3]
Par Monts chemins faisans,[4] dont de grand joye espris,
De je ne sçay quel air sentant meus mes esprits :
Le Chapeau à la main, à dire ainsi commence,
Je te salue ô Rome et te fais reverence :
Rome je te salue arrivant de bien loing,
Pour tout debvoir te rendre et non l'espée au poing :
Comme soldat Gaulois soubs la pique de Brenne,
Qui pour te saccager fut si fier Capitaine[5]
De toy le premier craint : mais bien comme François,
Et comme un des Soldats du plus grand de nos Rois :
Charlemagne jadis ta force et esperance,
Contre ceux qui vouloient usurper ta puissance :
Et bien qu'encor tu n'as, dont sommes bien marris,
Mis nostre Roy qui regne au nombre des Henris :
Ne le voulant cognoistre à cause de la Ligue,
Qui pour un autre Roy fait une inique brigue[6]
Et pense renverser nostre Salique Loy,
Qui veut que le premier Prince du sang soit Roy :
Comme cestuy cy est et aisné de la tige[7]

---

1 A *surjonne,*

2 A C *donne :*

3 A C *Romme :*

4 C *chemin<s> faisans,* [où le <*s*> est rayé par la main qui annote en marge]

5 A C *Capitaine :*

6 A C *brigue :*

7 A C *tige,*

Des Bourbons qui ne doibt estre mise en litige :
Quoy qu'on le voye encor,[1] ce dit-on huguenot,
Car il a protesté qu'il sera ton devot :
Quand ses subjets Ligueux auront posé les armes, 32
Ne voulant par les coups d'espée et de vacarmes[2]
Sa creance changer, mais par douceur reduit,
Ayant quitté l'erreur où il estoit Instruict :
Te rendra les debvoirs de foy entiere et bonne,
Que des Rois treschrestiens te rend l'haute Couronne :
Et s'il ne le faisoit il auroit contre luy[3]
Les François qui pour Roy le servent aujourd'huy :
Cela dit, m'avouant toute ma compagnie,[4]
Par descentes prenons la voye Flaminie :
Du Tybre y passans l'eau dessus un pont de bois,
Qu'Horace[5] feit coupper derrier soy autreffois :
Pandant qu'il rembarroit par sa forte vaillance[6]
Les Toscans qui alloyent à Rome faire outrance :
Et me sembloit de voir ce borne ce grand coeur,
Habillé en vertu tuant et faisant peur :
Et puis le pont couppé bondissant dans le fleuve,
Qui pour le rafraischir le reçoit et l'abreuve :
Admirant la valeur et sauvant celuy là,
Qui tout seul combattant sa patrie sauva :
C'est aussi vers ce pont ainsi que dit l'Histoire,
Que sur Maxentius Constantin eut victoire :
Le signe de La Croix au Ciel apparoissant,
Le Tyran dans le Tybre en fuitte perissant :

---

1 C *Quoy qu'il puisse estre encor ce dit on*
2 A C *vacames :*
3 A C *luy,*
4 C *m'advouant de tout ma compagnie,*
5 A *Qu'Hore*
6 A C *vaillance,*

Par la voy' Flaminie en fin et par la porte[1] *327*
Qui or du Populo le nom moderne porte :
A Rome nous entrons d'où escrire je veux[2]
Les choses que j'ay veu des hommes et des dieux :
En vers comme ceux cy mais il faut prendre haleine,
Et laisser esgayer un peu d'ailleurs ma veine.[3]

*****

***

*

---

[1] A [pas d'alinéa] ; A C *porte,*

[2] A C *veux,*

[3] A C *veine:*

NOTES AU TEXTE

I, 1 : **PERRENEY**. Nicolas II Perreney, seigneur de Charnay (1565-1626), avocat, conseiller au Parlement de Dijon, maire de Chalon en 1608-1609 (cf. le P. Perry, *Histoire civile et ecclesiastique*, 1659, pp. 445, 458 ; les « Preuves de l'histoire de la ville et cité de Chalon », *ibid.*, p. 119 ; et notre Intr., *supra*, p. XCI).

I, 18 : **suivant leurs humeurs et desirs**. L'allusion à la différence ou à la conformité des *humeurs et desirs* est une constante du discours sur l'amitié (cf. le *Lysis* de Platon, 214a-c et 215e). La norme la plus autorisée voudrait bien sûr qu'entre deux amis il y ait une « voluntatum, studiorum [...] summa consensio » (Cicéron, *Laelius de Amicitia*, IV, 15, éd. Combès, 1983, p. 11), ou cette « semblance [...] de desyrs et de complexions » dont parlait Plutarque (*De discernendo amico ab adulatore* dans la trad. de 1537 d'Antoine Du Saix, *La touche naifve pour esprouver l'amy*, éd. Aulotte, 1971, p. 36) et que Virey reconnaît dans son rapport d'amitié avec Christophe de Harlay (cf. I, 63-4) et Jean de Chaunes (II, 137-8). L'exception est donc mise en évidence dans le rapport qui lie le poète aux deux dédicataires de ses *Vers Itineraires :* dans la *douce amitié* pour Perreney (I, 4 ; cf. aussi le MARG. en C : *On ayme tousjours ceux avec lesquels on a vescu dans les Escoles*) et dans l'*affection [...] constante* (II, 39) pour Guillaume Magnien. Face à deux analogues différences d'*humeurs* qui, contrairement à l'autorité des sources, ne sauraient nuire à son amitié, les deux dédicaces se terminent symétriquement, ici et aux vv. II, 35-6 (*Et moy tous mes amis avec leurs humeurs j'ayme* ; MARG. : *Il faut aymer ses amis avec leurs humeurs*), par une amicale déclaration de tolérance.

I, 23 : **L'union des rebelles Ligueux**. Les *Vers Itineraires* vont faire très souvent allusion à la Ligue de 1585 ou deuxième Ligue, que l'on sait née de la convergence des intérêts des grands princes catholiques (le duc de Guise, le duc de Mayenne et leur frère le cardinal, le baron de Sennecey, les ducs de Nevers, d'Aumale, d'Elbeuf, etc.) avec ceux des différentes associations, filles de la Ligue de Péronne de 1576, qui avaient poussé à Paris dans l'exaltation d'une défense du catholicisme. Voir la lettre de Pasquier sur « Les débuts de la Ligue en 1585 » (*Lettres Historiques*, éd. Thickett, pp. 223-237) ; Pierre de L'Estoile, *Journal pour le règne de Henri III*, éd. Lefèvre, 1943, pp. 374-375 ; et R. Descimon, « La Ligue à Paris (1585-1594) : une révision », *Annales E.S.C.*, 37e année, 1 (janvier-févr. 1982), pp. 72-111, en part. p. 73.

I, 25 : **quoy que Roy Legitime**. Au nom de la loi salique, dont l'autorité n'aurait pu dans aucun cas être mise en discussion vu que les rois de France « se sont acquis par leur vertu ceste Monarchie, et y ont depuis douze cens ans succedé de ligne en ligne » ([E. Pasquier], *Remonstrance aux François sur leur sedition, rebellion et fellonie, contre la Majesté du Roy*, in Id., *Ecrits politiques*, éd. Thickett, p. 132), Henri de Bourbon, roi de Navarre et cousin du roi au vingt-deuxième degré, était l'héritier légitime de la couronne depuis la mort, en 1584, du duc d'Anjou. Sur ses droits au trône en tant qu'*aisné de la tige / Des Bourbons* (II, 1929-30), Virey revient dans la deuxième partie des *Vers Itineraires*, dans le salvé qu'il adresse à la ville de Rome (II, 1914-1940), accusée de ne pas avoir encore *Mis nostre Roy qui regne au nombre des Henris : / Ne le voulant cognoistre à cause de la Ligue, / Qui [...] pense renverser nostre Salique Loy* (II, 1924-7 ; voir notre note à ce propos).

I, 26 : **il a d'Heresie le crime**. MARG. *Pretexte de La Ligue contre le Roy de Navarre parvenu à la Couronne de France comme premier Prince du sang*. Voir les différents points du "prétexte" (l'exclusion des hérétiques de la succession au trône) pour la constitution de la Ligue de 1585 dans les quinze pages de la *Declaration des causes qui ont meu Monseigneur le Cardinal de Bourbon, et les Pairs, Princes [...] Catholiques de ce Royaume, de s'opposer par armes à ceux qui veulent subvertir la religion* (s.l., 1585, in-4°), dont notamment : « par les loix du Royaume les subjests n'estoyent tenus souffrir la domination d'un prince desvoyé de l'Eglise. Estant le premier serment que nos Roys font lors qu'on leur met la couronne sur la teste que de maintenir la religion Catholique, et procurer de tout leur pouvoir l'extirpation des heresies » et « ils [Henri de Navarre et Condé] n'ont laissé depuis de perseverer en leur erreur, comme ils font encore à present » (pp. 4-9).

I, 27 : **des bulles**. Le pluriel a, comme l'on sait, sa raison d'être et Virey peut faire allusion à la bulle du 9 septembre 1585 contre Henri de Navarre et le prince de Condé, aussi bien qu'aux *monitoria* lancés par le Saint-Siège contre Henri III le 12 mai 1589 ou contre Henri IV en juin 1591 et que nos sources mentionnent toujours comme « bulles ». La première, la célèbre *Ab immensa aeterni Regis* (Rome, Héritiers d'A. Bladius, 1585 ; cf. les *Acta consistorialia* de Sixte Quint in *Analecta iuris pontificii*, 11e S., Rome, 1872, p. 843), plus communément connue sous le nom de *Brutum Fulmen* d'après le titre du pamphlet d'Hotman (Leyde, 1586), avait été obtenue de Sixte Quint par la Ligue après des négociations engagées au nom des Guises et de Philippe II par Louis de Gonzague et le cardinal Charles de Lorraine : sous le prétexte de « détacher Henri III des huguenots », donc de rattacher « les ligueurs à leur roi légitime » (von Pastor, *Histoire des papes*, t. XXXI, pp. 299-300), elle excluait les deux princes hérétiques de la succession (cf. L'Estoile, *Journal pour le règne de Henri III*, éd. Lefèvre, p. 389). Le monitoire de 1589 menaçait d'excommunication le meurtrier des deux Guises (cf. von Pastor, *ibid.*, pp. 333-334 ; L'Estoile, *ibid.*, p. 639), tandis que par celui de juin 1591 le nouveau pape, Grégoire XIV, lançait la même menace contre les catholiques partisans d'Henri IV, auxquels il ordonnait de quitter leur roi. Ce dernier monitoire vise donc de près le royaliste Virey (cette « Bulle [...] nous avoit tous excommuniez » écrivait Pasquier, *Lettres Historiques*, éd. Thickett, p. 462 ; cf. L'Estoile, *Journal pour le règne de Henri IV*, p. 118 et notre Intr. pp. XVIII-XIX et LXXVI).

I, 28 : **L'or Espagnol**. Depuis le traité de Joinville (31 décembre 1584) « le Roy d'Espagne aide ceux qui remuent en ce royaulme » (Lucinge, *Lettres sur les débuts de la Ligue*, éd. Dufour, p. 34 ; cf. L'Estoile, *Journal pour le règne de Henri III*, p. 375). Le soutien financier qu'il a accordé aux Guises constitue un argument fort dans les mains des Politiques et des royalistes en général contre les ligueurs qui vendent la France à Philippe II : l'auteur de la *Responce aux declarations et protestations de Messieurs de Guise* l'utilise, par exemple, dans la conviction que la Ligue ne « peut proceder d'ailleurs que de l'Espagne, on sçait que Monsieur de Guise est endetté jusqu'au bout. Et cependant a distribué de grands sommes [...]. D'où peuvent estre venus ces grands deniers, veu le coing qu'ils portent, et d'où donc estre meus ses desseins que du conseil d'Espagne ? » (s.l., 1585, in-8°, p. 28).

I, 30 : **Lieutenant de l'Estat et Couronne**. Titre que qualifient de « ridicule » les voix unanimes des royalistes catholiques (L'Estoile, *Journal pour le règne de Henri III*, p. 619) et des protestants ([S. Goulart, éd.], *Le Cinquiesme livre des derniers troubles*, 1597, f. 2v°) : Charles de Lorraine, duc de Mayenne (1554-1611), second fils de François de Lorraine et frère des deux Guises tués à Blois en décembre 1588, succéda au Balafré comme chef de la Ligue. Il reçut le pouvoir exécutif le 13 mars 1589, lorsqu'il « fit le serment [...] de lieutenant-général de l'Etat royal et couronne de France » (L'Estoile, *ibid.*) devant le Parlement de Paris, épuré depuis le 16 janvier de ses membres royalistes. MARG. *Le duc de Mayenne Lieutenant general de l'Estat et Couronne de France.*

I, 43 : MARG. *Dessein de faire voiage et d'aller estudier en droict en Italie.*

I, 45-49 : **Pour des peuples divers [...]**. «La Peregrinacion nous cause sagesse » (Thévet, *Cosmographie de Levant*, éd. Lestringant, p. 14), ou bien « Notum est omnibus, amice Lector, peregrinationes ad sapientiam multasque res alias parandas, ponderis plurimum momentique adferre » (Hentzner, *Itinerarium*, 1617, f. 5v°) : c'est le *topos* inaugural de la réflexion sur les voyages (dont l'archétype est bien sûr l'*Odyssée*, I, 3). Il caractérise le discours préfaciel des cosmographies, des relations et journaux de voyages, des *carmina itineraria :* voir notre Intr. pp. CIX-CXI.

I, 55 : **Il est des De Harlay**. Christophe de Harlay, comte de Beaumont, fils du premier président du Parlement de Paris (voir notre Introduction, *passim*). Il sera nommé gouverneur d'Orléans après la fin des guerres civiles ; bailli du Palais, ambassadeur en Angleterre de 1602 à 1605 (voir Laffleur de Kermaingant, *L'ambassade de France en Angleterre*, t. I), il mourra en 1615.

I, 56 : **Du Comté de Bourgougne**. Originaires de la Bourgogne, les Harlay étaient installés à Paris, depuis le début du XVe siècle (voir notre Intr. p. XV n). MARG. *La maison de Harlay originaire de la Comté de Bourgougne*.

I, 61-64 : **d'affections semblables**. MARG. *Les inclinations engendrent amytié entre les hommes* ; « similitude d'engin, d'affection, de complexion [...] sont en plusieurs mortelz le commencement d'amytié » (Plutarque, *De discernendo amico ab adulatore* dans la trad. d'Antoine Du Saix, *La touche naifve pour esprouver l'amy*, éd. Aulotte, 1971, p. 37). Voir la note au v. I, 18.

I, 65 : **au pere**. MARG. *Messire Achilles de Harlay premier President au Parlement de Paris transferé à Tours*. Achille de Harlay (1536-1616) avait été nommé premier Président du Parlement de Paris en 1583.

I, 69-71 : **Et luy est fils unique**. Le premier Président n'avait que ce fils, Christophe, « lequel pour estre unique pouvoit seul eterniser sa posterité » (J. de La Vallée, *Discours sur la vie [...] de tres-illustre Seigneur, Messire Achilles de Harlay*, 1616, p. 50).

I, 75 : **cest Heros de justice et raison**. Selon les stéréotypes de l'éloge, Achille de Harlay était peint à l'époque comme « l'un des plus grands Heros » qui pût occuper le « Throne de la Justice » (La Vallée, *Discours sur la vie*, pp. 3, 40). La comparaison était d'ailleurs obligée entre « cest autre Achille [et] celuy qui fut l'unique support des Grecs, et l'entiere ruine de Dardanie, n'estoit que l'un tomba sous le traict homicide de Paris, et que celuy dont nous faisons l'eloge, aussi genereux, mais plus invulnerable que l'autre, sentit les sanglantes attaintes des factieux de Paris sans fleschir à leur violence, ny se rendre à la necessité du temps » (L'Hermite Souliers - Blanchard, *Les eloges de tous les premiers Presidens*, 1645, p. 77).

I, 76-77 : **dix mois de prison**. Du 16 janvier à la fin d'octobre 1589, Achille de Harlay demeura à la Bastille où il avait été emprisonné par les ligueurs. Sur son emprisonnement, à l'occasion du coup de main des Seize sur le Parlement, voir L'Estoile, *Journal pour le règne de Henri III*, pp. 606-607 ; ou d'Aubigné ; *Histoire Universelle*, éd. Thierry, t. VIII, p. 35. Sur son relâchement, que l'on obtint aussi « moyennant certaine somme d'argent » (La Vallée, *Discours sur la vie*, p. 57), voir J.-A. de Thou, *Commentariorum de vita sua Libri VI*, p. 1217 ; et L'Hermite-Souliers - Blanchard, *Les eloges*, p. 78).

I, 78-79 : **la canaille vile / De seize hardis pendarts**. « Ces nouveaux Tygres », selon Pasquier (*Lettres Historiques*, p. 323), « ce monstre à seize têtes », selon L'Estoile (*Journal pour le règne de Henri III*, p. 605), les Seize étaient les chefs des comités des seize quartiers de Paris : ils y furent chargés de la surveillance au nom de la Ligue pendant la période qui suivit l'assassinat des Guises, lorsque le roi ne résidait plus dans la capitale, mais assez vite « cantonnés » après, « lors du siège de 1590 » (Descimon, « La Ligue à Paris (1585-1594) : une révision », cit., p. 96). Ils représentaient en principe le parti des ligueurs les plus intransigeants et leur autorité fut presque totale à Paris en 1589, même si les royalistes leur attribuèrent plus d'importance qu'ils n'avaient et qu'il ne faut pas « imaginer un conseil particulier de ces seize chefs, sinon dans l'imagination affolée des Politiques » (*ibid.*, p. 80), donc de Virey.

I, 80 : **dans le palais**. Le 16 janvier 1589, le chef du comité du Temple, Jean Leclerc, sieur de Bussy, procureur au Parlement de Paris (cf. I, 93), fit irruption avec ses hommes « dans la Chambre doree » (d'Aubigné, *Hist. Univ.*, t. VIII, p. 35), « au propre lieu, où ils ont accoustumé de rendre la justice » (La Vallée, *Discours sur la vie*, p. 52). En sa qualité de gouverneur de la Bastille il emmena donc avec lui les parlementaires royalistes, dont le premier Président en tête. MARG. *Ledit Seigneur fait prisonnier et pris en tenant L'Audience au Palais de Paris d'où il ne vouloit sortir qu'à l'heure acoustumée se resolvant d'y souffrir la violence des Seize plustost qu'allieurs sans l'instance que les autres Presidens et Conseillers luy firent de cedder au temps et à la force.*

I, 81 : **En robbe rouge**. On sait que les premiers Présidents couvraient « leurs corps d'une robbe d'escarlate » (La Vallée, *Discours sur la vie*, p. 32) : et, selon le panégyriste, Achille de Harlay « donna à l'esclat de l'escarlate ce que l'escarlate luy devoit donner » (*ibid.*).

I, 90 : **Comme en procession**. Sur le départ des parlementaires, menacés par Bussy-Leclerc « qu'ils se hâtassent seulement et se contentassent d'aller avec lui », voir toujours L'Estoile, *Journal pour le règne de Henri III*, pp. 606-7 ; et le *Discours* de La Vallée, qui précise comment Harlay « feut tyranniquement mené en triomphe par un de la plus basse marche du Parlement jusques à la Bastille » (p. 52). MARG. *Belle procession de messieurs de la grand Chambre du Parlement allans deux à deux apres leur chef.*

I, 93 : **un procureur**. MARG. *Bussy le Clerc procureur audict Parlement et l'un des Seize conducteur.* Voir L'Estoile, *Journal pour le règne de Henri III*, p. 557 ; Pasquier, *Lettres Historiques*, p. 316 ; Descimon, « La Ligue à Paris », pp. 79, 108.

I, 102 : **Et fait on monter sus**. MARG. *Sur le pont Nostre dame un baille le Mulet à Monsieur le premier President ne pouvant plus marcher à cause de ses gouttes.* « La goutte tourmentoit merveilleusement celuy qui estoit le chef de ceste illustre compaignie » et « à la place de la Greve […] il feut constraint de s'arrester, l'extremité de sa douleur ne luy voulant permettre de passer outre, jusques à ce qu'il feut assisté d'une monture avec laquelle il feut conduit à la Bastille » (La Vallée, *Discours sur la vie*, p. 53).

I, 106 : MARG. *Monsieur Gilot, Monsieur Dermault Roulier Abbé de Lagny et un aultre retenu[s] prisonniers dans la Bastille avec monsieur le premier President de Harlay.*

I, 108 : MARG. *Conseillers menez prisonniers au Louvre.*

I, 115 : MARG. *Le 16. mars 1592 Les voiageurs partent du siege mis devant Rouen pandant la guerre de la Ligue.*

I, 117-118 : **la Cavallerie / Du sieur de Tinteville**. C'est selon toute probabilité en sa qualité de lieutenant général de Champagne et de Brie (cf. P.V. Cayet, sieur de la Palme, *Chronologie novenaire contenant l'Histoire de la guerre*, 1608, f. 281 v°) que le baron Joachim d'Inteville accompagne ou fait accompagner par ses hommes le jeune Harlay et Virey au début de leur voyage, lorsqu'ils vont traverser la région qui est sous son autorité (cf. I, 159-162). Gouverneur de Troyes, chevalier des Ordres, mort à Dinteville en 1607, il avait été depuis toujours fidèle à la cause du roi : il nous est présenté par Pasquier comme un des anti-ligueurs qui, au service d'Henri III lors de la journée des Barricades, se trouvaient « en mauvais mesnage » avec le duc de Guise (Pasquier, *Lettres Historiques*, p. 292). Après la mort d'Henri III, il continua à sauvegarder en Champagne les droits d'Henri IV contre les attaques de la Ligue (cf. L'Estoile, *Journal pour le règne de Henri IV*, p. 415 ; Lucinge, *Lettres sur les débuts de la Ligue*, pp. 20, 74 ; Id., *Lettres sur la cour d'Henri III*, pp. 280-81 ; de Thou, *Historiarum sui temporis [...] libri*, XCVI, éd. 1625-28, 2e vol., p. 298).

I, 119 : **Vernon**. MARG. *Vernon*. Dans l'Eure, sur la Seine.

I, 124 : **Mante**. Mantes-la-Jolie, sur la Seine. MARG. *Mante*.

I, 127 : **fuyant de la plaine d'Ivry**. A Ivry, le 14 mars 1590, les ligueurs avaient été vaincus par Henri IV qui, après avoir mis le siège devant Dreux, leur avait livré bataille « encore qu'il en fust dissuadé par plusieurs grands capitaines » (Pasquier, *Lettres Historiques*, p. 452). Pasquier célébra cette victoire « miraculeuse » et décrivit comme désastreuse la retraite vers Mantes des « fuyards [...], demeurans les chemins jonchez d'une infinité de corps de nos ennemis » (*ibid.*, p. 454). Et on sait que l'enthousiasme des royalistes fut fécond de littérature à ce propos, depuis le *Cantique* de Du Bartas (*Cantique de la victoire obtenue par le roy le 14 de mars à Ivry*, Tours, 1590) au *Discours veritable* que l'on attribue à Pasquier (Tours, 1590 ; cf. l'éd. Thickett des *Lettres Historiques*, p. 456n). A la nouvelle de la défaite de Mayenne même Sixte Quint en comprit l'importance et dut reconnaître la suprématie militaire d'Henri IV (voir von Pastor, *Histoire des Papes*, t. XXI, p. 376). Et Virey ne manque de doubler dans ses *Vers Itineraires* l'écho de cette bataille que son roi gagna *en personne :* cf. les vv. II, 102-103 et le MARG.

I, 130 : **Melun**. MARG. *Melun*. Seine-et-Marne, sur la Seine.

I, 131 : **le Roy**. MARG. *dont feu La Grange Le Roy estoit Gouver-*

neur pour le Roy. Guillaume Le Roy, sieur de La Grange, gouverneur de Melun et fidèle royaliste (voir Pasquier, *Lettres Historiques*, p. 475 ; d'Aubigné, *Histoire Universelle*, t. VIII, p. 193).

I, 135 : MARG. *Molan qui avoit esté Tresorier refusa de prester au Roy Henry. iii. six mille escus et incontinant apres nouvelles vindrent que les Ligueux avoient descouvert par le moyen d'un masson un cachot auquel furent trouvez deux cent cinquante mille escus d'or au soleil en sa maison de Paris dont la Ligue se donna par les <siens ?> et en dressa l'armee que le duc de Mayenne conduisit apres à Tours où il faillit à susprendre le Roy*. Voir nos notes aux vv. 138ss.

I, 136 : **au fut Roy**. Du même étymon *fatutum* (lat. parlé, XIe siècle : qui a accompli son destin) dérivèrent aussi bien le français *feu*, que l'italien *fu*. Mais indépendamment de cette étymologie l'italien *fu*, invar., a toujours été perçu comme une troisième personne du passé simple du verbe être, son homonyme *fu*. Nous n'intervenons donc pas à corriger par la variante de C, qui normalise le texte en *au feu Roy*, car il est possible de considérer *fut* comme l'un des nombreux italianismes qui caractérisent la langue des *Vers Itineraires* et non comme une erreur, même si le sujet qui écrit aurait pu se tromper par assimilation au *Fut* du début du vers.

I, 138 : **urgent besoin, et necessité grande**. D'après les témoignages que nous en ont laissés Palma-Cayet et L'Estoile, le trésorier Pierre Molan, propriétaire « de belles seigneuries en Touraine », mais se plaignant toujours « du peu de moyens qu'il avoit » (P. V. Cayet, *Chronologie novenaire*, ff. 176v°-177r°), s'était enrichi aux dépens du roi qui, au contraire, « durant ces calamités publiques [...] estoit en necessité d'argent » (*ibid.*, f. 176v°).

I, 141 : **et cependant, nouvelle**. L'« affaire » à laquelle Virey fait allusion ici, vv. 134-158, éclata le 4 mars 1589 lorsque la Ligue put s'emparer des richesses cachées « en la maison de Molan, trésorier de l'épargne, sise à Paris en la rue Saint-Thomas-du-Louvre », grâce à la découverte chez lui de « cachettes » qui y avaient été « dès longtemps expressément faites » en guise de coffres-forts, et qui avaient été « décelées (à ce qu'on disait) à messieurs de l'Union par les maçons mêmes qu'on y avait employés » pour les construire (L'Estoile, *Journal pour le règne de Henri III*, pp. 617-8 ; cf. aux pp. 647-8, l'« Inventaire du cabinet et cachettes de Molan ». Voir également de Thou, *Historiarum sui temporis [...] libri*, XCV, éd. 1625-28, 2e vol., p. 282 ; Pasquier, *Lettres Historiques*, pp. 329, 398).

I, 155 : **O ingrat, ô pandart**. « Quant à cet archillarron de Molan, il avait si excessivement volé et dérobé le roi et le peuple qu'il méritait bien d'être pendu [...]; mais il en fut gardé » (L'Estoile, *Journal*, cit., p. 619).

I, 159 : **Provin**. Provins, Seine-et-Marne. MARG. *Provin*.

I, 160 : **Villenosse**. Villenauxe-la-Grande, dans l'Aube, arr. de Nogent-sur-Seine, sur la Nauxe. MARG. *Villenosse*.

I, 162 : **Vertus**. MARG. *Vertus*. Dans la Marne, à l'ouest de Châlons-en-Champagne.

I, 163 : MARG. *Chaalons*.

I, 164 : **a ses champs si longs**. « Chaalons, *sur Marne*. Ville, evesché, conté, et Pair de France. Ville ancienne en plat pays [...] ainsi dicte *à campis longis*, comme champs longs : anciennement s'appeloit *Catalaunum* » (Ch. Estienne, *La guide des chemins de France*, éd. Bonnerot, p. 82).

I, 167 : **Atilla**. L'allusion à la défaite d'Attila par Ætius, Mérovée et Théodoric Ier en 451 est un lieu commun des descriptions des champs Catalauniques, car la bataille qui vit une coalition de Romains, Francs, Burgondes et Wisigoths contre le roi des Huns jouit d'une réputation que Papire Masson définissait comme « constans » : « Una leuca seu milliari à Catalauno situm est castrum Episcopale [...], ubi constans fama est pugnatum adversus Attilam » (Papire Masson, *Descriptio fluminum Galliae*, éd. M. A. Baudrand, 1685, p. 177). Parmi les nombreuses sources dont on disposait à ce propos, nous pourrions renvoyer aux *Elogia virorum bellica virtute illustrium* de Paul Jove, que Virey montre bien connaître (cf. II, 1127) et qui consacraient une longue page à la bataille (cf. Jove, *Elogia*, Florence, 1551, p. 15).

I, 173 : **Piney**. Piney-Luxembourg, dans l'Aube, à l'est de Troyes. La ville était le duché-pairie de la famille de Luxembourg, dont François, duc de Piney-Luxembourg, frère du duc de Brienne et fils d'Antoine de Luxembourg et de Marguerite de Savoie était bien connu du milieu royaliste et « politique » de Virey : de Thou l'avait rencontré près d'ici, sur ses terres, en revenant d'Italie en 1589 (cf. de Thou, *Commentariorum de vita sua Libri*, p. 1215). MARG. *Piney*.

I, 175-176 : **pour doubte des Ligueux, / Qui battoient la campagne**. A propos des embuscades des ligueurs dans leur rapport avec les *Vers Itinéraires*, voir notre Intr. pp. LXXVIII-LXXXII.

I, 177 : **Mussy**. MARG. *Mussy l'Evesque*. L'ancien *Muscium episcopale*, aujourd'hui Mussy-sur-Seine, dans l'Aube, arr. de Troyes.

I, 181 : **un grand bourg**. MARG. *Bourg appellé Danssevoir*. Aujourd'hui Dancevoir, dans la Haute-Marne, sur la rive droite de l'Aube, arr. de Chaumont.

I, 188 : **Langres**. MARG. *Langres*. « Ville enclavée dans la Champaigne, duché de Bourgogne, Franche-Comté, et Lorraine. Duché et Pairie de France. Ancienne ville du temps de Cesar : le pays à l'entour de laquelle s'appeloit Lingonie, et le peuple Lingons » (Ch. Estienne, *La Guide des chemins*, p. 88).

I, 191 : **le Maire Rousset**. MARG. *Rousset maire de Langres bon et fidelle serviteur du Roy*. Le maire de Langres à cette époque était Pierre Roussard, ou Roussart, mais non *Rousset* qui est une déformation assez surprenante pour Virey, qui aurait dû avoir dans l'oreille le nom de Louis Roussard, l'éditeur et commentateur du *Corpus Iuris Civilis* (L. Roussard, *Codicis d.n. Iustiniani Libri XII. Ex codicis Theodosiani et veterum exemplarium collatione innumeris mendis repurgati, et perpetuis notis illustrati* et *Jus civile [...] infinitis locis emendatum et perpetuis notis illustratum*, Anvers, Plantin, 1567), que de Thou associait au maire dans ses *Commentariorum de vita sua Libri* comme étant de la même famille (p. 1215 : « P. Russardo urbis praetore Ludovici, cui iuris civilis purior scientia [...] tantum debet, gentili »).

I, 192 : **Passionné, du Roy**. Pierre Roussard était un des fidèles de Henri IV et, selon le récit de Palma-Cayet, « durant tous ces derniers troubles » il avait « maintenu ceste ville en l'obeyssance royale, et le peuple en la Religion Catholique-Romaine » (P.V. Cayet, *Chronologie novenaire*, f. 281v°; cf. la déclaration des Langrois au f. 282r°). « Omnia summa faciente, ut factio Henotica illis locis profligaretur » (de Thou, *Commentariorum*, p. 1215), il était classé par le roi lui-même parmi « ses bons serviteurs de la province » (lettre de Henri IV « Au Maire de Langres », publiée in [S. Goulart, éd.], *Le Cinquiesme livre des derniers troubles*, ff. 127v°-129r°).

I, 204 : **que l'on dit d'Apremont**. MARG. *Apremont*. Le pont d'Apremont, Haute-Saône, arr. de Gray, où la Saône reçoit la Tenise. On sait que c'est un pont très ancien : des fouilles mirent au jour en 1875 une tombe où il y avait un char gaulois et une couronne (voir P. Joanne, *Dictionnaire géographique*, t. I, p. 119).

I, 209 : MARG. *Description de Besançon Belle et grande Ville Imperiale*.

I, 209-210 : **en maisons bien basties / En rues de Largeur, et longueurs bien parties**. La rhétorique de l'éloge de Besançon se met en mouvement par une formule topique des *Vers Itineraires*, qu'on va relire avec les variantes requises aux vv. I, 845-6 (Padoue est *Magnifique sur tout en maisons et portiques / Qui font cloistres par tout dans les rues publiques*) ; II, 545-6 (Ferrare est *Une belle et grand Ville, en maisons bien bastie / En places largement et rues compartie*) ; II, 605-6 (à Bologne *aux rues l'on marche à couvert sous portiques / Qui s'y vont avanceant des maisons magnifiques*) ; ou II, 985-6 (à Florence on voit *Des rues en Longueur et largeur bien pavées / Et des maisons de pierre en bel ordre eslevées*). Mais la source de Virey ne commençait pas différemment sa description de la ville, où « aedificiorum magnificentia externis est admirabilis » et « deambulationes gratissimae [sunt] in vicis nitidissimis » (J.-J. Chifflet, *Vesontio civitas imperialis libera*, Lyon, Cl. Cayne, 1618, I, p. 34).

I, 211 : **Assise entre costaux**. « Imaginare tibi [...] Amphiteatrum aliquod immensum, et quale sola rerum natura possit effingere ; lata, et diffusa planities montibus cingitur [...]. Iuxta sunt terreni colles » : « Civitas in imo est sita » (Chifflet, *op. cit.*, I, p. 33). Voir à ce propos la fig. 4.

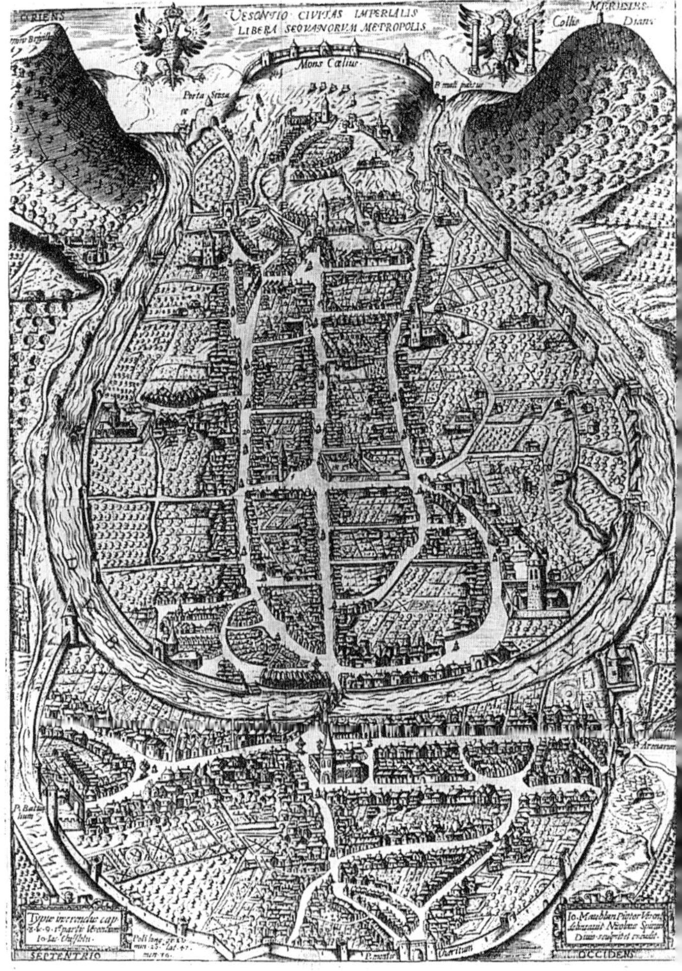
VESONTIO CIVITAS IMPERIALIS
LIBERA SEQVANORVM METROPOLIS
ORIENS
Mons Cœlius
Porta Stusa
Collis
CAMPVS
SEPTENTRIO
OCCIDENS

Fig. 6

I, 212 : **de Mercure et du Ciel les beaux noms**. « Mons Stephanius noster [...] Coelius olim dictus fuit, ex fidis, nec popularibus manuscriptis, in imitatiotnem Romae Coelij » (*ibid.*, I, p. 65) et « Mercurius (cui mons apud Bisontinos sacer) inter Musas numeratur » (*ibid.*, I, p. 74) : Chifflet consacre deux chapitres de son ouvrage au « Mons Coelius » (le chap. XVI, pp. 65-68) et au « Mons Mercurij » (le chap. XX, pp. 73-75).

I, 214 : **Bacchus, et Ceres**. Il s'agit bien sûr d'un autre lieu commun de l'éloge des villes (voir notre Intr. pp. LXII-LXIV), que cependant Virey pouvait lire aussi dans sa source : « iuréque dici possit, *Terra ferax Cereris, multoque feracior uvis. Haec iuga, quam Nisae colles, plus Bacchus amavit* » (*ibid.*, I, p. 74). Voir également un texte plus utlitaire que le *Vesontio* de Chifflet, tel l'*Itinerarium* d'Hentzner, qui donne le même renseignement topique sans le recouvrir du voile mythologique : « Vesuntio [...]. Situm habet [...] amoenissimum, in Valle frumenti et vini feracissima » (Hentzner, *Itinerarium*, 1617, p. 172) .

I, 215-216 : **par tuyaux**. Cf. le chapitre de Chifflet sur les « Fontes » de Besançon, avec le détail de leurs « tubis aeneis » (Chifflet, *Vesontio*, I, pp. 128-129).

I, 217 : **Bachus**. « Primus est in plateâ [...] lapideus Bacchus pampineis vinctus tempora ramis, qui per dolium, cui insidet aquam plebi largitur » (*ibid.*, I, pp. 128-129).

I, 218 : **d'un Triton**. « Est Tritonis Neptuni tubicinis in foro piscario » (*ibid.*, I, p. 129).

I, 219-220 : **L'aigle Imperial**. « Per eosdem ductus, aquae subministrantur Aquilae bicipiti aeneae, cui velut in apotheosi laureatus insidet invictissimus Carolus Quintus Augustus » (*ibidem*).

I, 221-222 : **une Nymphe**. « Ultimum est [...] Nymphae cuiusdam [...] simulachrum, cuius mammae aquâ limpidissimâ lactis instar diffluunt » (*ibidem*).

I, 224-225 : **un hostel, et palais magnificq**. La palais de Nicolas Perrenot de Granvelle, construit entre 1534 et 1547, dont Chifflet fait l'éloge au pp. 35-36 de la première partie de son *Vesontio*.

I, 227-230 : **Où tout ce qu'en palais**. « Tum in Granvellano palatio, in quod quidquid sagax curiositas rari, et admirabilis expetere potest, videtur esse congestum » (*ibid.*, I, p. 35).

I, 232 : **Michel, et Raphael**. « Denique si aeterni totius naturae fictoris, et molitoris imitatricem picturam habeas cordi, licebit intueri longo agmine, quidquid praecipui peritissimorum superioris, et huiusce saeculi pictorum, [...] *Michaëlis Angeli*, [...] *Raphaëlis Urbini*, aliorumque inclytorum Zeuxium, ut Apellium scitae manus effinxerunt » (*ibid.*, I, pp. 35-6). Virey suit bien sûr sa source, qui date de 1618, mais on n'oubliera pas qu'au XVIe siècle « le nom de Michel-Ange, parfois complété par d'autres noms » (dont celui de

Raphaël était le plus fréquent) « prenait une fonction topique » (J. Balsamo, « Les écrivains français du XVIe siècle et la peinture italienne », *Studi di letteratura francese*, XXI, 1996, p. 48) : il était invoqué « pour sa valeur emblématique » (*ibid.*, p. 46) de peintre aussi célèbre que les peintres de l'Antiquité. Cf. à ce propos les vv. II, 1193-1198 et II, 1267-1280.

I, 237-238 : **dans la sale, et aux jardins plantées**. « Ibi visuntur antiquitatis opera stupenda, tum è marmore, tum ex aere statuae ; Et marmoreae potissimae in viridario » (Chifflet, *Vesontio*, I, p. 35).

I, 239-240 : **Par où Aurelian**. Chifflet consacre cinq longs chapitres de son *Vesontio* (I, pp. 158-187) à l'arc de triomphe d'Aurélien (l'arc de Porte Noire), en y exposant « Cur Aureliano Imperatori positus credatur Arcus Bisontinus » (pp. 161-7) et le détail des bas-reliefs, des inscriptions et des statues selon les « Aureliani vita et res gestae » (pp. 167-180). Virey suit ici de près sa description des « partes[...] singulas ex historiae veritate » (p. 158), qu'illustrent deux planches d'un intérêt particulier : voir notre Intr. pp. CIV-CVI et la fig. 5.

I, 241-242 : **de Zenobie / A Rome triomphé**. Les figures sculptées de l'arc d'Aurélien représentent, dans l'ordre : « equi, quibus fugientem Zenobiam intercepit Aurelianus » et « cervorum pedibus subiacentem Zenobiam, quibus Aurelianus Capitolium ingressus est » (Chifflet, *op. cit.*, I, p. 169) à Rome, bien sûr, en 273, après sa victoire sur la reine de Palmyre.

I, 243 : **Titricus**. Toujours dans l'ordre que suit Chifflet, « Victa igitur Zenobia », Aurélien « iratus quòd Tetricus ad huc Gallias obtineret, Occidentem petiit » et en 274 il eut raison de celui qui, avec la reine de Palmyre et vingt-huit autres généraux romains, « inter triginta Tyrannos meminer[i]t » : « Princeps igitur totius Orbis, domitis in Occidente Gallis, et Germanis, atque undique terris circumiacentibus Romam ite[m] flexit, ut de Zenobiâ, et de Tetrico paecipuis totius Orientis et Occidentis captis hostibus, Triumphum [...] exhiberet » (*ibid.*, I, pp. 162-165).

I, 249 : **sainct sacré suaire**. La « *Sanctam Christi Sindonem* (quâ dives est Bisontina Ecclesia) » (*ibid.*, II, p. 107).

I, 254 : **toute Chrestienté va voir là**. Les meilleurs témoins de la sainteté de cette relique sont, dans le texte de Chifflet, « aestus illi populorum, qui ex omni orbe ad sacratissimum Sudarium, die Paschae, et Dominicâ post Christi Ascensionem quotannis spectandum confluunt » (*ibid.*, II, p. 108).

I, 255-256 : **embrasse presque autour**. « *Dubis* fluvius [...] calcei equini instar ambit » (Hentzner, *Itinerarium*, p. 172). Cf. A. Du Pinet, *Plantz, pourtraitz et descriptions de plusieurs Villes*, 1564, p. 101.

I, 257 : **le Doubs, qui d'or a des arennes**. « Auream ut Tagus, Padus, Pactolus, Hebrus, et Ganges, Dubis noster arenam producit, ut inquirenti sit notum, ex eorum fluviorum numero, quos Diodorus

Arcus triumphalis Aureliani Imp. a Bisontinis
positi, ut olim integri Typus
Petrus de Loysi Bisont. delineabat sumptib.
Io. Iac. Chiffletij Archiatri Vesontini. 1614.

Fig. 7

lib. 5. auriferos in Gallia plures esse scribit » (Chifflet, *Vesontio*, I, p. 17. Cf. Diodore de Sicile, *Bibliotheca historica*, V, 27, 1, éd. Vogel, 1890, t. II, pp. 38-39).

I, 267 : **Neufchastel appellée, assise au bord d'une eau**. « La ville de Neufchastel est assise en la contrée d'Avanches sur le lac qu'on appelle lac de Neufchastel » (J. Simler, *La Republique des Suisses*, tr. I. Gentillet, 1579, p. 233) : c'est l'exorde du chapitre sur Neuchâtel dans ce texte de Simler qui va constituer la source primaire des vv. I, 266-458 et une des sources les plus significatives des *Vers Itineraires* (voir notre Intr. pp. LIII, CVI-CIX et CXII). MARG. *La Comté et Ville de Neuchastel en Suisse appertenant à monsieur de Longueville :* voir la note suivante.

I, 269-270 : **à la maison des ducs de Longueville / Soubs tiltre de Comté**. « Il y a une Comté jointe à Neufchastel, laquelle est escheuë par succession des Comtes de Neufchastel, aux Comtes d'Hochberg, Marquis de Rotelin, et deux aux ducs de Longueville » (Simler, *La Republique*, p. 234), et dont Simler retrace l'histoire avec une mention particulière pour Jeanne de Hochberg, marquise de Rothelin et comtesse de Neuchâtel, mariée à Louis d'Orléans, duc de Longueville (1472-1516).

I, 270 : **plus specieux qu'utile**. Le titre est *plus specieux qu'utile* parce que « ceste Comté avoit esté alliée des Cantons de Berne, Lucerne, Fribours, et Solleurre » et qu'« Aujourd'huy les Comtes de Neufchastel sont particulierement alliez avec les Bernois » (*ibid.*, p. 234) : autrement dit, même si elle est comté, Neuchâtel fait partie de la Confédération, dont elle partage la politique des alliances.

I, 273 : **Par Cantons estably leur liberté unie**. « Ainsi donc ceste Republique establie par alliances perpetuelles, a conservé desja par l'espace de plus de deux cens ans sa liberté, avec grande concorde et incroyable union des cueurs de tous les Suisses » (*ibid.*, p. 4). Simler précise ici (*ibid.*, p. 5) quelles sont les « Parts et portions de la Suisse », en donnant un aperçu d'ensemble de la Confédération qu'il faut considérer « en trois parties : car premierement les treize Cantons se sont alliez pour jamais en un corps de cité. Iceux sont Zurich, Berne, Lucerne, Uri, Suits, Undervald, Zug, Glaris, Basle, Fribourg, Soleurre, Schaffouse, et Appenzel. En second lieu sont les associez et confederez des treize cantons », telles les trois Ligues des Grisons, et « consequemment les Baillages, qui sont gouvernez par les treize cantons en commun », comme Chiavenna et la Valteline.

I, 274 : **Seigneurs, Princes, Rois et Empereurs deffie**. C'est avec l'évidence du lieu commun que l'on faisait allusion, à l'époque, et dans des textes aussi non politiques, ni historiques, au défi représenté par la « République » des Suisses dans l'Europe des monarques. On se souviendra du ton mi-satyrique, mi-élogieux du sonnet CXXXV des *Regrets*, où les Suisses sont définis comme « les compagnons et correcteurs des rois » (Du Bellay, *Oeuvres poétiques*, éd. Chamard, t. II,

p. 161). Mais cf. également les *Epithetes* de de La Porte *ad v.* « Suisses » : « Ce peuple belliqueus pour les charges insupportables que les anciens seigneurs ou gouverneurs de leur païs lui imposoient, commença à se revolter l'an 1306, tellement qu'il est aujourd'hui divisé en plusieurs cantons, tous liguez et confederez, ne reconnoissant entre eux aucun Roi, Duc, ou autre Prince » (M. de La Porte, *Les Epithetes*, 1571, f. 253r°-v°).

I, 275-276 : **pensions d'alliance et de paix**. Virey rappelle ici les différentes alliances qui lièrent les Suisses, créanciers perpétuels des souverains européens, aux Valois, au pape, aux ducs de Savoie, à la Bourgogne ou aux protestants allemands. Cf. le chapitre que Simler consacre aux « alliances faict[e]s par les Cantons avec les Rois et Princes circonvoisins » (Simler, *La Republique*, pp. 256-285), où l'auteur fait remonter cette habitude aux « anciens Suisses [qui] ont fait plusieurs telles alliances de paix et amitié » (*ibid.*, p. 257).

I, 277 : **Belleville**. MARG. *Belleville*, aujourd'hui La Neuveville, sur le lac de Bienne.

I, 279 : MARG. *Solleure Canton de Suisse catholique.*

I, 278-280 : **Du temps des grands Romains**. Soleure, l'ancien « Castrum Salodurense », « est l'une des plus anciennes villes de toute la Suisse […] Les vieilles inscriptions Romaines qu'on voit encores à Soleurre monstrent l'ancienneté de la ville » (*ibid.*, p. 168).

I, 281 : **des sept Cantons**. Les sept Cantons de la Ligue Chrétienne : Lucerne, Uri, Schwyz, Unterwalden, Zoug, Fribourg et Soleure. Restés catholiques, ils se constituèrent en septembre 1586 en une ligue, dite aussi Ligue d'Or à cause des initiales dorées de sa charte (von Pastor, *Histoire des papes*, t. XXII, p. 610).

I, 283-284 : **fort bons amis / Et en cas de besoing pour leur deffence unis**. Dans un autre contexte par rapport à la scission religieuse des Cantons dont parle ici Virey, mais seulement à quelques lignes de distance de l'emprunt précédent (cf. I, 278-80 ; Simler, *La Republique*, p. 168), la traduction française du texte de Simler présente ce même syntagme « bons amis » : « en l'an mil trois cens cinquante et uns, [les Soleurois] firent alliance perpetuelle avec les Bernois et demeurerent tousjours bons amis des autres Cantons » (*ibid.*, p. 169). La « bonne et loyalle amitié » (*ibidem*) qui liait Soleure aux Cantons évangéliques se révela d'ailleurs dans des *cas de besoing* qui ne sauraient paraître dans *La Republique des Suisses*, tels le projet de conquête des ducs de Savoie sur Genève à la fin du XVIe siècle ou, en général, les guerres de religion en France : le traité de Soleure du 8 mai 1579 ou l'alliance de Lucerne du 12 mai 1587 voyaient également groupés autour du roi Soleure et les cantons évangéliques, et autour de l'Espagne et du Saint-Siège les autres six cantons catholiques (voir l'Introduction de G. Livet au vol. *Suisse* du *Recueil des Instructions données aux Ambassadeurs et ministres de France,* Paris, F. Alcan, puis C.N.R.S., 1884-1983, t. XXX, 1, pp. XVI-XVII).

SOVLLEVRRE.

Fig. 8

I, 285 : MARG. [la note est fautivement placée dans le ms à la hauteur du v. 283] *L'Ambassadeur de France reside à Solleure ordinairement.*

I, 287 : **Comme y visme en passant un Brulart**. Au cours de son voyage de retour d'Italie en 1589, à son arrivée à Soleure Jacques-Auguste de Thou « cum accessit paulo plus D passibus Nic. Brulartum Sillerium oratorem Regium ad tiliam in via sedentem invenit » (de Thou, *Commentariorum de vita sua Libri*, p. 1215 ; voir notre Intr. p. LXXXI). A cette date, Nicolas Brûlart de Sillery (1544-1624), l'« aisné des cinq fils de Pierre Brulart, President és Enquestes du Parlement de Paris, et de Dame Marie Cauchon (de Sillery) » (Blanchard, *Les Presidens au mortier du Parlement de Paris*, 1647, p. 359), conseiller de la Cour depuis 1573, maître des requêtes et secrétaire d'Etat sous Henri III, venait d'être envoyé comme « Ambassadeur ordinaire, vers les Suisses et Grisons » (*ibid.* ; cf. L'Estoile, *Journal pour le règne de Henri III*, pp. 385, 556, 572). Ambassadeur en Suisse aussi en 1595 et en 1602, puis en 1599 chargé de négocier à Rome l'annulation du mariage d'Henri IV, il est surtout célèbre pour avoir été, avec Pomponne de Bellièvre, député du roi à Vervins, lors du traité de paix entre Henri IV, Philippe II et Charles-Emmanuel de Savoie (cf. le *Memoire historique, concernant la negociation de la paix traitée à Vervins l'an 1598*, Paris, Ch. de Sercy, 1667). Il sera nommé Garde des Sceaux en 1605 et Chancelier de France en 1607, d'où le MARG. *Monsieur de Sillery depuis Chancelier de France.*

I, 288 : **constante à nostre Roy**. Virey nous rappelle ici l'occasion qui permit à Brûlart de Sillery de rendre à la monarchie « de tres signalez services dans un temps tres fascheux et difficile » (Blanchard, *Les Presidens*, p. 358), vu l'importance qu'avaient pendant les guerres civiles les contingents suisses utilisés par le roi et par la Ligue. Lorsqu'il remplissait les devoirs de sa charge à Soleure, ce canton, pourtant catholique, confirma sa fidélité au roi de France, au moment même où la Ligue et l'Espagne prenaient à la solde des troupes des autres cantons de l'ancienne foi, leurs alliés (voir le *Recueil des Instructions données aux Ambassadeurs*, t. XXX, 1, p. XVI).

I, 292 : **Avec Harlay Sancy, biens et vie hazardant**. En 1589, au moment où Henri III et Henri de Navarre se préparaient à assiéger Paris, le roi envoya en Allemagne et en Suisse lever de nouvelles troupes et chercher de nouvelles alliances Nicolas de Harlay, seigneur de Sancy et de Grosbois (1546-1629), conseiller au Parlement, fils de Robert de Harlay. Extrêmement libre dans son pouvoir de négociation, il était notamment chargé dans cette circonstance de « tirer tel secours qu'il pourroit d'hommes et d'argent » (Blanchard, *Les Presidens*, pp. 240-1) : l'histoire, à laquelle Virey semble faire allusion, du célèbre diamant qu'il aurait mis en gage (cf. *ibid.*, p. 241 : « il leve des troupes à Geneve et en Suisse [...] ayant engagé ses propres pierreries ») est d'habitude acceptée, mais rectifiée par la considération des garanties qu'Harlay-Sancy avait offertes aux Suisses contre Charles-Emmanuel de Savoie. Il sera à nouveau en Suisse après la mort d'Henri III pour lever une armée pour le nouveau roi, qui le nommera colonel général des Suisses. Il sera surintendant des finances de 1594 à 1597, ambassadeur en Angleterre, lieutenant du roi en Bourgogne (cf. de Thou, *Historiarum sui temporis*, XCIV, XCVI-XCVII, éd. 1625-28, 2e vol., pp. 257-58, 293-95, 299, 317-320) et, bien sûr, l'inspirateur du pamphlet d'Aubigné, *La confession de Sancy,* à cause de ses changements de confession, dont Virey donne sa version dans le MARG. : *Monsieur de Sancy de la maison de Harlay fit de grands services au Roy tant en Suisse qu'en Alemaigne où pour mieux negocier il se fit Huguenot mais apres les guerres de la Ligue assoupies il retourna à la Relligion Catholique Apost. et Romaine estant Superintendant des finances de France.*

I, 295 : **un traistre Jacopin**. Le frère dominicain Jacques Clément, du couvent des Jacobins de Paris, meurtrier d'Henri III à Saint-Cloud le 1er août 1589, dont il sera question aux vv. II, 87-92.

I, 297 : **De ce nombre une part**. L'armée de douze mille Suisses qu'Harlay-Sancy réussit à amener à l'aide du roi en 1589, jointe à celle des reîtres protestants allemands (cf. de Thou, *Historiarum*, XCVII, éd. cit., 2e vol., p. 317), attint Paris au moment où l'assassinat de Henri III obligeait à renoncer momentanément au siège de la capitale : seulement une partie des troupes d'Harlay-Sancy restèrent en France, pour être employées contre Mayenne à Arques deux mois plus tard.

I, 299-301 : **Le vaillant Gallati, sauva de tout meschef / Le Roy pressé à Arq**. Les *Memoires tres particuliers* que nous a laissés Charles de Valois, duc d'Angoulême, sur les trois mois qui s'écoulent de la mort d'Henri III au coup de main d'Henri IV à Paris, le 1er novembre 1589, nous renseignent sur les contingents suisses qui combattaient dans les rangs des royaux lors de la bataille d'Arques, les 20 et 21 septembre 1589 : et parmi eux « le Regiment de Solleure » « les compagnies de Balthazar », « le Regiment de Galaty » (duc d'Angoulême, *Memoires*, 1667, p. 56). Le duc d'Angoulême consacre notamment une page au « Sieur de Galaty [...], auquel ce seroit faire tort, si l'on ne luy donnoit la gloire d'avoir par sa valeur, et par une action sans peur, sauvé le Roy et l'Estat, par la resistance qu'il fit » (*ibid.*, p. 88).

I, 302 : MARG. *Generosité et valleur des Suisses à Arques.*

I, 303 : **de nulle peur attaint**. MARG. *Intrepidité du Roy à Arques meruitque timeri nil metuens.* Sur le *Roy valeureux* lors de la bataille d'Arques, Virey revient aux vv. II, 93-95.

I, 308 : **prit les faulbourgs**. MARG. *Le Roy retournant d'Arques attaque et prend le faubourg St Germain de Paris et pouvoit prendre la ville sans la consideration que son armée riche du pillage se dissi-*

peroit. Il s'agit du coup de main porté sur Paris par Henri IV le 1er novembre 1589, connu sous le nom de « surprise de la Toussaint » (voir Descimon, « La Ligue à Paris », cit., p. 76) : le roi réussit à enlever les faubourgs de la Rive Gauche et Saint-Germain-des-Près au moment où la capitale, autonome sous le gouvernement des Seize, lui opposait la plus ferme résistance (cf. de Thou, *Historiarum sui temporis*, XCVII, éd. 1625-28, 2e vol., p. 324).

I, 311 : **ja loué fenestres on avoit**. Avant la victoire d'Arques, « le bruit était à Paris que le roi était tellement acculé et réduit en un petit coin de Normandie, qu'il ne pouvait s'empêcher d'être pris [...]. Même plusieurs de Paris et des plus simples qui le croyaient ainsi, avaient arrhé des chambres et places pour le voir passer quand on l'amènerait lié et garotté, comme il en était bruit » (L'Estoile, *Journal pour le règne de Henri IV*, p. 24). Cf. les vv. II, 96-100.

I, 313 : **pouvoit la Ville prendre**. Cette tentative d'Henri IV sur Paris s'arrêta là et cf. la motivation qu'en donne Virey *supra*, I, 308, MARG. On sait qu'après l'arrivée de Mayenne le 2 novembre, « le roi n'ayant pas reçu l'artillerie nécessaire pour battre la ville, sortit des faubourgs » (L'Estoile, *ibid*., p. 28) et qu'il replia vers Tours.

I, 322 : **Six mille qu'ils estoyent**. Les sources aussi insistent sur l'écart quantitatif entre l'armée du roi et celle de la Ligue à Arques, mais les chiffres diffèrent : « en ce combat », selon L'Estoile par exemple, « cinq cents chevaux, douze cents hommes de pied français et deux mille cinq cents Suisses mirent en route cette grande et puissante armée de la Ligue, qui était de vingt-cinq à trente mille hommes » (*Journal pour le règne d'Henri IV*, p. 25 ; cf. de Thou, *Historiarum sui temporis*, XCVII, éd. 1625-28, 2e vol., pp. 321-322 ; duc d'Angoulême, *Memoires*, p. 91). Virey lui-même donne d'ailleurs de nouveaux chiffres dans une note dans la marge du v. II, 94, où ces *Six mille* Suisses deviennent *une armée de sept à huict mille hommes* contre, à son dire, les *quarante mille de la Ligue* (II, 94, MARG.).

I, 324 : MARG. *Brave resolution des Suisses à Arques*.

I, 327 : MARG. *Zurich l'un des Cantons Protestants de Suisse*.

I, 330 : **Et l'herbeuse Pales**. Le *topos* de la rencontre de Bacchus et Cérès dans la région qui entroure les villes (cf. I, 214 ; II, 1425) s'enrichit d'une troisième divinité tutélaire, Palès, également topique de l'éloge, mais dans sa seule occurrence ici, dans cet exorde sur Zurich. « *Rustique, feconde, deesse, bergere, sacrée, montueuse ou montagnere, champestre*. Palès estoit la deesse des bergers » (M. de La Porte, *Les Epithetes*, f. 189v°), donc l'apanage de la Suisse plutôt que d'autres *pays de plaine / Et pasturage gras*, telle la région de Padoue où *la chair de Brebis [...] n'est bonne que pour laine* (I, 901-902).

I, 337 : **en assiette ainsy advantagée**. Virey aurait pu avoir sous les yeux la planche de Zurich qui illustre l'ouvrage de Simler (*La Republique des Suisses*, cit., p. 73, cf. fig. 7).

ZVRICH.

Fig. 9

I, 342 : **une mer qui en poissons abonde**. « Lacum Tigurinum limpidissimum optimis piscibus abundantem [...], vulgò *der Zuricher See* » (Hentzner, *Itinerarium*, p. 190).

I, 347 : **Zurich tient rang premier**. « Or combien que Zurich soit la cinquiesme venuë en l'alliance des Suisses, neantmoins à cause que c'est une ville renommée et puissante, le premier rang luy fut donné, et fut nommée le premier Canton. Ceux de Zurich tiennent encor aujourd'huy ce nom et ce rang entre les treize Cantons, tant ès journées des Suisses, qu'ès ambassades et autres actes publics » (Simler, *La Republique*, pp. 106-7). Premier en raison de sa richesse, mais parmi « les égaux » quand même, Zurich s'était joint aux quatre cantons d'Uri, Unterwalden, Schwytz et Lucerne en 1351, avant Glaris, Zoug et Berne (entrés dans la Confédération en 1352-1353). Fribourg, Soleure, Bâle, Appenzell et Schaffouse s'y joignirent beaucoup plus tard, entre 1481 et 1513, date à laquelle on pose la naissance de la Confédération des treize.

I, 349 : **Chanoine de Là**. Originaire de Wildhaus, dans le canton de Saint-Gall et d'abord curé à Glaris et à Einsiedeln, Huldrych Zwingli avait été appelé à Zurich en 1519 en tant que prédicateur de la Collégiale. Voir Simler, *op. cit.*, pp. 85-89, et la biographie d'O. Farner, *Huldreich Zwingli*, Zurich, Theologischer Verlag, 1943-60, t. I. MARG. *Zuingler chanoine de Zurich heresiarche*.

I, 353 : **mourut en bataille**. Virey fait allusion à la bataille de Kappel de 1531, qui marqua la fin des guerres entre Zurich et les cantons catholiques et consacra la division religieuse de la Confédération : avec Zwingli cinq cents Zurichois furent tués sur le camp, y compris des membres du Conseil de la Ville et des pasteurs (voir Farner, *Huldreich Zwingli*, cit., t. IV).

I, 354 : **pour quatre mots seuls**. « Hoc est corpus meum », bien sûr (*I Corinthiens*, 11, 24 ; Matt., 26, 26 ; Marc, 14, 22 ; ou bien Luc, 22, 19) : cf. dans les *Oeuvres* de Zwingli la *De canone missae epichiresis* (1523 : in *Sämtliche Werke*, éd. Egli, Finsler, Köhler, t. II, pp. 556-608, mais en part. p. 589), le chapitre « De Eucharistia » du *De vera et falsa religione commentarius* (1525 : *ibidem*, t. III, pp. 773-820, mais en part. p. 788), ou bien, au moment d'une prise de position plus précise, les *Über Luthers Buch, Bekenntnis genannt, zwei Antworten von Oekolampad und Zwingli* (1528 : *ibidem*, t. VI, pp. 1-248). Au problème de l'eucharistie, Virey consacre au total quarante vers de son poème (quinze ici et vingt-cinq aux vv. II, 1773-1797), qui correspondent en quelque sorte au retentissement qu'eut à son époque la dispute sur le dogme de la transsubstantiation : cf., à la date du 4 mai 1610, le témoignage de L'Estoile sur la diffusion des publications à ce sujet et l'opinion du cercle des « Politiques » (L'Estoile, *Mémoires-Journaux*, éd. Brunet *et al.*, 1881, t. X, p. 215 ; et A. Stegmann, « L'Europe intellectuelle de J.-A. de Thou », pp. 400-401). On sait que la dispute ne partagea pas seulement la *Chrestienté* en deux, mais qu'elle opposa aussi, à l'intérieur du monde réformé, les luthériens aux « Suisses », puis Calvin aux Zwingliens. Et on sait également que plusieurs étapes l'ont caractérisée depuis le premier *Sermon* de Luther en 1515 ; qu'elle poursuivit après la mort de Zwingli avec Calvin et son *Petit Traicté de la Sainte Cene* paru à Genève en 1541 ; qu'elle devint ensuite celle qu'on appela la « seconde dispute sacrementielle », rouverte après le *Consensus Tigurinus* de 1549 par Joachim Westphal ; ou encore, et pour rester dans le milieu zurichois qui inspire la réflexion de Virey, on sait que c'est à Zurich que Bernardin Ochino rédigea, entre 1555 et 1561, sa *Disputa intorno alla presenza del corpo di Giesù Christo* dont Montaigne d'après Villey possédait un exemplaire et que l'on peu supposer comme bien connue parmi les juristes lettrés de la fin du XVIe siècle (voir Luther, *Werke*, kritische Gesamtausgabe, t. II, pp. 742ss. ; Calvin, *Opera*, éd. Barth, Niesel, t. I, pp. 503ss. ; E. Bizer, *Studien zur Geschicte des Abendmahlstreits im 16. Jahrundert*, Gütersloh, Beiträge zur Forderung Christischer Theologie, 1940 ; H. Bainton, *The Reformation of the Sixteenth Century*, Boston, The Beacon Press, 1952 ; W. Köhler, *Zwingli und Luther. Ihr Streit über das Abendmahl nach seiner politischen und religiösen Beziehung*, Gütersloh, Beiträge zur Forderung Christischer Theologie, 1953 ; J. Lecler, *Histoire de la tolérance au siècle de la Réforme*, Paris, Aubier Editions Montaigne, 1955, t. I, pp. 168-9 et 298-311 ; D. Cantimori, *Eretici italiani del Cinquecento*, Florence, Sansoni, 1939, pp. 247-9 ; P. Villey, *Les sources et l'évolution des « Essais » de Montaigne*, Paris, Hachette, 1908, t. I, p. 184).

I, 370 : **(Car il faut que Chevaux voyageant on repose)**. Evidemment. Mais au juste repos des chevaux l'*Itinerario delle Poste* de Codogno, que nous avons utilisé ailleurs, consacrait un chapitre, « perché con Cavalli freschi si suol far maggior viaggio » (Codogno, *Nuovo itinerario delle Poste*, 1628, pp. 60-61).

I, 372 : **Rapertsville**. MARG. *Rapertsville belle petite ville au bout d'un long et beau lac*, qui est encore le lac de Zurich, bien sûr, « longissimus » selon Hentzner (*Itinerarium*, p. 190). Cf. les passages identiques que l'on lit dans son *Itinerarium* et chez Simler sur Rapperswil, « ville sur le lac de Zurich, en laquelle demeuroyent autresfois les Comtes de Rapersvvil » (Simler, *La Republique*, pp. 243-4), « Helvetiorum oppidum, quondam sedes Comitum à Rapersvilà » (Hentzner, *ibid.*).

I, 373 : **un autre Lac trouvasmes**. Le lac de Walen, « alium lacum » chez Hentzner, qui l'appelle « Wallenstetensem », d'après le nom de « Wallenstett, Helvetiorum oppidulum » (*ibid.*, p. 191), aujourd'hui Walenstadt.

I, 374 : MARG. *Valistad*.

I, 376 : **la vallée appellée du Rhin**. La vallée du Rhin, c'est-à-dire de ce fleuve *maistre* (I, 463) qui prend « son origine bien pres de Curie ou Coirie aux Grisons, ville episcopale entre les plus hautes Alpes » (de La Porte, *Les Epithetes*, f. 230r°).

I, 378 : MARG. *Coire.*

I, 380 : **Constantin le grand**. Ville « nombree en premier lieu », capitale de la Ligue de la Maison-Dieu à l'intérieur de la « Republique des Grisons » (Simler, *La Republique*, p. 409), l'ancienne *Curia Rhaetorum* avait été érigée au début du IVe siècle sous Constantin : *castrum* d'abord, puis, à partir du Ve siècle, siège épiscopal, Coire se trouvait sur l'axe qui liait Rome à Augsbourg (cf. Hentzner, *Itinerarium*, p. 192 ; de Thou, *Commentariorum de vita sua libri*, p. 1213).

I, 386 : **un mont ardu**. Le Splügen, dont l'épithète topique d'*ardu* sera largement illustrée aux vv. I, 475-524.

I, 387-388 : **est premier à monter / A qui veut au pays des Rhetes se porter**. Situé entre Chiavenna, la « clé » pour entrer au pays des Rhètes, et Coire (cf. Simler, *Vallesiae descriptio, libri duo. De Alpibus commentarius*, f. 104r°-v°), le Splügen se trouvait sur l'itinéraire habituel des courriers de la poste aux lettres qui partaient de Milan vers la Suisse (cf. Codogno, *Nuovo itinerario*, pp. 243-4). D'après Simler, c'était par ce « breviori et rectiori itinere » que l'on rejoignait normalement Coire de l'Italie (*ibid.*, f. 105r°). Mais du point de vue textuel il s'agit surtout du premier («primum igitur iter est ») parmi les « diversa itinera [...] quae ex Italia in Helvetiam vel Germaniam tendunt », qu'il propose dans ses pages sur la Rhétie (*ibid.*, ff. 103v°-104r°). Et le massif d'ailleurs, dont le Splügen fait partie et que Virey ne distingue pas du mont (cf. I, 504 : *[un hault mont] Qu'Adula, ou Splugen, j'entendis appeller*), est encore le premier des « plurima [...] iuga harum Alpium » que Simler décrit : « Adulas mons primus est inter Rheticas alpes » (*ibid.*, f. 103v°).

I, 389 : **Rètes or' dits Grisons**. MARG. *Peuples appellez anciennement Rhetes et modernement dits Grisons.* « Rhetos [...], quos vulgo Chrisones vocant » (Simler, *Vallesiae descriptio, libri duo. De Alpibus commentarius*, f. 105r°: dorénavant *De Alpibus*).

I, 392 : **gistes d'Ours**. Voir à ce propos le témoignage de Denys Lambin qui, en passant par les Grisons à son retour d'Italie en 1554, remarquait que beaucoup de « localités sont affreuses et plus propres à loger des bêtes sauvages que des humains » (tr. et éd. par H. Potez, « Deux années de la Renaissance (d'après une correspondance inédite) », *R.H.L.F.*, 1966, p. 460).

I, 393 : MARG. *Description du pays demeures et du Gouvernement des Grisons.*

I, 399 : **le parler n'est un**. L'allusion au fractionnement linguistique du canton des Grisons, où des variétés régionales de l'allemand coexistent avec les dialectes du complexe rhéto-roman, est patronnée ici par les nombreux renseignements bilingues que donne Simler dans son *De Alpibus*. L'un d'eux, placé au f. 104v° dans ce même contexte d'emprunts des vv. I, 387-89, concerne le « Montem Spelugam », que les « Rheti vocant Colmen del Orso, Germani den Vischler und den

Splüger berg. Huic proximus est Adulas mons, quem Rheti Colmen de Ocello, Germani den Vogel et St. Bernardini montem vocant ». MARG. *Leur langage.*

I, 405 : **tout bon ordre et police**. Pour ce long passage sur la constitution des Grisons (vv. 405-460), les *Vers Itineraires* suivent de près le chapitre de Simler sur « La Republique des Grisons » (*La Republique des Suisses*, pp. 408-418). Seule méprise (ou combinaison voulue), Virey emprunte indifféremment sa description aux pages de sa source sur la première des trois ligues des Grisons, la ligue Grise, et à celles sur le système politique qui scellait et qui caractérisait leur union, tandis que Simler analysait en des moments différents chaque ligue d'abord, et la constitution des trois ensemble, ensuite. Cf. *ibidem*, pp. 408-9 : « la ligue Grise » ; pp. 409-10 : « la ligue de l'hostel Dieu » ; pp. 411-14 : « la ligue des Droitures » ; pp. 414-18 : les « trois ligues des Grisons ».

I, 409 : MARG. *Leur Justice.*

I, 406-414 : **L'on juge sur le champ**. L'emprunt de Virey porte donc sur le passage qui concerne la seule ligue Grise : « En chacune de ces communautez ils eslisent tous les ans un souverain magistrat [...], lequel avec les assesseurs ou juges esleuz par la mesme communauté, juge les procés » (Simler, *ibid.*, p. 408). Mais il puise également aux pp. 414-415, qui y seraient plus propres : « il y a trois ligues des Grisons, qui ont cinquante communautez, lesquelles toutesfois ne font qu'une republique, car encor que plusieurs de ces communautez ayent leurs juges, loix, coutumes, et justice tant civile que criminelle, toutesfois la souveraineté est riere le Conseil des trois ligues ». Cf. aussi le paragraphe sur le « Jugement des causes publiques », *ibid.*, pp. 417-18.

I, 415-418 : **Aux Estats annuels**. Même combinaison entre un passage de la p. 409 de *La Republique des Suisses* («les journées de ceste ligue Grise se tiennent au village [...] de la premiere communauté, et là s'assemble la justice de la ligue, où preside le Landrichter qui a quinze assesseurs, un secretaire et un officier ») et un passage des pp. 415-16 sur le « Conseil des ligues », c'est-à-dire les « journées ou assemblées des Ambassadeurs de chasque communauté des Grisons », et sur le « Conseil ou Senat qu'ils appellent *einbytag*, quand les principaux magistrats seulement et comme les chefs des trois ligues s'assemblent ».

I, 423 : MARG. *S'exercent aux armes.*

I, 427 : MARG. *Leurs sortes d'armes.*

I, 430 : MARG. *Caesar ne les peust dompter.*

I, 433 : **Posclaf**. Poschiave, « Posclavium » dans l'itinéraire de Jacques-Auguste de Thou en 1589 (*Commentariorum de vita sua*, p. 1213).

I, 433-434 : **allez à tous les diables**. Traduction fantaisiste d'un passage de l'inscription « in Trophaeo Alpium, quod populus Romanus Caesari Augusto erexit » (Simler, *De Alpibus*, f. 116v°), que d'après Pline Simler transcrit dans le chapitre « De Gentibus alpinis » : « GENTES ALPINAE OMNES QUAE A MARI SUPERO AD INFERUM PERTINEBANT » (*ibid.*, f. 117r°). Le *mare inferum* était bien sûr pour les Romains la mer Tyrrhénienne (le *mare superum* la mer Adriatique) et non l'Enfer, royaume des *diables*.

I, 437 : **En province reduits de Rome**. Continue la traduction de l'inscription : « GENTES ALPINAE [...] SUB IMPERIUM POPULI ROMANI SUNT REDACTAE » (*ibid.*, f. 117r°).

I, 443 : **sont or' divisez en trois Ligues**. « Or les Grisons sont divisez en trois ligues » (Simler, *La Republique*, p. 408). MARG. *Estat des Grisons composé de trois Ligues.*

I, 444 : **Un estat souverain**. Alliées entre elles et faisant partie de la Confédération depuis 1497-1498 en tant que république associée aux treize cantons (voir *ibid.*, p. 5), les trois ligues des Grisons représentaient une sorte d'image en raccourci de la Confédération même : Simler précise que « le Conseil des Grisons est presque semblable à celuy des Suisses, car on y traite mesmes choses, qui concernent le bien de tout le païs » (*ibid.*, p. 415). A l'image des treize cantons elles sont d'ailleurs « jointes comme en un corps » (*ibid.*, p. 413).

I, 445-446 : **L'haute Ligue Grise est premiere nombrée / Dix neuf communaultez ayant**. « La premiere s'appelle la ligue Grise, et a dix neuf communautez » (Simler, *La Republique*, p. 408). MARG. *Ligue Grise.*

I, 447-448 : **Soubs le bois l'autre part**. Des dix-neuf communautés de la ligue Grise, neuf sont appelées « la part sur le bois, *Die oh dem Vvald* » et « Les autres dix s'appellent, Sous le bois » (*ibidem*).

I, 449-450 : **Ne plairoit en ma ryme**. On comprend que leurs noms s'adaptent mal à la rime française si l'on suit la liste que Simler donne des dix-neuf communautés, « à sçavoir l'Abbaye de Dissentifs [avec] Tauetsch, Trumb et quelques autres lieux. 2. Vvalterspurg. 3. Obersachs. 4. Lugnitz. 5. Fals. 6. Ylantz. 7. Schloevvifs. 8. Ceux de Laax, Sinifs et des environs sur le bois. 9. Thaennen [...]. 10. Flims. 11. Trimou. 12. Safien. 13. Raetzuns [...]. 14. Henltzenberg et Tusis. 15. Schopine. 16. Schamps. 17. Splugen. 18. Masax. 19. Rufflee » (*ibidem*).

I, 451-452 : **Apres va la Cadée**. « La seconde ligue est appellee *der Gottschuszpundt*, la ligue de l'hostel Dieu ou de la Cade, ou ligue Cathedrale, à cause de l'Eveché et College de Coire » (*ibidem*, p. 409). MARG. *La Cadée.*

I, 453-454 : **Et avecques ces deux, autres dix neuf enlasse**. Virey continue à adapter à sa *ryme* les chiffres donnés par Simler (cf. I, 448) : si dans son compte Coire vaut pour deux, il lui faut dix-neuf *Communes* pour versifier les « vingt et une communautez » (Simler, *ibidem*) de la ligue de la Maison-Dieu.

I, 455-456 : **La troisiesme Ligue**. « La troisiesme ligue, s'appelle la ligue des dix jurisdictions ou la ligue des Droitures » (*ibidem*, p. 411 ; voir également les pp. 412-13, où Simler retrace l'histoire de la ligue des Dix Juridictions). MARG. *Des dix Directures*.

I, 467-468 : **Et du Mont sainct Gothart**. MARG. *Le Rhin a deux sources l'une du mont Adula et de Splug et l'autre de Saint Gothard* : le Rhin postérieur, né dans le massif de l'Adula, et le Rhin antérieur qui descend du Saint-Gothard se réunissent à Reichenau, avant Coire. Les deux passages de Strabon (*Géographie*, IV, 6, 6, c204 et 3, 3, c193, éd. Lasserre, p. 174 et p. 152) qui à ce propos faisaient autorité sont discutés et partiellement corrigés par Simler, dans le détail de sa description de l'« anterior Rheni fons [...], ex adversa Rheni posterioris parte » (*De Alpibus*, f. 103v°). Mais le texte de Virey pourrait se fonder sur la version beaucoup moins scientifique des *Epithetes*, où de La Porte avait enregistré que « La montagne dont [le Rhin] sort est appellee par Strabon Adulta <sic>, et a deux sources desquelles issent deux ruisseaux coulans fort impetueusement par les destroits et vallees des montagnes, et s'assemblent à une lieuë d'Allemaigne, au dessus d'icelle ville de Curie » (de La Porte, *Les Epithetes*, f. 230r°).

I, 469-470 : **il court en L'Occean Belgique**. Dans le chapitre « De Alpinis aquis » de son *De Alpibus,* Simler indique le parcours du Rhin « inter Germaniam et Galliam » jusqu'« in Oceanum » (*De Alpibus*, f. 123r°). Cf. également *ad v.* « Rhenus » son édition du *De fluminibus* de Vibius Sequester (in *Aetici Cosmographia : Antonii Augusti Itinerarium,* 1575, p. 336). A rappeler que par cette description du parcours du Rhin Virey donne son premier témoignage de l'intérêt des humanistes pour les cours d'eau et leur histoire : voir notre Intr., pp. LXX-LXXII.

I, 478 : **A grimper des le pied un grand Mont commenceasmes**. MARG. *Chemin des Alpes*. Pour ce long passage (I, 475-524) qui décrit la montée pénible des Alpes, Virey pouvait disposer de toute une série de variantes sur le lieu commun du danger et de la difficulté du chemin. Et ses vers tirent profit des épithètes que de La Porte suggérait aux poètes pour chanter ces « montaignes fort hautes servans de bornes à l'Italie », « dangereuses », « gelees », « glacees, neigeuses » ou « precipiteuses » (de La Porte, *Les Epithetes*, f. 12r°). C'est d'ailleurs en raisons des « summas difficultates » de la montée qu'Hentzner pouvait décrire comme pourvues de noblesse ces montagnes des Grisons et le Splügen notamment (Hentzner, *Itinerarium*, p. 193 ; mais cf. également Signot, *La totale et vraie description de tous les passaiges*, [1515], f. IXr°; de Thou, *Commentariorum de vita sua*, p. 1213 ; ou la correspondance de Denys Lambin, in Potez, « Deux années de la Renaissance », cit., p. 462). L'emprunt de Virey porte cependant surtout sur le chapitre « De Itinerum Alpinorum difficultatibus et periculis, et quomodo superari possint » du *De Alpibus* (Simler, *De Alpibus*, ff. 110r°-116v°), où Simler renvoie à l'autorité de Claudien : dans son *Bellum Geticum* il chantait la gloire de Stilicon qui, lors de la campagne de 402, parcourut la « tremendam [...] viam » des Alpes des Rhètes (*De Alpibus*, f. 105v°) à travers « profundae / vasta mole nives, cumque ipsis saepe iuvencis / naufraga cadenti merguntur plaustra barathro » (Claudien, *Bellum Geticum*, vv. 342-44, éd. Barrie Hall, p. 251).

I, 487 : **d'Animaux, paissans**. Simler consacrait un chapitre du *De Alpibus* aux « animalibus alpinis » (*op. cit.*, ff. 132v°-134r°).

I, 489-490 : **divers amas de neiges et de glaces**. « Sunt autem itinera alpina difficilia et periculosa, vel propter [...] praecipitia, vel propter glaciem, vel propter nives » (Simler, *De Alpibus*, f. 110r°).

I, 498 : **par grande penitence**. Cf. les vv. 9 et 13 du célèbre sonnet CXXXIV des *Regrets*, in Du Bellay, *Oeuvres poétiques*, éd. Chamard, t. II, pp. 160-161.

I, 502 : **Splugen**. MARG. *Nostre dame de Splugen :* « Speluga, vulgò *Spluge*, celebris vicus in summis Rhoetiae Alpibus situs, à quo mons nomen accepit » (Hentzner, *Itinerarium*, p. 193 ; cf. Codogno, *Nuovo itinerario delle Poste*, p. 244). A partir de là l'ardu chemin à travers les montagnes jusqu'à Chiavenna (cf. I, 525) compte, selon Simler, 27 milles (cf. *De Alpibus*, f. 104v°).

I, 502-503 : **une estroitte trace**. « Primum enim in altissimis montibus itinera omnibus fere in locis natura aspera et angusta, nonnumquam etiam in rupibus hominum labore et opera excisa sunt, adeo tamen angusta ut vix sarcinariis iumentis pateant, ac nonnullis locis duos pedes latitudine parum superent » (Simler, *ibid.*, f. 110r°).

I, 504 : MARG. *Mont Adula ou Splugen.*

I, 505-510 : **Ceux là qui du frayé peu caults la trace quittent**. La *trace*, « semita » dans le texte de Simler, bien que très étroite, est indiquée tout le long du parcours, « sed a latere nives molles et profundae non patiuntur viatores ex illa egredi » (*ibid.*, f. 110r°). A l'aide des *peu caults*, « imperiti » chez Simler, les Suisses sont obligés par la loi à équiper les chemins convenablement : « magistratum edicto, viam per montes munire coguntur » (*ibid.*, f. 112r°).

I, 512 : **Cherchoit à m'engloutir**. MARG. *Virey en grand peril d'estre englouty dans les Neiges* : « Nives verò in Alpibus multis locis tam sunt altae, ut hominibus et iumentis pereundum sit, si in illis submergantur, atque non levius periculum est, quam si in aquis mergatur » (*ibid.*, f. 112r°).

I, 515 : **perches**. Les « perlongos stipites » que les Suisses ont mis le long des chemins « ut hos sequantur viatores » (*ibid.*, f. 112v°), ailleurs « suppositis tibicinibus interiectis » (*ibid.*, f. 110r°).

I, 524-533 : **Cleven ditte, ou Chavane**. MARG. *Chavane.* « Clavenna, Rhoetiae oppidum, vulgò *Cleven*, ital. *Chiavenna*, ad fluvium *Mairam* situm, qui non procul ab hinc in lacum Comensem, olim Larium noncupatum se effundit » (Hentzner, *Itinerarium*, p. 193 ; cf.

Codogno, *Nuovo itinerario*, p. 243). La « ville et comté de Clavenne », de la famille des Balbiani, était *confederée* des Grisons en tant que « baillage » (Simler, *La Republique des Suisses*, pp. 419-20) gouverné en commun par les trois ligues : elle leur avait été cédée en 1512-1513 grâce à un acte de ratification de Massimiliano Sforza. Elle jouissait d'une autonomie particulière, ce qui explique aussi la liberté qui y régnait du point de vue religieux : avant 1600 trois paroisses de Chiavenna étaient passées à la Réforme et les deux cultes coexistaient dans la ville (cf. I, 534, MARG.). On sait qu'elle devint le refuge de plusieurs réformés italiens (voir Cantimori, *Eretici italiani*, p. 73, 353).

I, 534 : MARG. *On dit la messe et le Presche en mesme Eglise l'une apres l'autre* (cf. les vv. I, 457-458).

I, 537 : **allons tragetter L'onde**. Cf. l'*Itinerarium* d'Hentzner à « Nouva, Rhoetiae vicus », aujourd'hui Novate : « Hic cum nimiùm difficilis ascensu mons esset, partem lacus Comensis ad usque pagum Pocadado, ubi *Teliniae Vallis*, vulgò *Valtilin* initium est, nave trajecimus » (Hentzner, *Itinerarium*, pp. 193-94). En sens inverse, du Milanais vers Chiavenna toujours par le lac de Côme, chez Codogno, « entrarete nel paese de' Signori Grigioni / Alla Barca / A Chiavenna Città » (*Nuovo itinerario*, p. 243).

I, 539 : **Valtelin**. MARG. *Vallee ditte Valteline tres fertille et abondante*. La Valteline était un des territoires gouvernés par les Grisons (cf. Simler, *La Republique des Suisses*, p. 420) et constituait donc un canal qui permettait d'avoir accès aux Etats de Venise sans mettre le pied dans le Milanais. Elle était « divisée en six baillages » : « Bormie, Tiran, Tel, Sondrie, Morben, Trahon » (*ibid.*, pp. 420-21).

I, 542 : **au midy fait partage**. « *Abdua* […] *per mediam* quasi *Volturenam fluit*, ita ut Vallem istam in duas aequales portiones secare videatur […]. Ad utramque fluminis ripam sunt campis fertiles, et prata amoenissima » (Hentzner, *Itinerarium*, pp. 194-95).

I, 543-548 : **Courant passer le lac**. Sur le cours de l'Adda jusqu'au Pô, cf. Strabon, *Géographie*, IV, 3, 3, c193. Voir également les vv. I, 469-70. MARG. *Le fleuve Abdua apres avoir couru le long de la Vallée entre au lac de Come dit en Latin Larinus lacus Lequel Paul Jove a descrit fort amplement en un traicté expres.*

I, 550 : **du seigneur Bachus la faveur**. MARG. *Vin exellent* <sic> *en la Valteline que Virgile chante si hault dans ses Georgiques*. Pour un échantillonnage de variantes de ce lieu commun, cf. Simler, *La Republique*, p. 420 («la val Teline, renommée pour le vin excellent qui y croist en grande abondance ») ; de Thou, *Commentariorum de vita sua*, p. 1213 («amoenissima illa Valtolina, et mirum inter Alpeis, vino generoso nobilissima ») ; Hentzner, *Itinerarium*, p. 194 («in collibus *vinum generosum* producit ») ; et, à la source des éloges du vin rhétique, Strabon, *Géographie*, IV, 6, 8, c206. La note dans la marge renvoie évidemment à l'hymne à l'Italie et à la description des travaux pour Bacchus de la deuxième *Géorgique* (*Georgica*, II, vv. 136-419).

I, 557 : **Celeste Nepenthé**. « Nepenthe est une herbe, laquelle n'a point d'autre nom françois, dont la vertu est si grande, que le jus d'icelle qui est fort doux, beu dans du vin, fait oublier toute melancholie », lit-on dans *Les Epithetes*, qui constituent un bon point de répère pour cette métaphore topique (de La Porte, *op. cit.*, f. 176r°).

I, 561 : **quelqu'un**. Du Bellay, bien sûr, dans le sonnet CXXXIV des *Regrets* que nous avons déjà cité au v. I, 498.

I, 565 : **Morbeing**. « Morbenium : Volturenae sive Teliniae Vallis oppidum, vulgò *Morbing*, Praefecturâ clarum » (Hentzner, *Itinerarium*, p. 194), aujourd'hui Morbegno. MARG. *Morbeigno où l'on fait bonne chere.*

I, 581 : **Sondrio**. MARG. *Sondrio fort petite Ville mais de bonne chere aussy.*

I, 583 : **Tiran**. MARG. *Tyran petite Ville et de bonne chere de mesme.* Tirano était à l'époque le principal lieu de poste de la Velteline : cf. les « Poste da Bressa à Coira » dans le *Nuovo itinerario* de Codogno, p. 316. Lors de son passage par la Valteline de Thou « ad Tiranum prandium sumpsit » (*Commentariorum de vita sua*, p. 1213).

I, 584 : **de la mere Vierge en un Temple**. MARG. *La Madona* <sic> *de Tyran miraculeuse.* Construit à partir de 1505, le sanctuaire consacré à la Vierge, à Tirano, est célèbre pour ses formes caractéristiques du *Rinascimento* lombard.

I, 588 : **genereux vin**. Voir la note I, 550.

I, 589 : **Brigue**. MARG. *Mont Brigue.* L'Aprica, anciennement Briga, village et lieu de poste (cf. Codogno, *op. cit.*, p. 316 : « A Tirane / A Brigha ») et col pour passer dans la Val Camonica (cf. Alberti, *Descrittione di tutta Italia*, 1550, f. 370r°).

I, 590 : MARG. *Val Camonigua.*

I, 595 : **un Lac estroit que l'on appelle Itry**. *Itry* devrait faire penser au lac d'Idro («Itrinus lacus » chez Alberti, *Descrittione*, f. 356v°). Mais la route habituelle de la Valteline, donc de l'Aprica, à Brescia par la Val Camonica prévoyait le passage le long du lac d'Iseo, *Sebinum* en latin (cf. de Thou, *Comentariorum de vita sua*, p. 1213 : « Ipse per Brixiam et Sebinum lacum [...] in Raetiam descendit ») : Hentzner rend compte dans le détail des étapes du voyage d'« Edelo », au delà du col de l'Aprica, « oppidum Venetorum, quorum Iurisdictio hic incipit » à « Brixia, vulgò *Brescia* » par « Breno » et « Eselo » le long du lac (*Itinerarium*, p. 195) et le *Nuovo itinerario* de Codogno nous renseigne sur les postes « A Brigha / A Edello Villa [...] / A Isé Castello / Bressa città » (Codogno, *op. cit.*, p. 316). Il est vrai que la route du lac d'Idro aurait pu être aussi pratiquée, bien qu'avec des difficultés, puisqu'il s'agissait à l'époque d'un étroit chemin de montagne. Mais elle était beaucoup plus longue, aurait obligé les voyageurs au passage d'un col à 2000m., n'avait pas de postes et ne nous est mentionnée dans aucune relation de voyage. On ne pourrait quand même pas formuler l'hypothèse d'une erreur géographique de Virey, sans tenir compte des exigences métriques de ces vv. 595-596 : c'est comme si face à l'impossibilité de placer un [*Iseo*] ou un [*Isée* ?] à la rime, le poète avait cherché parmi les lacs des alentours un nom plus apte à ses vers.

I, 600 : MARG. *Paroles de Virey à L'Italie.*

I, 615-620 : **le rude sentier d'Alcide**. Arrivé au seuil de la jeunesse, au moment où il lui faut orienter sa vie, le descendant du mythique Alcée, Hercule, voit devant lui « duas [...] vias, unam Voluptatis, alteram Virtutis » (Cicéron, *De officiis*, I, XXXII, 118, éd. Testard, 1965, p. 165) et choisit de s'engager sur le chemin le plus *rude* qui le conduit cependant à l'immortalité. Attribuée au sophiste Prodicus de Céos (cf. Platon, *Le Banquet*, 177b), la célèbre fable de l'Hercule à la croisée des chemins a sa source dans *Les Mémorables* de Xénophon, où elle est introduite par les non moins célèbres vers d'Hésiode, « Du vice, on en prend tant qu'on veut, et sans peine : la route est plane [...]. Mais devant la vertu, les dieux immortels ont mis la sueur. Long, ardu est le sentier qui y mène, et âpre tout d'abord » (Hésiode, *Les travaux et les jours*, vv. 287-291, éd. et trad. P. Mazon, 1972, p. 97 ; cf. Xénophon, *Les Mémorables*, II, I, 20-34, éd. Marchant, 1959, pp. 92-103). On sait qu'à l'origine l'image de la croisée des chemins n'était employée que pour indiquer métaphoriquement l'âge d'Hercule (voir E. Panofsky, *Hercules am Scheidewege*, Leipzig-Berlin, Teubner, 1930, p. 42) et que la fable est en réalité construite sur l'apparition des deux femmes, 'Αρετή et Κακία, qui par des arguments opposés invitent le jeune héros à se vouer à l'une d'entre elles. Mais la Renaissance n'a pas travaillé philologiquement sur la tradition du mythe et en a surtout gardé la valeur d'*exemplum* moral (voir M.-R. Jung, *Hercule dans la littérature française*, Genève, Droz, 1966, pp. 133-135, qui cite dans ce sens les *Dialogues* de Gui de Bruès, ceux de Le Caron ou le sonnet CLXXII des *Regrets*) : dans les deux contextes de l'éducation et du voyage d'instruction sa mention est bien sûr topique, tout comme l'allusion implicite aux deux chemins et au choix d'Hercule. Parmi les nombreux exemples nous nous sommes notamment arrêtée à la présence explicite ou implicite de la fable dans *Les distichs moraux* de Michele Verino (trad. Cl. Odde de Triors, Lyon, 1577 ; voir les notes II, 1884-1886), dans le discours de François de La Noue (1587) sur « la bonne nourriture et institution qu'il est necessaire de donner aux jeunes gentils-hommes François » (in *Discours politiques et militaires*, éd. Sutcliffe, pp. 135, 147-148), et dans cet *Hercules Prodicius, seu Principis iuventutis vita et peregrinatio* (Anvers, Plantin, 1587), où l'érudit Vinandus Pighius (1520-1604) décrit le voyage en Italie de Charles-Frédéric de Clèves : voir E. Tietze-Conrat, « Notes on *Hercules at the Crossroads* », *Journal of the Warburg and Courtauld Inst.*, XIV, 1951, et notre Intr. pp. CXI-CXIX.

I, 623 : **Bresse.** MARG. *Bresse belle et bonne Ville :* « *Brescia*, sub Venetorum Imperio, oppidum nobile [...], antiquitate amplitudineque aedificiorum cum multis Italiae Urbibus certans » (Hentzner, *Itinerarium*, p. 195).

I, 623 : **Gaulois**. Les Celtes Cénomans, qui s'établirent autour de Brescia vers 400 av. J.-C.

I, 625 : **s'estant sans plus, à ton dam, revoltée**. Après la victoire d'Agnadel en 1509 Louis XII avait pu prendre Brescia, qui demeura sous la domination française jusqu'en 1516. Mais au cours de ces sept années les tentatives des Vénitiens de rétablir leur autorité sur la ville ne manquèrent pas. L'allusion de Virey à celle, célèbre, de 1512, réprimée par Gaston de Foix et Bayard et habituellement relatée sous une forme légendaire, relève du stéréotype. Parmi les sources canoniques dont il pouvait disposer à ce sujet (*Les gestes ensemble la vie du preulx Chevalier Bayard* de Symphorien Champier, le Loyal Serviteur, les *Recherches* de Pasquier, les *Mémoires* de La Trémoille) il suit de plus près *La tresjoyeuse, plaisante et recreative histoire du bon Chevalier sans paour et sans reproche* du Loyal Serviteur (Paris, Galliot Du Pré, 1527, et notamment les trois chapitres XLIX-LI, ff. lxiiii r°-lxxv°). A rappeler ici, en tant que points de repère pour la compréhension de ce long passage (vv. 625-694), même s'ils sont très connus : Gaston de Foix, duc de Nemours, après avoir libéré Bologne et pris Brescia, fut tué en 1512 lors de la bataille de Ravenne ; Jules II dit le Terrible (*ayme-guerre* au v. I, 628), allié à Venise depuis 1509, annexera Bologne en 1513 ; Pierre du Terrail, seigneur de Bayard, capitaine de Charles VIII, Louis XII et François Ier, aura le rôle décisif que l'on sait à Marignan, en 1515, et le roi voudra être reçu chevalier de sa main.

I, 626 : **au grand Gaston la nouvelle portée**. MARG. *Gaston de Foix accourt au secours de Bresse que s'estoit revoltée contre les François*. D'après le Loyal Serviteur, le capitaine des Vénitiens qui s'était rendu seigneur de Brescia savait bien que « des ce que le duc de Nemours qui estoit allé lever le siege de Boulongne en seroit adverty soubdain retourneroit » (*La tresjoyeuse, plaisante et recreative histoire*, cit., f. lxiiii v°).

I, 629-631 : **Pour te r'avoir accourt**. « Marchoit le duc de Nemours si diligemment que ung chevaucheur sur un courtault de cent escuz n'eust sceu faire plus de pays qu'il en faisoit en ung jour avecques toute son armée » (*ibid.*, f. lxiiii v°).

I, 631 : **en chemin combat**. MARG. *Deffait l'armée Venitienne conduitte par Liviano general : Liviano* était la forme latinisante (de *Livianus :* cf. P. Jove, *Dialogo delle imprese militari e amorose*, éd.

Doglio, 1978, p. 85) du patronyme de Bartolomeo d'Alviano, le célèbre général des Vénitiens que Louis XII vainquit à Agnadel. Mais, puisqu'à la fin de janvier 1512 il était justement encore prisonnier des Français, l'Alviano n'aurait pu conduire cette *armée Venitienne* qui devait bloquer Gaston de Foix sur l'Adige pour l'empêcher d'atteindre Brescia. Dans la réalité de l'histoire, elle était conduite par Giampaolo Baglioni (cf. Guicciardini, *La Historia d'Italia*, l. X, éd. Porcacchi, 1583, t. I, ff. 295v°-296r°), déjà tyran de Pérouse et condottiere au service de Venise, qui sera recruté, cela est vrai, par l'Alviano en octobre 1513 lors de la bataille de Vicence, mais dans un tout autre contexte. Nous pensons que la méprise de la note dans la marge, qui bien sûr ne se fonde plus sur des sources (Le Loyal Serviteur ne mentionnait d'ailleurs pas le nom du général à ce propos), a son origine dans l'association instinctive que l'on faisait entre la figure d'un général des Vénitiens à l'époque du légendaire Bayard et l'également légendaire Bartolomeo d'Alviano.

I, 633-638 : **une tigre, ou Lionne**. « Et puis comme ung lyon à qui on a osté ses faons va avecques ses compaignons livrer ung merveilleux assault » (Le Loyal Serviteur, *La tresjoyeuse [...] histoire*, f. xxxvii r°) : mais c'est pour Bayard que le Loyal Serviteur conçoit cette similitude, tandis que Virey la retourne ici à Gaston de Foix.

I, 641 : **à ton chasteau**. « Le lendemain monta le seigneur de Nemours au chasteau aussi firent les cappitaines et toute l'armée » (*ibid.*, f. lxv r°). MARG. *Entré par le chasteau donne bataille dans la place de la Ville.*

I, 643-648 : **la pluye estant cheutte la nuict**. « Il avoit ung peu pluvyné : le chasteau estoit en montaigne, et pour descendre en la ville on couloit ung peu ; mais le duc de Nemours en monstrant qu'il ne vouloit pas demourer des derreniers, osta ses souliers et se mist en eschapins de chausses. A son exemple le firent plusieurs autres, car à vray dire ilz s'en soutenoient mieulx » (*ibid.*, f. lxvi r°-v°).

I, 649 : MARG. *Deffait entierement les troupes Venitiennes et regagne la Ville.*

I, 654 : **Le chef Venitien**. « Messire André Grit » (*ibid.*, f. lxvii r°) : Nicolò Andrea Gritti, qui sera doge de Venise de 1523 à sa mort (1538).

I, 659 : MARG. *Bataille de Ravenne gaignée mais perdue par la perte du grand Gaston qui poursuivant trop ardemment un regiment Espagnol y fut tué.*

I, 663-668 : **je crois avecques Guichardin**. « Morte certo felicissima » eut Gaston de Foix selon Guichardin, « morendo acquistata già sì gloriosa vittoria » (Guicciardini, *La Historia d'Italia*, l. X, éd. cit., t. I, f. 303v°).

I, 671-672 : **je racomptay à part**. MARG. *Chevalier Bayart :* l'histoire du séjour de Bayard, blessé, *En son Logis de Bresse* (I, 676) après la bataille était normalement connue et lue comme un beau « conte » (Pasquier, *Les Recherches de la France*, VI, XVIII, éd. Fragonard, Roudaut, p. 1246). Elle est racontée *à part*, après le compte rendu de la prise de Brescia, aussi par le Loyal Serviteur (au chapitre LI de *La tresjoyeuse [...] histoire*, ff. lxix r°-lxx v°).

I, 676-680 : **au guerrier elle offroit**. Pour guérir de sa blessure Bayard logea, selon Le Loyal Serviteur, « environ ung moys ou cinq sepmaines » (*ibid.*, f. lxix r°) chez une famille de la noblesse de la ville. « La dame de son logis qui se tenoit tousjours sa prisonniere, ensemble son mary et ses enfans, et que les biens meubles qu'elle avoit estoient siens, car ainsi en avoient fait les François aux autres maisons comme elle sçavoit bien (eut plusieurs ymaginacions) considerant en soy mesmes que si son hoste la vouloit traicter à la rigueur et son mary, il en tireroit dix ou douze mille escus, car ilz en avoient deux mille de rente. Si se delibera luy faire quelque honneste présent et qu'elle l'avoit congneu si homme de bien et de si gentil cueur que à son oppinion se contenteroit gracieusement. Le matin dont le bon chevalier devoit desloger apres disner, son hostesse avecques ung de ses serviteurs portant une petite boete d'acier entra en sa chambre [...], prist la boete que le serviteur tenoit et l'ouvrit devant le bon chevalier qui la veit plaine de beaulx ducatz ». La premiere réponse de Bayard fut évidemment un refus : « De voz ducatz je n'en vueil point, et vous remercye ; reprenez-les. Toute ma vie ay toujours plus aymé beaucoup les gens que les escuz » (*ibid.*, f. lxix r°-v°). Puis, face aux prières de son hôtesse, il accepta l'offrande mais il demanda de voir les deux filles de la dame, « lesquelles estoient fort belles, bonnes et bien enseignées » : « Vecy vostre dame de mère qui m'a donné deux mille cinq cens ducatz que vous voyez sur ceste table » - dit Bayard -, « je vous en donne à chascune mille pour vous ayder à marier, et pour ma recompense vous prierez s'il vous plaist Dieu pour moy [...]. Je prendray ces cinq cens ducatz à mon prouffit pour les departir aux povres religions de dames qui ont esté pillées et vous en donne la charge, car mieux entendrez où sera la necessité que toute autre et sur cela je prends congé de vous » (*ibid.*, ff. lxix v°-lxx r°).

I, 682 : **De ces vierges L'Hymen à son plaisir deffaire**. L'exemption du pillage que les Cigola di Mercatonuovo obtinrent pour leur palais au moment de la victoire des Français a permis à F. Lechi de supposer que cette famille avait logé Bayard. Les Cigola avaient en effet deux filles, âgées pourtant en 1512 de 3 et 5 ans (ce qui ne fait qu'accroître, bien sûr, la valeur légendaire de la *continence* du chevalier sans peur et sans reproche : voir F. Lechi, *Le dimore bresciane*, Brescia, Edizioni di Storia bresciana, 1974, t. III, pp. 57-66).

I, 688 : **cueillir**. Nous reproduisons exceptionnellement la variante orthographique *ceuillir*, tout comme nous reproduirons les variantes *dueil* / *deuil* et *vueillent* / *veuillent* aux vv. II, 880 et 1656, car elles sont représentatives de la concurrence des graphies *ue* et *eu* pour noter le son [oe] devant *l* mouillé, même après un *c-* comme ici et dans *ceuille* pour l'actuel *cueille* au v. II, 1840, *acceuil* pour *accueil* au v. I, 698, *acceuille* pour *accueille* au v. II, 1747. De nombreux témoignages du XVIe siècle à ce propos, dont ceux de Sébillet, de Meigret, de Bèze et de La Noue ont été recueillis par Ch. Thurot, *De la prononciation française depuis le commencement du XVIe s.*, 1966, t. I, pp. 462-467 et la question semble se résoudre au cours du siècle suivant, vu que le *Traité de l'orthographe* anonyme de 1669 (Mauconduit) précise qu'« à l'occasion des mots qui ont une *l* mouillée, à cause de l'*i* qui la devance, lequel est precedé d'une autre voyelle, que lors que dans ces mêmes mots, le *c*, ou le *g* commencent la syllabe mouillée, ces deux consones doivent estre suivies immediatement d'un *u ;* comme dans ceux-cy *cercueil*, *recueil* [...]: Au lieu que dans les autres syllabes de même son, l'*u* est immediatement devant l'*i ;* comme en ceux-cy, *seuil*, *fauteuil*, *cerfeuil*, *deuil* » (p. 34). Puisque *dueil*, par exemple (notre v. II, 880), pouvait être indifféremment graphié à l'époque *deuil*, *deul* ou même *duel*, il est important pour nous de souligner que *euil* et *ueil* comptaient toujours pour une seule syllabe, donc *dueil* est un monosyllabe, *vueillent* dissyllabe.

I, 690 : **le titre irreprochable**. MARG. *Le Chevalier sans reproche de la main duquel le Roy François voulut à la bataille de Marignan estre fait Chevalier*. Voir la note I, 625.

I, 695 : **d'Ezenssant**. Desenzano, « Riviera del Lago di Garda » (Codogno, *Nuovo itinerario*, p. 218, au chapitre sur les « Poste da Venetia à Milano » ; cf. Hentzner, *Itinerarium*, p. 197). MARG. *D'Esenssant bourg merveilleusement agreable sur le Lac de Garde*.

I, 702 : **Pescaire**. MARG. *Forteresse de Pesquiaire*, aujourd'hui Peschiera. Cf. Hentzner, *Itinerarium*, p. 197.

I, 703 : **Veronne**. MARG. *Verone belle et grande ville*. Cf. Alberti, *Descrittione di tutta Italia*, ff. 412r°-419r°; Hentzner, *Itinerarium*, pp. 198-201 ; et, parmi les vues de villes, Du Pinet, *Plantz, pourtraitz et descriptions de plusieurs Villes*, 1564, pp. 152-3 («Theatre de Veronne et sa description »), pp. 154-5 («De la Ville de Veronne »). Reusner (*De Italia regione Europae nobilissima*, 1585), après la description de la ville (II, pp. 181-185), donne un florilège d'éloges de Vérone par douze auteurs latins et néolatins, de Martial et Catulle jusqu'à Jérôme Fracastor, Scaliger et Cotta (II, pp. 186-192) ; cf. également les « Epigrammata » de Melissus, in E. Balmas, *Paul Melissus viaggiatore italiano*, p. 48 et tout le chapitre que E. Balmas consacre aux « Elogi latini di Verona », *ibid.*, pp. 43-52 ; et les *Poemata* de Scaliger (J.-C. Scaliger, *Poemata in duas partes divisa*, 1574, I, p. 583). Ces soixante vers de Virey sur Vérone (I, 703-762) ont fait l'objet des deux études de M. L. De Gaspari Ronc, « Un elogio inedito di Verona », *Annali*, 1966, pp. 1-21, et « Le « vagabondage » de Montaigne et de son “double” », in *Voyageurs français à Vérone*, 1984, pp. 3-26.

I, 704 : **et antique**. L'ancienneté de la ville compte parmi les premiers stéréotypes des descriptions et des éloges de Vérone (cf. Alberti, *Descrittione*, f. 412r°) : il suffit d'ailleurs de voir son amphithéâtre romain, l'*Arena*, pour « juger ceste ville avoir esté de grande marque anciennement » (Du Pinet, *Plantz, pourtraitz*, p. 154).

I, 705 : **En peuple, Cavaliers**. Cf. I, 751, *la noblesse, et peuple Veronnois* : « Sono in questa città molte nobile et antiche famiglie [...] che sarei molto lungo in rammentarle » (Alberti, *op. cit.*, f. 417r°).

I, 706 : **de soye fort traffique**. « On y trouve aussi à force fines laines, dont les Veronnois font grand traffic » (Du Pinet, *op. cit.*, p. 154). De Gaspari Ronc (« Le “vagabondage” », cit., p. 23n) cite à ce propos la *Verona Illustrata* de Scipione Maffei (1732).

I, 707 : **le fleuve Adice**. La graphie *Adice* pour Adige n'était pas fréquente à l'époque. Dans son éd. du *Journal* de Montaigne F. Garavini donne « Adige » (Montaigne, *Journal de voyage*, éd. Garavini, p. 156). Rigaud utilisait une des variantes du latin *Athesis* vulgarisé, « Adeze » (J.-A. Rigaud, *Bref recueil des choses rares [...] d'Italie*, éd. Magnetti, p. 117). Mais cf. Du Pinet, *op. cit.*, p. 154 : « La cité de Veronne est assise [...] sur le fleuve Ladice (ou, Adige) ».

I, 708 : **des champs si beaux que l'air y rit d'amour**. Puisqu'il s'agit d'une formule poétique, il nous intéresse assez peu que Vérone ait autour d'elle un « nobilissimo territorio [...] producevole di frumento, vino, oglio et d'altri frutti » (Alberti, *Descrittione*, f. 413r°). Cf. *infra*, les vv. sur Camposampiero : *Ayants veu par ses champs rire, la terre, et L'air* (I, 980) ; ou bien sur Arquà, *qui d'un flanc de montagne / Regarde les tresors de sa riche campagne* (I, 1013-4). Mais pour lire une suggestion plus textuelle, voir également et encore une fois Du Pinet (*Plantz, pourtraitz*, p. 154), qui rapporte qu'autour de Vérone « Y a de fort beaux et plaisans costaux, qui ont leur regard sur ladite ville ».

I, 709-710 : **de la Scale**. MARG. *Les Seigneur[s] de la Scala ou les Scaligeres Princes souverains de Verone et des autres cy nommées*. Fra' Leandro Alberti donne un compte rendu détaillé de la « Signoria degli Scaligeri » (Alberti, *op. cit.*, f. 414r°) à partir de Mastino Ier, élu « capitano del popolo » en 1262. Avec Cangrande (1291-1329), que Virey francise en Chien, et Mastino II (1308-1331), les Scala attinrent leur plus grande splendeur. Ils annexèrent notamment Vicence, Feltre, Bellune, Padoue et Trévise. Voir De Gaspari Ronc, « Le “vagabondage” », cit., p. 23n.

I, 724 : **les meschans Carrarois**. MARG. *Les Venitiens s'emparent de Verone sur les Seigneurs de Carrare*. « Le Conte François de Carrara, ayant tué par trahison Guillaume de la Scala, à qui ceste ville appartenoit, s'en fit maistre. De quoy indignez les Venitiens, y envoyerent le Marquis de Mantouë, avec forte armée : lequel ayant prins prisonnier ledit de Carrare, s'empara de Veronne au nom de la Seignorie de Venise, l'an MCCCCIX » (Du Pinet, *op. cit.*, p. 155). Cf. Alberti, *op. cit.*, f. 414r°-v°.

I, 731-734 : **si le sort veut**. MARG. *Si fortuna volet fies de Rhetore consul etc* : « si Fortuna volet, fies de rhetore consul ; / si volet haec eadem, fies de consule rhetor » (Juvénal, *Saturae*, VII, vv. 197-198, éd. Willis, Teubner, 1997, p. 105).

I, 737 : **et c'est l'Amphiteastre**. MARG. *Amphiteatre à Verone :* « Mais entre autres superbes edifices de ladite Cité je ne veux omettre l'Amphytheatre, dit vulgairement les Arenes, qu'on y voit encores à present » (Du Pinet, *op. cit.*, p. 154, où la description et l'histoire de l'amphithéâtre s'accompagnent d'une célèbre xylographie, aux pp. 152-3 : cf. fig. 8).

I, 739 : **plaisir et passetemps**. Les « jeux publiques » que décrit Du Pinet (*ibid.*, p. 154).

I, 743-748 : **les beaux escrits gravez**. Les inscriptions gravées sur les églises et les palais de Vérone étaient réunies dans un ouvrage assez connu de Torello Saraina, *De origine et amplitudine civitatis Veronae*, 1540, l. V, ff. 43v°-52r°.

I, 751 : MARG. *Les Veronnois courtois*.

I, 757-762 : **Veronne qui te voit**. « Verona, qui te viderit, / Et non amârit protinus, / Amore perditissimo : / Is, credo, se ipsum non amat : / Caretque amandi sensibus / Et odit omnes Gratias » (éloge de Vérone par G. Cotta, « Ioan. Cottae Veronensis », in Reusner, *De Italia*, cit., II, p. 191). M. L. De Gaspari Ronc (« Le "vagabondage" », cit., p. 24n) avait identifié dans l'épigramme de Giovanni Cotta (1440-1510) la source des vers de Virey, mais elle la citait d'après une édition moderne des *Carmi :* tandis que Virey pouvait la lire dans le florilège d'éloges de Reusner. Sur Cotta et sur ce sizain notamment, voir Ch. Fantazzi, « The latin lyric poetry of Giovanni Cotta », in Margolin éd., *Acta Conventus Neolatini Turonensis*, Paris, Vrin, 1980, pp. 1105-1120 (et en part. p. 1108).

I, 763 : **Vincense**. MARG. *Vicence*.

I, 765-768 : **mais en terroir fertille / En tout genre de fruicts**. Le *topos* était illustré dans ce cas par une épigramme latine de Scaliger, que l'on lit aussi bien dans ses *Poemata* de 1574 (*op. cit.*, I, p. 602), que dans le florilège de Reusner « in Urbem Vicentiae » (Reusner, *De Italia*, II, pp. 200-201) : « Bacche pater, Ceres alma, bonae bona numina pacis : / Quae patulos agros, qui iuga curva tenes : / [...] Pulchra racemiferos dominat Vicentia colles ».

I, 769-770 : **par les Gaulois Cisalpins**. Par *Gaulois*, puis *Gots* et *François* Virey semblerait transcrire les manchettes du texte d'Alberti sur l'histoire de Vicence : « sotto Galli », « sotto Ostrogothi », « sotto l'Imperio » de Charlemagne (Alberti, *Descrittione*, f. 421r°).

152
Pourtrait du Theatre de Veronne.
153
THEATRE.
La figure du Theatre de Veronne, quand il estoit en son entier. Auiourd'huy les ruynes y sont.
Iean d'Ogerolles.
q 3 DE

Fig. 10

I, 773 : **un superbe ediffice**. Vicence est selon Alberti « molto ben edificata et ornata di belli Palagi, Et tra gli altri vedesi il Palagio della Piazza molto honorevole » (*ibid.*, f. 421v°) : dans le cas de cet *ediffice*, « molto honorevole » ou *superbe*, le demi siècle qui, dans la fiction poétique, sépare les *Vers Itineraires* du guide italien (1550) fut riche de changements, auxquels Virey ne fait pourtant pas allusion. En 1549, Palladio avait été chargé de la reconstruction des loges du palais du Podesta, l'actuelle basilique de Vicence ou *Palazzo della Ragione*, dont les travaux ne se terminèrent qu'en 1614, trente ans après la mort du célèbre architecte. Mais, dans les années '90 du XVIe siècle, les nouvelles formes classiques du palais s'offraient déjà à l'admiration des voyageurs et leur description, que Virey évite, se retrouve chez Hentzner (*Itinerarium*, p. 202).

I, 775 : **un fleuve qui court dedans**. « Vedesi esser partita la nobile Città di Vicenza in due parti da 'l Bacchiglione fiume » (Alberti, *op. cit.*, f. 421r°).

I, 777-778 : **L'accademie**. Le théâtre Olympique de Vicence, dont la construction avait été confiée en 1579 à Palladio par l'*Accademia degli Olimpici*. Achevé par les soins de Vincenzo Scamozzi, il avait été conçu en tant que salle privée pour la représentation de pièces classiques. Il avait été inauguré en 1585. Cf. Hentzner, *Itinerarium*, p. 202.

I, 779-780 : **De noblesse**. Des « nobili famiglie » de Vicence Alberti donnait la liste dans sa *Descrittione* (cf. *op. cit.*, f. 422v°).

I, 784 : **son autheur le Troyen Antenor**. « Patavium [...] olim Antenorea, ab Antenore Troianorum Duce, eius conditore, vetustissimorum scriptorum testimonio dictum ; qui captâ iam Troiâ [...] in initium Maris Adriatici sinum, sese contulerat » (Hentzner, *Itinerarium*, p. 203). Remarque topique de tout exorde de description ou d'éloge des villes, l'allusion au *conditor* mythique, à Anténor, ici, le roi de Thrace qui « urbem Patavi sedesque locavit / Teucrorum » (Virgile, *Æneis*, I, 247-48) se retrouve dans la plupart des sources que nous avons consultées, et même chez des auteurs dont nous nous sommes servie assez peu, tels Berlinghieri (*Geographia in terza rima*, 1471-72, *Liber tertius*, CVI, f. ee_{V} r°: « Vedesi magna Padova in disparte / patavio decta et posta d'Antenore / troiano dopo il suo adverso Marte ») ou Mathias Ringmann (cf. l'*Instructio manuductionem praestans in cartam itinerariam Martini Hilacomili*, 1511, f. XVIII r°). Cf. par exemple le poème sur « Patavium » de Scaliger, dans ses *Poemata*, I, pp. 584-5 et les éloges recueillis par Reusner (*De Italia*, II, pp. 112-113) ; l'« Iter Patavinum » de Fabricius, in Reusner, *Hodoeporicorum libri VII*, pp. 234-35 ; le chapitre sur la Vénétie de Thévet (*Cosmographie de Levant*, éd. Lestringant, pp. 17-19 et les notes, pp. 254-55, où F. Lestringant indique la référence au *Thesaurus* d'Estienne). L'existence du tombeau supposé d'Anténor, donc la possibilité de le décrire ne font que raviver le lieu commun : Alberti donne la transcription de l'épitaphe (cf. Alberti, *Descrittione*, f. 424r°) et Rigaud décrit « le sepulchre » dans le détail (Rigaud, *Bref recueil*, éd. Magnetti, p. 116). Pour un aperçu général de la légende, de sa fortune et de ses traitements au cours des siècles, voir L. Braccesi, *La leggenda di Antenore. Dalla Troade al Veneto*, Venise, Marsilio, 1997.

I, 787-788 : **Padoue je veux dire**. Ce long passage que Virey consacre à Padoue (I, 783-1118) a été l'objet du travail d'Enea Balmas, *Uno scolaro padovano del '500. Claude-Enoch Virey*, 1959. Voir également Id., *Montaigne a Padova*, 1962, pp. 3-24, et Id., *Paul Melissus viaggiatore italiano*, 1969, pp. 25-30, 40. Pour le détail de la description, nous allons faire surtout référence à Alberti, *Descrittione*, ff. [425] (erronément chiffré 424)r°-429r° et à Hentzner, *Itinerarium*, pp. 203-216. MARG. [erronément placé à la hauteur du v. 785] A *Padoue* ; C *Padoue belle Ville où il y a Université bien establie et gouvernée par les Venitiens*.

I, 789-790 : **où dix fois toute ronde**. Dix mois, de juin 1592 à avril 1593 : la durée de ce premier séjour de Virey à Padoue, avant son itinéraire italien *de Venise à Rome* et, semblerait-il, à Naples, est parfaitement vraisemblable. Elle est prouvée par les documents d'archives qui nous ont permis de formuler des hypothèses sur les périodes et les étapes du voyage : voir notre Intr., pp. XX-XXV et LXXXIX.

I, 792 : **un savant Pancirole**. MARG. [erronément placé à la hauteur du v. I, 786] *Un grand docteur en droict qui tenoit la premiere chaire de L'Université*. « Guidus Pancirolus [...] qui, post habitis aliis multis, a Serenissimo Senatu Veneto Imperatorias Institutiones in eodem secundo loco publice explanaret. Quo quidem in munere, eo usque per septenium, acclamantibus studentibus omnibus, progressus est [...]: in [primum] locum adsciscitur, quem suavis sermonis nitore, et ornatu sexdecim annorum spatio decoravit » (G. F. Tomasini, *Illustrium virorum elogia*, 1630, pp. 187-89). A l'époque où Virey s'inscrit à Padoue, Guido Pancirolo (1523-1599), le célèbre auteur du *Thesaurus variarum lectionum in libros III Digestus* (Venise, Guerigli, 1610), était titulaire de la première chaire « vespertina » de droit civil, qu'il occupait depuis 1582 (cf. également N. Comneno Papadopoli, *Historia Gymnasii Patavini*, 1726, t. I, III, pp. 259-60 ; A. Favaro, *Galileo Galilei e lo Studio di Padova* [1883], 1966, t. II, p. 19 ; E. Balmas, *Uno scolaro*, cit., pp. 20-21).

I, 795 : **Allieurs**. La graphie *allieurs* pour *ailleurs* (ici, comme au v. II, 1386 et, en C, au v. I, 900), plus proche de l'étymon latin *alior*, *aliorsum*, est fréquente l'époque et témoigne du débat sur la prononciation du *l* mouillé. Douchet précisera encore en 1762 à ce propos que « les uns croient prononcer cet *i* devant l'articulation, [...] d'autres croient le prononcer après, [...] ainsi que ceux qui écrivent *allieurs*, *mellieur*, *feulliet* » (*Principes généraux et raisonnés de l'orthographe françoise*, p. 66, cité par Thurot, *De la prononciation franç.*, t. II, pp. 296-7). Elle sera en tout cas considérée comme impropre (voir notamment Ménage, *Dict. étymol. de la langue françoise*, 1750, p. 25).

I, 797 : **un docte Ottelio**. Noble, originaire d'Udine, Marcantonio Ottelio occupera la première chaire « matutina » de droit civil (Comneno Papadopoli, *Historia Gymnasii*, t. I, III, p. 269) de 1600 à 1625 avec un salaire très élevé pour l'époque, de 1800 florins. Mais il avait été appelé à Padoue, où il était même « venerabilis [...] ex facilitate docendi », dès 1586 et il y interprétait les pandectes depuis 1590 : « Imperatorias Institutiones explanavit summa cum laude, communique civium suorum praeconio, quo Moderatores Gymnasii nostri excitati curavere, ut Senatusconsulto nova explicandis Regulis juris exedra institueretur, quam crediderunt Othelio. Ex ea docuit ad an. MDXC, quo coepit Pandectas interpretari » (*ibidem*). MARG. *Ottelio un aultre Docteur*.

I, 797 : **pour juste salaire**. A l'époque où Virey suit les cours de Marcantonio Ottelio, son *salaire* ne devait pas encore atteindre les 1800 florins des années 1600-1625, mais il était quand même élevé (voir Comneno Papadopoli, *ibid.*). A ce propos il faut rappeler l'importance qu'avait eue au cours du XVIe siècle la voix des étudiants pour l'établissement des rémunérations des docteurs (c'est-à-dire des professeurs) : et cela suivant une tradition universitaire bien enracinée. Dans les décisions du recteur d'abord, puis du Sénat vénitien à ce sujet, les conseillers des *nationes* étrangères des étudiants jouissaient d'un crédit particulier (voir G. Fedalto, « Stranieri a Venezia e a Padova », pp. 526-528 ; et le chapitre que Papadopoli consacre aux « Venetae liberalitatis erga clari nominis Professoribus exempla » dans son *Historia*, t. I, I, pp. 11-12). Mais en 1592, depuis une trentaine d'années désormais, la voix et le crédit des étudiants s'étaient beaucoup affaiblis face aux directives imposées par Venise (voir Brugi, « Gli antichi scolari di Francia allo Studio di Padova », pp. 535-36 ; Dupuigrenet Desroussilles, « L'Università di Padova dal 1405 al Concilio di Trento », p. 647).

I, 803 : **Par passetemps aussi**. Un commentaire sur ces vv. 803-826 devrait bien sûr faire allusion à la soif de tout savoir, propre de la culture encyclopédique de la Renaissance. Mais il faut également rappeler que la présence d'étudiants de l'*Universitas Iuristarum* aux cours de l'*Universitas Artistarum* était normale à l'époque : c'était un *passetemps* à la mode, que des étudiants *iuristi* pouvaient cultiver indépendamment d'un intérêt spécifique pour les *artes* qui y étaient enseignées (la philosophie et la médecine dans les deux cas que Virey mentionne ici), car Piccolomini (cf. I, 804-806) et Mercuriale (cf. I, 807-812) étaient à Padoue de véritables vedettes. Voir B. Brugi, *Gli scolari dello studio di Padova nel '500*, 1905, p. 37.

I, 804 : **Un Picolhomini**. Il s'agit du siennois Francesco Piccolomini, l'auteur des célèbres *Libri ad Scientiam de Natura attinentes* qui sortirent à Venise de l'imprimerie de son compatriote Francesco de

Franceschi en 1596, mais dont la première partie, relative aux « quatruor communibus affectionibus » et au « motu » était déjà achevée au début de 1592 (elle se clôt sur la date de « Patavij, 1592. Die 7 Januarij » : cf. Piccolomini, *Librorum ad Scientiam de Natura attinentium Pars Prima. [...] Secunda. [etc.]*, Venise, 1596, t. I, f. 186v°, mais nous préférons citer d'après l'exemplaire de l'édition de 1600 que possède la B. M. de Chalon, et donc sans variantes t. I, f. 221v°). « Memorabilem Gymnasio nostro Philosophiae professorem Aristotelicae et Platonicae » (Comneno Papadopoli, *Historia Gymnasii*, t. I, III, p. 339), Francesco Piccolomini avait été appelé à Padoue en 1560 : il occupait la chaire extraordinaire de philosophie et il obtint la première chaire ordinaire quatre ans plus tard (cf. *ibid.*). Tomasini nous a laissé de lui un long éloge où il le définit comme « praeclarissimus » (Tomasini, *Illustrium virorum elogia*, p. 208) et pour les raisons suivantes : « neque vero Aristotelicae solius doctrinae Interpretes, et commentator eruditissimis scriptis typis editis obscuriora Philosophi dogmata meridiana luce clarius illustravit ; sed et Platonicam disciplinam [...] ut Platonem cum Aristotele in pluribus conciliaret » (*ibidem*, p. 209). La note dans la marge confond Francesco avec Alessandro Piccolomini, humaniste et philosophe très connu (1508-1578) : MARG. *Un Alexandre de' Picolomini qui enseignoit la Philosophie.*

I, 807 : **Mercurial**. MARG. *Mercurial grand docteur en medecine.* Girolamo Mercuriale (1530-1606) était titulaire depuis 1569 de la première chaire ordinaire de médecine pratique, avec un salaire qu'en raison de son énorme succès chez les étudiants le Sénat vénitien « deinde liberaliter auxit » : « Vir eruditionis rarae non contentus veterum, recentiorumque Medicorum institutionibus, altius in Philosophica se immisit, scrutatusque neglectam ab aliis antiquitatem, ac linguarum Graecae et Latinae peritissimus, in eam doctrinae gloriam assurrexit, ut non Mercurialis, sed Mercurius, et quidem Trismegistus, apud plerosque audiret » (Comneno Papadopoli, *op. cit.*, t. I, III, p. 343 ; cf. Tomasini, *op. cit.*, pp. 154-157). Picot l'a probablement oublié dans sa liste des professeurs dont « Virey suivit particulièrement les cours » (Picot, *Les Français italianisants*, 1906-07, t. II, p. 326), où le nom de Mercuriale ne paraît pas.

I, 810 : **la dissection**. Sur la modernité de l'amphithéâtre de dissection de l'*Universitas Artistarum* de Padoue et sur la pratique qui y était faite voir Balmas, *Uno scolaro*, cit., p. 20 et P. Tosoni, *Della anatomia degli antichi e della scuola anatomica padovana*, Padoue, Seminario («Memoria »), 1844.

I, 813-826 : **« Et certes il est beau, toute occasion prendre / «De veoir, et de sçavoir en la jeunesse tendre [...]**. Ces deux passages que Virey met entre guillemets peuvent rappeler le célèbre adage sénéquien « Altius praecepta descendunt, quae teneris imprimitur aetatibus » (*Ad Helviam matrem de Consolatione*, 18, 8 ou *De Ira*, II, 18, 2), dont on trouve de nombreux développements dans la littérature pédagogique du Moyen Age et de la Renaissance. Mais la combinaison que nous y lisons avec le rôle du désir dans l'apprentissage, donc des différents désirs liés aux différents âges de l'homme nous révèle que la source des vers de Virey est plus proche et plus définie : à son introduction aux *Libri ad Scientiam de Natura attinentes,* Piccolomini donnait le titre de « Quae sint Iuvenis sapientiae studiosi partes » et il y précisait que « Iuvenis [...] universam sapientiam magnifacit et colit, ac inde oritur desiderium flagrans sapientiae, quod desiderium comitatur cura, studium, et diligentia eam assequendi, adeo ut mox ratione, et more excolatur ingenium, et semina eius ad frugem optimam deducantur » (Francesco Piccolomini, *Librorum ad Scientiam*, cit., exemplaire de la B.M. de Chalon de l'édition de 1600, t. I, f. 1v°; cf. les autorités citées par Piccolomini, Platon, *La République*, VI, 494b - éd. Chambry, 1967, p. 115 - et Aristote, *Politique*, VII, XIII, 11-13 et XVII, 15-16 - éd. Aubonnet, pp. 94-95, 112).

I, 827 : **Ceste ville est donq size**. MARG. *Description exacte de la Ville de Padoue et du pays d'autour.*

I, 829-830 : **Ceint de trois murs dedans**. « E' questa Città molto grande, havendo tre circuiti di mura intorno, cingendo le cupe fosse d'acqua [...] per fortezza di essa » (Alberti, *Descrittione*, f. 426v°).

I, 837-838 : **Des seigneurs Carrarois**. « A Padoue y avoit des gentilz hommes nommez de la Carara. A Vincence ceulx de Lavalcabone. Et à Veronne les nobles de la Scala [...]. Et par lesdictz Venitiens ont esté chassez les ungs apres les aultres, puis environ quattre vingtz ans en ça » (Signot, *La totale et vraie description de tous les passaiges*, [1515], f. xr°). La seigneurie des Carrara à Padoue date de 1337 à 1405. Le 21 novembre 1405 les troupes de Venise entraient dans la ville (cf. Alberti, *Descrittione di tutta Italia*, f. 425r°-v°).

I, 842 : **nations**. Depuis le XIIIe siècle les étudiants étaient groupés, à Padoue comme à Paris ou à Bologne, en corporations qui avaient le nom de *nationes* (communautés nationales qui défendaient les droits universitaires, économiques, religieux et sociaux des étudiants dans les différents contextes de la vie universitaire et citadine). La faculté de droit de Padoue comptait à l'époque onze *nationes ultramontanorum :* « Theutonicorum, habentium duas voces, Boemorum una, Pollonorum una, Ungarorum una, Provincialium una, Burgundorum una, Anglicorum una, Cathelanorum cum Hispanis una, Ultramarinorum una, quae Cypra vocantur, Scottorum una » (*Statuta spectabilis et almae Universitatis Iuristarum Patavini Gymnasii*, 1550, cités par Fedalto, « Stranieri a Venezia e a Padova », p. 528 ; voir Sorbelli, « La "nazione" nelle antiche università italiane e straniere », in *Atti del convegno per la storia delle università italiane tenutosi a Bologna, 5-7 aprile 1940*, Bologne, 1943, t. I, pp. 91-232).

I, 843 : **Mesme aussy d'Italie**. Comme pour les *Ultramontani*, les *Statuta* de 1550 rendent compte de onze *nationes citramontanorum :* les Romains avec tous les étudiants du sud de la péninsule, les Siciliens, les Anconitains (de la marche), les Lombards, les Milanais avec les Génois et les Parmesans ou Placentins, les Toscans et les Ombriens, les étudiants de la marche du Tarvis, les Istriens, les Frioulans, les Dalmates, les Piémontais (voir Fedalto, cit., p. 527).

I, 845-846 : **portiques**. « Plateae silice stratae sunt [...] viae porticibus utrinque instructae » (Hentzner, *Itinerarium*, p. 213).

I, 847 : **en tout temps pied sec**. « Nec pluvius nec serenus Iupiter incommodare queat, aqua pluvia extra porticus libera defluente » (*ibidem*).

I, 853-854 : **ont fait part de leurs biens**. Ce sont, selon Alberti, les « cittadini » de Padoue eux-mêmes, qui « edificarono 40 chiese parrocchiali, con quattro monasteri de Mendicanti » (Alberti, *Descrittione*, f. 426v°).

I, 855-860 : **son couvert soubstient sans pillier au milieu**. « *Forum judiciale* pulcherrimum, amplissimum, Sublime, contignatione pensili, nullis suffultum columnis » (Hentzner, *Itinerarium*, p. 210). Voir la note suivante.

I, 861 : **fort belles peintures**. Après 1420 l'étage supérieur du palais du Podesta ou *Palazzo della Ragione* avait été transformé en une seule grande salle « nullis suffult[a] columnis » ou *sans pillier au milieu*, dite le *Salone*, que Niccolò Miretto décora de fresques de 1425 à 1440 en harmonisant de nouveaux sujets astrologiques avec les précédentes peintures allégoriques et religieuses.

I, 862-864 : **son Tite Live**. « Mostrantur Virorum illustrium Patavinorum effigies [...], ut T. Livij Romanae Historiae Principis, cuius etiam ossa perhonorificè ibidem marmoreo sepulchro condita esse affirmatur » (Hentzner, *Itinerarium*, p. 210).

I, 865 : **Grandement bien construict est le College**. Les deux facultés *iuristarum* et *artistarum* avaient été réunies en 1530 au palais du *Bo*, que l'Université devait pourtant partager avec de nombreuses boutiques d'artisans et de marchands. C'est en 1545 que l'Université put acheter l'ensemble du palais et commencer donc ces travaux de décoration qui en firent un édifice prestigieux (voir Dupuigrenet Desroussilles, « L'Università di Padova », cit., p. 647) : ils durèrent une décennie et Alberti (*Descrittione*, 1550) ne pouvait évidemment pas en décrire les résultats à ses lecteurs ; cf. donc Hentzner, *Itinerarium*, p. 209.

I, 867 : **de gros appointements**. « Peramplis stipendis constitutis ad exedras sapientiae singularis Viri conducerentur », selon Comneno Papadopoli (*Historia Gymnasii Patavini*, t. I, I, p. 11), qui donne des détails à ce propos dans le chapitre déjà cité sur la « Veneta Liberalitatis [...]»: voir la note I, 797 et Balmas, *Uno scolaro*, p. 20.

I, 879 : **en un Jardin bien clos**. C'est l'« *Hortus Sphaericus* » que décrit Hentzner (*Itinerarium*, p. 213) et qu'Alberti n'aurait pas pu décrire (pour les mêmes raisons chronologiques qu'à la note I, 865).

Le projet d'un jardin botanique à associer à la chaire de *simples* de l'*universitas artistarum* date de 1545 : son approbation par le Sénat vénitien indiquait le lieu du jardin, les frais « in eo aedificando, plantandoque », les termes des contrats avec les « Custos ac Ministri, à quibus coleretur » et les « regiones, unde quaerendae trasferendaeque Patavium stirpes essent » (Comneno Papadopoli, *op. cit.*, t. I, I, « caput IX : *De Horto Botanico* », p. 13). Les travaux pour la constitution du jardin commencèrent en 1547 et ce ne fut qu'à la fin de 1554 que l'on put admirer cette « spetiaria » (Univ. de Padoue, Archives anciennes, vol. 675, f. 117r°) où poussait tout ce qui était nécessaire à la santé des corps.

I, 879-880 : **un Docteur / Galeniste**. C'est-à-dire un professeur, chargé de surveiller le travail des « custodes » et la pousse des simples et de tenir sur place des cours pour les étudiants de Médecine (d'après Comneno Papadopoli, *op. cit.*, t. I, I, p. 13, il devait donner « plenam certamque ad usum notitiam oculis disciplinorum, et auribus »).

I, 883-886 : **cinq places elle tient, / Et quatre nommement**. Virey suit ici de près le texte d'Alberti (cf. sa *Descrittione*, f. 426 v°: « Ritrovansi altresi cinque larghe Piazze, cosi compartiti. Evine una per spasso, et trastullo della nobiltà, l'altra per vendere l'herbe, la terza ove si vende il frumento, nella quarta si portano le legna, e nell'ultima la paglia »), qui, même indépendamment de sa date, ne se fonde pas toujours sur des données contemporaines, ni parfois récentes. A la fin du XVIe siècle, des *place[s] propre[s]* (v. 886), destinées *sans confusion* (v. 885) à la vente d'une seule marchandise ou d'une seule denrée, n'existaient plus vraiment. Une « Piazza dei cerchi » et une « Piazza del vino » étaient intégrées à la « Piazza delle Erbe » (voir G. Saggiori, *Padova nella storia delle sue strade*, Padoue, 1972, *ad v.*) ; la vente du pain, des fromages, des légumes et des fruits, des chaussures et des chapeaux se faisait au même lieu (l'actuelle « Piazza dei Frutti ») où les paysans arrivaient de la campagne avec les oeufs et les particuliers pouvaient organiser des ventes aux enchères («la levata degli Incanti », voir Saggiori, *op. cit.*, *ad v.* « Frutti ») ; une « Piazza delle biade » (*ibidem.*, *ad v.*) pour la vente du « frumento » (Alberti, *ibid.*) avait disparu dès le début du siècle ; la « Piazza della paglia » était également la place où l'on louait les voitures. La « Piazza delle legne », pour la vente du bois, et la « Piazza dei Signori », réservée aux promenades de la noblesse, avaient par contre conservé effectivement leur caractère exclusif (toujours Saggiori, *ibid.*, *ad v.*).

I, 889 : **quarante deux ponts**. Le chiffre est curieux, parce qu'il correspond exactement au double de ce qui était dans la réalité de l'époque : d'après des documents d'archives qui datent de 1531, G. Saggiori a pu démontrer que les ponts sur le Brenta et le Bacchiglione à Padoue au XVIe siècle étaient vingt et un (voir Saggiori, *op. cit.*, p. IX). Alberti ne parle pas de ponts, mais seulement des canaux que l'on peut « navigare, essendogli stata condutta detta acqua con grande arteficio della Brentha [...] per maggior agevolezza à portare le robbe di luogo in luogo » (*Descrittione*, f. 426v°). Et Hentzner ne rend compte que des quatorze ponts d'accès à la ville (cf. Hentzner, *Itinerarium*, p. 210).

I, 896 : **ne paye rien**. Sur les différentes exemptions dont les étudiants jouissaient à l'époque voir Brugi, *Gli scolari dello studio di Padova*, pp. 20-21, et Balmas, *Uno scolaro*, p. 20.

I, 914-916 : **bourgeois douze mille**. Le chiffre relève bien sûr de la légende mais c'est le même que donne Alberti (cf. sa *Descrittione*, f. 425v°). Ezzelino III de Romano (1194-1259), que Dante cite parmi les « tiranni / che dier nel sangue e ne l'aver di piglio » (*Inferno*, XII, vv. 104-105), s'était rendu maître de Vérone en 1232 (cf. Alberti, *op. cit.*, f. 414r°), de Vicence en 1236 et de Padoue le 25 février 1237. Le célèbre épisode auquel Virey fait allusion ici concerne l'épilogue de sa tyrannie, en 1256, lorsqu'à Vérone Ezzelino reçut la nouvelle que l'armée du pape et de Venise était entrée à Padoue : par représailles ou par méfiance il fit emprisonner les padouans qui étaient avec lui à Vérone, qui faisaient partie de ses troupes et n'étaient donc pas douze mille. Le verbe, *il deffit*, est à entendre dans le sens du moderne pron. : il se défit (de), autrement dit il fit mourir ; mais un meurtre collectif des prisonniers est également légendaire. C'est d'ailleurs sous cette forme que l'on connaissait à l'époque les gestes d'Ezzelino et qu'on les évoquait comme exemple de tyrannie, sans le souci d'une rigueur historique : cf. Du Pinet, *Plantz, pourtraictz*, p. 155 (à propos d'« Exellin de Romagna » <sic>).

I, 923-924 : **ores que tu sois Patavine**. « Tu quoque nequitias nostri, lususque libelli, / Uda puella leges : sis Patavina licet » (Martial, *Epigrammatum libri XV*, l. XI, xvii, vv. 7-8 que nous citons d'après l'exemplaire de la B. M. de Chalon, ayant appartenu à Jean Fleutelot, de l'éd. Paris, Sonnius, 1617 : p. 488).

I, 925 : **Bricard**. Pierre Bricard, l'auteur de la *Floridea* (Paris, 1601) : voir notre Intr., pp. xxii-xxv et, sur l'amour de Bricard pour la jeune Cittadella, Picot, *Les Français italianisants*, t. II, pp. 315-324 et G. Toso Rodinis, *Il petrarchismo di Pierre Bricard, scolaro francese a Padova nel XVI secolo*, 1972.

I, 928 : **Encor que les rigueurs de Patavine elle a**. Parmi les commentaires à l'hémistiche de Martial « sis Patavina licet » que présente l'édition parisienne de 1617, cf. celui du célèbre humaniste véronais Domizio Calderini («Domitius ») : « Licet sis pudica quales fuerunt Patavinae, quarum pudorem testatur Plinius in epistola, cum scribit de muliere pudica. Eam Patavinis quoque mulieribus frugalitatis exemplum esse posse » (Martial, *Epigrammatum*, cit., p. 488).

I, 934 : **il croit à ses regards que pour luy elle brusle**. Que l'on rappelle ici, parmi les liminaires de la *Floridea*, les vers pétrarquisants où François de Louvencourt plaint l'ami Bricard, martyr de l'amour dans les lieux « Où feit Antenor sa descente, / Et meit sus une autre cité » : « Il [Amour] t'a fait voir ceste beauté / Qui porte en soy tant de merveilles / Et par ses graces nompareilles / Et par son courage accompli, / Mais las ! Et par son coeur remply / D'un peu trop d'orgueil et d'empire, / T'a fait naistre un si doux martyre / Que le cigne ne chante pas, / D'un air si doux à son trespas » ([Bricard], *La Floridea*, f. [4]v°).

I, 949 : **Parnasse transporté en ce beau païs là**. Selon le lieu commun que rappelle la *Descrittione* d'Alberti, le *beau païs* où le Parnasse aurait été transporté est la région des monts Euganei aux alentours de Padoue, car les poètes « fingono esser quivi il seggio loro » (Alberti, *op. cit.*, f. 428r°; cf. également les éloges des « Euganeos colles », « Musarum sedem », in Reusner, *De Italia*, II, p. 112). Mais la responsabilité de ce déplacement du mont d'Apollon est attribuée par Alberti à Martial, « quando dice, Si prius Euganeas clemens Helicones in arcis » (*ibid.*), tandis que Virey l'attribue à Pétrarque, qui séjourna à Padoue, puis s'installa dans sa résidence sur les monts Euganei de 1368 à sa mort, en 1374, *Pour derniere demeure, ayant choisi ce lieu* (I, 1027, mais voir *infra* tout le passage des vv. I, 1015-1070). Les vers de Virey seraient donc le résultat d'une adhésion de biais à la lettre du texte qui constitue leur source.

I, 972 : MARG. *Monts Euganeants*.

I, 974-976 : **Soit au soleil levant, soit où il va soubs L'onde [...]**. A l'est, à l'ouest, au sud et au nord (v. 976 : *vers* la Grande *Ourse*) de Padoue. Les vers qui suivent et qui terminent cette première partie du poème commencent par la mention d'une *Villette* (v. 977) au nord de Padoue, Camposampiero ; ils continuent par trois villages du sud, les plus importants de la région des monts Euganei, Monselice, Este et Arquà (vv. 981-994 et 1011-1090) ; et ils couronnent le récit *à la rondo* (v. 973) autour de la ville par le voyage vers l'est, donc vers Venise (Dolo, Fusina et *la merveille des Villes*, aux vv. 1105-1118), en négligeant l'ouest de Padoue.

I, 977 : **un François dit Danse**. Nous n'avons pas réussi à identifier ce personnage. MARG. *Campo Sanpierro*.

I, 979 : **jour chomé du sainct**. Le saint patron de la famille des Camposampiero, donc du village qui prend leur nom, est évidemment saint Pierre, dont le *jour chomé* est le 29 juin. Le responsable de l'histoire locale aux Musées de Padoue, M. Marco Callegari, nous a invitée à ne pas exclure cependant l'hypothèse du 13 juin, *jour chomé* à Camposampiero comme à Padoue où l'on fêtait et l'on fête saint Antoine : mais dans l'économie d'un discours sur Virey à partir de ses *Vers* apparemment *Itineraires*, puisqu'il doit s'agir ici de 1592 (en juin 1593 la fiction place l'étudiant-voyageur sur les routes d'Italie vers Rome), la date du 13 juin est moins vraisemblable. Ce serait au surlendemain de l'immatriculation de Virey à l'université, à un moment trop proche de son arrivée, tandis que quelque temps (une quinzaine de jours) après son installation à Padoue une visite aux alentours de la ville est mieux envisageable : la chronologie poétique est plus satisfaisante si nous identifions ce *saint* du v. I, 979 avec saint Pierre.

I, 981 : **Monselice**. MARG. *Monselice*.

I, 981 : **et un lieu nomé Este**. « Oppidulum satis elegans », auquel les princes de Ferrare « originem debent » (Hentzner, *Itinerarium*, pp. 234-35 ; voir *infra*, I, 1011-1012). Mais sur Camposampiero, Monselice et Este, cf. également la *Descrittione* d'Alberti, f. 419 r°.

I, 982 : **à la grand feste**. Très probablement la fête de sainte Tecla, patronne d'Este depuis le XIe siècle, le 23 septembre (voir A. Gloria, *Il territorio padovano*, Padoue, Prosperini, 1862, t. III, p. 20).

I, 987 : **le *grembial***. C'est le texte qui souligne *grembial* (A) ou *le grembial* (C), italianisme pour tablier (de *grembiale*, aujourd'hui *grembiule*, dérivé de *grembo*, giron), comme le précise la note dans la marge (MARG. *Tablier ou devantier*). Le même mot, également souligné, revient dans le contexte presque identique du v. II, 1323.

I, 988 : **Pour monstrer l'escarpin**. Des passages comme celui-ci mettent en évidence le caractère stéréotypé de la poésie de Virey, car c'est par ces mêmes choix lexicaux italianisants (*grembial*) et par ces mêmes syntagmes (*il fait beau voir* ou *Pour monstrer l'escarpin*) que l'épisode de la danse des paysans revient dans la seconde partie du texte, lors de la description des danses de la saint Jean à Florence (cf. II, 1321-1330 : *O comme il faict beau voir la jeune contadine /[...] Hausser son* grambial *pour monstrer l'escarpin...*).

I, 990 : **il faut payer**. Sur la coutume du « ballo a pagamento », caractéristique des fêtes padouanes de l'époque, voir Balmas, *Uno scolaro padovano*, p. 21, et en général, pour tout ce passage sur les danses, aux villages et à la ville (vv. 983-996), le chap. III, 3 (« La danza a Padova nel XVI secolo ») de Pontremoli-La Rocca, *La danza a Venezia nel Rinascimento,* Vicence, Neri Pozza, 1993, pp. 66-69.

I, 995 : **à la Ville au temps du Carnaval**. A partir des dates du séjour de Virey à Padoue la fiction de ce témoignage serait à placer en 1593, *au temps du Carnaval* que l'on fêta jusqu'au 3 mars, mercredi des Cendres. Parmi les sources de l'époque, Balmas signalait les *Istorie di Padova* de Niccolò de' Rossi (ms, Padoue, Bibl. Municipale) qui relatent, bien que brièvement, les divertissements du carnaval de cette année (Balmas, *Uno scolaro padovano*, p. 27).

I, 997-8 : **La Noblesse pourtant [...] Rien n'espargne en ses jeux**. La *despence extreme* (I, 1002) pour l'organisation des jeux du carnaval était partagée entre le « Capitano » et les particuliers, nobles padouans, qui payaient normalement la moitié des frais et en tout cas tout ce qui restait à payer après la contribution de la municipalité (voir G. Camardi, « La giostra generale del 1582 », *Bollettino del Museo Civico di Padova*, LXXX, 1991, p. 252).

I, 999-1000 : **Des joustes, des tournois, et publics couremens [...]**. Les documents de l'époque (G. Musici, *La Giostra con le honorevoli demonstrationi de Livree fatta in Padova, l'Anno 1549*, 1549 ; T. Cirogalli, *De le cose più notabili, et degne fatte in Padova 1566*, s.d. ; [An.], *La giostra ordinata in Padova per li Illustrissimi signori Rettori di Padova l'anno 1581 ;* N. de' Rossi, *L'Istorie di Padova*, ms, pour le carnaval de 1593 ; et [An.], *Le Glorie de' Sig. Cavalieri Delii [...] Agiontovi un breve racconto delle loro comparse nelle varie giostre, fatte il Carnevale dell'Anno 1620*, 1620) renseignent surtout sur le grand tournoi « all'incontro » qui concluait le carnaval et qui prévoyait des couples de chevaliers armés et pourvus de lances : on l'appelait « la giostra generale », il se déroulait sur trois jours du dimanche au mardi gras, il savait remplir « d'ogni sorte gente Ogni fenestra, et tetto piu ne meno, Et ogni palcho » autour de la lice (Cirogalli, *op. cit.*, f. b_3 v°) et l'attention que lui prêtent les textes est normale en raison du danger qu'il pouvait représenter, même si le combat se faisait bien sûr avec des lances inoffensives, donc en raison de la nécessité d'une réglementation rigide (que l'on rédigeait en « Capitoli », cf. les célèbres « Capitoli della Giostra » de 1549, in Musici, *op. cit.*, ff. [C_8] r°-Dij r°). Mais on peut également retrouver dans ces sources des allusions rapides aux joutes qui précédaient le grand tournoi et qui n'avaient pas sa caractéristique de « spettacol di guerra » (Cirogalli, *op. cit.*, f. [a_3] v°) : la « giostra all'anello » et la « giostra alla quintana » (Musici, *op. cit.*, f. [A_4] r°-v°; *Le Glorie de' Sig. Cavalieri Delii*, pp. 65-66 ; et N. de' Rossi, *op. cit.*, p. 169), c'est-à-dire le jeu de la bague et la course du faquin dont parle Virey, étaient des purs divertissements galants, où des chevaliers masqués couraient pour enlever de leur lance un anneau ou pour frapper un mannequin dans le but de *complaire* (I, 1003) aux dames et de gagner leurs faveurs, le prix de ces joutes étant une guirlande faite avec « li favori » (de petits cadeaux) « delle gentildonne » (*La giostra ordinata in Padova [...] l'anno 1581*, cité par G. Camardi, cit., p. 254). Le jeu de la bague et les courses du faquin avaient surtout lieu du jeudi au dimanche de carnaval et ils servaient en quelque sorte d'entrainement aux chevaliers qui iraient participer après, du dimanche au mardi gras, à « la giostra generale ».

I, 1000-1001 : **autres esbattemens / Coustumiers d'Italie**. Les activités des fêtes italiennes devaient apparaître à un étranger de l'époque comme particulièrement spectaculaires : Marie Madeleine Fontaine a montré qu'elles étaient le résultat d'un « professionnalisme » dans l'acrobatie et d'un développement de technicité qui n'existaient pas vraiment en France dans les pratiques corporelles du jeu (M. M. Fontaine, « Jeux antiques et modernes. Les échanges entre l'Italie et la France de la Renaissance dans les activités corporelles », in *L'Aube de la Renaissance*, Actes du Coll. de Turin, oct. 1986, Genève, Slatkine, 1991, p. 269, mais voir toute cette excellente étude, pp. 247-272). On se souviendra du témoignage de Montaigne sur la quantité de gentilshommes français qui fréquentaient « les écoles d'escrime, du bal, de monter à cheval » de Padoue, à l'époque de son voyage en Italie (Montaigne, *Journal de voyage*, éd. Garavini, p. 160). MARG. *Jeux et passetemps du Carnaval en Italie*.

I, 1009 : **ballotage**. Le jeu est attesté à Padoue et dans tout le le territoire de la marche trévisane depuis le XIIIe siècle : à partir de sources de cette époque, Antonio Sberti le décrivait en 1768 comme un combat entre hommes et femmes («zoveni » et « Damiselle »), qui se faisait « tragando l'uno all'altro ciboni, limoni, pome, aranze [...] ed altre simili specie » (*Saggio degli spettacoli, e delle feste*, Padoue, 1768, p. xx).

I, 1015 : **sa gloire est, d'avoir du Florentin les os**. Arquà était (et est) « molto nominata, per la memoria di Francesco Petrarcha, ove lungo tempo soggiornò, et etiandio passò all'altra vita. Et quivi fu molto honorevolmente sepolto » (Alberti, *Descrittione*, f. 428 r°; cf. Hentzner, *Itinerarium*, p. 389). Les dates de ce dernier séjour de Pétrarque ont pu être établies d'après ses *Rerum Senilium libri* (XV, 5 et XIII, 10) qui témoignent de sa présence à Arquà de 1370 à sa mort (voir U. Dotti, *Vita di Petrarca*, Bari, Laterza, p. 411).

I, 1016-1021 : **Qu'une Laure enflama à tant chanter le Los / De sa belle façon, que le temps, ny l'envie**. « Laura, qu'un Sol fu tra le donne in terra, / Hor tien del cielo il piu sublime honore : / Merce di quella penna ; il cui valore, / Fa, che mai non sara spenta e sotterra / Mentre facendo al tempo illustre guerra, / Con dolce foco di celeste amore / Accende e infiamma ogni gelato core » (A. Velutello, *Il Petrarcha*, Venise, G. Giolito de Ferrari, 1547 [première réimpr.], f. *ii* v°: « Sonetto sopra le sacre ceneri del Petrarcha »). Parmi les nombreuses sources dont Virey aurait pu se servir et sans négliger bien sûr la valeur topique du passage, nous considérons comme particulièrement significatif le *Petrarcha* de Velutello : c'est la version du *Canzoniere* que Vasquin Pilieul utilise pour sa traduction, la *Laure d'Avignon* (Paris, J. Gazeau, 1548), et, malgré la faible influence que Philieul a pu exercer sur ses contemporains, la construction romanesque sur laquelle Velutello fonde son commentaire rapproche à plus d'un titre les vers de Virey de son image de l'amour de Pétrarque pour l'Avignonnaise (voir Balmas, « Prime traduzioni dal *Canzoniere* nel Cinquecento francese », in Id., *Saggi e studi sul Rinascimento francese*, p. 10, 16 ; P. Lartigue, J. Roubaud, « Intr. » à Vasquin Philieul, *Laure d'Avignon*, repr. phototypique, 1983, pp. [1]-[6] ; J. Chomarat, M.-M. Fragonard, G. Mathieu-Castellani, « Intr. » à Muret, *Commentaires au* Premier livre des Amours *de Ronsard*, 1985).

I, 1023-1024 : **vingt au monde agissant**. Vingt et un *au monde*, selon la lettre du texte de Pétrarque (*Canzoniere*, CCCLXIV des édd. modernes) : « Tennemi Amore anni vent'uno ardendo / Lieto nel foco, et nel duol pien di speme, / Poi che Madonna, e'l mio cor seco insieme / Saliro al ciel, dieci altri anni piangendo » (A. Velutello, *Il Petrarcha*,

f. 132v°, où le commentaire explique que « Madonna Laura fu da[l Poeta] XXI anno amata in vita […] e che dopo la morte l'amo anchor dieci anni »).

I, 1029-30 : **des restes / Des meubles qu'il avoit**. Une chaise et un buffet (une « segia » et une « credenza » ou « stipo ») étaient exposés dans la maison de Pétrarque à Arquà au moins dès la moitié du XVIe siècle, vu qu'à la date du 10 août 1551, au sujet de sa visite à la maison de Pétrarque, l'abbé d'Itri, Gio. Batta Cardogna, pouvait enregistrer dans son journal : « In la sua Casa ho visto […] la sua segia dove se assettava quando studiava : ce ho visto suo stipo » (*Racconto della guerra fatta da Carlo V*, ms, cité par A. Moschetti, « Gli oggetti relitti da F. Petrarca », p. 6). Et en 1623, dans le *Petrarchista. Dialogo* d'Ercole Giovannini, nous lisons également que l'on pouvait admirer à Arquà « una credenza, ò stipo, che riferiscono essere stato del Poeta e meravigliosamente appare esser fatta. […] Appresso v'è conservato una seggia di legno antica » (E. Giovannini, *Il Petrarchista. Dialogo*, Venise, 1623, p. 9).

I, 1029 : **Et où l'on monstre encor**. Virey semblerait donner ici son adhésion au culte pétrarquiste des reliques du poète, que les différents propriétaires de la maison de Pétrarque à Arquà (le sujet *on* du texte) surent au cours des siècles encourager, sinon exploiter parfois pour leurs propres intérêts par l'invention et l'introduction d'objets dépourvus de toute authenticité (tels les os de la *chatte* du v. 1031), qu'ils exposaient, donc montraient au visiteur. Mais c'est une adhésion ambiguë, vu que sa source, le déjà cité *Petrarchista. Dialogo* d'Ercole Giovannini, est l'un des textes les plus diffusés de la satire anti-pétrarquiste, ou plus exactement de la satire contre cette tardive et dernière ferveur pétrarquiste qui inspire, au XVIIe siècle, le Baroque littéraire italien. On sait en tout cas qu'au XVIe siècle Arquà n'était pas seulement une étape obligée des voyageurs, c'était « una specie di San Giacomo di Compostella letterario e laico » (A. Callegari, *La casa del Petrarca in Arquà*, 1925, p. 6), un lieu de pèlerinage surtout pour les étudiants de l'université de Padoue (cf. le *Racconto* manuscrit de Cardogna que nous citions dans notre Intr., p. LXXXIII).

I, 1031 : **Ensemble de sa chatte**. « La Gatta secca, e posta insieme […], era del Poeta ? » demandait le visiteur-pèlerin au personnage qui lui servait de guide à Arquà, dans le *Petrarchista. Dialogo* de Giovannini (*op. cit.*, p. 14). Le guide expliquait que « Troverete le osse, che formano una gatta, e vogliono che sia stata del Poeta ». Et sa réponse, « Di lui si dice che fusse » (*op. cit.*, pp. 9 et 14), renvoyait à autrui la responsabilité de l'authenticité de cette bizarre relique, qui ne fut inventée et introduite dans la maison de Pétrarque qu'après 1603 (voir notre Intr., p. XCV), donc dix ans au moins après le séjour de Virey à Padoue et cette visite à Arquà que ses *Vers* décrivent.

I, 1032 : **Qu'il aymoit**. C'est au cardinal poète padouan Antonio Quarenghi (1546-1633) que nous devons l'invention d'un amour de

Pétrarque pour cette chatte inventée. A la demande du propriétaire de la maison d'Arquà, Quarenghi composa après 1603 deux épigrammes, que l'on fit inscrire sur le mur autour des os « sacrés » de l'animal. Virey pouvait les lire dans sa source, qui les cite en italique. La chatte y était censée parler à la première personne : « *Estruscus gemino Vates exarsit amore, / Maximus ignis ego Laura secundus erat* » (Giovannini, *Il Petrarchista. Dialogo*, p. 14).

I, 1032 : **pour garder ses Livres des souris**. « *Si numeros* - continuait la chatte dans l'inscription -, *geniumque sacris dedit illa libellis / causa ego, ne saevis muribus esca forent. / Arcebam sacro vivens a limine mures, / Ne Domini exitio, scripta diserta darent* » (*ibid.*).

I, 1033 : **son tombeau**. MARG. *Tombeau de Petrarche à Arquat*, dont la description, même détaillée, se retrouve dans plusieurs textes de l'époque, mais notamment, pour ce qui nous concerne, dans la biographie « Vita e costumi del Poeta » que Velutello pose *in limine* à son *Petrarcha* (cf. Velutello, *op. cit.*, ff. **iiii* v°-[5]r°), dans la *Descrittione* d'Alberti (cf. Alberti, *op. cit.*, f. 428r°: « un sepolcro di marmo, sostenuto di quattro colonne Rosse, et quivi è Inscritto il suo epitaphio »), et chez Hentzner (cf. son *Itinerarium*, p. 389). L'épitaphe que tous ces textes ne manquent de transcrire - « Frigida Francisci lapis hic tegit ossa Patrarchae. / Suscipe virgo parens animam, sate virgine parce / Fessaque iam terris, coeli requiscat in arce » (Velutello, f. [5]r° ; Alberti, *ibid.* ; Hentzner, *ibid.*) - pourrait annoncer la prière qui suit ici, aux vv. 1039-1070.

I, 1035. **CLORIDON**. Sur ce pseudonyme de Virey, qui revient au v. II, 1739, voir notre Intr., pp. XXIII-XXIV.

I, 1050 : **elle hait**. Deux syllabes. L'*h*- du verbe *haïr* pouvait être muet au XVIe siècle.

I, 1063-1064 : **en vers tu l'as dit que tu avois espoir**. « Madonna è morta, et ha seco il mio core, / Et volendol seguire, / Interromper conven quest'anni rei. / Perche mai veder lei / Di qua non spero ; et l'aspettar m'è noia » (Pétrarque, *Canzoniere*, CCLXVIII des édd. modernes, in Velutello, *Il Petrarcha*, f. 98r°-v°).

I, 1087-1088 : **Monts, panchants, et vallons, préries**. Cf. l'éloge d'Arquà par Melissus, « Arquati nemora et saltûs, vallesque reductae » (Melissus, *Epigrammata in urbes Italiae*, 1585, f. *5 r°-v°), et Balmas, *Paul Melissus viaggiatore italiano*, p. 30.

I, 1093-1096 : **De Padoue à Venise, et de là revenir**. Le parcours des péniches sur la Brenta « da Vinegia à Padoa e similmente da Padoa a Vinegia colle robbe e mercantie » (Alberti, *Descrittione*, f. 423 v°) est décrit par Alberti dans le sens inverse par rapport au récit de Virey, de l'écluse de Fusina (*Schafousine*) et des « stagni et salsi lagumi » (*endroict lacuneux, et stagnable*) « contra il corso dell'acqua » jusqu'à Padoue. L'emprunt des *Vers Itineraires*, dont *La* *barque [...] chemine* (I, 1105) en suivant le courant, procédera donc à rebours de la fin au début du passage d'Alberti. MARG. *Barque de Padoue à Venise*.

I, 1100 : **Des Moynes, des putains et Escoliers de Droict :** La note dans la marge de C à la hauteur de ce vers, décidément singulière, est en italien : *Frati, Scolari et Putane*. Elle nous a bien sûr fait penser à une source textuelle, que nous n'avons pourtant pas trouvée. Il est d'ailleurs possible que la phrase fût dans le langage courant de l'époque et qu'elle indiquât sous une forme stéréotypée la clientèle (non riche) des embarcations qui parcouraient le Brenta entre Padoue et Venise. Le voyage par *la Barque* était le moins cher (il était notamment moins cher que le voyage partiellement fait en carrosse) et le moins agréable, vu que des « Statuti » étaient continuellement rédigés par les autorités pour réglementer le chargement des embarcations, donc le travail des « barcaioli » qui avaient normalement l'habitude d'embarquer des voyageurs en masse (voir B. Brunelli, « Come si viaggiava tra Padova e Venezia », *Il Marzocco*, XXXI, 15, 1926, pp. 1-2, où l'auteur cite, à l'époque du XVIIIe siècle, un document qui définit les voyageurs en question comme une foule sale et pouilleuse).

I, 1106 : **port du Dole**. MARG. *Dollo*, « il » Dolo.

I, 1108 : **Schafousine**. MARG. *Schafousine*, aujourd'hui Fusina, « Liza Fusina » chez Alberti (Alberti, *op. cit.*, f. 423 v°) d'après l'ancien *Lissa Fusina :* mais Virey accueille le toponyme *Zafusina*, couramment employé à l'époque dans la langue parlée, puis passé dans le patois local. Ce *lieu que Schafousine on entend renommer* tirait son nom de l'« usine » (*fusina*) ou système de planches, poutres et treuils qui faisait glisser (*lissare* dans le vulgaire italien du XVIe siècle) les embarcations d'un côté à l'autre de la digue (voir A. Baldan, *Storia della riviera del Brenta*, Abano, Francisci, 1988, t. I, pp. 117-8 et les vv. qui suivent ici, 1109-1111).

I, 1109-1116 : **La Barque par englus est par hault enlevée [...]**. Il faut lire à ce propos le passage d'Alberti cité *supra* aux vv. I, 1093-1096, pour se rendre compte du sens contraire de l'emprunt de Virey : « à questa parte, già alquanto tempo fà (giungendo a Liza Fusina) vi fu serato arteficiosamente il dritto corso, acciò che scorrendo per quelli stagni et salsi lagumi co'l tempo non aterrasse i luoghi vicini, et cosi a poco a poco riempiendose ogni cosa colla terra poi facilmente se potesse per terra passare à Vinegia [cf. vv. 1114-1116]. Et per tanto avertendo a questa cosa i signori Vinitiani (non gli piacendo tal cosa) hanno fatto derivare detto fiume da'l detto corso [...] et l'hanno fatto mettere capo ne vicini Stagni. Quivi à Liza Fusina, con grand'arteficio sono tradotte le barche ne' Stagni et parimente da i Stagni nel lato di detto fiume per passare [cf. vv. 1109-1113] » (Alberti, *op. cit.*, f. 423 v°).

II, 1 : **Magnien**. Guillaume Magnien, « Iureconsultus eruditus » selon le Père Jacob (*De claris Scriptoribus Cabilonensibus*, 1652, p. 112), « sçavant Juriconsulte » selon Papillon (*Bibliothèque des auteurs de Bourgogne*, 1742, t. II, p. 5), sera maire de Chalon en 1620-1621 (cf. les « Preuves de l'histoire de la ville et cité de Chalon », in Perry, *Histoire civile et ecclesiastique*, 1659, p. 120 et notre Intr., *supra*, pp. XCI-XCII).

II, 3 : **ces Princes**. MARG. *Les Princes de Lorraine.*

II, 9-10 : **leurs autheurs / Qu'il a punis à Blois**. MARG. *Les Duc et Cardinal de Guise :* Virey répète un peu dans cet exorde le déjà dit (ou déjà évoqué) des vv. I, 23-33, 75-110, 291-326.

II, 22 : **Guillaume Amyot**. Guillaume Amyot fut recteur des Ecoles de Chalon-sur-Saône de 1564 à 1566 et de 1577 à la fin de 1578, lorsqu'il devint principal à Beaune (voir H. Batault, *Essai historique sur les écoles de Chalon*, 1874, p. 24, qui rend compte des difficultés d'Amyot avec les échevins, donc des deux abandons de sa charge à Chalon). Roy-Chevrier suppose à ce propos que, liés à leur maître dont ils « appréciaient [les] leçons », les élèves chalonnais d'Amyot, Virey et Magnien, l'ont suivi à Beaune à partir de 1578 (Roy-Chevrier, *Dans l'ombre du passé de Chalon*, t. II, p. 194) : d'où le v. II, 21, *à Chalon et à Beaune*.

II, 23-26 : **à Dijon aussy, en la naissante Escole**. Le collège des Godrans à Dijon, ouvert par la Compagnie de Jésus grâce au legs du magistrat Odinet Godran : par son testament du 9 février 1581 il avait institué « les Jésuites ses héritiers, conjointement avec la *commune* de Dijon, pour fonder un collège où l'on donnerait des leçons d'*agriculture*, d'*arithmétique* et d'*écriture*, [avec] chaque jour une leçon publique de grec et de langue latine » (M. Courtépée, *Description générale et particulière du Duché de Bourgogne*, 1846-48, t. II, p.144). On y enseignait bien sûr aussi les lettres « italiennes et la philosophie morale traitée par Aristote » (*ibidem*), ce qui n'est pas sans importance par rapport à la culture de Virey. MARG. *Messire J.* <sic> *Godran president au Parlement de Bourgongne L'an 1582* <sic> *par testament donna tous ses biens pour instituer un College de Jesuites à Dijon, ce qui fut executé et Magnien et Virey furent du nombre des premiers qui s'y acheminerent pour estudier.*

II, 24 : **Cantabrois Loyole**. *Cantabrois* ici et *Biscain* au v. II, 1096 définissent le fondateur de la Compagnie de Jésus : la Cantabria et la Biscaye sont des provinces du Pays Basque espagnol, dont saint Ignace de Loyola était originaire.

II, 31 : **tu change**. Lire *tu changes* : la graphie en *-e* a été conservée pour respecter la rime pour l'œil avec *louange* (v. 32).

II, 36 : **avec leurs humeurs**. Marg. *Il faut aymer ses amis avec leurs humeurs* ; voir la note au v. I, 18.

II, 43 : **de Paris celle grande journée**. Marg. *Barricades de Paris le jour desquelles les Bourgeois se ruerent sur les gardes de Suisses posées au bout du pont Nostredame par commandement du Roy :* on sait que la journée des Barricades (12 mai 1588) suivit à la décision d'Henri III d'installer à Paris un régiment de Suisses.

II, 44-46 : **la Ville on veid estre enchainée**. Parmi les très nombreux témoignages, nous voudrions rappeler celui du *Journal* de L'Estoile où l'on lit de la réaction de la bourgeoisie parisienne excitée par le duc de Guise : « incontinent chacun prend les armes, sort en garde par les rues et cantons, en moins de rien tend les chaînes et fait barricades aux coins des rues » (L'Estoile, *Journal pour le règne de Henri III*, cit., p. 552).

II, 49-51 : **Feit r'envoyer au Roy**. Après avoir obligé les Suisses « qui tenoient garnison fermée dans la boucherie du Marché-neuf » ou « en la Greve » à se rendre, le duc de Guise « les renvoya tous au Roy » (E. Pasquier, *Lettres Historiques*, éd. Thickett, p. 292). Marg. *Le Duc de Guise fauteur de la sedition empescha la deffaite entiere desdicts Suisses et les renvoya au Roy qui estoit au Louvre et en partit tost apres se retirant de Paris.*

II, 51-53 : **Son Louvre abandonna**. On sait qu'au lendemain de la journée des Barricades Henri III s'enfuit de « son Louvre » (L'Estoile, *Journal*, cit., p. 556 : mais le possessif est normal dans tous les témoignages à ce propos) pour se réfugier à Chartres, accompagné de quelques-uns de ses fidèles, dont le chancelier Hurault de Cheverny, le surintendant des finances Pomponne de Bellièvre et les secrétaires d'Etat (cf. Pasquier, *Lettres Historiques*, pp. 286-315). Nous retrouvons le même point de vue de Virey chez le biographe d'Achille de Harlay, Jacques de La Vallée, qui déploie pourtant le langage hyperbolique qui caractérise son ouvrage et qualifie de démons le duc de Guise et ses partisans : « les demons arrivent et [...] animent le peuple contre son Roy, [...] forcent ce pie, ce devot, et trop debonnaire Prince de quitter avec son Louvre, les cloistres et les autres lieux sacrez où il faisoit sa principale demeure » (La Vallée, *Discours sur la vie [...] de tres-illustre Seigneur, Messire Achilles de Harlay*, 1616, p. 47).

II, 55 : Marg. *Monsieur le premier President de Harlay voulut courre le hazard de la fureur populaire laquelle il faisoit ce qu'il pouvoit pour appaiser par le moyen des plus moderez bourgeois qui estoient ses familiers.*

II, 71 : Marg. *Visite du Duc de Guise.*

II, 73-76 : **son coeur / Il donnoit à son Roy son unique Seigneur / Son ame ez mains de Dieu son corps et sa personne / Aux efforts factieux de la tourbe felonne**. Marg. *Paroles dudict seigneur audict seigneur Duc* : cet épisode de la visite du duc de Guise à Achille de

Harlay lors de la journée des Barricades et la phrase que le premier Président prononça devinrent célèbres. Chateaubriand s'en souviendra aussi dans ses *Mémoires d'Outre-tombe* (cf. la 4e partie, XXXVI, 5, éd. Levaillant, Moulinier, Paris, Gallimard, 1951, t. II, pp. 558-560). Ils sont rapportés bien sûr par L'Hermite-Souliers et François Blanchard dans leurs *Eloges de tous les premiers Presidens* (*op. cit.*, pp. 77-78) et par Jacques de La Vallée. Or si rien ne peut prouver la présence de Virey chez le premier Président (cf. II, 71), celle de Christophe de Harlay, à côté de son père au moment de l'affront du Guise, nous est confirmée par cette biographie élogieuse de La Vallée que les *Vers Itineraires* semblent suivre de près : arrivé « au logis de nostre tres-brave et tres-genereux Achille », après avoir tenu un bref discours « sur l'occurrance des affaires du temps », le duc de Guise « ouyt tonner ceste foudroyante responce à ses oreilles : *C'est grand pitié quand le valet chasse le maistre ! Au-reste mon ame est à Dieu, mon coeur est à mon Roy, et mon corps est entre les mains des meschants et à la violence. Que l'on en face ce que l'on voudra.* Et pour monstrer que ses parolles n'estoient pas seulement proferées de bouche, mais qu'elles procedoient entierement du profont de son coeur, il voulut que monsieur son fils feut present lors qu'elles feurent si hardiment proferées » (La Vallée, *Discours sur la vie*, pp. 48-49).

II, 78 : **un brave homme**. La note dans la marge nous renseigne sur l'identité du courageux garde d'Achille de Harlay : MARG. *Le duc courut hazard de la vie en entrant au logis du President les portes duquel estoient gardées par deux gentilshommes Les sieurs de Rumont ses neveux cuirassez et ayans chacun la pertuisane en main.* Il s'agirait donc d'un des neveux du premier Président, les deux *sieurs de Rumont*, fils de sa soeur, Marie de Harlay, qui avait été mariée à Anthoine de Montliard, seigneur de Rumont (cf. les *Généalogies de familles de Paris. XVIIe siècle*, B. N. F., ms fr. 18669, f. 71r°).

II, 79-81 : **il se bragardoit en pourpoint**. Sur le *pourpoint*, mais non sur la *suitte* (II, 80-81), Virey s'accorde avec Pasquier : « Monsieur de Guise, [...] se voyant au dessus du vent, monte à cheval, en pourpoint, suivy d'une grande compagnie de gens, se promeine par toute la ville » (Pasquier, *Lettres Historiques*, p. 292).

II, 83-84 : **à Rouen puis à Chartre et de suitte / [...] à Blois**. MARG. *Le Roy partant de Paris se retira à Rouen puis à Chartres et enfin à Bloys où il fit mettre à mort les Ducs et Cardinal de Guise.*

II, 85 : **au bout de huict mois**. Le roi fut tué à Saint-Cloud huit mois après l'assassinat des Guise en décembre 1588, au moment où, après l'accord du 3 avril 1589, après la victoire de Senlis et la conquête des villes qui défendaient les approches de Paris, son armée se préparait avec Henri de Navarre à attaquer la capitale assiégée.

II, 86 : **pour revenche**. Sur cette idée d'une *revenche de Blois*, bien sûr courante à l'époque, voir la réaction de Sixte Quint à la nouvelle de l'assassinat du roi, in L. von Pastor, *Histoire des papes*,

t. XXI, pp. 335-338 (et dans l'*Avviso di Roma* du 29 août 1589, *ibid.*, t. XXII, p. 953) : il était inévitable selon le pape qu'Henri III, meurtrier d'un ecclésiastique à Blois, mourût de la main d'un ecclésiastique (frère Jacques Clément).

II, 87 : **un questin de Moyne**. Le *traistre Jacopin* du v. I, 295 était « un jeune religieux, prêtre de l'ordre Saint-Dominique, dit Jacobins, autrement frères prêcheurs, nommé Jacques Clément, natif du village de Sorbonne [...], âgé de vingt-trois à vingt-quatre ans » (L'Estoile, *Journal pour le règne de Henri III*, p. 643 ; cf. également *ibid.*., pp. 644-46 ; de Thou, *Historiarum sui temporis*, XCVI, éd. 1625-28, 2e vol., pp. 299-300 ; Pasquier, *Lettres Historiques*, éd. Thickett, pp. 431-34 et 444-45 ; d'Aubigné, *Histoire Universelle*, éd. Thierry, t. VIII, pp. 65-69).

II, 88-92 : **D'autres Moynes plus fins luy souffloient aux aureilles**. MARG. *Le Roy tué à Saint Clou par un souillard de Jacopin persuadé par les artifices de Bourgoin prieur du couvent de Paris lequel fut pris en armes aux faubourgs de Saint Germain de Paris attaquez par le Roy Henry IIII. et mené prisonnier au Parlement de Tours là où il fut tiré à quatre chevaux.* Jacques Clément, dont le nom donna vite lieu au jeu de mots qui fit de lui « Jacques l'Inclément » ([Pasquier], *L'Antimartyr de frere Jacques Clement*, in Id., *Ecrits politiques*, éd. Thickett, pp. 214-15) ou bien à l'anagramme « frère Jacques Clément - *C'est l'enfer qui m'a créé* » («Pièces diverses », in L'Estoile, *Journal*, cit., p. 660 ; cf. [S. Goulart, éd.], *Le Cinquiesme livre des derniers troubles*, f. 1v°), était normalement présenté par les textes de l'époque comme un jeune moine « d'humeur melancholique » (d'Aubigné, *op. cit*, t. VIII, p. 65), « simple, humble et infirme » ([Pasquier], *L'Antimartyr*, p. 217) qui n'aurait pas commis le meurtre de sa propre initiative. On sait que la chasse aux responsabilités atteignit le père Prieur du couvent des Jacobins de Paris, frère Edmond Bourgoing, accusé d'avoir été le précepteur de l'assassin, inculpé par le Parlement à Tours et exécuté en janvier 1590 (cf. *ibidem*, p. 221 et Pasquier, *Lettres Historiques*, p. 431) ; tandis que l'opinion protestante voyait dans les chefs mêmes de la Ligue les mandants du meurtre (cf. [Goulart, éd.], *op. cit.*, f. 1r°). Mais on sait également que des soupçons plus légendaires pesèrent sur l'ensemble du couvent, où des « instructeurs » n'auraient oublié « aucune invention, jusques aux nourritures affoiblissantes le cerveau » (d'Aubigné, *op. cit.*, p. 66) pour « dresser » le tyrannicide : Virey donne ici son adhésion à cette légende et fait allusion à la révélation qui aurait été faite au jeune moine à l'intérieur du couvent pour le persuader de répondre à sa « vocation » meurtrière ([Pasquier], *L'Antimartyr*, pp. 215, 218). Plusieurs textes le représentent d'ailleurs comme un instrument dans les mains de Satan : cf., outre Pasquier (*L'Antimartyr*, pp. 218-19, 221 ; *Lettres Historiques*, pp. 433-34), la biographie d'Achille de Harlay par La Vallée, qui devrait être pour nous le témoignage le plus proche du milieu que fréquentait Virey (*Discours sur la vie*, cit., p. 56).

II, 93 : **D'Arques le grand combat**. La bataille d'Arques (20-21 septembre 1589) marqua pour Henri IV un moment décisif de la conquête de son royaume. Voir les vv. I, 299-307 et leurs notes.

II, 94 : **D'une poigné' de gens fit teste au camp Ligueux**. Voir la note au v. I, 322. MARG. *Le Roy Henry IIII. acculé à Arques avec une armée de sept à huict mille hommes donne combat et remporte la victoire d'une armée de quarante mille de la Ligue puis d'une grande celerité se rend devant Paris en emporte les faubourgs St Germain de force où mille Parisiens demeurent morts dans les tranchées.*

II, 97 : **Mille Parisiens**. « DCCC interfecti, complures capti » selon de Thou (*Historiarum sui temporis*, XCVII, éd. 1625-28, 2e vol., p. 324), « près de mille » selon L'Estoile (*Journal pour le règne de Henri IV*, p. 27) : les Parisiens tombés lors du coup de main d'Henri IV sur Paris le 1er novembre 1589 furent en tout cas nombreux. Voir nos notes aux vv. I, 308-313.

II, 99 : **pieds et poings lié**. « Lié et garotté », écrivait L'Estoile (*Journal pour le règne de Henri IV*, p. 24), dans ce passage sur la « surprise de la Toussaint » que nous avons cité et que Virey suit de près aux vv. I, 311-312.

II, 99 : **le Duc du Mayne**. Mayenne.

II, 101 : **Bataille de Senlis**. MARG. *Bataille de Senlis gaignée pour sa majesté :* la ville de Senlis avait pu être prise, le 17 mai 1589, grâce au secours du duc de Longueville, de François de La Noue et d'Anne d'Anglure, seigneur de Givry, qui, avec une armée de « mille ou douze cents arquebusiers et cinq à six cents chevaux, défirent et mirent en route l'armée de la Ligue qui était devant et montait de neuf à dix mille hommes » (L'Estoile, *Journal pour le règne de Henri III*, p. 629). Ce fut le premier pas du programme de déplacement de la guerre dans la région parisienne, décidé par le roi et Henri de Navarre dans le but de s'approcher de la capitale : donc une victoire importante (cf. de Thou, *Historiarum sui temporis*, XCV, éd. 1625-28, 2e vol., pp. 290-291 ; Pasquier, *Lettres Historiques*, pp. 427-430).

II, 101-102 : **où moy je veis Givry**. D'Anne d'Anglure, seigneur de Givry (1558-1595), « on disoit qu'en esprit, en courage et en bienseance, nature avoit mis ses delices en lui » (d'Aubigné, *Histoire Universelle*, éd. Thierry, t. IX, p. 33) : gendre du chancelier Philippe Hurault de Cheverny, donc apparenté aussi aux de Harlay, il tomba sur le champ au siège de Laon.

II, 102 : **celle d'Ivry**. MARG. *Bataille d'Ivry donnée par sa majesté et gaignée en personne*. Sans rapport avec la victoire de Senlis des vv. 101-2 mais en rime avec *Givry*, la bataille d'Ivry eut lieu le 14 mars 1590. Cf. les vv. I, 127-8.

II, 104-105 : **une autre où Rendan**. MARG. *Bataille donnée en*

Bourbonnois et gaignée pour le Roy où Rendan chef de la Ligue demoura mort au champ de bataille : c'est le « notable combat » qui eut lieu près d'Issoire « au mesme temps et jour de la bataille d'Yvri » (d'Aubigné, *Histoire Univ.*, cit., t. IX, p. 102), donc le 14 mars 1590. Jean-Louis de La Rochefoucauld, comte de Randan, gouverneur de l'Auvergne pour la Ligue, y fut tué (cf. *ibid.*, pp. 100-102).

II, 106-107. **Joyeuses se disans**. MARG. *Les Seigneurs de Joyeuse de la Ligue en Languedoc lesquels y perissent enfin comme deux de leurs freres à la bataille de Coutras.* Virey rappelle ici le pouvoir qu'avait eu en Languedoc la famille des Joyeuse, dont notamment le duc Antoine-Scipion et, après lui, son frère Henri de Joyeuse, comte de Bouchage (cf. de Thou, *Historiarum sui temporis*, CIII, éd. 1625-28, 2e vol., pp. 468-471) : victorieux à Lautrec, en Albigeois, en juillet 1592, mais vaincu à Villemur, en Languedoc, le 21 septembre, et mort noyé dans le Tarn en octobre (cf. L'Estoile, *Journal pour le règne de Henri IV*, pp. 175, 186 ; d'Aubigné, *Histoire Univ.*, t. VIII, p. 256), Antoine-Scipion de Joyeuse laissa le commandement des armées de la Ligue dans cette région au dernier de ses frères qui restait, le comte de Bouchage, capucin sous le nom de frère Ange depuis 1587. Ayant « quitté son froc » (L'Estoile, *ibid.*, p. 201) pour prendre les armes, celui-ci recevra après son père la charge de lieutenant général au gouvernement de Languedoc et, après sa soumission tardive à Henri IV, le titre de maréchal de France (voir *ibid.*, pp.174, 217 ; et si l'on veut L. de Gonzague, *Le père Ange de Joyeuse*, Paris, Librairie St. François, 1928 ; et, sur les six frères, fils de Guillaume de Joyeuse, outre L'Estoile, *Journal pour le règne de Henri III*, p. 311, P. de Vaissière, *Messieurs de Joyeuse, 1560-1615*, Paris, Fayard, 1922).

II, 107-108 : **pour vanger leurs freres / Qui eurent à Coutras**. On sait qu'à Coutras, le 20 octobre 1587, l'armée de la Ligue, commandée par Anne, duc de Joyeuse (1561-1587), amiral de France et grand favori d'Henri III, avait été écrasée par Henri de Navarre au cours d'une « bataille, en laquelle mourut un si grand nombre de noblesse [...] qu'en toutes les batailles et rencontres advenues en France depuis vingt-cinq ans, il n'était mort autant de gentilshommes français qu'en cette malheureuse journée » (L'Estoile, *Journal pour le règne de Henri III*, p. 505). La mort sur le champ du même duc de Joyeuse et de Claude, « le petit Saint-Sauveur », son frère (*ibid.*, pp. 505-506 ; cf. d'Aubigné, *Histoire Univ.*, t. VII, pp. 133-152 ; de Thou, *Historiarum*, LXXXVII, 2e vol., pp. 118-122 ; Pasquier, *Lettres Historiques*, pp. 268-272) fut un des événements qui, pendant la période de la fragile alliance entre le pouvoir royal et la Ligue, eurent le plus grand retentissement : on se souviendra des nombreux « épitaphes, tombeaux, discours, regrets funèbres et lamentations » qui furent composés et divulgués à cette occasion (L'Estoile, *ibid.*, p. 506 ; cf. Pasquier, *ibid.*, pp. 270, 272n), parmi lesquels l'ode de Du Perron « L'ombre de Monsieur l'Admiral de Joyeuse, sous le nom de

Daphnis » (Du Perron, *Les Diverses Oeuvres*, 1622, III, pp. 23-36, voir notre « Dafni ed il suo re », in *Parcours et rencontres. Mélanges Balmas*, Paris, Klincksieck, 1993, pp. 691-711). Mais également des plaquettes qui parurent, comme d'habitude, au lendemain de la bataille : cf. surtout, du côté huguenot, le *Discours de la bataille donnée le vingtiesme de Octobre, près Coutras* (s.l., 1587, 8ff.) et, du côté politique, la *Lettre d'un gentil-homme catholique françois à Messieurs de la Sorbonne* (s.n.t., 60pp.+1f.), écrite par un catholique qui comme Virey se range parmi ceux qui n'ont pas « craint de faire que les Catholiques fussent protecteurs des Reformez à l'encontre des Catholiques » (*ibid.*, p. 36). L'évocation d'un sentiment de vengeance qui animait aussi bien le milieu de la noblesse liée à la cour en général, que les frères des deux Joyeuses morts à Coutras faisait partie des stéréotypes à ce sujet. Pasquier considérait par exemple la défaite des troupes protestantes étrangères par Henri de Guise à Auneau, le 24 novembre 1587, comme un signal « digne d'être remarqué », parce « que cela [est] advenu à Aulneau, appartenant au Sieur de Bouchage, pour venger en peu de temps la mort du Sieur de Joyeuse son frère » (Pasquier, *Lettres Historiques*, p. 275 ; cf. L'Estoile, *ibid.*, p. 507).

II, 111 : MARG. *Les armes Royales partout victorieuses ayans le bon droict de leur party.*

II, 112 : **bien moindre**. Il faut lire *bien moindres*. Compte tenu des licences et de la négligence grammaticales du texte, un accord du comparatif avec *nombre* et non avec *cohortes* pouvait probablement rendre la phrase compréhensible.

II, 117 : MARG. *Les serviteurs d[u] Roy maltraittez dans toutes les Villes de l'Union.*

II, 128 : **nostre Mucie**. Le chalonnais Jacques de Mucie, petit-fils du baron d'Huxelles du côté de sa femme (cf. le P. Perry, *Histoire civile et ecclesiastique*, 1659, p. 425), « l'un des plus fameux et des plus eloquens Advocats de la Province, qui s'expliquoit d'une belle manière et d'un ton de voix, aussi doux et aussi agreable, qu'on en pouvoit oüir » (*ibid.*, p. 415) : maire de Chalon-sur-Saône à trois reprises entre 1606 et 1610, il sera impliqué dans l'affaire qui en 1615 opposera les échevins du baillage à Virey, à propos de l'acquisition d'une portion de la muraille de l'ancienne enceinte de la ville (voir notre Intr., p. XXXVI ; Beaune, D'Arbaumont, *La noblesse aux Etats de Bourgogne*, p. XC ; Roy-Chevrier, *Dans l'ombre du passé*, t. II, p. 235).

II, 129 : **qu'à Padoue j'ay d'un mois failly avoir**. Le nom de Jacques de Mucie n'a pas pu être repéré dans les registres matricules, ni dans les actes des soutenances de thèses de l'Université de Padoue, car les documents sont, pour ces années, incomplets (le premier registre matricule des juristes dont on dispose date de 1591 et si Mucie avait été reçu docteur un mois avant l'arrivée de Virey, donc en mai 1592, il avait dû s'inscrire avant 1591 : voir Brugi, « Gli antichi scolari di Francia allo Studio di Padova », p. 548).

II, 137 : **un Chaunes Parisien**. MARG. *Sejour de Virey à Sienne en la compagnie de monsieur Jean de Chaunes Sieur de Bures Parisien.* Les de Chaunes (ou plus souvent de Chaulnes), « seigneurs de Bure, Epinay, Guillerville, Lancorme, Luzarche, Millery, Ville-sur-Aube, etc. » (Regnault de Beaucaron, *Mémorial généalogique*, Blois, Duguet, 1924-25, t. I, p. 345) pouvaient compter parmi leurs membres, depuis le XIVe siècle, des commissaires et lieutenants d'artillerie, des trésoriers à l'extraordinaire des guerres, des conseillers du roi et au Parlement, des maîtres des requêtes, etc. Ce Jean de Chaulnes qui est le *Camarade* de Virey à Sienne était fils d'Antoine, conseiller du roi et trésorier de l'extraordinaire des guerres, mort le 20 octobre 1593 (voir Picot, *Les Français italianisants*, 1906-07, t. II, p. 329 et les *Généalogies de familles de Paris*, B. N. F., ms fr. 18669, ff. 34v°-35r°, 54v°-55r°). La matricule des juristes de l'Université de Padoue enregistre son nom à la date du 24 juin 1594 (Un. de Padoue, Archives anciennes, ms 30, f. 65r°) et Picot suppose que, de Sienne, Jean de Chaulnes rentra en France à cause de la mort de son père, puis « il retourna en Italie, et se fit inscrire [...] à Padoue » (Picot, *ibid.*).

II, 140. **la ville qui fonde en mer sa preminence**. On sait bien que Venise est par antonomase la « Royne de la mer » (Du Pinet, *Plantz, pourtraitz*, 1564, p. 171 et M. de La Porte, *Les Epithetes*, f. 273r°) : l'épithète « Regina » fait partie du rituel des éloges néolatins de la ville (cf. Scaliger, *Poemata*, I, p. 588 et les « Epigrammata » publiés par Reusner, *De Italia*, II, pp. 34-45).

II, 141 : **un ramas de pescheurs**. A l'époque des invasions des Huns « le peuple Venitien, habitant lors en terre ferme [...] monta sur mer, et se retira à Sauveté és Isles non loingtaines de sa premiere demeure, où, par certain temps, vesquit si miserablement comme il peut, cherchant (à la façon des Ichtyophages) sa principale victuaille par la pesche » (Du Pinet, *op. cit.*, p. 170). Le MARG., *Rome commencea par un ramas de Pastres et de gens fugitifs*, semble anticiper la comparaison topique avec Rome qui va suivre aux vv. II, 146-156 (Venise aurait commencé par *un ramas de pescheurs*, tandis que *Rome commencea par un ramas de Pastres*).

II, 144 : MARG. *Venise et sa description par le menu.*

II, 146-156 : **Qui pourroit esgaler la Romaine grandeur**. « Quae, ditione potens, studiisque asperrima belli, / Ac vix se capiens, Magnae fuit aemula Romae ? / Sed, dum ferre parem renuit, perpessa priorem est / Ter conata iugo subducere colla Latino, / Ter revoluta solo, atque extrema fracta ruina est » (G. Audebert, *Venetiae*, 1583, p. 9) ; « Terrorem ipsa etiam populorum litore longe / Adverso positam terrebas aemula Romam » (*ibid.*, pp. 103-104) ; etc. : c'est une remarque topique de l'éloge de Venise, dont on comprend et on décrit la grandeur par rapport à celle de Rome (cf. l'« Iter Romanum I » de Fabricius, in Reusner, *Hodoeporicorum libri VII*, p. 200). Elle se double d'ailleurs d'un autre lieu commun de cet éloge, c'est-à-dire de la mention des peuples guerriers auquels Venise dut faire front pour affirmer sa supériorité : « Pervia barbaricis tellus Oenotria turmis / Pertulit impositi pondera dira iugi. / Ipsa suos flevit populares Roma Quirites : / Sensit et indomitae noxia tela manus. / Haud tulit hoc genius : cuius fatalibus ausis / Tutior in medio Roma renata mari est » (Scaliger, *Poemata*, I, p. 584 ; cf. Du Pinet, *op. cit.*, p. 173).

II, 159-163 : **les villes prochaines**. Les villes de l'arrière-pays, que Venise annexa de 1339 à 1499 (Trévise, Padoue, Brescia, Bergame, Créma et Crémone). On sait qu'elles contribuaient remarquablement à la richesse de la ville, dont elles payaient la protection : cf. les « rentes et tributs des Seigneuries et provinces estranges, subjectes à leur domination et puissance » (Du Pinet, *op. cit.*, p. 171) et Thevet, *Cosmographie de Levant*, éd. Lestringant, p. 18. MARG. *L'Estat de Venise a grandi par les dissensions des Villes voisines.*

II, 164 : **Des trois sortes d'Estats fait une Republique**. MARG. *L'Estat de Venise participe des trois sortes de Gouvernemens politiques.* La description stéréotypée de Virey pouvait s'appuyer ici même sur *Les Epithètes* de Maurice de La Porte, qui à propos des « Venitiens » suggérait aux poètes de parer leurs vers par « Le gouvernement de ce peuple », « meslangé de trois sortes de Republiques. Assavoir Monarchie, Aristocratie et Democratie » (de La Porte, *op. cit.*, f. 273r°). L'une des sources principales des *Vers Itineraires* pour Venise, l'*Itinerarium* d'Hentzner, renvoyait à l'ouvrage de Contarini (Hentzner, *Itinerarium*, 1617, p. 218 : « *Civitas* tota *triplici ordine* populi constat ; Patricijs, Civibus, et plebe artificum ; [...] de quâ re videndus Caspar Contarenus »), qui expliquait longuement comment « ceste seule Republique represente la domination royale, le gouvernement des preudhommes, et la superintendence civile, en tant qu'ilz semblent avoir meslé toutes ces formes, et especes d'une pareille mesure et mesmes poix » (Contarini, *Des magistratz, et republique de Venise*, trad. Charrier, 1544, f. ix v°). Et notamment : « le grand Conseil, qui a la souveraine puissance, duquel depend le Senat, et l'auctorité de tous les magistratz, represente en ceste Republique l'estat populaire », « le Duc [...] represente la puissance royale », « Le Senat des Dixhommes, et le Colliege des Anciens, ou des Conseilliers, lesquelz communement appellons les Sages, representent l'Aristocratie, qui est le gouvernement des preudhommes » (*ibid.*, ff. xiii v°-xiiii r°).

II, 165-166 : **la fait tant renommer**. « Tout bon esprit aisement jugera le renom et merite de sa grandeur : et qu'entre toutes les villes de la ronde machine, en puissance, richesse, dexterité de bon gouvernement, et force, tant marine, que terrestre, elle est digne d'estre avantagée en louange supreme » (Du Pinet, *Plantz, pourtraitz*, p. 171).

II, 172 : **Toute d'eaux par canaux en ses rues pavée**. MARG. *Venise située au milieu des eaux et toutes ses rues ne sont que canaux par où l'on va en petites barques couvertes par le milieu de drap noir*

168
Pourtrait de la magnifique Cité de Venise.
169
VENISE.
Les lieux Principaux notez de la magnifique & opulente Ville & Cité de Venise.
Iean d'Ogerolles.
DES

Fig. 11

nommées gondolles y ayant pourtant un peu de pavé solide sortant des maisons par sus lequel l'on peult aller partout passant pardessus des ponts d'un costé et d'un autre.

II, 173 : **plus de cinq cens ponts**. Comme d'habitude dans les *Vers Itineraires*, le chiffre est un peu gonflé. Alberti (cf. sa *Descrittione*, f. 454v°), Du Pinet (cf. *op. cit.*, p. 172) ou bien Rigaud (*Bref Recueil*, éd. Magnetti, p. 113) comptent quatre cents ponts : ce qui correspond à la réalité. Mais c'est encore une fois une exagération topique qui régit le calcul des rues, ponts, canaux, gondoles de Venise. Face à leur quantité l'éloge met notamment en place le *topos* de la démission : « Totne vias urbis memorabo ? totne phaselos ? [etc.] » (Audebert, *Venetiae*, p. 51).

II, 175 : **au lieu de Chevaulx**. « Non hic arte regit celeres auriga quadrigas, / Nulla Peletronios exercent frena bimembres, / Nullus erichthonius, pullusque hic usus equorum » (Audebert, *ibid.*).

II, 179 : **les maistres Barquerolles**. Dans ses deux emplois de substantif ou d'adjectif, *barquerolle* (de l'italien anc. *barcaruolo* ou mod. *barcaiolo*, conducteur d'une petite barque) fut parmi les premiers emprunts de la langue française au vocabulaire italien, et vénitien notamment, de la marine. Vidos avait souligné sa fréquence dans *Les Nouvelles Recreations et joyeux devis*, que l'on sait publiés posthumes en 1558, quinze ans après la mort de Des Périers (B. E. Vidos, *Storia delle parole marinaresche*, 1939, pp. 238-240). M. Cortelazzo, qui rappelle que « la nomenclatura nautica » vénitienne était le « settore più aperto all'espansione europea », cite *barquerolle* parmi les 35 termes de marine passés en français avant le XVIIe siècle (il rappelle, par exemple, les dates de 1395 pour l'emprunt d'*arsenal* et de 1549 pour *gondole :* voir Cortelazzo, *Venezia, il levante e il mare*, 1989, p. 376 ; mais aussi l'Intr. de P.-M. Smith à son éd. d'Henri Estienne, *Deux dialogues du nouveau langage françois italianizé*, 1980, p. 19).

II, 180 : **les Gondolles**. Le sarcasme de Du Bellay sur les Vénitiens dans le célèbre sonnet CXXXIII des *Regrets* avait atteint aussi ces barques longues et plates, à un seul aviron (cf. le v. 10, dans ses *Oeuvres poétiques*, éd. Chamard, t. II, p. 160).

II, 181-182 : **couvertes au mytan / De drapt noir en arcade**. On sait que les gondoles « ont toutes une couverture noire au mitan en forme de litiere » (Rigaud, *Bref recueil des choses rares [...] d'Italie*, éd. Magnetti, p. 108).

II, 183 : **pour un besse**. Ce renseignement pourrait avoir une certaine valeur si on voulait le comparer au renseignement correspondant dans le *Journal de voyage* de Montaigne. Vu qu'un *bezzo* (voir notre Glossaire) valait la moitié d'un *soldo*, la location d'« une gondole pour jour et nuit, à deux livres, qui sont environ dix-sept sols » (Montaigne, *op. cit.*, éd. Garavini, p. 163) n'était pas chère : on se souviendra que Montaigne ne faisait « aucune dépense au barquerol » (*ibid.*).

II, 185 : MARG. *Grand nombre de palais embellis de statues de marbre et de peintures exquises.*

II, 191-192 : **celuy si magnifique, où loge**. MARG. *Le Palais du Doge qui est du duc de Venise*. Le « magnifico Palagio ove dimora il Duce » (Alberti, *Descrittione*, f. 454v°; cf. Hentzner, *Itinerarium*, p. 223) : voir *infra*, vv. II, 341-343.

II, 192 : **le chef qu'on nomme Doge**. Le texte des *Vers Itineraires* conserve dans deux cas le mot italien qui désigne de hautes charges de la République de Venise : *Doge*, que suivant le latin *duce[m]* Jean Charrier traduisait par « Duc », et *Podestas* (II, 351), que Charrier traduisait par « Prevosts » (cf. Contarini, *Des magistratz, et republique de Venise*, ff. xiii v°, lxxxv r° et *passim*).

II, 195-204 : **et sont les Grimani**. MARG. *Le palais des Grimani.*

II, 204 : MARG. *La memoire des Romains ineffassable par le Temps.*

II, 217-218 : **en tout oeuvre il faut que l'on commence / «Par celuy qui a mis le monde en ordonnance**. « Ab Iove principium », bien sûr, selon l'ancien adage (Cicéron, *De legibus*, II, 3, 7 ; Id., *De rep.*, I, 36, 56 ; Virgile, *Bucolica*, III, 60 ; Horace, *Carmina*, I, 12, 13-16 ; etc.) que Virey pouvait lire chez Cælius Rhodiginus, au chapitre inaugural de son recueil («Exordiendi Ratio ») : « à Deo ducenda initia sunt » (*Lectionum Antiquarum libri*, t. I, p. 1). Mais les *Vers Itineraires* obéissent surtout aux canons de la description des lieux et à la règle qu'établissait la célèbre « Tabella delineans in peregrinationibus potissimus observanda » publiée par Nathan Chytraeus, par Franz Schott, par Paul Hentzner (voir notre Intr., p. LXIV) : au moment de la description des « Opera » de la ville qu'on visitait, il fallait selon la *tabella* commencer par les « Publica » et, parmi les « Publica », commencer par les « Sacra » avant les « Profana » et, parmi les « Sacra », commencer par les « Basilicae », avant les « Monasteria » et « Templa » (Hentzner, *Itinerarium*, f. [8]r°). Les vers de Virey chantent donc les oeuvres (cf. II, 227) de Venise en commençant par la basilique Saint-Marc. Dans le genre de l'éloge les choses ne se passaient d'ailleurs pas autrement : cf. Audebert, *Venetiae*, p. 52 (« In primis dictam Divi de nomine Marci / Contemplor plateam [...] / Demiror Pario structum de marmore templum »).

II, 219-226 : **Et porte de sainct Marc**. MARG. *Temple de Saint Marc patron de Venise ayant quitté St George que les Genois ont pris pour le leur*. Le culte de saint Marc est attesté à Venise depuis 1071, mais saint Georges, le protecteur des villes maritimes et de Gênes notamment, est aussi, avec saint Nicolas de Mira, parmi ses patrons (voir la *Bibliotheca Sanctorum*, Rome, Pontificia Univ. Lateranense, 1965, *ad v.*).

II, 231-234 : **D'un or qui du soleil rayonne la brillure**. MARG. *Quatre chevaux de bronze dorez sur le portail de l'Eglise Saint Marc.*

« In huius frontis supercilio, supra mediam portam maiorem mirae venustatis, *quatruor Equi ex aere Corinthio inaurati* unius quadrigae antiquae justâ staturâ ac magnitudine vivorum equorum exornant ingressum » (Hentzner, *Itinerarium*, p. 220).

II, 235-238 : **opime butin / De la Ville, qui tient nom du grand Constantin**. Les vers de Virey adhèrent encore une fois de biais à la lettre du texte qui constitue leur source, car Hentzner ne décrit pas les quatre chevaux dorés comme un butin de Constantinople, mais, à la même page, à quelques lignes de distance de cette description, il mentionne la célèbre « tabula Constantinopoli delata olim, et ex auro puro, argentoque fabricata » (*ibid.*) qui se trouve à l'intérieur de la basilique et que Virey célèbrera aux vv. II, 258-260, ne faisant plus allusion alors à son origine.

II, 239-246 : **Par ceste auguste front, cinq grandportes d'airin**. « Augustum *D. Marci templum*, sumtu et artificio mirabile [...]: Frons autem quâ parte ex foro quinis aereis portis patet aditus in Templum, à solo ad fastigium usque Graecanico opere cum emblematis inaurata est, crebraeque per ordines eminent Divorum statuae ex marmore perinsignes » (Hentzner, *op. cit.*, pp. 219-20).

II, 249 : MARG. *Description du dedans de l'Eglise Saint Marc.*

II, 253-254 : **le pavé a mesme braverie**. Les courts paragraphes qu'Alberti consacre à la description de Venise, dont ce qui l'intéresse est plutôt l'histoire, comprennent bien sûr le détail de la « Chiesa de'l Vangelista San Marco, la quale è tutta fatta di bellissimi et finissimi marmi con gran maggisterio, et grandissima spesa, Primieramente si vede il pavimento, tutto composto di minuti pezzi di Porfido, Serpentino, et d'altre pietre pretiose (come se dice alla musaica) » (Alberti, *Descrittione*, f. 453r°).

II, 255 : **Par des degrez de marbre on va montant au Choeur**. « Ascenditur hic per gradus aliquot marmoreos, in summi delubri penetralia, *Chorum* nunc vocant, quòd ibi sacerdotum multitudo canentium, dum res divinae peraguntur, conveniat » (Hentzner, *op. cit.*, p. 220).

II, 258-260 : **Dessus le grand Autel s'offre aux yeux une table**. « Hic spectanda aere maioris tabula [...]» (cf. II, 235-238), « ex auro puro, argentoque fabricata, ac artificiosa figurarum caelaturâ, multisque inestimabilis pretij gemmis et margaritis exornata » (Hentzner, *op. cit.*, p. 220).

II, 261-262 : **Une voulte**. « Aram istam tegit testudo quaquâ [...], fulcita quaternis columnis ex Pario marmore » (*ibidem*).

II, 265 : **sacré tabernacle**. « Sacratissimi Corporis Christi aediculam » (*ibidem*).

II, 267-268 : **l'on croiroit qu'ils sont de cristal transparant**. « Quatruor nobilissimae columnae ex alabastrite, vitri ferè instar, pellucidae mirum in modum resplendent » (*ibidem*).

II, 270 : **Pour voir non de Venise ains de toute L'Italie**. Vers de 13 syllabes.

II, 271 : **le tresor sans prix**. MARG. *Tresor merveilleux de l'Eglise Saint Marc*. « In sacrario D. Marci *Thesaurus* custoditur [...], *ingens, stupendaeque prorsus opes divitiarum* » (Hentzner, *op. cit.*, p. 221 ; cf. Alberti, *Descrittione*, ff. 453v°-454r°).

II, 272 : **de juste valeur ne peut estre comprix**. Il est bien sûr impossible d'estimer le Trésor de Saint-Marc, dont la valeur ne peut qu'engendrer la question rhétorique et topique : « Quid referam sine numero videndos ex auro argentoque caelato calices, cantharos, thuribula, candelabra [etc.][...]?» (Hentzner, *op. cit.*, p. 221).

II, 273-274 : **d'orfebvrerie ou sculpture d'images**. « Ostenduntur Divorum in primis imagines, *coronae ex auro plurimae*, atque capita cum pectoribus humanae magnitudinis ex auro item puro fabrefacta, gemmis ac margaritis preciosissimis exornata » (*ibidem*).

II, 275-277 : **De perles de rubis et de fins diaments**. « Visuntur *Carbunculi, adamantes, Smaragdi, topasij, Chrysolithi, hyacinthi*, ac *uniones mira magnitudinis* et pretij incredibilis. Item cochleae, cymbae, paterae, ac vasa potoria, ex onyche, Iaspide, et achate multiplicia » (*ibidem*).

II, 281-282 : **une Tour se rencontre / Eslevée en quarré**. MARG. *Tour de Saint Marc*. Cf. Hentzner, *op. cit.*, p. 222 : « Iuxta Basilicam S. Marci, ex quadrato lapide extructa est *Turris aequilatera* ».

II, 282 : **cent mille pas monstre**. L'exagération avait un but rhétorique (et métrique) : cf. la pseudo-anaphore au v. II, 286 et les dimensions réelles de la tour chez Alberti, *op. cit.*, f. 454r° (« il Campanile, largo per ciascuna faccia quaranta piedi, et alto ducento trenta »).

II, 284 : **lames de Leton**. Traduction des *tegulae aeneae* de la source, tuiles plates en cuivre (plutôt qu'en laiton) : « Sublime fastigium tegulis aeneis inauratis tectum est » (Hentzner, *ibidem*).

II, 285-286 : **à cent milles**. C'est-à-dire que, « sole splendente » (*ibid.*), on le voit, ce *comble [...] doré*, même de l'Istrie et de la Dalmatie : « quam longissimè ab Istria Liburniâque navigantibus conspicitur » (*ibid.*). Cf. Alberti, *op. cit.*, f. 454r°, qui est pourtant plus vague (« di molto lungo, battendogli il caldo sole, si vede »).

II, 286 : **void**. Le *-d-* étymologique (de *videre*) apparaissait assez rarement dans la conjugaison de voir au XVIe siècle et il faudrait penser ici à une graphie italianisante, proche de *vede*. La variante, purement orthographique et non signalée, qui normalise en *voit*, efface l'italianisme avec cet esprit de système qui caractérise C : cf. la même var. de *voit* (C) pour *void* (A) aux vv. II, 555, 645, 1301 et, au passé simple, de *je veis* (C) pour *je veids* (A) au v. II, 1342.

II, 289-290 : **on peut rue par rue / De Venise des yeux congnoistre l'estendue**. « Pulcherrimus est è turre summa undequaque prospectus » (Hentzner, *op. cit.*, p. 222) : grâce à sa hauteur on peut voir « vici, fora, templa, coenobia, et alia aedificia publica insigna » (*ibid.*).

II, 291-292 : **tient plus en Longueur**. « E' longa questa Piazza, quattro cento piedi, et larga cento trenta » (Alberti, *op. cit.*, f. 453r°). MARG. *Place belle et grande de Saint Marc.*

II, 295 : **Vray theatre du monde**. Avec toutes les limites de sa méthode, qui n'avait d'ailleurs pas de prétention scientifique, Béatrix Ravà avait mis en évidence cette métaphore du *theatrum mundi :* « Virey aime », écrivait-elle, « le caractère cosmopolite de la place Saint-Marc » (Ravà, *Venise dans la littérature française*, 1916, p. 421).

II, 304 : MARG. *Grand nombre d'Eglises à Venise enrichies de statues de marbre et de peintures exquises.*

II, 308 : **ont faict**. On sait que l'accord du participe passé conjugué avec avoir ne se faisait pas régulièrement à l'époque.

II, 309-311 : **Qui sont soixante sept**. Dans cette liste des paroisses, des couvents de religieux et de religieuses et des oratoires de Venise les chiffres ne correspondent pas à ceux qu'en donnent nos sources : ils en diffèrent parfois légèrement, là où ils sont le résultat d'une adaptation du texte des guides aux exigences métriques des *Vers Itineraires*. Quant aux paroisses donc, d'abord, elles étaient soixante-deux chez Du Pinet (cf. *Plantz, Pourtraitz*, p. 172) et avec plus d'exactitude soixante-douze chez Hentzner (cf. *Itinerarium*, p. 219 : « *Plebanicas congragationes* »).

II, 311-313 : **En tout cinquante cinq**. MARG. *Monasteres d'hommes :* dix-sept chez Hentzner (cf. *ibid.*). Du Pinet (cf. *op. cit.*, *ibid.*) ne donne que le total des couvents masculins et féminins, quarante et un, ce qui correspond au chiffre d'Hentzner.

II, 313-315 : **Vingt six**. MARG. *Et de filles :* vingt-quatre chez Hentzner (cf. *op. cit.*, *ibid.*).

315-316 : **huit ou dix / Oratoires, non plus que Confreries six**. Les « *scholae* » et les *Confreries* sont la même chose chez Hentzner (p. 219 : « *scholae*, vel Conventus, Fraternitates alias vocant »), qui en compte sept et mentionne notamment la « *Scuola di S. Rocco* ».

II, 317 : MARG. *Les plus gros de Venise sont de la Confrerie de Saint Roch.*

II, 319-320 : **au jour devotieux**. On fêtait et l'on fête saint Roch le 16 août : la fiction des *Vers Itineraires* devrait faire allusion au 16 août 1592.

II, 322 : **il preserve de peste**. Le développement des confréries et la fortune même du culte de saint Roch ont été liés à son rôle de protecteur contre la peste (voir la *Bibliotheca Sanctorum*, Rome, 1965, *ad v.*). Hentzner donne un récit détaillé des prières et des voeux que les

Vénitiens adressèrent au « Beatissimo Rocco » lors de la dernière épidémie avant le passage de Virey, en 1576, par la transcription de l'inscription que le doge Luigi Mocenigo fit graver à la « *Scuola di S. Rocco* » à cette occasion : « Saeviebat pestifera lues, qua nulla unquam vel diuturnior vel perniciosior extitit [etc.] [...]» (Hentzner, *Itinerarium*, pp. 228-229).

II, 326-330 : **Des braves gens**. MARG. *Statues Equestres et pedestres dressées au merite d'hommes illustres par la Republique de Venise* : « Spectandae sunt illustrium Civium *statuae equestres et pedestres*, publico sumtu positae diversis in locis » (Hentzner, *op. cit.*, p. 225).

II, 331 : **Comme d'un Coleon**. « Inter quas [voir note préc.] est celebris illa *colossea* equestris inaurata *Bartholomaei Coleoni*, militari gloriâ pernobilis ac Imperatoris sui temporis primi, quam Veneti publicâ impensâ, meritorum virtutis ac fidei singulari [...] erexerunt » (*ibid.*). MARG. *Statue Equestre de Bartholomeo Coleone de bronze doré*, chef-d'oeuvre célèbre d'Andrea del Verrocchio, terminé après la mort du sculpteur florentin survenue à Venise en 1488.

II, 334 : **Qui [...] fait lever**. Si l'on veut exclure *Coleon* ou [la statue] *d'un Coleon* comme antécédents possibles du relatif qui se rapporterait alors à *gestes*, il faut lire : *Qui* [...] font *lever* ; à la limite, on pourrait expliquer *fait lever* par une valeur de singulier collectif de *gestes*, en tant qu'ensemble des exploits du condottiere.

II, 343 : **un palais grand**. Le palais des Doges, « Ducis Venetorum Palatium », où « spectantur Comitia, et concilium publicum » (Hentzner, *op. cit.*, p. 223) et sur lequel Alberti (cf. sa *Descrittione*, f. 454v°) aussi bien qu'Hentzner coupent court pour parler de son contenu humain, donc des représentants du gouvernement de Venise. Et Virey fait de même. MARG. *Palais auquel s'assemblent à jour ordinaire les Seigneurs et gentilshommes Venitiens.*

II, 344 : **cinq sales**. Bâti au XVe siècle sous le gouvernement de Francesco Foscari selon le projet de l'architecte Filippo Candelario, le palais comptait cinq salles principales consacrées à l'administration de la justice : la salle « des quatre portes », celle du *Collegio*, la salle du Sénat, la salle du Conseil des Dix et celle du *Maggior Consiglio*, où se réunissait cette *assemblé' souveraine* (II, 346) dont parle Virey.

II, 345-346 : **le jour sacré qu'on finit la sepmaine / De tous eux il se fait assemblé' souveraine**. L'« universelle assemblée » (Contarini, *Des magistratz, et republique de Venise*, f. xiii v°) de « tous les nobles citoyens », c'est-à-dire de « ceulx qui ont la souveraine auctorité de toute la ville » (*ibid.*, xi v°), était « communement appellée le grand Conseil » et exerçait à Venise « la souveraine puissance » (*ibid.*, f. xiii v°). Elle « s'assembloit de huict, en huict jours [...] Vers le midy de chascune feste » (*ibid.*, f. xvi r°-v°).

II, 349-350 : **Qui de vingt et cinq ans la course ne surpasse**. Contarini explique que dans le grand Conseil « se trouvent, et assemblent […] ceulx, qui passent vingt cinq ans, qui toutesfois sont nobles », car « tous ceulx, qui sont descendus de l'ordre des Senateurs, et nobles (que nous suivans le vulgaire Italien pouvons appeller patrices) soubdain qu'ilz sont parvenus à tel aage, ont le droict de citoyen, et sont participans de la puissance publique » (*ibid.*, ff. xi v°-xii r°, xv r°). Par l'emploi de la double négation (*nul... / ...la course ne surpasse*) le texte de Virey peut cependant créer une ambiguïté, qu'il faudrait attribuer à une traduction littérale du passage d'Hentzner sur le « *Consilium magnum* », c'est-à-dire sur ces « *Comitia* ad quae nemo admittitur, nisi genere Patricius, et qui aetatis annum XXV. excesserit » (Hentzner, *Itinerarium*, p. 224, où le guide précise : « De hâc verò Comitiorum ratione vide latius Caspar. Contareni lib. I de Magistratibus et Republica Venetorum »).

II, 351-354 : **Les juges l'on prend**. MARG. *Podestas qui sont Juges qu'on envoye comme Intendans de la Justice aux Villes de l'Estat Venitien.* Après avoir rendu compte de la composition du « grand Conseil », Contarini continuait par l'énumération de ses fonctions : « L'office duquel est de créer tous magistratz, ceulx qui administrent la justice dans la ville, […] les Prevostz, les Tresoriers, et aultres magistratz des villes et chasteaulx, qui sont adjoinctz à l'Empire Venetien » (*Des magistratz, et republique de Venise*, f. xvi r°). Sur les « Prevostz » notamment, « qui jug[ent] les causes civiles, et puni[ssent] les malfaicteurs » (*ibid.*, f. lxxxv r°) et que Virey cite par l'italianisme *Podestas*, il donnera ensuite plus de détails, lorsqu'il parlera des « villes plus apparentes subjectes à nostre gouvernement » (*ibid.*).

II, 355-360 : **tous les ambassadeurs**. MARG. *Ambassadeurs*. Cf. l'énumération de Contarini, *ibid.*, f. xvi r°. Dans son poème, Audebert s'arrête lui-aussi sur cette célèbre figure des ambassadeurs de Venise à l'étranger : le genre épidictique de ses *Venetiae* lui permet de consacrer un long passage au gouvernement de la Republique (cf. Audebert, *Venetiae*, pp. 96-99). Quand il chante donc le « Consilio augusto », il précise que « […] quoties externas censet in oras / Mittendum ad magnos celebrem Respublica Reges / Legatum, eximijs e civibus eligit unum / Conspicuum pulchro patriae pietatis honore / Cui Ducis arcanos sensus, mandataq[ue] tradat » (*ibid.*, p. 98).

II, 361 : **les gouverneurs des Iles**. Pour les *Iles* et les *Provinces* le Conseil nommait, avec « les Prevostz » (Contarini, *Des magistratz*, cit. f. xvi r°), « des Assesseurs jurisconsultes pour vuider les causes » et « le Capitaine », qui commandait « aux gens de guerre » (*ibid.*, f. lxxxv r°-v°). MARG. *Gouverneurs des Isles*.

II, 363 : **Capitaines aussy de forts et de Chasteaux**. L'énumération des fonctions du grand Conseil continue chez Contarini par la création des « Chastellains, Capitaines de forteresses » (*ibid.*, f. xvi r°). MARG. *Capitaines de Chasteaux*.

II, 364-365 : **ceux qui sur la Mer commandent aux Vaisseaux / Et tous autres qu'on pousse aux charges qui importent**. « Chefz d'armée de mer [...], Capitaines de galleres, et generallement tous ceulx, qui dedans, et hors la ville ont le droict de puissance publique » (*ibidem*).

II, 366 : **à temps ils portent**. MARG. *Toutes les charges de la Republique ne sont qu'à temps et n'y a que le Doge et ceux qui sont du Conseil des Dix qui meurent en leur charge*. Voir la note II, 368.

II, 367 : **conseilliers**. Si la graphie *conseilliers* pour *conseillers* n'est pas souvent attestée à l'époque, il faut souligner qu'elle est normale et constante dans la traduction par Jean Charrier de l'ouvrage de Contarini (*Des magistratz, et republique de Venise*, cit.). La variante de C, *Conseillers*, qui ne paraît pas dans notre apparat, corrige, donc uniformise l'orthographe et fait perdre les traces de cette source, que Virey devait très vraisemblablement avoir sous les yeux, vu que la graphie *conseilliers* n'appartient pas à ses *usus* graphiques. Elle ne paraît en effet que dans ces vers sur Venise : au v. II, 723, par exemple, où la finale en *-iers* aurait pu former une rime pour l'œil avec *officiers* (II, 724), le texte présente la graphie usuelle *conseillers*.

II, 368 : **Qui sont dix seullement**. Dans la hâte désordonnée de ces vv. 366-372, Virey mêle et confond les renseignements que Contarini donne dans son « Second livre » (cf. *Des magistratz*, cit., ff. xxij r°-liiij r°) sur le « Duc », les « Conseilliers » et « le college des Dix-hommes ». Les méprises qui en résultent sont les suivantes : le Doge avait « six Conseilliers adjoinctz à luy » (*ibid.*, f. xxxi v°) et non dix, que l'on appelait « le Colliege des Anciens » ou plus simplement « les Sages » (*ibid.*, f. xiiii r°). « Leur office dur[ait] huict mois » (*ibid.*, f. xxxi v°) et non *Jusqu'au bout de leurs jours* (II, 369), comme effectivement durait l'« office » du « Duc, lequel regn[ait] durant sa vie » (*ibid.*, f. xxix v°). Dix étaient par contre les grands aristocrates qui siégeaient au « Senat » (*ibid.*, f. xiiii r°), autrement dit au « college des Dixhommes » (*ibid.*, f. liii r°) : ils avaient la haute « charge de prevoir, et regarder, qu'aulcune sedition, et discorde ne sourdist entre les citoyens » (*ibid.*, f. liiij r°) et ne duraient eux non plus *Jusqu'au bout de leurs jours*, mais « seulement un an » (*ibid.*).

II, 370 : **pour Doge esleu**. « Un Prince donques est esleu, qui est nommé Duc » (*ibid.*, f. xxix v°). MARG. *Le Doge se prend du nombre des Dix*.

II, 373-376 : **de Prince a la mine / Les enseignes, l'habit**. « Il n'y a personne, qui ne scache bien, que le Duc en la cité de Venise represente la personne de Roy avecques apparence de gouvernement royal », même si Venise demeure « une Republique treslibre. [...] Mais ceste puissance est ainsi restraincte par loix, que seul ne peult rien, et adjoinct aveques les aultres magistratz, n'a plus de puissance que l'un d'eux », ni ne peut « rien decerner, qui soit d'efficace, si n'est par sentence du conseil. [...] Mais affin que la multitude ne mesprisast ses grans labeurs, et travaulx de l'esprit », on luy a « baillé l'honneur, la dignité, et representation royale en recompense de la perte de sa puissance. Car son accoustrement est royal, par ce qu'il se pare tousjours d'une robbe de pourpre, ou de drap d'or, et en la teste porte ung voile de lin pour diademe Royal, et sur cella un bonnet de pourpre, ou d'escarlate, enrichy d'une bordure de fin or » (*ibid.*, ff. xxvij r°-xxx v°). Cf. Du Pinet, *Plantz, pourtraitz*, p. 174 ; et l'éloge d'Audebert, *Venetiae*, p. 98 («Duci majestas Regia prorsus, / Atque aequalis honor, Regii non aequa potestas [...]»). MARG. *Authorité du Doge de Venise quelle* <sic>.

II, 385 : **un ample Arsenal**. MARG. *Arsenal bien fourny d'armes à pied et à cheval de Canons et de Vaisseaux de Mair et de tout l'equipage necessaire*. La mention et la description de l'Arsenal constituent l'un des clichés les plus fréquents des allusions à Venise dans la poésie, l'éloge, la relation de voyage. Le guide d'Hentzner y consacre une longue page (cf. son *Itinerarium*, p. 230) que Virey suit ici de près, même s'il devait également avoir à l'esprit ou sous les yeux cet ensemble détaillé de lieux communs que sont les vers d'Audebert sur l'Arsenal « Navale superbum [...] / Non urbis Venetae columen solius, at arcem, / Et magnae Hesperiae decus admirabile visu, / Sed dictu res digna » (Audebert, *Venetiae*, p. 69). On se souviendra donc des vv. 1-2 du déjà cité sonnet CXXXIII des *Regrets ;* mais cf. même J. Marot, *Le Voyage de Venise*, vv. 856-862, éd. Trisolini, p. 59. Dans le genre de la description-éloge, voir Du Pinet, *op. cit.*, p. 172. Et à titre d'exemple des relations, voir Thevet, *Cosmographie de Levant*, éd. Lestringant, p. 18 ; et Rigaud, *Bref recueil*, éd. Magnetti, pp. 109-110.

II, 387-388 : **De Murs, Tours, et Fossez, à l'entour investy**. « *Navale* locus est intra Urbis ambitum, moenibus undique validis munitus, et cum opportunis ad custodiam turribus, quem *Arsenale* nominant » (Hentzner, *op. cit.*, p. 230). Cf. également Audebert, *op. cit.*, p. 69 («Hoc Navale situ iacet appellentibus apto, / Apto etiam e portu repentibus aequora nautis, / Et cinctum pulchre turritis undique muris [...]»).

II, 389-391 : **Comparty au dedans de longues galeries**. « Quamvis porticibus multae spectentus in amplis » (Audebert, *op. cit.*, p. 70).

II, 391-394 : **sans cesse y a gens**. Le travail ininterrompu de nettoyage et cette guerre menée contre la rouille étaient l'objet du chant d'Audebert, qui célébrait ceux qui « [...] noctesque, diesque, / Armorum omne genus scabra rubigine tersa, / Perpoliunt, removantque, reconcinnantque quotannis » (*ibidem*).

II, 395-396 : **espées, estocs, lances, picques, et dards**. Pour une liste des « varia arma, utpote thoraces ferrei, bombardae, hastae [etc.] [...]», cf. Hentzner, *op. cit.*, p. 230.

II, 403 : **Où basles et boulets**. « Est denique officina, ubi salpetrum conficiunt, item fabrorum ferrariorum officina, in qua gyganteas tormentorum moles, graves aeneas fistulas et praelongas, tubos vastos, atque immanes globos ferreos, cudi vidimus » (*ibidem*).

II, 409-410 : **le tonnerre / Quant il a pris le feu qui esmeut mer et terre**. Pour lire l'écho d'une allusion implicite et évidente à la forge de Vulcain, cf. les vers d'Audebert qui correspondent à ce passage (*op. cit.*, p. 75 : « Concita terribili magnum tonat aethra fragore / Horrifico crepitu tellus tremefacta remugit / Sic ubi commoto graviter succensus Olympo / Iuppiter intonuit saevorum in bella Gigantum [...] / Terra tremit, tremit altarum regnator aquarum »).

II, 411-413 : **par trois bouches**. « Protinus ecce cavo cum fulgure flumen aheno / Emicat irati citius Iovis igne trisulco / Erumpens » (*ibidem* ; mais sur ce canon dit Cerbère et les autres aussi puissants, cf. également les pp. 72-74).

II, 416 : **une forest de Mats**. « Indicat hoc etiam silva lignator in alta » (*ibid.*, p. 89).

II, 434-440 : **tentes, et toilles**. « Pars texunt funes, transennas, vela, rudentes, / Pars fabricat tonsas, malos, carchesia, aplustra ; / Rostratas alij naves, longasque triremes » (*ibid.*, p. 70 ; cf. II, 417-420)

II, 442 : MARG. *Arsenal de Venise semblant une petite Ville.*

II, 443 : **Qu'on compte bien six cens**. Du Pinet, qui est bien sûr daté par rapport aux *Vers Itineraires*, parlait de « quatre cens hommes » (*Plantz, pourtraitz*, p. 172). Mais Hentzner qui est plus récent dit la même chose (cf. son *Itinerarium*, p. 230 : « CCCC occupantur homines »), et Virey nous a habitués aux chiffres normalement un peu gonflés dans un but aussi métrique. MARG. *Six Cents ouvriers travaillants ordinairement en cet Arsenal et payez tous les Samedis.*

II, 445-446 : **douze cens Escus de finance certaine / Et bien chiffrée**. Dans un certain sens cette *finance* peut être définie comme *certaine / Et bien chiffrée* parce que pour une fois le chiffre est exact par rapport aux sources : il correspond aux « stipendia M.CC in hebdomadam aureorum nummorum » dont nous renseigne Hentzner (*op. cit.*, *ibid.*).

II, 447-450 : **un vaisseau qu'il y a / Bucentaure nommé**. « *Thalamegus* inaurata, et sculpturis picturisque insignibus exornata Ducis Veneti, quam *Bucentaurum* propter magnitudinem nominant » (Hentzner, *op. cit.*, p. 231) : c'est la célèbre nef de parade du Doge, « superba » selon Audebert (cf. Audebert, *op. cit.*, pp. 88-89). MARG. *Bucentaure Gallere magnifique.*

II, 451-453 : **à la Mer marie**. Le compte rendu de la cérémonie du mariage des Vénitiens à la mer, le jour de l'Ascension, fait partie des stéréotypes de la description de Venise. Du Bellay ne l'oubliait pas dans le sarcasme de son sonnet (*Regrets*, CXXXIII, vv. 12-14) et parmi les sources des *Vers Itineraires* nous pourrions citer Contarini (*Des magistratz, et republique de Venise*, ff. xxxiij v°-xxxiiij r°), Du Pinet qui semble se servir de Contarini (*Plantz, pourtraitz*, p. 175), Hentzner, bien sûr (*Itinerarium*, p. 231) et, parmi les relations, par exemple, Rigaud (*Bref recueil*, éd. Magnetti, pp. 107-109). Les détails les plus nombreux se trouvent cependant chez Audebert (*Venetiae*, pp. 58-62), qui n'insiste pas seulement sur la parure ducale du Doge (cf. *ibid.*, p. 59), sur la suite des chants et des prières (cf. p. 62) ou sur les *parolles* (II, 458) prononcées par le Doge (cf. p. 62), mais présente aussi son récit grâce au même *topos* du témoignage direct qu'utilise Virey (cf. II, 459-462). MARG. *Les Venitiens espousent la Mair tous les ans le jour de feste de l'Ascension.*

II, 456 : **Par mine d'espousaille**. « A la feste de l'Ascension, qui est la foire des Venetiens, ceulx, qui sont parvenuz à l'aage virile, sont appellez par le Prince, lesquelz de grand matin s'en vont à son palais pour le conduire, et aller monter tous ensemble sur une nef bien parée, et proprement faicte à ces usages (que les Venetiens appellent Bucentaure). Deslors qu'ilz sont sortis des levées, et qu'ilz voyent la mer ouverte, [...] le Prince jette un anneau d'or dans la mer, et dit en semblables parolles, qu'en signe de vray, et perpetuel empire par celluy anneau il espouse la mer. Après cella l'Evesque de la ville faict quelques ceremonies » (Contarini, *op. cit.*, f. xxxiij v°).

II, 459-462 : **aussy j'ay veu proche une fois**. Cf. donc ce même *topos* du témoignage direct chez Audebert, qui précise qu'à la fin des chants et des prières le Doge « Haec ait : IN SIGNUM IMPERII VERI, ATQUE PERENNIS / (Nam memini, atque animo sollemnia verba notavi) / HAC GEMMA AETERNUM MIHI TE DESPONEO DORI » (Audebert, *op. cit.*, p. 62). Dans la fiction des *Vers Itineraires*, si Virey dit d'avoir assisté à la cérémonie *De Naple retournans*, il doit faire allusion à l'Ascension de 1594, que l'on célébra le 18 mai.

II, 471 : **un admirable pont**. MARG. *Pont de Rialto qui n'a qu'une Arcade basty au dessus de fort belles maisons :* le pont de Rialto constituait à l'époque la nouveauté architecturale la plus surprenante de Venise. Niccolò de' Rossi nous dit qu'il fut construit en 1591, grâce à l'emploi de « montagne di Pietre e lastre grandissime, e che pochi o nissuno si possi accompagnare ad una machina così bella, e così forte quanto mai si può vedere per occhio humano » (de' Rossi, *Istorie di Padova*, ms, Padoue, Bibl. Municipale, p. 162).

II, 475-478 : **si hault les portoit / Qu'entre deux par dessoubs [...]**. Dans ses *Epithètes* Maurice de La Porte suggérait aux poètes l'image du « grand Colosse de bronze » de Rhodes, « gigantal », « prodigieus, treshaut », « statue gigantine » qui « avoit 70 coudées de haut » (La Porte, *op. cit.*, *ad v.* «Rhodes », f. 230v°, *ad v.* « Colosse », f. 63v°).

II, 486 : MARG. *Il semble qu'il y ait foire perpetuelle à Venise.*

II, 489-490 : **Venise n'est pas en tous ces poincts seuls belle / Mais en Isles aussy**. « Le seigneur Dieu l'a voulue embellir de vingt-cinq isles exquises en rarité de perfection, qui l'environnent heureusement, et la comblent d'une plaisance emervellable » (Du Pinet, *Plantz, pourtraitz*, p. 172). MARG. *Belles Isles autour de Venise bien basties.*

II, 495 : **Sainct George**. L'île de San Giorgio ; cf. Hentzner, *Itinerarium*, p. 232.

II, 495 : **Lazuec**. L'île de La Giudecca, la plus proche de Venise, séparée du corps principal de la ville par le canal homonyme. *Iudaica* en lat. médiév., elle était et est encore appelée *La Zuèca* en dialecte vénitien (voir G. Boerio, *Dizionario del dialetto veneziano*, 1867, *ad v.*). On retrouve le même emploi du toponyme dialectal chez Rigaud, qui graphie « Souecque » (Rigaud, *Bref recueil*, éd. Magnetti, p. 112).

II, 495-498 : **l'Isle où cent fourneaux**. L'île de Murano, où « *In tabernis vitrarijs* videtur, qua ratione candens materia, è fornacibus depromta, ferreis fistulis adhaerens, ab artificibus, vel uno vel altero flatu, in calices, pateras, aut quam velint poculi formam magnitudinemve mirâ dexteritate reducatur » (Hentzner, *Itinerarium*, p. 231).

II, 499-500 : **un verre de Cristal**. « Vasa vitrea [...] imitantur tam claritate perspicuâ quàm splendore crystallum naturale, ut meritò cristallina vocentur » (*ibid.*, p. 232). La remarque n'est bien sûr qu'un lieu commun, que l'on peut lire par exemple chez Du Pinet (*Plantz, pourtraitz*, p. 172 : « en l'Isle, appelee Murano, se font les voirres de Cristal ») ou dans l'éloge d'Audebert (*Venetiae*, p. 55 : « crystallina vasa Morani »).

II, 504 : **celle liqueur**. MARG. *Vin dit Malvoisie*.

II, 506 : **au monde renommée**. Autre remarque topique, « pour leur excellence, et parfaicte beauté, on porte par tout le monde » ces verres de Murano (Du Pinet, *ibidem*) ; cf. Hentzner, *ibidem* («Varietate profectò, tum artificio ac materia exquisitâ exuperant haec Muranensia quàm longissimè caetera totius Orbis vasa vitrea »). MARG. *Moran où se font les verres de cristal*.

II, 507 : **des nobles verriers**. La forme *des* de l'article indéfini pluriel s'employait couramment au XVIe siècle devant un nom précédé d'un adjectif épithète (cf. également II, 1257 : *des farouches bestes* et II, 1873 : *des belles costes*).

II, 508 : **Jardins plaisans**. Murano, « splendore nitens, Hortorum denique cultissimorum amoenitate cuivis oppido neutiquam cedet » (Hentzner, *op. cit.*, p. 231). MARG. *Jardins*.

II, 512 : **la Fleur d'Espine**. Dans la fiction des *Vers Itineraires* il s'agit de *ceste Grecque amoureuse* (I, 1074) que l'étudiant-voyageur connut à Venise et qu'il décrit dans sa prière sur le tombeau de Pétrarque à Arquà (cf. vv. I, 1039-1070). Quant aux réminiscences probables de la métaphore, cf. la « Candida rosa nata in dure spine » du sonnet CCXLVI du *Canzoniere* de Pétrarque (v. 5, in A. Velutello, *Il Petrarcha*, f. 36v°).

II, 513-514 : **La muse ne pouvant davantage t'en dire**. Nous avons déjà remarqué que la « démission du descripteur », paralysé par « l'infinité de la tâche à accomplir » (Simonin, « Le statut de la description à la fin de la Renaissance », in *L'Automne de la Renaissance*,

p. 130) relève dans ce cas du stéréotype. Francesco Berlinghieri, par exemple, ne consacrait à « Venezia » que le tercet : « Cantin di lei le greche et le latine / muse perché cantarne io non saprei / si son le sue memorie senza fine » (Berlinghieri, *Geographia in terza rima*, [1471-72], f. *ee* [4]v°) ; l'éloge de « Venetiae » de Scaliger se rendait face aux « vasta [...] opes » qui « non numerantur » (Scaliger, *Poemata*, 1574, I, p. 584) ; et on se souvient de l'allusion de Thevet à Salluste à la conclusion du deuxième chapitre de sa *Cosmographie de Levant :* « selon mon jugement, seroit plus convenable de dire de toy, Venise, tant ancienne, riche, puissante, et fameuse, ce que dit jadis de Carthage le grand Historien Romain Salluste, assavoir de plustot se taire en ton endroit que d'en parler peu » (éd. Lestringant, p. 20).

II, 517-8 : **l'ordre de sa Milice / Commandée par qui, son general office**. Dans la liste des *subjects* (II, 519) que Virey laisse à la prose des historiens trouvent leur place une interrogative indirecte (*l'ordre de sa Milice / Commandée par qui*) et un substantif, *office* (voir Glossaire), précédé de son adjectif pour des raisons prosodiques (rime avec *Milice*). Il faut lire : l'ordre de sa milice, par qui elle est commandée, son office général sont *des subjects de prose*... etc. Au v. 518 la virgule est donc nécessaire et sa suppression (variante de C), qui peut donner à lire *office* comme verbe, est erronée.

II, 519-520 : **des subjects de prose**. Nous pensons reconnaître dans ces deux vers la volonté d'un renvoi au texte de Contarini que conseillait à deux reprises Hentzner (cf. son *Itinerarium*, pp. 218, 223) et que, on l'a vu, Virey lit dans la traduction de Jean Charrier. Voir notre Intr., pp. LXVIII-LXIX.

II, 521 : MARG. *Virey part de Padoue pour voyager par l'Italie allant à Rome et à Naples.*

II, 526 : **Un Murart Lyonnois**. « D. Jo Bapt. Murardus Lugdunensis Gallus cum cicatrice secundum oculum in parte sinistra » paraît dans le registre matricule de la Faculté des juristes de l'Université de Padoue à la date du 28 janvier 1592 (Un. de Padoue, Archives anciennes, ms 30, f. 63r°; voir Brugi, « Gli antichi scolari di Francia », cit., p. 548). Emile Picot l'avait identifié avec Jean-Baptiste Murard, qui s'inscrivit donc à Padoue quelques mois avant Virey et qui, une fois rentré en France, deviendra « lieutenant général en la conservation des privilèges royaux de Lyon », puis, toujours à Lyon, échevin en 1615 et 1616 (Picot, *Les Français italianisants*, t. II, p. 328).

II, 527 : **Biaunay**. Picot n'avait pas réussi à identifier ce personnage et nos modestes tentatives de recherche n'ont pas su mieux faire.

II, 528 : **Buzon**. D'après le ms 1296 de la bibliothèque de Besançon, Picot avait pu formuler l'hypothèse qu'il s'agît ici de « Jean-Claude Buson, docteur ès droits, citoyen de Besançon, qui fit son testament le 3 septembre 1637 et mourut avant le 3 novembre suivant », à un an de distance de Virey (Picot, *ibidem*).

II, 530 : **Rovigo**. MARG. *Rovigo belle petite Ville des Venetiens*, la dernière ville de la Vénétie, au Sud, avant le Pô, donc avant les territoires qui étaient à l'époque de la maison d'Este et qui deviendraient du Pape en 1598. C'était l'étape ordinaire entre Padoue et Ferrare : cf. Codogno, *Nuovo itinerario delle Poste*, 1628, p. 315.

II, 531-532 : **le fleuve où l'hardy Phaëton / Qui mit le monde en feu rosty cheut**. Le Pô. « Hardi » est une des épithètes que La Porte conseillait aux poètes pour qualifier le mythique fils d'Hélios, Phaéton, qui « obtint un jour de son pere la permission de gouverner son chariot, mais ignorant la maniere de le conduire, il eust brulé tout le monde, si Jupiter avec son foudre ne l'en eust dejetté : et lors il tomba dans le fleuve du Po, où il fut submergé » (M. de La Porte, *Les Epithetes*, f. 203r°) : cf. Diodore de Sicile, *Bibliotheca historica*, V, 23, 3, éd. Vogel, t. II, pp. 34-35 ; Strabon, *Géographie*, V, 1, 9, c215, éd. Lasserre, t. III, p. 49, où Strabon met le mythe en question ; Virgile, *Æneis*, X, vv. 189-191, éd. Mynors, p. 339 ; Ovide, *Metamorphoseon*, II, vv. 272-366, éd. Lafaye, t. I, pp. 46-49 ; Cicéron, *De officiis*, III, XXV, 94, éd. Testard, p. 216 ; et le *Thesaurus* de Robert Estienne *ad vocem* « Padus ». Voir la note suivante.

II, 533-534 : **vont pleurant le naufrage**. Les soeurs de Phaéton, les Héliades, auraient tellement pleuré sa mort que les dieux les métamorphosèrent en peupliers pour qu'elles puissent, sur les bords du Pô, rester avec leur frère et répandre dans le fleuve leurs larmes. Comme le rappelle Vibius Sequester (cf. l'édition de son *Liber de fluminibus, fontibus [...] quorum apud Poetas mentio fit*, in J. Simler, éd., *Aetici Cosmographia*, 1575, p. 331), l'allusion au mythe était topique de la mention du Pô « apud poetas ». Et elle l'était également dans les cosmographies en vers et en prose ou dans les guides : nous pourrions citer par exemple le « fiume altier che 'l gran sepolcro asconde / del figlio audace del signor di Delo » du XXe sonnet des *Rime* de l'Arioste dont s'inspirera Du Bellay pour le XIe de son *Olive* (Arioste, *Opere*, éd. Ceserani, Santoro, t. III, p. 228 ; cf. Du Bellay, *L'Olive*, éd. Caldarini, pp. 65-66 ; et Balmas, *Saggi e studi sul Rinascimento*, 1982, pp. 95-97) et les autres passages consacrés à Phaéton et à son fleuve par le ferrarais Arioste (*Capitoli*, I, vv. 47-48 ; *Orlando Furioso*, III, 34) ; mais aussi le « Po fiume che ci chiama e chiede / a chi Phetonte Eridano appellato / in lui cadendo il nome suo concede » de la *Geographia* de Berlinghieri (f. *ee* [4]v°) ; le « Pau, fleuve bien fameus pour la ruine de Phaëton » de la *Cosmographie de Levant* de Thevet (éd. cit., p. 17) ; ou le « Pau » où « Frieton <sic> qui fut fulminé par Jupiter trebucha dedans » de la *La totale et vraie description* de Jacques Signot ([1515], f. ix r°).

II, 535-536 : **la Ville où du vaillant Roger**. Ferrare, la ville de la maison d'Este, dont l'Arioste avait chanté les origines dans les amours de Ruggiero et Bradamante. Dans un texte que Virey connaissait probablement très bien (voir notre Intr., p. CII), Oratio Toscanella pourvoyait la célèbre stance III, 24 de l'*Orlando Furioso* sur l'aîné de Bradamante, « Ruggierino » («Vedi quel primo che ti rassimiglia... »), d'un commentaire qui précisait que « Qui comincia à narrar particolarmente i figliuoli, i nepoti, et gli altri discendenti di Bradamante, et questa narratione è tutta in laude della Illustrissima et Eccellentissima casa da Este » (Toscanella, *Bellezze del Furioso*, 1574, p. 37, exemplaire de la B.M. de Chalon). Toscanella donnait donc le détail de l'arbre généalogique de la maison d'Este (*ibid.*, pp. 37-50) et terminait son long commentaire par un « Sommario della Illustrissima et Eccellentissima casa di Este » (*ibid.*, pp. 51-54).

II, 538 : **Au Domaine sainct Pierre est en fin retournée**. « Ferraria, vulgò *Ferrara* [...] sub Pontificis Romani nunc imperio, resplendens » (Hentzner, *Itinerarium*, pp. 235-236), pouvait écrire Paul Hentzner lors de son voyage en Italie en 1599-1600 : Virey suit ici la lettre de son texte, mais le présent des *Vers Itineraires* date de 1593 et c'est pendant les six ans qui le séparent du « nunc » d'Hentzner que Ferrare *est en fin retournée* sous l'empire du Pape. Elle était encore, en 1593, la ville d'Alphonse II d'Este : autrement dit, l'adhésion de Virey à sa source engendre dans ses vers une erreur chronologique qui démasque facilement la déjà fragile fiction d'une rédaction contemporaine au voyage. Voir à ce propos notre Intr., p. XCIII.

II, 539-540 : **Un Duc Cæsar de nom**. Le 29 octobre 1597 Alphonse II d'Este mourait sans enfants et son cousin César, descendant d'une branche bâtarde, lui succédait. Clément VIII (le florentin Ippolito Aldobrandini) n'hésitait pas à profiter du moment d'impopularité des ducs, à dénoncer la succession comme illégitime, à annuler le rapport de vassalité de la maison d'Este à l'Eglise et s'annexer donc Ferrare. En *estant mis dehors* par le Cardinal Neveu, Pietro Aldobrandini, le duc César abandonnait la ville avec sa cour le 28 janvier 1598 en direction de Modène.

II, 543 : MARG. *Ferrare belle et principale Ville et sa description.*

II, 543-544 : **l'eau / Que nous avons passée en Barques du grand Pau**. Virey répète ici le passage du Pô dans un autre registre qu'aux vv. II, 531-534 (*De là passer le fleuve où l'hardy Phaëton...*). Des hauteurs des allusions mythologiques les *Vers Itineraires* descendent au niveau pratique du vécu et suivent donc le guide d'Hentzner, dont le voyage de Venise à Ferrare prévoyait bien sûr cette traversée : « Padum fluvium hippagone trajecimus. Ferraria, vulgò *Ferrara* [etc.] » (Hentzner, *Itinerarium*, p. 235).

II, 547-549 : **Sur toute autre structure emportent le dessus / Par leur magnificence**. « Spectari imprimis merentur *Palatij* insigna atque regalia *ornamenta ;* Item *novi Castelli structurae* magnificae et sumtuosae » (Hentzner, *op. cit.*, p. 237).

II, 549-551 : **S'il estoit achevé**. Hentzner parlait en effet des « *Bibliothecae novae* praeparamenta eximia » (*op. cit.*, p. 238).

II, 552-555 : **De Livres Manuscripts grand nombre [...]**. «Magna videlicet veterum Manuscriptorum librorum copia, atque rarissimae Antiquitatum Reliquiae, nimirum statuae marmoreae artificij singularis, signa, tabulae sigilla aerea ac marmorea » (Hentzner, *ibidem*).

II, 555-556 : **en Medailles d'or / De cuivre, Bronze, argent**. « Item *nummorum antiquissimorum* et elegantissimorum, ex auro, argento, et aere omnis generis » (*ibidem*).

II, 556-557 : **en joyaux encor**. « Item *gemmarum* caelatarum *capsiliae plurimae*, quae toto quatriduo exacte perlustrari non possent » (*ibidem*).

II, 563 : **quant à moy**. Marque l'abandon provisoire de la source primaire de toute cette partie sur Venise et Ferrare (II, 139-562). Virey passe à décrire quelque chose dont il a personnellement *aux yeux un peu d'Esprit*, indépendamment de l'*Itinerarium* d'Hentzner qu'il aurait alors fermé : et il nous le dit. Il ne va d'ailleurs pas rouvrir le guide du Silésien pour plus de 400 vers.

II, 566 : **De son revers**. Cf. le titre de l'ouvrage d'Erizzo à la note II, 570.

II, 569 : **Erizo**. Le noble vénitien Sebastiano Erizzo (1525-1585), érudit issu de l'Université de Padoue, sénateur et membre du Conseil des Dix, auteur d'une traduction du *Timée*, d'un commentaire de Pétrarque et de nouvelles sur le modèle du *Decameron* (*Le sei giornate* que nous avons eu l'occasion de citer dans notre Intr., p. LXXXV), a lié son nom à la numismatique par son célèbre *Discorso sopra le medaglie de gli antichi*.

II, 570 : **D'un livre qu'il a faict**. Le *Discorso di M. Sebastiano Erizzo, sopra le medaglie antiche, con la particolar dichiaratione di molti riversi* parut pour la première fois à Venise chez Valgrisi en 1559, avec la date de 1558 au frontispice. Deux réimpressions suivirent en 1559 et en 1568 chez Giovanni Varisco, qui demanda alors à l'auteur une révision de l'ouvrage : il en publia en 1571 une nouvelle édition augmentée et pourvue des gravures qui firent sa fortune (*Discorso sopra le medaglie de gli antichi. Con la dichiaratione delle Monete Consulari, et delle Medaglie de gli Imperatori Romani, nella quale si contiene una piena e varia cognitione dell'Istoria di quei tempi*).

II, 585-587 : **si vive fantasie / Que plus n'en eut Virgile**. Le parallèle entre l'Arioste et Virgile était à l'époque un lieu commun : dans sa dédicace des *Bellezze del Furioso*, Oratio Toscanella rappelait au duc d'Urbin l'intention primaire du poète épique, la « mente » d'écrire des oeuvres pour apprendre aux lecteurs « le forze del corpo ; et [...] le virtù dell'animo : et per mostrare anco i vicij, i dolori, l'allegrezze, i timori, et i desiderii de gli huomini sotto diverse finte persone, acciò che specchiandosi nelle opere loro, et successi ; imparassero ad imitare i buoni, et ad havere in odio i malvagi », et il expliquait donc que « Tale mente, et animo hebbe Virgilio Prencipe de i Poeti Latini ; et tale mente, tale animo et tale intentione parimente il nostro dottissimo M. Ludovico Ariosto » (Toscanella, *Bellezze del Furioso*, cit., f. *3 v°). Cf. également l'éloge de l'Arioste in Alberti, *Descrittione*, 1550, f. 313v°.

II, 587-588 : **cest ingenieux / D'Ovide**. « Ingenieus » est la première des épithètes du relevé de Maurice de La Porte *ad. v.* « Ovide », évidemment la plus fréquente et normale pour la qualification de « Ce poete [...] assez conneu par ses escrits qui sont tous les jours entre noz mains » (La Porte, *Les Epithetes*, f. 187v°).

II, 588 : **qui se fit tant son Prince odieux**. On se souviendra de la relégation à Tomes qu'Auguste imposa à Ovide et que le poète chanta dans ses *Tristia*.

II, 589-592 : **les Dames / Les Cavaliers courtois [...]**. Indépendamment du possessif *nostre* de *Roland* dont il sera question à la note suivante, ces quatre vers exposent le sujet, l'*argumentum* du poème de l'Arioste en citant les deux premières stances de l'*Orlando Furioso :* « Le donne, i cavallier, l'arme, gli amori, / le cortesie, l'audaci imprese io canto [...]. / Dirò d'Orlando in un medesmo tratto [...] / che per amor venne in furore e matto » (éd. Ceserani, Santoro, t. I, pp. 35-6). A la lettre, ils correspondent à celle que Toscanella définit comme la « propositione » du poème, « che abbraccia materie generali [...] et particolari insieme » (Toscanella, *Bellezze del Furioso*, p. 6) : c'est-à-dire que « M. Lodovico Ariosto prencipe de gli heroichi poeti di questa lingua, propone materie generali, cioè donne, cavalieri, arme, amori, et il resto ; et propone insieme materia particolare, promettendo dover dire d'Orlando particolarmente, che venne in furore et matto per amore » (*ibidem*).

II, 591 : **nostre Roland**. Une réflexion sur l'emploi de ce possessif pourrait ouvrir tout un chapitre sur la fortune de l'*Orlando Furioso* en France. Qu'il suffise de rappeler schématiquement ici que : neveu de Charlemagne, Roland-Orlando était bien sûr français, donc le possessif *nostre* pourrait être simplement banal ; le poème de l'Arioste avait été traduit en prose dès 1544 (*Roland Furieux*, Lyon, Sulpice Sabon) à partir de l'édition italienne (1542) que Lodovico Dolce avait pourvu d'allégories (voir S. Cappello, « Letteratura narrativa e censura nel Cinquecento francese », in Rozzo, éd., *La censura libraria nell'Europa del sec. XVI*, Udine, Forum, 1997, p. 85n) ; préfacée par Jean des Gouttes et attribuable à Jean Martin, cette traduction eut au XVIe siècle un succès considérable (voir E. Balmas, « Note sulla fortuna dell'Ariosto in Francia nel Cinquecento » in Id., *Saggi e studi*, pp. 75-103 ; M. M. Fontaine, « Jean Martin, traducteur », in *Prose et prosateurs de la Renaissance*, Paris, SEDES, 1988, pp. 109-122 ; J. Balsamo, *Les rencontres des Muses. Italianisme et anti-italianisme dans les Lettres françaises de la fin du XVIe siècle*, 1992, pp. 188,

255-263 ; R. Gorris, « *Non è lontano a discoprirsi il porto.* Jean Martin, son oeuvre et ses rapports avec la ville des Este », in *Jean Martin. Un traducteur au temps de François Ier et de Henri II*, Paris, Presses de l'E.N.S., 1999, pp. 43-83) ; la revendication de la propriété française de héros de romans de chevalerie (en prose ou en vers) étrangers avait été normale au cours du XVIe siècle. Elle avait fait partie d'un projet politique sous François Ier qui avait appuyé la traduction de l'*Amadís de Gaula* par Herberay des Essarts, dont le premier livre parut en 1540 précédé d'un liminaire qui qualifiait Amadis de « Nostre » en jouant avec le patronyme du traducteur : « qui des branchuz Essars / Du parler Espagnol, en essartant, deffriche / Nostre Amadis de Gaule » («Antoine Macault [...] aux Lecteurs », in *Le premier livre de Amadis de Gaule*, éd. Vaganay, Giraud, 1986, p. x ; mais cf. également le dizain de Louis des Masures *in limine* au *Quatriesme livre de Amadis de Gaule*, in Vaganay, *Amadis en français*, 1906, p. 28 ; les « Vers Alexandrins » *in lim.* au *Cinquiesme livre*, *ibidem*, p. 37 ; et en tout cas M. Simonin, « La disgrâce d' *Amadis* », *Studi francesi*, 82, pp. 1-35).

II, 593 : **noble estoit de famille**. L'Arioste appartenait à l'une des familles les plus connues de la noblesse ferraraise : au moment de sa naissance, son père, Nicolò Ariosto, était capitaine de Reggio, au service d'Hercule Ier d'Este.

II, 595-598 : **effaceant leur memoire**. La *memoire* des Bentivoglio et des Pepoli, nobles et « Capitani di Militia » (Alberti, *Descrittione*, f. 294v°), devait paraître « effacée » par la statue que l'on érigea aux frais de la ville en 1584 en l'honneur du bolognais Ugo Buoncompagni, pape sous le nom de Grégoire XIII (cf., parmi d'autres relations de voyage, la même remarque in Rigaud, *Bref recueil*, éd. Magnetti, p. 93 et in [An.], *Discours viatiques de Paris à Rome*, éd. Monga, p. 71). Alberti donne un compte rendu détaillé du passage de Bologne des Bentivoglio et des Pepoli aux Etats pontificaux sous Jules II en 1513 (cf. *ibid.*, f. 296r°-v°).

II, 600 : **le mestier de Juge et d'Advocats**. L'Université de Bologne, fondée à la fin du XIe siècle, était célèbre par sa Faculté de droit. Cf. l'éloge de Reusner qui utilise l'image topique de Bologne « Studiorum mater et altrix » (Reusner, *De Italia*, II, p. 73).

II, 601 : **de son bon terroir l'on appelle la grasse**. Bologne est couramment *la grasse* depuis toujours, mais cf. notamment Alberti, qui décrit la campagne autour de la ville : où l'on voit « belli, et vaghi ordini di Alberi dalle viti accompagnati, da i quali se ne cavano vini d'ogni maniera, con quei dei colli, cioè moscatelli, tribiani, dolci, austeri [...]. Quivi si veggono larghi prati, et folti boschi, tanto per cavarne delle legne, quanto per la caccia [...]. La onde per ciò si può conoscere la opulentia di essa, la qual meritevolmente è dimandata Bologna grassa » (Alberti, *Descrittione*, ff. 293v°-294r°).

II, 603 : **des plus peuplée**. Il faut lire *des plus peuplées*.

II, 604 : **Legats du vicaire de Dieu**. Les « Cardinali Legati » (Alberti, *ibid.*, f. 296v°) qui étaient chargés du gouvernement des villes du pape, simplement *Legats* aussi chez Rigaud (*Bref recueil*, éd. cit., p. 92 : « Boulongne, grand cité, Archevesché, Comté du S. Pere, où il y a Legat et Podestat pour sa Saincteté »).

II, 605-606 : **aux rues l'on marche à couvert soubs portiques [...]**. Cf. les vv. I, 845-848 sur Padoue, *Magnifique sur tout en maisons et portiques, / Qui font cloistres par tout dans les rues publiques*. Le rapprochement entre les deux villes s'imposait d'ailleurs : cf. Montaigne, *Journal de voyage*, éd. cit., pp. 172-173 («Bologne [...]. C'est une ville tout enrichie de beaux et larges portiques et d'un fort grand nombre de beaux palais. On y vit comme à Padoue »).

II, 614 : **Descharge et ne mets point sur l'asne icy de somme**. « Salendo più avanti, pur seguitando la via da Bologna a Fiorenza, si giunge a Scargalasino, talmente detto per l'asprezza del monte, quasi voglia dire, che per la grande asprezza, volendo quindi passare gli asini, bisogna scaricarli » (Alberti, *Descrittione*, f. 290v°). MARG. *Scargalasino*, forme populaire, qu'emploie Alberti et que Virey répète, de l'anc. Scaricalasino, aujourd'hui Monghidoro, sur la route de Florence, entre Loiano, où il y avait une poste (cf. Signot, *La totale et vraie description*, f. xv r° et Codogno, *Nuovo itinerario delle poste*, p. 134), et Firenzuola, où il y en avait une autre (cf. Signot, *ibid.* et Codogno, p. 133).

II, 616 : **un fort Ramassoti**. Au lieu « diede gran nome [...] Ramaciotto, huomo molto prode nella militia, che lungamente maneggiò le armi, et fu capitano de' Fanti di Ferdinando secondo d'Aragona Re di Napoli, de' Fiorentini, de' Venetiani, et della chiesa Romana sotto Giulio secondo, di Lione X et di Clemente VII. Onde in tutte le fattioni sempre valorosamente, et honorevolmente con gran fede si portò, che da tutti fu lodato » (Alberti, *op. cit.*, *ibidem*).

II, 618 : **brave Capitaine**. La manchette du texte d'Alberti résume ce passage sur le condottiere Ramazzotti, mort en 1539, par les mots : « Ramaciotto valoroso capitano » (*ibidem*).

II, 620 : **Florenzzole**. MARG. *Florenzole*, Firenzuola.

II, 622 : **Scarperie**. MARG. *Scarperie*, Scarperia, « il primo castello che si ritrova in questa valle nella via che trascorre da Bologna à Fiorenza » (Alberti, *op. cit.*, f. 275r°), ainsi dit parce que situé au pied des Apennins, « alla scarpa de'l Colle e de 'l Appennino » (*ibid.*).

II, 627 : **Delaissant à main droitte un peu le grand chemin**. Le *grand chemin* qui de Bologne conduisait à Florence prévoyait, après Firenzuola et Scarperia, le passage au pied du mont Uccellatoio (cf. Codogno, *Nuovo itinerario delle Poste*, p. 133), donc de Pratolino où la villa des Médicis avait été bâtie : mais pour la visiter il fallait s'éloigner de presque trois kilomètres de la route principale (cf. Montaigne, *Journal de voyage*, éd. cit., p. 175).

II, 628 : **un beau lieu qu'on nomme Pratolin**. MARG. *Pratolin Lieu de plaisance et à admirer du grand Duc :* La villa et le parc de Pratolino avaient été voulus par François Ier de Médicis et réalisés entre 1568 et 1575 par une équipe d'architectes, ingénieurs, hydrauliciens et sculpteurs parmi lesquels figuraient des noms tels Giambologna ou Bartolomeo Ammannati et qui suivaient le projet du célèbre Bernardo Buontalenti (voir Milizia, *Memorie degli architetti antichi e moderni*, t. II, p. 63). Il existe sur Pratolino, dont la villa fut démolie au début du XIXe siècle par le grand-duc Ferdinand III de Lorraine et le parc complètement transformé avant de devenir propriété des Demidoff, une bibliographie extrêmement riche qui fait surtout référence au « Ragionamento Primo » de Francesco de' Vieri, *Delle Maravigliose Opere di Pratolino* (1586), à l'ouvrage de Salomon de Caus, *Les raisons des forces mouvantes* (1615), aux desseins de l'allemand Wilhelm Schickard et à la description plus tardive de B. S. Sgrilli (*Descrizione della Regia Villa, Fontane e Fabbriche di Pratolino*, 1742). Voir au moins G. Imbert, *La Villa Medicea di Pratolino secondo i viaggiatori francesi e i poeti*, 1925 ; D. Heikamp, « Les merveilles de Pratolino », *L'Œil*, 171, 1969, pp. 16-27, 74-75 ; L. Zangheri, *Pratolino : il giardino delle meraviglie*, Florence, Gonnelli, 1979 ; M. Fagiolo, « Effimero e giardino : il teatro della città e il teatro della natura », in *Firenze e la Toscana dei Medici nell'Europa del Cinquecento*, Florence, Electa-Alinari, 1980, pp. 29-54 ; et les cinq volumes publiés par la Province de Florence sous la dir. de M. Dezzi Bardeschi et A. Vezzosi, *Pratolino. Laboratorio delle meraviglie*, 1985-1990. Recommandé par les guides comme « visu dignum et iucundissimum » (Hentzner, *Itinerarium*, p. 361), donc étape presque obligée des étrangers qui parcouraient le chemin de Rome, Pratolino trouve sa place dans de nombreuses relations de voyages, dont par exemple le *Journal* de Montaigne (cf. éd. cit., pp. 175-177), les *Discours viatiques* (cf. éd. Monga, pp. 77-81), le *Bref recueil* de Rigaud (éd. Magnetti, pp. 207-209), ou l'*Itinerary* de Fynes Moryson et les mémoires des ambassadeurs japonais qui visitèrent la villa en 1585 (sur lesquels voir R. M. Frigo, « Le jardin d'eau dans les relations de voyage du XVIe siècle », in *La letteratura e i giardini*, 1987, pp. 227-240. Voir en tout cas J. Balsamo, « La description des jardins d'Italie par les voyageurs français (1574-1606) », in *Architecture et jardins*, 1995, pp. 73-76). Les descriptions du parc que l'on y lit exploitent bien sûr les *topoi* du *locus amoenus*, dont Pratolino possédait toutes les caractéritiques (voir Curtius, *La littérature européenne et le Moyen-Age latin*, Paris, P.U.F., 1956, t. I, pp. 301-326 et Balmas, « La letteratura e i giardini : perché ? », in *La letteratura e i giardini*, pp. 7-14) : en tant que digne successeur des jardins des Tivoli, espace privilégié pour la représentation des délices, il était d'ailleurs devenu le lieu de référence d'un commentaire de 1594 de l'*Eden* de Du Bartas (voir D. Wilson, « Dessein, réalisme et imagination dans le jardin de l'*Eden* de Du Bartas et dans le commentaire de Claude Duret », in J. Dauphiné, éd., *Du*

Bartas poète encyclopédique du XVIe siècle, Lyon, La Manufacture, 1988, pp. 363-372). Or ce bagage de *topoi* ne semble pas intéresser Virey, qui ne puise ici qu'à une seule source : il suit l'ouvrage néoplatonicien de Francesco de' Vieri de très près et avec une méthode constante de l'emprunt ou de l'omission (voir notre Intr., pp. CXVII-CXIX).

II, 630 : **De rochers, de vallons, et d'herbeuse prerie**. « Pratolino (luogo per natura salvatico, attorniato di monti, et pieno di boschi) » (de' Vieri, *Discorsi. Delle Maravigliose Opere di Pratolino, et d'Amore*, p. 23).

II, 631-634 : **un palais superbe eslevé en quarré / [...] A loger et traitter un Empereur capable**. « Nel mezzo di Pratolino », écrivait de' Vieri pour commencer son discours (« facendo[s]i da questo principio »), « risiede un magnifico Palazzo [...]. Il detto edifitio è riccamente, et magnificamente adornato, et à ragione dovendo essere degno ricetto di loro Serenissime Altezze, et di tanti grand'huomini » (*ibid.*, pp. 23-24). MARG. *Description par le menu et fort exacte.*

II, 635-638 : **Soit en gentils tableaux [...] / Soit en tissures d'or**. Les chambres du palais « son riccamente fornite di teste di rilievo antiche, di quadri, et paesi bellissimi. Le camere son tutte di ricchi, et varij drappi parate » (*ibid.*, p. 24).

II, 643 : **par conduits secrets**. Les premières *eaux jaillissantes* (II, 645) que le visiteur pouvait admirer (et qui pouvaient le mouiller) sortaient « à certo tempo occulatamente » des deux escaliers « Uscendo del palazzo di verso Mezzo Giorno » (*ibid.*, p. 33).

II, 653 : **de haut, de bas de pante**. Cf. Montaigne, *Journal*, éd. Garavini, p. 175 : « C'est un lieu, là, où il n'y a rien de plain ».

II, 656-659 : **un Persé' dessoubs soy dominant / Un serpent**. « Vi è un Perseo di marmo, che siede su un serpente di marmo mistio, che getta acqua per bocca, et è posato su un monte di spugne » (*ibid.*, p. 32).

II, 657 : **un horrible gorge**. Il faut lire *une horrible gorge :* il n'y a pas de variante et il est difficile de supposer une erreur. Virey n'a évidemment pas voulu compter sur l'élision devant l'*h-* pour former son alexandrin.

II, 660-662 : **un Esculape met / Qui tient d'une des mains un long serpent**. « In testa vi è una fonte, sopra la quale vi è un Esculapio, che tiene in mano una serpe, che getta acqua, et vi sono assai spugne » (de' Vieri, *Discorsi. Delle Maravigliose Opere di Pratolino*, p. 32).

II, 665-672 : **Pan le dieu des Bergers**. « V'è à uso di un'altra Grotta il Dio Pan, che suona la zampogna, composta di sette canne. Questi si rizza, suona, et muove la testa, et poi resta, et si ripone giù ; mentre che e' suona sopra è gente, che balla. Evvi ancora la Siringa, che si converte in canne » (*ibid.*, p. 44).

II, 673-686 : **Un grand deluge d'eau à grand randon sifflantes**. Sur ces Pan, Mars et Hercule et sur les autres automates de Pratolino, dont l'un des inventeurs, Tommaso Francini, sera appelé à la cour d'Henri IV et de Louis XIII, voir L. Zangheri, *Pratolino : il giardino delle meraviglie*, t. I, p. 40.

II, 689-691 : **Une grande grotte**. « V'è (come s'è detto) una grandissima grotta, et che fa stupire ogni persona, che v'entra dentro » (de' Vieri, *op. cit.*, p. 35).

II, 691-693 : **Où des escueils y a**. « Si chiama la grotta della Galatea, di maniera figurata, che e' pare che detta grotta stia di punti in punti per rovinare, et per venirsene in terra : è tutta di madreperle, con un mare di acqua con varij scogli, coperta di coralli, et di chiocciole marine » (*ibidem*).

II, 693-694 : **Sort un Triton sonnant de sa trompe marine**. « Fra detti scogli apparisce un Tritone, suonando una chiocciola marina » (*ibidem*).

II, 695-698 : **vismes qu'un escueil au bruit s'estant ouvert**. « In detto tempo si apre uno scoglio, del quale n'escie fuori l'istessa Galatea sopra una nicchia d'oro tirata da duoi delfini, i quali gettano acqua per bocca » (*ibidem*).

II, 699 : **Venans jusqu'au bord d'où deux Nymphes sortans**. Tel qu'il est, le vers est boiteux : il faut supposer *jusqu[es] au* pour rétablir la syllabe qui manque.

II, 699-700 : **de l'eau alloient jettans**. « Galatea [...] è accompagnata alla riva del mare da due altre ninfe, che escono da duoi altri luoghi, le quali gettano fuori acqua da certe branche di corallo » (*ibidem*).

II, 702 : **entrenichée**. « Vi sono due Tavolini in nicchie », qui « gettano acque in gran polla » (*ibidem*).

II, 706-707 : **Jusques à des Arpies**. « In testa à dette nicchie vi sono due Arpie di Musaico, che gettono di molta acqua, bagnando chi sta à vedere. Dall'altro lato di detta grotta grande verso l'entrata vi sono due pile, sopra le quali vi sono due arpie, le quali gettono dell'acqua in dette pile » (*ibid.*, pp. 35-36).

II, 708 : **des Canards**. « A pié vi sono due anitre in un pelago d'acqua, che beano » (*ibid.*, p. 36).

II, 709-711 : **est le Ciel peint**. « Vi sono tre stanze, che nella prima v'è tutto il cielo di pittura, à pergola, et d'oro » (*ibidem*).

II, 711-712 : **Tant au pavé qu'ailleurs**. « Le faccie son fornite di spugne bianche » et « Il pavimento è tutto di Terra di Urbino dipinta » (*ibidem*).

II, 713-721 : **la beauté / De terre porcelane**. L'emprunt de Virey est ici encore une fois textuel, même s'il change l'ordre dans lequel ces trois monuments se présentent chez de' Vieri : d'abord le *buffet* des vv. 718-721, puis le *berger* (vv. 713-715) et enfin l'*homme* qui *semble un officier* (vv. 714-717) : « Accanto a detta stanza v'è una credenza di vasi tutta di Porcellana, [...] v'è un Pastore, che suona la cornamusa, il quale è in compagnia di più sorti di animali [...]. Accanto v'è un'huomo di Pietra, che dà l'acqua alle mani à uso di scalco » (*ibidem*, p. 37).

II, 722-723 : **va faire affaire / Avecques un ou deux de ses grands conseillers**. De' Vieri avait précisé au début de son « Ragionamento » que Pratolino avait été bâti exprès pour être le réceptacle («degno ricetto ») des Médicis et « di tanti grand'huomini, che vi vengono per negotij importantissimi del Serenissimo gran Duca » (*ibid.*, p. 24).

II, 725 : **Les vivres y entrans**. C'est en supposant un sens transitif du verbe *entrer*, dont le sujet serait alors *un de ses officiers*, que l'on arrive à comprendre cette longue phrase (*et là tout solitaire*... : vv. 721-728) qui n'a pas de ponctuation dans les mss, tandis que contrairement à nos habitudes d'édition nous nous sommes permise d'introduire une virgule au v. 724. Il faudrait donc comprendre : *un de ses officiers / Les vivres y* faisant entrer *par un tour*... etc.

II, 725-6 : **par un tour qui les donne / Au dedans**. Il s'agit de cette sorte de passe-plats enchâssé dans un mur et tournant sur un pivot, que l'on utilise normalement dans les cloîtres pour passer les plats à l'intérieur d'une cellule et que de' Vieri définit comme la « ruota da Monache » (la « roue » des religieuses cloîtrées) : « Nel muro della stanza v'è una ruota da Monache, per la quale vengon le vivande, quando il Prencipe vuol mangiare, et non vuole esser servito, se non da solo » (de' Vieri, *op. cit.*, p. 37).

II, 729-731 : **un beau fleuve / Qu'on appelle Mugnon**. « Usciti fuori di detta Grotta, v'è un gran prato, che cigne intorno il palazzo con muricciuoli intorno da sedere, et si scende nel Barco, che è pieno di diverse fontane. Sotto a dette scale, che scendono nel Barco, v'è in testa un fiume, nominato il Mugnone, che dà l'acqua à tutte quelle fontane » (*ibid.*, pp. 42-43).

II, 732-740 : **A guise d'une grotte [...] et le serpent sans peine / Va contournant sa teste et dedans l'enfonceant / De la tasse à souhait va l'eau engloutissant**. « Sotto alle dette scale à uso di grotta vi sono la Fama con una tromba d'oro con l'ali : un Drago, che bee, et un contadino, che porge una tazza, per virtù di acqua, o di occulto artifizio, la Fama suona, dimena l'ali, empiesi la tazza, il contadino l'alza, et il serpente con la testa si inchina, vi si tuffa e bee » (*ibid.*, p. 43).

II, 741-742 : **une Lavandiere**. « Sopra un gran Trovolo è una Lavandaia, la quale attorcendo un telo bianco, ne spreme acqua » (*ibid.*, p. 45).

II, 743-744 : **un petit garçon**. « Et à lato le è un fanciullino, che orina similmente acqua » (*ibidem*).

II, 746-748 : **Dessoubs qui une martre eau**. « Et sotto una delle dette statue v'è una Donnola, che è sopra un Serpente, con lettere d'oro, et son queste, AMAT VICTORIA CURAM. impresa del serenissimo Gran Duca FRANCESCO » (*ibid.*, p. 40) : la lettre du texte de de' Vieri ne laisse pas de doutes sur la présence superflue de *eau* au v. 746, où une syllabe était pourtant nécessaire pour former l'alexandrin.

II, 749-754 : **Soubs elle un Cygne ayant qui son bec dans l'eau bagne**. « Sotto all'altra statua v'è un Cignio, che si china, et bee, et getta acqua » (*ibid.*, p. 40) : dans l'interprétation de Francesco de' Vieri, qui dédie d'ailleurs ses *Discorsi* à François Ier de Médicis (1541-1587), « secondo Gran Duca di Toscana » (cf. frontispice), ce cygne représente la pureté de l'âme (cf. *ibid.*, p. 40) : sur la valeur du symbole choisi par le grand-duc voir en tout cas G. de' Ricci, *Cronaca (1532-1606)*, éd. Sapori, p. 499 et l'essai de L. Berti, *Il principe nello studiolo. Francesco I de' Medici e la fine del Rinascimento fiorentino*, Florence, E.D.A.M., 1967, p. 63.

II, 755-760 : **et mainte autre herbe et maint plant s'y voyoit**. « Venendo verso il palazzo, v'è in terra una Salamandra di otto braccia, che getta acqua in una palude, nella quale è un contadino, che sega de' giunchi, et in detta palude vi sono più sorti di piante et di herbe » (de' Vieri, *op. cit.*, p. 51).

II, 762-764 : **un chevrepied Satyre / Qui du pis d'une Vache**. Par analogie avec son aspect, le satyre chèvre-pied devrait traire une chèvre : mais le texte de de' Vieri hésitait déjà entre la chèvre et la brebis (cf. *ibid.*, p. 54 : « un satiro, che mugne una pecora, o una capra, et ne trahe acqua ») et il invitait dans un certain sens à la modification en *Vache*.

II, 765-766 : **un Contadin qui vuide**. « Un contadino, il quale vota un barile pieno d'acqua » (*ibidem*).

II, 781-790 : **on nous déshonde / Une pluie à randon**. Partout à Pratolino, dans les grottes, aux bords des piscines, « escon zampilli, i quali fanno una pioggia cadente à dosso à quegli [à ceux qui passent], che si bagnano » (*ibid.*, p. 47). Virey fait allusion à une pratique courante du lieu, où des jets d'eau aspergeaient («immollano ») normalement les visiteurs par plaisanterie («per ischerzo ») : cf. *ibid.*, pp. 33-34. Voir également les deux témoignages analogues de Montaigne, *Journal*, éd. Garavini, pp. 175-176 et des *Discours viatiques*, éd. Monga, p. 78 ; et R. M. Frigo, « Le jardin d'eau », cit., pp. 233-235.

II, 792-797 : **les neuf soeurs sonnoient / Phoebus y presidant**. « Da un lato in un bosco di Lauri tribisondi v'è il Monte Parnaso con le nove Muse, le quali suonano variate canzoni di Musica, per virtù d'acqua » (de' Vieri, *op. cit.*, p. 47).

II, 797-801 : **celle grand cage**. « V'è una grandissima Gabbia lunga braccia cento, et larga cinquanta, tutta di cavalletti in aria di ferro, dentrovi allori, hellere, et altre piante, con una fonte da capo, et molte sorti di uccelli » (*ibid.*, pp. 48-49). Cf. le commentaire de Claude Duret aux vv. 83-86 («cent sortes d'oiseaux jour et nuict s'esbatoient... ») de l'*Eden* de Du Bartas, in D. Wilson, « Dessein, réalisme et imagination dans le jardin de l'*Eden* de Du Bartas », cit., p. 368.

II, 805-806 : **Un jardin comparty de diverses bordures**. « Sopra detta gabbia, v'è un giardino, disegnato con bellissimi scompartimenti, con una fontana in testa » (de' Vieri, *op. cit.*, p. 50).

II, 807 : **D'allées de sentiers et de vertes parures / Y va riant aussy et tout delicieux**. Cf. les vers qui décrivent les jardins du Palais Farnèse à Caprarola, II, 1891-92 (*Et de jardins de mesme en tout delicieux, / D'allées, de sentiers, et carrez somptueux*) en témoignage, encore une fois, du caractère stéréotypé des choix lexicaux de Virey.

II, 811-812 : **piscines et canaux**. Dans les *Discorsi* de Francesco de' Vieri on lit plusieurs descriptions des bassins du parc et de leurs canaux (cf. par exemple les bassins dont il est question à p. 51, avant la description de la grotte de Cupidon).

II, 813-816 : **Où proche nous entrons en une belle grotte / Qui du dieu Cupidon**. « Accanto à detti [...] luoghi profondi, e pieni d'acqua, v'è una grotta : nella quale è un Cupido di bronzo » (de' Vieri, *op. cit.*, pp. 52-53).

II, 819-820 : **y pleut et jette l'eau**. Le Cupidon de la grotte « per ingegnoso artifitio tal'hora si volta intorno, et per la sua facella getta di molta acqua à questo, et à quello » (*ibid.*, p. 53).

II, 821-823 : **d'autre est secondée**. « Questa grotta è tutta inganni, perche quegli, i quali v'entrano dentro, non se n'accorgendo si trovano bagnati » (*ibidem*).

II, 825 : **une Chapelle**. La chapelle, qui était l'oeuvre du Buontalenti, se trouvait au milieu de la sapinière : de Vieri (cf. *op. cit.*, p. 30) donne une description détaillée de sa cupole, des colonnes et, à l'intérieur, des agenouilloirs, de l'autel et des fresques.

II, 827-832 : **de l'Appennin le gros dieu montanier**. Il s'agit de la statue colossale de l'*Appennino* de Giambologna, réalisée entre 1579 et 1583, que l'on cite souvent en tant que parfait exemple de l'esprit maniériste : adossée à une pente, elle était en partie vide à l'intérieur où dans trois grottes trouvaient leur place des pièces aux ornements mythologiques (voir L. Zangheri, « Il punto delle indagini storiche sull'*Appennino* », in *Pratolino. Laboratorio delle meraviglie*, cit., t. V, 1990, pp. 11-17 et en général l'ensemble de ce volume dont le sous-titre est : *L'Appennino del Giabologna. Anatomia e identità del gigante*). Les *Discorsi* de Francesco de' Vieri décrivent dans le détail le « gran Monte, che si prende per il Monte Appennino, al quale si appoggia un gran gigante di tanta grandezza, che se e' fusse ritto in piedi, come egli è a sedere, sarebbe braccia sessanta. E' di pietra serena tutto voto dentro, nel voto di detto Monte, vi sono delle stanze » (de' Vieri, *op. cit.*, pp. 26-27).

II, 833 : **la grand fontaine**. A l'intérieur du géant, donc, « nella stanza maggiore, vi è una rarissima fonte fatta tutta di opere meravigliose della Natura » (*ibid.*, p. 27).

II, 834-836 : **Thetis des Eaux la dame souveraine**. « Comunciandosi dalla più alta parte di detta fonte, vi è posta una statua di Thetide tutta di nicchi, che riguarda con maraviglia in giù, et stupisce, che l'arte superi in un certo modo la natura » (*ibid.*, p. 27).

II, 837-840 : **Tout au plus hault en fin**. « Nel più alto, et più lontano luogo [...] v'è posta una statua di marmo di Giove » (*ibid.*, p. 24). De' Vieri précise que cette statue de Jupiter n'aurait pu être placée nulle part ailleurs sinon ici, *au plus hault*, « nel più rilevato luogo » (*ibid.*, p. 25), car le dieu n'est pas seulement le responsable de la pluie : il représente aussi Dieu, qui tout voit (d'où l'*Aigle* du v. 841).

II, 840-844 : **pres de luy se tenant / De marbre noir une Aigle**. La statue de Jupiter « da un canto hà un'Aquila di marmo nero, et dall'altro lato hà in mano un fulgure d'oro, che getta acqua dinanzi, et di dietro » (*ibid.*, pp. 24-25).

II, 845-852 : **un rocher spongieux / Sur treilles de fer jette un flux d'eaux copieux**. « Dopo à questa grande statua di Giove, allontanandosi quanto è un tiro di mano, et venendo verso il Palazzo à dirittura, è un Laberinto pieno di allori, et nel mezzo è un circuito grande à otto faccie con otto colonne : sopra le quali ha à essre una gran pergola à cupola di ferro, di altezza di braccia diciotto, et di diametro di braccia dugento circa, nel mezzo di detta pergola vi è una spugna cavata di Corsica, la quale nella cima getta acqua » (*ibid.*, p. 26).

II, 869-871 : **La grand Duchesse estant lors Françoise**. Christine de Lorraine, la petite-fille préférée de Catherine de Médicis, fille de Charles II, duc de Lorraine, et de Claude de France, avait été mariée en 1589 au grand-duc Ferdinand de Médicis. Celui-ci, autrefois cardinal, était le frère du grand-duc François et lui avait succédé à sa mort (1587) : il avait donc renoncé au cardinalat, « de uxore ducenda et liberis ad firmandum imperium tollendis cogitans », comme le précise Jacques-Auguste de Thou (*Historiarum sui temporis*, XCII, éd. 1625-28, 2e vol., p. 230).

II, 872 : **aux Estats de Blois**. La cérémonie du contrat de mariage entre Christine de Lorraine et le grand-duc avait eu lieu en 1588 à Blois (cf. de Thou, *ibidem*), où les Médicis avaient été représentés par Horace Ruccellai.

II, 878 : **ohime**. Virey pourvoit le discours du *gentil Contadin* de deux mots italiens, *ohime* (hélas), ici, et *poverin* (pauvret), au v. 883, qui ne peuvent pas être classés parmi les italianismes habituels du texte : ils doivent être considérés plutôt comme des transcriptions de l'italien ayant la valeur de citations.

II, 882 : **recouverte**. *Recouvrée* (au sens de réparée) n'aurait pu, bien sûr, rimer avec *perte* et la confusion entre les formes de *recouvrir* et *recouvrer* était fréquente au XVIe siècle, sans qu'on puisse l'imputer à l'italianisme de la langue de l'époque. « C'est une faute assez aisée à cognoistre », précisait même le Philausone d'Estienne (*Deux dialogues du nouveau langage françois italianizé*, éd. Smith, p. 151), « Car, j'ay recouvré ce qui estet perdu et j'ay recouvert ce qui estet decouvert [...], le mot latin *recuperare* monstre qu'il faut dire *recouvrer* [...]. Et c'est un mot que les Italiens aussi ont retenu du langage latin, car ils disent *recuperare*, ou *ricoverare* » (*ibid.*, pp. 151-2).

II, 884 : **Du grand Duc qui premier a basty Pratolin**. François Ier de Médicis, mort en 1587 (voir la note II, 628).

II, 889 : **Sçachez Seigneurs dit il**. Une note très significative, dans la marge, définit ici la légende de la mort par empoisonnement de François de Médicis et de Bianca Cappello (cf. vv. suivants, II, 889-962) comme une *Histoire tragique* (MARG. *Histoire tragique du grand duc Francesco et de sa seconde femme*) : le long « récit » que, dans la fiction des *Vers Itineraires*, le *gentil Contadin* fait de cette légende-*Histoire tragique* a été l'objet de notre étude « Statuto della tragedia e poesia descrittiva : *une équivoque trame* nei *Vers Itineraires* di Claude-Enoch Virey », *Studi di letteratura francese*, XVIII, 1990, pp. 177-202, dont nous ne répéterons que les résultats principaux et à laquelle nous nous permettons de renvoyer. Que l'on rappelle cependant, au début du récit du *Contadin*, la volonté forte dont nous parlions dans notre Introduction (voir *supra*, p. CXVI) de raconter une histoire qui n'eut, dans la réalité, aucun lien avec la villa de Pratolino : François de Médicis et sa femme moururent à onze heures d'intervalle pendant un de leurs séjours habituels dans la villa des Médicis de Poggio-à-Cajano, à l'ouest de Florence. On a vu que Pratolino, situé sur *le grand chemin* (II, 627) qui venait de Bologne, était au nord-est de la ville.

II, 895 : **Blanche Capel**. Bianca Cappello (1548-1587), fille d'une Morosini et de Bernardo Cappello, appartenait à l'une des familles les plus célèbres de la noblesse vénitienne. Maîtresse officielle de François Ier de Médicis, elle se maria avec lui en 1578 après la mort de la grande-duchesse Jeanne d'Autriche.

II, 897 : **le grand Duc Francisque**. Pour supprimer une syllabe Virey francise le *Francesco* italien, qu'il avait conservé au v. II, 753 pour des raisons métriques opposées (*Du grand Duc Francesco qu'on compte pour deuxiesme*). A souligner le fait qu'il aurait pu traduire *Francesco* en *François*, qui aurait également donné deux syllabes : voir *infra*, II, 1103, où il garde l'italien *Pietro* (Pietro Strozzi), même si une traduction en Pierre lui aurait garanti deux syllabes (*Pietro vaillant et fort*) et qu'il traduit par contre Leone et Filippo Strozzi en *Leon* et *Philippe* au même vers et au vers suivant. Virey ne s'impose bien sûr pas de règles dans ces cas (ni n'aurait dû s'en imposer), mais une intention d'italianiser son texte par des italianismes qui, n'étant pas nécessaires, relèvent du pittoresque, est évidente.

II, 908-910 : **de fille avoir le tiltre et qualité**. En 1579 Bianca Cappello avait été reçue « vera et particolar figliuola della Repubblica » de Venise, selon une formule particulière par laquelle le Doge et le Senat vénitiens la reconnaissaient comme grande-duchesse de Toscane (cf. G. de' Ricci, *Cronaca (1532-1606)*, éd. Sapori, p. 481 et S. Romanin, *Storia documentata di Venezia*, Venise, Naratovich, 1851-61, t. VI, pp. 378-379).

II, 912 : **au gré de son Seigneur**. On pourrait à ce propos faire une comparaison avec l'impression que Montaigne reçut de Bianca Cappello, donc avec le jugement subtil qu'il prononce dans son *Journal* (éd. Garavini, p. 179 : « Elle lui sembla bien avoir la suffisance d'avoir enjôlé ce prince [le grand-duc], et de le tenir à sa dévotion longtemps »).

II, 957-958 : **ainsy rendirent l'ame / La Duchesse, et le Duc**. Schématiquement : la réalité de l'Histoire veut que François Ier de Médicis et Bianca Cappello aient été atteints de paludisme et soient morts respectivement le 20 et le 21 octobre 1587 à cause d'un accès de fièvre ; ils séjournaient à l'époque, en compagnie du cardinal Ferdinand, à Poggio-à-Cajano, au milieu d'une région de rizières et spécifiquement paludéenne ; l'hypothèse d'une mort naturelle de François et d'un empoisonnement consécutif de sa femme par le cardinal fut l'hypothèse la plus simple que l'opinion publique pouvait alors formuler ; Ferdinand aurait très normalement reçu le titre de grand-duc, si Bianca avait disparu ; or cette hypothèse était le grand soupçon à éliminer ; Bianca Cappello fut l'objet d'une *damnatio memoriae* conduite par Ferdinand avec un scrupule méticuleux ; aucune référence à un empoisonnement ne paraît bien sûr dans les relations officielles de la mort de François Ier (par Pietro Angeli da Barga, par Giambattista Strozzi et par Gianvettorio Soderini dans sa *Breve descrizione*, Florence, 1587, 8ff. ; voir notre étude « Statuto della tragedia », cit., pp. 177-179, 200), ni dans les chroniques (cf. G. de' Ricci, *Cronaca*, éd. cit., pp. 500-504 ; A. Lapini, *Diario fiorentino dal 252 al 1596*, éd. Corazzini, 1900, pp. 259-262) ; le soupçon d'un empoisonnement *équivoque* qui salît la réputation de Bianca (cf. II, 956 : *comme une Venefique*) ne pouvait circuler que comme rumeur mais il convenait parfaitement au nouveau grand-duc Ferdinand ; la seule source écrite qui aurait pu fournir une suggestion à Virey pour le récit de cette *Histoire tragique* est la longue lettre que Gianvettorio Soderini envoya à Sienne à Silvio Piccolomini (*Essequie del Serenissimo Francesco Gran Duca di Toscana*, Florence, B. N. Centrale, ms II-IV.18, ff. 220r°-237v°) pour décrire dans le détail ce que des exigences typographiques lui avaient interdit de décrire dans sa *Breve descrizione* ; dans ses *Essequie del Serenissimo Francesco*, Soderini associe la double mort du grand-duc et de Bianca à une double tragédie composée dans le respect des règles (une « duplicata tragedia », jouée dans un « spatio di tempo breve » : *ibid.*, ff. 221v°-222r°) ; tout doute sur la curieuse mort de Bianca était enfin légitime ; De Thou, par exemple, hésitait entre la fatalité et un désespoir conjugal de Bianca, qui « sive fato sive ex maerore praecipitata morte virum secuta est » (*Historiarum sui temporis*, LXXXVIII, éd. 1625-28, 2e vol., p. 137).

II, 964-965 : **Les Medecis ont eu la domination / Soubs tiltre de grands Ducs**. Au début de son long chapitre sur Florence, Hentzner rappelait que la ville était « Magnorum Hetruriae Ducum sedes » (*Itinerarium*, 1617, p. 354), tandis qu'Alberti (*Descrittione*, 1550, ff. 41v°-42r°) ne pouvait évidemment parler que du gouvernement de Florence et des Médicis avant la création du grand-duché qui date de 1569. C'est Cosme Ier (1519-1574) qui obtint le titre par concession de Pie V, le grand Inquisiteur, à qui il avait accepté de livrer le réformé Pietro Carnasecchi. Florence avait vu d'ailleurs sa puissance s'accroître remarquablement pendant la seconde moitié du XVIe siècle, après que Cosme Ier eut maîtrisé la famille des Strozzi (1538) et annexé Sienne en 1557 (voir G. Spini, *Cosimo I e l'indipendenza del principato Mediceo*, Florence, Vallecchi, 1980). MARG. *Les Medecis nobles Florentins parvenus à la Principaulté de Florence et ont tiltre aujourd'huy de Grands Ducs*.

II, 969-970 : **Nulle Magistrature / Ne les pouvant tenir en paisible posture**. Virey emprunte cette synthèse sur les troubles et les gouvernements florentins qui précédèrent la domination des Médicis (vv. II, 968-976) à la *Descrittione* d'Alberti, qui fait référence aux « historie » de saint Antonin, de Machiavel et de « molti altri scrittori » où l'auteur dit avoir lu comment « non può riposare questa Città, che non sia travagliata » (Alberti, *op. cit.*, f. 40v°; cf. également Hentzner, *Itinerarium*, p. 355 : « factionibus, tumultu populari [...] saepius agitata »).

II, 971 : **D'Anciens, de Consuls, Prieurs, Gonfalonniers**. Dans l'ordre, ce serait plutôt : *De Consuls, d'Anciens, Prieurs, Gonfalonniers*, vu qu'au XIIe siècle, les Florentins « creavano due Consoli per un anno, dandogli un Senato de Cento Padri, huomini Savii. Essendosi cosi alquanto tempo governata, fu mutato quest'ordine, et eletti dieci Cittadini, dimandandoli Antiani, che fu l'anno di Christo mille ducento venti » (Alberti, *ibid.*, f. 41v°). On sait qu'à la fin du XIIIe siècle les arts de métier prirent la direction du gouvernement et « fu mutato detto Magistrato di Dieci, et ridutto ad Otto, nominandoli Priori dell'Arti con un Confaloniere di Giustitia » (*ibidem*).

II, 973-976 : **Blancs et Noirs, Gibellins et Guelfes**. « Anche sovente ella è stata tribulata per le scelerate fattioni de Neri, et de Bianchi, de Guelphi et Ghibelini » (*ibid.*, f. 40v°). L'affrontement entre les guelfes, partisans du pape, puis du roi de France, et des gibelins, partisans de l'empereur, date, comme on le sait, du XIIIe siècle. Au début du XIVe siècle les guelfes se divisèrent en deux partis rivaux : les Noirs, extrémistes, et les Blancs, modérés qui comptaient Dante parmi leurs membres.

II, 977 : **en paix souveraine**. L'idée d'une conquête de la *paix souveraine* avec la domination des Médicis ne pouvait pas totalement correspondre à la réalité historique, mais c'était l'image topique qui s'était créée, par comparaison au passé, sur le gouvernement et la vie de Florence après 1434, date à laquelle Cosme l'Ancien revint de son exil pour détenir enfin le pouvoir. La période qui suivit « nunc quiete tranquillitateque transit », selon Enea Silvio Piccolomini, qui donne son adhésion au *topos* dans le chapitre LIIII, « De Florentiniis », de son *In Europam* (*Opera quae extant omnia*, Bâle, H. Petri, 1571, p. 455).

II, 980 : **D'estre belle a le bruit et le nom à propos**. « Ella è molto bella talmente che meritatamente hà ottenuto il nome di Fiorenza bella, che in vero la pare il fiore d'Italia » (Alberti, *Descrittione*, f. 41r°) ; « ce n'est pour neant qu'elle porte le nom de Florence : car certes c'est bien la fleur des villes d'Italie » (Du Pinet, *Plantz, pourtraitz*, p. 162) ; « Florence a remporté le nom de belle » (Villamont, *Les Voyages*, Rouen, Loudet, 1610, p. 40, exemplaire de la B.M. de Chalon) ; « Florentia [...], vulgo *Fiorenza*. Urbs in Italia omnium florentissima » (Hentzner, *Itinerarium*, p. 354-355). Mais le *topos* paraît avec une grande fréquence, surtout si l'on prend en considération le genre des éloges : cf. Scaliger, *Poemata*, I, p. 594 ou les « Epigrammata » de Reusner, de Fabricius, de Nathan Chytraeus et de P. Angeli da Barga in Reusner, *De Italia*, II, pp. 64-69. MARG. *Description de la Ville de Florence*.

II, 981-982 : **une fleur rougissante / De Lys**. L'explication des armoiries est aussi un *topos* des descriptions et des éloges de Florence : cf. chez Du Pinet l'histoire des différents signes héraldiques depuis la réunion de Florence avec Fiesole jusqu'au moment où, une fois que les gibellins furent « chassez par les Guelphes, les Florentins changerent d'armes, et prindrent le Lis de gueule en champ d'argent, lequel encores aujourd'huy ilz portent » (Du Pinet, *Plantz, pourtraitz*, p. 164). Voir également l'exorde du long poème d'Ugolino Verino, *De illustratione urbis Florentiae Libri tres* (Paris, M. Patisson chez R. Estienne, 1583, f. *a iij* r°).

II, 985-986 : **Des rues en Longueur et largeur bien pavées / Et des maisons de pierre en bel ordre eslevées**. « Appaiono [...] in quà et in là per quella [ville] larghe, lunghe et dritte vie di belle pietre silicate, vaghi casamenti, che gli occhi de gli huomini vedendoli rimangono soddisfatti » (Alberti, *Descrittione*, f. 41v°).

II, 987 : MARG. *Nombre de beaux temples et Eglises à Florence.*

II, 988 : **curieux**. Trois syllabes.

II, 991-992 : **tout embelly / Aux parois de carrez de marbre blanc polly**. MARG. *Le Dome :* « quel maraviglioso Tempio di

S. Maria de 'l Fiore tutto di marmo crustato » (Alberti, *op. cit.*, f. 41r°) ; « *Templum* cathedrale, totum ex marmore crustatum » (Hentzner, *Itinerarium*, p. 356).

II, 994 : **de mains de sculpteurs et de bons peintres**. Parmi les nombreux artistes qui travaillèrent à la construction et à la décoration de Santa Maria del Fiore, le dôme de Florence, depuis 1294 jusqu'à la date de sa consécration (1436), on compte Arnolfo di Cambio, Giotto, Lapo Ghini, Francesco Talenti et Brunelleschi, Paolo Uccello, Andrea del Castagno, Lorenzo Ghiberti et Nanni di Banco. La seconde moitié du XVe et le XVIe siècle avaient vu au travail, entre autres, les *mains* de Luca della Robbia, de Giuliano et Benedetto da Maiano, de Domenico di Michelino, de Giorgio Vasari et Federico Zuccari, de Baccio Bandinelli et de Bandini.

II, 995-998 : **les statues**. MARG. *Adam et Eve :* il s'agit d'un des bas-reliefs de Baccio Bandinelli qui décoraient le choeur.

II, 999-1000 : **les disciples on voit / Ou les douze suivans**. Les « douze Apostres qui sont mis par ordre aux douze piliers qui environnent le choeur » (Villamont, *Les Voyages*, p. 43) : mais il n'y avait en réalité dans les niches des piliers de la coupole que huit statues d'apôtres, sculptées au XVIe siècle. MARG. *Les douze Apostres en figures de marbre*.

II, 1005 : **Vasare et Zuchere**. Federico Zuccari avait achevé en 1578-79 la célèbre fresque de la coupole du dôme (le Jugement dernier), commencée par Vasari, qui mourut en 1574. La mention de leurs noms et de leurs oeuvres dans les *Vers Itineraires* présente un intérêt particulier à cette époque où les Français disposaient de peu de « termes » pour juger et comprendre la peinture (voir J. Balsamo, « Les écrivains français du XVIe siècle et la peinture italienne », cit., pp. 41-42).

II, 1015 : **un Ficinus**. Virey fait allusion ici aux bustes de la nef latérale de droite de Santa Maria del Fiore : celui de Marsile Ficin avait été sculpté par Andrea Ferrucci en 1521. MARG. *Marsilius Ficinus inhumé au Dome de Florence*.

II, 1016-1018 : **Pour avoir fait Latin Platon**. « Marsilio Ficino meritevolmente detto Platonico dall'opere da lui tradotte di Platone di Greco in Latino » (Alberti, *Descrittione*, f. 43r°), « Per quem nunc Itali doctum novere Platona » (U. Verino, *De illustratione urbis Florentiae*, f. 13r°), était normalement cité par les guides et dans les éloges parmi les Florentins célèbres.

II, 1021-1024 : **Le Purgatoire ont veu L'Enfer et Paradis**. La fresque (1465) de Domenico di Michelino qui représente les trois lieux, donc les trois livres de la *Divine Comédie* et Dante, ayant dans les mains son livre dont l'éclat rayonne sur Florence, se trouve dans la nef latérale de gauche. Dans les listes des Florentins célèbres, Dante, « Gloria Musarum » (U. Verino, *op. cit.*, f. 12r°), occupait souvent la première place. Il vient après Ficin dans la *Descrittione* d'Alberti (cf. *op. cit.*, f. 43r°). MARG. *Le Cenotaphe de Dante lequel est inhumé à Ravenne.*

II, 1026 : MARG. *Les grands Artisans comme Peintres Statuaires Architectes et Charpentiers sont honorez en Italie.*

II, 1030-1031 : **Un Giot a eu place et un honneur extreme / Ainsy qu'un Brunelet**. Le buste de Giotto avait été sculpté en 1490 par Benedetto da Majano, celui de Brunelleschi par le Buggiano en 1477 : ils se trouvent, tous deux, dans la nef de droite de Santa Maria del Fiore.

II, 1031-1034 : **l'un pour avoir la Tour / Bastie du Clocher et l'autre mis autour**. Giotto et Brunelleschi, le campanile et la coupole du dôme étaient normalement associés dans les guides ; cf. le texte d'Alberti à propos de « quella stupenda cupula tanto arteficiosamente fatta da Filippo de Brunellesco Fiorentino eccellente architettore. Vicino a questo Tempio appare quella bellissima Torre delle Campane tutta fabbricata di belle pietre di marmo » (Alberti, *Descrittione*, f. 41r°; voir aussi Hentzner, *Itinerarium*, p. 356).

II, 1034 : **La couppe**. MARG. *La Coppula* <sic> *fort ample* (transcription erronée de l'italien *Cupola* ; « cupula » chez Alberti, cf. la note dans la marge du même vers en C : *La Cuppola du Dome fort ample*).

II, 1037-1038 : **de tout le pays la face reculée**. Virey connaissait évidemment la vue de Florence qui figurait in Du Pinet, *Plantz, pourtraitz*, pp. 160-161 (cf. fig. 12).

II, 1044-1048 : MARG. *Les Florentins prennent le fraix en Esté sus les rangs de marbre qui sont autour du Dome.*

II, 1051 : **ils y sont subtils**. L'épithète, évidemment topique, était relevée aussi par La Porte *ad v.* « Florentins » : « Avares, humains, doux-parleurs, subtils […], bien-disans, traffiqueurs » (La Porte, *Les Epithetes*, f. 103v°). Sa notice précisait d'ailleurs que les Florentins sont « excellens en marchandise » (*ibidem*).

II, 1053 : **Doni**. L'auteur des *Marmi* (cf. *infra*, v. 1055), Anton Francesco Doni (1513-1574) était surtout connu en France par son livre le plus *Bizarre*, les *Mondi* (Venise, 1552-53, puis : 1562, 1568, 1575, 1597), qui avait été traduit par Gabriel Chappuis et qui parut pour la première fois à Lyon chez Honorat en 1578 : *Les mondes celestes, terrestres et infernaux […]: Tirez des oeuvres de Doni Florentin*. Deux rééditions, en 1580 et en 1583, témoignent du succès de ce texte dont des fragments seront aussi repris par Claude Du Verdier dans son *Discours contre ceux qui par les grandes conjonctions des planettes qui se doivent faire ont voulu prédire la fin du monde* (1583). Voir la bibliographie de Chiorboli à la fin du t. II de son éd. des *Marmi* (Doni, *I Marmi*, éd. E. Chiorboli, Bari, 1928) ; C. Ricottini Marsili-Libelli, *Anton Francesco Doni, scrittore e stampatore*, Flo-

160 Description de la Cité de Florence. 161
FLORENCE.
LA FIGVRE DE LA VILLE
DE FLORENCE.
Iean d'Ogerolles.
DES

Fig. 12

rence, Sansoni, 1960 ; M. Miotti, « *L'Avare cornu :* la funzione della commedia nella traduzione francese dei *Mondi* del Doni », *Studi di letteratura francese*, XIX, 1992, pp. 299-314.

II, 1055 : **Les marbres de Doni**. *I Marmi del Doni, cioè Ragionamenti introdotti a farsi da varie conditioni d'huomini a' luoghi di honesto piacere in Firenze* parurent pour la première fois à Venise chez Marcolini en 1552-53 (une deuxième édition ne vit le jour qu'en 1609 chez Bertoni, toujours à Venise) : dans la fiction que l'auteur met en place ce sont en réalité les degrés de marbre de l'escalier de Santa Liberata, non de Santa Maria del Fiore, qui fournissent le cadre aux *Ragionamenti* de ses Florentins. Les interlocuteurs cependant se retrouvent effectivement « in quegli estremi caldi » pour dialoguer là où « sempre vi tira un vento freschissimo e una suavissima aura, e per sé i candidi marmi tengono il fresco ordinariamente » (Doni, *I Marmi*, éd. Chiorboli, t. I, pp. 18-19 ; cf. II, 1047-1048). MARG. *I Marmi del Doni.*

II, 1058 : **de diverses matieres**. Les sujets des discours que l'on tient dans les *Marmi* sont très variés car, d'après Doni, les Florentins « son tutti ingegni elevati et acuti et sempre hanno mille cose da dire » (*ibid.*, p. 20) : nous venons de citer les épithètes topiques « doux-parleurs » et « biens-disans » que relevait La Porte (cf. II, 1051), là où il remarquait que « Les Florentins sont fort ingenieus, et propres à toutes choses » (La Porte, *op. cit.*, f. 103v°).

II, 1061 : **maintenant sacré à sainct Jean dit Baptiste**. MARG. *Un temple du dieu Mars desdié à Saint Jean Baptiste.* « L'Antiquissimo Tempio di Marte, fatto à forma ritonda, con grand'ingegno, hora dedicato à S. Giovanni Battista » (Alberti, *Descrittione*, f. 41r°; cf. Villamont, *Les Voyages*, p. 44 ; Hentzner, *Itinerarium*, p. 356) : le baptistère avait été élevé au XIe siècle sur les ruines d'une église paléochrétienne, qui avait été bâtie à son tour là où il y avait un édifice romain. Les courtes descriptions d'Alberti et d'Hentzner suivent de près leurs passages respectifs sur la coupole du dôme et sur le campanile.

II, 1064 : **la doulie**. Voir le Glossaire. MARG. *Sainct Jean Baptiste pris pour patron et sainct Tutelaire par les Grands Ducs.*

II, 1067 : **Courre de beaux Chevaux**. MARG. *Course de chevaux à la feste de Saint Jean Baptiste.* Hentzner aussi rendait compte, mais assez vaguement, des « torniamenta et alia Equestria exercitia » que pratiquait la « Nobilitas Florentina » (Hentzner, *Itinerarium*, p. 358).

II, 1091-1095 : **Aux enfans Florentins**. Les portes du baptistère et les fonts sont contigus dans le texte d'Alberti, qui décrit « il soperbo vaso di pretiose pietre di marmo, ne 'l quale si bateggiano li fanciulli, Le cui Porte [du baptistère, évidemment] sono di metallo con tanto artificio condotte, et massimamente quella che è di riscontro alla Chiesa di S. Maria del Fiore, che giudica ciascun di qualche ingegno, che non si possono ritrovare in tutta Europa le simili » (Alberti, *op. cit.*, f. 41r°).

II, 1096 : **Du Biscain Loyola**. La majuscule *Du* après la césure de l'alexandrin marque un point d'inflexion que l'on pourrait transcrire par un point moderne après *Florentins :* voir notre Intr., pp. CXXXI-CXXXII. MARG. *Jesuittes*.

II, 1097-1100 : **la magnificence / Des anciens Medecis faict voir et l'oppulence / Celuy là des Strozzi se mesurant à eux / Paroist**. MARG. *Palais des Medecis / Palais des Strozzi*. Parmi les palais privés bâtis « tanto sontuosamente », Alberti mentionnait « quel de Medici edificato da Cosmo, certamente degnissimo edificio da ricevere l'Imperadore et lo Papa ; quel de Strozzi » (Alberti, *op. cit.*, f. 41v°) : le palais où les Médicis logèrent jusqu'en 1540 (date à laquelle Cosme Ier s'installa au Palais de la Seigneurie) avait été commandé par Cosme l'Ancien à Michelozzo ; plus connu comme le palais des Médicis-Ricciardi, il avait été construit entre 1444 et 1460 « et altum, et ingens ex quadratis lapidibus, insigni urbis loco adèo pulchrum, [...] ut alterum aequari tota civitate non possit » (E. S. Piccolomini, *Opera*, p. [454], chiffrée 445). La contiguïté textuelle et la comparaison avec l'*alter*, le palais des Strozzi, projeté par Benedetto da Majano et Jacopo Rosselli, étaient donc obligées : elles ouvrent à l'histoire des luttes entre les deux familles des vv. qui suivent.

II, 1103-1108 : **Estant des conjurez qui avoient esté pris / Pour avoir contre Cosme, esleu Prince, entrepris**. Filippo Strozzi avait fait partie des Florentins expatriés qui en 1537 essayèrent de prendre la ville, où Cosme Ier venait de succéder à Alexandre de Médicis. Fait prisonnier, il se suicida le 18 septembre 1538 *de peur* qu'il dût « indignam natalibus suis necem subire » (Paul Jove, *Historiarum sui temporis*, in Id., *Opera*, Bâle, 1578, p. 415). L'admiration pour cette mort héroïque paraît aussi dans le texte d'un ami des Médicis comme Paul Jove, dont il sera question dans quelques vers (cf. II, 1123-1130) et qui ne manquait de rapporter dans ses livres *Historiarum* la phrase célèbre que Filippo laissa en guise de testament : « reperiretur : relicto in mensa chirographo, quo testabatur, se qui recte vivere nescivisset, generoso animo vitae et miseriis finem imposuisse » (Paul Jove, *ibidem*). Pour venger leur père, ses fils se mirent au service du roi de France : l'aîné, Pietro, condottiere, nommé maréchal, mourut en 1558 au siège de Thionville ; le cadet, Leone, capitaine des galères françaises sur la mer Tyrrhénienne, mourut en 1554 après un combat au large de Piombino. MARG. *Les Illustres Strozzi*.

II, 1110-1111 : **la maison de mort des Nobles Medecis**. MARG. *Eglise Saint Laurent où les grands ducs font bastir leur sepulture leurs Predecesseurs y estans enterrez en une chapelle*. L'église de San Lorenzo était l'objet d'une question rhétorique par laquelle Alberti évitait une description trop soignée : « Che dirò [...] dell'arteficiosa chiesa di S. Lorenzo ? da Cosmo de Medici, et Lorenzo figliuolo di quello edificata ? Ove sono alcune magnifiche Sepolture, non solamente de pretiosi marmi ornate et di metallo, ma anche con grand'arte, et magisterio lavorate ? » (Alberti, *Descrittione*, f. 41r°). Cf. les détails que donne le texte plus récent d'Hentzner sur ce « Templo D. *Laurentij*, ubi Magnorum Ducum sepulchretum » (Hentzner, *Itinerarium*, p. 357) et Villamont, *Les Voyages*, p. 44.

II, 1114-1117 : **Saincts Cosme et Damien docteurs en Medecine**. Il s'agit du célèbre groupe statuaire sculpté par Michel-Ange pour la chapelle funéraire des Médicis à San Lorenzo, qui représente la Vierge et les deux saints patrons de la famille. Comme la chapelle, il avait été exécuté lors du dernier séjour de Michel-Ange à Florence (1516-1534) avec la collaboration de ses deux élèves, Montorsoli et Raffaello di Montelupo.

II, 1123-1124 : **le corps a son tombeau / De cet historien qui a stile si beau**. « Pauli Iovij Novocomensis Episcopi Nucerini monumentum » (Hentzner, *op. cit.*, p. 357) : du monument à Paul Jove, historien issu d'une célèbre famille de Côme, évêque de Nocera, mort à Florence chez Cosme Ier en 1552, Alberti ne pouvait pas parler pour d'évidentes raisons chronologiques. La mention qu'en fait Virey pourrait s'appuyer bien sûr sur le texte d'Hentzner, mais elle pourrait également être liée à la lecture du *stile si beau* de Paul Jove, probable inspirateur de la digression sur l'histoire des Strozzi (ici *supra*, II, 1102-1108).

II, 1125 : **la plume a esté si venale**. MARG. *Paul Jove*. Tous les biographes de Paul Jove soulignent sa vénalité, comme son amour pour le luxe et la magnificence : parmi les dénonciateurs les plus acharnés de son vice il faudrait rappeler les deux historiens Benedetto Varchi et Bernardo Segni (voir B. Croce, *Conversazioni critiche*, Bari, Laterza, 1932, t. III, pp. 296-308).

II, 1127 : **D'Eloges grand faiseurs**. Les *Elogia virorum bellica virtute illustrium* et les *Elogia virorum literis illustrium* de Paul Jove eurent au XVIe siècle plusieurs éditions (parmi les principales : Venise, 1546 ; Florence, 1548, 1551, 1554 ; Bâle, 1575, 1577). Au même genre appartient le recueil d'*imprese* (P. Jove, *Dialogo dell'imprese militari et amorose*) paru posthume à Venise en 1556 chez Giolito de' Ferrari, puis à Lyon en 1574 chez Rouillé.

II, 1129-1130 : **moings vray**. S'il nous était permis d'interpréter *moings vray* comme rare, ces deux vers deviendraient plus clairs après une analyse des éditions des œuvres de Paul Jove. La traduction italienne de ses livres *Historiarum* (*Historiarum sui temporis ab anno 1494 ad annum 1547, libri XLV*, Florence, 1550-1552) qui parut à Venise en 1564 chez Giorgio de' Cavalli contenait au troisième tome une *Selva di varia istoria* que l'historien Carlo Passi avait rédigée exprès pour mieux documenter en les amplifiant des passages sur des sujets rares que Paul Jove avait racontés trop rapidement et dont il fallait démontrer la vérité : cf. le frontispice même de ces *Istorie. Con* *una Selva di varia Istoria, nella quale si ha notitia delle cose più rare, che sono state ricordate sommariamente dal Giovio* (Venise, G. de' Cavalli, 1564), la préface de Carlo Passi au t. III, pp. 3-4, et les exordes des chapitres, avec les citations d'après Jove et les raisons de leurs développements.

II, 1131-1135 : **Comme aussi à sainct Marc**. La bibliothèque Laurentienne (cf. II, 1131-1134), fondée par Cosme l'Ancien, augmentée par Laurent de Médicis et reconnue par Clément VII, et le musée du couvent de San Marco (cf. II, 1135-1141) sont associés dans le texte d'Alberti, qui à la fin de sa courte description de San Lorenzo renseigne son lecteur sur la « soperba Capella con una sontuosa Libraria fatta da Clemente settimo Pontefice Romano, ove veggonsi nobilissimi, et rarissimi libri cosi Greci come Latini. Sarei molto lungo, se io volesse discrivere la vaga fabrica de 'l Monastero di S. Marco (ove è quella singolare Libraria piena de rari et pretiosi libri Latini, et greci) da 'l sopra nominato Cosmo edificato » (Alberti, *Descrittione*, f. 41r° ; cf. Hentzner, *Itinerarium*, p. 358, où, à la bibliothèque Laurentienne, l'auteur compte « 4800 exemplaria manuscripta »). MARG. *Cosme et Laurent des Medecis fauteurs des hommes sçavans dressans des Bibliotheques et leur donnans bons estats et appointements.*

II, 1143-1146 : **Par les Salviati famille de meritte**. « In monasterio S. *Marci* [...] Sacellum hic splendidum et egregium Salviatorum » (Hentzner, *op. cit.*, p. 357) : la chapelle de saint Antonin ou chapelle Salviati se trouve dans la nef latérale de gauche de l'église de San Marco. L'église et le couvent avaient été complètement reconstruits par Michelozzo à qui Cosme l'Ancien avait confié les travaux en 1437 (cf. E. S. Piccolomini, *Opera*, p. 454). MARG. *Eglise de Sainct Marc.*

II, 1147-1148 : **escrivain reputé**. MARG. *St Anthonin Archevesque de Florence historien Eclesiastique* vécut entre 1389 et 1459 : c'était l'ami de fra' Angelico et il fut prieur des Dominicains avant de devenir archevêque en 1445. Comme historien, Alberti le cite parmi ses sources sur Florence (cf. *Descrittione*, f. 40v°).

II, 1150-1156 : **une teste et trois langues avoit**. MARG. *Jean Pic de la Mirandola inhumé à Saint Marc / Ange Politian*. Pic de la Mirandole et Politien avaient une place importante parmi les Florentins célèbres dont Ugolino Verino faisait l'éloge dans ses *De illustratione urbis Florentiae Libri :* le premier était surtout rappelé pour son *Discours de la dignité de l'homme* et du second, « Politianus, honor Musarum », qui écrivit en vers et en prose dans les trois langues les plus belles, le grec, le latin et l'italien, Verino louait notamment les traductions d'Homère (cf. U. Verino, *op. cit.*, f. 13r°-v°).

II, 1160-1163 : **Lié à un Couvent**. MARG. *Eglise de Saincte Marie Nouvelle / Couvent Saint Dominic*. « Evi poi il nobile Tempio di S. Maria Novella dell'ordine de Predicatori d'aggualiare agli altri eccellenti Tempii d'Italia, per la maravegliosa struttura, che in esso si ritrova. A cui è congiunto il sontuoso Monastero, ove habbitano li Frati » (Alberti, *Descrittione*, f. 41r°).

II, 1169-1176 : **là mort retenu**. MARG. *Sainct Pierre le Martyr / Saint Jean Salerin / Un Saint Remy / Josephe Patriarche de Constantinople*. L'allusion aux tombeaux de Santa Maria Novella (cf. Hentzner, *Itinerarium*, p. 357), parmi lesquels se trouve celui de Joseph, Patriarche de Constantinople, prépare l'évocation du Concile de Florence de 1438-39 (cf. II, 1177-1178) : lors du Concile, « illic » - rappelle Piccolomini dans son livre *In Europam* -, le Patriarche, « senio confectus, decessit, et apud praedicatores in templus humatus est » (E. S. Piccolomini, *Opera*, p. 452). Son tombeau se voit encore aujourd'hui dans le bras de droite du transept, comme celui de Jean de Salerne, *premier prieur en ce Couvent pieux*, dans la nef latérale de droite.

II, 1177-1178 : **en une unir la foy Grecque et Romaine**. Le Concile avait réuni le pape, Eugène IV, « Giovanni Paleologo Imperadore di Costantinopoli co 'l Patriarcha, et molti Prelati et litterati huomini Greci, di tutta la Grecia scelti, per unire la chiesa Orientale con la Latina » (Alberti, *op. cit.*, f. 42r°), pour « accorder l'Eglise Latine et Grecque » (Du Pinet, *Plantz, pourtraitz*, p. 166), pour résoudre « plures inter Graecos ac Latinos super arcanis orthodoxae fidei contentiones » (E. S. Piccolomini, *op. cit.*, *ibidem*). Toujours cité dans les histoires, les éloges, et souvent dans les guides de Florence, ce Concile de 1438-39 avait été une réponse au Concile de Bâle, où les tentatives d'Eugène IV dans le but d'un rapprochement avec l'Orient avaient été contestées (cf. le compte rendu détaillé qu'en donne Piccolomini, *ibid.* ; et Du Pinet, *op. cit.*, pp. 166-167, qui consacre deux longues pages à ce sujet).

II, 1179 : **Certaldin**. Le *Certaldese* est en italien Boccace, qui selon la tradition la plus accréditée naquit à Certaldo, près de Florence, en 1313 : sa naissance à Florence a moins d'attestations et la légende de ses origines parisiennes relève bien sûr de la facétie (voir Solerti, *Le vite di Dante, Petrarca e Boccaccio scritte fino al secolo decimosesto*, Milan, Vallardi, 1904, pp. 669-753, et Branca, *Giovanni Boccaccio. Profilo biografico*, Florence, Sansoni, 1977). MARG. *Cenotaphe de Boccace de Certaldo.*

II, 1183 : **Certaldo Villette ou bien plustost Chasteau**. Boccace « nacque in Certaldo, castel di Val d'Elsa » (F. Sansovino, « Vita di M. G. Boccaccio descritta », in Solerti, *Le vite*, p. 713) : toutes les biographies de l'époque mentionnent Certaldo comme château (les latines qualifient plus exactement le village d'*oppidum*).

II, 1190 : **en leur froc Bocace avoit finy son age**. MARG. *Bocace mort en habit religieux des Carmes à Certaldo et le portrait de sa Fiamette est enchassé en la paroy de l'Eglise où est sa sepulture.* L'hypothèse d'une cléricature de Boccace n'a pu être formulée que très prudemment de nos jours par V. Branca (voir son *Giovanni Boccaccio*,

p. 119 et 119n, 153, 191) après des recherches minutieuses mais souvent infructueuses sur ses rapports avec le prieur Agnolo Giandonati, de Certaldo : voir la note suivante.

II, 1192 : **ne nottent ceux qui de lui ont escrit**. Effectivement aucune des biographies rédigées ou publiées avant la fin du XVIe siècle ne fait allusion à cette fin religieuse de Boccace : cf. toujours dans Solerti, *op. cit.*, les biographies de Filippo Villani, Domenico Bandini, Leonardo Bruni et Sicco Polenton (fin XIVe-début XVe siècle), la *Vita Joannes Boccacii* de Giannozzo Manetti (1396-1459), la *Vita di miser Iohanne Boccatio* (Venise, G. di Piero, 1467) de Girolamo Squarciafico, la biographie que Giuseppe Betussi publie avant sa traduction de la *Genealogia de gli Dei* (Venise, Arrivabene, 1547), les deux célèbres *Vite* que Francesco Sansovino et Lodovico Dolce placent avant leurs éditions du *Decamerone* (Venise, G. Giolito de' Ferrari, 1546 et 1552) et les *Vitae trium Hetruriae procerum Dantis, Petrarchae, Boccacii* de Papire Masson (Paris, D. Du Pré, 1587). Ces auteurs pourtant décrivent presque tous le tombeau de Boccace à Certaldo, dans l'église de « san Filippo Jacopo » (Sansovino, *Vita*, in Solerti, *op. cit.*, p. 719), c'est-à-dire dans le « templo maximo Certaldi » (Papire Masson, *Vitae*, in Solerti, p. 733), avec les deux épitaphes qui y sont gravées et son portrait sculpté : et ils rappellent que, dans la tranquillité de son village natal où il était revenu « desiderando di posarsi » (Sansovino, *op. cit.*, p. 718), mais aussi dans la solitude et la pauvreté, Boccace mourut à cause de la « troppa fatica dello studio » (*ibid.*).

II, 1196-1197 : **sa Venus Michel Ange disoit / Estre en ce Temple là**. Sur la valeur emblématique qu'avait à l'époque le nom de Michel-Ange (voir la note I, 232 et les vv. II, 1267-1280) et notamment à propos de cette description de Santa Maria Novella, qu'*un bon Jacopin* aurait fait visiter au voyageur voir J. Balsamo, « Les écrivains français du XVIe siècle et la peinture italienne », cit., p. 40.

II, 1201-1202 : **L'Annonciade aussy Eglise et monastaire / Qu'on nomme des servans**. L'Eglise de la Santissima Annunziata n'était à l'origine (1250) que l'oratoire des sept pères fondateurs de l'ordre des Serviteurs de Marie. Elle fut reconstruite par Michelozzo entre 1444 et 1481 : cf. Alberti, *Descrittione*, f. 41r°; Villamont, *Les Voyages*, pp. 44-5 ; et Hentzner, *Itinerarium*, p. 357. MARG. *L'Eglise de L'annonciade*.

II, 1209 : **votives figures**. Sur les « gratie » que les fidèles recevaient « da Iddio à prieghi della sua dolcissima madre sempre Vergine maria » et dont on voyait les témoignages au « Tempio della Annonciata » (Alberti, *ibidem*) même la description positive d'Hentzner fixe son attention : « *Templum della Nunctiata*, vel Annuntiationis, celebre est, propter multorum Pontificum, Regum, Magnatum, aliorumque vota, quae ibi depicta, scripta, et appensa videntur » (Hentzner, *ibidem*).

II, 1213 : **l'image qu'on dit que Lucas de main saincte**. « L'image que cest excellent peintre et secretaire de nostre Seigneur, Sainct Luc, effigia et representa de son divin pinceau » (Villamont, *ibid.*, p. 45) ; « hic imago Deiparae Virginis à D. Luca depicta, cernitur » (Hentzner, *ibidem*) : la fresque de l'Annonciation était considérée comme miraculeuse et même la plume normalement objective du silésien Hentzner tombe dans le piège de la célèbre légende qui l'attribue soit à saint Luc, soit à un frère Bartholomé, qui vécut au XIIIe siècle et qui se serait endormi pendant le travail, de sorte qu'un ange aurait pu achever la fresque (cf. II, 1217-1228). Cette Annonciation fut peinte par l'Ecole florentine du XIVe siècle.

II, 1226 : MARG. *Portraits et figures de L'Annonciade achevées miraculeusement.*

II, 1234-1241 : **pour nourrir les enfans / Laissez et mescogneus sur terre naissans**. MARG. *Hospital de Florence de grand revenu pour les Enffans exposez* ; « l'Hospitale delli poveri fanciullini isposti » (Alberti, *op. cit.*, f. 41r°; cf. Hentzner, *op. cit.*, p. 358).

II, 1242 : **à leurs faire**. Une forme *leurs* du pronom, « avec un *-s* analogique des autres personnes du pluriel » (Gougenheim, *Grammaire*, Paris, Picard, 1984[3], p. 67), existait dans la langue du XVIe siècle. Attestée par exemple le *Tiers Livre* de Rabelais, elle tend pourtant à disparaître depuis la seconde moitié du siècle.

II, 1243-1248 : **Et d'autres hospitaux / Se voyent à Florence**. « Vi sono altri luoghi pietosi et Hospitali, da farne memoria, si come l'Hospitale di S. Maria Nuova, che in tutte le opere della pietà cosi nell'abondantia delle cose necessarie per li poveri infermi, come etiandio nell'ordine de servitori, supera tutti gli Hospitali d'Italia » (Alberti, *op. cit.*, f. 41r°). « *Misericordiae Aedes*, uti Xenodochia, Orphanotrophia caeteraque loca pietatis » (Hentzner, *op. cit.*, p. 358). MARG. *Hospitaux pour les vieillards et pour Orphelins.*

II, 1249 : **l'Equirie**. Les célèbres « escuries du Duc [...], toutes voutées et basties sur belles coulonnes » (cf. Villamont, *op. cit.*, p. 42), où, en 1588, à l'époque du voyage du seigneur de Villamont, il « y avoit quatre vingts treize pieces de chevaux » (*ibid.*). MARG. *Escuirie du grand Duc bien fournie de chevaux de prix et de riches harnois.*

II, 1257-1260 : **Lyons et des farouches bestes / Qui pres de là ne sont à personnes molestes**. Suivant le témoignage des *Voyages* de Villamont, « joignans » les écuries il y avait « un lieu où sont nourris Lions, Ours, Tigres [...], et autres sortes de bestes et oyseaux sauvages » (*ibid.*). MARG. *Lions et bestes farouches.*

II, 1262 : **saincte Croix**. MARG. *Eglise de Sainte Croix*, de l'ordre des Frères franciscains, bâtie entre le XIIIe et le XIVe siècle ; cf. Hentzner, *Itinerarium*, p. 356.

II, 1269 : **Et pourc'en as porté le nom de Michel Ange**. « Michel, più che mortale, angel divino » (*Orlando Furioso*, XXXIII,

II, 4, in Arioste, *Opere*, éd. Ceserani, Santoro, t. I, p. 1280). Cf. également la traduction française de l'Arioste, que cite J. Balsamo, « Les écrivains français du XVIe siècle et la peinture italienne », cit., p. 43.

II, 1271-1277 : **il sert de monument et de tombe à tes os**. « In templo S. Crucis haec inscriptio legitur : Michaëli Angelo Bonarrotio [...], sculptori, pictori, et Architecto, fama omnibus notissimo [...], translatis Roma, eius ossibus, atque in hoc templum maiorum suorum sepulchro conditis [...] Anno Sal. M.D.LXX. » (Hentzner, *op. cit.*, p. 356). Du célèbre *Tombeau de Michel Ange Sculpteur Peintre et Architecte exellentissime* (MARG.), sculpté par Vasari en 1570, représentant les trois allégories de la Peinture, de la Sculpture et de l'Architecture et situé dans la nef de droite de Santa Croce Alberti ne pouvait évidemment pas parler. Virey semble pourtant utiliser le long éloge que celui-ci faisait de Michel-Ange, « non men eccellente Pittore che singolare scoltore [...]» (Alberti, *op. cit.*, f. 43v°).

II, 1285 : **Je ne veux plus rien dire icy des autres Temples**. « Altri assai belli Tempii, si veggiono per la Città, che sarei molto lungo in rimembrarli » (Alberti, *op. cit.*, f. 41r°).

II, 1286-1287 : **six vingts**. Cent-trente-deux, selon Hentzner, si l'on fait le total des « *Aedes Plebanicae* sive Parochiales », des « Prioratus » et des « *Conventus* virorum mulierumque, sacri » (Hentzner, *op. cit.*, p. 358), qui sont respectivement quarante-quatre, douze et soixante-seize.

II, 1287 : **hospitaux trente six**. Trente-sept dans les deux textes d'Alberti (cf. *op. cit.*, f. 41r°) et d'Hentzner (cf. *op. cit.*, p. 358) : chiffre que Virey modifie pour la rime.

II, 1291 : **une où l'on joue au ballon**. Le football, jeu à l'époque typiquement italien, était mal connu du français Virey, comme du silésien Hentzner, qui décrivait la place à côté de Santa Croce comme un « *forum peramplum* et spatiosum » où l'on jouait « Ludum quendam, *del Calcio* appellatum » (Hentzner, *op. cit.*, p. 358) : voir M. M. Fontaine, « Jeux antiques et modernes », in *L'Aube de la Renaissance*, cit., pp. 253-254. Le traité sur les jeux de balle d'Antonio Scaino ne consacrait au « giuoco del calcio » qu'un dernier chapitre (le LXXII) où le jeu était présenté comme un cas à part, différent des autres jeux à la main, plus connus : « molto differente da gli altri de' quali s'è ragionato » (A. Scaino, *Trattato del giuoco della palla*, 1555, p. 282) MARG. *Les Florentins jouent au ballon avec le talon.*

II, 1292 : **Non avec Brasselets aux mains**. « E' tenuto ciascun giocatore entrar a questo giuoco senza armatura di sorte veruna » (Scaino, *Trattato del giuoco della palla*, p. 283), donc sans bracelets non plus, tandis qu'on sait qu'ils étaient nécessaires dans les jeux de balle à la main pour protéger le bras du joueur « che è vestito di carne, laqual'è di natura molle, et flessibile, et negl'incontri delle cose dure patisce nocumento » (*ibid.*, p. 152). Scaino donnait de nombreux détails sur les formes des bracelets, normalement faits en bois et sculptés « di molte figure a guisa di diamanti [...] perché il Pallone, incontrato da queste parti acute, non ha modo di far molta dimora col bracciale, ma in un tratto addietro è forzato ritornare » (*ibid.*, p. 153).

II, 1295-1300 : **une fontaine en bassin excellant / De statues de marbre à l'entour assistée**. MARG. *Belle fontaine en la grand place de Florence magnifiquement et richement construite :* « *In foro* primario [...] *Fons* est *salientis acquae*, statuis aeneis et marmoreis insignis » (Hentzner, *Itinerarium*, p. 358 ; cf. Villamont, *Les Voyages*, pp. 40-41). La fontaine de Neptune, entourée des statues des divinités marines et des satyres, avait été réalisée par Bartolomeo Ammannati et par Giambologna : elle avait été installée sur la place de la Seigneurie en 1575.

II, 1301-1302 : **là tout proche on void une statue equestre / De Cosme le grand Duc**. MARG. *Statue Equestre de Cosme premier grand Duc de Toscane :* « *In foro* primario [...] statua visitur Equestris solido aere, cum hac inscriptione : COSMO MEDICO, Magno Etruriae Duci Primo, Pio, Felici, Invicto, Iusto, Clementi, sacrae militiae, pacisque in Etruria auctori, Patri et Principi Optimo, Ferdinandus F. Magnus Dux III erexit Anno M.D.XCIIII. » (Hentzner, *ibidem*). Et l'on remarque facilement que, pour suivre le texte d'Hentzner, Virey crée ici une de ces divergences entre la chronologie de sa fiction et la chronologie réelle qui démasquent la prétention d'une rédaction contemporaine au voyage : à la date de l'inscription, 1594, Giambologna avait achevé la statue de Cosme Ier que l'on installa *En la place que grande on appelle* (II, 1295), « *In foro* primario », c'est-à-dire « nella Piazza del Gran Duca [...] A' dì 5 di giugno 1595 » (A. Lapini, *Diario fiorentino dal 252 al 1596*, éd. Corazzini, p. 327).

II, 1303 : **a l'Estat affermy**. Plutôt qu'à une reprise des sources de l'histoire de Florence déjà utilisées pour les vv. II, 964-978, il faut penser à un simple développement à partir de la lecture de l'inscription citée ci-dessus, vv. 1301-1302, qui célèbre Cosme Ier en tant qu'auteur de la paix en Toscane.

II, 1308 : **Troisiesme grand Duc**. Cf. toujours l'inscription sur le *pied d'estail* de la statue de Cosme, érigée par « Ferdinandus F. Magnus Dux III ». MARG. *Ferdinand grand Duc estoit Cardinal lors qu'il vint à la Couronne Ducale :* voir également *supra*, la note II, 869-871.

II, 1312 : **le palais ducal**. « *Palatium Magni Ducis Hetruriae* magnificentissimum » (Hentzner, *op. cit.*, p. 358), siège autrefois de la République, puis de la Seigneurie, complètement refait à l'intérieur au cours du XVIe siècle par les Médicis qui s'y installèrent en 1540 (voir la note II, 1097-1100). MARG. *Palais Ducal.*

II, 1320 : MARG. *Il y a une sale à danse où le duc donne prix à qui est jugé meilleur danseur des Villageois.*

II, 1321 : **il faict beau voir la jeune contadine**. Voir I, 985 (*il fait beau voir les contadines gentes*) et la note I, 988.

II, 1323 : ***grambial***. Voir I, 987.

II, 1331 : **Une autre sale aussy à comedie**. MARG. *Sale à comedies*, cf. Hentzner, *Itinerarium*, p. 361.

II, 1332 : **Grands Chambres Cabinets garderobbes**. Virey puise ici sans ordre aux pages 358-359 du texte d'Hentzner, où la description des « Camerâ, rebus preciosis assignata » et du « Gazophylacio Ducis » est pourvue de manchettes qui donnent la traduction italienne des noms des pièces : « Guardarobba, vulgò », « Il studiolo, vulgò ».

II, 1333-1335 : **Ainsy qu'il appartient à Princes voire à Rois**. A l'intérieur du palais, « picturis, sculpturis, statuis aeneis et marmoreis undique exornatum », on montrait au visiteur « vasa aurea et argentea plurima, atque magnam regiae supellectilis copiam » (Hentzner, *op. cit.*, pp. 358-59) : cf. II, 1344-1350.

II, 1337 : **une Chapelle mesme**. MARG. *Chapelle du palais où l'on monstre l'Evangile Saint Jean escritte de sa main :* Virey fait probablement allusion à la chapelle de la Seigneurie, avec une bonne marge d'invention.

II, 1342 : **Les Pandectes je veids**. « Vidimus *Pandectas Florentinas*, holoserico rubro obductas, et fibulis atque clausuris argenteis ornatas, multorum doctissimorum virorum scriptis celebratas, atque hic maximi thesauri loco reconditas » (Hentzner, *op. cit.*, p. 359). MARG. *Les Pandectes florentines manuscriptes*.

II, 1351-1353 : **Des preciositez que je ne peus avoir / De temps ny liberté assez de recongnoistre**. « Alias res infinitas, rarissimi pretij et admiratione dignas » (*ibidem*), qu'aussi Hentzner évitait de passer en revue. MARG. *Belle gallerie remplie de tableaux et de statues antiques*.

II, 1366-1368 : **Sans que quelqu'un nous veit**. MARG. *De ceste gallerie on va par un long Coridor au palais de Pithi* : Le passage, « *transitus* » (Hentzner, *ibid.*), du palais ducal au palais Pitti était « secretior [...], ita ut Dux unâ cum familiâ à nemine cospectus, hinc ire et redire possit tutò et commodè » (*ibid.*). Cf. également le passage de Villamont cité à la note suivante : le célèbre *Coridor*, sorte de galerie murée qui passe sur les toits, les rues, sur un pont et au dedans d'une église, avait été projeté pour Cosme Ier par Vasari en 1565.

II, 1370-1372 : **Et la separe en deux**. Cf. Alberti, *Descrittione*, f. 38v°: « vedesi adunque la Città di Fiorenza quivi posta, et spaccata dall'antidetto Arno in due parti, sopra loquale sono quattro Magnifici Ponti per passare dall'una et l'altra parte ». Ou bien Villamont, *Les Voyages*, p. 40 : « le fleuve Arno [...] passe par le milieu de la Cité, la divisant en deux parties, lesquelles sont rejointes ensemble par quatre ponts de pierre, sur l'un desquels est fabriqué une gallerie qui sert au grand Duc de Toscane pour aller de l'un de ses palais à l'autre ».

MARG. *Le fleuve Arne passe par le milieu de Florence / Quatre ponts sur ledit fleuve.*

II, 1374 : **au Duc lieu de plaisance**. Le palais des Pitti appartenait aux Médicis depuis 1549, date à laquelle il fut vendu par les héritiers de Luca Pitti à Eléonore de Tolède, première femme de Cosme Ier : cf. Hentzner, *op. cit.*, p. 359.

II, 1376-1378 : **Des jardins, des bosquets, des grottes, des figures / Et des parterres faits en diverses mesures**. MARG. *Le Palais de Pithi magnifique acompagné de jardins et promenoirs delicieux :* dans sa description du « *Palatium Pithi*, vulgò *Palazzo de' Pitti* », Hentzner s'arrête particulièrement sur l'« hortum amoenissimum, in quo *Crater ex solido lapide*, in rotunditatem LX ulnas complectentem », sur les « *Grottae* itidem duae *pulcherrimae* », sur la « *Mensa ex Amethista Orientali* » (Hentzner, *ibidem*) et sur l'ensemble des jardins, dits de Boboli, voulus par Eléonore de Tolède, réalisés par Nicolò Pericoli en 1550 et, après lui, par Bartolomeo Ammannati et Bernardo Buontalenti. Voir M. Fagiolo, « Effimero e giardino », in *Firenze e la Toscana dei Medici*, cit., pp. 29-54.

II, 1395-1401 : **son image de gloire**. MARG. *Statue d'une mule plaquée contre le mur au bout d'une gallerie avec son Epitaphe* : « Ingresso hoc Palatium [...], sub alterâ [parte] », c'est-à-dire *à main gauche* (II, 1395), « porticu depictus cernitur *Mulus* cum hoc disticho : *Lecticam, lapides, et marmora, ligna, columnas, / Vexit, conduxit, traxit et ista tulit* » (Hentzner, *op. cit.*, p. 359).

II, 1399 : **materiaux**. Tétrasyllabique.

II, 1408 : **Poggibonzi**. « Poggibonsi, civile et nobile castello » (Alberti, *Descrittione*, f. 46v°; cf. Hentzner, *Itinerarium*, p. 354), situé, entre Florence et Sienne, sur la route habituelle de Rome : cf. le guide de la fin du XVe siècle présenté par J. Bonnerot, « Un ancien guide de voyage à Rome et à Jérusalem », in *Mélanges Huguet*, 1940, pp. 131-141, où la graphie est « Pongibont », ou J. Signot, *La totale et vraie description*, f. xv r° («pont gibout »). D'après Codogno il n'y avait pas de poste : on en trouvait quand même une aux Tavernelle, immédiatement avant Poggibonsi, et une autre à Staggia, juste après (cf. O. Codogno, *Nuovo itinerario delle Poste*, p. 132). MARG. *Poggibonzi.*

II, 1409-1414 : **ceste fourberie**. De cette même « Coustum[e] des hostes en Italie » (manchette in Villamont, *op. cit.*, p. 49) nous rendent compte *Les Voyages* du seigneur de Villamont aux pages qui précèdent son arrivée à Rome en septembre 1588 : on y lit que « pour le regard des hostes et taverniers des villes et campagnes, ils sont si affables et courtois, qu'ils prient et forcent quasi les passans de boire et manger en leur maison, disant qu'ils ont viandes exquises et vins excellens à bon marché : mais quand on est entré dedans et logé à la chambre, ils perdent la memoire de leurs promesses en vous traitant fort malement et salement » (*ibidem*).

II, 1415 : **Ordinaire au pays**. La dénonciation de la mauvaise qualité des hôtelleries et de la *fourberie* coutumière des hôtes italiens, et notamment sur le chemin de Rome, est fréquente dans les relations et journaux de voyage de l'époque. Le texte de Villamont que nous venons de citer ouvrait à ce propos une parenthèse de réflexion sociologique sur ce qui arrivait au voyageur « non seulement au pays de Toscane, mais generalement par toute l'Italie [...], où l'on est fort mal traité [...], estant tousjours servy par hommes, d'autant qu'en Italie les femmes n'ont aucun maniement du faict des hostelleries, ny d'autre sorte de traffique, pour la grande jalousie que ceste nation a imprimée en sa teste » (Villamont, *op. cit.*, p. 50).

II, 1417 : **Siene**. *Siene Republique autrefois et aujourd'huy soubs la domination des grands Ducs* : « Sena, vulgò *Siena*, [...] oppidum est sub imperio Magni Hetruriae Ducis » (Hentzner, *Itinerarium*, p. 353).

II, 1418 : **Ville ancienne**. « Pare a me (come è dimostrato) che si deve seguitare l'opinioni di quegli antichi scrittori, che chiariscono esser molto antica questa città, si come altresì testisca il verso intagliato nel sigillo di essa, che cosi dice, Salve Virgo, Senam veterem, quam cernis amenam » (Alberti, *Descrittione*, f. 52v°) ; « Siene, Cité, Evesché bien antique » (Rigaud, *Bref recueil*, éd. Magnetti, p. 200) ; « son visage la témoigne fort ancienne » (Montaigne, *Journal de voyage*, éd. Garavini, p. 183).

II, 1419 : **Assise sur le dos d'un mont**. « Ella è posta questa città sopra lo colle » (Alberti, *ibidem*), « jacet in colle » (Hentzner, *op. cit.*, p. 353), « plantée sur un dos de colline » (Montaigne, *ibidem*).

II, 1419-1421 : **et son circuit / D'un mur hors d'Escalade eslevé et construit / D'espesse et bonne brique**. « Ella è [...] intorniata d'alte rippi di tuffo » (Alberti, *ibid.*), « oppidum [...] praecelsis est cinctum crepidinibus tophinis » (Hentzner, *ibid.*). Montaigne soulignait que la brique « est l'ordinaire matière de cette nation » (*Journal de voyage*, p. 183) : cf. Villamont, *Les Voyages*, p. 46 ; Rigaud, *op. cit.*, p. 201 ; [An.], *Voyage d'Italie (1606)*, éd. Bideaux, 1982, p. 70 ; et II, 1437-1438.

II, 1425 : **Où Bacchus et Cerés**. Cf. le premier des « In urbem Senae epigrammata » de Reusner, « Si campos, campos hîc beat alma Ceres [...]» (Reusner, *De Italia*, II, p. 141), et, à propos du *topos* de cette rencontre de Bacchus et Cérès, notre Intr., pp. LXII-LXIII et les vv. I, 214 et 329-332.

II, 1429 : MARG. *Description de Siene*.

II, 1431-1432 : **l'un des bras estandant / A la porte de Romme, au Cazal l'autre allant**. La « larga e bella Piazza della città » (Alberti, *Descrittione*, f. 53r°; cf. II, 1433) dont la forme rappelle la valve d'une coquille (cf. II, 1445) oblige à l'entrée pour ceux qui viennent du nord, donc de Florence, à une bifurcation, vers le sud-est et le sud-ouest de la ville. La porte au sud-est s'appelait et s'appelle « Romana », celle au sud-ouest « Porta Laterino » : cf. le plan de Sienne in *Teatro delle città d'Italia*, 1616, p. 166. Mais ni ce plan, ni la description détaillée des portes de Sienne que nous lisons chez Reusner au chapitre « Sena » (Reusner, *De Italia*, II, p. 138) ne mentionnent de *Cazal*, ni de porte du *Cazal* (cf. ici le MARG. *Cazal une entrée de la Ville de Siene*) : d'après le plan du *Teatro* on entrait à Sienne par la « Porta Camuolia », la « Porta Ovile », la « Porta Santo Viene », la « Porta Romana », « Porta Tufi », « Porta San Marco », la « Porta Laterino » et la rue de « Fonte Branda » ; d'après Reusner, la porte « quae spectat ad Septentrionem, agrumque Florentinum, Chamolia vocatur : ad orientem conversa est Romana : cui opponitur propè, occasum Solis versus, ea porta, per quam loca adeuntur maritima, et planities Rosciae : conversa est ad meridiem, quae vallem Arni fluminis prospicit [...]». A l'époque l'on entendait en tout cas par *casal* un groupe de maisons rurales formant un village, comme il y en avait normalement aux alentours des villes.

II, 1436 : MARG. *Ville de Siene bastie sur montaignes et toute pavée de brique.*

II, 1445 : **en forme de coquille**. MARG. *Place de Siene en façon de coquille* : c'est la célèbre « belle grand place formee en coquille » (Rigaud, *Bref Recueil*, p. 201).

II, 1446-1447 : **un beau palais de Ville / Qu'on dit de Seigneurie**. « *Palatium* [...] in quo Praetor cum optimatibus habitat » (Hentzner, *Itinerarium*, p. 354). De style gothique, l'ancien palais de la Seigneurie date du début du XIVe siècle.

II, 1448 : **Le Magistrat commande et y est residant**. Par *Magistrat,* Virey entend l'institution d'origine républicaine qui plaçait au gouvernement de Sienne une assemblée, *Concistoro*, de huit seigneurs et un *Capitano del popolo* : ceux-ci formaient les « Novemviri » qui étaient « in magistratu », comme l'expliquait Reusner au paragraphe « De Reipublicae verò forma » du chapitre sur « Sena » (Reusner, *De Italia*, II, p. 138-139). Sienne était sous la domination des Médicis depuis 1555 (cf. MARG. II, 1417), mais une réforme voulue par Cosme Ier en 1561 avait permis à la ville de maintenir cet « *amplissimus et supremus Magistratus* » (doc. cité par D. Marrara, *Studi giuridici sulla Toscana Medicea*, Milan, Giuffré, 1931, p. 112), qui s'était élargi et se composait alors du « Capitano del popolo [...]; gli otto Priori o Signori (*Domini* o *Priores Gubernatores Defensores Civitatis Senarum*) ; i tre Gonfalonieri dei Terzieri cittadini (*Vexilliferi Magistri*), e i quattro Consiglieri del Capitano (*Consiliarii Capitanei populi*) » (*ibid.*, pp. 112-113).

II, 1451-1452 : **ses droicts gouvernant**. Cette même réforme de 1561 qui concédait à Sienne le privilège d'une certaine autonomie précisait cependant avec fermeté le rôle que jouait dans les affaires de la ville le Gouverneur des Médicis, sorte d'*alter ego* juridique du grand-duc (cf. *ibid.*, pp. 177-179) : chargé de la surveillance du magistrat siennois, il pouvait recevoir de Florence toute l'autorité qu'il lui fallait (voir L. Cantini, *Legislazione toscana*, Florence, Stamperia Albiziana, 1800-08, t. IV, pp. 116ss. ; t. XII, pp. 124ss.).

II, 1453 : **ceste Seigneurie est dicte icy Baliste**. MARG. *La Balia di Siena :* les fonctionnaires florentins appelaient habituellement *Signoria* le *Concistoro* siennois (voir Marrara, *Studi giuridici*, p. 114n). Quant à la baillie, c'était une des plus anciennes institutions civiles de Sienne (voir C. Paoli, « Del Magistrato della Balìa nella Repubblica di Siena », in *Atti e Memorie della R. Accademia dei Rozzi*, N.S., III, 1879, et G. Prunai, S. De' Colli, « La Balìa dagli inizi del XIII secolo fino all'invasione francese », *Bollettino senese di Storia Patria,* LXV, 1958, pp. 33ss.) : elle était formée de vingt officiers que l'on choisissait parmi les membres du Conseil et qui avaient des fonctions extraordinaires pour une période limitée, lorsque des cas particulièrement graves se présentaient au gouvernement (voir Marrara, *op. cit.*, p. 130). Sous les Médicis et surtout à partir de la réforme de Cosme Ier, les vingt « Ufficiali di Balìa » devinrent les conseillers permanents du gouverneur de Sienne, envoyé par le grand-duc, et ils reçurent, à côté de lui, une certaine autorité (*ibidem*, pp. 131-175).

II, 1454 : **au nombre de huict gentilshommes consiste**. Virey confond probablement le nombre des *gentilshommes* de la baillie avec celui des « Priori o Signori » faisant partie du *Concistoro* (voir la note II, 1448).

II, 1469-1471 : **le dome**. MARG. *Le Dome de Siene desdié à la Vierge* : « Il Tempio maggiore dedicato alla reina de Cieli, sempre Vergine Maria » (Alberti, *Descrittione*, f. 52v°) ; « la superbe Eglise dediée à la Royne du Ciel » (Villamont, *Les Voyages*, p. 46) ; « Aedes maxima D. Virgini Matri sacra » (Hentzner, *Itinerarium*, p. 353) ; cf. Reusner, *De Italia*, II, p. 140 ; Rigaud, *Bref recueil*, p. 200.

II, 1472 : **Garde d'ancienneté**. MARG. *Sena Urbs vetus Civitas Virginis.*

II, 1477-1478 : **de bonne architecture / De marbre blanc et noir**. MARG. *Le Dome de Siene Basty de marbre blanc et noir* était célébré par les guides comme l'un des « nobili, et sontuosi edifici di Europa, cosi per la preciosita delle pietre di marmo (delle quali è tutto fatto) quanto per la eccellentia dell'arteficio et magisterio di cui è ornato » (Alberti, *op. cit.*, ff. 52v°-53r°), comme l'une « des merveilles de l'Europe, pour la magnificence de sa structure, car tous les piliers sont faits esgallement de marbre blanc et noir » (Villamont, *op. cit.*, *ibid.*) ; cf. Hentzner, *op. cit.*, *ibid.*

II, 1483 : **De marbre noir et blanc un pavé façonné**. MARG. *Pavé du Dome de Siene fait à figures de marbre blanc et noir :* le dallage du dôme de Sienne est divisé en 56 carreaux qui représentent des scènes variées de l'Ancien Testament, gravées, appliquées par incrustation ou par placage suivant les procédés de marqueterie (cf. Villamont, *ibidem,* et Reusner, *De Italia*, II, p. 140). On sait que plusieurs artistes y travaillèrent, de 1369 à 1547, tels Domenico di Nicolò, Pinturicchio et Beccafumi.

II, 1491 : **Sybilles**. « Le pavé tout de marbre, par lequel en taille est representé le vieux Testament, les Sybilles et autres ornemens » (Rigaud, *Bref recueil*, p. 200).

II, 1493-1495 : **D'estoilles**. « Le ciel en champ bleu parsemé d'estoilles dorées » (Rigaud, *ibidem*).

II, 1499 : **Des pontiffes Romains tous les chefs**. MARG. *Les Testes de tous les Pontifes et Papes Romains posées dans le dome tout alentour de la Nef* : les bustes de « presque tous les Papes commençant à Jesus Christ » (Villamont, *op. cit.*, p. 46), de « tous les Papes qui ont esté en habit pontifical » (Rigaud, *op. cit.*, p. 200) avaient été réalisés en terre cuite entre le XVe et le XVIe siècle. Ils décorent les plinthes entre les arcs et les voûtes.

II, 1505-1506 : **là tout proche on nous meine / Voir le doux reconfort de la misere humaine**. *Tout*[e] *proche*, la description de l'hôpital suit de près celle du dôme dans les deux textes d'Alberti et de Reusner, qui guident leurs lecteurs à « quel grand'Hospitale, dolce refrigerio delli poveri infermi, ove si vede (oltre la magnificentia della struttura di quello) il grand'ordine delli servitori per sodisfare alli voti de poveri infermi » (Alberti, *Descrittione*, f. 53r°; cf. Reusner, *De Italia*, II, p. 140). MARG. *Hospita[l] de Siene basty par un Tailleur d'habits et a 80mille ducats de rente.*

II, 1513-1515 : **Qui ne peut travailler, ou tombe en maladie / Et les enfans receus**. « Xenodochium [...] toto orbe memorandum : in quo peregrini, mendicique debiles, quocunque ex loco veniant, recipiuntur, alunturque : pueri expositi nutriuntur » (Reusner, *op. cit.*, *ibid.*) MARG. *Enffans exposez receus en l'hospital.*

II, 1518 : **la pieuse et Saincte Catherine**. MARG. *Maison de Sainte Catherine de Siene.*

II, 1520-1527 : **longtemps apres Canonisée / Par un Pie second**. Sainte Catherine de Sienne (1347-1380) « molto giovò alla Catholica Chiesa con la sua santa vita et chiara dottrina, Di cui dice Pio secondo Pontefice Romano, che la fù insignita delle sagrosante stigmati da Christo [...]. Abandonò questa vita mortale tanta donna in Roma, et fu sepolta nella chiesa di S. Maria della Minerva, et riposta nel Cathalogo de Santi dall'antidetto Pio Papa » (Alberti, *op. cit.*, f. 53v°) en 1461.

II, 1531 : **Aeneas Silvius**. Enea Silvio Piccolomini, né à Pienza, dans la province de Sienne, en 1405, pape sous le nom de Pie II de 1458 à 1464, « huomo dotto et eloquente, che salì à tanto grado per le sue eccellenti vertuti. Lasciò dopo se molte eleganti et sententiose opere, et massimamente alquanti libri di pistole, Orationi, et un'operetta ove disputa della donatione di Costantino fatta alla Chiesa (ma però imperfetta), con la descrittione della Europa, et con alquante historie » (Alberti, *op. cit.*, *ibid.* ; cf. Hentzner, *Itinerarium*, p. 353). Ses oeuvres complètes, dont nous avons cité à plusieurs reprises ci-dessus le livre *In Europam sui temporis varias continentem historias* (voir nos notes II, 977, 1097-1100, 1143-1146, 1169-1178), parurent à Bâle en 1571 chez Heinrich Petri. MARG. *Aeneas Sylvius Sienois et parvenu au Papat apellé Pie II vouloit faire la guerre au Turc.*

II, 1533 : **là dessus mourut**. On sait que Pie II mourut en 1464 à Ancône, lorsqu'il allait s'embarquer pour une croisade contre les Turcs.

II, 1533-1534 : **la Sapience / Lieu d'escole où du Droict s'enseigne la scïence**. MARG. *La Sapience Escolle de Droict*, « il Generale Studio, Per lo quale sono usciti molti eccellenti uomini » (Alberti, *op. cit.*, f. 53r°), « illustri[s] Academia » (Hentzner, *op. cit.*, p. 354) avait été fondée en 1321 et constituait l'une des étapes obligées de la *peregrinatio academica* européenne aux XVe et XVIe siècles.

II, 1537-1538 : **faut estre d'Italie / Ou venu là d'Espagne ou bien de Germanie**. A cause de l'alliance de la ville avec la France contre les Médicis et l'Empereur en 1552-1555, les grands-ducs interdisaient aux étudiants français l'inscription à l'université de Sienne : par contre, les étudiants de l'Empire, *d'Espagne ou bien de Germanie*, que Rigaud signalait comme « Thodesques » apparemment sans trop comprendre leur « grand privilege » (*Bref recueil*, p. 202), y étaient les bienvenus. Le silésien Hentzner ne pouvait donc que vanter les prérogatives de cette université célèbre, que « Nationes etiam exterae, quae studiorum et linguae purioris Italicae addiscendae gratiâ in Italiâ peregrinantur, hunc locum, prae ceteris, ubi aliquamdiu commoretur, eligunt, moti quoque, fortassis optimâ victus ratione, et salubri aëris temperie, quâ gaudet » (Hentzner, *ibidem*).

II, 1540 : MARG. *Contention pour la precedence au doctorat de droit.*

II, 1544 : **Un noble Tantucci**. MARG. *Virey prié de disputer en droit contre les Theses d'un noble Tantucci :* Dionigi Tantucci, d'une des plus célèbres familles de la noblesse siennoise, fut « insignitus » du doctorat « in utroque iure » (Sienne, Archives Archiépiscopales, ms Protocolli degli atti di laurea : imbr., 6442, ff. 55v°-56r°) le 5 septembre 1593. Nous tenons à dire ici toute notre gratitude à M. Franco Nardi, des Archives Archiépiscopales de Sienne, pour son aide précieuse dans notre recherche de documents sur *Un noble Tantucci.*

II, 1550 : MARG. *Les Escoliers estrangers ont la preseance à impugner les Theses de ceux qui veuillent estre Docteurs à Siene.*

II, 1551-1552 : **ce que fort hardiment / J'ay faict et accomply**. Virey doit être intervenu le 5 septembre au moment de la *recitatio* des

« puncta » (Sienne, Archives Archiépiscopales, ms cit., f. 56r°) que le Collège des professeurs avait assignés au « doctorandus » le jour d'avant, le 4 septembre 1593, après la *praesentatio* de « Dionisij Tantuccijs Patritius senensis » et de ses « Promotores » au Collège même et avant la profession de foi catholique que l'étudiant était tenu de prononcer selon les precriptions de la « bulla » (*ibid.*, f. 55v°) de Pie IV, *In sacrosancta* (1564).

II, 1565 : **une sale**. L'« aula magna Palatij Archiepiscopatus » (*ibid.*, f. 56r°) qui était destinée aux soutenances, l'archevêque des villes universitaires ayant seul l'autorité de conférer le doctorat.

II, 1566 : **troupe Magistrale**. Ce que les documents appellent « Collegium » (*ibidem*), abréviation de *Collegium Magistrorum*, et dont on lit normalement la composition dans les Actes, tandis que notre document omet les noms des professeurs, un blanc ayant été laissé par le secrétaire archiépiscopal au f. 55v° avec l'intention de le remplir après, selon une pratique que M. Franco Nardi nous a expliquée comme courante (il arrive souvent que la composition du *Collegium* soit transcrite avec une encre ou par une main différentes).

II, 1581 : **(*Un des miens leur soldat* au fort de Camolie / Ayant dessoubs Monluc presque perdu la vie)**. C'est le texte de A qui souligne. On sait que la France avait signé en 1552 une alliance avec les Siennois et les réfugiés florentins contre l'Espagne, l'Empereur et les Médicis et qu'elle donna notamment son soutien à Sienne lors du siège de 1554-1555. L'événement auquel Virey fait allusion ici est connu, d'après les *Commentaires* de Monluc, comme la « camisade de Noël » : le 24 décembre 1554 Gian Giacomo de Médicis avait attaqué et pris la citadelle et le fort qui défendaient la porte Camollia (voir notre note II, 1431-1432), l'un des points stratégiques de la ville (cf. Blaise de Monluc, *Commentaires, 1521-1576*, éd. P. Courteault, p. 282). Les hommes de Monluc s'étaient, sur le moment, rendus presque sans opposer de résistance. Ils organisèrent le combat pour le lendemain et ils reprirent le fort le 25 décembre (cf. *ibidem*, pp. 288-289 ; le siège ne sera levé qu'au mois d'avril 1555, Sienne passera sous la domination des Espagnols et, par eux, sous les Médicis). Il reste qu'aucune mention n'est faite dans les *Commentaires* de Monluc d'un *soldat* Virey qu'une note dans la marge de notre manuscrit précise avoir été *sergent :* MARG. *Un Virey dit le grand Bé soldat sergent de Compagnie au siege de Siene soubstenu par Monluc*. Malgré les recherches que nous avons essayé de faire à ce propos et malgré l'appui savant que nous avons reçu de M. Henri Huet, de la Société d'Histoire et d'Archéologie de Chalon-sur-Saône, nous n'avons pas réussi à identifier ce personnage. Que M. Huet soit en tout cas ici bien vivement remercié pour la peine qu'il s'est donnée dans cette recherche.

II, 1591-1592 : **Mon discours en fut long gagnant autant de temps / Et dont j'en laissay moins aux forts argumentans**. Ni le nom de Virey, ni celui des *arguentes* ne paraît pourtant dans notre document qui, par les formules ordinaires des Actes, ne rend témoignage que des réponses données par Tantucci, lequel « Collegio puncta recitavit, argumenta resumpsit, et ita se bene gessit », que « concordi note et nemine penitus discrepante fuit approbatus » (Sienne, Archives Archiépiscopales, ms cit., f. 56r°).

II, 1595-1596 : **le malheur et le cas / Qui Henry troisiesme a jetté au trespas**. Quant au choix de ce sujet pour un discours à tenir face à l'audience simulée de la soutenance, il faudrait peut-être rappeler que l'accusation ou la défense de Jacques Clément en tant que meurtrier du prétendu tyran constituait à l'époque un *argumentum* de l'exercice oratoire. La célèbre réponse rédigée par Pasquier aux brochures qui faisaient de Clément un héros et un martyr (le déjà cité *Antimartyr de frère Jacques Clément [...]. C'est à dire : S'il a justement tué le feu Roy*, in Pasquier, *Ecrits politiques*, éd. Thickett, pp. 179-246) est construite selon les règles d'un réquisitoire à présenter en cour d'assises : arguments pour, arguments contre, énumération des torts, exemples célèbres, condamnation ou plaidoyer, appel aux présents (cf. les vv. II, 1560-1562 : *j'avois à mon dire à mon loisir pourveu / Et pource conferé sur l'attaque et deffence / La replique et duplique...*).

II, 1598 : **va à spasse**. L'emploi de la forme italianisante aller *à spasse* pour se promener n'a pas ici d'intention ironique tout comme il n'y a pas nécessairement d'ironie (dans la langue du XVIe siècle, ni dans celle d'aujourd'hui) dans l'italien *andare a spasso*, dont l'étymon n'est que le latin *spatium*, d'où *spatiari*, se promener : il est vrai pourtant que l'emploi d'aller *à spasse* rend compte d'une habitude caractéristique, sinon constitutive de la vie italienne qui était facilement devenue l'objet de la satire d'Henri Estienne dans ses *Deux dialogues du nouveau langage françois italianizé*. Le passage où Philausone avoue de vouloir aller « un peu à space, car [il a] ceste usance » (*Deux dialogues*, éd. Smith, p. 73) est le seul exemple de cette forme que l'on connaisse à l'époque et il s'agit évidemment d'un emploi ironique (cf. dans le même contexte l'usage par Philausone du verbe « spaceger », *ibid.*, p. 35 et 73 ; et B. H. Wind, *Les Mots italiens introduits en français*, p. 94).

II, 1599 : MARG. *Virey honoré à Siene depuis le jour de la dispute publique et du doctorat du signor Tantucci.*

II, 1604 : **fontaine Brande**. « L'arteficiosa fontana di Branda, da cui sempre escono abondante et chiare acque » (Alberti, *Descrittione*, f. 53r°) se trouvait près des murs à l'ouest de la ville : sa mention est topique dans les guides, les relations de voyage et dans les éloges de Sienne (cf. par exemple les *Discours viatiques*, éd. Monga, p. 85 ou les vers de Fabricius in Reusner, *De Italia*, II, pp. 143-144). MARG. *Fonte Branda.*

II, 1611-1612 : **la porte / Laquelle Brande a nom**. La porte de « Fonte Branda » (*Teatro delle città d'Italia*, p. 166 : voir la note II, 1431-1432).

II, 1612-1613 : **de Tresse elle enfle l'eau / Qui la meine en l'Arbie**. Le torrent Tressa (MARG. *Tresse petite riviere*) et le « fiume Arbia » (Alberti, *op. cit.*, f. 54r°).

II, 1614-1615 : **Par filets dans Canaux la fontaine a sa course / De maison en maison**. MARG. *La fontaine Brande pour Branle distribuée par canaux à toutes les maisons de Siene* : exception faite pour cette étymologie fantaisiste que la note dans la marge donne de *Brande* (le nom dérive de l'ancienne famille siennoise des Brandi, les textes latins de Fabricius, Melissus, ou Pflaumern écrivent *Blandus fons*, les italiens *Fonte Branda* : voir la note II, 1627), une des sources probables des *Vers Itineraires* pour ces détails sur le système de l'eau courante à Sienne pourrait être le curieux « Lusus [...]. Apud subterraneos Senarum aquaeductus » de Paul Melissus : cf. ses *Epigrammata in urbes Italiae* (liés avec Reusner, *De Italia*), 1585, f. *$_{[8]}$v°-**$_{2}$r°.

1622-1624 : **passe en allant chez le proche voisin / Sans croistre ny déscroistre au mesuré bassin**. Pour célébrer cette merveille, Melissus écrivait que « Qui stellas coeli, camporum gramina ramos / Silvarum, et Ponti dinumerabit aquas, / Senarum conetur, opus mirabile factu, / Annosos meritâ tollere laude tubos. [...] Quâ linguâ celebres Blandi manalia regna ? » (*ibid.*, f. **r°-v°).

II, 1627 : **Dicte Brande pour Blande**. « Fontem Blandum eruditiores, plebs Brandam vocant » (J. H. Pflaumern, *Mercurius Italicus*, 1625, p. 132).

II, 1640-1642 : MARG. *Pazzi Senesi.*

II, 1648 : **Cypris**. Aphrodite.

II, 1650. **Astrée**. La déesse de la justice.

II, 1655 : MARG. *On fait à coups de poings à Siene au Carnaval.*

II, 1656 : **vueillent**. Compte pour deux syllabes ; voir la note au v. I, 688.

II, 1662 : MARG. *Coustume politique pour assoupir les querelles entre citadins à Siene du temps de la Republique.*

II, 1668 : **se gourmer**. D'une façon doublement surprenante, une note dans la marge de C donne le sens du verbe *se gourmer* et commente cette habitude du carnaval siennois. Elle explique parfaitement *se gourmer* par *far a pugna* / *faire à coups de poings* (MARG. C, f. 197r°), mais sans tenir compte du texte qui est varié en C en *se gouverner :* autrement dit *se gouverner* en C est une erreur sur laquelle l'œil de celui qui annote et qui pense à *se gourmer* ne s'arrête pas. La note établit donc un parallèle entre *se gourmer* et le patois picard *mahonner* : *Ce qu'on dit en la Ville d'Amiens en Picardie de France Mahonner qui est quasi la mesme coustume de vuider entre les Bourgeois leurs querelles* (MARG., *ibid.*). Or le mahon ou mahonnage était un jeu très dangereux bien que carnavalesque, qui prévoyait des joueurs partagés en deux camps et séparés par une ligne de démarcation, qu'il s'agissait pour chaque parti de franchir en repoussant les adversaires à coups de poings. Mais il n'avait pas été conçu pour vider des querelles, et il avait été interdit dès 1515 par une ordonnance de l'Hôtel de Ville d'Amiens (voir J. Corblet, *Glossaire étymologique et comparatif du patois picard*, 1851, pp. 472-3).

II, 1698 : **l'Eglise vouée à la Vierge hautaine**. Le dôme ; cf. II, 1469-1471.

II, 1700-1705 : Marg. *Image de la Vierge devant laquelle une impotante faisant ordinairement oraison fut guerie.*

II, 1713 : **à qui estoient**. Il faut corriger en *à qui estoit.*

II, 1734 : Marg. *Virey a veu et creu le miracle avenu a Siene durant le sejour qu'il y a fait.*

II, 1739 : **Cloridon**. Nous avons déjà rencontré au v. I, 1035 ce pseudonyme de Virey, sur lequel voir notre Intr., pp. XXIII-XXIV.

II, 1740-1743 : **un poeme où je couche en peinture / De deux Amantes Soeurs et de luy l'adventure**. En C, au f. 7r°, une note dans la marge du *Raptus Innocuus* signale qu'« Il y a un poëme » de Virey « intitulé Flamette ou des deux soeurs amoureuses en vers françois en sept livres ». Nous avons vu dans notre Intr., p. XLVIII, que le Père Jacob et l'abbé Papillon mentionnent ce poème comme existant parmi les manuscrits appartenant à Jean-Christophe Virey, tandis qu'il est difficile pour nous de formuler des hypothèses, dont la plus simple reste bien sûr celle d'une oeuvre perdue (voir Baridon, « L'avventura di Enrico II di Condé nella relazione di Claude-Enoch Virey », *Studi Urbinati*, 1954, pp. 103-104n et Balmas, *Uno scolaro padovano del '500*, 1959, p. 9n).

II, 1745 : **Radicofani**. Entre Sienne et Acquapendente (cf. II, 1759), Radicofani était le lieu de poste le plus important : « Radicofano Castellum [...], Magni Hetruriae et Florentiae Ducis » (Hentzner, *Itinerarium*, p. 353), « Radicofani Castello sopra un alto monte », c'était la « Frontiera dello Stato di Toscana » (Codogno, *Nuovo itinerario delle Poste*, p. 133).

II, 1746 : **Lucignan**. Marg. *Lucignan*, « Lucinano » (Hentzner, *ibid.*), aujourd'hui Lucignano, était la première étape du chemin de Sienne à Rome. Cf. Codogno, *ibid.* : « Siena città. A Lucignano. Passarete l'Ombrone fiume ».

II, 1746-1747 : **L'Ombron, / Un fleuve qui L'Arbie**. *L'Ombron fleuve / L'Arbie aussy.* « Fuori di Siena camminando si giunge al fiume Arbia, che esce delli Monti sopra la Castellina, et quindi scendendo mette poi il capo nel fiume Ombrone presso Buonconvento » (Alberti, *Descrittione*, f. 54r°; cf. Hentzner, *ibid.* : « Pons d'Arbiae »).

II, 1747 : **acceuille en**. Avec l'élision *-le en*, on compte trois syllabes ; voir la note au v. I, 688.

II, 1748 : **Bon Couvent**. MARG. *Bonconvent*, Buonconvento («Bon convent » aussi chez Signot, voir la note II, 1756).

II, 1749-1751 : **par le corps de Christ**. Par le sang du Christ, selon la célèbre légende : Henri VII de Luxembourg, empereur germanique, mourut le 24 août 1313 à Buonconvento peu après son couronnement et la légende se répandit bientôt qu'un moine avait empoisonné le vin de son eucharistie.

II, 1753 : **un frere**. On sait que Jacques Clément était de l'ordre des frères prêcheurs, fondé par saint Dominique et installé à Paris au Couvent des Jacobins (voir la note II, 87).

II, 1756 : **sainct Quirico**. MARG. *San Quirico* d'Orcia : il s'agit toujours des étapes habituelles du chemin de Rome, entre Sienne et Radicofani. Cf. Signot, *La totale et vraie description*, f. XV r°: « de Sennes à bon convent. De Bon convent à Sainct Clerico ».

II, 1757 : MARG. *A Radicofani*.

II, 1758 : **un fleuve en gays fort dangereux**. Le torrent Rigo, « un *Fiumicello*, che suol essere pericoloso se piove » (Codogno, *Nuovo itinerario delle Poste*, p. 133).

II, 1759-1760 : **pres Aquapendant dessus un pont pierreux / Que le pont de Pallie un escriteau dit estre**. « Poco di là passarete la Paglia su 'l ponte. Ad Acquapendente Città » (Codogno, *op. cit.*, pp. 132-133). On atteint Acquapendente, MARG. *Aquapendant*, « Aigue pendante » chez Signot (*op. cit.*, f. XV r°) ou « Aquila » chez Hentzner (*Itinerarium*, p. 353), en suivant la vallée du fleuve Paglia, que l'on traverse sur le pont dit Centino, ou Gregoriano parce que bâti par Grégoire XIII (cf. II, 1761).

II, 1764 : **sainct Laurens**. MARG. *San Lorenzo*, « *San Lorenzo della Grotta* » (Hentzner, *op. cit.*, p. 353), à une dizaine de kilomètres de Acquapendente. Cf. Signot, *ibidem* : « de la Paille à Aigue pendante. De Aigue pendante à Sainct Laurent. De Sainct laurent à Boul[se]ne sur le lac ».

II, 1766 : **Bolsene**. MARG. *Bolsena*, « città » (Codogno, *op. cit.*, p. 132) et lieu de poste (cf. aussi *ibid.*, p. 344).

II, 1776-1779 : **Et celle de sainct Pierre infidelles quittez**. L'*inaudite histoire* (II, 1773) de l'hostie blessée qui, s'envolant des mains d'un *Prebstre incredule* (II, 1791), laissa couler le sang du Christ sur le linge et le marbre de l'autel a sa source dans la *Descrittione* d'Alberti, qui suggère aussi cette invective contre les calvinistes *infidelles* : Alberti précise que ce miracle qui prouvait la présence réelle du Christ dans le pain consacré, « vero, et fermo argomento della catholica fede » (Alberti, *op. cit.*, f. 63r°), devait dissiper les doutes hérétiques du prêtre (voir la note suivante). L'*histoire* est en tout cas célèbre : le seigneur de Villamont en faisait aussi mention dans ses *Voyages*, où elle est mise en évidence par une manchette («Miracle de la sainte Hostie » : *Les Voyages*, éd. cit., pp. 46-47, exemplaire de la B. M. de Chalon).

II, 1780-1797 : **en une Eglise, / Qui à Orvietto ville ancienne est scise**. « Celebrando un prete la messa, et tenendo nelle mani l'hostia consagrata, et dubitando se in quella veramente fosse il sacratissimo corpo di Giesu Christo sagramentalmente, ecco che incontinenti incominciò ad uscire di detta hostia il vivo sangue, et bagnare il soggietto corporale fatto di lino bianco tal che in più luoghi vi lasciò il segno de 'l sangue. Poscia detta hostia stilando sangue, in qua et in là volando sopra alcune pietre di marmo bianco, tante quante ne tocava vi lasciava il segno de 'l vivo sangue, si come insino ad hoggi chiaramente veder si può, come io sovente ho veduto quindi [à Bolsena] passando per andare ò ritornare da Roma. Sono conservate dette pietre di marmo così signate, nella chiesa di detto luogo con gran veneratione, come si conviene. Et il sagrato Corporale, tutto di detto sangue signato, fu portato ad Orvieto, ove con gran riverenza è conservato nella maggior Chiesa » (Alberti, *ibidem*).

II, 1802 : **Montefiascon**. « Salendo alla destra de 'l Lago et entrando nella Via che conduce da Bolsena à Viterbo, et camminando per essa arrivasi al Bosco di Monte Fiascone » (Alberti, *op. cit.*, f. 64r°) : « Mons Faliscorum, sive *Phaliscorum*, vulgò *Monte Fiascone*, Tusciae oppidum in colle, vini generosi feracissimo positum » (Hentzner, *Itinerarium*, p. 352), MARG. *Montefiascon où il croist d'excellentissime muscat et delicieusissime*. « Mont flascon » chez Signot (*La totale et vraie description*, f. XV r°), « città » (Codogno, *Nuovo itinerario*, p. 132) et lieu de poste, Montefiascone était une des étapes prévues du chemin de Rome depuis les itinéraires pour les pèlerins au Moyen Age (cf. Bonnerot, « Un ancien guide de voyage à Rome et à Jérusalem », in *Mélanges Huguet*, pp. 136, 138). Voir par exemple Montaigne, *Journal*, éd. Garavini, p. 186 ; les *Discours viatiques*, éd. Monga, p. 85 ; Villamont, *Les Voyages*, p. 47 ; ou le *Voyage d'Italie (1606)*, éd. Bideaux, p. 72.

II, 1810 : **Muscatel appellé**. « Monte Fiascone [...] tanto altre volte dalli Tedeschi nominato et desiderato per li soavi, et dolci Vini Moschatelli bianchi et vermigli » (Alberti, *op. cit.*, f. 64r°).

II, 1816 : **un Prelat sur ce Mont trespassé d'en trop prendre**. C'est dans l'*Itinerarium* d'Hentzner que Virey pouvait lire cette anecdote, devenue proverbiale, du *Prelat* mort à Montefiascone à cause de la « nimia ingurgitatione » (Hentzner, *op. cit.*, p. 353) de moscatelli.

II, 1817-1830 : **Propter est, est, Dominus / meus hic mortuus est**. « Crescunt circa Montem Faliscorum [...] Vina generosissima, *Muscatellina* vulgò noncupata, quae nullibi in Italiâ adeo suavia, dulcia et delicata reperiuntur ; ex quorum nimia ingurgitatione, cum Sacrificulus quidam valde bibulus hic esset demortuus, servus eius in perpetuam rei memoriam loco Epitaphij, in lapidem sepulchralem haec verba incidi curavit : *Propter* EST EST *Dominus meus mortuus est* ; Bina enim istâ vocis EST inscriptione in aedibus publicis seu diversorijs, et per servum qui herum justo intervallo eques praecedebat, facta repetitione, vinum notabatur optimum » (*ibidem*).

II, 1853 : **icy**. Ici à Sienne, où la fiction des *Vers Itineraires* place le présent de la rédaction de toute cette partie du texte (cf. II, 1637-1638).

II, 1854 : **avec pardons**. Ce vers dit beaucoup de la circulation des indulgences (les *pardons*) dans l'Italie de l'époque si, de Rome jusqu'à leurs différents destinataires, elles pouvaient très ordinairement voyager en compagnie d'autres marchandises moins saintes, telles des bonbonnes de vin.

II, 1857 : **Un Seigneur des Cibo**. MARG. *Le Seigneur Scipion Cibo de Genes lequel estoit retiré à Siene pour y vivre à son goust et y achever le reste de ses jours*. Depuis de XIVe siècle, la famille génoise des Cibo, très célèbre, puissante et ramifiée, pouvait compter parmi ses membres un pape, Innocent VIII (cf. II, 1863), onze cardinaux, un vice-roi de Naples, des généraux, des condottieres, des gouverneurs de la région de Massa-Carrare. Nous n'avons pas réussi à identifier avec précision son représentant que Virey cite ici.

II, 1865 : **Au pied de la Montagne**. Il faut bien sûr imaginer un point-virgule ou un point modernes après *goust* : voir la note II, 1096.

II, 1871 : **Viterbe**. MARG. *Viterbe belle Ville*, « urbs Tusciae pervetus » (Reusner, *De Italia*, II, p. 365) sur laquelle Reusner ne recueillait que très peu d'éloges (cf. *ibid.*, pp. 367-68).

II, 1875 : **vives eaux**. Viterbe est célèbre pour ses fontaines, dont les guides mentionnaient normalement celle dite Grande (de la fin du XIIIe siècle), « quella vagha Fontana che geta grand'abbondanza d'acqua, dando gran piacere alli risguardanti » (Alberti, *Descrittione*, f. 69r°; cf. Hentzner, *Itinerarium*, p. 352).

II, 1876 : **d'Os de Papes saincts trois ou quatre tombeaux**. On sait qu'entre le XIe et le XIIIe siècle, Viterbe devint une résidence pontificale. Hentzner mentionne l'épitaphe de Jean XXI (cf. *ibidem :* « in Cathedrali templo hoc Epitaphium : Iohannes Lusitanus XXI Pont. Max. »), le pape d'origine portugaise mort à Viterbe en 1277.

II, 1878-1879 : **Qu'autre fois Cimini les peuples appelloient**. Viterbe est « posta in un bello et spatioso luogo, havendo dietro le spalle i gioghi, et monti Cimini » (Alberti, *op. cit.*, f. 69r°), « cis montem sita Cyminum » (Reusner, *op. cit.*, p. 365). Donc en sortant de Viterbe le voyageur trouve le *Mont* qui fait partie des Cimini et qui était ainsi nommé à l'époque d'Alberti, de Reusner, de Virey, comme *autre fois :* « Questo Monte da tutti li scrittori è nomato Mons Cyminus » (Alberti, *ibid.*, f. 72v°). Virey confond évidemment ce passage du texte d'Alberti avec celui qui est consacré au lac de Vico (cf. II, 1880), « dagli antichi detto Lacus Cyminus » (Alberti, *ibid.*, f. 73r°).

II, 1880 : **un Lac**. « Il lago di Vicco » (*ibidem*), sur les Cimini, que chante Berlinghieri dans sa *Geographia in terza rima : « monti Cimini* [...] selva estesa / sopra a Viterbo et lago che la bagna / Cimino fu chiamato, hoggi di vico » (Berlinghieri, *op. cit.*, f. *ii* v°).

II, 1882 : **l'abisme proffonde**. *Abîme* est très souvent féminin dans la poésie du XVIe siècle, où l'épithète *profonde* y est normalement associée, donc la préoccupation de corriger par un substantif féminin que manifeste la variante *la place profonde* n'est pas justifiée.

II, 1883 : **Roncilion**. MARG. *Roncilion*, « Rossilon » chez Signot (*La totale et vraie description*, f. xv r°), Ronciglione était la première poste après Viterbe (cf. Codogno, *Nuovo itinerario*, p. 132).

II, 1884 : **le poete Verin**. Michele Verino, le fils du poète florentin Ugolino Verino (1438-1516), mort en très jeune âge en 1487. Son *Distichorum liber* (*Distichorum liber, qui sententiarum inscribitur, ad Paulum Saxium Roncilionem grammaticae olim praeceptorem suum*, Florence, 1487), surtout lu dans les collèges, avait été édité en France à Lyon, chez T. Payen, dès 1540 (une réédition de Payen en 1552 sera pourvue d'un commentaire de Martin Ivarra). Une première traduction en vers, par Claude Odde de Triors, parue à Lyon chez Cloquemin et E. Michel en 1577 et, parmi les éditions latines successives, celle qu'avait revue M. Pigner considéraient Verino comme originaire de l'Espagne (*Les distichs moraux du tresdocte poete espagnol, Michel Verin, Traduictz nouvellement de Latin en langue vulgaire*, Lyon, L. Cloquemin et E. Michel, 1577 ; et Michaelis Verini Hispani Poetae ac Iuvenis Doctissimi, *Disticha de moribus. Multis locis emendata et multis versibus in verum sensum et numerum reducta*, Paris, Buon, 1580) et cette méprise était fréquente au XVIe siècle : voir A. Lazzari, *Ugolino et Michele Verino. Studi biografici e critici*, Turin, Clausen, 1897, *passim*. Mais la méprise de Virey, qui le fait *natif* de Ronciglione, n'est qu'une confusion entre le village et le nom du précepteur à qui Michele Verino avait dédié son *Distichorum liber*.

II, 1885-1886 : **à l'enfant d'honneur les regles en presente**. Le but que Verino s'était proposé en composant ses distiques peut se résumer dans le conseil qui paraît dans les premières pages de son oeuvre : « Estant l'enfant en sa jeunesse tendre / Il faut celuy instruire és bonnes moeurs, / Car son esprit lors facil se peut rendre / A recevoir tous bons Ars et Autheurs » (tr. Claude Odde de Triors, *Les distichs moraux du tresdocte poete espagnol, Michel Verin*, 1577, f. [11]r°).

II, 1887-1888 : **Caprarolle, maison des Farneses, à voir, / Tire les voyageurs**. Si Ronciglione et Monterosi (cf. II, 1899) étaient des lieux de poste, étapes ordinaires sur la route de Rome, Caprarola ne l'était pas : grâce au pouvoir de séduction du magnifique palais Farnèse elle oblige le voyageur Virey à une double déviation du droit chemin et de ses sources habituelles. Le palais est l'un des chefs-d'oeuvre de l'architecte Giacomo Barozzi, dit Vignola, bâti entre 1547 et 1559 pour le cardinal Alexandre Farnèse (cf. Montaigne, *Journal*, p. 187). MARG. *Caprarolle Maison de plaisance d'un Cardinal Farneze*.

II, 1899 : **au Mont dit Rose**. Virey reprend le *grand chemin* indiqué par la source d'Alberti, où « seguitando adunque il viaggio [...]

per passare à Roma, si vede Monte Rose » (Alberti, *Descrittione*, f. 74r°). Cf. la même graphie, « Monte Rose » dans *La totale et vraie description* de Signot (f. xv r°) et dans l'*Itinerarium* d'Hentzner (p. 351), « Monteroso » chez Codogno (*Nuovo itinerario delle poste*, p. 132) : aujourd'hui Monterosi, comme l'indiquait ici le MARG. *Monterosi :*

II, 1905 : **Baccan**. MARG. *Baccano*, l'avant-dernier lieu de poste avant Rome (cf. Signot, *ibidem* ; Codogno, *ibidem*).

II, 1907-1908 : **les trois cens Fabiens / Qu'il me souvint qu'avoient tuez là les Veiens**. A propos des campagnes de Camille contre Véies, *la ville [...] qui dix ans soubstint siege* (II, 1901), et de la mort des *trois cens* Fabius (trois-cent-six selon l'Histoire) lors de la bataille qui eut lieu sur les bords du Crémère, nous pourrions lire bien sûr, suivant l'indication de Virey, Tite-Live, *Ab Urbe condita libri*, II, XLVIII-L (éd. Bayet, Baillet, 1967, t. II, pp. 73-78). Mais l'emprunt porte ici sur la *Descrittione* d'Alberti qui au passage du fleuve Varca précisait : « dico esser quel il fiume Cremera, presso cui furono uccisi li trecentosei Fabii con cinquemila di suoi servidori dagli Veienti, come scrive Livio ne 'l secondo libro [...]. Essendo li Fabii vicini al fiume Cremera [...] fecero un castello sopra una molto precipitosa rupe dall'altri spacata, et poi la fortificaro' molto bene [...]. Soggiunge poi Dioniso (dopo che ha narrato la crudel battaglia fatta fra li Fabii et Veienti, et la uccisione delli Fabii) come fu pigliato dagli Veienti esso castello » (*op. cit.*, f. 74v°). On sait que Véies fut enfin prise par Camille *Et du peuple Romain cheut enfin dans le piege* (II, 1902) vers 396 av. J.-C.

II, 1914-1915 : **Je te salue ô Rome et te fais reverence : / Rome je te salue**. La répétition en chiasme du verbe est une figure topique des *salve* : que l'on relise à ce propos les vers célèbres que Pétrarque adressa à l'Italie à son retour d'Avignon en 1353 («Ad Italiam ex Gallis remeans ») et que Reusner publiait au début du premier livre de son *De Italia* : « Salve cara Deo, tellus sanctissima salve : / Tellus tuta bonis, tellus metuenda superbis, [...] / Salve pulchra parens, terrarum gloria salve » (Pétrarque, *Epystole*, III, XXIV, in Reusner, *op. cit.*, I, pp. 7-8. Cf. également l'exemplaire ayant appartenu à Fleutelot de Pétrarque, *Opera*, Bâle, H. Petri, 1581, pp. 555-556, B. M. de Chalon, 5116 in-folio [512]). MARG. *Transport de Virey de joye de voir Rome.*

II, 1927 : **pense renverser nostre Salique Loy**. A cette loi fondamentale du royaume qu'est la loi salique les royalistes avait toujours fait appel, contre le principe de la catholicité du roi, qui constituait l'argument des ligueurs, donc des Guises et, bien sûr, de Philippe II. On rappellera l'*inique brigue* (ici, II, 1926) du Clergé aux Etats du 20 juin 1593 où l'on proposa le mariage de l'Infante d'Espagne avec un prince français qui serait élu roi, et la réaction de Guillaume du Vair à cette « eversion des loix » qui nuisait à la France aussi bien qu'à Mayenne lui-même (Du Vair, « Suasion de l'arrest donné au Parlement pour la manutention de la loy salique » du 28 juin 1593, in Id., *Actions et traictez oratoires*, éd. Radouant, p. 135 ; voir Radouant, *Guillaume Du Vair, l'homme et l'orateur*, pp. 310-344). Voir aussi L'Estoile, *Journal pour le règne de Henri IV*, p. 280 ; Pasquier, la *Remonstrance* citée *supra* à la note I, 25 et, dans les *Recherches*, le chap. II, XVIII («Du droit d'Aisnesse, Apanages, Loy Salique », éd. Fragonard, Roudaut, pp. 493-503).

II, 1934 : **vacarmes**. Vu que la rime avec *armes* (v. 1933) peut appuier notre intervention, nous prenons exceptionnellement le risque de corriger l'orig. *vacames* (pourtant A et C, sans var.) que nous ne réussissons pas à expliquer.

II, 1939-1940 : **il auroit contre luy / Les François qui pour Roy le servent aujourd'huy**. On sait bien d'après le *Discours sommaire de la vie* du cardinal Du Perron que ce qui décida Henri IV à « embrasser la Foy de ses Peres » fut la constatation qu'il avait une « Couronne à conserver » et des « peuples à tenir en paix » (*Discours sommaire de la vie et trespas de l'illustrissime cardinal Du Perron*, in J. D. Du Perron, *Les divers oeuvres*, 1622, p. 13) ; mais on sait qu'à un certain moment la « crainte que la durée avec la persistance du Roy en son opinion n'apportassent la division en son party » (*ibid.*, p. 12), c'est-à-dire parmi *Les François qui pour Roy le servent*, fut également déterminante. Virey dut être renseigné des intentions officielles d'Henri IV pendant son séjour padouan, ou italien en tout cas, vu que l'annonce de la prochaine conversion du roi date de mai 1593.

II, 1942 : **la voye Flaminie**. MARG. *La Voye dite flaminie*, du nom de Flaminius Nepos, est la grande route d'entrée à Rome du nord-ouest.

II, 1943-1944 : **un pont de bois, / Qu'Horace feit coupper**. Le célèbre pont Sublicius, qui vit l'exploit d'Horatius Coclès en 508 av. J. C., lorsque l'armée étrusque de Porsenna approchait de Rome (cf. Tite-Live, *Ab Urbe condita libri*, II, IX-X, éd. Bayet, Baillet, t. II, pp. 14-17). L'anecdote était devenue un lieu commun de l'éloquence (cf. Cicéron, *De officiis*, I, 61 : « hinc rhetorum campus [...], hinc noster Cocles, hinc Decii, hinc Cn. et P. Scipiones ») : on se souviendra du curieux emploi métaphorique qu'en fit Sponde dans le vingtième sonnet de ses *Amours* (cf. Sponde, *Oeuvres littéraires. Suivies d'Ecrits apologétiques avec des Juvénilia*, éd. Boase, 1978, p. 78).

II, 1947 : **ce borne**. On sait que *Cocles*, probable équivalent étrusque de κυκλῶψ, signifiait « le Borgne » : cf. Tite-Live, *op. cit.*, p. 15n.

II, 1952 : **tout seul**. « Unus vir », dans le texte de Tite-Live : « pons sublicius iter paene hostibus dedit, ni unus vir fuisset, Horatius Cocles ; id munimentum illo die fortuna urbis Romanae habuit » (*ibid.*, p. 15).

II, 1954-1955 : **Le signe de La Croix**. « Caeleste signo dei [...], transversa X littera, summo capite circumflexo » (Lactance, *De mortibus persecutorum liber*, 44, 4, éd. Brandt, Laubmann, p. 223) : la vision légendaire de *La Croix au Ciel* avant la bataille sur le Tibre de 313 incita Constantin à voir dans sa victoire sur Maxence la réalisation d'un projet divin.

II, 1957-1958 : **la porte / Qui or du Populo le nom moderne porte**. La porte du nord-ouest (cf. II, 1942), « Porta del Popolo. Fu dagli antichi questa Porta dimandata Flumentana per la vicinanza che hà con il Tevere, di poi fu etiandio nominata Flaminia dalla Via Flaminia, que quivi passava » (Alberti, *Descrittione*, f. 95v°).

II, 1959 : MARG. *Entrée à Rome*.

GLOSSAIRE

Pour l'établissement de ce glossaire nous avons eu recours à : R. Estienne, *Dictionaire Francois latin, autrement dict Les mots Francois, avec les manieres d'user d'iceulx, tournez en Latin*, Paris, R. Estienne, 1549 ; J. Nicot, *Dict. françois-latin*, Paris, Du Puys, 1584 et *Thresor de la langue françoyse*, Paris, D. Douceur, 1609 ; R. Cotgrave, *A Dictionarie of the French and English tongues*, Londres, A. Islip, 1611 ; A. Oudin, *Curiositez françoises, pour supplement aux Dictionnaires*, Paris, A. de Sommaville, 1640 ; A. Furetière, *Dict. Universel*, [La Haye-Rotterdam, Leers, 1690] éd. A. Rey, Paris, Le Robert, 1978 ; G. Ménage, *Dict. étymologique de la langue françoise,* Paris, Briasson, 1750 ; Abbé J. Corblet, *Glossaire étymologique et comparatif du patois picard*, [Paris, 1851] Marseille, Laffite Reprints, 1978 ; G. Boerio, *Dizionario del dialetto veneziano*, Venise, Cecchini, 1867 ; F. Godefroy, *Dict. de l'ancienne langue française et de tous ses dialectes du IXe au XVe siècle*, [Paris, 1891-1902] Genève-Paris, Slatkine, 1982 ; B. H. Wind, *Les Mots italiens introduits en français au XVIe siècle*, Dissert., Amsterdam, 1928 ; E. Huguet, *Dict. de la langue française du XVIe siècle*, Paris, Champion-Didier, 1925-1967 ; W. von Wartburg, *Französiches etymologisches Wörterbuch*, Bonn-Leipzig-Berlin-Bâle, Knopp-Teubner-Zbinden, 1929-1965 ; B. E. Vidos, *Storia delle parole marinaresche italiane passate in francese*, Florence, Olschki, 1939 ; R. de Gorog, *Lexique Français Moderne - Ancien Français*, Athens, Univ. of Georgia Press, 1973 ; K. Cameron, *Concordance des œuvres poétiques de J. Du Bellay*, Genève, Droz, 1988 ; M. Cortelazzo, *Venezia, il Levante e il mare*, Pise, Pacini, 1989 ; *Dict. historique de la langue française*, sous la dir. d'A. Rey, Paris, Le Robert, 1992 ; et aux notes à Ronsard, *Œuvres complètes*, éd. J. Céard-D. Ménager-M. Simonin, Paris, Gallimard, 1993-94.

abisme : II, 1882 (*l'abisme proffonde*), abîme était souvent féminin au XVIe siècle.

acceuil, acceuillir : I, 698, accueil ; II, 1747, accueillir ; voir la note au v. I, 688.

ache : II, 1384, hache.

acoustré : II, 338, fait.

adroict : II, 756, droite.

ains : I, 833 ; II, 1843, mais.

allieurs : I, 795 ; II, 1386, ailleurs.

amorti : II, 941, exsangue.

amour : I, 1065-1066 ; II, 1278, amour pouvait être féminin ou masculin au XVIe siècle.

amuser : I, 116, occuper à des choses vaines, donc retarder, tromper.

appendre : I, 1057 ; II, 1728, suspendre (des ex-voto).

arennes : I, 257, sable.

arroy : I, 907, apparat, magnificence.

artiste : II, 243, adj., fait avec art.

avouer : II, 1941, approuver.

ayr : C I, 1050 (*elle ayt*), haïr.

bague [publics couremens de] : I, 742 et 999-1000, courses de bague, jeu où des cavaliers ou des coureurs devaient enlever des bagues, c'est-à-dire des anneaux suspendus à un poteau fixe ; on disait : courir la bague, coureurs de bague.

ballotage : I, 1009, ballottement.

barquerolle : II, 179, italianisme de *barcaruolo* (anc.) ou *barcaiolo*, conducteur d'une petite barque, d'une gondole.

besse : II, 183, traduction du dialecte vénitien *bezzo*, monnaie de cuivre qui valait la moitié d'un *soldo* vénitien, soit trois *danari*.

borne : II, 1947, borgne.

bragarder [se] : II, 79, se pavaner, faire le fier.

branler : II, 1355, bouger.

braverie : II, 52, 1574, bravade, présomption ; II, 254, 638, 1065, 1250, 1346, bravoure, parure, élégance.

brillure : II, 234, éclat.

ceuillir : C I, 688 ; A C II, 1840, cueillir ; voir la note au v. I, 688.

chamade : II, 1678, appel.

chartier : I, 976, charretier, conducteur d'un char (ici du *Char* d'Hélios).

clairant : II, 267, clair.

compartir : II, 546, 805, garnir, remplir de choses bien réparties, bien disposées.

conseilliers : II, 367, conseillers.

conspect [au] : I, 159, à la vue de ; II, 457, en présence.

constructure [propre] : I, 358, sens propre, appartenant à la structure propre des mots.

contadin : I, 985 ; II, 735, 765, 859, 1320, 1324, italianisme de *contadino*, n. et adj., paysan.

contention : II, 1539, rivalité.

corcelets : II, 396, cuirasses légères des piquiers, donc : piquiers.

corniole : II, 557, cornaline.

coupeau : II, 793, montagne.

couppe : II, 1034, coupole.

courement : I, 999, course, voir *bague* et *faquin*.

courre : *passim*, courir.

coustau : I, 828, coteau.

crosse : II, 1694, béquille.

cure : I, 1100, italianisme de *cura*, soin.

dace : I, 892, traduction de l'italien *dazio*, impôt, droit de douane.

derrier : II, 263, 997 et 1944, derrière.

deschaulx : I, 646, déchaussés.

desdit : II, 1644, dédit, dans le sens de refus.

desduire : I, 961, dire, traiter un sujet.

déspart : I, 7, séparation.

déspiter : II, 1260, haïr, éprouver du dépit pour.

devers moy : II, 571, pour mon compte.

devot [jour] : I, 918, jour consacré à Dieu (le dimanche), à un saint, à la célébration d'une fête.

done : I, 990, italianisme de *donna* (dans la danse), dame ; II, 890 (pour présenter Bianca Cappello), même italianisme, qui traduit pourtant le sens péjoratif que *donna* peut avoir, lorsqu'il est employé pour définir une femme dont les origines sont obscures ou indéfinissables, donc : courtisane.

doulie : II, 1064, du grec δουλεία, bas latin *dulia*, soumission (à Dieu ou à un saint).

drapt : II, 182, étoffe.

dueil : II, 880, deuil ; voir la note au v. I, 688.

duire : I, 397, instruire, exercer ; II, 1503, façonner.

embaresser : I, 1048, embarrasser.

embas [d']: II, 783, du bas.

entrelasseure : II, 1485, entrelacement.

equirie : II, 1249, écurie.

escheller : I, 503, escalader.

eslongner : II, 17, éloigner.

espie : II, 357, de l'italien *spia* (n.f.), espion.

esquarrie : I, 394, équarissage (cf. l'anc. esquarrer : équarrir).

estault : I, 99, pieu ; sur un pont : point d'arrêt. Cf. *pall[é]*, II, 482.

Evangile : II, 1337, souvent féminin au XVIe siècle (du grec εὐαγγελία, bonne nouvelle).

exarche : II, 153, traduction de l'italien *esarca*, représentant de Constantinople.

exaulcement : II, 1265, exhaussement.

exiter : II, 938, exciter.

faillu : I, 591, failli.

faquin [publics couremens de] : I, 999-1000, courses de faquin, jeu où des cavaliers ou des coureurs devaient frapper de la lance un faquin, c'est-à-dire un mannequin de bois mobile sur un pivot ; on disait : courir le faquin.

feries : I, 984, du lat. *feriæ*, fêtes, jours fériés.

feste : II, 449, faîte ; I, 90, 422, 918, 982 et II, 320, fête.

fripponner : II, 1, se livrer à la débauche.

fut Roy : I, 136, feu Roy.

gays : II, 1758, gués.

gentil : I, 58, noble.

gentillesse : I, 909, noblesse.

glout : II, 1847, glouton, avide.

gourmades : II, 1677, coups de poings ; voir *se gourmer*.

gourmer [se] : II, 1668, se battre à coups de poings.

gregeois : II, 1338, grecs.

grembial : ou *grambial*, I, 987 et II, 1323, italianisme de *grembiale*, tablier.

gresse : I, 167, graisse.

gruiau : II, 763, pluie.

heros : II, 687 (*l'Heros*). L'*h*- de héros pouvait être muet au XVIe siècle.

humeur : II, 138, caractère, pouvait être masculin au XVIe siècle.

hurt : II, 473, heurt.

inaudit : II, 1773, (italien *inaudito*) inouï.

lacuneux : I, 1114, lacustre.

leton : II, 284, laiton.

lice : II, 1504, lisse (adj.).

liette : II, 559, coffre, boîte.

liscive : II, 1608, (italien *lisciva*) lessive.

luitte : II, 1682, lutte.

luitteurs : II, 1680, lutteurs.

malencontre : II, 1749, infortune, accident.

malheure : I, 194 et 654, malheur, mauvaise destinée.

mallaventure : II, 885, mésaventure.

manufacture : II, 558, produit du travail manuel.

marchef : I, 345, marché.

mariol : I, 1100, italianisme de *mariuolo*, filou.

meschef : I, 300, échec, malheur.

mire : I, 787, but.

moleste : I, 1066, importun.

montanier : II, 609, de la montagne.

moul : II, 822, (plus fréquemment : mol) mouillé.

mytan [au] : II, 181, au milieu.

nanfe [eau de] : I, 1004-5, italianisme de *nanfa*

(*acqua nanfa*, anc.) pour naffe ou naphe (eau de naffe), eau de fleurs d'oranger.

noise : I, 1022, souffrance.

occision : I, 911, meurtre.

office : II, 518, distribution des charges, service.

ohime : II, 878, transcription de l'italien *ohimé*, hélas.

opime butin : II, 235, latinisme de *spolia opima*, butin riche, magnifique.

or ou **ores que :** I, 571, 923 ; II, 40, 1182, bien que.

ouvroir : II, 424, lieu où l'on travaille, atelier.

pall[é] : II, 482 (*pallez*), italianisme de *paletto*, *palo*, pieu ; sur un pont : point d'arrêt. Cf. *estault*, I, 99 et *reposoirs*, II, 482.

pallot : I, 395, couche de paille.

pandart : ou *pendart* (C), I, 155, bourreau.

pardons : II, 1854, indulgences.

parrochieaux : II, 1286, paroissiaux.

parsus : I, 1110, par-dessus.

partir : I, 210 ; II, 344, répartir.

peneux : I, 308, fâché.

perennel : I, 222, perpétuel.

pipolé : I, 230, de diverses couleurs.

pisqueux : I, 268, poissonneux.

poverin : II, 883, transcription de l'italien *poverino*, pauvret.

pendre [pendre à] : II, 114, tenir à, dépendre de.

pieds d'estail : II, 327, piédestaux.

pompant : II, 1890, pompeux.

preaux : I, 488, prés.

precedence : II, 1540, supériorité.

prou : I, 173, très.

quant : I, 312, 359, 361, 802, 975 ; II, 410, 781, 1048, 1206, 1817, quand.

questin : II, 87, quêteur.

raller : I, 315 (*revais*), aller de nouvevau.

rampant : II, 609, pente, montée.

randon : impétuosité ; II, 686, 782, *à randon*, impétueusement.

rauder : I, 47, rôder.

rebecquer [se] : II, 684, se révolter.

recouvrer : II, 882, réparer (une perte) ; on employait souvent au XVIe siècle les formes de recouvrir pour recouvrer, ici *recouverte :* réparée.

remarquer : II, 649, marquer, indiquer.

r'envitailler : I, 627, approvisionner.

reposoir : II, 482, lieu de repos (pour ceux qui montent sur le pont).

requoy : I, 44, calme, tranquillité.

scabreux : I, 399, rude, grossier.

si : I, 855, aussi ; si que I, 869, 1033 et II, 225, 521, 541, 779, 831, 1195, 1667, 1712, 1716, de sorte que.

souffret : I, 771, souffert ; les formes *souffret* et *souffri* du part. passé de souffrir sont rares, mais attestées au XVIe siècle.

spasse [aller à] : II, 1598, italianisme de *andare a spasso*, se promener.

Suitz : I, 403, Suisses.

surgeon : II, 827, source.

surjonner : II, 1905, prendre sa source.

taffetas : II, 599, chapeau de taffetas.

toqué : II, 599, coiffé.

tragetter : I, 537, traverser.

trance : I, 114, agitation, tourmente.

tresbuchant : I, 148, faisant pencher la balance, donc de très bon poids.

varier : II, 629, rendre varié.

voir : *void*, II, 286, 555, 645, 1301, voit ; *veids*, II, 1342, vis.

vouloir : *vueillent*, II, 1656, veuillent.

vuide, vuider : I, 1102, vide ; 1103, vider.

INDEX DES NOMS PROPRES

à l'exclusion de VIREY et des noms modernes (XIXe-XXe siècles) sont mentionnés tous les noms de l'introduction, du texte et des notes. Les noms des imprimeurs ne sont signalés que lorsqu'ils paraissent à l'intérieur d'un discours. L'italique est réservé aux noms de personnages mythologiques et littéraires.

TABLE DES ILLUSTRATIONS

TABLE DES MATIÈRES

SOCIÉTÉ DES TEXTES FRANÇAIS MODERNES
(S.T.F.M.)

Fondée en 1905
Association loi 1901 (J.O. 31 octobre 1931)
Siège social : Institut de Littérature française
(Université de Paris-Sorbonne)
1, rue Victor Cousin. 75005 PARIS

La Société des Textes Français Modernes (S.T.F.M.), fondée en 1905, a pour but de réimprimer des textes publiés depuis le XVIe siècle et d'imprimer des textes inédits appartenant à cette période.

Pour tout renseignement et pour les demandes d'adhésion : s'adresser au Secrétaire général, M. Jean Balsamo, 22, rue de Savoie, 75006 Paris.

Demandez le catalogue des titres disponibles et les conditions d'adhésion.

LES PUBLICATIONS DE LA SOCIÉTÉ DES TEXTES FRANÇAIS MODERNES SONT EN VENTE AUX ÉDITIONS KLINCKSIECK
8, rue de la Sorbonne 75005 Paris

EXTRAIT DU CATALOGUE

(mars 1999)

XVIe siècle.

Poésie :

4. HÉROËT, *Œuvres poétiques* (F. Gohin).
5. SCÈVE, *Délie* (E. Parturier).
7-31. RONSARD, *Œuvres complètes* (P. Laumonier).
32-39, 179-180. DU BELLAY, *Deffence et illustration. Œuvres poétiques françaises* (H. Chamard) *et latines* (Geneviève Demerson).
43-46. D'AUBIGNÉ, *Les Tragiques* (Garnier et Plattard).
141. TYARD, *Œuvres poétiques complètes* (J. Lapp.).
156-157. *La Polémique protestante contre Ronsard* (J. Pineaux).
158. BERTAUT, *Recueil de quelques vers amoureux* (L. Terreaux).
173-174, 193, 195, 202. DU BARTAS, *La Sepmaine, La Seconde Semaine (1584),* I et II, *Les Suittes de la Seconde Semaine* (Y. Bellenger).
177. LA ROQUE, *Poésies* (G. Mathieu-Castellani).
194. LA GESSÉE, *Les Jeunesses* (G. Demerson et J.-Ph. Labrousse).
198. SAINT-GELAIS, *Œuvres poétiques françaises,* I (D. Stone).
204. SAINT-GELAIS, *Œuvres poétiques françaises,* II (D. Stone).
208. PELETIER DU MANS, *L'Amour des Amours* (J.C. Monferran).
210. POUPO, *La Muse Chrestienne* (A. Mantero).

Prose :

2-3. HERBERAY DES ESSARTS, *Amadis de Gaule (Premier Livre),* (H. Vaganay-Y. Giraud).
6. SÉBILLET, *Art poétique françois* (F. Gaiffe-F. Goyet).
150. NICOLAS DE TROYES, *Le Grand Parangon des Nouvelles nouvelles* (K. Kasprzyk).
163. BOAISTUAU, *Histoires tragiques* (R. Carr).
171. DES PERIERS, *Nouvelles Récréations et joyeux devis* (K. Kasprzyk).
175. *Le Disciple de Pantagruel* (G. Demerson et C. Lauvergnat-Gagnière).
183. D'AUBIGNÉ, *Sa Vie à ses enfants* (G. Schrenck).
186. *Chroniques gargantuines* (C. Lauvergnat-Gagnière, G. Demerson *et al.*).
216. D'AMBOISE, *Dialogues des Damoiselles* (D. Costa).

Théâtre :

42. DES MASURES, *Tragédies saintes* (C. Comte).
125. TURNÈBE, *Les Contens* (N. Spector).
149. LA TAILLE, *Saül le furieux. La Famine* (E. Forsyth).
161. LA TAILLE, *Les Corrivaus* (D. Drysdall).
172. GRÉVIN, *Comédies* (E. Lapeyre).
184. LARIVEY, *Le Laquais* (M. Lazard et L. Zilli).

XVIIe siècle.

Poésie :

54. RACAN, *Les Bergeries* (L. Arnould).
74-76. SCARRON, *Poésies diverses* (M. Cauchie).
78. BOILEAU-DESPRÉAUX, *Épistres* (A. Cahen).
79. ANGOT DE L'ÉPERONNIÈRE, *Les Exercices de ce temps* (F. Lachèvre – P. Debailly)
123. RÉGNIER, *Œuvres complètes* (G. Raibaud).
151-152. VOITURE, *Poésies* (H. Lafay).
164-165. MALLEVILLE, *Œuvres poétiques* (R. Ortali).
187-188. LA CEPPÈDE, *Théorèmes* (Y. Quenot).

Prose :

64-65. GUEZ DE BALZAC, *Les Premières Lettres* (H. Bibas et K.T. Butler).
71-72. Abbé de PURE, *La Pretieuse* (E. Magne).
80. FONTENELLE, *Entretiens sur la pluralité des mondes* (A. Calame).
135-140. SAINT-ÉVREMOND, *Lettres* et *Œuvres en prose* (R. Ternois).
142. FONTENELLE, *Nouveaux Dialogues des morts* (J. Dagen).
144-147 et 170. SAINT-AMANT, *Œuvres* (J. Bailbé et J. Lagny).
153-154. GUEZ DE BALZAC, *Les Entretiens* (1657) (B. Beugnot).
155. PERROT D'ABLANCOURT, *Lettres et préfaces critiques* (R. Zuber).
182. SCARRON, *Nouvelles tragi-comiques* (R. Guichemerre).
191. FOIGNY, *La Terre Australe connue* (P. Ronzeaud).
192-197. SEGRAIS, *Les Nouvelles françaises* (R. Guichemerre).
199. PRÉCHAC, *Contes moins contes que les autres.* Précédés de *L'Illustre Parisienne* (F. Gevrey).
209. *Anthologie des Nouvelles du Mercure Galant* (M. Vincent).
211-213. Mme d'AULNOY, *Contes* (J. Barchilon – Ph. Hourcade).

Théâtre :

57. TRISTAN, *Les Plaintes d'Acante et autres œuvres* (J. Madeleine).
58. TRISTAN, *La Mariane. Tragédie* (J. Madeleine).
59. TRISTAN, *La Folie du Sage* (J. Madeleine).
60. TRISTAN, *La Mort de Sénèque. Tragédie* (J. Madeleine).
61. TRISTAN, *Le Parasite. Comédie* (J. Madeleine).
62. *Le Festin de pierre avant Molière* (G. Gendarme de Bévotte-R. Guichemerre).
73. CORNEILLE, *Le Cid* (G. Forestier et M. Cauchie).
121. CORNEILLE, *L'Illusion comique* (R. Garapon).
126. CORNEILLE, *La Place royale* (J.-C. Brunon).
128. DESMARETS DE SAINT-SORLIN, *Les Visionnaires* (H. G. Hall).
143. SCARRON, *Dom Japhet d'Arménie* (R. Garapon).
160. CORNEILLE, *Andromède* (C. Delmas).
166. L'ESTOILE, *L'Intrigue des filous* (R. Guichemerre).
167-168. *La Querelle de l'École des Femmes* (G. Mongrédien).

176. SCARRON, *L'Héritier ridicule* (R. Guichemerre).
178. BROSSE, *Les Songes des hommes esveillez* (G. Forestier).
181 et 190. DANCOURT, *Comédies* (A. Blanc).
185. POISSON, *Le Baron de la Crasse, L'Après-soupé des auberges* (Ch. Mazouer).
196. G. DE SCUDÉRY, *Le Prince déguisé. La Mort de César* (E. Dutertre, D. Moncond'Huy).
200. GHERARDI, *Le Théâtre italien*, I (Ch. Mazouer).
205. MARESCHAL, *Le Jugement équitable de Charles Le Hardy* (C. Griselhouber).
207. GHERARDI, *Le Théâtre italien,* II (R. Guichemerre).
214. ROTROU, *Théâtre complet,* I (G. Forestier – M. Béthery).
215. G. DE SCUDÉRY, *Ibrahim* (E. Dutertre).

XVIIIe siècle.

80-81. P. BAYLE, *Pensées diverses sur la Comète.* (A. Prat-P. Rétat).
87-88. VOLTAIRE, *Lettres philosophiques* (G. Lanson, A.M. Rousseau).
89-90. VOLTAIRE, *Zadig* (G. Ascoli).
91. VOLTAIRE, *Candide* (A. Morize).
131. DIDEROT, *Éléments de physiologie* (J. Mayer).
162. DUCLOS, *Les Confessions du Comte de N**** (L. Versini).
159. FLORIAN, *Nouvelles* (R. Godenne).
148. MABLY, *Des Droits et des devoirs du citoyen* (J.-L. Lecercle).
112. ROUSSEAU J.-J., *Les Rêveries du Promeneur solitaire* (J. Spink).
190. SEDAINE, *Le Philosophe sans le savoir* (R. Garapon).
201. MARMONTEL, *Bélisaire* (R. Granderoute).
203. BOUFFLERS, *Contes* (A. Sokalski).
206. NERICAULT-DESTOUCHES, *L'Irrésolu* (J. Dunkley).
212. BOINDIN, *Quatre comédies* (J. Dunkley).

XIXe siècle.

124. BALZAC, *Le Colonel Chabert* (P. Citron).
119-120. CHATEAUBRIAND, *Vie de Rancé* (F. Letessier).
129-130. CHATEAUBRIAND, *Voyage en Amérique* (R. Switzer).
127. MAUPASSANT, *Notre Cœur* (P. Cogny).
115-116. MICHELET, *La Sorcière* (L. Refort).
110. MUSSET, *Lorenzaccio* (et : *La Genèse de Lorenzaccio*) (P. Dimoff).
94-95. SENANCOUR, *Rêveries sur la nature primitive de l'homme* (J. Merlant et G. Saintville).

Enrichissement typographique
et achevé d'imprimer par :
Imprimerie de la Manutention
Mayenne
Octobre 1999 – N° 351-99

Dépôt légal : 4e trimestre 1999